Shakti

AU DIABLE VAUVERT

Stefan Platteau

Shakti

Les Sentiers des Astres II

Du même auteur

LES SENTIERS DES ASTRES :

I. MANESH, Au diable vauvert, 2025, J'ai lu, 2016
II. SHAKTI, Au diable vauvert, 2025, J'ai lu, 2017
III. MEIJO, Au diable vauvert, à paraître, J'ai lu, 2019
IV. JAUNES YEUX, Au diable vauvert, à paraître, J'ai lu, 2022
DÉVOREUR, J'ai lu, 2018

LES EAUX DE SOUS LE MONDE, J'ai lu, 2024

ISBN : 979-10-307-0759-5

Au diable vauvert
La Laune 30600 Vauvert

www.audiable.com
contact@audiable.com

À la mémoire de Yal Ayerdhal,
qui m'a donné bien plus que je ne pourrai jamais lui rendre.

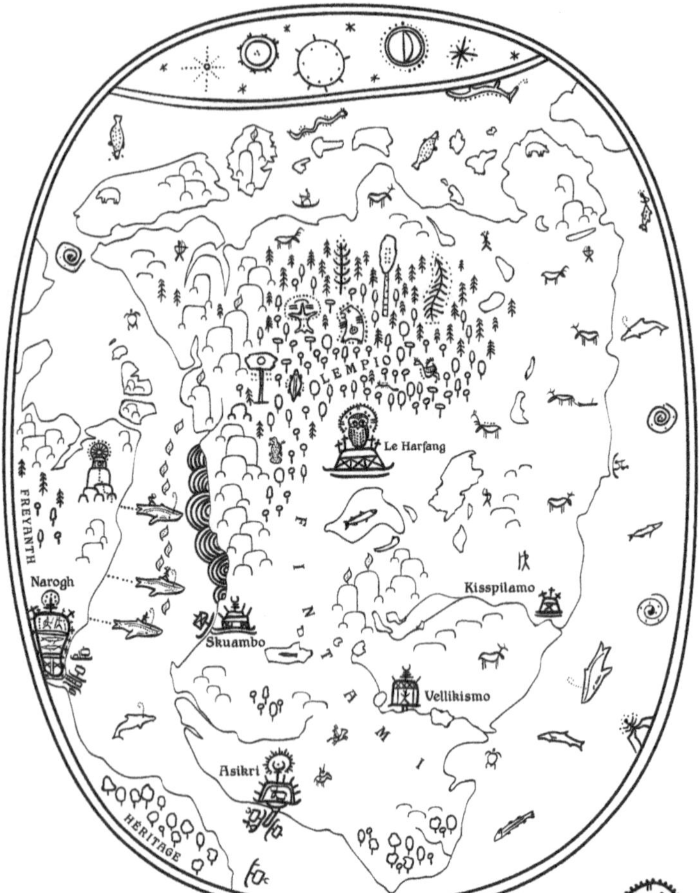
LEMPIO
Le Harfang
FREYANTH
Narogh
Skuambo
F I N D G T A M I
Kisspilamo
Vellikismo
Asikri
HÉRITAGE

Les eaux sacrées de l'Héritage – ancienne carte pour l'éducation des jeunes princes Luari, bibliothèque royale de Narrakhin.

Les survivants de l'expédition Rana

Fintan Calathynn, barde : rimeur, sitariste et gardien du *Vrai-dire,* le Barde est le second du capitaine Rana. À ce titre, c'est lui qui recueille le récit de vie de Manesh, sur lequel il fonde rapidement l'espoir de rencontrer des géants solaires. Parmi les survivants, il est le seul au fait des objectifs réels de l'expédition, qu'il ne révèle à ses compagnons qu'après la mort du capitaine : obtenir du *Roi-diseur* les moyens de contrôler l'*astra* que détient la duchesse Maroué Luari. La quarantaine approchant, il vient de découvrir quelques intrus dans ses cheveux (des fils blancs), et ne se sépare jamais de son vieux mantel noir élimé.

Perdouan Namarantri, dit « le Barbier » : robuste chevalier à barbe blonde et vieux compagnon d'armes du seigneur Rana. Son surnom de « Barbier » lui vient des quelques compétences de chirurgien qu'il a acquises sur le tas, après diverses batailles, en venant en aide aux praticiens débordés.

Varagwynn, batelier de l'Angmuir : batelier expérimenté et excellent nageur, Varagwynn n'est pas un grand combattant, mais c'est un authentique homme de cœur, et un courageux dans son genre. C'est lui qui tire le Bâtard des remous du fleuve, lui encore qui se propose pour lui offrir une mort digne. Grand barbichu au corps maigre, il est, depuis la bataille des Gués de l'Angmuir, tourmenté par les séquelles des effets de l'astra – les *Marées étranges,* de sinistre mémoire.

Shakti, la Courtisane : seule femme adulte à bord du bateau, elle est sous la protection du capitaine et partage sa cabine à l'arrière de la gabarre. On ne sait presque rien d'elle, excepté qu'elle est firwane, originaire de l'île froide du Fintami. Vêtue chastement de robes sombres, les cheveux couverts d'un voile noir, cette mère au teint pâle s'exprime comme une noble lettrée, mais pratique des soins de chamane.

KUNTI, SEPT ANS : la fille de la Courtisane, petite personne farouche et secrète, volontiers provocatrice. La « boussole étrange » du capitaine Rana.

MIACH, SERGENT D'ARMES : grand lancier ténébreux aux longs cheveux sombres, originaire de la petite bourgeoisie de Kalamir. Ses sœurs ayant été suppliciées par les Souranès d'une façon abjecte, il voue à l'ennemi une haine farouche. Cette haine se cristallise sur Manesh, dont il se défie dès le départ.

NADRACH KALERVI, CHEVALIER, ADEPTE DE LA SUTRA SOMARI : petit homme au visage batracien, c'est un excellent arbalétrier, et surtout un guetteur infaillible pratiquant l'éveil des sens par la Sutra Somari, une discipline physique et mentale.

CWAIL UR DINACH : le benjamin du groupe (si l'on excepte Kunti). Habile archer blond d'à peine dix-sept ans, issu des rangs des Couleuvriniers, les maquisards Luari.

LE BRUN DE DHUAN : jeune lancier issu des rangs des Couleuvriniers. Gaillard un peu hirsute, il doit la vie sauve au fait d'avoir cédé sa place dans la seconde gabarre à un batelier.

DIPRAN, CUISINIER DU BORD : petit homme solitaire et sensible, d'origine modeste, accompagné d'un grand cormoran noir.

MANESH, LE BÂTARD DE MARMACH : recueilli par Varagwynn alors qu'il dérivait sur le fleuve, les deux jambes brisées, sur un radeau de branchages, ce « Bâtard » aux boucles noires, aux yeux d'un vert de tourmaline, révèle rapidement au Barde sa nature de demi-solaire, enfant d'un géant errant nommé *Semeur de feu*. Mais il omet de dire qu'il a basculé dans le camp des Souranès pour suivre ses demi-frères, Cénope et les fils de Lahouxe, dans une expédition nordique à la recherche du Semeur de feu – avec comme but ultime, de procurer à la Régente un astra qui puisse rivaliser avec celui de Maroué. Malgré toute la sympathie qu'il éprouve pour lui, le Barde est contraint d'approuver son exécution lorsque le pot aux roses est découvert. Mais alors que Varagwynn s'apprête à le mettre à mort, Fintan observe la flamme messagère d'un *Solaire* à la cime d'un épicéa. Réponse inespérée à celle que le Bâtard a allumée un jour plus tôt au sommet du mât de la gabarre… Pour ne pas laisser passer cette chance, il faut que Manesh vive ! Le Barde se rue dans la grotte, dans l'espoir d'arriver à temps pour empêcher le coup fatal…

Le dit de Fintan Calathynn – 1

Seizième nuit

Lichen, humus et bois mort.

J'en ai plein le ventre, les chausses et les genoux. Collés à ma peau, incrustés dans mes pores. Écrasés dans mes fibres.

La pluie d'hier a lessivé la terre. Le tapis forestier sous mes coudes exhale sa pourriture d'écorce et d'aiguilles ; la mousse regorge d'une humidité froide qui se faufile sous ma chemise lorsque je me presse contre elle, en amant appliqué.

Nous rampons.

Moi et mes deux compagnons de raid, nous tortillons des reins pour nous fondre dans les racines du Vyanthryr. Nous nous faisons plus plats que couleuvres ; à force, nous finirons par devenir limon.

Sur mon flanc droit, Nadrach Kalervi progresse laborieusement, à couvert sous les broussailles. La grande arbalète accrochée dans son dos lui pèse ; je l'entends par moments haleter. Avec ses membres courtauds et sa silhouette replète, il a l'air d'une grosse loutre frottant sa bedaine contre le sol. Quelques coudées devant nous, la tignasse de Cwail brosse une tache claire sous le ciel étoilé – cette longue pousse d'homme de Cwail, aussi tendue que le bois de son arc, qui sinue comme un grand lézard leste, en éclaireur vivace. Le reste de son corps est à ce point couvert de boue qu'il est presque impossible de le distinguer du sol. Avec un peu de chance, cette seconde peau le protégera de l'odorat des *Nendous* si, par malheur, ceux-ci devaient passer de ce côté du fleuve. J'aurais dû avoir son bon sens, et me rouler moi-même dans la gadoue quand j'en avais l'occasion : à présent, rien ne peut empêcher mon odeur de s'en aller flotter parmi les arbres, au risque de réveiller les naseaux de ces terreurs.

Mais des géants démoniaques, pas le moindre signe. Deux jours qu'on n'a plus entendu sonner leurs cors.

Je me raccroche à mes maigres certitudes. *Ils ne traverseront pas ! Le Framar est une eau sacrée ; la franchir leur coûterait trop cher.*

Les hommes, en revanche, sont toujours bien présents. Discrets et sournois, mais plus que jamais ancrés sur cette rive. Je peux les entendre marmonner à voix lasse dans leur norrois abâtardi, quelques dizaines de toises sur ma droite. Il me suffit de redresser le buste et de tourner la tête pour apercevoir, par-dessous les branches, la lueur orangée de leur feu, qui s'exfiltre entre les rondins d'un abri de fortune. L'ennemi doit se taper la pluie et la boue, lui aussi : il a bien fallu qu'il improvise ces maigres caselles pour s'en protéger. Les *Enfants de l'Hermine* ne sont pas près de lever le siège, sinon ils ne se seraient pas donné la peine de s'installer de la sorte. Ils soupçonnent que nous sommes sur la colline et ne lâcheront pas l'affaire facilement.

Sauf que Cwail, Nadrach et moi sommes en train de leur fausser compagnie en beauté.

Nous avons compté sept feux couverts, disposés tout autour du mont ; mais Nadrach jure qu'il y a d'autres guetteurs à l'affût. Des hommes seuls, couchés sur une natte à même le sol, qui se relaient régulièrement pour ne pas trop froidir. Il croit bien avoir vu luire au côté de l'un d'eux la corne d'un oliphant. Il faudra jouer serré pour se faufiler entre leurs lignes. Qu'un seul d'entre eux nous repère, et il chantera sa chanson d'ivoire ; alors nous deviendrons gibier pour tout le courre alentour. Voilà pourquoi je rampe, à en bouffer de la terre ; si je le pouvais, j'enfouirais mon chemin dans l'argile.

Une tension soudaine, dans mes épaules et le dos de ma chemise : le bois de mon arc s'est coincé dans une broussaille.

Je me déhanche en douceur pour le dégager. Libérée, une branche s'ébroue dans un craquement clair. Nadrach se fige, tous les sens en alerte. Je retiens mon souffle. Cwail m'adresse un regard consterné, puis roule se terrer sous les taillis voisins.

Nous restons silencieux un moment, sans oser bouger le petit doigt. L'échine raide, je me morigène pour ma maladresse. L'ennemi est à moins de cent pas. Je soupèse le danger.

Ils n'ont pas pu l'entendre. Ce n'était qu'un infime craquement… Un blaireau en ferait davantage!

Le rythme monotone des conversations de guetteurs nous confirme que rien n'a changé. Timbres traînants, rêveurs, qui semblent se perdre dans les fumées de leur feu. D'un signe de tête, Nadrach me fait comprendre que nous pouvons reprendre notre progression. Je pousse un soupir soulagé, en me jurant de me faire encore un peu plus plat.

Un arpent plus loin, je me traîne sous un épicéa, au tronc duquel je m'adosse. Nadrach s'accroupit en face de moi, à moitié redressé sous les branches basses. Cela fait un moment que nous sommes hors de portée des oreilles hostiles, mais c'est à peine si nous osons échanger des chuchotis.

« Passés », je souffle.

Le petit seigneur à face de grenouille hoche sobrement la tête.

« Il peut y avoir d'autres hommes, objecte-t-il. La forêt est trop aérée. Il faut s'écarter du fleuve. »

Je me redresse sur les genoux; j'écarte deux branches pour lorgner le ciel, qui berce une Lune amaigrie, mais suffisamment vive pour révéler nos visages. La nuit est trop claire à mon goût. En ce lieu soumis aux crues, les rochers moussus et les vases alluviales prennent souvent la place des arbres: nous ne sommes pas assez à couvert, et nous risquons de laisser trop d'empreintes.

« Mieux vaut faire profil bas encore quelque temps, estimé-je. Au moins jusqu'à ce que ce manteau se resserre. »

Je fais signe à Cwail, qui fait le guet un peu plus loin, de nous rejoindre. Nous nous remettons en marche, d'abord à quatre pattes, tels des sangliers fougeant sous les taillis – posture indigne d'un émissaire de Maroué Luari, mais, à cette heure, je me fiche de la dignité comme de mes premières braies. Peu à peu, les épicéas resserrent leur trame pour mieux nous engloutir. Quand il goûte assez les lourdes ramées d'aiguilles, Cwail ose se remettre franchement debout, gueule barbouillée, tignasse en paille bouclée. Je ne me prive pas de l'imiter ; dans cette sombre sylve, à plus de dix pas de distance, nous sommes invisibles.

Nous étirons nos membres endoloris.

« Cordez vos arcs », je murmure.

Nadrach ne se fait pas prier. Il fiche le pied dans l'étrier de son arbalète, tire la corde de son archais et la tend d'une encoche à l'autre, pour bander son robuste arc de fer. Cwail fait de même avec son grand if souple ; puis il fourre la main dans son carquois et en fait jaillir trois flèches acérées, qu'il aligne dans le creux de sa dextre, avant de les encocher l'une au-dessus de l'autre, glissées entre ses doigts. Je ne peux m'empêcher d'admirer l'aisance avec laquelle il accomplit ces gestes : sa fluidité dément son jeune âge et révèle le maître archer. J'effectue les mêmes préparatifs, mais en me contentant d'une seule flèche. Puis je me retourne vers mes deux compagnons :

« Allons-y.

— Quelle distance ? » s'informe Cwail.

Je lève le menton vers Nadrach, pour lui renvoyer la question.

« Quatre milles, énonce ce dernier d'un ton égal. Si ma vue ne m'a pas trompé. »

Je ne peux réprimer une grimace.

« Faudra faire vite, tout de même. La nuit est courte, et déjà bien plus avancée que prévu. »

Le jeune archer s'abstient de commenter ; mais rien qu'à la façon dont il fait rouler sa lippe, en gamin contrarié, je devine ses doutes. Au fond, il ne croit pas à notre raid. Mais il joue sa peau sans hésiter, simplement parce que Nadrach et moi avons décidé de mettre les nôtres en aventure, et qu'il a plus que jamais besoin d'hommes décidés auxquels emboîter le pas. À moins que trois jours d'impuissance et de terreur dans la grotte des Teules, à écouter d'abord tonner les cors des Nendous sur l'autre rive, puis marauder leurs servants tout autour de la colline, ne l'aient poussé à chercher un exutoire dans un peu d'action ? Dix-sept ans de fougue et de courage, tendus vers un objectif insensé. Fasse le ciel qu'ils ne soient pas gaspillés en vain…

Quatre milles en aval, la grande gabarre nous attend pour un ultime rendez-vous.

Nadrach l'a repérée en fin de matinée, quand la pluie a cessé ; il paraît que sa girouette ouvragée surplombait les frondaisons et que l'ivoire luisait aux premiers rayons de soleil. Moi, j'ai eu beau scruter l'horizon depuis l'entrée de notre tanière au sommet de la colline, je n'ai jamais réussi à la localiser ; à cette distance, c'est à peine si je peux distinguer la pointe d'un arbre de celle de son voisin. Mais la vue de Nadrach surpasse très largement la mienne. La Sutra Somari a *affiné* ses sens : il peut percevoir des objets, des odeurs et des sons inaccessibles au commun des mortels. D'après lui, cela ne fait pas de doute : notre bonne vieille barcasse est bel et bien échouée près de la rive, posée sur quelque banc de sable ou empêtrée dans les branches basses qui surplombent les eaux. Il jure qu'il a vu s'élever un mince filet de fumée à la verticale du mât ; il y a gros à parier qu'elle a été arraisonnée par nos ennemis et qu'un comité d'accueil nous attend sous ses cordages.

Il va falloir jouer serré. La nuit boréale sera notre meilleure alliée. Mais elle est si brève, et l'aurore déjà si proche !

Je presse mes compagnons. Nous n'osons pas courir vraiment sous les ramures ; nous nous contentons de trotter sur de courtes distances, en nous figeant régulièrement pour permettre à Nadrach de sonder les alentours. J'ai confiance : s'il y a encore de la truandaille dans les parages, notre compagnon la verra assez tôt. Suffisamment pour permettre à Cwail, qui garde son arc à moitié bandé, d'épingler sur-le-champ quiconque voudrait lever le cor.

Les arbres s'ouvrent, révélant un pan de forêt brûlée. Les troncs noircis hérissent une pente qui dévale jusqu'à une berge vaseuse. Par-delà ce coteau mort, le Vyanthryr se rhabille d'épinettes graciles, et la rive s'érige soudain en éboulis de grosse rocaille, probablement culbutée de l'éminence qui la surplombe. C'est là que, pour la première fois, nous apercevons le mouillage de la gabarre. Sa poupe rectangulaire affleure à hauteur des rochers, la piautre relevée, le safran de traviole. Bien sagement collée à la berge… Le reste de sa coque est caché par la forêt en aval ; seul le grand mât émerge au-dessus de la pointe des conifères. J'aperçois alors ce qui a fait battre le cœur de Nadrach ce matin : la corne laiteuse de la girouette, qui se lustre sous la Lune.

Le petit homme s'avance à mes côtés, à la limite du couvert. Il demeure un long instant à observer le tableau, muet comme un silure. Je le laisse faire, malgré l'impatience qui me taraude.

« Il y a du monde éveillé dans le gaillard d'arrière », lâche-t-il finalement.

Foutres célestes ! Comment peut-il bien le savoir ? Aucune lanterne n'éclaire la loge, pas plus que le reste du navire ! Est-ce qu'il darde ses regards à travers le vague sabord qui aère le châtelet, là où, moi, je ne vois qu'une ombre épaisse ? Ou perçoit-il d'ici, à près de trois cents mètres de distance, le bruit de pas contre le bois, le son étouffé de voix humaines, l'odeur des dents cariées et de la sueur qui croupit sous les masques en fourrure d'hermine ?

« Combien de personnes, à ton avis ? » je lui glisse.

L'affiné hausse les épaules, signifiant ainsi les limites de ses capacités. Du doigt, il désigne le sommet du mât. J'ai beau plisser les yeux, je ne remarque rien de précis.

« Encore de la fumée, précise-t-il. Un léger filet blanc, presque invisible. Cela ressemble à notre bon vieux brasero de bord, qui couve à l'air libre, sur le pont. Alors je dirais : un ou deux guetteurs qui se réchauffent à ses braises, pendant que l'un ou l'autre compagnon se repose sous le gaillard de poupe. Si nous parvenons à éliminer les premiers sans nous faire entendre des seconds, l'affaire prendra meilleure tournure… »

Cwail le considère avec une certaine incrédulité.

« Nous sommes encore trop loin pour dénombrer l'ennemi… » marmotte-t-il, un peu gêné de devoir énoncer une telle évidence à un aîné.

Nadrach lui décoche un regard pince-sans-rire :

« Tu as raison, garçon. Encore trop loin. Alors en route ! Par l'envers de la bosse, je préfère… »

Nous opinons tous deux : dans la forêt brûlée, nous n'aurons plus aucune couverture digne de ce nom. Mieux vaut faire un détour pour laisser le dos de la colline s'interposer entre nous et le fleuve, en espérant qu'aucun des Masques d'Hermine ne soit posté sur l'autre flanc. Nous entreprenons donc de remonter la pente en longeant la lisière de notre pessière, prenant soin de demeurer sous les premières ramures.

Soudain, Nadrach m'arrête d'une brusque détente du bras :

« À couvert ! Tout de suite ! »

Pas le temps de nous poser des questions. Nous nous rejetons en arrière, dans les ombres forestières. Nadrach se couche au sol, son arbalète devant lui ; engage un vireton, fer pointé vers les hauteurs. Debout derrière un tronc épais, Cwail bande son arc à demi.

Tout d'abord, nous ne percevons rien : ni forme ni son. Mais aucun de nous ne songe à mettre en doute les sens de l'affiné. Pendant de longs, très longs instants, nous demeurons aux aguets, le cœur battant, incertains de la menace.

Jusqu'à ce qu'enfin, des voix nous parviennent.

Ils sont cinq, qui marchent à notre rencontre parmi les troncs calcinés, en palabrant à voix basse. On n'aperçoit d'eux que des silhouettes sombres, épaissies par la fourrure, et l'éclat métallique des casques ; et pour l'un d'eux au moins, de fines cornes qui se détachent sous la lumière de la Lune et lui donnent l'air de quelque dieu animal. S'ils n'infléchissent pas leur route, ils entreront dans la pessière une cinquantaine de mètres au-dessus de notre position.

« Est-ce qu'on les… me glisse Cwail.

— Chht, non ! Contente-toi de les tenir en joue ! »

Hors de question de nous hasarder dans un combat inutile. La discrétion est notre meilleur atout ; si nous voulons avoir une chance de rentrer sains et saufs de notre raid, il faut la préserver coûte que coûte.

Un moment plus tard, les intrus se laissent avaler par la ramée. Nous écoutons leurs marmonnements s'éloigner, jusqu'à ce que les aiguilles et la distance finissent de les étouffer. Nadrach garde encore la main levée et l'oreille alerte ; il se tourne dans le sens du vent, retrousse les lèvres en un *flehmen* digne d'un cerf, comme s'il humait des odeurs par la bouche. Lorsqu'il se détend enfin, l'ennemi est depuis belle lurette hors de portée de mes sens.

« Pas de torche, commente Cwail. Pas de lanterne. Ces gars-là ont décidé de rester discrets…

— Le feu ne leur servirait qu'à s'aveugler, rétorque Nadrach. La nuit est assez claire pour trouver son chemin.

— N'empêche qu'ils n'agissent pas comme s'ils étaient en terrain conquis, j'objecte. Ils craignent peut-être vaguement quelque chose ou quelqu'un. Et je doute que ce soit nous… »

Mes compagnons hochent la tête en silence. Que pourraient redouter nos mystérieux assaillants, à part la folie de leurs propres maîtres ?

Nous sortons de notre maquis, redoublant de prudence, pour reprendre l'ascension de la colline. Une fois basculés au sommet, nous traversons au pas de course la forêt brûlée, conscients d'être trop exposés. De longues foulées anxieuses, à louvoyer entre des chicots d'arbres qui s'effritent en cendres. Avec en tête cette pensée lancinante : *Fassent les Astres que l'ennemi soit resté côté fleuve, sans poster de guetteur sur ce versant !* La seule idée d'entendre bientôt sonner une corne me glace les veines.

En face, les premières épinettes nous ouvrent les branches. Je me hâte d'y enfouir ma trouille. Nous demeurons un instant tapis en embuscade sous leurs ombres rassurantes, le temps pour Nadrach de vérifier que les alentours sont déserts. Puis, à pas furtifs, nous repassons de l'autre côté du mont.

Par gestes, je fais signe à mes compagnons de commencer la descente vers la gabarre.

Nous contournons une barre de granite à demi éboulée, franchissant des rochers molletonnés de lichen, attentifs à ne pas faire rouler la caillasse. Nadrach marche devant : il nous a dégotté une piste de gibier, qui finit par nous conduire dessous la barre, dans un terrain semé de conifères épars, à peine plus hauts que nous.

Au détour d'un piton aigu, la rive se dévoile soudain en contrebas, et avec elle la grande gabarre, solidement arrimée aux éboulis. Captive des cordes de l'ennemi…

La première chose qui me vient à l'esprit, c'est que Nadrach avait vu juste : cette prise de guerre est bel et bien gardée. Sous le mât, deux hommes se chauffent au brasero, deux Enfants de l'Hermine aux longs cheveux nappés de cendre. Le plus grand trône sur un tabouret, tassé dans son haubert de mailles blanchies, son arc couché en travers des genoux. Il a les épaules tombantes et la tête épaisse ; un vilain filet de barbe lui moisit le menton. L'autre est un vétéran aux joues flasques, vêtu d'une armure de cuir bouilli et d'un chapel de fer ; il se tient debout, appuyé sur le manche d'une longue lance dentelée. Je repère tout de suite le cor d'ivoire qui pend à son côté.

Quarante mètres à vol d'oiseau. Largement à portée pour une exécution à l'arbalète. Je me tourne vers Nadrach :

« Beau pas de tir, qu'en dis-tu ? Parfait pour arroser le pont. J'aimerais que tu restes ici, pour assurer notre couverture. Cwail et moi, nous descendons un peu plus aval. Une fois les guetteurs éliminés, nous investissons le bateau.

— Très bien, opine placidement Nadrach. Je me charge de celui qui est assis.

— Nous réglons son affaire à l'autre, alors. Il porte le cor, faut qu'il tombe le premier. Si par malheur nous le ratons, alors que ton trait change de cible et le fasse taire sur-le-champ ! »

Le petit seigneur hoche le menton avec bonhomie, comme s'il me faisait une courtoisie :

« Tu peux considérer ces deux hommes comme déjà morts. Les Astres aient pitié de leurs âmes… »

Et ce disant, il porte deux doigts à son front, avant de se fendre d'un sourire ouvertement cruel. En bon soldat rodé aux embuscades, il s'agenouille devant le rocher, déniche un appui pour sa grande arbalète et engage un pointeau, le genre de perce-mailles assez étroit et robuste pour se frayer un chemin à travers n'importe quel anneau de fer. J'apprécie la façon dont il bande son robuste arc de deux cents livres, à mains nues, là où n'importe quel autre arbalétrier utiliserait le crochet : ses bras ne tremblent pas un instant. Et le voilà qui ajuste sa cible et se prépare à l'attente, tranquille comme un pêcheur. Je lui murmure une courte bénédiction, puis j'adresse un signe de tête à Cwail :

« En avant, garçon ! Plus de temps à perdre… »

Et sans attendre, nous entreprenons la descente vers la berge.

Nous nous coulons en silence à travers les arbres, passant d'un rocher à l'autre avec des trésors de précaution. À l'est, le ciel blêmit déjà imperceptiblement en bordure d'horizon ; je peux presque ressentir la masse sourde du soleil, qui couve sous la terre.

« On aurait dû convenir d'un signal, me houspille Cwail, d'un chuchotis tourmenté. On arrivera pas à se coordonner !

— Chht. Ne t'occupe de rien. Contente-toi de tirer quand je te le dirai, c'est tout ! »

Mais le gamin ne veut pas lâcher prise :

« Nadrach ne saura pas qu'on est en position. Il réagira pas assez vite !

— Nadrach saura toujours exactement où nous nous trouvons. Si furtif que tu sois, il entendra le froissement de tes semelles, ton babil imprudent, et jusqu'au moindre halètement qu'expire ta trouille. Si ça se trouve, il t'entendra bander ton archais et tirera avant toi. Maintenant, silence, et prie pour qu'il n'y en ait pas un comme lui sur le bateau ! »

Il ne se le fait pas dire deux fois : il boucle son caquet. Mais je sens bien qu'il n'est pas rassuré.

Cwail, Cwail, je rumine, *ce n'est pas le moment de pétocher !*

Je me sens moi-même inhabituellement détaché. Affronter de simples humains, bénéficier à notre tour de l'avantage de la surprise : c'est presque revigorant, comparé aux terreurs que nous avons subies les jours précédents. Au vrai, je suis heureux de reprendre l'initiative, si grand soit le danger ; c'est à peine si la peur me bécote le creux du ventre.

Quittant le roc, nous dévalons une pente plus douce, densément boisée. Nos pieds s'enfoncent en douceur dans le tapis d'aiguilles ; un terrain idéal pour une approche silencieuse. Entre les branches, sur notre flanc, je discerne les eaux noires du fleuve et la silhouette austère du bateau, toute proche. Nous poursuivons encore une quarantaine de pas, de façon à nous poster en aval de la proue, tout en conservant une position légèrement surélevée. Cwail et moi, nous tirerons les premiers. L'ennemi n'aura pas le temps de saisir l'origine de nos traits que déjà, Nadrach le surprendra sur son flanc, depuis les hauteurs. Si nous visons juste, tout sera plié en quelques instants.

Nous nous glissons jusqu'aux derniers arbres, en bordure du fleuve. Je me coule sous leurs branches, pour risquer un coup d'œil à notre objectif.

À mes pieds, de gros blocs de rocaille semés dans la vase dévalent jusqu'au fleuve. Vingt pas en terrain découvert, et puis la gabarre, sagement alignée contre les rochers. Sur le pont, les deux guetteurs discutent entre eux à voix basse, inconscients du danger qui les menace. À longs phrasés traînants, dont les accents rêveurs me répugnent… Je me replie dans mon abri d'aiguilles, en prenant garde à ne pas agiter les rameaux.

De la dextre, je pioche une flèche dans mon carquois. Cwail incline la tête, pour me signifier qu'il est prêt. L'un de ses traits est déjà encoché, glissé entre son annulaire et son majeur ; les deux autres attendent, logés entre le majeur et l'index, entre l'index et le pouce. En véritable maître archer, il pourra les décocher l'un après l'autre sans discontinuer : un avantage formidable sur n'importe quel tireur ordinaire, contraint de puiser au couire entre deux bercées.

Devant le rideau des arbres, une grande épinette solitaire forme un éperon avancé de forêt sur la rive. Je me faufile à sa gauche ; Cwail passe à droite. Nous bandons nos arcs à l'unisson.

Au tout dernier moment, le guerrier assis semble repérer un mouvement dans les ramures. Il lève la tête, intrigué. Mais il n'a pas le temps d'appréhender la menace… Surgi de nulle part, un carreau siffle et s'enfonce profondément entre ses côtes, avec un bruit sec de maille de fer disjointe. Le gaillard porte la main à son flanc, ouvre et referme la bouche à plusieurs reprises ; râle une courte plainte, puis bascule en avant, dans un silence presque parfait.

Incrédule, l'homme à la lance regarde tomber son compagnon ; dans la pénombre, il ne remarque pas d'emblée l'empennage qui saille du haubert. Je ne lui laisse pas le temps de se remettre de sa surprise : ma flèche prend son envol, va se ficher dans ses reins gainés de cuir, moins profondément que je le voudrais. Simultanément, un second dard lui traverse la nuque de part en part ; il s'effondre à genoux, pissant le sang par la carotide, en fouettant vainement l'air de ses bras.

Sans crier gare, Cwail s'élance vers la gabarre.

J'étouffe un juron, pris de court par sa fougue. Alors que je m'apprête, bon gré mal gré, à le suivre, quelque chose dérape. Surgi du gaillard d'avant, un jeune homme imberbe, à peine sorti de l'enfance, s'élance sur le pont du bateau, tout droit vers le guetteur qui vient de tomber. Dans une sorte de stupeur figée, je vois l'intrus bondir et plonger vers le cor qui pend à la ceinture du mort ; je comprends que je n'aurai pas le temps de l'abattre, pas avant qu'il n'en souffle. Et puis quelque chose fuse à sa rencontre depuis les hauteurs, un oiseau effilé au bec d'acier sifflant : l'offrande de Nadrach. L'adolescent est fauché en plein vol ; il se cabre en retombant au sol, bizarrement désarticulé. Le voilà qui se tord de douleur sur le pont, un carreau dans la hanche ; pourtant, il rampe encore, la main tendue vers l'oliphant, une expression hallucinée sur le visage.

Reprenant mes esprits, j'encoche une nouvelle flèche.

Le garçon a tout juste le temps de bêler un début de cri d'alarme ; quatre bons pouces de hampe se fichent entre ses côtes, et mon aiguillon lui empale le cœur. Je vois sa main partir à la tremblote, ses doigts moribonds grelotter comme des ailes de libellule, avant de s'immobiliser, crispés sur du vide.

Cwail, qui court sous le flanc de la gabarre, n'a rien vu de la scène. Il bondit vers le navire, son arc en bandoulière ; attrape le bastingage, lance ses jambes vers le haut et se hisse maladroitement à bord.

C'est le moment que choisit un quatrième homme pour surgir du gaillard d'arrière. Un castard, celui-là : le crâne chauve, la mâchoire et le nez tapis derrière un masque d'hermine sale ; le haubert couvert de fourrures, et une puissante hache à la main. Quand il découvre Cwail occupé à passer les guiboles par-dessus le bas bord, totalement vulnérable, un éclair de colère flambe dans ses yeux. Mais avant qu'il n'ait pu faire un pas, un claquement retentit, et un carreau vient se planter dans le montant de bois, à quelques pouces de sa tête. Le butor bat aussitôt en retraite sous le gaillard d'arrière.

Cwail ne perd pas de temps : il se rétablit sur le pont, pioche trois flèches dans sa ceinture et bande son arc. Il se met à tourner sur lui-même, incertain de la marche à suivre. Il n'est pas sûr que le gaillard d'avant soit vide d'ennemis ; il ne veut pas se faire surprendre.

Alors qu'il hésite encore, le guerrier chauve surgit à nouveau de sa tanière, bondit sur le pont et charge droit vers lui, poussant un rugissement bestial. Cette fois, il brandit un grand bouclier rectangulaire, qui couvre les trois quarts de son corps. Je relâche la corde de mon arc, mais mon trait passe à deux doigts de son cuir chevelu, sans lui faire de mal.

La première flèche de Cwail se plante dans le bouclier.

La brute glapit son triomphe, ouvre grand sa garde et brandit sa hache au-dessus de la tête nue du jeune archer.

La deuxième flèche lui empale la gorge, à bout portant.

La troisième vient se ficher dans son œil gauche, un court instant après, avec tant de puissance que la pointe ressort de l'autre côté du crâne. L'homme vacille, les deux mains serrées sur son gosier ; il s'abat comme une masse sur le bastingage, puis glisse lentement par-dessus bord et s'abîme entre la coque et les rochers.

Je relâche une sourde expiration.

Sur le pont, plus âme qui bouge. Mon compagnon se remet sur pied, un peu hébété. Son esquive l'a envoyé au tapis, et c'est couché qu'il a tiré son dernier dard ; il mesure à quel point sa vie n'a tenu qu'à un fil.

Une chance que son adversaire n'ait jamais entendu parler des maîtres archers de l'Angmuir, je songe, le cœur toujours palpitant. *Sinon, il n'aurait jamais commis la folie de se dégarnir au premier trait bercé.*

Quittant mon abri sous les arbres, je cours jusqu'à la gabarre et me hisse à bord à mon tour, avec un manque de grâce qui dément mon empressement. Cwail m'accueille d'un sourire plutôt fier, qui étire la croûte de boue séchée sur son visage :

« Place prise ! Tu aurais pu m'aider, Barde ! Je dois tout faire seul, ici… »

Je tire une tronche si sombre, que sa bonne mine se fane aussitôt.

« La prochaine fois, attends-moi avant de foncer, pesté-je. Tu n'avais même pas remarqué cet oiseau-là, je parie ! »

Du doigt, je désigne l'adolescent imberbe vautré dans son propre sang, l'empennage de ma flèche dressé sur sa chemise comme un lys vorace. Peut-être le plus beau tir de ma vie, et c'est à un gamin de quatorze ans à peine que je l'ai offert. Un vrai gâchis… Effleuré par le remords, je me penche sur le cadavre pour lui fermer les yeux. Le garçon a les lèvres entrouvertes ; un papillon anthracite volette dans sa bouche offerte, explorateur opportuniste d'un monde qui se glace. Agacé, je le chasse d'un revers de main. L'insecte zingue au-dehors en mouvements erratiques, va se poser sur le bas bord, où il se fige, les deux ailes repliées. Immobile comme un morceau de charbon…

Cwail dévisage le mort avec un air un peu contrit. Je ne lui laisse pas le temps de s'appesantir :

« Et là-dedans ? Tu as vérifié s'il y a encore quelqu'un ? asséné-je, tendant le bras vers le gaillard d'arrière.

— Ayé, Barde ! Pendant que tu te hissais à bord.

— Alors file voir aussi sous la proue ! Il ne faut rien laisser au hasard. »

Le jeune archer opine et s'exécute aussitôt. Moi, je me retourne vers la loge de poupe : il est temps de mettre la main sur ce que nous sommes venus chercher.

Il y a deux jours, le seigneur Kalendûn Rana, comte palatin, pair de Narrakhin, a rendu son âme aux Astres, rongé par un mal mystérieux. Son trépas est survenu dans un moment si confus et douloureux que j'en ai oublié durant quelques heures mes devoirs vis-à-vis de la duchesse. La première chose que j'aurais dû faire, c'est de m'emparer de l'anneau sigillaire des Luari, et de l'élever devant mes compagnons pour signifier que je reprenais la conduite de l'expédition. Rana le portait toujours à l'index ; j'aurais dû l'y retrouver facilement.

Or, à mon grand désarroi, les phalanges du mort étaient dépourvues de tout ornement.

J'ai fouillé son corps jusqu'au linge, inspecté soigneusement les quelques effets que nous avions emportés avec nous lors de notre fuite, sans rien trouver. En désespoir de cause, je me suis tourné vers la Courtisane. Elle avait veillé le capitaine pratiquement depuis le début de son mal ; si quelqu'un avait pu le voir ôter sa bague, c'était bien elle. Or, elle ne se souvenait pas d'un tel geste ; mais elle était tout de même presque certaine qu'après notre départ de l'île, l'anneau sigillaire n'ornait plus son doigt.

Comment ce grand seigneur, aussi malade soit-il, a-t-il pu se séparer un seul instant d'un objet si précieux ? Était-il troublé au point d'en perdre les sens ? Le sceau ducal est resté derrière nous, quelque part dans la loge du gaillard d'arrière de la grande gabarre. Sans lui, je ne puis parler au nom de Maroué ; l'Oracle ne m'écoutera pas, ou du moins, il n'entendra pas en moi la volonté d'une nation.

« Tant pis ! a clamé Varagwynn. C'est avec le cœur qu'on plaide, pas avec de l'or ; l'Oracle nous entendra donc en tant qu'hommes ! »

Cette sortie a provoqué une vive réaction chez plusieurs de mes compagnons. Il n'y a au monde que cinq exemplaires du *sceau de Kuntola*, tous datés d'un même âge immémorial. Rana avait reçu le sien des mains de la duchesse : un honneur immense, qui faisait de lui la voix de Narrakhin devant les dieux et les hommes, avec un mandat de négociation sans limites.

« Je ne peux pas laisser cette relique tomber en de mauvaises mains, ai-je fait valoir. Pas sous ma responsabilité. Ce serait une perte inconcevable, un sacrilège et un présage funeste. Un Enfant de l'Hermine pourrait parler au nom de Narrakhin, et ses paroles seraient légitimes aux yeux des Astres. »

Même Nadrach, le pragmatique Nadrach, a hoché la tête en assentiment :

« Si tu penses que le sceau est nécessaire pour plaider la cause de la nation, a-t-il énoncé lentement, je te suivrai, Barde. Il y a bien d'autres choses à récupérer sur la gabarre. Du sel. Des herbes médicinales et des bandages, les outils de chirurgien de Perdouan. Des alènes et du fil, des cordes de rechange pour nos arcs et des pointes pour nos flèches. De quoi affronter la longue marche qui nous attend. Ça peut faire une sacrée différence, d'aller les rechercher. Deux ou trois hommes peuvent se faufiler discrètement entre les lignes ennemies, là où notre groupe ne peut passer tout entier ; cela permettra d'évaluer un peu mieux la nasse dans laquelle nous sommes pris. »

Tous ont approuvé en silence, et c'est ce silence qui a emporté la décision.

Je dégotte une lanterne, que j'allume au moyen de mon briquet à amadou. Dans la loge du capitaine, presque rien n'a changé : le robuste coffre de bois et de cuir noir damasquiné trône toujours au centre, presque contre la couchette ; plusieurs pourpoints bombent leur torse de velours, suspendus aux poutres ; le jambon fumé pèse sur son crochet, plus sérieusement entaillé que dans mon souvenir. Les intrus ont aussi posé leur marque sur les lieux : une pelisse de fourrure et un casque traînent sur le lit seigneurial, au beau milieu de nos parchemins, et la paillasse où reposait la Courtisane est jonchée de flèches éparses, dont certaines ne sont pas encore empennées. Dans un coin, au pied de l'armure noire du défunt comte palatin, s'empilent des livres au cuir roussi : ceux que j'avais prévu d'emporter avec moi lors de notre fuite de la gabarre, avant de devoir y renoncer, la mort dans l'âme.

Je décide de débuter mes recherches par le coffre. Soulevant le couvercle, je trouve à l'intérieur d'autres grimoires, posés sur le linge soigneusement plié, à côté d'une boussole et d'un sextant. Je déploie une à une les paires de hauts-de-chausse et les chemises de soie, j'ouvre les livres et palpe leur reliure : rien qui ressemble au sceau de la duchesse. Avisant ensuite une riche aumônière posée sur le bord du lit, je découvre à l'intérieur du matériel d'hygiène : escurette et fusequoir, peigne, savon au lait d'ânesse, poudres à blanchir les dents. Je décide d'emporter le tout et j'en profite pour fourrer également la boussole dans ma besace.

N'empêche que je fais la grimace : les deux emplacements que je viens de fouiller étaient les plus logiques pour ranger un objet précieux, et même les seuls qui aient du sens. Bien sûr, il se peut que l'ennemi se soit déjà emparé de ce que nous sommes venus chercher. Hypothèse funeste ! À moins que les guetteurs n'aient gardé sur eux le fruit de ce pillage. Je passe la tête au-dehors, je hèle Cwail :

« Détrousse les morts ! Cherche l'anneau, et tout ce qu'ils ont pu voler d'autre ! »

L'archer blond se met aussitôt à la tâche, tandis que je replonge à l'intérieur, pour poursuivre mes investigations. J'essaie de me mettre dans la tête du seigneur Rana, de reconstituer son état d'esprit lors de notre dernier jour à bord. Quelle mouche l'a piqué, de retirer le sceau de Kuntola ? Pour rien au monde il n'aurait agi ainsi, avant que son mal le frappe ! Est-ce que, dans sa fièvre, le métal lui brûlait la peau ? Le fardeau de sa charge le rendait-il fou ? Ne sachant trop où chercher, je farfouille au hasard, dans tous les recoins de la loge. Je retire une à une les pièces de la somptueuse armure palatine, en vain. Je sais que le temps presse ; l'aube approche, et le bref cri d'appel poussé par l'adolescent, juste avant que je l'expédie, a pu attirer sur nous l'attention d'autres Enfants de l'Hermine.

« Rien sur les macchabées, proclame Cwail, passant la tête par la porte. Hé, Barde, ces salauds ont piqué nos chèvres et laissé crever nos poules ! »

Mots qui m'effleurent à peine. Je glisse la main dans la doublure de l'oreiller, puis dans celle de chaque pourpoint. Je retourne le matelas, je tâtonne sous la couche : toujours rien. En désespoir de cause, je vais même jusqu'à rouvrir le tonnelet personnel du capitaine, au cas où la bague aurait chu accidentellement dans le vin. De ma lanterne, j'éclaire le liquide purpurin. À la surface flottent quatre fines pellicules argentées, semblables à de la crème de lait. Tout d'abord, je n'y prête pas attention. Et puis, soudain, la réalité me frappe comme un coup de plommée.

Foutres célestes ! Des perles d'étain ! Qu'est-ce que ça fiche là ?

J'en reste abasourdi.

Ces petites baies-là sont une rareté plus dangereuse que ciguë ou venin. Placées dans la bouche d'un sorcier audacieux, puis suçotées lentement, elles procurent des visions très prisées. Mais que la peau vienne à se rompre sous la dent, et c'est la mort presque assurée : leur pulpe est un poison mortel. La Courtisane en avait dégotté un buisson, dans les ruines du manoir des *Lunaires*. Connaissant ses vertus et ses dangers, elle s'était abstenue d'y toucher ; elle avait même mis en garde les hommes qui nous accompagnaient dans cette première exploration de l'île au milieu du lac.

Or, ce que je viens de retrouver dans le tonneau, ce sont quatre enveloppes déchirées ; l'intérieur, lui, a eu largement le temps de se dissoudre dans le breuvage.

Les idées se bousculent dans mon esprit, toutes plus désagréables les unes que les autres. Je mesure les implications de ma découverte, et cela me donne le vertige.

Rana n'est pas mort à cause de sa blessure, réalisé-je, *ni d'un quelconque sortilège. Il est mort empoisonné !*

Et l'empoisonneur, à ma grande stupeur, ne peut être que l'un d'entre nous.

Colère. Désarroi. L'impression que tout bascule. Je plonge les doigts dans le picrate pour prélever l'un des reliquats argentés, que je porte à mes yeux. La déchirure de la peau n'est pas nette ; elle est irrégulière, bordée d'une frange plus sombre, semblable à une brûlure. Je l'emballe dans un morceau de soie – déchiré sur l'une des chemises du capitaine – et la fourre dans ma bourse, pour un examen ultérieur.

Je m'assieds un instant sur le bord du lit, le temps d'accuser le coup. Je cherche à me remettre les idées en place.

Nous avions découvert le funeste arbrisseau peu après notre arrivée dans l'île, en explorant le potager des géants. Puis, tandis que nos compagnons débarquaient à leur tour avec le matériel d'intendance, nos pas nous avaient menés à l'intérieur des bâtiments, d'abord dans une remarquable salle d'eau, puis dans un vaste amphithéâtre où la voix humaine se magnifiait d'une façon surnaturelle. Rana était d'excellente humeur ; la découverte de ces trésors d'*Antiques* le ravissait au-delà de toute description. C'était en remontant du théâtre qu'il s'était empalé la cuisse sur l'archère de bronze tapie dans les hautes herbes ; cette même statue que nous avons tenue longtemps pour responsable de son mal.

Ensuite, le comte palatin avait retrouvé son frère sur le pont de la grande gabarre et lui avait donné des instructions pour explorer le fleuve au-delà du lac, non sans avoir pris au préalable conseil auprès de la petite Kunti. Les deux hommes avaient partagé une coupe, et c'est probablement le contenu de celle-ci qui avait rendu notre seigneur malade : il avait commencé à présenter des symptômes très peu de temps après.

Ce qui veut dire que Denandra Rana était lui aussi condamné. Il ne devait pas être très vaillant, au moment où les Nendous lui sont tombés dessus !

Les autres hommes de la petite gabarre, eux, n'ont tout simplement jamais débarqué dans l'île, ce qui exclut toute possibilité de les compter parmi les suspects. Non seulement le coupable est l'un des membres de l'expédition, mais il est aussi l'un de ceux qui ont survécu. Un des derniers compagnons qu'il me reste, pour faire face à la situation désespérée dans laquelle nous nous trouvons…

Je secoue la tête, de tristesse et de dégoût.

Mon vieil ami… Je trouvais déjà ta mort injuste ; à présent, voici qu'elle m'apparaît tout simplement odieuse. Tu ne méritais pas une telle fin ! Mon regard tombe par hasard sur le hanap en argent du défunt, abandonné sur le lit ; ce même hanap dans lequel il a bu le vin fatal. Un cadeau personnel de la reine Maroué, me souviens-je. Il tenait beaucoup à cet objet ; il n'aurait sans doute pas voulu qu'il tombe aux mains de l'ennemi. Son pied possède un double bulbe assez singulier, qui rend un cliquetis léger lorsque je le soulève, dans l'intention de l'emporter. Intrigué, je le porte à mon oreille, l'agite en douceur : à nouveau, un infime tintement se laisse entendre.

Je saisis la partie inférieure entre mes doigts, la fais pivoter. Quelque chose se dévisse ; le premier renflement me tombe entre les mains. Dans la foulée, un petit objet pesant dégringole dessus avec un bruit métallique.

Je ne peux retenir une exclamation de triomphe.

Ce qui vient de se révéler comme par miracle, c'est le sceau de Kuntola : une bague en or frappée d'une Lune et d'un cerf, couronnés d'un anneau de cinq étoiles. La signature de la duchesse, cachée dans le présent de la duchesse : on peut dire que le capitaine ne manquait pas de logique !

Tu seras donc resté un cachottier jusqu'au bout, Kalendûn Rana ! Est-ce à mon intention que tu l'as dissimulé dans un tel endroit ? Après tout, moi seul connaissais l'origine de cette coupe, et nous nous sommes toujours compris à demi-mot…

Assez perdu de temps : si je traîne encore, l'aube va bientôt nous brûler les paupières. Je passe l'anneau à mon doigt, fourre pêle-mêle dans ma besace quelques herbes et poudres récupérées dans la pharmacopée de bord, ainsi que le hanap du capitaine. Puis je choisis à la va-vite quelques-uns de nos plus précieux grimoires, que je noue dans un balluchon de fortune, avant de quitter la loge en emportant le tout.

Sur le pont, je retrouve Cwail chargé comme une mule, agenouillé à côté du corps de l'adolescent. Dans sa main droite, je surprends l'éclat d'un couteau. Je saisis aussitôt ce qu'il est en train de faire.

« Cwail Ur Dinach ! fulminé-je, laissant libre cours à ma mauvaise humeur. Qu'est-ce que tu fiches ? Tu n'es pas sur l'Angmuir, et ces gars-là ne sont pas des Souranès ! »

Il m'adresse un regard buté :

« C'est pareil. Ils ont tué nos compagnons. Je venge de bons Couleuvriniers ! »

Je le saisis par les épaules, et je le force à me regarder bien en face :

« Ce petit bout de guerrier, que tu es en train de profaner, c'était un brave. Il avait une pointe dans le rein, qu'il tentait encore de s'emparer de l'oliphant ! Laisse-lui ses doigts : il a bien mérité de les garder. Il en aura besoin pour traverser les plaines célestes ! »

L'archer blond fait la moue, un rien frondeur ; on ne renonce pas facilement à une vieille habitude de maquisard. À l'aube de la guerre civile, l'Héritier-Roi a juré la mort de Gwyon Luari et de tous ceux qui lui porteraient aide, c'est-à-dire, en somme, de l'ensemble de notre nation. À travers le Royaume, nombre de ses vassaux ont repris ce serment funeste. En son souvenir, nos partisans se font un devoir d'ôter les trois doigts du jurement, index, majeur et annulaire, à tous ceux qui leur tombent entre les mains. À quinze ans, Cwail dormait déjà *sous la verte tente*, avec les couleuvriniers et les Gris, alors ce geste, je sais qu'il l'a répété trop souvent.

Rien qu'à sa façon d'ouvrir et fermer la bouche, je pressens que mon compagnon va rétorquer quelque chose. Au lieu de quoi, il lâche simplement :

« Il est plus que temps de partir, Barde. »

Je lève les yeux. Derrière lui, le ciel rosit de plus en plus nettement au ras de la forêt.

« Tu as raison. J'ai ce que nous sommes venus chercher. Il nous reste donc un dernier geste à poser avant de dire adieu au bateau. »

Je plonge les mains dans mon carquois, pour m'emparer de la flèche du Bâtard.

Cwail me regarde faire avec un air dubitatif. Je vois bien qu'il n'y croit pas un seul instant, et pourtant, je ne peux m'empêcher d'afficher un sourire allègre. Ce trait, c'est sans doute notre meilleure chance ; l'heure est venue de jouer notre va-tout, tant que nous sommes à bonne distance de notre grotte.

À nous deux, maître Manesh ! C'est le moment de nous montrer le prix que vaut ta couenne...

J'encoche la flèche, lève mon arc et recule de trois pas pour viser le sommet du mât. Je prends une profonde inspiration, et marmonne un court mantra.

Pas question de le rater, ce coup-là !

Ssou ! Le projectile file tout droit vers les hauteurs et va se planter à quelques pouces de la girouette. Sa hampe demeure un court moment à vibrer, animée de sa propre vie ; comme si elle tremblait du bonheur d'avoir volé à nouveau sans entraves, fût-ce pour un court instant.

Baissant mon arc, je m'empare de mon paquetage et me le fourre sur les épaules.

« Hé quoi ? C'est tout ? s'indigne Cwail, imperceptiblement déçu.

— Non, ce n'est pas tout. C'est à l'aube que cela devient intéressant. Patience... »

Cwail fait la moue.

« S'il ne se passe rien, tu pourras toujours le tuer tout à l'heure, ton protégé ! Il y aura gagné deux nuits de plus, et voilà tout.

— Il se passera forcément quelque chose ! Ce type-là n'a jamais su mentir, sauf par omission. En attendant, tirons-nous ! La grande gabarre nous a assez vus. »

Il nous reste à peine le temps de nous faufiler entre les lignes ennemies, avant que le jour ne vienne tout fiche en l'air. Fassent les cieux que les Masques d'Hermine aient toujours les paupières encollées de boue. Parce que le retour nous trouvera rampants dans des ombres moins épaisses, à jouer notre peau sur un soupir. Puissé-je alors me faire plus plat qu'une feuille morte...

Une heure plus tard, le soleil déborde l'horizon pour s'élancer à l'assaut de la canopée, émouvant de ses déferlantes les plus hautes ramées, ranimant les aiguilles glacées à la cime des pins. Depuis le faîte de notre colline, je le regarde embraser le Vyanthryr et lui rendre sa consistance. Subtil éveil de textures et de tons. Comme si des milliards de termites sculptaient les masses ombreuses pour en faire cette matière bosselée, piquetée, tordue qui vibre à mes pieds, encotonnée dans de brumeuses arantèles…

Nadrach pointe alors le doigt vers le fleuve.

Cette fois, je n'ai aucun mal à trouver l'objet qu'il désigne : le mât de la gabarre perce les ramures comme une évidence. En son sommet, une danseuse vient de s'éveiller, lascive, chaloupée ; lumineuse comme le désir de vivre, brûlante comme les reins d'une déesse. La flamme d'un enfant solaire, hissée au vent de ses aïeux. Impossible de la rater, même de loin : elle ne se contente pas de coiffer la girouette, mais s'étire vers le ciel en une longue spire louvoyante, qui domine les frondaisons à des milles alentour. Ses sautes soudaines sont des mots qui racontent : notre situation sous la colline, les ennemis qui nous encerclent, et notre besoin de secours.

Quelque part sous le manteau sylvestre rôde un Antique. Il y a deux jours, nous avons vu gicler son feu ; il s'enquérait de notre sort, en réponse au premier appel de Manesh. Si les Astres sont bons avec nous, ce dieu en marche est toujours dans les parages, en attente d'un nouveau signe de vie de notre part ; et si les Astres sont justes, il ne manquera pas cette nouvelle prière que nous lui adressons. Je veux croire alors qu'il viendra à notre secours : nos cœurs sont tournés vers cet espoir, je ne peux imaginer qu'il faillisse.

« Nous sommes trop visibles, me tanne Nadrach. Il faut rentrer ! »

Je me laisse emmener, l'âme doucement braisée ; je consens à me fondre à nouveau sous le manteau des sept pins. Dans un court moment, je vais m'enfouir sous la terre, où je retrouverai mes compagnons hagards, assommés de ténèbres et d'attente. Je pourrai alors élever devant eux le sceau de Kuntola comme un trophée : je sais que cela leur rendra un peu de leur fierté perdue, fera vibrer à nouveau leurs âmes de partisans. Ils se réjouiront des épices, des outils et du sel, parcimonieux butin de notre raid ; ils reprendront confiance en notre quête. Mais moi, Fintan, je ne tirerai que peu de joie de cette victoire arrachée à l'ennemi. Car je sais maintenant que l'un de mes frères d'armes a trahi, et qu'il peut nous frapper encore ; je ne connais rien de plus cruel que de devoir craindre un couteau ami, sans savoir d'où le coup viendra.

Le dit de Fintan Calathynn – 2

Deux jours plus tôt…

Il n'a pas cherché à se défendre ni à éveiller la pitié. Il savait qu'il avait mené sa barque aussi loin qu'il le pouvait, et que la mort qui s'en venait à lui était la meilleure qu'il puisse encore espérer. Quand la lanterne a profané les ténèbres et que son bourreau est entré, l'épée à la main, un éclair de compréhension a traversé ses yeux fées. Contre toute attente, une forme d'apaisement s'est posée sur ses traits.

D'une voix rauque, il a constaté :

« Ce sera donc toi. »

Il a laissé sa nuque aller en arrière, contre la paroi rocheuse.

« Je suis content qu'ils t'aient choisi, a-t-il murmuré, les paupières mi-closes. Cela rendra… les choses… plus justes. »

Celui qui arrivait pour le tuer a baissé les prunelles, incapable d'affronter son regard. Ses jambes tremblaient malgré lui ; tout son être refusait le geste qu'il s'apprêtait à commettre.

J'ignore ce qu'ils ont pu se dire ; Varagwynn n'a jamais voulu me le rapporter. Ce moment n'appartient qu'à eux deux ; il est fait de pénombre, de pierre humide, de paroles franches prononcées sous un éclairage tremblotant. Tout ce que j'en sais, c'est qu'à la fin, le grand batelier longiligne a bafouillé la seule offre qu'il pouvait encore formuler :

« Comment… comment veux-tu que ce soit fait ? Je peux au moins te laisser choisir ça. »

Le condamné n'a pas répondu : il s'est contenté de détourner la tête. Répondre à une telle question, ç'aurait été aller à l'encontre de tout ce que son fauve intérieur lui soufflait. *Vis ! Aime ! Crée !* rugissait ce dernier, incendiant sa poitrine de passions effrénées. L'imminence de la fin gonflait sa fureur comme les crues gonflent le Framar ; elle débordait dans ses membres ligotés sans parvenir à les mouvoir, cherchant désespérément une issue à ses embrasements. Un feu ambré est remonté dans ses pupilles, qui se sont mises à luire dans la caverne, deux soleils à l'agonie. Le prisonnier a grimacé et baissé le front, assailli par son vieux mal solaire.

Varagwynn a commencé à s'excuser :

« Je ne vais peut-être pas te porter chance ; je ne suis pas très doué pour les mises à mort. Je n'ai même plus de quoi aiguiser ma lame ; si je te tranche la nuque, je crains de ne pas te décoller au premier coup. » Il s'est mis à torsader nerveusement sa barbichette, gêné par ses propres mots : « J'ai entendu dire que l'égorgement… une mort un peu plus lente, mais finalement peu douloureuse. Il paraît qu'on se sent couler hors de soi-même, que l'abandon vient facilement… »

Long silence.

« J'aimerais être plus sûr de mon geste, a soupiré le nautonier ; tu as hérité d'un bien piètre exécuteur, j'en ai peur. »

Le captif a hoché le chef en silence, pour signifier qu'il comprenait. Il y avait quelque chose de courtois dans son regard ; une forme de reconnaissance exprimée par-delà la conclusion tragique. Il a dégluti, s'est éclairci la gorge :

« Il faudra seulement que ce soit… noble, a-t-il marmotté, toujours engourdi par la drogue. Ce moment où tu… vas reprendre… ce que tu m'avais offert. Nous valons mieux, tous les deux, que… cette grotte sordide et… ces soudards brutaux. Et moi, je ne veux pas… finir… dans le noir. »

Et ce disant, il lui a lancé ce qui ressemblait à un regard de connivence. Puis il s'est mis à expirer, avec une lenteur infinie. Une vapeur incandescente s'est faufilée hors de ses lèvres pour s'en aller flotter dans la grotte. Une clarté diffuse, mouvante, suffisante pour révéler les aspérités de la voûte, que le feu de la lanterne laissait auparavant laquées d'ombre. Des stalactites se sont mises à reluire ; les gouttes de calcaire suspendues à leurs pics se sont muées en pépites brillantes, les étoiles d'un ciel intérieur qui n'appartenait qu'à eux deux. La caverne s'est mise à dégoutter de l'or par toutes ses pointes, et l'incendie sous les paupières du prisonnier s'est apaisé un peu.

« Voilà qui est… plus à notre image », il a murmuré. Et il a baissé le front, le regard vide.

Le batelier a dû lutter contre l'émotion qui s'emparait de lui.

« S'il te plaît… ne fais pas ça. Cela me rend triste. Un tel geste ne devrait pas se poser dans la lumière.

— Un tel geste ne devrait… pas se poser du tout. Si ça ne tenait qu'à moi… mais c'est la guerre, et toi et moi, nous n'avons pas… été versés… dans le même camp. »

Varagwynn a torturé son bouc de plus belle, incapable de prononcer un mot de plus. Malheureux jusqu'aux tréfonds de son être…

Le condamné avait encore une demande à formuler :

« Serait-ce abuser de tes bontés… accorde-moi encore un peu de temps pour faire… ma Sadoura. Ce me serait… un grand réconfort.

— Je… je ne crois pas que je puisse attendre encore. Miach va finir par descendre pour terminer le travail. Tu ne souhaiterais pas qu'on en arrive là. »

Manesh a levé les yeux vers les perles d'or suspendues au-dessus d'eux :

« Alors donne-moi juste… le temps que durera ce feu. Quand il s'éteindra, je saurai que… c'est l'heure.

— Je t'ai déjà laissé beaucoup trop de temps. »

Mais il l'a tout de même laissé faire, parce qu'il était un homme pieux, qui craignait d'offenser le ciel s'il refusait à un condamné son droit d'effectuer ses ultimes purifications.

« Le temps que durera ce feu, a-t-il ronchonné, conscient du risque qu'il prenait, certain de passer à jamais pour un faible. Pas un instant de plus. »

La Sadoura, c'est le mantra du renoncement. Ce moment où le sage laisse aller le monde, pour préparer sa renaissance, dans cette vie ou dans l'autre. Toutes les choses qu'il a aimées, il les évoque devant ses yeux ; il leur dit adieu et il les congédie. La terre de sa naissance. Les êtres qu'il a chéris. Des objets, des sons, des paysages. Des souvenirs. Les parties de son propre corps, enfin, abandonnées à la putréfaction prochaine, cédées aux vers, aux flammes ou aux esprits de l'eau. Renoncer à sa main et à son bras. Renoncer à son ventre, à son cœur et à ses poumons, oublier déjà la saveur de l'air. S'affranchir du goût, des odeurs et des sons ; se couper de la peau qui a ressenti, du sexe qui a joui. Se mutiler soi-même en esprit. L'organe déposé, peu importe ensuite qu'on vous le tranche ou qu'on vous le broie pour de bon : il ne fait déjà plus partie de vous. On accueille la mort sans crainte, dépouillé de tout.

Manesh avait besoin de ce rituel plus que tout homme sur Terre, lui dont l'appétit de vie est une source intarissable. Il l'a accompli avec une sorte d'urgence fébrile, pressé qu'il était par le temps – mais sans omettre aucune étape. Puis le feu minéral s'est étouffé progressivement, et les ténèbres sont revenues s'enfler tout autour du halo de la lanterne. Varagwynn, alors, a pris une grande inspiration :

« Il est l'heure. »

L'autre a opiné calmement. Sur le visage du batelier, toute trace d'émotion s'est effacée. Il est devenu résolu, presque dur ; le Bâtard de Marmach a lu dans ses yeux la fin du voyage. Pour la première fois depuis qu'il était entré dans la grotte, Varagwynn a eu réellement l'air d'un tueur. Il s'est dressé, l'épée au poing.

« Facilite-moi la vie, s'il te plaît, il a grincé. Nous n'avons plus beaucoup de temps avant que les autres débarquent finir le travail.

— Que veux-tu… que je fasse ?

— Je ne peux pas te faire mettre à genoux ; l'état de tes jambes ne le permet pas. Je vais devoir te tuer assis. Écarte-toi de la paroi et courbe la tête.

— Ce sera donc le col ? »

Hésitation.

« … si tu n'y vois pas d'objection.

— J'en aurais… des milliers. »

Le Bâtard a pâli. La drogue le rendait toujours docile, alors il s'est tortillé dans ses liens pour se traîner sur les fesses, vers l'avant. Mais j'avais forcé la dose, et si sa sensibilité se réveillait peu à peu, l'homme était toujours à peu près incapable de se mouvoir par lui-même. Il a basculé sur le côté sitôt qu'il a perdu son appui et s'est retrouvé couché sur le flanc, dans une position indigne. Il a bien fallu que le batelier retrousse ses manches pour venir le redresser. Or, le corps du prisonnier était mou, ses liens trop raides, et ses côtes fêlées le faisaient grimacer à chaque mouvement, incitant Varagwynn à redoubler de précautions. Ce qui devait être un geste de miséricorde s'est alors mué en une grotesque pantomime. Pour exécuter correctement un homme, il faut être deux : qu'avions-nous en tête en laissant notre compagnon seul dans ces basses œuvres ? J'avais été trop lâche pour me proposer de l'assister ; quant à Miach, je suppose qu'il s'était gaussé d'avance des difficultés qui attendraient le nautonier, tout en se préparant froidement à reprendre la main, à sa manière brutale, une fois que l'échec aurait été patent. Ce plaisir mesquin était sans aucun doute la seule raison à son absence : sans ça, cela fait longtemps qu'il serait descendu mettre un terme à la farce. Comme il aurait ri, en voyant l'apprenti bourreau s'escrimer à asseoir le captif sans heurter son torse meurtri, pestant et se lamentant de n'arriver à rien ! Pourtant, au bout du compte, c'est aussi cela qui a sauvé Manesh : les coups de bottes dont l'ombrageux lancier lui avait lardé la poitrine, et la pitié qu'ils inspiraient à l'exécuteur. Ils lui ont fait gagner ce petit peu de temps qui m'a permis de ne pas arriver trop tard.

C'est ainsi que je les ai trouvés tous deux, en déboulant dans la caverne ; alors même que le batelier, en désespoir de cause, commençait à se résoudre à commettre une exécution plus barbare, à lui passer sans façon sa lame au travers du ventre. Je suis resté un moment bouche bée devant la scène, sans oser croire à notre bonne fortune. J'avais beau savoir que

Varagwynn était un tendre, j'étais persuadé qu'il aurait déjà commis le geste fatal : le risque d'être mis au ban de notre petite troupe aurait été trop grand, s'il s'était montré incapable de tuer un traître.

« Aide-moi, Barde, a gémi le maladroit. Il faut qu'il meure dans une posture digne…

— Bougre de bobu de chie-dans-l'eau sans cervelle ! j'ai réussi à marmonner.

— Pardonne-moi. Je vais faire ce que je dois. C'est juste que…

— Surtout pas, foutu musardeau ! Tu ne vois pas que cet homme est notre salut ? »

Il est resté un moment sans comprendre. Je me suis retourné vers l'enfant solaire, et j'ai tiré mon couteau. Le miraculé a frémi imperceptiblement lorsque j'ai abaissé ma lame pour trancher les liens qui lui nouaient les mollets.

« Debout, Bâtard de Marmach ! On a besoin de toi là-haut, et tu as intérêt à être à la hauteur. Nos comptes, on les réglera plus tard. En attendant, fais un effort, bouge-toi un peu le fessard ! »

Il m'a dédié un regard vide. Je pense que personne ne l'avait à ce point pris à contre-pied de toute son existence.

Quinzième jour, fin de matinée

Une fois sur le seuil, il est resté taiseux un bon moment. Les yeux plissés, il contemplait le feu qui lui avait sauvé la mise, là-haut sur son épicéa, à six lieues au nord. J'avais le sentiment qu'il en étudiait les cycles ; sa tête dodelinait parfois au rythme lancinant de ses virevoltes, un peu comme un lecteur forme avec les lèvres les mots qu'il lit. Un bras autour des épaules de Varagwynn, l'autre en appui sur les miennes, il vacillait encore ; ses jambes ne le portaient pas. Mais pour rien au monde, il n'aurait manqué le spectacle…

Moi, je piaffais d'impatience ; je n'ai pas pu m'empêcher de le presser :

« Alors ? Qu'est-ce que ça dit, par tous les cieux ? »

Il a réprimé une grimace. L'air vif du dehors ranimait progressivement ses sens ; ses côtes se rappelaient douloureusement à son souvenir.

« C'est un message court. J'aurais... préféré que ce soit plus long.

— S'il est si court, qu'attends-tu pour nous le délivrer ? »

Il a paru réfléchir un court instant. Il reprenait des couleurs à toute allure ; les effets du *pentakolith* étaient en train de s'estomper. Je me suis demandé brièvement si la drogue le forçait encore à la franchise, ou s'il avait retrouvé toute sa rouerie. Mais à ce stade, je n'avais pas d'autre choix que de lui faire confiance.

« Dans une langue d'hommes, cela se traduirait par quelque chose comme : *Indiquez tumulus. J'attends enseveli.*

— Enseveli ? Tu veux dire qu'il s'est enfoui sous terre, cet Antique ? »

Un imperceptible sourire a flotté sur ses lèvres. Ce bougre venait à peine d'échapper à sa sentence, et il se permettait déjà de s'amuser à mes dépens ! Comment faisait-il à nouveau pour retrouver si vite sa bonne humeur ? Avec patience, il s'est expliqué :

« Le langage igné comporte peu de mots. Chacun d'eux peut remplir de multiples offices et doit être interprété selon le contexte. *Enseveli* veut dire qu'il est en planque tout près d'ici, mais pas forcément dessous le sol. Considère cela comme une licence poétique, si tu préfères... Quant au *Tumulus,* c'est une allusion à la retraite que les géants cachottiers et fuyants se choisissent lorsqu'ils traversent les terres des hommes, pour ne pas devoir assumer leurs responsabilités. Cet Antique veut connaître notre cachette ; il prend ses aises en attendant un signe de notre part. »

J'ai posé une main sur son épaule, et j'ai pressé sa chair du bout des doigts :

« Tu vas lui produire une jolie petite flammèche en réponse. Si tu veux que nous te laissions vivre, tu dois prouver ton utilité. Juste ? »

Il a hoché gravement la tête:

« Juste. »

Et parce qu'il devait avoir une foutue envie de me contredire, il s'est empressé d'ajouter:

« Mais pas maintenant. »

J'ai cru qu'il allait marchander; j'ai eu sacrément envie de m'écarter d'un pas pour le laisser choir au sol. Mais sa pensée n'était déjà plus centrée sur lui-même; elle était entièrement tournée vers l'élaboration de notre plan de survie commun.

« Cette flamme est déjà vieille, Barde, plus d'une heure, à présent. Pourtant, elle peut encore durer jusqu'à ce soir. Notre interlocuteur n'est pas fou: il n'est certainement pas resté à côté d'elle, sachant que les Hermines viendraient forcément voir de quoi il retourne. Au contraire, il est probable qu'il fasse le mort dans un autre secteur, en attendant notre réponse; il prendra son temps avant de risquer à nouveau un coup d'œil par-dessus les frondaisons. Donc, si je crachote maintenant ma propre flamme, pas sûr qu'il la voie de si tôt. Les gars assemblés autour de la colline, en revanche… Tu peux me croire, ils seront ici avant lui. Ça ne fera pas nos affaires, Barde! »

Cela ne manquait pas de bon sens. Se dévoiler comportait d'énormes risques; un feu solaire aurait confirmé à nos ennemis notre présence sous la barre rocheuse et les aurait aidés à nous localiser avec plus de précision, tout en attisant leur haine et leur intérêt envers notre groupe. C'était quitte ou double; il était évident que je ne pouvais pas prendre cette décision sans consulter les autres, encore moins déclencher les hostilités sans nous préparer tous à une fuite immédiate.

« Alors qu'est-ce que tu proposes? »

Il a plissé les yeux avec malice.

« J'ai ma petite idée… »

Je l'ai regardé avec soupçon. J'ai décidé qu'il valait mieux mettre les choses au point tout de suite.

« Écoute, Manesh. Je vais faire ce que je peux pour te sauver la mise. Tu comprends bien que tout est lié à ce prodige qui vient de se manifester: fais-en un allié pour notre groupe, et mes compagnons te laisseront vivre ; nous aurons une chance de braver ensemble les dangers qui nous menacent. Échoue, et je ne pourrai plus rien faire pour te garder en vie. »

Il a hoché la tête, pour bien montrer qu'il comprenait. J'en ai profité pour pousser mon avantage :

« Dis-moi maintenant, Bâtard de Marmach… Est-ce que c'est sa flamme à lui ? »

Il m'a dédié l'un de ses longs regards mi-ingénus, mi-pénétrants :

« Et qu'est-ce qui te fait croire que je pourrais la distinguer d'une autre ? » Il s'est passé la langue sur les lèvres avant de se décider à me lâcher le morceau : « Ce n'est pas lui. C'est certain. » Et après un court instant de réflexion, il a cru bon d'ajouter : « Mais c'est plutôt une bonne nouvelle, à tout prendre. Nous allons peut-être tomber sur un géant plus coopératif… »

Après-midi du quinzième jour

Les nuages accumulés au-dessus du Vyanthryr ont fini par s'éventrer pour de bon. Le vent soufflait la tempête ; des trombes d'eau féroces ont dévasté la forêt bien plus sûrement qu'une harde de sangliers. Les gars qui nous traquaient en ont été pour leurs frais : ils ont subi la furie du ciel, tapis sous des abris improvisés à la hâte. De notre côté, seul Nadrach est resté dehors pour assister au spectacle, assis en tailleur sous son lourd mantel de laine, à l'entrée de la grotte : pas question pour lui de baisser la garde, même au plus fort du déluge. Je suis sûr que, derrière le crépitement des gouttes, il guettait encore le son des voix ennemies, battues par les bourrasques, affrontées aux éléments, et qu'il en tirait de précieux enseignements.

Nous, pendant ce temps, on sombrait au creux du roc, emmitouflés dans des fourrures teules.

C'était le premier repos que nous prenions depuis notre départ de l'île des Lunaires. Épuisés, nous nous sommes allongés sur les épaisses nattes dans le fond de notre caverne pour glisser dans un sommeil de vase, une torpeur épaisse et glauque comme le fond d'un marais. Seuls trois d'entre nous ont gardé les yeux ouverts : Miach, qui surveillait le Bâtard, l'âme tout emplie de fureur et de violence contrariée ; Perdouan, qui surveillait Miach ; et Cwail, qui a eu la bonne grâce de tenir compagnie à Nadrach pendant une partie du jour.

J'ai émergé de ma léthargie la nuque roide, le ventre nauséeux. J'avais la curieuse impression de tanguer sur place ; comme si notre abri de roc était une nef ballottée au roulis d'une invisible mer et moi, un tonneau de poix secoué par la houle. Tout autour de moi, mes compagnons pionçaient encore ; même Miach avait fini par sombrer dans un demi-sommeil, adossé à la paroi rocheuse, bien en face du prisonnier. J'ai refermé les yeux un instant, le temps que se dissipe l'étrange sensation de flottement.

De légers clapotis sont venus bercer mon éveil. J'ai tourné la tête. Au centre de la grotte vibrait une lanterne solitaire. Assise sur ses talons dans son halo orangé, la Courtisane lavait le corps du capitaine. À gestes lents, cérémonieux ; le buste qui ploie et qui chavire, entraîné par le flux et reflux du linge moite. Elle avait délacé le pourpoint du défunt ; la peau pâle du torse luisait sous la caresse de la lumière, lisse comme du marbre. J'ai songé que dans la mort, Kalendûn Rana ressemblait à un seigneur des Lunaires, éternellement sage, solide comme la pierre. Ce n'était pas un cadavre que j'avais sous les yeux : c'était une statue votive, et Shakti était l'orante qui prenait soin d'elle, dans le jardin sacré des dieux.

En silence, je suis allé m'asseoir à ses côtés.

Ses mains se sont immobilisées sur la poitrine livide. Elle a baissé le front, respectueuse de mon deuil, ou peut-être tout simplement plongée dans le sien. Nous sommes restés un moment silencieux côte à côte, absorbés dans nos pensées respectives : moi qui laissais mon chagrin sourdre sans pudeur ; elle, impénétrable sous son voile sombre, visage pâle comme Lune, petit nez aplani entre deux yeux taillés en amande douce.

Je me suis demandé ce que le comte palatin avait représenté pour elle : un protecteur bienveillant ou un maître inflexible ? Un guide ou un ami ? Elle mettait, pour lui rendre hommage, toutes les formes rituelles, toilettant le corps de haut en bas, en commençant par le front, pour évacuer les mauvais esprits et les faire ressortir par les pieds. Quelques bourgeons de *naramin* purifiaient l'eau de ses ablutions ; toute partie lavée était aussitôt marquée d'un *narvin* sacramentaire, qui consacrait la chair aux Astres et la préservait de la convoitise des âmes errantes.

Je me suis emparé de la main glacée du capitaine. Machinalement, mes doigts se sont mis à dessiner sur sa paume d'improbables runes, un geste de tendresse inconcevable de son vivant.

« J'apprécie votre savoir-faire, ma Dame, j'ai soufflé. Il vient à un moment opportun. Qui vous a enseigné l'art de préparer les morts ? Votre mère chamane ? »

Elle m'a lancé un regard en coin :

« Les rudiments, seulement. Le reste, je l'ai appris dans l'Héritage, au service d'un bramynn.

— J'ignorais que vous aviez secondé un homme de religion. »

Elle a détourné le regard, inexplicablement gênée, et je n'ai pas osé creuser le sujet. Une fois encore, je mesurais tout le mystère de cette jeune mère : je ne savais rien de son passé ni de ses motivations ; c'est à peine si j'avais entrevu la raison de sa présence parmi nous, dans l'importance que le capitaine accordait aux visions de sa fillette.

Mon regard s'est reporté sur le visage du défunt. Pour détendus qu'ils soient, ses traits n'avaient rien perdu de leur force. Serein dans la mort, mais toujours volontaire, ses sagesses à jamais enfouies sous son front de marbre froid. Je n'ai pu m'empêcher de remettre sa *cham* en place, du bout des doigts – un soin parfaitement futile, mais qui m'emplissait d'un inexplicable sentiment de consolation. Je me suis souvenu de lui recevant Kunti dans sa loge.

Qu'avais-tu trouvé en cette enfant, mon vieil ami ? Un regard qui porte par-delà le regard ? La voix des dieux ou des Astres ? Tu l'appelais « ma boussole étrange » et tu jugeais qu'elle était notre meilleur atout. Que ne m'as-tu parlé de cela plus tôt! J'ai cent questions à te poser, mais tu n'es plus là pour répondre…

L'idée qu'il puisse être parti me frappait de stupeur. Cela me paraissait impossible; comme si une montagne s'était abattue.

« Nous ne pourrons pas brûler son corps, j'ai soufflé. Nous n'en aurons pas l'occasion. »

Et ces simples mots m'ont fouaillé douloureusement le ventre, dans une soudaine déferlante de chagrin. J'ai pincé les lèvres, vaine tentative pour contenir mon é moi. La belle Nordique a incliné la tête avec compassion. Sa main s'est posée en douceur sur mon avant-bras:

« Il ne sera pas souillé. Il demeurera ici sans pourrir. Les Teules finiront bien par lui rendre les derniers hommages. »

Je l'ai regardée tristement.

« Même les plus nobles des hommes doivent se putréfier, ma Dame… Ce cadavre ne peut défier le temps. »

Elle m'a dédié un sourire empli de réconfort:

« Avez-vous pris la peine de jeter un œil aux provisions entreposées dans la première caverne? Il y a là des poires, de l'herbe de jouvence, et même des myrtilles. La jonchée qui recouvre le sol, sous les nattes, est faite de fougères, mais il s'y mêle aussi des tiges de brunelette et des roseaux dorés. Ces choses-là n'ont pas encore poussé; elles datent forcément du dernier été. Elles auraient dû flétrir depuis longtemps. D'une façon ou d'une autre, rien ici ne se décompose comme il est supposé le faire. »

J'ai considéré ses paroles en silence. Depuis le matin, la tanière des Teules nous assaillait de sensations étonnantes, si fugaces que nous osions à peine les évoquer entre nous. Des brises rôdaient, chargées de parfums: tantôt chaudes exhalaisons d'un sud lointain, tantôt bises froidasses aux doigts de givre; quelquefois, soupir aérien embaumé de fleurs inconnues. D'où pouvait provenir ce souffle? De quelque cheminée tapie dans les plis du roc? J'avais cherché un peu, sans trouver le conduit caché. Mais il n'y avait pas que les mouvements d'air.

On éprouvait des choses étonnantes, dès lors qu'on se laissait aller un peu à se détendre. On pouvait se croire léger comme une plume, avoir l'impression de planer au vent ; et puis soudain, devenir lourd comme une enclume, s'écraser sous un air trop poisseux. C'était désorientant…

Entre mes doigts, la main du capitaine retrouvait un semblant de chaleur. J'ai songé que je portais à présent la responsabilité de l'expédition : une charge dont je n'avais jamais souhaité hériter. Mais c'était moi que Maroué Luari avait reçu avec le seigneur Rana, moi qui avais écouté ses secrets et perçu sa détresse, reçu ses ordres, prêté serment de ne pas défaillir. Le sceau de Kuntola était le témoignage de la confiance qu'elle plaçait en nous.

Et c'est seulement à cette pensée que je me suis aperçu qu'il manquait quelque chose d'essentiel à l'index du défunt.

J'ai cherché partout, mais en vain, profané le cadavre à gestes tremblants. Puis la Courtisane a passé au crible ses souvenirs des derniers jours et j'ai compris, la mort dans l'âme, que l'anneau sigillaire était probablement resté sur la gabarre, hors de notre portée. Un coup de plus porté à mon moral, déjà rudement plombé de chagrin…

Nos compagnons émergeaient peu à peu du sommeil. Nous avions perdu totalement le compte du temps. Quelques victuailles teules ont circulé de main en main, nous ont rendu un peu de courage. La bague disparue m'occupait pleinement l'esprit ; je mourais d'envie d'interroger mes compagnons. Mais leurs cœurs étaient rongés par un tout autre débat. Je voyais bien qu'il faudrait d'abord m'en dépatouiller.

« Ton protégé est pas tiré d'affaire, m'avait glissé Miach, perfide. Tu peux me croire, on a pas fini d'en parler ! »

J'ai coulé un regard vers le prisonnier, assis dans un coin, les mains toujours liées. Dans la pénombre où il croupissait, ses prunelles luisaient encore d'un vague halo ambré ; une féerie involontaire, que mes frères d'armes ressentaient pourtant comme une provocation. Personne n'a daigné se lever pour lui apporter de quoi manger ; pas même Varagwynn, qui se savait déjà trop suspect de sympathie à son égard. Miach ne le quittait pas des yeux. Le Brun de Dhuan l'estoquait de ses longues œillades taciturnes, où l'animosité se mêlait d'une froide curiosité. Cwail s'ingéniait à ne pas le regarder, mais je pouvais le sentir vibrer de violence contenue chaque fois que les boucles noires de Manesh affleuraient à son champ de vision. C'est sur ces hommes que j'allais devoir asseoir mon autorité. Couleuvriniers et soudards. Trancheurs de doigts. Brûleurs de fermes, prompts à décapiter tout ce qui pactise avec l'ennemi. Il me faudrait les bousculer dans leurs instincts et leurs rancœurs pour leur faire accepter l'alliance impensable d'un suppôt de la Régente.

Dehors, l'averse avait provisoirement cessé. Le jour agonisait lentement ; un immense soleil rose se dissolvait sur les feuillages humides. Il n'y avait que Nadrach pour contempler cet embrasement. L'infatigable chevalier veillait toujours devant la gueule de notre tanière, dans la faille étroite entre la barre rocheuse et l'immense bloc de pierre effondré. Cette presse de granite ne laissait à son regard que deux échappées : une fine bande verticale de ciel crépusculaire et de forêt, au sud, et une autre, à peine plus large, plein nord. Dans ces deux directions, le manteau forestier frémissait du halo orangé des torches, nettement repérables dans la pénombre boréale. Les Enfants de l'Hermine avaient repris leur chasse : nous étions leur gibier.

À la nuit tombée, Cwail est descendu porter son repas au veilleur. L'affiné a accepté cette offrande sans mot dire, mais il est resté concentré sur son écoute pendant tout le temps qu'il mangeait. Au bout d'un temps, il a tendu le bras vers le nord :

« Regarde, garçon ! Ça, ce n'est pas naturel… »

À peut-être cinq milles, une grande bande de feuillage tremblait, secouée par une bise furieuse. Pourtant, les cimes en deçà demeuraient immobiles, tout comme les ramées au-delà : la lame de vent qui progressait à travers la canopée ne faisait pas un mille de large. Vers l'avant, elle s'affinait en une pointe plus dense, qui envoyait vers le ciel des nuées de feuilles arrachées ; elle échevelait les arbres. Volontaire, elle rampait plein est, vers la flamme insolente du Solaire qui défiait toujours la nuit, perchée au sommet de son épicéa. Fascinés, les deux hommes sont restés à contempler le phénomène, guettant le moment où il atteindrait sa cible. Ça n'a pas traîné. À l'instant où il a touché la flamme, celle-ci s'est mouchée d'un seul coup, sur une ultime pirouette. Le souffle surnaturel est resté un temps à rugir sur place, en s'amenuisant progressivement ; en tendant l'oreille, on pouvait entendre son chuintement distant.

Une pointe de nostalgie est venue piqueter le cœur de Nadrach. Ce qu'on venait de lui éteindre, c'était un phare dans les ténèbres où il veillait.

« Elle va me manquer, cette flamme, il a soufflé. Maintenant, la nuit revient vraiment. »

Et avant que Cwail ne puisse répondre, il a levé la main, pour réclamer le silence. Il y avait soudain trop de voix, autour de la colline, qui ne lui disaient rien qui vaille. Chaque fois que le jeune archer faisait mine d'ouvrir la bouche pour l'interroger, il le faisait taire d'un geste autoritaire. Finalement, il a tourné vers lui ses yeux de crapaud vifs. Et la mine grave, il a soufflé :

« Va dire aux autres que l'Hermine est en train de monter. Je ne peux pas jurer que, cette fois, le roc l'arrêtera. Il faut nous tenir prêts. »

Ce soir-là, les choses ont vraiment failli mal tourner.

L'ennemi s'est avancé jusqu'au pied des sept pins ; au moins trente gaillards munis de flambeaux, armés d'épées et de javelots. La première fois, les chasseurs s'étaient contentés d'un rapide coup d'œil sous les arbres, sans poser le pied sur le rocher. Cette fois, il était évident qu'ils n'en resteraient pas là. Cela s'entendait à leur façon de se héler, longue ligne humaine tendue pour la battue, progressant à pas lents : ils cherchaient, tous les sens aux aguets. Ils prenaient tout leur temps.

Ils sont entrés en nombre sous le couvert. Les plus hardis se sont aventurés dans la caillasse, n'hésitant pas à poser les mains et les pieds sur la falaise, à escalader un peu. Il n'a pas fallu longtemps pour que l'un d'eux se glisse derrière notre rocher. Un cri de triomphe a retenti lorsque l'entrée de la grotte s'est dévoilée à ses regards.

Nous autres, nous attendions derrière le premier coude, prêts à défendre farouchement notre caverne. On se pressait contre la paroi, le corps bardé de fer, les mains fébriles à force de serrer le bois d'arc ou le cuir d'une poignée d'épée. La grande carcasse emplastronnée de Perdouan, qui barrait le passage de toute sa masse, sa hache entre les pognes. L'if ployé de Cwail, encoché de flèches pointues. La lance affûtée du Brun de Dhuan, chevelure en broussaille, la mâchoire mauvaise.

La racaille s'est engouffrée dans les ténèbres en poussant des hurlements de rabatteurs, avide de curée, certaine de nous mettre en fuite. Pourtant, on était sûrs de casser quelques gueules, d'en laisser une moitié au tapis ; on aurait soutenu le choc, on leur aurait inculqué le respect du monde souterrain.

Mais ils ne sont jamais parvenus jusqu'à nous.

Ils sont entrés à trente, emportés par un même élan guerrier, et pourtant, ils n'ont jamais déboulé dans notre boyau. Leurs cris, d'abord tout proches, se sont rapidement étouffés. Ils nous parvenaient déformés, comme s'ils beuglaient sous l'eau, étrangement ralentis. Dans le même temps, la roche autour de nous s'est mise à pulser et se gondoler comme une voile. L'odeur de fleurs, tout à l'heure si discrète, s'est faite violente et âcre. Tout s'est mis à tanguer, de plus en plus fort ; à la quatrième secousse, j'ai eu la sensation que le monde basculait, que mes pieds montaient vers le ciel et que ma tête plongeait vers le bas. Se sentir compressé, serré dans un étau de forgeron. Avoir les joues qui gonflent et puis se creusent, la langue qui enfle et puis se fane ; croire ses jambes réduites à brindilles et sa tête grosse comme une planète ; puis à l'inverse, s'étioler la caboche en trognon de coing, mais découvrir que vos cuisses sont des troncs de chêne. Des filaments de brouillard ont giclé de nos yeux, de nos bouches tordues, certains d'entre eux habités de lueurs animales ; ils se sont mis à filer en tous sens, comme s'ils voulaient retisser à eux seuls la toile du réel.

J'ai songé: *nous sommes passés de l'autre côté du voile.* Mais ce n'était pas nous. Nous étions restés sur le seuil, tandis que nos ennemis, eux, plongeaient pour de bon dans l'Autre monde. La tanière des Teules savait comment piéger les envahisseurs; pour ceux-ci, elle avait ouvert des chemins qui menaient tout droit dans les *Basses Brumes*, en un lieu de fange et de cauchemar vénéneux. J'avais un avantage sur mes compagnons: je comprenais confusément ce qui était en train de se passer, alors qu'eux ne pouvaient que subir, frappés de stupeur. Il n'y avait rien d'autre à faire que d'attendre, en s'accrochant au peu qui nous restait de solide; alors je me suis incrusté dans le roc, de toutes mes fibres, et j'ai serré les dents, serré dans l'attente du moment où cesserait ce roulis, où les servants des Nendous battraient en retraite, pour ne pas revenir.

Ils ne sont jamais ressortis; du moins, la plupart d'entre eux.

Moins d'un quart d'heure plus tard, deux Hermines ont giclé au-dehors, la trogne en panique, les jambes qui flageolent; ils ont dévalé la colline sans se retourner, trop effrayés pour pousser le moindre cri. Et de tout le reste du jour, on n'a plus entendu fanfaronner de cors autour de notre mont.

Quel que soit l'auteur de ce sortilège, Ogh-qui-soupire ou bien quelque autre chamane teule, il nous avait sauvé la mise: notre retraite était imprenable. C'était peut-être la seule chose sur laquelle nous pouvions compter, dans ce mauvais songe qui était le nôtre depuis plusieurs jours: jamais personne ne viendrait nous extirper d'ici.

Seizième aurore
Une journée avant le raid sur la gabarre…

Nous avons tenu notre conseil de guerre dans la grande caverne, assis autour du cadavre de notre chef, en présence de l'enfant des fées. La tension était palpable. Les couleurs crépitaient sur les visages au rythme des torches, des regards d'acier luisant crevaient la pénombre. Les figures animales ornant le grand chaudron de cuivre des Teules, au centre de la grotte, semblaient courir sur place, à la poursuite de leurs ombres.

Miach est entré d'emblée dans le vif du sujet :

« Il faut finir le boulot tout de suite, a-t-il clamé, sans même prendre la peine de désigner le prisonnier. C'est de la folie de le laisser en vie !

— Tu n'as pas écouté, à ce qu'on dirait, l'a coupé Perdouan. Nous avons besoin du Bâtard pour communiquer avec le géant ! On ne peut pas continuer sans aide à travers une forêt qui grouille d'ennemis...

— La belle affaire ! Le géant va répondre à son appel, et après ? Le traître va lui chanter une chanson à sa façon, et le retourner contre nous ! Au contraire, il faut aborder cette créature par nous-mêmes, sans nous encombrer de ce couard : c'est la seule façon de la mettre de notre côté !

— Tu veux nous ramener le géant, Miach ? a rétorqué le Barbier, en désignant d'un bras ferme la sortie de la caverne. Je t'en prie ! Va nous le chercher ! Profite de la nuit pour te glisser entre les lignes ennemies, et pars en quête ! J'espère que tu sais où chercher : seul le dernier des crétins penserait qu'il attend sagement près de sa flamme !

— Le géant ne se laissera trouver par aucun homme, est intervenu Nadrach, de son timbre profond, légèrement nasillard. Il sait que les Masques d'Hermine sont à sa recherche. Il ne se révélera qu'à un enfant solaire qui lui aura prouvé auparavant que le sang du Peuple de Samath coule en lui. »

Les autres ont approuvé en silence, certains avec réticence. De la pénombre est montée la voix chaude de Manesh :

« Tu t'inquiètes pour rien, Miach, cogneur de chevaux ! Et je suis d'accord avec le Barbier : tu n'as pas bien écouté. Il n'y a pas plus sûr moyen de faire fuir un Solaire que de lui parler des guerres d'hommes en le priant de prendre parti. Même Cénope s'y est cassé les dents, au pied de la montagne... »

Le grand lancier s'est retourné vers les ombres, furibard ; ses yeux haineux ont croisé ceux de l'enfant des fées, toujours nimbés d'un léger halo doré. Le prisonnier a soutenu tranquillement son regard.

« Tu ne devrais pas prendre la parole, chien de la Régente, ai-je lancé derrière mon épaule. Pas sans que nous t'y invitions. Jusqu'à nouvel ordre, tu restes notre captif. »

Il se l'est tenu pour dit ; il n'était pas fou au point de pousser la provocation plus loin.

« Nadrach a raison, j'ai poursuivi. Le géant ne viendra que s'il aperçoit à nouveau une flamme solaire et que celle-ci lui décrit clairement notre position. Parle, enfant des fées : es-tu capable de produire une telle flamme ? »

Il n'a pas hésité un seul instant :

« Je le suis.

— Mais tu disais toi-même que nous serions fous d'allumer ce fanal sur la colline ; et même maintenant que l'ennemi a appris à redouter notre grotte, cela reste peu raisonnable de claironner "Nous sommes ici !", car rien ne le leur prouve encore. Mieux vaudrait finasser et nous fendre plutôt d'un "Nous sommes là-bas" bien trompeur. Si seulement nous pouvions porter notre message en un autre endroit ! Mais toi, tu ne tiens pas sur tes jambes. Que réponds-tu à cela ? »

Il a braqué sur moi ses yeux d'ambre ignés. Et le plus sérieusement du monde, il a présenté ses paumes ouvertes :

« J'en dis que tu devrais me donner une de tes flèches, Barde. Je saurai quoi en faire, si tu me laisses l'étreindre un peu à ma façon. Je lui donnerai un peu de moi. Elle ne sera pas très bavarde, au début ; mais à l'aube, elle va chanter son virelai pour les cimes, et ce sera plutôt joli. Un chant qui ronfle et qui craquette… Arrange-toi pour la tirer bien haut, et qu'elle se fiche en ciel : c'est sûr, elle aura des choses à raconter aux oiseaux ! »

Le dit de Fintan Calathynn – 3

Dix-septième nuit
Dix-huit heures après le raid sur la gabarre…

Un long soupir empli de songes.

C'est à cela que ressemble l'étrange brise cavernicole, chaque fois qu'elle s'en revient nous chatouiller le nez. Invariablement, elle nous ramène son relent de fleurs écrasées, légèrement fermentées. Comme si l'haleine d'un gigantesque ruminant trouvait son chemin jusqu'à nous à travers d'invisibles fissures, depuis l'Autre monde tout proche… Quelquefois, il me semble même percevoir un hululement lugubre, le chant du vent qui se perd dans de complexes circonvolutions rocheuses, à moins que ce ne soit réellement l'écho d'une créature de l'autre côté. Je repense à Manesh traversant la montagne sous le souffle du Blanc Briseur… Sauf que, cette fois, nous n'avons pas affaire à un esprit somnolent, mais à tout un monde qui affleure, anormalement présent. Nous sommes dans l'un de ces lieux où le *Voile des Brumes* est fragile, un lieu de contact, un carrefour. J'ignore à quoi nous devons la faveur d'y avoir été acceptés : peut-être simplement à la présence du Barbier Namarantri, qui l'a visité auparavant en compagnie d'Ogh-qui-soupire.

Adossé à la paroi rocheuse, ce dernier change une fois encore de position, mal à l'aise dans sa grande armure de plates bleu nuit. Je suis sûr qu'il maudit les Teules pour avoir négligé de garnir la grotte de tabourets et de bancs : lorsqu'on est bardé de fer, la position assise est l'une des seules confortables. À ses côtés, Miach et le Brun de Dhuan supportent mieux leur souple cotte de mailles. Le premier s'est allongé sur sa natte pour contempler les stalactites au-dessus de lui, et ne songer à rien ; le second aiguise son épée, à grands gestes de ses longs bras un peu simiesques. Un peu plus loin, la Courtisane soupèse un couteau de jet entre ses doigts. Six autres attendent autour de sa taille, soigneusement rangés dans les gaines de sa large ceinture de cuir, qu'elle porte cintrée au-dessus de sa robe noire. Aujourd'hui, la madone a des reins de fer…

Nous attendons. L'heure de tenter la sortie. Ce moment où viendra le géant.

Mes compagnons sont entièrement tendus vers l'action à venir. Ils connaissent bien les risques, mais beaucoup moins notre allié ; ils savent que les prochaines heures vont être hasardeuses. J'aimerais être comme eux : concentré sur l'immédiat, détaché de tout le reste. Moi, mes pensées sont plus troubles… Je ne peux m'empêcher de songer aux perles d'étain dans le tonnelet de vin. Je rumine ma colère, tenaillé par l'envie de la laisser sortir au grand jour. Mais cette tourmente, je dois la porter seul. Tant que je n'y verrai pas plus clair, il est hors de question d'annoncer ma découverte au reste du groupe. Cela ne ferait que mettre le traître en alerte, et instaurer un climat de suspicion dont nous nous passerions bien. Il me faut d'abord savoir à qui je peux me fier, et qui est un coupable potentiel.

Or, les suspects les plus évidents ne sont pas forcément les plus crédibles.

À commencer par le Bâtard de Marmach. Ce serait tellement simple de lui coller ça sur le dos ! Après tout, à Yvachryr, lui et ses cousins ont bien failli débouler sur la gabarre en pleine nuit, pour nous passer leurs lames au travers du corps, de la façon la plus sournoise qui soit. Quoi de plus logique que de penser qu'il a fini par arriver à ses fins ? *Carnedié !* Il suffit d'un instant de réflexion pour se rendre compte que ça ne tient pas la route. L'enfant des fées est resté sous notre surveillance directe pendant tout le temps où il a foulé le sol de l'île ; il n'a pas pu s'en aller baguenauder dans le jardin des Lunaires et cueillir les perles d'étain, tout brisé qu'il était. De plus, il n'a jamais mis les pieds dans la loge du gaillard d'arrière et, lorsqu'il est remonté à bord de la gabarre, le capitaine était déjà malade depuis longtemps. Il est tout simplement impossible qu'il soit l'assassin…

La Courtisane, ensuite. Elle a été la première à repérer les baies et la seule, à part moi, à avoir montré sa connaissance du danger. Un esprit simple y verra peut-être une preuve de culpabilité ; pour moi, au contraire, cela tend fortement à la disculper. Si elle avait eu l'intention d'utiliser les perles, elle n'aurait pas attiré notre attention dessus ; elle aurait simplement misé sur notre ignorance, pour en cueillir en douce derrière notre dos. En outre, le capitaine Rana était son protecteur, son seul rempart contre mes soudards de compagnons : quoi qu'il ait pu se passer entre eux, elle aurait été bien imprudente de se débarrasser de lui.

Ce qui nous laisse encore sept coupables potentiels : Nadrach, Perdouan, le Brun de Dhuan ; Miach, Varagwynn, Cwail et enfin Dipran, notre cuisinier. Parmi ceux-ci, il me semble qu'il faut distinguer une première ligne de suspects : ceux qui nous ont accompagnés dans l'exploration de l'île, et qui ont assisté à la découverte des perles d'étain. Soit Perdouan, Varagwynn, Dipran et le Brun de Dhuan. En effet, le tueur ne pouvait pas prévoir qu'on trouve la *baie de savoir* sur l'île. Elle est si rare qu'il n'en connaissait probablement pas l'existence, avant d'entendre Shakti expliquer ses vertus. Il a forcément agi en opportuniste.

Perdouan, je n'y crois pas. Le robuste sire Namarantri était l'un des plus vieux compagnons du seigneur Rana ; il lui servait souvent de garde du corps et avait pris l'habitude de lui coller aux basques, jouant la nounou d'une façon qui en venait même parfois à irriter le comte palatin. Je suis certain qu'il aurait donné sa vie pour lui. D'ailleurs, s'il avait vraiment voulu le tuer, il aurait eu une foule d'autres occasions pour le faire.

Varagwynn, j'ai du mal à y croire aussi, sans doute en raison de ma sympathie pour le grand batelier. Mais je ne peux pas l'exclure des suspects, si brave homme soit-il : je ne l'ai pas côtoyé assez longtemps pour prétendre qu'il soit pour moi sans secrets. Je sais que notre compagnon d'eau est malade ; il souffre des effets prolongés des Marées étranges, autrement dit, de la rémanence des vagues de l'astra lunaire mal maîtrisé par la duchesse lors de la bataille des Gués, et mal éteint depuis lors. Et si, d'une façon ou d'une autre, les Souranès l'avaient convaincu que Maroué était la source de son mal, qu'il fallait l'arrêter à tout prix ? Tant qu'on ne connaît pas pleinement un homme, il peut toujours vous surprendre ; je dois compter Varagwynn au rang des possibilités.

Mes regards se reportent ensuite sur le Brun de Dhuan – grand gaillard broussailleux à l'épaisse tignasse brune, au faciès de loup-cervier. Cet escogriffe souple comme un singe est plus tanné que ne le voudraient ses dix-huit printemps. Il fait partie de ceux que j'ai choisis personnellement pour rejoindre notre expédition, sur le conseil du Bélier rouge. Il m'avait raconté lui-même son histoire, autour d'un feu de camp ; allez savoir pourquoi, celle-ci m'avait inspiré confiance et convaincu de l'emmener avec nous. Sa famille tenait une auberge sur la rive est de l'Angmuir, un gros relais cossu, bien équipé en stalles ; c'est là qu'il a grandi, entre palefreniers, bûcherons et bateliers, lui-même un peu de tout cela sans doute. Ses parents étaient de bons partisans de la Lune et du Cerf ; mais quand les hostilités ont éclaté, ils se sont retrouvés du mauvais côté de la frontière, en territoire contrôlé par les Souranès. Ça ne les a pas empêchés de rester patriotes, en soutenant les Couleuvriniers comme ils le pouvaient. Pendant plusieurs mois, ils leur ont offert discrètement le gîte, le couvert et une bonne planque pour mener leurs incursions dans les alentours. Ce bel élan civique a fini par leur coûter cher. Un beau jour, des gars du connétable ont débarqué en force, plus que titillés par les coups de main répétés des Torchards. Ils ont fouillé toute l'auberge et n'ont pas tardé à découvrir ceux qu'ils traquaient, cachés dans les greniers.

Les nôtres ont vendu chèrement leur peau ; les planchers de la bâtisse se sont gorgés d'un sang qui n'était pas seulement le leur. Mais ils n'avaient pas le nombre pour eux, si bien que les derniers à résister ont tout de même fini pendus aux arbres voisins. Les parents du Brun étaient du nombre, et aussi quelques-uns de leurs commensaux. Le Brun lui-même, ils l'ont épargné : il n'avait pas encore ce poil touffu, il est parvenu à mentir sur son âge, à se donner du quatorze ans. Le capitaine Souranès qui menait l'assaut était un homme pieux, qui respectait les lois de la guerre : il ne voulait pas prendre le risque de passer la corde au cou d'un gamin. Au lieu de quoi, il l'a fait envoyer dans un monastère au bord du fleuve, et *Chay !* Notre pendard s'est retrouvé à formuler ses vœux sous la menace de l'épée.

Ce n'était pas n'importe quelle abbaye, évidemment : un cloître des Frères de ronce, parmi les plus rigoureux de toute la foi solaire. De quoi remettre dans le droit chemin une jeune pousse de rebelle, déjà formée à manier les armes et à dormir *sous la verte tente.* Le Brun s'est accommodé comme il pouvait des épais murs couverts d'épines, de la discipline inflexible et des promesses qu'on lui avait arrachées : l'austérité, la chasteté, la mortification de la chair ; une vie de prière, et un silence forcé qui ne s'interrompait qu'à certains moments de la journée.

C'est la chasteté qui s'est révélée la plus difficile à supporter.

Le jour où il a craqué, il s'est emparé d'une chaîne pénitentielle, et il est entré en guerre contre la foi, avec les armes de la foi. Ce n'était déjà plus le garçon imberbe qu'on avait cloîtré une bonne année plus tôt ; quinze mois de corvées avaient parachevé un homme robuste, habitué à manier la cognée et la houe. Il avait déjà connu les joies de la chair avant d'être emprisonné en religion ; sa réclusion n'empêchait pas sa jeunesse vigoureuse de le démanger plus souvent qu'à son tour. Un beau jour, donc, il en a eu assez qu'on le muselle et qu'on le batte, marre qu'on le force à dormir dans une culotte de laine rêche, les mains sanglées ensemble, de peur qu'il se dérobe à lui-même un instant de plaisir. Assez que, pour tuer son désir, on lui parle des entrailles puantes qu'abritent les ventres de femmes, pareils à des nids de vipères, qu'on lui apprenne à abominer sa propre chair, à brider ses astres intérieurs et à se sentir coupable au moindre chatouillis de son vit. Alors il a pris sa fine chaîne de métal barbelée et il se l'est nouée autour du front, pour bien montrer qu'il s'efforçait de réprimer ses pensées impures, mais que seule la force du fer pouvait encore contenir ce torrent.

À l'aube, il est entré dans la chapelle de Nimir, où sa mortification n'est pas passée inaperçue. L'office finissant, d'autres novices sont venus lui glisser un mot à l'oreille et lui demander pourquoi il s'infligeait plus de peine que ne le requérait le frère-correcteur. « Je veux foutre », il a marmonné en réponse, d'une voix si peu intelligible que les autres ont cru mal comprendre.

Lorsqu'il est entré au réfectoire, trogne butée, le front bas, il exsudait une telle colère rentrée que bien des regards se sont tournés vers lui. Personne n'a pu manquer la couronne sanglante qu'il avait sur le chef. Soupçonnant quelque provocation, le père supérieur l'a désigné pour lire les oraisons matinales. Il savait que le grand escogriffe lisait laborieusement ; sans doute souhaitait-il le ramener à plus d'humilité. Tandis que ses frères prenaient leur repas, le Brun s'est dressé, tout raide, devant le pupitre, et son long doigt basané s'est posé comme une verge sur les pages en parchemin. Découvrant les Saintes Écritures, il a entrouvert une bouche béate d'adoration mystique. Son regard s'est mis à courir le texte ; mais seul un marmottement inaudible est sorti de ses lèvres.

« Plus fort ! » l'a adjuré le maître, courroucé.

Le Brun a levé vers lui des yeux un peu perdus. Pour toute réponse, il a dégoisé quelques grognements porcins, l'air profondément navré. Comme plusieurs novices pouffaient discrètement, il a secoué la tête avec désespoir, s'est frappé la poitrine en signe de contrition, serré la gorge des deux mains, tout en grognant de plus belle ; on aurait vraiment juré que le verbe était coincé dans son gosier, qu'il ne parvenait plus à émettre que des sons animaux. Et puis soudain, sur un haut-le-cœur, il a retrouvé l'usage des mots, et ceux-ci ont roulé brutalement au dehors :

« Je veux foutre ! » il a glapi.

Le visage du supérieur est devenu dur comme la pierre. Il l'a sommé de répéter ce qu'il venait de dire.

« Je veux foutre ! » a bramé le Brun de plus belle et, cette fois, ses paroles ont rebondi lourdement contre les voûtes du réfectoire. Son visage s'est convulsé de tics violents, comme si tout son être s'efforçait de contenir ce vocable impie. En réalité, la liberté qu'il s'offrait l'emplissait d'une joie féroce, et il prenait un plaisir pervers à feindre la componction. Certains des novices s'y sont laissés prendre : ils ne savaient plus s'ils assistaient à une bouffonnerie incroyablement téméraire ou à une véritable lutte intérieure. Dans le coin de la salle, le frère-correcteur a fait un pas en avant. Tout le monde a compris que les choses allaient mal tourner pour l'impudent.

« Approche ! » a ordonné le supérieur.

Le Brun s'est avancé jusqu'à la table où mangeait le gardien des âmes. C'était un homme grand et froid, les mains et le cou profondément engoncés dans son immense coule grise. Il était aussi dépourvu d'empathie que de pilosité : glabres son crâne et ses arcades sourcilières, glabre sa peau pâle et glacée. Tout, en lui, faisait contraste avec le novice velu qui s'avançait vers lui la mine basse, le regard faussement pénitent, une drôle d'ardeur dans les yeux.

Le maître a fait savoir au disciple qu'il ne l'avait pas autorisé à se mortifier plus durement que ses frères ; d'un geste, il l'a prié d'ôter sa chaîne. Le Brun s'est exécuté docilement, conservant toutefois l'objet du supplice entre ses deux pognes jointes. Mais cette réparation ne suffisait pas au révérend ; chacun voyait qu'il entendait faire un exemple, qu'il prenait tout son temps pour le faire. Glacial, il a sommé le jeune homme de répéter ce qu'il avait lu dans les écritures.

« JE VEUX FOUTRE ! lui a beuglé le Brun à la figure. FOUTRE ! » Et il a abattu la chaîne de toutes ses forces sur les doigts du moine, brisant plusieurs phalanges et faisant jaillir des copeaux de chair.

Le visage de l'ecclésiastique est devenu cramoisi. Celui du frère-correcteur s'est tordu d'une colère stupéfaite. Il ne lui a fallu qu'un instant pour se remettre de sa surprise ; sa nature violente a repris immédiatement le dessus. Il s'est élancé vers le rebelle d'un pas d'amble, pareil à un buffle à la charge. C'était un mastodonte qui devait peser au bas mot quatre cents livres ; le Brun n'avait aucune intention de se laisser étreindre. Il a sauté sur la table et s'est mis à courir dessus, renversant les écuelles en clamant : « Foutre, foutre, fouuutre ! », battant les airs de ses deux longs bras simiesques et semant à lui seul un impensable chaos. Des auxiliaires ont accouru prêter main-forte au frère-correcteur, armés de badines et de fouets de corde. Notre compagnon a vu venir le danger à temps ; pour échapper à leur nasse, il s'est précipité dans l'escalier vers les étages, toute la chiourme monastique sur les talons.

Il n'a bientôt plus eu d'autre refuge que le toit.

Ce matin-là, il tombait une pluie légère, si bien que seul le frère-correcteur s'est risqué à poursuivre le plaisantin sur les tuiles glissantes. Encore n'osait-il le faire qu'assis à califourchon sur le faîte, progressant comme une tortue, tandis que le Brun de Dhuan, lui, courait sans peur sur le versant mouillé, insouciant du risque de chute. Parvenu au pignon, il s'est dressé face à la cour du cloître, bien campé sur ses jambes, il a levé les poings au ciel et s'est remis à brailler son cri de guerre comme un possédé, pour tous ses frères assemblés en bas :

« Je veux fouuuutre ! Jeeee veuuuuuux fouuuuuuutre ! Deees culs ! Deees cons ! Fouuuuutre ! »

Et chacun de ces beuglements lui faisait oublier un peu plus les longues semaines de continence.

Lorsque le frère correcteur est parvenu jusqu'à lui, l'air peu jouasse, c'est à peine s'il a daigné lui prêter attention. À gestes précautionneux, le maton s'est remis debout, une jambe de part et d'autre de la faîtière. Quand il s'est senti assez assuré sur ses pattes, il a fait claquer son redoutable fouet de cuir. Le Brun a simplement étendu le bras ; il a capturé deux lanières de sa main nue, et tiré d'un coup sec. Le lourdaud a perdu l'équilibre et est parti à la glissade, en hurlant d'horreur.

Il couinait encore en basculant par-dessus la corniche, et jusqu'au moment où il s'est écrasé en contrebas.

Sa chute a plongé le monastère dans la consternation.

Le supérieur s'est mis à proférer des malédictions, petite silhouette gesticulante rivée à la terre. Il a jeté l'anathème sur le meurtrier, proclamant que sa nature traîtresse avait repris le dessus, qu'il était l'une de ces bêtes sauvages avec lesquelles copulent les Couleuvriniers ; un lynx que les maléfices de Maroué avaient doté d'une apparence humaine. Il l'a sommé de descendre se livrer à la justice. Et comme l'impudent réclamait toujours des cons à foutre, et ne se souciait pas de lui donner d'autres réponses, les moines sont allés chercher des arbalètes.

Le premier carreau a sifflé à quelques pouces de l'oreille droite de notre compaing, rompant instantanément son euphorie. Il a su qu'il voulait vivre et sauver sa peau. Il s'est laissé glisser sur l'autre versant du toit, hors de vue de la cour. Il a pris appui sur la corniche et s'est jeté dans le fleuve Angmuir, de toute la force de ses jambes, par-dessus les ronciers et les murs qui fermaient le monastère.

Par quelque faveur des Astres, cela ne lui a pas rompu les os. Un bon moment plus tard, il émergeait des eaux sur l'autre rive, pour se perdre aussitôt dans la forêt. Il ne lui a pas fallu longtemps pour rejoindre les Couleuvriniers, auprès desquels étaient demeurés son cœur et sa révolte. Il a rapidement gagné la confiance du Bélier rouge, bon bougre taiseux qu'il était, jamais rétif à l'ouvrage, le bras vaillant dans la bataille ; et moi, je l'ai trouvé digne d'être des nôtres.

Aujourd'hui encore, sa réputation, la fin tragique de ses parents et ses liens précoces avec la couleuvrine m'incitent à me fier à lui ; mais qui sait ce qui peut acheter un homme ou le perdre, et après tout, je n'ai pas moins de gages de la part des autres suspects.

Dipran.

Dipran aussi est une possibilité. Tout d'abord, parce qu'il a été le queux des Couleuvriniers ; il est habitué à accommoder des repas de fortune, usant de tout ce que la nature lui met dans les mains. C'est même l'une des raisons pour lesquelles on l'a choisi pour cette expédition en pays sauvage. Savoir quelle baie est comestible et quelle autre est toxique fait partie de ses attributions ; même s'il a peu de chances d'avoir jamais croisé les très nordiques perles d'étain. Ensuite, parce qu'il pouvait fréquenter librement la loge du capitaine, que ce soit pour lui porter ses repas ou pour s'y procurer des épices et d'autres victuailles conservées sous le gaillard d'arrière. Ses allées et venues sur le bateau n'avaient rien de suspect pour personne ; s'il y a bien quelqu'un qui aurait pu verser le poison dans le tonneau tout à son aise, c'est lui. Mais Dipran n'est pas un courageux ; je l'imagine mal en tueur calculé. C'est une âme sensible et solitaire, aux manières parfois saugrenues ; je crois bien que son cormoran est son seul ami. Je ne parviens pas à lui trouver de mobile de meurtre, mais je décide tout de même de le tenir à l'œil, parce que lui aussi fait partie de ceux qui ont entendu la Courtisane formuler ses avertissements.

Bien sûr, je ne peux pas exclure qu'un des autres membres de notre groupe soit coupable : Miach, Cwail ou Nadrach. En particulier Nadrach qui, même s'il n'était pas présent lors de la découverte du buisson, aurait pu surprendre des bribes de notre conversation depuis le pont de la gabarre, en fin renard qu'il est. Est-ce que son ouïe est capable d'une telle prouesse ? L'idée de voir l'affiné trahir Narrakhin est particulièrement effrayante. Il est l'un des maîtres-espions de Maroué, l'un des hommes auxquels elle confie son salut ; qui sait combien de secrets il pourrait dévoiler à l'ennemi ? Et s'il devait choisir de se retourner contre notre groupe, ses sens et ses talents guerriers feraient de lui un ennemi mortel, capable de nous surprendre au plus mauvais moment…

Une vibration sourde, propagée dans le corps du roc, me tire de mes pensées. Mes tempes se mettent à bourdonner ; une angoisse familière se hisse tout le long de mon épine dorsale.

« Ayé ! Ça recommence », crache Perdouan.

On se regarde, tendus. Chacun de nous sait ce que signifie ce tonnerre étouffé : là-bas, sur l'autre rive du Framar, les géants noirs sonnent à nouveau de leurs cors, pour réveiller la battue. Une ombre retombe sur mon cœur. Comme mes compagnons, je m'étais pris à espérer qu'après deux nuits d'absence, ces terreurs ne reviennent plus ; les entendre à nouveau me retourne les sangs.

L'air autour de nous est redevenu stagnant. À croire que l'Autre monde et ses brises refluent, écrasés par la présence des Nendous… Nous demeurons un long moment à écouter, cherchant à deviner les sons derrière le frisson de la pierre. Celle-ci tremble avec moins de force que la première nuit, mais beaucoup plus de constance ; un grondement d'orage permanent. Je pressens qu'il se passe quelque chose de subtilement différent.

C'est alors que Kunti se lève d'une pièce.

« Les chiens ! elle couine. Les chiens sont là ! » Et soudain, elle se met à ruer du pied, les traits convulsés de rage, comme si elle guerroyait contre des rats. Sa furie nous prend tous de court ; avant qu'on n'ait pu esquisser un geste, elle se tétanise et retombe en arrière, dans les bras de Perdouan.

« Petit morpion, bafouille le grand gaillard, décontenancé, mais quelle mouche te pique ? »

La fillette frissonne, comme tirée d'un cauchemar, et sa petite frimousse s'apaise un peu contre la poitrine du Barbier. Ce dernier pose sa grosse paluche sur sa joue et se met à la caresser, avec une tendresse inattendue. Je cherche le regard de la Courtisane ; elle détourne les yeux pour ne pas croiser les miens.

Des ombres s'élève la voix chaude de Manesh :

« Tu te trompes, enfant. Ce ne sont pas des chiens. C'est autre chose, de bien plus cruel. De longues hyènes au ventre bas ; des choses mamelues aux yeux de charbon braisé. Quand j'étais suspendu aux piliers de pierre, je les ai vues ramper hors la broussaille, au coute des Nendous…

— Ta gueule, le chieux, claque Miach, peu amène. Pas besoin de nous filer les chocottes. Qu'attend-on pour lui remettre son bâillon ? »

N'empêche que chacun se souvient de ce qu'il a raconté. Le malaise nous gagne peu à peu ; la chape d'air qui stagnait dans la caverne se fissure en un frisson glacé, courant d'une échine à l'autre.

Kunti pousse un cri aigu et se remet à gesticuler furieusement dans les bras de Perdouan.

« Ils sont en train de faire les rituels, piaule-t-elle, les yeux écarquillés. Ils vont franchir le fleuve !

— Rha, mais tais-toi donc, enfant ! la tance le Barbier, tout en s'efforçant de la maîtriser. Arrête de nous alarmer avec tes fariboles ! »

Elle se raidit aussitôt, mais les mots sont dits et ne peuvent être ravalés. Dipran pâlit très visiblement. Les autres regardent avec suspicion l'enfant haletante, dont les tremblements s'apaisent graduellement. Chacun se demande s'il peut y avoir une once de chamane dans un être si jeune, ou si seule son angoisse parle à travers elle. Il n'y a qu'une seule façon de dissiper le doute.

« Je vais voir », je souffle, dépliant mes jambes.

Et sans attendre l'avis des autres, je m'empare de mon arc pour rejoindre Cwail et Nadrach à leur poste de guet. Le Brun de Dhuan m'emboîte le pas en silence, inquiet pour la jument.

Nous retrouvons cette dernière dans la première grotte, déjà toute harnachée en prévision du départ. Grelottante de trouille sous ses lourdes fontes de cuir… Le Brun empoigne sa bride, caresse son flanc d'une main rassurante. La pauvre bête a renâclé chaque fois que les cors ont sonné ; l'habitude n'a pas amoindri sa pétoche. Je ne peux pas lui en vouloir. Ici, leur mugissement devient clairement audible ; moi-même, je sens mes entrailles se nouer. Envie de replonger me terrer plus profondément sous la colline ; l'idée d'affronter le monde extérieur met mon courage à rude épreuve. Au passage, je prends la peine de vérifier notre équipement, rangé dans les fontes : mon sitar dans son étui, les quelques livres d'Arjipoor que j'ai ramenés de la gabarre, et aussi la grande épée dévote du seigneur Rana, accrochée dans son fourreau à l'arçon du cheval. Je ne peux pas m'en encombrer, et je ne peux me résoudre à la confier à l'un d'entre nous.

Quelques pas plus loin, nous tombons sur Cwail, qui remonte le boyau à notre rencontre. Agité comme un singe, entre l'excitation et la peur, il se rue littéralement dans mes bras :

« Il faut que tu viennes voir ça, Barde ! me postillonne-t-il au visage. Il se passe trop de choses, en bas... »

Il m'agrippe le poignet sans façon et m'entraîne vers la sortie.

Nous voici dehors, sur le seuil de la tanière qu'occulte toujours le grand rocher chu. La nuit est noire, empesée de nuages ; les arbres sont des ombres fiévreuses. Une odeur malsaine se traîne dans l'air : comme un parfum d'orage, chargé de relents décrépits. Toutes proches sur l'autre rive, les trois cornes nendoues, la fêlée, la sourde et la mugissante, entremêlent leurs barrissements dans un infernal unisson qui vous écrase les boyaux au fond des côtes. Ce n'est pas un appel : c'est quelque chose de plus solennel, comme une marche d'hommage aux Astres les plus sombres du ciel. Chuintement du vent. Froissements des feuillages. Et derrière tout cela, ténus mais bien présents dans les rares moments où les trompes s'interrompent, les hèles et les cris des hommes en maraude.

Posté à l'extrémité nord du roc nous attend Nadrach, impavide face à la tourmente. Je le rejoins en quelques pas. Notre rempart de pierre s'efface, révélant la forêt dans sa vastitude.

Au nord-ouest, le fleuve étire son cours noirâtre à travers le Vyanthryr, en décrivant des lacets. Des feux multiples glissent lentement à sa surface, migrant d'une berge à l'autre ; leur rougeoiement illumine les flots de longues traînées sang et or, rendues floues par la distance.

Des radeaux, réalisé-je aussitôt. *D'autres hommes qui traversent en masse, pour rejoindre nos assiégeants... La Nyache les emporte ! Quand cela va-t-il s'arrêter ?*

Mais ce n'est pas cela que Cwail veut me montrer. Pressant mon épaule pour attirer mon attention, il pointe le doigt vers le nord-est.

Là-bas, à peut-être une lieue du rivage, une délicate lumière d'or s'enfle sous les frondaisons, pulsant au rythme d'une invisible respiration. Les rameaux qu'elle caresse s'embrasent des couleurs de l'aube ; ils se soulèvent sur son passage, tout frémissants d'extase, avant de retomber lentement, sitôt qu'elle les délaisse.

Cette vision me chamboule. Pour la première fois, je contemple le prodige narré par Manesh. Cela progresse à bonne vitesse, rampant sur l'envers des feuillages ; cela vient tout droit vers nous. N'était l'invasion en cours depuis l'autre rive, je me laisserais bien aller à m'exalter.

« Va chercher les autres, je lance. C'est lui… »

Cwail m'adresse un sourire un peu nigaud, très fier de l'avoir vu le premier. Il se détourne et file se perdre dans les plis du roc, plus zélé que jamais.

Nadrach n'a pas bougé d'un pouce ; il scrute l'étonnant clair de jour, la mine perplexe. Dans le tonnerre des cornes, je dois tendre l'oreille pour entendre ce qu'il me glisse :

« Il y a quelque chose qui ne va pas, fait-il. Pourquoi est-ce qu'il se rend aussi visible ? Il se signale à l'ennemi autant qu'à nous… Une flamme au sommet d'un pin, ç'aurait été plus judicieux ! »

Conscient du bien-fondé de ses paroles, je me penche en avant. Je surprends, dans le déplacement de la lumière, quelque chose d'erratique. Sa marche n'est plus aussi rectiligne qu'au premier regard ; tantôt elle cahote vers l'est, tantôt elle se déporte brusquement vers l'ouest. Comme si elle cherchait un passage à travers le broussis, sans parvenir à le trouver.

« S'il n'essaie pas d'être discret, rétorqué-je, c'est qu'il est très sûr de lui, ou alors… qu'il se sait de toute façon déjà repéré ! »

Nous échangeons un regard grave. De là où nous nous trouvons, nous toisons la forêt lointaine, mais les deux milles les plus proches nous sont cachés par les reliefs de notre propre colline. Or, le nimbe doré va bientôt disparaître en dessous de cet horizon. Pour ne pas le perdre de vue, il faudrait prendre de la hauteur, nous aventurer sur les éboulis, où nous serions plus exposés. Après une courte délibération, nous osons franchir le pas ; nous grimpons nous poster sur le roc en surplomb des sept pins.

Les ramées à nos pieds se dévoilent alors à nos regards.

« Là ! Les torches ! » pointe immédiatement Nadrach.

Je les repère presque en même temps que lui : des feux rougeoyants qui crapahutent sous les arbres, en une longue ligne de front tendue sur près d'un demi-mille, à la rencontre du géant.

« Foutres célestes ! je peste. Il est déjà aux prises avec l'ennemi ! »

De toute évidence, ces ribauds-là viennent du pied de la colline ; ils sont sans doute de ceux qui nous assiègent depuis trois jours. Hélas, il en arrive aussi de la berge du fleuve, là où finissent d'accoster les radeaux ; je vois leurs flambeaux converger en une cohorte plus dense, tout droit vers l'Antique. Je devine à présent pourquoi ce dernier s'est embrasé : il cherche à les aveugler pour rompre leurs rangs. Mais d'une façon ou d'une autre, les Hermines ne se laissent pas impressionner ; ils sont préparés à confronter les survivants du Peuple de Samath et marchent sans peur au-devant de lui.

« Il ne va pas arriver à passer, vocifère Nadrach. Ce ne sont peut-être que des hommes, mais ils sont assez nombreux pour lui barrer la route ! Il a toute une armée contre lui ! »

Je fais la grimace.

« Ça ne fait pas nos affaires. S'il ne peut pas franchir ce barrage, nous le pourrons encore moins ! »

Le cœur serré, je regarde le halo solaire esquisser une feinte sur la droite, puis se dérober et refluer vers le nord. Il ne trouve pas l'ouverture ; il n'ose pas – pas encore ? – tenter de forcer le passage. Le voilà même qui décline et s'étouffe, disparaissant complètement pendant un bon moment. Avant de réapparaître comme par miracle un demi-mille plus à l'est, pour tenter une nouvelle percée. Je retiens mon souffle, formulant des vœux silencieux pour que cette estocade prenne l'adversaire par surprise et parvienne à pénétrer son rempart.

C'est alors que les trois trompes se taisent, d'un seul coup.

La forêt plonge aussitôt dans un silence de mort. On n'entend plus se héler les hommes; même le vent s'est mouché complètement. Seuls quelques légers craquements de branche se laissent percevoir, en direction des torches. Il fait soudain si vide et si sombre, que j'ai l'impression d'avoir perdu quelque chose d'essentiel; comme si nous venions de basculer sans le savoir dans les fosses de l'éther.

Seul Nadrach a l'oreille assez fine pour saisir ce qui nous manque.

Depuis presque trois semaines, nous sommes habitués à son bruit de fond permanent, en arrière-plan de nos conversations. Le fleuve. Le fleuve s'est tu. Le serpent ne rampe plus. Fini, le léger bruissement de ses eaux. Il est impossible qu'il ait cessé de couler, et pourtant, son muse est suspendu, comme si le temps s'était arrêté.

Lentement, mon compagnon se tourne vers la rive ouest.

Là-bas, tous les feux se sont éteints. L'obscurité est devenue si dense qu'on ne distingue plus les frondaisons des arbres, seulement une longue ligne bosselée, nimbée d'une étrange vapeur, qui sépare la terre du ciel. La façade ouest du Vyanthryr s'est fondue en une seule masse opaque; quant au lit du Framar, ce n'est plus qu'un long néant tapi au pied de ce rempart.

Je porte la main à mon front pour en essuyer la sueur. Qu'il fait chaud, soudain! Une touffeur pesante, qui s'accorde mal avec les nuits nordiques. L'air que j'inspire est épais; chaque goulée me contracte douloureusement le gosier.

Une seule sonnerie, très brève, déchire le silence.

Kahiiiin!

De part et d'autre du fleuve, une grande clameur d'hommes en liesse lui répond, suivie aussitôt d'un hurlement sinistre, glapi par de multiples gueules. Comment vous décrire cette nouvelle horreur? Une longue plainte qui naît dans le lugubre, pour s'enfler lentement vers l'aigu, avant de s'interrompre brusquement, dans une sorte de claquement à vous cailler le sang. Alors des grognements mouillés prennent le relais, dans une frénésie digne d'un essaim de frelons, comme si d'innombrables mâchoires déchiquetaient la forêt pièce par pièce, à grandes becquées furieuses ; jusqu'à ce qu'un silence trompeur vous annonce le prochain hululement, en vous laissant à peine le temps de reprendre votre souffle.

Ce cycle sinistre se répète trois ou quatre fois ; puis la plus sourde des cornes nendoues prend le relais, à pleine puissance. Alors soudain, les frondaisons sur notre rive se mettent à bruire furieusement. Des nuées d'oiseaux crèvent la canopée pour jaillir vers le ciel. Ils fuient vers le levant, en proie à une peur panique ; ils abandonnent leur aire à l'abomination qui s'en vient par-delà l'eau figée.

Les mots restent noués dans ma gorge ; il faut que ce soit Nadrach qui les prononce :

« Ils traversent ! Les géants noirs traversent !

— Et leurs hyènes, coassé-je. Leurs hyènes qui hurlent dans la nuit… Sahari bienheureuse, protège-nous ! »

L'image de nos compagnons éviscérés, suspendus aux branches, revient aussitôt me hanter. Je serre les dents pour juguler l'angoisse.

La trompe retentit à nouveau, toujours plus proche. La matière sombre dont s'encotonne la rive ouest déferle de la cime des arbres pour s'écouler dans le lit fluvial, écumante de ténèbres. Quelques instants plus tard, elle hisse ses doigts vaporeux sur les ramures d'en face et commence à ramper sur la canopée, de notre côté du Framar.

Un coup sourd fait trembler le monde. Comme si un marteau céleste venait de s'abattre. Je retiens mon souffle.

À peut-être une lieue au nord de notre colline, des arbres se mettent à tanguer aux abords de la berge ; quelque chose de massif ébranle leurs ramures par en dessous.

Barhoooooooo !

La corne la plus puissante a pris pied sur notre rivage, fracasse ce qui me reste de courage. Tout autour de nous, l'air s'obscurcit. Une présence sourde, indéfinissable, me pèse sur le cœur. Un goût de cendre me remonte dans la bouche.

Ils sont ici. De ce côté. L'eau ne nous protège plus. Grands cieux !

Nous restons tétanisés, à regarder la gangrène brumeuse ronger lentement la chevelure de la forêt, et les ramures vaciller. Quelque part sous cette chape, le chœur sinistre des hyènes salue la conquête du fleuve d'un long hurlement carnassier. Les oliphants le font taire, d'une sonnerie impérieuse.

« Cela va à l'orient, gargouille Nadrach, toujours lucide. C'est après l'Antique qu'ils en ont… »

À peut-être une demi-lieue de ce cauchemar en marche, l'aube surnaturelle bat en retraite vers le nord, maintenant une distance constante avec le danger. Sa lumière s'est réduite à une tache pâle sur la canopée.

Qu'est-ce qu'il fiche, à s'attarder? me tourmenté-je. *Il a décidé de les attendre, ou bien il espère encore passer?*

Le mugissement des trompes bouscule mes idées; la peur souffle sa tempête et m'empêche de voir l'évidence. Elle finit par s'imposer à moi :

C'est bien cela… Il les entraîne avec lui vers le nord! à défaut de pouvoir nous rejoindre, il nous dégage une sortie!

Un bruissement dans mon dos. Je tourne la tête pour découvrir mes compagnons, émergeant un à un du roc. La carrure massive de Perdouan, tout bardé de fer, sa grande hache de bataille entre les mains, sa couleuvrine de cuivre dans le dos. L'ombre un peu simiesque du Brun. La haute silhouette de la jument, les fontes chargées des maigres biens qui nous restent. La *naecha* affûtée de Miach, et le grand cormoran noir sur l'épaule de Dipran.

Nadrach saute à bas de notre perchoir. Il se penche à l'oreille du Barbier, criaille pour lui expliquer la situation. Je viens coller ma tête contre les leurs.

« Qu'est-ce qu'on fait ? » trépigne le grand sire Namarantri, conscient que toute notre stratégie est en train de s'effondrer et que la situation devient plus dangereuse d'instant en instant.

Je prends ma décision sur-le-champ :

« On fonce à bas de la colline et on pique plein est ! Le géant nous offre une diversion, on en profite pour prendre le large. Cette chance ne se présentera pas deux fois ! »

Perdouan branle du chef en approbation :

« *Ar'nach'Eriu!* De toute façon, c'est ça ou être acculés dans notre grotte par une armée entière. Y'a pas à balancer ! »

Son soutien me conforte dans mon choix. Le robuste chevalier ne perd pas de temps. Le voilà qui donne des ordres, remonte nos rangs pour mettre chacun à sa place, en bon soldat rôdé aux ordres de marche : Cwail, Nadrach et le Brun de Dhuan devant, Miach en arrière-garde avec Varagwynn ; le Bâtard de Marmach au centre, assis sur le cheval, les jambes à moitié nues sous son épais pourpoint.

« Colle aussi la petite sur la jument, lance le Barbier à Miach. Ses petites pattes trottent pas assez vite ! »

Je vois le Kalamite sur le point de protester, mais il n'y a pas de temps pour discuter, alors il s'exécute en grommelant : il hisse Kunti sur le devant de la selle et l'installe entre les cuisses pâles de Manesh, avant de passer les deux mains du prisonnier, toujours liées ensemble, par-dessus la tête de l'enfant, pour encercler sa taille menue. Puis il se retourne vers la Courtisane :

« C'est pas mon choix, Dame ! C'est vous que j'aurais voulu voir avec elle sur ce cheval. La quittez pas des yeux, la petite, elle est entre de vilaines pognes… »

Notre compagne hoche la tête avec froideur. Miach s'empare de la bride pour la confier à Dipran. Il sait que le petit queux est un piètre combattant, mais s'y entend pour parler aux bêtes : autant le charger de mener la monture.

« Conduis-les, lui intime-t-il. À la première traîtrise, sers-toi de ton poignard ! »

Puis, sur un dernier regard torve au Bâtard, il récupère sa lance et retourne se planter en arrière-garde. Nadrach s'incline vers moi, agite la main près de son oreille pour évoquer le vacarme des trompes ennemies :

« S'il reste des Hermines dans les parages, aboie-t-il, je ne les entendrai pas ! »

Je hoche la tête pour lui faire comprendre que j'ai bien reçu le message. Puis je me campe devant mes compagnons, et j'élève la main pour brandir devant eux le sceau de Kuntola. La Lune et les étoiles sont absentes du ciel, pourtant, sous le feu de notre unique lanterne, l'anneau parvient à rendre un bref éclat, suffisant pour qu'aucun des miens ne puisse l'ignorer. Je décide de tenir cela pour un augure favorable.

« Frères de la verte tente ! je clame. Mes Couleuvriniers, mes embûcheurs de sente ! La forêt a toujours été votre alliée, qui vous dissimule et vous protège ! L'heure est venue de quitter notre retraite pour nous tailler un chemin vers l'Oracle. Nous sommes les descendants des cinq filles de Kuntola : nous ne craignons pas le Vintou ! Mais nous marchons sans crainte aux côtés du Peuple de Samath et du Peuple d'Antaqua. Pour Maroué Luari, par la Lune et le Cerf, en avant ! »

Et je m'avance dans la pente, hors de l'abri des sept pins.

Le dit de Fintan Calathynn – 4

Tout autour de nous, des troncs noirs dressés comme des obstacles. De la caillasse qui roule sous nos bottes. La terre qui gronde de façon diffuse, même quand les cornes se taisent. Nous trottons dans d'épaisses nappes d'air chaud qui flairent le chien malade, l'orage et la cendre.

Derrière mon épaule, la jument renâcle nerveusement. Dipran a toutes les peines du monde à la garder vaillante; je l'entends murmurer à son oreille pour la rassurer. Bon gré mal gré, la bête maintient l'allure; mais dans cette pente incertaine, le risque est grand que sa fébrilité finisse par lui faire rater un pas. Le Bâtard de Marmach a compris le danger. Il sait que, si notre haquenée se casse une jambe, il est condamné à être abandonné avec elle, alors il lui parle aussi, d'un timbre paisible comme le fleuve. Les flancs de la bête frémissent au son de sa voix et, contre toute attente, son allure se tranquillise un peu.

Devant nous, nos éclaireurs ne sont que des ombres; c'est à peine si je distingue Cwail et Perdouan, qui ne sont pourtant qu'à quinze pas. Plus proche de moi, Nadrach, caparaçonné dans sa brigandine de velours noir, progresse d'un pied sûr. Les bras et les cuisses gainés de cuir latté, son grand pavois d'arbalétrier accroché dans le dos, il m'évoque un scarabée trapu, arpentant le pierrier en seigneur des insectes. À mes côtés marche la Courtisane, qui porte la lanterne. De temps à autre, elle dévoile brièvement sa clarté sous les sabots du cheval, pour l'aider à franchir un pas difficile; mais la plupart du temps, elle l'étouffe d'un voile de tissu. Cette fois encore, l'obscurité et le secret seront nos meilleurs atouts.

Orhoooooooooouuuuur !

Longuement barrit la plus sourde des trois cornes, quelque part au bas de la colline.

Kahiiiiin !

La fêlée prend le relais. Pendant un long moment, leur vacarme écrase la forêt. La vibration se prolonge jusque dans mes dents ; je serre les mâchoires pour la juguler. Les trompes ne sonnent plus que par intermittence, mais elles sont si proches que chaque nouveau mugissement nous arrache un sursaut d'angoisse. L'impression qu'elles nous attendent au bas de la colline, que leur marche vers le nord est un leurre, et que nous ne faisons que nous jeter dans la gueule du loup.

Misère ! Dans quelle folie je nous entraîne ! C'était ta dernière erreur, Fintan Calathynn. Nous allons tous la payer de notre vie !

Quand revient le silence, nous sommes toujours à flanc de coteau, quelque part au milieu des bois ; perdus dans des ténèbres épaisses. J'essaie d'évaluer notre position : probablement à mi-hauteur de l'éminence.

Soudain, nos éclaireurs se figent. Je vois la grande hache à deux mains de Perdouan quitter son épaule pour se mettre en garde, et Cwail se rejeter à couvert derrière un tronc, flèches encochées. La Courtisane s'empresse de couvrir la lanterne.

Et nous voilà tendus, à scruter l'obscurité devant nous. Je suis trop loin pour voir ce que mes compagnons ont repéré, mais je perçois tout de même distinctement des craquements de brindilles, et un autre son qui ne me dit rien qui vaille : le frottement de la maille de fer sur les plaques d'armure.

Bientôt, une voix s'élève sous les ramées :

« Sinavar Jog ? Viggar ahak ? »

Hermines, à n'en pas douter. Ces bandouliers-là ne savent pas encore s'ils ont affaire à une de leurs patrouilles ou bien aux fugitifs qu'ils recherchent ; sans doute ne s'attendent-ils plus assez à la seconde hypothèse. Il ne faut pas leur laisser le temps de se faire un avis.

« Sinavar Froj », articule le Barbier, jovial. Il fait quelques pas en avant, le plus tranquillement du monde, et puis, brusquement, il charge en faisant tournoyer sa hache au-dessus de sa tête.

Cwail jaillit comme un diable de derrière son arbre et décoche : un trait, deux traits, et un troisième dans la foulée. J'entends au moins un cri étouffé, et puis le « han ! » assuré de Perdouan et le choc caractéristique d'un fer qui se fiche dans quelque chose de solide avec un crissement désagréable.

« Sept hommes ! » nous lance Nadrach, avant de ficher sa botte dans l'arceau de son arbalète, pour bander.

Quelqu'un me déborde par la gauche, en me bousculant au passage : Miach, qui se rue au combat, de sa longue et sauvage foulée. Du coin de l'œil, j'aperçois une autre silhouette qui fonce à droite, la lance en avant : probablement le Brun de Dhuan. Jaillie de nulle part, une bille de fronde siffle à quelques pouces au-dessus de ma tête, avant de s'éclater contre un tronc proche. Nadrach se redresse et tire, à pleine volée. Le cormoran de Dipran s'envole vers les hauteurs. Je me décide enfin à réagir ; j'encoche une flèche, puisée au carquois.

Devant nous, cela ferraille ferme ; les cris se mêlent au choc des bois de lance, aux heurts du fer contre le fer. De là où je suis, je ne vois que des formes indistinctes : impossible de tirer. Laissant le cheval à la garde de Dipran, j'entreprends de me rapprocher du combat.

« Gauche ! » m'avertit Nadrach, le pied à nouveau dans l'arceau.

Je me retourne, l'arc en main. Louvoyant entre les arbres sur ma senestre, une ombre me fond dessus. J'essaie de l'ajuster, mais les troncs s'interposent, alors j'attends le tout dernier moment pour lui décocher mon trait, en pleine poitrine. À cause de l'obscurité, je réalise trop tard qu'elle porte un haubert : le projectile rebondit dessus sans faire le moindre mal. Déjà, le tueur est sur moi, hache levée pour me fracasser le crâne ; j'interpose mon arc en un geste de protection dérisoire et désespéré.

C'est alors que surgit sur mon flanc un héros furieux, tête nue, un cri rageur au gosier. Sa lance providentielle percute l'Hermine au milieu du sternum, avec toute la force de sa charge. Le choc est si violent que mon adversaire se plie en deux, souffle coupé, côtes brisées dessous la maille. Mon sauveur n'attend pas qu'il se remette ; il balance sa botte dans le visage du gaillard, juste dans le défaut du casque, et l'achève au sol, d'un bon coup de pointe dans la gorge. Puis il se retourne vers moi, et je découvre le visage de Varagwynn.

« Oublie l'arc ! il me lance. Trop sombre ! Trop d'arbres ! »

J'opine mollement, encore un peu hagard, et dégaine ma bâtarde.

Sur ma droite, Nadrach fait une brusque volte-face et tire, à bout portant. Son carreau fauche en pleine course un nouvel adversaire, qui croyait le surprendre dans le dos. Le seigneur Kalervi ne craint pas de bercer dans le noir ; sa puissante arbalète aux pointeaux effilés se rit des anneaux de fer. Je n'ai ni son entraînement ni son équipement. À deux pas de lui, la Courtisane tourne sur elle-même comme une louve aux abois, un couteau de jet entre les doigts. Couché sur l'échine de la jument, le Bâtard de Marmach offre un rempart de son corps à Kunti, la protège contre les flèches perdues.

« Reste près d'eux ! me lance Varagwynn. Je vais aider les autres. »

Et ce disant, il file se perdre dans les ombres devant nous.

Je fais tournoyer mon épée dans le vide, prêt à recevoir de nouveaux ennemis. Nadrach s'adosse à moi, l'arbalète chargée. Dipran fait de même avec Shakti. Nous attendons, déterminés à défendre femme, enfant et monture contre tout assaut.

« Les autres… je souffle.

— C'est bon, me répond l'affiné. C'est presque terminé. »

Je le sens se détendre dans mon dos.

Devant nous, le bruit des armes s'éteint sur le gargouillis d'un homme qu'on achève. Un moment plus tard, je vois ressurgir des taillis cinq silhouettes plutôt vaillantes. Au centre, Perdouan a jeté sa hache sur son épaule ; il arbore une mine goguenarde.

« Cinq au tapis, lance-t-il, tout frémissant d'ardeur guerrière. Cieux, que ça fait du bien !

— Deux pour nous, rétorque calmement Nadrach. Donc sept en tout. Le compte est bon. Pas de blessé ? »

ORHOOOOOUUUR !

La trompe sourde s'en revient gâcher notre soulagement. La peur s'insinue à nouveau au creux de nos os.

« Ne traînons pas, gémit la Courtisane. S'il vous plaît… »

Le groupe se remet en marche, sans qu'il soit besoin d'en donner l'ordre. Nous passons entre les corps mutilés de nos adversaires, tapis dans les ténèbres. Avec douceur, le Bâtard de Marmach pose ses deux mains en coupe sur la nuque de Kunti, pour la forcer à regarder droit devant elle. Elle se laisse faire docilement. Miach et le Brun de Dhuan s'attardent encore un peu en arrière, le temps de détrousser les morts. Le premier récupère un bon carquois de flèches et une épée, ainsi qu'un casque couronné d'andouillers de daim, qu'il offre à Varagwynn :

« J'ai porté tes armes jusqu'à la grotte, déclare-t-il, tandis que tu jouais au poisson-chat dans les eaux du fleuve. Mais je n'ai pas pu emporter tes protections. Tu ne peux pas rester nu-tête face à l'ennemi. Enfile au moins ça ! »

Il se campe en face de lui, le coiffe cérémonieusement d'acier avant de le gratifier d'une accolade fraternelle. Il s'approche ensuite de la Courtisane et lui présente l'épée, rangée dans son fourreau :

« 'Savez vous servir de ça, m'Dame ? »

Notre compagne pousse une lippe amère.

« Un peu…

— Alors prenez. On sait pas ce qui peut encore nous tomber dessus. »

Elle accepte l'offrande avec reconnaissance, ceint le baudrier d'arme autour de sa taille.

« Bouclier ? » propose le Brun.

Et il lui tend un solide écu de bois, pris à l'ennemi. Shakti endosse sans mot dire ce nouveau présent.

« Allez ! je les presse. Assez perdu de temps ! »

Et nous dévalons de plus belle, vers le bas de la pente. À mes côtés trotte Varagwynn, le chef bizarrement cornu. Je repense à la façon dont il vient de me tirer du pétrin.

« Il semble que tu sois né pour sauver des vies… lui glissé-je avec reconnaissance.

— Personne n'est encore sauvé, Barde, rétorque le batelier, d'une voix plaintive. Tu entends ces gueulards ? »

Quelque part dans la forêt en contrebas, les hyènes se sont remises à hurler. Longue ascension vers les aigus. Claquement sinistre. Et le reste se perd dans le bruissement du vent. Je frissonne et je presse l'allure malgré moi.

Bientôt, le sol s'aplanit ; nous avons quitté la colline pour retrouver le niveau du fleuve. La terre sur laquelle nous marchons vibre de façon perceptible, foulée par les Nendous. Désormais, aucun obstacle ne nous sépare plus de leur fureur, sinon quelques arpents d'aiguilles et d'écorce. Je tends l'oreille, fébrile ; j'essaie de repérer les voix des Enfants de l'Hermine.

« Un à deux milles au nord, m'informe Nadrach. Mais cela s'éloigne… »

Du doigt, il désigne une caselle de rondin, devant laquelle rougeoient encore quelques braises mourantes.

« Abandonnée, grogne-t-il. Partis chasser le Solaire.

— Une chance, répliqué-je. La garde est rompue…

— Ayé, mais pas le moment de baisser la nôtre. »

Il bande à nouveau son arbalète et passe devant, l'arme chargée entre les mains.

Je remonte nos rangs pour me porter à hauteur de Cwail :

« Passe-moi quelques perce-mailles, tu veux ? Je n'ai que des pointes larges, ça ne passe pas le fer.

— Eh quoi, glousse-t-il, faut viser au défaut, Barde ! »

Mais comme je tire une mine anxieuse, il s'exécute sans se faire prier davantage, me fait l'aumône de trois longues pointes quadrangulaires, taillées pour se faufiler dans les anneaux.

Le terrain plan nous permet de progresser plus rapidement ; nous trottons à belle allure sous un manteau d'épicéas. Du nord nous parviennent à nouveau des éclats de voix d'hommes, parfois à moins d'un mille. Il me semble que nous marchons en parallèle de l'ennemi, sans vraiment nous en écarter. Je déteste ce souffle fétide qui court au ras du sol et nous remonte par moment dans les narines ; j'ai l'impression que c'est lui qui nous hume, happe notre odeur au passage pour la colporter jusqu'aux géants. Dans mon dos, la jument relâche son sphincter, plus nerveuse que jamais. Elle éprouve sur son flanc gauche la présence du danger ; elle ne cesse de tirer vers la droite et de s'éloigner du chemin que nous trace Nadrach.

Ce dernier vient de s'immobiliser. Il fait deux pas vers les taillis, manifestement aux aguets ; puis soudain, il épaule son arbalète et tire, prenant à peine le temps de viser. Je l'entends étouffer un grognement contrarié, avant de se pencher en avant pour recharger son arme, avec une dextérité impressionnante, puis de se redresser et de lâcher un nouveau carreau sous le feuillage. Dans l'intervalle, Cwail a bondi à ses côtés ; il met en joue les ténèbres, mais sans parvenir à les percer du regard.

« Raté ? interroge-t-il.

— Pas la seconde fois, rétorque Nadrach.

— Qu'est-ce que c'était ?

— Un de leurs guetteurs solitaires.

— Je vais voir si… ?

— Pas la peine. Je l'ai eu en pleine tête. Il n'ira plus rien raconter. Perdons pas de temps. »

Mais l'archer blond ne peut s'empêcher de faire quelques pas dans les fourrés, pour aller vérifier par lui-même. Il nous rejoint un peu plus tard, silencieux comme une ombre.

« Alors ? lui glisse Nadrach. Tu l'as retrouvé ?

— Non…

— C'est normal. Il fait trop noir, et il était à plus de trente mètres lorsque je l'ai abattu. Oublie cet homme : il a été avalé par la forêt. Il croupit déjà sous le liseron. » Il se fend de l'un de ses sourires cruels : « Tu peux me croire, il ne s'est pas vu mourir. Je doute même qu'il ait pu nous entrevoir ; il n'a rien su de nous, hormis le bruissement de notre marche. »

Sur ce, il retourne prendre sa place au-devant du groupe, laissant Cwail méditer sur les prouesses de sa vue perçante.

Kahiiin ! couine la corne fêlée, à peut-être trois milles au nord.

Orhouuuuuuuuuuuuuur !

La trompe sourde réplique, avec tant de fureur que cette fois, la jument se cabre brusquement, débordée par la panique. Manesh s'agrippe comme il peut à la jugulaire, de ses deux mains liées. Serre les cuisses contre les flancs de l'animal et parvient miraculeusement à rester en selle, et même à empêcher Kunti d'en glisser. La bride échappe aux doigts de Dipran. Miach pousse un juron et se dresse devant la monture, pour l'empêcher de fuir. Le cheval rue pour se dégager un passage. Le Kalamite esquive ses fers, mais refuse de s'écarter ; il recule pas à pas, tout en faisant de grands gestes de bras pour lui barrer la route.

Inévitablement, il advient ce que nous craignions tous : acculée au danger, la haquenée hennit longuement sa frayeur.

Le Bâtard de Marmach donne de la voix ; la Courtisane profère l'une de ses incantations du Nord, un charme de garde animale. La bête martèle le sol de ses deux antérieurs, renâcle, souffle sa colère et sa trouille. Et puis, soudain, que ce soit par magie firwane ou par la grâce de l'enfant solaire, elle s'apaise. Encerclée par les hommes, elle nous implore du regard, la robe frissonnante, les narines fumantes. Manesh lui flatte l'encolure du bout des doigts. Miach s'approche à pas prudents ; avec des trésors de précaution, il parvient à reprendre en main la bride.

Là-bas, au nord, la corne s'est tue. La forêt est plongée dans un silence inquiétant ; seul règne le grondement diffus qui accompagne la marche des Nendous.

« Mille culs ! peste le Brun. J'espère que leur oliphant a couvert ce tapage !

— Ce n'est pas gagné, maugrée Nadrach. Il s'est arrêté sitôt que le cheval a henni… »

Une étreinte glacée se pose sur nos nuques ; je vois se décomposer plusieurs visages autour de moi. Kunti sanglote doucement, choquée par ce qui vient de se produire ; elle partage la pétoche du grand animal qui tremble sous elle. Le

Bâtard de Marmach chuchote à son oreille pour la rassurer. Seul Perdouan ne manifeste aucune émotion. Un peu hébété, il contemple les fumerolles lovées autour de son canon de bras d'acier.

« Merde, alors... » il marmonne.

Nous restons médusés, à lorgner cette chose étrangère qui lui rampe sur le corps, comme un aspic sournois. Or, il n'est déjà plus le seul que palpent les vapeurs. Il en jaillit du sol, des souches, des moindres blessures de l'écorce ; elles se tortillent autour de nos bottes, nous pourlèchent les cuisses, longues sangsues blanchâtres. C'est tiède, pesant et pourtant, ça nous glace les chairs sitôt que ça nous délaisse.

« La griffe des géants noirs, souffle Manesh. Ils nous ont repérés ! Ils nous explorent de leurs langues fumeuses... »

Personne ne trouve la force de répondre ; chacun baisse le front.

« Faut filer tout de suite, réagit Perdouan. Allez ! »

Et il s'arrache au maléfice, d'un grand pas en avant. Les serpentins fuligineux se déchirent sous sa traction ; leurs lambeaux demeurent suspendus en l'air à se tortiller, à la recherche d'une autre source de chaleur. La Courtisane ne peut réprimer un spasme de dégoût. Soudain, chacun se met à se débattre et tailler dans les fumées, à grands mouvements de bras, de pied ou de lance. Perdouan s'élance vers l'est ; nous nous encourons derrière lui, de toute l'ardeur de nos jambes.

Bientôt, notre compagnie s'étire sous les feuillages, perd de sa cohésion. Autour de nous, les troncs fument toujours, mais plus légèrement ; pas question de nous arrêter tant qu'ils ne seront pas débarrassés de ces vilaines mofettes pâles. La jument a adopté un trot rapide, entraînée par sa peur ; Dipran peine à se maintenir à sa hauteur. Essoufflé, il finit par lâcher prise, laisse à nouveau s'échapper la bride. Le Bâtard de Marmach tente de s'emparer des rênes, mais ses poignets liés l'en empêchent, alors il se contente de conduire la monture comme il peut, avec les talons. L'animal remonte fébrilement vers la tête du groupe ; tant bien que mal, il demeure dans le sillage de nos éclaireurs, même s'il continue à tirer vers la droite. Miach et moi, nous le regardons s'estomper dans les ténèbres devant nous. Nous redoublons d'allure, pour ne pas le perdre de vue.

« Cette fois, faut… abattre le boiteux, me souffle le grand lancier, hors d'haleine. Sinon, il va s'enfuir… avec tout notre équipement !

— Pas tant qu'il… tient pas les rênes, haleté-je, sans ralentir ma foulée.

— Tuons-le ! Ma lance dans le dos… sitôt qu'on le rejoint. On a plus besoin de lui ! Ton plan… avec le géant… a foiré…

— Au contraire ! Cet Antique nous a… tirés du guêpier et il… est sans doute encore en… train de nous sauver la mise… en ce moment… Peut-être qu'on peut… le rallier dans les prochaines heures… à condition de… garder le Bâtard… Pas touche au prisonnier, Miach ! »

J'entends le Kalamite pester et jurer que j'ai perdu la raison ; mais notre course éperdue ne se prête pas au débat, alors il la boucle et garde son fiel à ruminer. Moi-même, j'en viens à me demander si je suis encore aussi lucide que je voudrais le croire. Car le risque que pointe Miach est bien réel : l'enfant des fées pourrait parfaitement profiter de la panique du cheval pour fuir plein sud, emportant avec lui Kunti en otage, l'épée dévote du capitaine à l'arçon de la selle, mon sitar dans les fontes, les livres d'Arjipoor et tout notre avoir. À ceci près qu'au sud, le terrain redevient rapidement marécageux, en raison d'un virage du fleuve ; prendre ce cap ne ferait que l'acculer aux eaux et le mettre à la merci de l'ennemi. Le Bâtard en est-il conscient ? Et puis il y a cette petite voix intérieure qui me murmure de faire confiance, que Manesh doit la vie à quatre d'entre nous au moins, et qu'il y a en lui suffisamment de loyauté pour ne pas nous abandonner dans le danger.

Pendant un bon moment, nous progressons vers l'est, espérant de tout cœur nous écarter de la route de l'ennemi. Dans notre dos, les trompes sont désormais silencieuses ; nous n'entendons plus les voix d'hommes, non plus que les chiens. Je prie pour que ce ne soit pas un leurre. Du moins, les fumerolles ont cessé de jaillir de l'humus et de l'écorce, et le grondement de la terre s'est atténué jusqu'à la limite de l'audible.

Peu à peu, le ciel pâlit et nous offre un début de clarté. Notre course devient plus aisée. Le vent chuinte à nouveau dans les feuillages ; par moments, il les secoue comme des crécelles, à grandes rafales soudaines. J'essaie d'estimer la distance que nous venons de mettre entre nous et la colline : plusieurs milles déjà, si nous avons tiré tout droit. C'est un bon début de fuite, mais ce n'est pas encore suffisant à mon goût.

Devant nous, je distingue à nouveau la silhouette du cheval ; Manesh est parvenu à arrêter sa course pour le forcer à nous attendre. Auprès de lui patientent les plus rapides de nos compagnons : Cwail au pied léger, et le fougueux Brun de Dhuan, qui soutient une belle foulée malgré le poids de sa chemise de mailles. Nadrach nous rejoint rapidement, trottant sur ses petites jambes courtaudes ; puis Varagwynn, Dipran et la Courtisane, anxieuse de retrouver sa fille, et enfin Perdouan, empesé dans son armure de plates, le cormoran voletant sur ses talons.

Nous restons un petit moment sans prononcer un mot, trop occupés à récupérer. Lorsqu'il a assez repris son souffle, le sire Namarantri se tourne vers le sire Kalervi :

« Où est… l'ennemi ?

— Assez loin au nord-ouest, l'informe le petit seigneur, le teint gris sous l'aurore. Le gros de la troupe est hors de portée de mon oreille, à présent. Cependant…

— Cependant ?

— Il y a tout de même quelque chose qui nous suit. »

On se regarde, anxieux, dans l'attente qu'il en révèle davantage.

« … Je n'en sais pas plus, s'excuse l'affiné. Cela froisse les taillis. Cela trotte, de la même façon que nous. Je pense qu'il y a des hommes, parce que j'ai entendu des voix, mais je ne puis dire si ce n'est *que* ça. »

Il lève le nez, soucieux :

« Si seulement nous étions sous leur vent, je pourrais les renifler, et vous en dire plus. Mais c'est eux qui sont sous le nôtre et, s'ils parviennent à tenir notre piste, dans cette pénombre, ce n'est pas en lisant nos traces : ça ne peut être qu'à l'odeur. »

Chacun frémit, songeant aux fauves qui hurlent auprès du fleuve.

« Si c'est une question de vent, alors changeons de cap, propose Perdouan, affectant plus d'assurance qu'il n'en possède. Combien de lieues a-t-on parcourues depuis la colline ? À ce stade, on doit pouvoir couper plein sud sans se perdre dans le marais. Non ? »

Nadrach hoche la tête, peu convaincu.

« Pour le marais, ça peut aller, renchérit Varagwynn ; mais pour le fleuve en général, j'en jurerais pas. On peut se retrouver coincé par la berge, à devoir la longer pendant un bout de temps. Difficile d'estimer les distances, dans le noir…

— Alors sud-est ! En espérant que le vent finira par tourner, ou que les autres se lassent. Allez ! »

Là-dessus, Perdouan ranime ses membres de fer et se remet en mouvement. Miach lui emboîte aussitôt le pas, et puis le Brun, et Nadrach. Avant de les imiter, je m'empresse de récupérer mon sitar dans les fontes : je risque d'en avoir bientôt besoin et ne tiens pas à ce que le cheval me l'emporte aux quatre éthers à sa prochaine crise de panique. Le Bâtard me regarde faire en silence, comme si cette précaution était une insulte à ses propres chances de survie et à celles de Kunti.

« Libère-moi les mains, me souffle-t-il, assez doucement pour ne pas être entendu des autres. Si les choses tournent mal, je veux pouvoir me défendre en homme. »

Je lève vers lui des yeux durs :

« Je ne peux pas.

— Je te promets de ne pas fuir. Je vous suis redevable ; tu sais que j'honorerai ma dette. Donne-moi une épée ; assis sur un cheval, le boiteux que je suis ne craint personne.

— Je ne peux pas. Désolé. »

Il baisse le front, découragé ; donne des talons dans les flancs de la jument, qui ne se fait pas prier pour repartir au trot. La Courtisane m'adresse un reproche muet, avant de se remettre à courir à leur côté. Je passe le sitar dans mon dos, et je m'élance à leur suite.

C'est alors qu'une conque se fait entendre, toute proche : non pas l'oliphant d'un géant, mais un instrument d'hommes, une nacre aigrelette qui produit une sorte de ronflement caquetant.

« Un mille ! lance Nadrach. Ils nous talonnent ! »

À l'appel des veneurs répondent les abois profonds des hyènes. Hideux raclements de gueules. Mâchoires furieuses qui déchirent le silence forestier. Halètements lourds et frénétiques. Avant même d'approcher leur proie, les vautres des Nendous sont déjà à la curée.

Devant moi, le seigneur Kalervi s'immobilise un instant, tendu dans l'écoute.

« Ce n'est pas la meute, nous communique-t-il. Trois ou quatre bêtes tout au plus.

— Par les couilles de la Régente ! clame Perdouan. Trois ou quatre, c'est bien assez pour nous bouffer les foies ! »

La pensée de ces vilains gueulards à nos trousses aiguillonne notre peur ; nous redoublons l'allure de notre cavale. Pendant un temps qui me paraît infiniment long, je me carapate aux côtés de la jument. Je pousse mes jambes à leurs limites ; je me crève la poitrine à grands battements de cœur. Dans notre dos, la venée démoniaque est toujours présente, à nous happer des morceaux d'oreilles à chaque nouveau grognement.

Notre fuite nous mène hors des épicéas, dans un bois de bouleaux beaucoup trop aéré à mon goût. Le terrain s'affaisse pas à pas, en une sorte de vallon qui me laisse présager l'infortune d'un cours d'eau.

Bientôt, ces soupçons se concrétisent, sous la forme d'une véritable combe taillée du nord au sud, qui nous barre la route. C'est Miach qui parvient le premier au bord :

« Chiasse ! peste-t-il. Un affluent ! »

Varagwynn se penche par-dessus le vide, toise la rivière qui écume sur les rochers, quelques mètres en contrebas.

« Infranchissable, souffle-t-il. Pas question de filer aval : ça nous mènerait au fleuve et nous serions doublement coincés. Il faut remonter le cours, et espérer un gué !

— Alors vite ! siffle Perdouan. Chaque instant perdu profite à nos poursuivants ! »

Et il se remet à courir vers l'amont, d'une foulée de plus en plus lourde.

Rapidement, le sol s'aplanit et nous ramène au niveau des eaux. Une berge semée de prêles, vaseuse mais abordable. Varagwynn détale en tête du groupe. De temps à autre, il s'arrête, scrutant les remous de son œil expert ; fait la grimace, avant de reprendre sa course de plus belle, à la recherche d'un meilleur passage. Nous filons à sa suite sur un bon mille, tandis que sur notre flanc, la forêt se peuple de grognements, et que le courre se rapproche irrémédiablement.

Enfin, le grand batelier daigne s'arrêter.

« Ici, lâche-t-il simplement. Le courant est fort, mais ça passe, à condition de pas faiblir.

— De toute manière, on ne peut… pas courir plus loin, halète Perdouan, à bout de souffle. Il faut traverser coûte que coûte. Mène-nous, Varagwynn ! Montre la voie ! »

Le barbichu ne se le fait pas dire deux fois. Il se noue une corde autour de la taille, confie l'autre bout à Dipran, et s'enfonce dans la rivière jusqu'à mi-poitrine. Nous le voyons tailler péniblement son chemin au travers ; il affronte le courant avec la détermination d'un saumon qui boute aux alevins.

Il finit par parvenir de l'autre côté, boucle sa corde au tronc d'un arbre pour la tendre d'une rive à l'autre, et nous fait signe de le rejoindre.

« Allez, à la grâce des Astres ! » lance Perdouan. Il passe sa gourde de poudre noire à son cou et s'en va patauger à son tour dans l'ève glacée, maladroite écrevisse d'acier. Au bout de quelques pas, sa botte glisse dans la vase, il s'effondre de tout son long. À deux reprises, il échoue à se relever, plombé par son armure, enlisé dans un limon qui se dérobe. Cwail s'élance à sa rescousse ; il l'empoigne sous l'aisselle pour l'aider à se remettre sur pied. Le Barbier jaillit des flots comme un morse blessé. Il recrache une généreuse bolée d'eau au visage de son bienfaiteur et retrouve tant bien que mal son équilibre, en s'appuyant sur le jeune archer. Bientôt, tous deux crapahutent au milieu du cours, le souffle court, accrochés à la corde.

À peut-être un demi-mille à l'ouest, la conque caquette son appel revanchard. Le cheval pousse un long hennissement et se met à tourner en rond, plus nerveux que jamais. Miach s'empare des rênes et tire dessus fermement, l'immobilise tant bien que mal.

« Maman… gémit Kunti, au bord de la panique.

— Laissez descendre ma fille, Manesh ! adjure la madone en noir. Elle ne reste pas plus longtemps sur le dos de cette bête ! »

Le Bâtard de Marmach ne fait pas d'histoire ; il soulève les bras pour permettre à l'enfant de se faufiler au-dessous. Shakti la recueille dans les siens, la dépose au sol et la serre brièvement contre elle ; puis mère et fille s'écartent du grand animal, qui souffle et piaffe, furieux qu'on empêche sa fuite.

« Viens, je t'emmène à l'abri ! » promet la belle Nordique, d'une voix aussi rassurante que possible.

Sans prévenir, le Brun de Dhuan attrape la gamine par la taille et la hisse sur ses épaules. Nadrach offre son bras à la Courtisane pour l'aider à franchir la rivière. Tous quatre s'enfoncent à leur tour dans les flots voraces, en se halant à la corde.

Moi, ce qui me retient, c'est mon sitar ; je ne veux pas qu'il se trempe. Son étui de cuir bouilli est étanche, mais pas au point de résister à une immersion complète. Je resserre la bandoulière de façon à le maintenir le plus haut possible contre ma poitrine ; au besoin, je le lèverai à bout de bras pour le tenir hors de l'eau. Et me voilà pataugeant à mon tour dans la vase glissante, Dipran et son cormoran sur mes talons. L'eau froidasse s'insinue sous mes braies et me pourlèche le ventre. Je me livre à elle sans réserve, je m'y pousse des reins pour éprouver la puissance du courant. Je comprends rapidement qu'il vaut mieux s'en remettre à la rampe de chanvre que nous a posée Varagwynn, sous peine d'être déporté plus aval.

Devant moi, la Courtisane est à la peine, les pans de sa robe grise déployés autour d'elle ; Nadrach la soutient comme il peut, fermement campé sur ses deux courtes cannes. Le Brun de Dhuan brave le flux à la force des cuisses, en supportant à la fois sa cotte de mailles et le jeune fardeau juché sur ses épaules.

Nous finissons par atteindre l'autre berge. À l'ouest du cours, ne demeurent plus que Miach, la jument et son cavalier. Je me retourne vers eux, un vilain doute au fond du cœur. Notre monture est de plus en plus agitée. Elle se débat contre sa bride, tenue d'une main ferme par le grand lancier ombrageux ; elle voudrait filer vers l'amont et refuse la traversée. L'enfant des fées lutte pour se maintenir en selle de toute la force de ses pauvres cuisses, un vrai supplice.

Et tout à coup, les hyènes.

Leurs grognements sauvages crèvent le feuillage à quelques arpents de la rivière ; elles s'apprêtent à sortir du couvert. La haquenée se met à piaffer et ruer furieusement, forçant Miach à lâcher la bride et à s'écarter précipitamment. Et puis soudain, sa crinière s'embrase sans raison apparente ; un feu vert émeraude jaillit vers le ciel, lumineux comme une aurore boréale.

La jument se dresse sur ses jambes postérieures, couronnée de flammes opalines. Cette fois, Manesh part à la renverse. Ses doigts s'accrochent désespérément au harnais, mais rien ne peut l'empêcher de basculer. Il lâche prise et choit lourdement dans la vase, entraînant dans sa chute une partie du paquetage.

Les monstres choisissent ce moment pour émerger de la forêt. Trois longues silhouettes décharnées, qui rampent au plus près du sol, drapées dans de vilaines fumerolles laiteuses. Le cheval donne libre cours à sa panique : il se carapate au grand galop le long de la rivière, le corps entier ruisselant d'un fantastique éclat. Deux des créatures s'élancent aussitôt à sa poursuite, claquetant et soufflant comme des démons. La troisième tourne vers nous sa hideuse tête plate, ouvre la gueule et se met à gronder.

Le Bâtard de Marmach roule sur le flanc, grimaçant de douleur. Ses prunelles se lèvent vers Miach, en une muette supplique. Pendant un bref instant, je crois que le Kalamite va lui tendre la main. Il esquisse même un pas vers lui, mû par une sorte de réflexe de groupe, avant de se raviser en entendant claquer les mâchoires de la hyène.

« Et merde, grogne-t-il, le front bas. Va te faire foutre, Souranès ! »

Et tournant le dos à l'infirme, il s'élance à travers la rivière, de toute la force de ses grandes quilles.

Le dit de Fintan Calathynn – 5

De bien vilaines bêtes, les chiennes des Nendous.

Celle qui s'avance vers la rivière est étirée comme un reptile. Elle a les flancs noirs et pelés, l'échine cousue d'une crinière d'un blanc fantomatique ; une tête qui tient autant de la chauve-souris que du molosse, dotée d'yeux minuscules, des yeux de têtard aux reflets cuivrés, qui brasillent dans le demi-jour.

Ceux-ci se posent sur le seul être qui défend encore la rive ouest : un infirme aux cuisses jaunâtres, les poignets liés, vêtu de hardes et de bottes délabrées. Les crocs de la bête écument : elle comprend qu'il est à prendre. Mais l'enfant des fées n'a pas l'intention de s'offrir en barbaque. En roulant sur le côté, il vient de révéler ce qui gisait sous lui, décroché par sa chute : la grande épée dévote du capitaine, entortillée dans les sangles de son baudrier. Je l'avais pourtant fixée solidement à l'arçon de la selle ; mille foutres, comment a-t-elle bien pu tomber ? Manesh attrape le fourreau entre ses paumes jointes et pousse des deux pieds sur la garde. La lame jaillit de sa gangue de cuir, légèrement rosée sous les feux de l'aurore.

La hyène s'approche à pas mesurés, frottant sa panse contre la terre. Prudente, elle lorgne par-delà les eaux, tient notre groupe à l'œil. Le Bâtard en profite pour passer ses liens au tranchant du fer, si aiguisé qu'ils cèdent presque immédiatement. Il se redresse sur les genoux, pose un pied au sol et s'empare de l'arme de Rana par la poignée. Et le voilà qui se lève, en vacillant un peu. Aussi incroyable que cela puisse paraître, il se tient debout, l'épée basse, campé vaille que vaille sur ses deux quilles bancales.

Le monstre claque des mâchoires et retrousse ses babines en une sorte de sourire sardonique. Il se ramasse sur ses pattes arrière ; puis soudain, s'élance, rapide comme un cheval au galop. C'est le moment que choisit Cwail pour relâcher la corde de son arc, à deux reprises. Ses traits acérés décrivent une courbe au-dessus de la rivière, mais la bête accélère, et leur échappe de peu. Elle termine sa charge d'un bond puissant et saute à la gorge de Manesh.

Au tout dernier instant, celui-ci relève la pointe de sa lame pour la recevoir. Un vicieux estoc remontant, redoutablement habile, qui cueille la créature en plein thorax. Elle vient s'empaler sur toute la longueur du brand ; j'entends distinctement craquer son cartilage. Puis elle retombe de tout son poids sur l'enfant des fées, qui n'a pas les guiboles assez vives pour esquiver. Il se retrouve renversé, écrasé sous une meule de viande et d'os.

Or, trente pouces de métal au travers du poitrail, ce n'est pas encore assez pour les molosses du Vyanthryr.

La hyène a beau répandre sa tripaille, ses yeux flamboient toujours, et ses mâchoires claquent sauvagement, cherchant à happer la gorge de l'humain. Le Bâtard agrippe la sienne des deux mains, lutte pour maintenir les crocs à distance ; les deux antérieurs du fauve lui fouaillent douloureusement les avant-bras.

Cette chose impie se met alors à parler.

Ou plutôt à susurrer. À chuinter. À glapir dans une langue d'homme.

À cette distance, je n'en comprends pas le moindre mot. Je sais seulement que cela menace, avec un sadisme pervers, cela promet un sort funeste : j'en reconnais l'intonation. Une seule voix serait déjà suffisante pour vous retourner les tripes ; mais c'est tout un chœur qui jaillit de la gueule du monstre, comme si la meute entière psalmodiait à travers lui.

Si c'était moi qui étais couché sous cette horreur, ce sortilège aurait peut-être raison de mon courage. Mais pas

Manesh. Lui, cela ravive sa rage. Ses doigts s'enfoncent de toutes leurs forces dans le gosier du vautre, avides d'écraser son souffle, de broyer ses paroles ; ils lui transmettent sa colère d'enfant solaire. Et soudain, quelque chose s'embrase dans les poumons de la créature. Des flammes dorées jaillissent de ses naseaux, déferlent entre ses crocs. Sa crinière prend feu spontanément ; son échine tout entière se transforme en brasier. Le même incendie gicle des yeux du Bâtard. Son visage se tord : une fureur archaïque, animale, qui tient plus du faé que de l'enfant des hommes. Ses phalanges sont des couteaux ; il les darde toujours plus profondément dans les chairs grises, fait payer à la créature ses souffrances et ses compagnons perdus. La hyène secoue furieusement la tête pour rompre l'étreinte. Libérée, elle rampe brusquement en arrière. Le Bâtard en profite pour dégager ses jambes de sous sa masse, rouler sur le côté et ramasser son arme.

À présent, la bête tourne sur elle-même, affolée par la chaleur qui la ronge ; elle cherche à happer sa crinière entre ses crocs, pour l'arracher touffe par touffe. Mais plus elle se démène et plus ses entrailles se dévident hors d'elle ; et sa langue ne fait que bouter le feu à tout ce qu'elle touche. L'enfant des fées se remet péniblement sur pied, l'épée en main ; il s'avance vers elle, attendant le moment adéquat pour frapper. Un seul coup bien ajusté, d'une maîtrise parfaite. Qui fait sauter la tête du prédateur, et l'envoie bouler dans les vases humides.

Silence, troublé seulement par quelques clapotements.

Nous contemplons, fascinés, l'ardeur surnaturelle qui palpite dans les prunelles de Manesh, et consume le cadavre à ses pieds. Voir jaillir la *vertu solaire* de la sorte, en fait de guerre, est un privilège rare ; une prouesse digne de Souranyar et des grands héros d'autrefois. Le fils de l'Antique nous fait face, dressé au bord de la rivière, ruisselant de limon et de sang ; ses yeux ambrés nous toisent avec un calme impressionnant. Pendant un court moment, tout est sur le point de basculer. Je suis sûr qu'il va nous quitter, tenter sa chance sans nous, remonter le cours sur les pas de la jument. Ne s'est-elle pas embrasée, elle aussi, d'une lueur féérique ? Et puis soudain, il se décide. Il ramasse le baudrier du capitaine, se le ceint autour de la taille et rengaine l'épée dans le fourreau de velours pourpre. Puis il s'avance dans les eaux à notre rencontre, en clopinant.

Au bout de dix pas, il éprouve toute la puissance du courant. Je vois son expression changer. Ses jambes ne peuvent résister à un tel flux ; il lutte pour ne pas être balayé, perd pied presque aussitôt. Se rattrape à la corde et reste à flotter là, tremblant de tout son long, comme une algue accrochée à une ancre.

Varagwynn s'élance à son secours – ou bien est-il déjà à barboter vers lui depuis le début du combat ? Il le rattrape au milieu du flot, se glisse sous son aisselle. Le Brun de Dhuan vient les rejoindre, contre toute attente ; il prête main-forte au batelier pour ramener le boiteux vers la rive est.

En face, des éclats de voix retentissent, des silhouettes émergent du couvert forestier : quinze à vingt hommes, au bas mot, dont des archers au premier rang. Tous ont le visage et les cheveux couverts d'une graisse cendreuse, le métal blanchi et le masque d'hermine remonté sur le nez. La conque aigrelette couine un bref appel, aussitôt interrompu par une clameur triomphale. Nos poursuivants nous ont repérés. Ils sont à moins de cent cinquante pas ; déjà ils bandent leurs arcs, bien décidés à empêcher notre fuite.

« La corde ! s'écrie Perdouan. Faut pas la leur laisser ! »

Laissant le Brun terminer la traversée avec leur fardeau, Varagwynn fait volte-face, tire son épée et tranche dans le chanvre. En face, les arrivants décochent une première volée de flèches. Je sais qu'à cette distance, leurs tirs en cloche ont des chances infimes de nous toucher. La plupart des traits n'atteignent pas même la rivière ; quelques-uns s'abîment dans les eaux non loin du batelier.

Cwail donne la réplique. Il s'avance de trois pas, bande son grand if au maximum de sa tension. Quand sa flèche prend son envol, l'ennemi la regarde planer sans crainte : il se pense également hors de portée. Mais l'arc de notre compagnon est d'une tout autre trempe. Au dernier moment, l'homme le plus avancé comprend qu'il est en danger, que le fer qui retombe du ciel lui est destiné. Il bondit en arrière, mais il est déjà trop tard pour échapper à sa morsure : la pointe manque son cœur pour se planter dans sa cuisse. Un instant après, un second dard lui perfore le ventre ; il s'effondre en gémissant, laissant ses compagnons frappés de stupeur.

Cwail se fend d'un rictus satisfait.

« Allez, le presse Perdouan, reste pas planté là ! »

Le blondin se détourne, conscient qu'il ne surprendra plus personne ; c'est déjà grande merveille d'avoir abattu un homme d'aussi loin. Devant, nos compagnons ont repris leur course ; le Brun et Varagwynn se relaient pour soutenir Manesh, qui clopine avec peine, couvert d'un sang qui n'est pas seulement celui de la hyène. Je le rattrape, lorgne au passage ses bras : de vilaines lacérations causées par les griffes, mais rien de réellement incapacitant – du moins pas tant que l'ardeur de l'action masquera la douleur et qu'il y aura dans ses yeux ce nimbe d'or exalté. Quelle chose extraordinaire, que ses jambes puissent déjà le porter ! Cela fait à peine dix jours que nous l'avons tiré de sa branche de limbram ! Une fois encore, je m'étonne de ses facultés de guérison.

Je ressens une soudaine culpabilité de l'avoir laissé lié sur son cheval, au beau milieu du danger. N'avait-il pas déjà commencé à nous apporter son aide, loyal à notre pacte ? Est-ce le regard de Miach qui m'a retenu de lui libérer les mains ? Sans la chute providentielle – providentielle, vraiment ? – de l'épée du capitaine, il aurait pu payer cette défiance de sa vie.

Pas le temps pour les regrets. Je me porte à hauteur de Perdouan :

« Ils vont mettre du temps à franchir la rivière, je lui glisse. Ça va nous laisser un répit. Surtout s'ils sont assez prudents pour s'attendre et reformer leur groupe de l'autre côté. »

Le chevalier secoue la tête.

« Ça ne sert à rien, nous sommes tout de même trop lents. Ils vont forcément finir par nous tomber dessus ! »

Mais il n'en continue pas moins à soulever sa ferraille pour décaniller.

Pendant un moment, nous filons entre les trembles et les bouleaux, de l'eau plein les bottes, trempés jusqu'à la moelle. Plein est, dans l'espoir de semer nos poursuivants. Bientôt, un chant guerrier nous parvient par échos lointains : l'ennemi a franchi le flot et s'apprête à relancer la chasse. En tête de notre groupe, Miach bifurque brusquement vers le nord ; il espère déjouer la traque en se déportant plus loin du fleuve.

« C'est peine… perdue… » me répète le Barbier, le souffle déjà court. Je vois bien qu'il commence à souffrir sérieusement du poids de son harnois. Devant nous, Kunti mouline de ses courtes jambes, la main dans celle de sa mère : toutes deux perdent inexorablement du terrain sur notre avant-garde. Quant au Bâtard de Marmach, il est déjà totalement à la traîne ; si nous ne nous arrêtons pas pour l'attendre, lui et le Brun de Dhuan, nous allons bientôt les perdre.

Nous déboulons dans une petite clairière, au pied d'un massif rocheux. Miach s'arrête, jette un œil au schiste incliné, en partie éboulé, qui nous barre la route.

« Ici, on peut tenir, nous lance-t-il. Adossés au rocher. On trouvera pas meilleur endroit. »

Je fais la grimace, me retourne vers Nadrach :

« Combien d'hommes après nous ? »

Le petit seigneur baisse le front, soupèse sa réponse :

« Difficile à dire. Sans doute entre vingt et trente.

— Beaucoup trop ! » souffle la Courtisane, effarée.

Les regards se tournent vers moi :

« Qu'est-ce qu'on fait, Barde ? Il faut décider tout de suite ! »

Je jette un regard à droite, à gauche, un peu perdu ; je vois bien que tout le monde est suspendu à mes lèvres.

« Alors, Barde ? » me houspille Miach, l'urgence dans la voix.

Voyant que je suis incapable de trancher, c'est Perdouan qui reprend les rênes :

« Trente, c'est faisable, on a de sacrés combattants. De toute façon, on ne peut pas fuir éternellement. Ar'nach'Eriu ! Allez, on s'adosse au rocher, et on cueille ce groupe ! »

Les autres opinent en silence. Cwail commence à escalader les éboulis : il accède à une large corniche taillée dans la falaise, à trois mètres de hauteur environ, qui peut constituer un bon poste de tir. Nadrach hoche la tête, appréciateur ; il ne tarde pas à monter le rejoindre.

« Ma Dame, vous devriez faire comme eux, soufflé-je à notre compagne. Il y a encore place, là-haut, pour vous mettre à l'abri. »

Elle acquiesce, les mains légèrement tremblantes. Le Brun empoigne Kunti par la taille et la soulève à bout de bras, pour la confier à nos tireurs. Shakti se tourne vers le Bâtard de Marmach :

« Prenez ça. Vous en aurez davantage besoin que moi… »

Elle se déleste de son bouclier et le lui sangle sur l'avant-bras, à gestes fébriles. Manesh lui adresse un hochement de tête reconnaissant : il sait qu'il n'a pas retrouvé toutes ses capacités d'esquive et qu'un bon écu pour s'abriter peut faire la différence entre la vie et la mort.

« Vous devriez pas, la fustige Miach. 'Serez pas à l'abri des flèches, là-haut !

— Elle aura mon pavois, lance sobrement Nadrach, depuis son perchoir. Dépêchez-vous de nous la hisser ! »

Je lui lance un regard soucieux. Recharger une arbalète prend deux fois plus de temps que bander un arc : sans son grand bouclier sur pied, notre *affiné* offrira une trop belle cible. Pourtant, Kunti et sa mère doivent être protégées ; je ne peux pas reprocher ce geste chevaleresque au seigneur Kalervi.

À mes côtés, Perdouan ouvre sa gourde de poudre noire, en verse une petite quantité dans sa main.

« Au sec malgré la rivière ? lui lance le Brun, sceptique.

— Suffisamment… » marmonne le Barbier, en tassant une dose du dangereux mélange dans la lumière de sa couleuvrine. Il braise sa mèche, souffle dessus pour l'aviver ; puis enfourne un boulet dans le tube et cale ce dernier contre son plastron, la gueule pointée vers la forêt.

Du fond de celle-ci nous parviennent déjà les éclats de voix de nos poursuivants. Je les estime à moins d'un demi-mille.

Je prends une profonde inspiration pour conjurer la tension qui monte en moi. Dans un court moment, je vais me retrouver engagé au corps à corps, inévitablement. Dans une mêlée, tout peut arriver. Un seul instant suffit pour avoir le crâne fendu ; la protection des Astres vous abandonne au premier manque de foi et vous laisse infirme ou mort, quand ce n'est pas l'interminable agonie qui vous traîne pendant des jours vers une fin sordide. Je repousse ces considérations funestes, mais mes doigts se mettent à grelotter malgré moi. J'expire lourdement pour reprendre le contrôle. La peur du combat, je la connais bien : elle peut réduire à néant la volonté d'un soldat. J'en ai vu, pétrifiés par elle, se laisser hacher sans rien faire ; d'autres, la conjurer par des actes téméraires, s'exposer dans des charges suicidaires pour en abréger le supplice. J'ai connu des gens d'armes qui se sont pissé dessus à leur première escarmouche, et d'autres qui conchiaient encore leur linge à leur dixième bataille. Je ne suis pas le plus courageux des hommes, mais par la grâce du ciel, je suis capable de chevaucher ma pétoche. Pas au point de garder toute ma lucidité, mais tout de même assez pour soutenir un combat en guerrier.

Nous formons les rangs, au coude à coude, prêts à défendre le rocher. Perdouan se positionne au centre, sa grande couleuvrine en main, sa hache à ses pieds. Miach et le Brun se placent sur ses flancs, leurs longues naecha pointées vers la forêt. Moi, sur la gauche, aux côtés du Bâtard ; enfin, Varagwynn et Dipran, sur la droite. C'est ce dernier qui me préoccupe le plus. Lui, sa trouille, elle le secoue comme un tremble dans la tempête et lui précipite le cœur tout droit au fond des braies. Fassent les cieux qu'il tienne bon la ligne…

Je dégaine ma bâtarde, lui fais décrire quelques moulinets pour m'échauffer le poignet. Mon gant d'archer gêne un peu ma prise. Je regrette amèrement de ne pas avoir emporté la moindre protection pour arrêter les coups, pas même un simple gambison de tissu rembourré.

Tu n'es pas équipé pour jouer à ce jeu-là, Fintan Calathynn ! En face, ce seront de vrais guerriers !

À mes côtés, Manesh éprouve ses jambes, teste son appui en grimaçant. Ses prunelles luisent encore d'un vague halo ambré. Nous échangeons un long regard, où se disent nos complicités passées et la confiance que nous peinons à renouer. Je jette un bref coup d'œil derrière nous, vers la corniche où veillent nos tireurs. Debout l'arbalète en main, coiffé à présent de son bassinet de fer, Nadrach est d'un calme souverain. Cwail, au contraire, trépigne sur place. Glissées dans sa ceinture, une vingtaine de flèches attendent le combat ; sept autres patientent dans sa main gauche, le long du bois de son arc, prêtes à être encochées en un clin d'œil. En retrait se dresse le grand pavois noir qui sert d'abri à la Courtisane et à sa fillette. Je prie pour qu'elles demeurent toutes deux en dehors de la mêlée. J'aurais dû les prévenir, quand j'en avais encore le temps : *Ma Dame, si nous mourons, ayez soin de vous trancher la gorge avant d'être prise ! Cela vaudra mieux pour vous.*

Autour de nous, la forêt est étrangement calme. Le vent agite les feuillages, attise l'humidité de nos vêtements. J'entends Perdouan souffler régulièrement sur sa mèche pour la maintenir vive.

Nous attendons. La venue de l'ennemi.

Cela commence par un froissement de buissons. Quelque chose de furtif, qui s'approche beaucoup plus rapidement que je l'imaginais. Ma respiration se bloque dans ma poitrine. Le temps de relâcher mon souffle, et déjà, les taillis vomissent une longue hyène noire drapée de fumée, qui sinue à toute allure entre les bouleaux. Quelque part dans ma nuque, une corde claque, à deux reprises. La bête bondit sur le côté, esquive les traits l'un après l'autre. Un vireton d'arbalète fend l'air en vrillant, lui défonce brutalement le poitrail. Elle encaisse rudement le choc, mais n'en continue pas moins à cavaler, la langue pendante, un grondement sourd au fond du gosier ; elle prend de la vitesse pour mieux nous bondir à la gorge. Et puis soudain, une détonation nous secoue les tripes : Perdouan vient de bouter le feu à la poudre noire. Le fauve aux yeux de cuivre semble déraper sur ses pattes ; il part à la glissade, couché sur le flanc, et s'immobilise à moins de dix pas de nous, crâne fracassé vomissant sa pulpe écarlate. Ses fumerolles grises retombent aussitôt envelopper son cadavre.

Et les voilà déjà qui se mettent à ramper sur l'humus, comme de longs doigts blancs pressés de nous atteindre. L'écho du tir, lui, n'a pas fini de s'éteindre…

« Maintenant, c'est sûr, ils peuvent plus nous ignorer, marmonne le Brun, laconique.

— Boucle-la, et aide-moi à recharger ! » le rabroue Perdouan en lui tendant sa mèche. Il ouvre sa besace, pioche un boulet et s'affaire à en gaver la gueule de la couleuvrine.

« Trop tard, souffle Miach. Les voilà ! »

Entre les fûts livides se faufilent des silhouettes fantomatiques, avivées par les premiers rayons du jour. Des voix se hèlent, s'échangent des encouragements virils. Elles sont encore à plus de cent pas, alors je plante mon épée devant moi et couche sur mon arc l'une des flèches perce-mailles offertes par Cwail. Et puis j'attends, immobile. À cette distance, un tir direct ne porte pas, et les tirs en cloche sont impossibles sous les frondaisons. Nos assaillants le savent, qui s'approchent sans crainte, étirés en une longue ligne.

Mais cent pas, c'est déjà assez pour une arbalète.

Nadrach se fait un plaisir de le leur démontrer. Son premier carreau siffle sous les branches, bien trop véloce pour être repéré à temps. L'un des Hermines s'écroule, un fût vicieux planté dans le pelvis. Seuls ses compagnons proches le voient tomber ; les autres marchent toujours à découvert, inconscients du danger. Le temps qu'ils s'alertent les uns les autres, et déjà le seigneur Kalervi a rechargé son arme ; la corde solitaire claque à nouveau à mon oreille. Quelque part dans la ramée, une voix beugle un ordre sec. Cette fois, les chasseurs ont compris le danger : ils changent de tactique, bondissent de tronc en tronc pour avancer à couvert. Une progression plus lente, qui me laisse le temps d'essayer de les dénombrer. Nettement plus de vingt hommes, c'est évident. Une harde de bêtes humaines, grises et cornues, lourdement armées. Par tous les Astres ! Comment allons-nous nous tirer de ce mauvais pas ?

Soixante mètres. Cwail estime leur troupe à portée de tir droit de son grand if ; il entre à son tour en action. Les bouleaux font de bien maigres abris lorsqu'on a affaire à un archer habile. Notre blondin n'épargne rien qui dépasse, ses dards trouvent leur chemin entre les arbres. Un vétéran au crâne de bouc se tord au sol en gémissant ; un grand gaillard en fourrure blanche glisse lentement le long de l'écorce, une hampe souple fichée dans le flanc.

L'ennemi s'empresse de riposter. Une face de cendre jaillit de derrière son arbre et décoche vers nous. Mais son arc n'a pas la puissance de celui de Cwail : son projectile perd de l'altitude bien avant de nous atteindre, heurte le rocher à hauteur de nos jambes. Nadrach joue encore de l'arbrier, sans laisser le temps au tireur de retrouver son abri ; il lui saccage la ventraille d'un pointeau bien placé.

D'autres téméraires tentent leur chance. Quelques flèches sifflent parmi nous. L'une d'elles se brise sur le plastron de Perdouan avec un bruit de cloche ; une autre ricoche sur le haubert de Miach, et je dois faire un pas de côté pour éviter qu'une troisième ne me perfore la vessie. Mais ces esquisses sont bien cher payées. Cwail rend coup pour coup, avec une précision mortelle. Nadrach tire moins souvent, mais il est redoutable à l'affût. Une fois chargée, son arbalète est plus réactive, il ne lui faut qu'un instant pour appuyer sur la gâchette ; il a beau jeu d'abattre les archers sitôt qu'ils se montrent.

Au milieu de la troupe adverse, je repère un colosse en armure de plates blanche, le heaume façonné en blaireau grimaçant. L'homme soulève son mézail pour révéler une face livide, rayée de deux bandes verticales de pigment noir. Il a compris que l'approche lente tournait à la catastrophe : il vient de perdre huit des siens pour gagner moins de trente mètres. Réagissant en chef, il souffle dans sa conque pour sonner la charge. Alors, poussant un grand cri de guerre, les Hermines jaillissent de leurs abris et s'élancent vers nous, l'arme au poing. Je bande mon arc et l'exaltation guerrière explose soudain dans ma poitrine.

Ils sont encore une bonne vingtaine à charger ; par quelque absurdité de l'âme en bataille, j'ai l'impression que tous viennent pour moi seul. Cwail prend soin de clairsemer leurs rangs. Ses traits s'enchaînent à un rythme soutenu, visant d'abord les adversaires les plus légèrement protégés. Deux gueulards s'écroulent en pleine course ; un troisième trébuche, une hampe dans le gras de l'épaule. Le temps de piocher dans sa ceinture une nouvelle triade de flèches, et ce sont deux autres guerriers qui font la culbute, la cuisse transpercée juste au-dessous du haubert ou le poumon troué au travers. Quelque part sur ma droite, la couleuvrine de Perdouan fait long feu : j'entends le pshhhit caractéristique de la poudre qui ne prend pas. Le colosse en armure de plates lève son grand marteau d'armes et fonce droit sur lui. Un carreau d'arbalète fuse à sa rencontre, puissant vireton aux ailerons torsadés. À si courte distance, même l'acier trempé ne peut résister à ça. Tournoyant sur lui-même, le projectile s'enfonce de deux bons pouces dans le plastron blanchi. Le capitaine ennemi vacille sous le choc, chancelle et pose un genou en terre.

J'ai attendu l'ultime moment ; je relâche enfin la corde de mon arc, au grand soulagement de mon bras. Je tire à bout portant sur le premier assaillant qui me court sus. Je vise la gorge : bien qu'elle soit protégée de mailles, elle est plus vulnérable que la poitrine, où le haubert se double d'un gambison matelassé. Mon pointeau déchire les anneaux de fer et se fiche profondément dans le cou du malheureux ; il s'effondre et disparaît à mes regards, avalé par la charge de ses compagnons.

Il me reste tout juste le temps de lâcher mon arc, pour m'emparer de ma lame.

Et puis je ne vois plus que ce fantôme cendreux qui charge vers moi, une lance barbelée entre les mains, un cri féroce au ventre. Une véritable forteresse d'homme : chemise de mailles, pansière de fer et barbute fermée protégeant le crâne et les joues. Pour moi, la partie sera très difficile : ma bâtarde n'est pas de taille contre sa longue pique, et je suis bien plus vulnérable que lui. Déjà, un puissant estoc plonge vers mon visage ;

je le dévie d'un revers ferme. Le guerrier revient en garde et me darde un nouveau coup de pointe, puis un autre, plus vif encore. Impossible de l'atteindre au corps sans m'empaler d'abord sur son fer. Ma seule chance, c'est de chasser le bois de côté avec suffisamment de force, puis de foncer droit sur lui, en espérant qu'il n'ait pas le temps de revenir en garde. Or, mon opposant n'est pas né de la dernière pluie : il sait parfaitement ce que je vais tenter. J'ai beau faucher comme un beau diable, il ne se laisse pas surprendre, ravale chaque fois sa lance avant que je puisse l'engager. Il en profite même pour me piéger, simulant un estoc pour mieux me laisser tailler dans le vide, et par la même occasion revenir d'une pointe vicieuse sur ma poitrine découverte. Ce coup-là, je ne l'esquive que d'extrême justesse, d'un bond en arrière. Et voici que je perds pied, je cède trop de terrain. Je serai le premier à rompre le rang ; je ne peux m'opposer à ce scorpion d'acier qui darde son aiguillon vers mon cœur, assaut après assaut. Ses épaules croisent celles de Manesh, qui devine le danger du coin de l'œil, tout occupé qu'il est à ferrailler contre son propre adversaire. Il fait un pas de côté, tente de bousculer mon opposant au passage. Mais il n'est pas assez fort sur ses jambes pour réussir à le déstabiliser et doit se contenter de colmater la brèche derrière lui, pour empêcher que d'autres s'y engouffrent.

L'Hermine vient de pénétrer notre rempart. L'aspic est dans la demeure. S'il parvient à se débarrasser de moi, il pourra frapper mes compagnons dans le dos, et c'en sera fait de nous. Je n'ai pas le droit de succomber.

Redoublant de hargne, je tente un nouvel assaut contre la lance, plonge ma lame vers le bas, et parviens cette fois à coincer le bois dans les quillons recourbés de ma garde. Pendant un instant, le guerrier à la barbute est réellement mis en danger. D'une traction désespérée, il parvient à dégager sa hampe et revient en garde juste au moment où je vais lui tomber dessus. Je romps instantanément, hurlant intérieurement, frustré de ce nouvel échec. Au moins, l'épisode a rendu le gaillard moins confiant ; je lis dans ses yeux quelque chose qui ressemble maintenant à du respect.

Nous nous tournons autour, coincés dans le demi-cercle formé par les dos de mes compagnons. Nous nous épions. Je redoute le moment où l'autre reprendra l'initiative, car je me sais sans solution. En désespoir de cause, ma main gauche délaisse le pommeau de mon épée pour s'emparer des pans de ma cape. Simultanément, j'effectue un moulinet avec ma lame en guise de leurre et je m'avance vers l'ennemi en beuglant. Comme je l'espérais, sa pique riposte sur mon flanc gauche. J'esquive d'un pas de côté et interpose le tissu sur sa trajectoire. La lance perfore la laine épaisse, ses crochets de métal s'y empêtrent. L'homme tire sur son arme sans parvenir à la dégager, d'abord avec une force modérée, puis par à-coups brutaux. Je me laisse entraîner avec l'étoffe, j'accompagne le mouvement ; puis soudain, je bloque. La force déployée par l'adversaire me propulse vers lui. Je me contente de lever la pointe de mon épée, droit vers sa gorge, et de faire un pas de plus.

La lame s'enfonce profondément sous son menton, qu'elle relève brutalement vers le ciel. Je la dégage d'un mouvement latéral, qui arrache la moitié du gosier. Et tandis qu'il s'affale, l'ivresse du combat se ravive soudain en moi, sublimant la peur en un sentiment de puissance. Voir jaillir le sang fouette mon courage ; je suis prêt à tuer encore, autant qu'il le faudra.

Je me tiens au centre du demi-cercle, les deux pieds au-dessus du cadavre ; je m'efforce de chevaucher cette poussée guerrière qui risque de me faire perdre toute prudence. Mes compagnons sont encore debout, tous les six ; ils ont resserré les rangs pour contenir la ribaudaille. Au centre, Perdouan tient en respect plusieurs gueules de cendre ; il mouline de la hache et les force à tenir leurs distances, en poussant des « Hah ! » et des « Chay ! » qui retentissent avec force. Sitôt que l'un d'eux croit trouver une ouverture, Miach ou le Brun donne de la naecha, crevant une joue, un bras, déchirant le cuir ou la fourrure. Ces trois-là forment un front solide : à leurs pieds gisent déjà plusieurs crapules. Sur leur flanc gauche, le Bâtard de Marmach affronte un soudard cornu, armé d'une grande épée affûtée. Je surprends le moment où, sur un coup de taille, l'enfant des fées baisse l'avant-bras pour pivoter son écu d'un quart de tour, et le présenter à l'adversaire dans le sens du fil du bois. Au lieu de rebondir contre la tranche, la lame s'enfonce de plusieurs pouces entre les fibres. L'homme essaie désespérément de la dégager, mais le brand est fiché bien trop profondément pour qu'on l'extirpe, et le laisse à merci. D'un revers gracieux, Manesh lui fait sauter la tête.

C'est du côté de Varagwynn que le front me semble le plus fragile. Avec sa courte épée, Dipran ne fait pas le poids, il se recroqueville un peu plus à chaque assaut. Notre batelier doit batailler pour deux. Je fais ce qui me paraît le plus censé : je ramasse la lance de ma victime et je m'en sers pour darder de la pique par-dessus l'épaule du petit queux ; je crée le danger là où on ne l'attend pas. Mon fer surprend l'un des cendreux en plein front. À court d'allonge, il ricoche sur l'os sans y pénétrer, laissant une marque sanglante. Le miraculé titube en arrière, sonné pour le compte ; nous profitons de l'occasion pour regagner un peu de terrain.

Nos assaillants ont beau avoir perdu la moitié des leurs, au bas mot, ils nous surpassent toujours en nombre. À l'arrière se tient le capitaine en armure de plates blanche ; il s'est remis debout, malgré le vireton qui lui déflore le plastron. La voix rauque, il rappelle ses troupes autour de lui. Nous profitons de ce répit pour souffler un instant.

Et voilà que le bougre se décide à défier Perdouan. Il se campe bien en face de lui, son grand marteau de guerre crochu entre les pognes, et se met à l'insulter dans sa langue du Nord, le menton levé, la gueule sévère ; son rictus grisâtre n'a rien à envier au faciès bestial qui orne son heaume. À le voir si bravache, les Hermines retrouvent leur courage ; ils resserrent les rangs pour se préparer à un nouvel assaut. Je jette un bref coup d'œil derrière mon épaule, histoire de vérifier que nos compagnons, là-haut, sur la corniche, sont encore bien vaillants. Je découvre Cwail à genoux, une vilaine flèche plantée dans la cuisse gauche. Derrière lui, une silhouette courtaude gît affalée contre le rocher, la tête de travers, deux traits fichés dans la poitrine, une arbalète dans les mains. Il me semble que d'autres ombres se meuvent sur la pierre, au coin de ma vision. Mais je n'ai pas le temps d'en voir davantage : le blaireau de fer vient de sonner de sa conque, toute la chiourme des Nendous nous charge en hurlant. Je replonge en enfer, la lance bien calée entre les mains.

Plus tard, j'apprendrai ce qui s'est joué dans notre dos.

Au début de la mêlée, tandis que nous encaissions le premier assaut au corps à corps, les derniers archers de l'Hermine se glissaient entre les arbres et mettaient nos tireurs en joue. Impuissants à longue portée, les gueux se sont révélés redoutables une fois rapprochés, et même avantagés par l'abri des derniers bouleaux, tandis que les nôtres formaient des cibles bien découpées sur le rocher. Dépourvu de pavois pour recharger son arbalète, Nadrach n'a eu d'autre choix que de s'en remettre à son armure. Des deux flèches qui l'ont atteint, seule la seconde s'est révélée vraiment dangereuse. Elle ne s'est pas contentée de déchirer le velours et le cuir de sa brigantine ; elle s'est faufilée dans un point faible entre deux plaquettes de métal, avant de traverser les couches d'étoffe du gambison. Ce sont les cartilages des côtes qui ont finalement arrêté sa course. Blessé, le sire Kalervi n'en a pas moins continué le combat. Cwail a descendu l'un des ribauds, mais ensuite, il s'est vu ajuster bien en face par un second, et il a compris que cette pointe-là, il ne pourrait pas l'éviter. Trop tard pour abattre la menace, alors il a visé le projectile qui venait à sa rencontre et l'a détourné avec son propre trait – un geste de haute maîtrise, que je l'avais déjà vu accomplir à l'entraînement. Dans la foulée, il a encoché à nouveau et s'est débarrassé définitivement du tireur, en le prenant de vitesse. Seulement, l'instant d'après, le dernier archer lui fichait dans la cuisse cette vilaine hampe, que j'y verrais vibrer un court moment plus tard. Tandis que notre blondin s'effondrait en gémissant, Nadrach donnait la riposte. Mais il a raté en partie le vicelard ; il n'est parvenu qu'à le blesser. Sans perdre un instant, il s'est penché en avant pour recharger son arbalète, le pied dans l'étrier. Et pendant ce temps, il n'a pas prêté attention à ce qui venait dans son dos.

Dès le début des hostilités, trois combattants légers avaient commencé à contourner le rocher pour nous prendre à revers. Ils avaient même dégotté la naissance de la corniche, une saillie tout juste assez large pour être empruntée par des gars au pied sûr, qui s'élevait en pente douce jusqu'au replat où étaient postés nos compagnons. Dans le tumulte du combat, même l'oreille exercée de Nadrach n'avait pu les entendre grimper. Le premier coquin qui lui est tombé sus a flanqué sur son casque un tel coup de masse d'armes que notre affiné est tombé, assommé pour le compte. Cwail a surpris le mouvement ; les mâchoires serrées de douleur, il a pris sur lui de bander à nouveau son arc, couché en travers de ses genoux. Sa flèche a crevé la poitrine d'un premier assaillant, mais ensuite, le second a levé son épée au-dessus de sa tête nue, sans que notre compagnon puisse faire quoi que ce soit pour se protéger.

C'est alors qu'un oiseau de métal est venu se ficher dans la gorge du cendreux.

Voyant son comparse s'écrouler, le troisième homme est resté un instant pantois. Puis il s'est retourné vers l'autre extrémité de la corniche, et il a compris.

Debout devant le pavois, la Courtisane tenait entre ses doigts l'une de ses petites lames plates.

Le ribaud a bondi par-dessus son compagnon mourant et chargé tout droit vers elle ; mais avant qu'il ait pu accomplir la moitié de la distance, un autre oisel s'en venait lui bécoter le ventre de fort méchante façon. Il s'est plié en deux, une main crispée sur le métal, mais il a tout de même continué à avancer. Le bras de la Dame s'est déroulé à nouveau et, cette fois, le couteau de jet s'est fiché juste sous le sternum de l'agresseur, lui coupant littéralement le souffle. Néanmoins, il a encore fait un pas en avant. Alors elle a tiré l'épée, sa jolie frimousse retroussée en grimace fauve, et elle s'est préparée à défendre sa fillette accroupie derrière le grand bouclier noir.

L'homme n'a jamais pu lever le brand.

Il s'est effondré littéralement sur elle, la ventraille ruisselante de sang. Croyant qu'il cherchait à la plaquer au sol, elle a donné libre cours à sa panique ; elle lui a asséné sur le crâne plusieurs coups d'épée désespérés, de toute la force de sa peur, jusqu'à le fendre comme une coquille de noix.

C'est ainsi qu'elle est entrée en guerre, la pacifiste, la soigneuse aux doigts salutaires, et qu'elle est devenue notre sœur d'armes. Ce faisant, elle a préservé la vie de Cwail, et peut-être bien celle de Nadrach, et nous a protégés de vicieux assauts dans notre dos.

Le dit de Fintan Calathynn – 6

Il faut dire que nous n'avons guère le loisir de surveiller nos arrières.

Nos bras tremblent du choc des armes, nos poitrails s'embrasent de fureur et d'effort ; le sang ruisselle sur nos lames sans qu'on puisse se rappeler si l'on a tué, qui l'on a tué, ni même si l'on est soi-même blessé, tant les choses s'enchaînent rapidement.

Au cœur du combat, Perdouan affronte le blaireau de fer. Ce dernier le surpasse d'une bonne tête. Il est encore robuste malgré sa blessure ; notre Barbier redoute de se laisser entraîner à la lutte avec une telle montagne. Il se met à lui cogner le crâne à grands coups de hache d'armes, pour l'assommer sous le heaume d'acier trempé ; il lui fait résonner la caboche plus souvent qu'à son tour, et l'autre lui rend une ou deux mehaignes du même acabit. Finalement, leurs lames se coincent l'une dans l'autre, comme il arrive souvent en pareil duel ; les hampes se joignent, et les deux carapaces se retrouvent à frotter du plastron, les bras à s'entremêler, tandis que les armes tombent des mains. L'autre a beau être plus castard, il s'est aussi davantage fait malmener la calebasse ; il est déjà passablement étourdi. Si bien que Perdouan, d'un pied habilement placé, parvient finalement à lui faire perdre l'équilibre. Une fois le géant au tapis, le sire Namarantri s'assied lourdement sur sa poitrine, la dague bien en main, lève les deux poings vers le ciel et lui plante sa lame dans la visière, droit dans l'œil. Éborgné, le blaireau ! Étêtée, la meute des Hermines !

Leur capitaine massacré, les derniers cendreux n'ont rien de plus pressé que de déguerpir. De la horde furieuse, il ne reste plus qu'une poignée de fuyards. Je m'empare de mon arc, avec l'envie instinctive d'en abattre encore, d'empêcher qu'aucun d'eux n'aille raconter à ses maîtres qui nous sommes, et quels guerriers nous sommes. Je voudrais que Cwail et Nadrach m'aident dans cette tâche, ça m'agace de ne pas voir pleuvoir leurs traits ; qu'attendent-ils pour larder ces vilains dos blancs ?

En vérité, je ne me souviens plus que nos deux compagnons sont tombés, si forte est la tension du combat et si grande, la confusion de mes sens.

Nous épions la forêt, attentifs au moindre frisson. Plus rien qui bouge à des toises à la ronde ; juste le bruissement des feuillages secoués par le vent. L'impression que c'est dans mes poumons qu'ils craquettent, de toutes leurs brindilles... Je halète, souffle court, peinant à apaiser ce monstre rouge sombre qui palpite entre mes côtes, à grands bonds frénétiques.

Varagwynn se hisse sur la corniche, se rue auprès de Nadrach. Le petit seigneur gît adossé au rocher, le chef de traviole, parfaitement inerte. Un filet carmin lui ruisselle sur la tempe. Le batelier le secoue, l'appelle avec force ; il lorgne avec angoisse les deux hampes plantées dans sa brigandine. Nous sommes déjà certains que notre ami a trépassé.

Et puis soudain, il se met à dodeliner de la tête.

Dipran vient lui verser de l'eau sur le front ; il l'aide à s'asseoir, avec des trésors de précautions. L'arbalétrier dégoise une longue plainte douloureuse, suivie de plusieurs salves de vomissements ; il lui faut un bon moment avant de retrouver la parole. Ses premiers mots sont pour se plaindre confusément de douleurs au cou. Il y a bien de quoi : son petit bassinet de fer s'est proprement déformé sous l'impact de la masse d'armes. Probablement pas assez pour lui défoncer la boîte crânienne ; n'empêche que personne n'ose le lui ôter pour vérifier. Le brave empoigne la première flèche qui lui dépare le poitrail, la plus profondément enfoncée. Il la déracine avec lenteur, les yeux grand ouverts et les dents serrées, avant de la jeter de côté, son aiguillon tout dégouttant de sang. La seconde, il l'extirpe avec dédain d'entre les plaques de son armure et s'en débarrasse sans lui adresser un regard.

À quelques pas de lui, Cwail pleurniche comme un gamin, couvant sa jambe d'un regard misérable. Il est persuadé qu'elle est perdue, répète que c'est une pointe à barbillons qu'on lui a fichue là-dedans, qu'il ne pourra pas l'enlever sans s'arracher la moitié de la cuisse. Shakti prend sa tête entre ses mains et l'attire contre son sein pour le réconforter. Le héros s'abandonne; il dépose pour un temps sa peau d'homme de guerre et se laisse materner un peu.

Au pied de la falaise, nombre de vaincus respirent encore, terrassés par leurs blessures. Jambes fauchées par les traits. Ventres sanguinolents sous la fourrure. Gueules cassées, mâchoires emportées par les lames. Miach et le Brun se mettent en tâche de les achever. Ils finissent le travail sans le moindre état d'âme; ils n'accordent pas de merci. Moi, si je flâne parmi les morts, c'est pour y glaner des choses utiles: ici, un carquois à moitié plein, là une gourde d'eau ou un bouclier intact.

Quelque part parmi les gisants, je retrouve l'homme que j'ai percé d'une flèche. Lui non plus, la vie ne l'a pas encore quitté. Adossé à un arbre, il tâtonne sous sa maille de ses doigts tremblotants, cherche l'endroit où ma pointe disparaît dans sa gorge. Par quelque vain miracle, elle n'a rien touché de vital; elle s'est contentée de clouer le camail à la chair, empêchant le malheureux de s'ausculter. Je lui trouve l'air trop jeune, lui aussi; ce n'est peut-être qu'un effet de ses grands yeux effarés, qui roulent sous son masque de cendre. J'éprouve une soudaine envie de l'aider. Non sans douceur, j'empoigne la trame des anneaux, je la fais remonter le long de la hampe du trait, à petits mouvements secs. Avec une sorte de reconnaissance, l'homme passe la main tout entière au-dessous. Il se palpe tout à loisir; il fait le tour de sa blessure. Puis il pousse un soupir et ferme les yeux, le temps d'accepter son état.

Je n'ai pas les tripes de l'achever. C'est Perdouan qui se charge du boulot, d'un bon coup du manchon de sa hache, asséné dans l'orbite gauche.

J'expire longuement, pour évacuer la tension qui me noue le ventre. Cette nausée, est-ce encore la peur, ou est-ce simplement la guerre ? Moi qui ai connu plusieurs batailles, est-ce que j'éprouve encore le dégoût du sang et des corps brisés ? Je me fais vieux, foutrebouc ! J'aspire à la paix !

Mais il faut croire que toute violence n'est pas encore épanchée au sein de notre groupe. Miach se tourne vers le Bâtard de Marmach, la lance bien en main.

« L'épée que tu tiens, il crache. C'est celle du capitaine. Dépose-la tout de suite ! »

Manesh soutient son regard sans broncher. Le feu solaire clapote dans ses prunelles ; il roule sur ses bras blessés, sous forme d'une fine vapeur dorée – la même qui embrumait ses jambes, le jour où il a vaincu la gangrène. Je vois bien que mes compagnons sont impressionnés ; ils savent qu'il est déjà en train de guérir, à sa façon surnaturelle.

« Donne-moi une autre lame, ronronne cet être fée. Que je puisse vous rendre celle-ci. »

Le ton se veut apaisant, mais la voix ruisselle d'harmoniques impérieuses, indomptable comme le torrent. Je ne reconnais plus mon blessé : on dirait quelque météore tombé du ciel, façonné en visage d'homme.

« Au cul ! aboie Miach. Je n'arme pas un serpent. Lâche cette épée ! Je ne le répéterai pas une nouvelle fois ! »

Et il fait un pas en avant.

Sans mot dire, le Bâtard ramène son bouclier devant sa poitrine. La tension monte d'un cran.

« Ce brand, j'ai gagné le droit de le porter, proclame le boiteux, souverain de calme. Sans moi, il serait perdu : la jument l'aurait emporté aux quatre vents. Aujourd'hui, je le manie dans la bataille, mais le temps venu, je le rendrai à qui de droit. Je t'en fais le serment. »

Les yeux de Miach s'étrécissent, tandis qu'il se rappelle la façon dont l'épée s'est retrouvée dans ces mains honnies.

« Comment… siffle-t-il. Espèce de chien, comment as-tu fait pour le détacher de l'arçon ?

— C'est mon fait, intervient la Courtisane, d'un ton sans regret. J'ai détendu la sangle, pour qu'il ait une chance de s'en saisir, au cas où les choses tourneraient mal. Il y avait ma fille, sur ce cheval ; devais-je la laisser sous la protection d'un homme désarmé ? »

Elle se tient devant nous, sobre image de mère, sa petiote blottie dans son giron. Plusieurs visages se tournent vers elle, mêlés d'émotions diverses. Je lis ici de la colère, là de l'indignation, là encore une certaine compréhension. J'admire son cran, de défier ainsi nos rancœurs. Est-ce qu'elle mesure l'importance du symbole, à nos yeux Luari ? L'héritage familial de notre chef, dans les mains d'un traître à la patrie !

« Dame, vous vous rendez pas compte, marmonne le Brun. Une épée dévote, bénie des Astres… »

La grosse voix de Perdouan coupe court aux débats :

« Ho ! Y'a pas le temps, on est pas tirés d'affaire ! Le Bâtard fait de la bonne ouvrage avec cette lame, autant qu'il la garde pour l'instant ! »

Et s'adressant à tous :

« Faut se presser ! Mettre encore quelques lieues dans la vue de l'ennemi. La chasse est pas finie ; avec les blessés qu'on se trimballe, ça ne va pas être une partie de plaisir. Dépêchez-vous de nous les descendre au bas du rocher ! »

Et comme Miach rechigne encore à baisser sa naecha, le Barbier l'y contraint d'une poigne autoritaire et prouve, si besoin est, qu'il est le véritable meneur du groupe dans la bataille.

Varagwynn et Dipran soutiennent Nadrach dans sa lente désescalade des éboulis. Quant à Cwail, c'est le Brun de Dhuan qui finit par le soulever dans ses bras, avec des trésors de précautions, pour l'emporter d'un pied sûr à travers la rocaille. Il le dépose, tout tremblant de douleur, aux pieds de Perdouan. Le chevalier s'agenouille pour étudier sa blessure, d'un œil averti. Il ne lui faut qu'un court moment pour livrer son verdict :

« Je peux pas t'ôter ça comme ça, garçon. La pointe est entrée trop profond. Pour le moment, tu vas devoir marcher avec ! »

Le jeune archer ferme les yeux. La sentence a ravivé son angoisse ; ses paupières tremblotent malgré lui. Perdouan ne lui laisse pas le temps de s'appesantir sur son sort :

« Tenez-le. Il faut au moins que je brise la hampe. »

Et tandis que le Brun de Dhuan immobilise les mollets du blessé, notre chirurgien de fortune dégaine une courte lame dentelée et s'en sert pour scier la fine tige de bois. Cela ne lui prend qu'un court moment. Le blondin serre les dents à s'en faire saigner les gencives et finit tout de même par gargouiller sa plainte.

« Remettez-le debout et en route ! conclut le sire Namarantri. Tout de suite ! Deux gars pour le soutenir. Tiens bon, garçon ! »

Miach se décide à lui offrir son épaule, aussitôt secondé par le Brun. Ils le soulèvent par les aisselles, non sans lui arracher un gémissement, glissent chacun un bras sous sa jambe blessée. Et voilà le jeunot qui clopine sur un pied, coincé entre deux rudes gaillards. Tous trois entreprennent de nous tracer la voie en contournant le massif rocheux par le nord.

J'offre mon bras à Nadrach.

« Tssaaa ! C'est bon, je peux me débrouiller seul ! » se rebiffe ce dernier, en repoussant brutalement mon aide. Et il s'empresse d'emboîter le pas à nos compagnons, son pavois dans le dos. Le Bâtard de Marmach ne tarde pas à l'imiter, soutenu par Varagwynn, et puis la Courtisane et sa fille. Je demeure seul devant le roc, avec Perdouan et Dipran, ce dernier surveillant nos arrières.

« Une vraie bande d'éclopés, qu'on se trimballe ! me glisse le Barbier discrètement. Pour peu que la meute nous retrouve, on est cuits ! » Il se penche à mon oreille, chaude voix de baryton aux effluves de fer et de sueur : « Je ne peux pas abandonner nos blessés. Mais toi, tu dois sauver ta peau à tout prix, tu comprends ? Tu dois trouver le Roi-diseur. À la prochaine difficulté, tu emmènes la petite et sa mère, et tu te carapates !

La ribaudaille trouvera en nous un os coriace à ronger. Ça vous laissera le temps de prendre le large, tous les trois… »

L'idée me heurte tant, que je rate une respiration.

« Va te faire foutre, Perdouan ! Je ne suis pas un lâcheur. De toute façon, nous ne sommes pas de taille à poursuivre sans toi !

— Qu'en sais-tu ? Si ça se trouve, le Roi-diseur ne veut pas de nous autres, soudards ! Un barde, une femme et une gamine auront plus de chance d'entrer dans ses bonnes grâces ! *Hadia !* Tu verras, la *Voie au Roi* va se révéler à vous comme par magie, sitôt que vous serez quittes de nos gueules de fer ! »

Je suis sur le point d'argumenter, mais mon compagnon me fait taire, d'une main sur l'épaule :

« Chhht, tais-toi… Écoute… T'entends rien de bizarre ? »

Je tends l'oreille, attentif. Pas le moindre craquement dans les alentours. Pas le moindre souffle. Et c'est bien cela qui est inquiétant : le vent ne mugit plus dans les branches. Nous avons appris à tenir son silence pour mauvais présage…

Dans notre dos, Dipran bougonne :

« *Tha !* Qu'est-ce que c'est encore que cette merdaille ? »

Le petit queux se tient face à l'ouest, le nez levé, son grand oiseau noir perché sur l'épaule. Là-bas, d'où sont venus les Hermines, la forêt s'obscurcit à vue d'œil. Une marée sombre roule en travers des feuillages, à grosses bouffées poudreuses ; elle occulte la lumière du matin et renvoie la sylve au-dessous à la pénombre crépusculaire. Dans un grand froissement d'ailes, le cormoran déserte son perchoir d'homme, pour s'envoler vers l'orient.

« Caillefoutre ! peste le Barbier. Ça ne finira donc jamais ! »

Et sans qu'il soit besoin de nous concerter, nous nous mettons tous trois en mouvement.

Le temps de contourner le massif rocheux et, déjà, l'obscurité nous rattrape ; nous basculons dans un demi-jour nébuleux. L'air autour de nous se peuple de flocons grisâtres, qui dérivent en silence. Il neige de la cendre, aussi loin que porte notre regard. Son odeur âcre m'envahit ; son goût m'embourbe le palais.

Sous cette averse ouateuse, je discerne vaguement les silhouettes de nos compagnons, qui crapahutent devant nous. Nous ne tardons pas à les rejoindre, puis à les dépasser, presque contre notre gré. Je dois me forcer à ralentir l'allure pour épouser le rythme des blessés. Une progression d'une lenteur consternante sous une chape opaque, qui s'étire à toute allure, toujours plus loin vers l'est. La lumière du jour n'est plus qu'un fantôme qui s'estompe, là-bas, par-delà les bouleaux…

« Cette chose est venue de l'autre rive, pesté-je. C'est la brouillasse qui s'est hissée sur la canopée, après avoir traversé le fleuve ! Elle ne progresse que quand le vent se tait… »

Perdouan hoche la tête sans mot dire : il est arrivé à la même conclusion.

Je me porte à hauteur de Cwail, pour m'enquérir de son état. Le jeune archer endure un vrai supplice ; chaque pas secoue la darde dans ses chairs. Incapable de marcher vraiment, il se laisse la plupart du temps transporter, assis sur les bras joints de ses deux compagnons. Lorsque je me penche sur lui, profitant d'une courte pause, il m'agrippe brusquement par le col et me fourre dans l'oreille quelques mots fébriles :

« Je t'en prie, Fintan… Me laissez pas tomber… Je veux pas mourir seul. Je te le demande à t… toi… Je t'en supplie… Faut pas me laisser… »

Ses lèvres tremblent, sa voix s'enroue ; il est dans un sale état. Ce n'est pas à cause de l'hémorragie, somme toute bénigne. C'est autre chose : une forme de panique particulièrement insidieuse.

« Personne ne va t'abandonner, bougre d'âne ! répliqué-je d'une voix attendrie. Qu'est-ce que tu t'imagines ? »

Mais le gamin est débordé par l'angoisse ; ses pensées s'emballent, de plus en plus funestes.

« Ah, je suis pas sot, hein ! chevrote-t-il. Je le vois bien, que je… je vous ralentis ! C'est normal, que vous pensiez à sauver votre peau sans moi. C'est compréhensible ; je suis en train de g… gâcher vos ch… chances. Seulement, je t'en supplie… faites pas ça. Je… Je veux bien clamser, mais pas tout seul, tu comprends ? S'il te plaît… S'il te p… plaît ! »

Il n'est plus que l'ombre de lui-même ; un échalas fiévreux qui transpire l'angoisse par tous les pores de sa peau, et s'agrippe à moi comme si j'étais la seule chose au monde qui pouvait encore l'empêcher de sombrer. Je me souviens alors qu'il est orphelin, ou plus exactement, que ses deux parents l'ont laissé seul au bord de la route, affamé et nu, à l'âge de trois ans. Maintenant, au cœur de l'épreuve, Cwail est en train de revivre son drame fondateur. Aucun mot ne peut apaiser ça ; mais les gestes oui, alors je me laisse accaparer de bonne grâce, et je lui caresse les cheveux, en douceur, tandis qu'il répète inlassablement sa supplique.

« Tais-toi un peu, maudit chapon ! le tance Miach, harassé. Combien d'hommes t'as abattus, aujourd'hui ? Plus de dix, si mon compte est bon ! Un héros doit pas pleurnicher comme une bonne femme ! »

Et il lui tire sa plus vilaine gueule, pour le défier de rétorquer quoi que ce soit.

« C'est vrai, Cwail, renchérit Perdouan, tu vas nous vexer à la fin ! Est-ce que je t'ai habitué à laisser qui que ce soit sur le carreau ? On est au coude à coude, on affronte le danger tous ensemble, quoi qu'il arrive ! »

Il lui presse le bras :

« Si tu restes en arrière, je reste aussi. Je t'en fais le serment. Et si tu claques, ce ne sera pas seul. Je le jure devant les Astres. Je sais que tout le monde, ici, est prêt à faire le même vœu ! »

Je baisse le front en repensant à ce qu'il vient de me demander un moment plus tôt. Cwail daigne enfin desserrer sa grippe, et ses porteurs se remettent en marche ; j'en profite pour l'abandonner au Barbier et remonter vers la tête du groupe.

Quelques toises devant titube Nadrach, telle une statue ivre. La Courtisane veille à ce qu'il ne s'égare pas sous la pénombre, mais il s'obstine à refuser le bras qu'elle lui tend. Il se contente de poser une botte devant l'autre, les jambes raides, le regard fixe, tendu vers quelque but visible de lui seul.

Je me porte à sa hauteur, un peu inquiet pour lui.

« La lumière, me glisse-t-il, sans tourner la tête. Elle n'est pas si loin qu'il y paraît… »

Son petit bras courtaud balaie les particules en suspension dans l'air.

« Cette chiure a cessé d'avancer. La brise louvoie, la brise gamberge ; elle rechigne à pousser la brumasse. Je me demande bien à quoi elle obéit… »

En fait de brise, il me semble que le vent s'est ranimé un peu. Il souffle de façon chaotique ; je n'arrive plus à en saisir la direction. Les flocons de cendre voltigent en sautes légères, tourbillonnent au gré de ses remous.

« À quelle distance, la fin du nuage ? » j'interroge.

Le petit seigneur me darde un regard noir :

« Pour l'amour de Maroué, Barde, arrête de me poser tout le temps des questions ! J'ai la tête comme une enclume ! Je ne sais pas, un demi-mille à peine ! Regarde toi-même ! Tu ne devines pas comme une radiance, là-bas ?

— C'est vrai, murmure la Courtisane, j'ai entendu l'appel du cormoran, droit devant : le jour ne doit plus être loin.

— Très bien, je conclus. Le sortilège est à bout de souffle. Hâtons-nous de sortir de sous cette pruine ! »

D'instinct, nous redoublons l'allure, oublieux de nos compagnons les plus lents. Ce faisant, nous rattrapons Varagwynn et Manesh, lequel, mine de rien, trottine d'un pas honorable, appuyé sur son compagnon de route. Je décide de m'imposer :

« Tu peux me le confier, Varagwynn. Ça m'arrangerait de te savoir devant, pour nous ouvrir la route… »

Le batelier opine et s'empresse de me remettre son fardeau. Tandis qu'il file rejouer les éclaireurs, je me mets à crapahuter à mon tour avec le boiteux. Le sentir à nouveau s'appuyer sur moi, comme lorsque nous avons gravi la colline, m'inspire de la nostalgie : celle d'une certaine innocence, à peine révolue, dans notre relation.

« Tu pues, Bâtard de Marmach, badiné-je, pour masquer ma gêne. Tu sais cela ? Tu empestes le putois crevé ! »

Il affecte une moue fataliste :

« La hyène… Va me falloir deux fleuves pour me débarrasser de son fumet. Tu n'imagines pas l'odeur, lorsqu'elle m'est tombée dessus ! Comme une avalanche de charognes. J'ai cru que j'allais m'étouffer !

— *Hadia !* Tu nous as fait un fameux numéro, tout à l'heure ! Tes jambes… Jamais je n'aurais cru… Tu as bien caché ton jeu, espèce de salopiot ! Quel effet ça fait, de ne plus être le tire-au-flanc du groupe ? »

Il sourit, puis crache pour chasser le goût de la cendre. Je ne peux m'empêcher de songer que dans quelques heures, jours ou semaines, notre pacte fragile volera fatalement en éclats, pour faire à nouveau de nous des adversaires. L'impérieuse quête de l'astra : aucune sympathie ne peut résister à ça – pas par-delà le fossé qui nous sépare.

En attendant, il y a bien des avantages à le compter parmi nous. Je sais qu'il a entendu Nadrach énoncer son pressentiment quelques instants plus tôt, alors je lui glisse :

« Le soleil… Est-ce que tu *sens* toujours sa présence, comme autrefois ? »

Il m'adresse un regard un peu évanescent :

« Toujours, Barde ! Il est tout proche. Il sourd… Nous allons droit dessus ! »

Et en effet, il ne faut pas longtemps pour qu'apparaisse la lisière des ténèbres. À moins de cinquante pas, un flux doré embrase l'écorce des bouleaux. Ses rais obliques font valser les particules à la dérive. La Courtisane et sa fille nous rattrapent, avides de ciel, suivies par un Nadrach plus hébété que jamais.

Un moment plus tard, le soleil rasant fait frémir nos paupières. Derrière, nos compagnons émergent l'un après l'autre de la pluie de cendres, les cheveux et le corps tout mouchetés de gris. Je commence à reprendre espoir. La terre ne gronde plus qu'imperceptiblement ; l'ennemi ne donne pas signe de vie. Seule demeure la brise capricieuse, qui soulève de lentes chevelures dans les franges du nuage, et l'effiloche peu à peu.

Perdouan passe en revue la petite troupe.

« … Et de dix, se réjouit-il. Tous plus vifs que morts, par la grâce des Astres. Tha ! Regardez-moi ces gueules d'Hermines ! »

Du bout de l'index, il trace sur la joue de Dipran un sillage clair : « On a fini par leur ressembler un peu, pas vrai ? »

Et parce qu'il est heureux de se sentir en vie, il se permet un sourire – le premier depuis que nous avons quitté la grotte.

Un peu à l'écart du groupe, Kunti marmonne des choses inintelligibles, rencognée sous sa capuche. L'impression troublante qu'elle converse avec les esprits. Je me rapproche d'elle sans mot dire ; je lui laisse le temps de remarquer ma présence par elle-même.

« Ils sont ici, tu sais, murmure-t-elle, le timbre vide. Tout autour de nous…

— Où ça ? Qui ?

— Dans les bouleaux. Leurs sorciers. Ils nous *écoutent…* »

Un vilain malaise se coule au creux de mes vertèbres. Je me rappelle qu'elle a prédit les hyènes, et puis la traversée des Nendous. Impossible d'ignorer ce nouvel avertissement ! Je réclame le silence à mes compagnons et me mets à scruter nerveusement la sylve autour de moi. Nous écoutons, tous nos sens en alerte.

Qu'est-ce que tu as senti, boussole étrange, et comment ? Je donnerais cher pour être dans ta tête, en ce moment…

La brise joue dans les rameaux ; les feuillages crépitent entre ses doigts aériens. Quelque part dans la canopée, le cormoran de Dipran coasse un lugubre avertissement.

Soudain, une série de claquements secs retentit : le son du bois qui se fend, sans cause apparente. Dans la foulée, une forte odeur de sève m'envahit les naseaux. Je tourne sur moi-même, à la recherche du danger.

Tout autour de nous, les bouleaux se sont mis à saigner. Des larmes d'ambre traînent leurs longs cirres sur l'écorce, avec une lenteur onctueuse. Des dizaines, des centaines de troncs s'épanchent, sur dix toises à la ronde, frappés du même mal soudain. Jamais je n'ai vu phénomène si brusque et si ample. Le parfum de résine est si fort que j'en ai la nausée.

Nadrach nous dépasse d'un pas pesant. S'arrête, plisse les yeux et gronde, teigneux comme un vieux chien.

« Il y a quelque chose, là-bas… » marmonne-t-il, en désignant l'est de la boulaie.

Sur ce, il lève son arbalète et met en joue les tréfonds du sous-bois. Moi, j'ai beau épier les alentours, je ne repère rien qui bouge ; je me demande bien ce qu'il guette. Le chevalier lui-même semble avoir perdu sa cible de vue. Il porte la main à son front, désorienté. Chancelle, balbutie quelques mots qui m'échappent ; puis brusquement s'abat, en silence, comme un arbre renversé par la tempête.

« Caillefoutre ! rugit Perdouan, brandissant sa hache. Qu'est-ce qui se passe, encore ? »

La Courtisane se précipite vers notre compagnon étendu, pose son oreille contre son cœur. Comme si elle pouvait l'entendre battre à travers le cuir, le fer et le velours ! Elle se met à le gifler. Lui déverse l'eau de sa gourde sur le visage. Le petit seigneur dodeline mollement du chef, bavasse une salive rosée ; il est toujours conscient, mais profondément sonné.

Au-dessus de nous, les ramées frémissent de plus belle, secouées par des bourrasques de plus en plus nerveuses. Les branches ploient vers le sol, comme pour nous griffer le crâne. L'air s'est épaissi. Il y flotte une poussière d'or au parfum de pollen, qui se décante dans la lumière, mêlée de cendres volages. L'un de mes compagnons toussote, les poumons irrités.

« Voix… Les v… voix ! bafouille Nadrach, à peine audible.

— Chhht ! le réprimande Shakti, posant la main sur son front. Calme. Nous sommes hors de danger pour le moment… »

Elle lève vers nous des yeux graves :

« C'est le coup sur la tête ! Il s'est trop agité. Il a besoin de repos !

— Le coup, ou va savoir quel sortilège ! objecte le Bâtard, tirant l'épée du fourreau. Les bouleaux sont les alliés des Hermines, et il y a beaucoup trop de gueules autour de nous… »

Je balaie une fois encore les alentours du regard ; alors seulement, du coin de l'œil, je discerne ce qui l'a mis en alerte.

Des faces pâles sont apparues dans les troncs, esquissées par les nodosités de l'écorce. Figures barbues, noueuses, qui marmonnent, les lèvres animées d'un imperceptible mouvement. Des yeux taillés à gros traits noirs nous toisent avec une froide animosité. Cette vision incertaine ne dure qu'un bref instant : presque aussitôt, leurs linéaments se brouillent dans mon esprit, cessent d'être reliés entre eux, au point que j'en viens à douter d'en avoir perçu le sens. Les visages intrus s'effacent, comme s'ils n'avaient jamais existé.

Mais ça ne m'empêche pas de continuer à les entendre : les sorciers de l'Hermine, dont l'esprit rôde dans la brise. Murmures articulés qui craquettent à nos oreilles. Mélopées doucereuses dont les inflexions semblent vouloir nous apaiser, pour mieux nous piéger. *S'asseoir*, disent-elles, bien que leurs mots nous soient étrangers. *Attendre. Se reposer.* Comme si c'était la meilleure chose à faire, alors que les suppôts du Vintou marchent sur ces terres !

« Il faut quitter ces bois ! Je clame. Tout de suite ! Retrouver quelque chose de plus touffu ! »

Les autres n'ont guère besoin qu'on les convainque ; les murmures, ils les entendent aussi clairement que moi.

« Nadrach n'est pas en état de marcher ! proteste la Courtisane.

— Va bien falloir ! rétorque Perdouan. M'en vais te le soutenir, moi ! … »

Ignorant les récriminations de notre compagne, il s'agenouille pour soulever l'arbalétrier par les aisselles et le remettre sur pied, aidé de Varagwynn.

« Plein est ! beugle-t-il. On finira bien par retrouver un bois d'aiguilles !

— Non… non… sud… grommelle Nadrach, plus confus que jamais.

— Qu'est-ce que tu baragouines, petit père ? le tance le Barbier. Dans ton état, tu devrais juste la boucler !

— Sud… sud… te plaît… Ça renifle l'épicéa, au sud… 'L'ai senti tout à l'heure, quand le vent… a tourné… »

Je lorgne le midi. Impression que là-bas, par-delà les fûts pâles, la forêt s'épaissit. Il se pourrait bien que notre affiné ait encore une fois raison.

« Faites-lui confiance, tranché-je. Au sud, allez ! »

Et nous voilà claudiquant de plus belle, emportant nos blessés. Tout autour de nous, le bosquet crépite ; des zéphyrs glacés se faufilent dans nos oreilles, porteurs de mots incompréhensibles et fielleux. Le bois blanc nous hait, le bois blanc nous menace ; il insinue ses sortilèges perfides au creux de nos âmes, laisse pendre ses branches filiformes pour happer nos cheveux. Je larmoie malgré moi, pris de vertige, irrité par le pollen en suspens. La lumière embosse des tourbillons douloureux sur ma rétine, me donne à voir des formes inquiétantes qui se meuvent dans l'air, et des visages esquissés dans l'écorce. Dans le même temps, une langueur presque agréable s'empare de mes membres, m'instille des envies de renoncement. Je vois mes compagnons lutter contre les mêmes troubles. Ils ont tous les yeux rouges, le nez qui coule et la poitrine prise de toux, mais aucun d'eux ne songe un seul instant à lâcher prise. Ils ont pris l'essence pâle en horreur et n'ont plus en tête qu'une seule idée, quitter ces lieux hantés.

Bientôt, un mur sombre se densifie devant nous : une futaie d'épicéas aux branches pesantes, écrasant des ombres épaisses. Nous nous enfouissons sous ses aiguilles comme un enfant se terre sous ses couvertures, pour échapper à ses cauchemars. Ramée après ramée, les conifères interposent leur manteau protecteur. Alors seulement, les esprits tourmenteurs relâchent leur emprise, et la sensation de tournis s'estompe.

Par-delà notre bouclier végétal, des silhouettes évanescentes dansent et se lovent encore dans la lumière trouble, roulant les unes sur les autres ; nous les observons un moment depuis les ombres de la pessière, pris d'une fascination morbide. Le cormoran de Dipran est resté en arrière, prisonnier des bouleaux. Ses ailes s'agitent furieusement, mais il demeure cloué au sol, englué dans une invisible mélasse. Son maître siffle pour le rappeler : il n'obtient rien de mieux qu'un croassement désespéré. Le sang du petit queux ne fait qu'un tour. Il fait volte-face pour lui porter secours et, malgré nos avertissements, replonge résolument dans le bois ensorcelé.

Quelques instants plus tard, nous le voyons revenir, son volatile sur l'avant-bras, les paupières enflées et le mufle humide. Héroïque, mais tremblant de tout son long…

« Des doigts… bafouille-t-il. J'ai senti des doigts gelés s'accrocher à moi… »

Nous restons un bon moment sans répondre, trop occupés à tousser et renifler, la vue brouillée de poussière et de larmes.

« Qu'est-ce que c'était ? » gémit Varagwynn.

Le Bâtard se racle la gorge :

« Leurs bramynn ! Ceux de l'Hermine… Ils ont une affinité particulière avec les bouillards ; je crois qu'ils peuvent se projeter en eux, même à grande distance. Il y a deux semaines, j'ai vu Hurvadh susurrer au creux de leurs branches et, quelques heures plus tard, toute la bande nous tombait dessus ! »

Perdouan se gratte la barbe :

« Si tu dis vrai, leur sortilège ne peut pas nous atteindre ici ! On est hors de portée, maintenant. Dépêchons-nous de filer de… »

Le vagissement d'une trompe lui cloue le bec aussi sec.

Orhouuuur ! Orhouuuur !

Un vacarme terrifiant, qui nous pétrifie sur place, et fait voler nos espoirs en éclats.

« Ça, c'était près, marmonne le Brun. Beaucoup trop près…

— Ce n'est pas possible, bafouille Dipran. Ils étaient partis vers le nord ! Ils ne peuvent pas nous avoir suivis jusqu'ici ! »

La menace vient de résonner à moins de deux milles. Sans aucun signe avant-coureur ni grondement souterrain. Le géant qui s'en vient a opté pour l'approche sournoise d'un prédateur affamé…

« Ils ont joué avec nous, comme le chat avec la souris, marmonne Manesh, très pâle. Celui-ci, il arrive pour la curée ! Et ce n'est pas le moins terrible d'entre eux… »

Tous les visages se tournent vers lui.

« Tu les reconnais à leur cor ? » bafouille le Brun.

Il hoche la tête, funèbre :

« Chacun d'eux. C'est le plus difforme des trois. L'être à deux têtes, celui qui a le corps coincé dans une armature de f… »

Barhoooooooooooo !

Pour le coup, l'enfant des fées ne peut s'empêcher de sursauter. Face à moi, le visage de Cwail se tord en une grimace de pure terreur. Cette nouvelle sonnerie est si puissante et si proche que mes tripes s'écrasent au fond de mes côtes.

« … Le masque en crâne d'éléphant ! renchérit Manesh d'une voix blanche. Le dévoreur d'entrailles… Ils sont venus à deux ! Courez ! »

Pas besoin de nous le répéter : nous prenons nos jambes à nos cous.

Dans notre dos, l'écho de la seconde corne se prolonge en un bruissement inquiétant – vague sonore qui s'enfle peu à peu, faite de feuillages secoués, de branches qui ploient, d'aiguilles arrachées. Je réalise rapidement de quoi il s'agit. Éveillée par le souffle du Nendou, une lame de vent déferle à travers la canopée. Rien à voir avec les brises subtiles qui se jouent de nous depuis le milieu de la nuit : cette fois, c'est un monstre aérien qui s'en vient, chargé d'une fureur assourdissante.

Pas le temps de nous retourner ; déjà, la tourmente est sur nous.

Elle nous gifle avec tant de force qu'elle manque de nous balayer. Miach et le Brun s'arc-boutent contre Cwail, pour ne pas tomber. Des débris de bois tourbillonnent autour de nous, fouettent nos peaux exposées. Arrachée à sa mère, Kunti roule et boule sur plusieurs mètres. Varagwynn arrête sa cavalcade, d'une poigne ferme ; il l'attire contre lui, s'accroupit avec elle sous un arbre, pour la protéger de la fureur des éléments. La Courtisane titube vers eux, luttant contre les forces contraires, tête nue, le voile arraché.

L'ouragan nous traverse en rugissant, puis poursuit sa route à travers la pessière, laissant derrière lui des cimes oscillantes. Sa rumeur s'assourdit en un froufrou de plus en plus lointain.

Nous nous remettons sur pied, plus secoués que jamais. Dipran ouvre son mantel pour libérer son oiseau, qu'il a eu le réflexe de tenir à l'abri contre sa poitrine. D'un pan de sa robe, Shakti éponge le sang qui s'écoule des lèvres de sa fille.

« Mille cieux ! C'est une *corne éolienne* ! commenté-je, passablement impressionné. Un artéfact légendaire… Il en existait des dizaines autrefois, parmi les peuples d'Antiques. Qui en souffle peut soulever les vents… »

Nous tendons l'oreille, anxieux de localiser nos poursuivants. Devant nous, les frondaisons frémissent toujours, de façon très audible. Là-bas, au sud-est, la tempête ne s'est pas éteinte ; elle a même changé subtilement de tonalité. Se peut-il qu'elle soit en train de tourner ?

Quelques instants plus tard, un souffle avant-coureur s'en vient nous cingler les joues, dissipant aussitôt nos doutes : la bourrasque reflue bel et bien vers nous.

« Accrochez-vous ! » hurle Perdouan, déjà à moitié couvert par le tumulte.

Nous nous empressons de ceinturer les arbres, et serrons les dents. La rafale revenante est moins puissante qu'à l'aller ; les branches nous protègent en partie de sa fureur. Elle nous dépasse sans causer de véritable dégât, et s'en retourne mourir là d'où elle est venue. La forêt retombe dans un silence tout relatif.

« Hay ! commente Varagwynn en s'écartant de son abri. Celle-là n'a pas brisé nos gréements !

— Non, rétorque Miach, mais elle va faire pis : elle va leur porter notre odeur, et leur permettre de nous retrouver… »

Le Barbier baisse le front, opiniâtre.

« Courir… » gronde-t-il, les mâchoires serrées.

Et nous reprenons notre course incertaine, en clopinant comme nous le pouvons. Conscients qu'avec nos invalides, nous ne sommes plus en mesure de distancer l'ennemi ; mais il n'y a rien d'autre à faire, alors nous jetons nos dernières forces dans la bataille, et laissons la peur nous fouetter le sang.

Quand la trompe sourde mugit pour la seconde fois, manifestement plus proche, le désespoir s'instille en nous.

Dans la foulée éclatent les hurlements des hyènes. Une meute distendue, affamée, dont les meneurs se hèlent et s'encouragent les uns les autres, à des toises de distance. Et qui tend un filet bien assez vaste pour nous prendre…

Dipran perd ce qui lui reste de sang-froid.

« Là ! couine-t-il. Le ravin ! Faut se cacher ! »

Il désigne une combe profonde qui s'étire comme une escarre dans le dos de la forêt. Il court jusqu'au bord, jette un œil en contrebas.

« Par ici, ça passe ! braille-t-il. Venez !

— Non, l'avertit le Bâtard, ça ne sert à rien de s'enterrer ! Ils nous sentiront tout de même ! »

Mais personne ne lui prête attention. Déjà, le petit queux s'est élancé dans la pente ; Varagwynn s'empare de la main de Kunti pour l'entraîner à sa suite. La Courtisane me lance un regard un peu perdu, mais elle n'a plus d'autre choix que de relever ses cottes pour suivre le chemin emprunté par sa fille.

Cwail se remet à chigner ; il supplie ses deux porteurs de le descendre à son tour. Miach et le Brun s'exécutent, dérapant dans la terre meuble, luttant pour rester sur leurs pieds. L'épreuve arrache des cris de douleurs à leur fardeau humain.

La plus puissante des trois cornes barrit à nouveau. Une fois encore, son écho se prolonge en une rumeur venteuse, dont la menace grandit rapidement.

« Ah, tant pis ! décide Perdouan, fataliste. Les Astres nous aient en leur sainte garde ! »

Et il s'engage à son tour dans la descente, entraînant Nadrach avec lui. Je lance au Bâtard un regard pressant.

« C'est de la folie, me souffle ce dernier. Au moindre obstacle là-dessous, nous nous piégeons nous-mêmes !

— Trop tard pour une autre option ! tranché-je. Au moins ça nous protégera du vent. Donne-moi ton bras, l'estropié ! »

S'il rétorque quelque chose, je ne l'entends pas ; la rafale qui fond sur nous met ses paroles en lambeaux. Je l'empoigne sous le coude et nous basculons tous deux dans le coteau, juste à temps pour éviter le gros de la bourrasque. Nous dérapons sur nos semelles trop lisses, manquons à plusieurs reprises de perdre l'équilibre, tandis qu'au-dessus de nous, la tempête fouette les branches avec une rare violence. Les os du boiteux sont mis à douloureuse épreuve, mais il finit tout de même sur ses deux jambes, près de cinq mètres en contrebas.

Le fond de la combe est boueux à souhait, tapissé de ronces, de cônes pourrissants et d'aiguilles mortes, mais au moins il est abrité de la tourmente, dont le souffle assourdi s'épuise peu à peu. Les autres crapahutent déjà devant, explorant le sillon vers le sud-est ; seul Varagwynn est resté en arrière pour nous attendre.

« Allez, vite ! nous adjure-t-il. Par ici ! »

Et nous nous enfonçons à sa suite dans la ravine. Nous clapotons dans un infâme margouillis, où sourd un filet d'eau saumâtre. D'après son gargouillement, nous filons vers l'aval, ce qui diminue le risque de tomber sur un fond de ravin en cul-de-sac, mais augmente celui de rejoindre le fleuve. Autour de nous, mes compagnons progressent en silence ; ils guettent, transis d'angoisse, les abois des hyènes et la prochaine sonnerie de l'ennemi.

Celle-ci ne tarde pas : la corne sourde retentit à moins d'un mille au nord. L'autre lui répond, une petite lieue à l'ouest. L'ennemi mène une battue, ratisse le terrain. Il hésitera peut-être avant de s'intéresser à la faille, tournera autour quelque temps ; mais il finira bien par y envoyer ses fauves, puis par y descendre lui-même, pour nous tomber sur le dos.

Perdouan nous attend un peu plus loin, très calme en apparence.

« Tu sais que c'est sans espoir, me glisse-t-il, ignorant Manesh. Nos blessés n'iront jamais assez vite pour en réchapper. Il est temps pour moi de tenir parole et, pour toi, de t'enfuir avec ceux qui le peuvent encore… »

Je le lorgne d'un œil terne.

« Tu as raison, Perdouan. La cavale n'est plus une option. Il faut songer à une autre façon de vaincre… »

Il pousse un soupir profond, comme s'il se sentait soulagé de déposer tout espoir pour lui-même.

« Bon, alors ne traîne pas. Sauve-toi avec Shakti et sa fille, comme prévu ! Nous allons essayer de retenir le danger aussi longtemps que possible…

— Ah, je t'ai dit d'aller te faire foutre, avec tes idées héroïques ! Je n'abandonnerai personne, Perdouan… Pas avant d'avoir joué mes derniers atouts ! »

Et ce disant, je me déleste du Bâtard, puis dépose mon étui à sitar à mes pieds.

« Dites aux autres de se tapir contre les parois du ravin et de reprendre leur souffle. Qu'ils ne s'éloignent pas à plus de trente pas, sinon je ne pourrai rien pour eux. »

Lorsque j'extrais mon instrument de sa gangue de cuir, le Barbier me regarde comme si je devenais fou.

« Crétin de Barde ! il gronde. Tu as décidé de crever en musique… ?

— *Tha !* Personne ne va mourir, si tu te décides à faire ce que je te dis ! Fais-moi confiance, foutrebouc ! »

Je lui lance mes mitons d'archers : ils me gêneraient pour pincer les cordes. Perdouan les attrape au vol, une expression un peu stupide sur le visage.

« Si vous voulez vous rendre utiles, ajouté-je, couvrez-moi. Les hyènes arriveront les premières ; je ne voudrais pas qu'elles interrompent un chant de pouvoir avant le terme. »

Le Bâtard s'abstient de toute question, et je lui en suis reconnaissant. Il tire l'épée et va se camper au beau milieu de la combe, gardien aux yeux ardents. Dans ses prunelles, je lis quelque chose qui ressemble à de la confiance. Perdouan est sur le point de protester, mais il ne sait plus quoi dire sans m'offenser, alors il se résout à rejoindre nos compagnons, pour leur transmettre mes instructions. Je ne peux pas lui en vouloir : la magie des bardes, il ne la connaît que par les contes ; il ignore si elle appartient au mythe ou à la réalité.

Et tandis que glapissent les fauves, je m'assieds sur un rocher moussu, et j'entreprends de réaccorder.

Le dit de Fintan Calathynn – 7

J'aurais voulu agir selon les rites sacrés de l'Art, affiner mes sens en musant les *Mélopées de l'éveil.* Mais il n'est déjà plus temps pour de tels préliminaires, alors je me contente de plaquer un accord pour éprouver l'acoustique du ravin. Les rochers autour de moi réverbèrent mes notes avec une belle ampleur. Chacune d'elles devra être parfaite, sinon les forces que je cherche à animer demeureront sourdes à mon appel.

Quelque part hors de la combe retentit la plainte lugubre des hyènes. Je laisse s'éteindre son écho et mets ce moment à profit pour gratter au rocher un peu de mousse, que je me fourre au fond de la bouche. Son goût terreux et complexe s'épanouit sur mon palais, s'insinue dans mes cloisons nasales et se diffuse pour tapisser toute la face intérieure de ma boîte crânienne.

Mon *âme dormante* s'ébroue ; elle s'accorde au ciel et aux racines.

Du bout des doigts, j'effleure les cordes du sitar, j'égraine une première harmonie. Instantanément, le son éveille en moi d'autres saveurs : celle de l'humus et de l'écorce pourrissante, des champignons et des aiguilles encore riches de sève. Je les accueille avec ferveur, les laisse me boiser les intérieurs. Je bouffe du Vyanthryr, à m'en gaver les sens.

« Presse-toi, Fintan ! » graillonne Perdouan, les poings crispés sur le manche de sa hache.

Je repousse sa voix loin de ma conscience, fais le vide pour me consacrer entièrement à l'instrument posé en travers de mes genoux. Je me love autour de sa coque, glisse mes doigts sur son bas-ventre, et commence à jouer pour de bon.

Les *Chants primordiaux*, c'est l'or mystique des bardes ; nous passons la moitié de nos vies à les rechercher, et l'autre moitié à les maîtriser. Ils sont les poèmes originels, les tout premiers qui furent faits par le verbe et la note, quand l'homme n'était encore qu'une bête balbutiante. Ils narrent les primes aurores du monde, l'émergence des forces élémentaires, et ces temps mythiques où les planètes emplissaient le ciel de leurs orbes gigantesques. Le *Chant de l'océan*. Le *Chant du feu*. Les *Séries de la Lune*. La *Geste des bêtes* et celle de la *Naissance du fer*. Ils n'ont pas changé d'un seul soupir depuis des siècles, sans doute des millénaires. Aujourd'hui, seuls les plus sages aèdes peuvent encore les interpréter dans leur forme runique. Mais ils ne les enseignent qu'à ceux qu'ils jugent dignes. Les secrets des origines ne doivent pas être révélés au profane, car celui qui connaît la source d'une chose acquiert du pouvoir sur cette chose, et peut en faire son alliée. À condition que les mots justes soient connus ; à condition que l'exécution soit parfaite, jusqu'à la plus subtile harmonique.

J'ai perdu mon tapis à musique, emporté par la jument ; c'est sur un rocher humide que je trône, troubadour indigent. Mon instrument est à peine échauffé et j'ai du mal à maîtriser le tremblement de mes doigts. Mais j'ai désespérément besoin de l'aide de la forêt, alors je caresse mes cordes, et j'entreprends de lui remémorer ses aubes lointaines, pour la séduire.

J'entonne donc le *Chant de la sève et de l'aubier*.

J'évoque la chute du *Chêne primordial*, et les merveilles qui fleurirent autrefois sur son cadavre pourrissant. La sylve d'avant la sylve, aux couleurs et senteurs oubliées, la seule qui contempla les Astres dans leur plénitude, avant qu'ils s'effacent dans la nuit. C'est la première fois que ma voix s'élève dans la grande boréale. Je sens les épicéas frémir et tourner leur conscience vers moi ; ils s'étonnent de voir une si maigre bête chantonner une si grande chose. Leurs âmes se laissent prendre à mes rimes ; elles s'emplissent de mes mots.

À peine éveillé le souvenir des splendeurs originelles, j'en romps la grâce d'un accord dissonant. Je clame la venue de la glace, la lame blanche qui fauche tout ; la fin de la première ère et le trépas des *Premiers Poussés*. Toutes vérités qui seraient difficiles à croire, si elles n'étaient serties en ces vers… Je muse un peu le long sommeil, l'empire pesant de la mort blanche, laissant mon sitar parler seul. Mes arpèges s'enroulent en cycles lents ; la mélancolie s'empare de l'écorce. Je laisse les notes mourir dans le silence, puis je romps ce silence de mon dit.

Je chansonne le retrait du grand froid et l'éveil des graines endormies sous la terre ; je célèbre la naissance de la seconde ère. Le boyau vibre et le bois s'en délecte ; l'air frémit au creux du sitar. Je loue la génération du renouveau, ardente, éphémère, si rapide à pousser et si prompte à mourir. Je dis sa quête de Soleil, je pleure sa chute et son trépas. Mes strophes se répandent dans les feuillages alentour. Les épicéas se les murmurent les uns aux autres ; bientôt, la pessière tout entière frissonne de mon chant. Dans le même temps, le jour s'assombrit ; les frondaisons resserrent leurs aiguilles pour tramer la pénombre. Les branches se frottent les unes aux autres, craquent comme bûche au foyer ; mes compagnons lèvent vers elles des regards ébahis. Une lumière vert émeraude s'éveille au fond de la combe, comme si les mousses s'embrasaient, tandis que le reste du bois est relégué dans des ténèbres anormalement denses.

L'une des cornes démoniaques vagit son appel féroce, à moins de six cents pas. Il me reste très peu de temps pour conclure.

Je fredonne la seconde génération d'arbres, le perchis patient qui croît avec lenteur, nourri de la putrescence des aînés, bâti pour durer des siècles. Je chante la lutte pour la lumière et les combats menés contre l'insecte et la chenille, voraces prédateurs que l'on repousse à coups de ruse et d'amertume. Les résineux autour de moi s'émeuvent : ils se reconnaissent dans cette éternelle bataille. Leurs ardeurs guerrières s'éveillent ; l'aubier s'arrache à sa torpeur. L'âme de la forêt se soulève tout entière.

Un fracas terrifiant grandit alors autour de nous. Comme dans un rêve, les fantômes des arbres *Très Anciens* crèvent le sol et se dressent vers le ciel, se tortillant entre les troncs vivants, creusant leur chemin vers le soleil. Colossales couleuvres écailleuses, taillées dans une matière d'ombre, qui s'élèvent et presque aussitôt s'abattent, encombrant le passage de leurs carcasses énormes ; tandis que, déjà, les spectres de la seconde génération se hissent à leur tour dans les interstices. La pessière se peuple de ses propres ancêtres, tisse une nasse serrée autour de notre ravin. J'entends mes compagnons glapir leur peur, et Perdouan qui beugle pour les rassurer, qui les conjure de rester calmes et de ne pas bouger. Moi, je sens ma poitrine s'exalter : car ce qui est à l'œuvre, c'est la magie d'un *Chant primordial*, une force telle que je n'avais encore jamais libéré sa pareille.

Il me reste à chanter les Rois. Les géants de la troisième génération, qui s'élevèrent si haut que les vents se déroutèrent, que des empires d'oiseaux se bâtirent, et que l'on crut toucher les Astres. À ces mots, la forêt se rengorge ; elle s'enivre de sa propre majesté. Je sais alors que j'ai gagné son cœur. Mon conte a flatté l'auditoire ; le barde peut exiger sa récompense. Point de banquet ni de vins fins ; ni riches présents ni soie douce. Ce que désire le conteur, en ce moment, c'est la force des branches et la vigueur des racines, c'est le piquant des épines et le bouclier de l'écorce.

J'accuse nos poursuivants de cracher la cendre et souiller le broussis, de massacrer le gibier et gâter la terre. J'enjoins aux arbres de les combattre, je les prie de briser leur avance, de fouetter leurs jambes, de s'enrouler autour de leurs chevilles. En réponse craquent les écorces ; la sylve fait savoir qu'elle m'a entendu.

Mon bardit est fait ; ma voix se tait. Seuls mes accords s'écoulent encore, en ruisseau tranquille.

J'écoute crisser la canopée. Mes sens s'affinent, me révèlent les moindres sons. J'entends monter la sève au creux du bois, et creuser les plus chétifs des insectes. Soudain, le goût d'humus et de mousse s'intensifie sur ma langue, et ma conscience s'élève hors de mon corps. Pendant un bref moment, je contemple la grande boréale depuis le ciel. Tout autour de la combe, sur plusieurs lieues, s'étend une zone impénétrable où coexistent le passé et le présent. Les essences spectrales pointent à travers les frondaisons, tels des mâts tordus, faufilent leurs branches dans le manteau des épicéas. Des troncs gigantesques gisent en travers des taillis ; des ronces épaisses se hissent en herses barbelées. Le plus petit des daims ne pourrait se faufiler à travers cette haie.

Au loin, vers l'ouest, stagne toujours le nuage de cendres. Comme dans un songe, j'entends tonner les cornes assourdies. Les hyènes couinent et gémissent à moins de deux cents pas. Quelque chose les tient en échec ; elles ont cessé de progresser. Il me semble même qu'elles éprouvent de la douleur. Je voudrais plonger le regard à travers le feuillage pour en voir plus, mais mon corps me rappelle à lui, brutalement.

Lentement, j'émerge de ma prostration. Perdouan est penché sur moi, rassurante barbe blonde. Ses yeux gris m'interrogent ; ses lèvres forment des mots que je ne comprends pas. Mon ouïe est encore entièrement absorbée dans l'écoute du bois.

« Nous pouvons reprendre la marche, je murmure, les yeux dans le vague. La forêt nous protège, à présent… »

C'est à peine si je perçois le son de ma propre voix. Les autres me regardent, médusés ; leurs visages sont décomposés de peur. Je tente de me lever, mes jambes vacillent : j'ai trop puisé dans ma force vitale pour donner vie au chant. Le Barbier m'offre son bras ; il m'aide à tenir debout. Je réalise que mes doigts courent toujours sur mon instrument, sans même que j'en aie conscience ; ils maintiennent le charme actif, moulinant inlassablement les mêmes arpèges.

Je fais quelques pas seul, le sitar en bandoulière, promène mes regards aux alentours.

La combe baigne dans l'étrange lueur vert émeraude, tout juste assez vive pour me permettre de reconnaître les visages de mes compagnons. Ses coteaux cascadent d'une eau noire, échappée d'une époque ancestrale : des filets intermittents et des sources qui gargouillent à gros bouillons. Tout cela génère des flaques dans lesquelles on patauge avec méfiance, et que l'humus aspire beaucoup trop prestement. Des terriers s'excavent à vue d'œil sans qu'aucune bête visible y mette la patte : leur terre ruisselle dans la pente. Des racines pointues crèvent le sol et se tortillent comme des serpents ; des bourgeons s'épanouissent en fleurs, qui s'étiolent en baies rougeaudes, qui pourrissent aussitôt. Depuis les frondaisons choient des nuées de feuilles mortes qui se décomposent à toute allure. Tout vit, tout remue ; on dirait que le temps s'est accéléré pour révéler le souffle lent des arbres et de la pierre.

Levant les yeux, je découvre au-dessus de nous une voûte impénétrable : les branches revenantes, noires et humides, forment un écheveau si serré que la lumière du jour n'y pénètre pas. Nous sommes dans un sanctuaire fermé, infranchissable, qui résonne de craquements angoissants et de bruits d'eau sur la roche.

À nouveau mugit la corne éolienne. L'ouragan grandit en écho, agitant les feuillages à quelque trois cents pas ; mais sa rumeur s'éteint aussitôt, incapable de pénétrer la forêt. Nous retenons nos souffles. Je *sens* confusément rôder les Nendous. Ils cherchent en vain une faille dans la nasse qui leur est opposée ; leur frustration vibre dans le roc sous nos pieds.

Bientôt, une voix s'élève, grondante comme le tonnerre ; elle domine le murmure arboré pour imposer des mots articulés. Le timbre est puissant, magnétique ; la langue est celle de l'antique Varius : du vintalou ancien. Je peine à en comprendre le sens, mais j'en saisis suffisamment pour décrypter la menace. Le seigneur au masque d'éléphant, le corneur de vents, tente de nous imposer sa volonté ; ou bien c'est à la pessière qu'il s'adresse, pour la convaincre de s'ouvrir. Mes compagnons demeurent pétrifiés sur place ; pas un qui soit encore capable de bouger le petit doigt. Moi, c'est le son du sitar qui me maintient alerte, libre de son maléfice.

Craignant le contre-charme, j'entonne à nouveau mon chant. Je déclame les arbres-rois, je rime les méfaits de l'ennemi ; je m'assure de conserver l'attention de nos alliés végétaux. Ma magie affronte celle du Nendou, verbe contre verbe, par-delà la muraille d'aiguilles. Les ramures en tremblent, secouées par leurs forces contraires. Je vois Manesh serrer les dents, et Dipran se recroqueviller sur son cormoran. Je ne suis qu'un fétu de paille face aux géants anciens, pourtant ma voix menue, ma fragile voix d'humain parvient à se faire entendre par-dessus leur grondement. Par la grâce du *Chant primordial*, elle conserve l'ascendant. Si les futaies frissonnent, c'est de colère, et cette colère est entièrement tournée contre l'envahisseur qui tente de les forcer. Celui-ci claque un dernier mot rageur, qui se prolonge dans un interminable rugissement de basse, proprement terrifiant. Quelque chose se fend entre mes mains, rompant mon harmonie ; plusieurs cordes claquent sur mes doigts nus. La terre gronde de frustration. Puis le silence revient, et je sens confusément s'éloigner les traqueurs.

Les Nendous ont renoncé à franchir le barrage. La forêt les a vaincus.

Je baisse les yeux sur mon instrument.

Sous le chevalet d'ivoire, une crevasse zèbre le bois verni. L'ultime maléfice du démon a fendu la table de cèdre. Le sitar a payé le prix de la bataille ; il est condamné à se taire pour longtemps.

Comment vous dire ? Mon 'tar, c'est un morceau de moi-même ; la panse où se love la meilleure part de mes tripes. Le voir en cet état me crève le cœur. Mais l'heure n'est pas encore à panser nos blessures ; l'heure est à mettre la plus grande distance possible entre nous et nos poursuivants.

« La route de la combe… déclaré-je, d'une voix brisée. Elle reste ouverte… Il faut avancer tant que la forêt est nouée. »

Les autres hochent la tête en silence ; ils ramassent nos blessés, et se remettent en route.

Les flancs de la ravine et la voûte végétale forment ensemble un tunnel ovoïde, habité d'un halo émeraude. Nous nous enfonçons résolument dans ce boyau, en nous efforçant de ne pas lever les yeux vers les taillis serrés qui nous surplombent. Il y a trop de mouvements en ces lieux. Trop de sons inquiétants nous font sursauter ; trop de choses souples, qui n'appartiennent pas au règne animal, s'agitent dans les ombres.

« Restez autour de moi, avertis-je. De très vieux arbres sont de retour. Ils sont agités, mais leur colère n'est pas tournée contre nous. Vous ne risquez rien tant que vous êtes à mes côtés. »

Nous progressons dans la combe pendant un long moment, dans un mutisme inquiet. Cwail gémit doucement au rythme des cahots de la marche. Manesh grimace en clopinant sur ses quilles nues, Nadrach titube au bras de Perdouan. Nous avons soif ; nous faisons circuler les gourdes d'eau dérobées à l'ennemi. Celui-ci ne donne plus signe de vie, excepté quelques lointains hurlements de hyènes, à plusieurs lieues vers l'ouest. J'ai conscience que la distance grandit ; nous sommes vraiment en train de leur échapper.

Peu à peu, les parois de terre s'affaissent, et nous ramènent au niveau de la forêt. Mais la galerie végétale demeure : une nef large d'une quinzaine de pas, enserrée dans un mur dense d'épicéas, de ronces et d'ombres-tronc. Orientée plein est, selon mes vœux. Je passe ma langue sur mes lèvres, salive un peu pour raviver le goût de la mousse : j'en ai besoin pour continuer à *ressentir* les émois du Vyanthryr.

Nous marchons sur un vaste tapis de bois mort, épais de plusieurs pouces ; des milliers de cloportes et d'autres insectes décomposeurs grouillent au-dessous. Des siècles de débris accumulés craquent sous nos semelles… De temps à autre, on entend s'effondrer un arbre, quelque part derrière le rempart végétal. On se retourne, on fouille les ombres, cherchant le lieu de la chute ; mais les seules choses qui remuent sont la poussière en suspens et de sombres rameaux qui se caressent les uns les autres, à lents effleurements.

Sur notre flanc grandit le ronflement d'un incendie.

L'éclat des flammes bouillonne en travers des troncs ; une vague de chaleur roule sur nos peaux, accompagnée de brusques bouffées de fumée qui nous forcent à nous abriter le visage au creux des bras. Cette incandescence soudaine s'étouffe aussi vite qu'elle est apparue : elle aussi n'est qu'un fantôme des âges passés. La sylve retombe aussitôt dans ses ténèbres profondes.

Au bout d'un temps qui me paraît interminable, le tunnel s'ouvre sans crier gare, et nous pénétrons dans ce qui ressemble au chœur de notre sanctuaire végétal : une vaste clairière à la voûte ramée, entièrement ceinte d'une haie impénétrable. Au-dessus de nous, les frondaisons spectrales ont pris une teinte argentée. Elles forment un vaste dôme, tramé de motifs curieusement réguliers. L'impression de nous avancer sous une coupole de fer forgé. La lumière du soleil se faufile au travers par endroits, frappe de ses rayons les arbres couchés au sol. Nombre d'entre eux appartiennent à des essences qui me sont inconnues. Des fûts énormes et cannelés, couverts d'un bleu duvet de mousse. De longues perches grises serrées en faisceau, qui se rejoignent en un bulbe noueux. Des écorces orangées qui s'effeuillent en papier, révélant un aubier blanc comme l'ivoire. La plupart de ces reliques ont été élaguées proprement, ne laissant de leur ramure que la face tournée vers le ciel, depuis longtemps dénudée de feuilles. D'entre toutes, celle qui gît près de l'entrée est la plus étonnante. Sa masse épaisse se drape dans une soie violacée qui s'étend des racines jusqu'à la naissance des branches. Des légions de gros scarabées d'un vert noirâtre en tissent la trame, qu'ils tirent patiemment à la conquête des rameaux, comme une traîne de mariée, comme le linceul d'un roi.

Mes compagnons osent enfin rompre le silence.

« Barde, dans quel lieu nous as-tu menés ? s'offense Perdouan. Sommes-nous encore dans le Vyanthryr, ou bien perdus dans l'Autre monde ? Quand avons-nous franchi le Voile des Brumes ?

— Nous sommes toujours dans la forêt, répliqué-je, mais des choses tombées depuis des siècles sont revenues la hanter. Tout comme les défunts reviennent festoyer parmi les vivants, à l'équinoxe, quand retentit le *Chant des morts*… Leur existence ici n'est que semi-réelle ; elle ne durera qu'un temps.

— Alors ces fantômes prennent racine dans les Brumes, commente Shakti, impressionnée. Nous ne sommes pas passés dans l'Autre monde; c'est lui qui déborde dans le nôtre, à l'appel du Barde…

— Tel est le pouvoir des *Chants primordiaux* », concédé-je.

Du bout des doigts, je caresse la soie violette sur le géant proche. Cet attouchement provoque un imperceptible frémissement dans ses fibres, suivi aussitôt d'une frénésie désordonnée dans les colonnes de scarabées, à l'extrémité du fût.

« Ce bois-ci, en revanche, est pleinement réel, murmuré-je. Bien que je n'aie vu son pareil nulle part ailleurs…

— Pas plus que les autres espèces qui gisent ici, opine Shakti. Ce sont des essences disparues, ou du moins si rares qu'aucun homme ne les a contemplées depuis des générations. Sur mon île, on en garde le souvenir: ces *latpir* à l'écorce orange, plus fine que celle du bouleau; ce gros *drondossili* à la coupe étoilée, engoncé dans son bleu manteau de mousse. » Elle pousse un soupir rêveur, avant d'ajouter, d'une voix pleine de conviction: « Cet endroit conserve la mémoire de la forêt. C'est une sorte de mausolée…

— Si c'est un mausolée, qui l'entretient? gronde Miach. Gare au gardien, si nous profanons ses plates-bandes! »

Mais il n'y a pas d'autre voie, alors nous avançons ensemble à travers la clairière, dans la lumière mouvante, vers le tunnel qui s'ouvre à l'autre bout. Le sol est moussu, humide et singulièrement tiède; l'empreinte de nos bottes s'y marque profondément. Des nuées de papillons multicolores tournoient d'une souche à l'autre, effleurent nos jambes au passage. Varagwynn ose s'écarter du groupe pour se perdre un peu dans le cimetière végétal, sur notre flanc. Bientôt, nous l'entendons s'exclamer:

« Haé! C'est sculpté! Une vraie merveille! »

Perdouan et moi, nous rappliquons aussi sec. La grume auprès de laquelle se tient le batelier appartient à l'espèce cuivrée que notre compagne nomme latpir. Une large portion de son écorce a été ôtée, révélant un cylindre d'un bois ivoirin. Les ciseaux et la gouge s'en sont donné à cœur joie, laissant jaillir harpies, hardes de cerfs, élans solitaires et meutes de loups, entremêlés en un tableau complexe. À moins que ce ne soit l'œuvre du silex et de la corne, outils plus communs dans ce nord sauvage. Le style ne m'est pas inconnu : il évoque les figures du grand chaudron de cuivre, dans la grotte que nous venons de quitter.

« Les Teules, je souffle. Qui les aurait crus capables d'un art si fin ?

— Ce lieu doit être sacré pour eux, renchérit Perdouan. Mieux vaut toucher à rien…

— Ici aussi, c'est taillé ! l'interrompt Dipran. Et là… il y en a sur la moitié des arbres ! »

Intrigués, nous nous égaillons dans le chablis, découvrant au fur et à mesure d'autres chefs-d'œuvre embossés dans le bois. Des figures divines émergent : le *Souffleur d'étoiles* à la barbe étoilée, singe cornu contemplant le néant de ses yeux aveugles ; les oiseaux jumeaux de *Sahari,* cygne et corbeau entremêlés dans leur danse de vie et de mort ; et même la figure terrifiante de *Nyagacha*, brandissant des chakras vengeurs au bout de ses quatre bras féminins, pour nous rappeler que même les Astres doivent périr. Je m'extasie devant des animaux inconnus : des éléphants velus dont les longs poils touchent terre ; des aurochs et d'autres grandes bêtes à fourrure qui portent sur le mufle une corne épaisse ; et puis des créatures évoquant des blaireaux à méchante mâchoire, le dos armé d'un broussis d'épines cruelles – j'y reconnais la charogne où la Courtisane a puisé ses asticots. Les bipèdes font leur apparition : des Teules drapés dans leurs manteaux d'aiguille, la main gauche griffue, la chevelure chevauchée de pommes de pin, se hissent adroitement dans les arbres pour oiseler ; d'autres mènent une chasse plus terrestre, à la poursuite d'un opulent gibier.

Mais ce ne sont pas les seuls personnages représentés.

Un trio de géants – deux mâles et une femelle – se dresse face à eux. Leur corps est entièrement nu, une crinière crépue crépite dans le creux de leurs reins et, bien que leur visage soit voilé d'un disque de feu, ils paraissent tranquillement converser avec la tribu. Certains des Teules sont assis pour les écouter ; quelques-uns s'encourent loin d'eux, la chevelure dévorée de flammes.

À l'écart, un champion solitaire arpente le breuil, tête chevaline, sexe dressé. Des hyènes affamées bondissent à sa poursuite. Cette vue me fait presque rater un battement de cœur.

Voyez-vous ça ? Le Semeur de feu en personne ! C'est donc vrai qu'il visite le Vyanthryr !

Un dieu en marche, à peine gêné par la horde qui le harcèle. Dans son poing levé, il brandit un orbe ardent, dont les rayons jaillissent entre ses doigts pour frapper les fauves. Par quelque curieux détour de l'esprit humain, il me faut un moment pour réaliser de quoi il s'agit.

Foutres célestes ! Mais c'est un astra !

À moins que ce ne soit qu'une représentation symbolique de la vertu solaire, à la façon des Teules… Comment savoir ?

Un craquement de brindilles sur mon flanc : Perdouan est à mes côtés.

« Tu as vu ça, Barde ? ronronne-t-il. Il y a des Solaires, dans ces gravures !

— Chht… Inutile d'en parler aux autres. Garde ça pour toi, tu veux ? »

Je lui lance un regard incisif, pour bien lui faire comprendre l'importance de cette injonction.

« Tu devrais les mener hors de la clairière, ajouté-je. Dis-leur que le lieu est sacré, qu'il ne faut pas le profaner. Rappelle-leur que les bardes sont des bramynn, que je peux rester sans crainte. J'essaie d'apprendre encore deux ou trois choses, et je vous rejoins… »

Le chevalier hoche la tête et s'exécute sans discuter. Pas question que mes compagnons voient ces reliefs ; je n'oublie pas que l'un d'eux nous trahit. Je ne peux me fier à personne ; je suis seul depuis que j'ai découvert les perles d'étain dans le tonneau du capitaine. Et puis, il y a le Bâtard de Marmach : s'il venait à savoir que son géniteur possède un astra, cela changerait la donne, une nouvelle fois.

Et quand bien même il l'apprendrait ? On sait déjà comment l'Errant réagit, sitôt qu'on évoque l'arme céleste ! Il vous envoie paître et s'empresse de vous fausser compagnie. Même ses propres rejetons encourent son déplaisir, lorsqu'ils abordent le sujet !

Je déambule le long d'un énorme tronc étoilé – un drondossili, comme les appelle Shakti. Quelqu'un a dépouillé ce spécimen de sa mousse et de son écorce, laissant apparaître de larges bandes de bois clair. Au creux de ses cannelures se tapissent de nouvelles sculptures. J'y traque le *Semeur*, avide de secrets ; je n'y trouve que des Teules pourchassant les papillons de leurs doigts griffus, et d'autres qui sommeillent, debout dans le ventre d'un arbre, les bras repliés en croix sur la poitrine. Du centre de la clairière me parviennent encore les voix de mes compagnons : longue prière plaintive de Cwail, encouragements agacés de Perdouan. Ils sont en train de quitter les lieux ; je ne pourrai plus m'attarder très longtemps sans éveiller leurs soupçons…

Je remonte un peu plus loin vers les racines du mastodonte, découvre d'autres peuples cachés dans les saillies du bois. De lestes silhouettes, coiffées de hautes tiares, dansent avec grâce sous la Lune pleine. Certaines d'entre elles portent des masques animaux ; les autres me contemplent de leurs grands yeux en amande, regards intenses, brillants comme des astres.

Des Lunaires ! m'émerveillé-je. *Hommes et femmes… Depuis combien de temps la forêt a-t-elle perdu le son de leur chant ?*

Je les retrouve un peu plus loin, chaloupant leur procession sous un maigre croissant, les paupières closes, le corps curieusement aminci. Les plus avancés finissent par tomber à genoux, pauvres ombres faméliques, puis par s'enfoncer sous terre pour y dormir, sous forme de serpents. Ainsi déclinent les enfants d'Antaqua, chaque fois que leur astre décroît ; ainsi, ils s'effacent, jusqu'à ce que la lumière renaissante de *Lua* les ravive.

À présent, le silence a envahi la clairière. Je reste seul au milieu de ces grands mâts déchus, à dérober les histoires gravées dans leurs fibres. Au-dessus de moi, les branches fantômes oscillent en douceur, font clapoter la lumière sur l'écorce.

De nouveaux personnages ravissent mes regards : des bipèdes à tête de daim, aux ramures délicates, qui m'épient depuis leurs buissons d'aubier sculpté. La douceur qui transparaît dans leurs pupilles ne laisse aucun doute : ce sont des *Alwynn*, des *Pacifiques*. Le Peuple de Sahari. Ah, si leurs pareils pouvaient encore habiter ces futaies ! Quel réconfort ce serait de les voir se couler entre les troncs !

Dans son étui, mon sitar émet un grincement ; une clé tourne brusquement dans sa chasse. Cet avertissement m'arrache à ma torpeur : quand une harmonie se rompt de la sorte, c'est souvent signe que quelque chose ne tourne pas rond.

Impression de présence, dans mon dos. Je me retourne, toute vigilance éveillée.

Personne, du moins dans mon champ de vision. Mais au sol, profondément marquées dans la mousse, des empreintes de serres larges de trois empans. Qui forment une piste sinueuse, tout le long du grand tronc. Et ne se trouvaient pas là auparavant…

Mille foutres ! Quelque chose vient de passer à deux pas de moi. Et je n'ai rien entendu ni senti !

Pourtant, l'intrus devait être d'une taille respectable : ses foulées sont deux fois plus espacées que celles d'un homme. Et ces vastes ergots pourraient se refermer sans mal sur mon crâne ! Je jette des regards à la ronde, plus vigilant que jamais. Les troncs couchés, leurs branches qui s'entremêlent sont autant de cachettes où pourrait se tapir la menace. J'hésite à tirer l'épée : je crains que ce soit interprété comme une déclaration d'hostilité.

J'éprouve cruellement ma solitude et ma vulnérabilité. Qu'est-ce qui m'a pris, de m'isoler des autres ? Le Vyanthryr est dangereux, qui sait ce qui peut encore s'y cacher ? Si ça se trouve, Miach a raison : ce mausolée est nanti d'un gardien. Il est plus que temps de prendre le large…

Au moment où je me détourne pour regagner le centre de la clairière, un son lugubre s'élève, quelque part dans mon dos. Est-ce un sifflement ? Un hululement ? Pour sûr, ce n'est pas le vent. Je tourne sur moi-même, aux abois. Impossible de ne pas reconnaître ce timbre caractéristique : ce sont des flûtes, soufflées à l'unisson. Qui demeurent invisibles, à mon grand dam. Et semblent provenir de partout à la fois…

De façon totalement inattendue, mon sitar leur répond depuis l'intérieur de son étui. Plusieurs cordes vibrent d'elles-mêmes sans qu'aucune caresse les anime. Une résonance fade, grinçante, où s'entend la fissure de la table, mais une résonance tout de même. Ce maléfice, plus que tout autre, me désarçonne. Je presse le pas, me mets à courir. Je bondis, enjambant des souches et des branches tronquées, déboule au cœur du sanctuaire et fonce vers le tunnel arrondi par où mes compagnons s'en sont allés. Quelques foulées plus tard, je m'y engouffre à pleine course, trop heureux d'apercevoir, à trente pas, les silhouettes de mes frères d'armes. Voyant la peur sur mon visage, plusieurs d'entre eux s'emparent de leur lance; je suis à quelques enjambées de la sécurité. Mais avant de les rejoindre, je ne peux m'empêcher de jeter un regard en arrière.

Et c'est alors que je l'entrevois, dans la ramure d'un tronc mort.

Une formidable tignasse d'un noir de jais s'enfle derrière les branches crochues. L'essentiel de sa masse est noué en un chignon sacerdotal, mais de longues mèches s'en échappent, frétillantes comme des serpents. Par moments, j'entrevois sous leurs tournoiements la blancheur d'un visage, et de redoutables prunelles d'onyx qui me vrillent, pareilles à deux astres sombres.

La chose émerge de son abri de frondaisons; je peux alors en contempler toute l'obscénité.

Juchée sur de longues pattes grises d'autruche, une créature au torse de vieillarde s'avance sur le fût de l'arbre. Décrépitude et jouvence s'affrontent en elle comme le jour et la nuit. Son corps nu n'est qu'escarres et peaux flétries, mais son visage a la fraîcheur et la fierté des vingt ans. Une tête allongée, couronnée d'un front haut, marqué du grand narvin des *sadours* – deux cornes blanches retournées. Un menton saillant, des lèvres fines, embouchées aux becs de trois flûtiaux d'os. Des pommettes osseuses, et de grands yeux inclinés, entièrement noirs.

L'apparition daigne ôter ses pipeaux de sa bouche pour me sourire: mélange d'espièglerie, de connivence et d'avertissement sardonique. Je me sens reconnu, jaugé. Mon regard chavire et se perd sous sa gorge pâle, où ballottent trois urnes de terre cuite.

C'est à ce détail que je la reconnais à mon tour.

Et soudain, son beau visage commence à se faner, dévoré par des rides voraces, tandis que le reste de son corps se raffermit, regagné par les grâces du jeune âge. La femme-oiseau s'inverse, sa crinière crépite d'étincelles, et son ris s'élargit jusqu'aux oreilles, en gueule terrifiante. Mais moi, je ne regarde déjà plus. Je m'encours aussi vite que je peux, droit vers mes compagnons. Je fuis cette clairière hantée par les dieux, terrifié à l'idée d'avoir profané le sanctuaire d'entités anciennes, dont même les grandes planètes n'ont pas contemplé la naissance.

Le dit de Fintan Calathynn – 8

Nous progressons en silence, dans un tunnel qui s'élague progressivement.

Les troncs fantômes ont pris partout la couleur de l'argent; certains commencent déjà à ternir et se craqueler, acquérant la texture des bûches consumées. Je vois bien que mon sortilège est à bout de forces. Je le ressens jusque dans ma bouche, où le goût de la mousse se fait un peu plus amer à chaque déglutition. Les ombres du passé fléchissent; elles n'ont plus la même vigueur, ni la même densité. Certaines s'effritent en copeaux gris; elles perdent leur substance par plaques entières et finissent par s'effondrer sans un bruit. Qu'importe, elles auront joué pleinement leur rôle: nous avons profité de leur protection pour marcher toujours plus loin vers l'est, plusieurs heures durant, tandis que l'ennemi demeurait bloqué par les nœuds de la forêt. Si les cieux sont justes, l'avance que nous venons de prendre nous a mis pour longtemps hors de leur portée…

Mes compagnons sont aussi las que les arbres. Nadrach déambule comme un mort au bras de Varagwynn. Le sang séché se craquelle sur ses tempes, sous le casque qui lui comprime le crâne. La petite Kunti titube au côté de sa mère, à bout de forces. Il n'y a personne pour la porter, alors elle serre les dents comme tout le monde et retient ses plaintes. Je l'encourage de quelques mots de bravoure. Seul Manesh est encore vif et alerte, malgré sa claudication douloureuse. Je vois ses regards voltiger à droite à gauche, scrutant les ombres avec acuité. Pour l'heure, il est notre plus sûr veilleur.

Le moral de Cwail, en revanche, est toujours au plus bas. Crapahutant entre les bras de ses deux porteurs, les hauts-de-chausse noirs de sang, le visage de plus en plus pâle, il rumine sa trouille ; il est persuadé de sentir dans sa nuque le souffle de nos poursuivants.

« Arrête tes jérémiades, Cwail-tremble-debout ! je bougonne. Il n'y a pas de danger pour le moment. »

Il lève vers moi des yeux effarés :

« Ah Barde, tu les as entendus, tout à l'heure, tu sais comme ils aiment à surgir par surprise ! Tu crois leur avoir échappé, mais ils sont toujours là, à jouer au chat et à la souris ! Ils vont débouler quand on les attendra le moins !

— Bougre de braquemart brenneux ! tonne Miach, à bout de patience. Si le Barde te dit que nous sommes hors de danger, c'est que nous sommes hors de danger ! Qui es-tu, pour juger de ses sortilèges ? »

Je pousse un soupir et me campe bien en face du blessé.

« Écoute, l'archer ! asséné-je, presque vexé. Aujourd'hui, rien ne peut franchir la forêt sans que je le permette. Pas même la plus menue des hyènes ; pas même le plus jeune de leurs enfants. Tu peux me croire, ces sentiers sont solidement noués, ou je ne m'appelle plus Fintan Calathynn ! »

Le jeune homme me dévisage comme si mes paroles le frappaient de stupeur ; sa lippe s'affaisse en une expression parfaitement stupide. Je prends les autres à témoin :

« Hé ! Tant qu'il râle, c'est qu'il n'est pas à l'article de la mort, pas vrai ? On devrait le laisser marcher par lui-même, ce bavard ! Ça lui passera l'envie de gémir… »

Mais cette sortie laisse mes compagnons de marbre ; ils demeurent eux aussi bouche bée, à me contempler d'un air interdit. Avant même que je réalise que quelque chose cloche, Perdouan presse mon bras, se penche à mon oreille :

« Barde, murmure-t-il, je crois que tu vas devoir te trouver un autre nom… »

Ce n'est pas moi que les autres lorgnent, mais quelque chose qui se trouve derrière mon épaule. Qui bruisse et qui chuchote, sans la moindre retenue. Lentement, je pivote sur mes talons.

Devant nous surgissent les Teules, tapis dans leurs capes de fourrure et d'aiguilles. Un bon groupe, au moins trente chasseurs, arrivés comme à leur habitude sans faire le moindre bruit, avec arcs et lances à pointe d'os. L'ambre et l'ivoire chevauchent leurs chevelures, leurs peaux nues luisent de graisse turquoise, et leurs mains gauches sont dotées d'ongles si longs et si durs qu'ils en deviennent des griffes.

Au milieu d'eux se tient leur bramynn, Ogh-qui-soupire, mi-sauvage, mi-homme du lac – seule créature dotée de vêtements et de bottes au sein de cette compagnie étrange.

« *Hheaa!* s'exclame-t-il, de sa voix de soufflet crevé. Vieilles chhoses qui repousssent, vieux inssendies qui ronflent et, comme par hasard, les clapoteurs qui resssurgisssent, juste quand les bêtes férosses foulent la rive ssacrée ! On est un monde plein de ssurprises, oui, plein de ssurprises ! »

Un sourire malicieux fend sa grosse face de hibou. Il s'avance vers nous, paupières papillotantes, la mine réjouie, et se met à nous dévisager les uns après les autres, sans la moindre retenue. Il se permet même de palper les joues de Dipran, puis celles de Kunti. Mais cette inspection sommaire ne lui apprend rien de ce qu'il espérait. Il relève le nez vers Perdouan, dubitatif, et susurre la question qui le taraude :

« Sse que vous avez fait à la forêt… Perssonne n'a fait ssa depuis des ssiècles. Qui d'entre vous est le chhanteur, mmh ? »

Le dit de Fintan Calathynn – 9

Nous ne sommes plus seuls dans notre cavale : *Ceux qui marchent dans le rêve* cheminent avec nous, escorte vigilante au pas silencieux. Deux d'entre eux ont pris Cwail en charge, libérant nos lanciers de ce fardeau. Deux autres encadrent Nadrach ; quant à Kunti, elle caracole sur les épaules d'un géant à la chevelure roux sombre, aux mâchoires larges d'un empan, qui porte à la hanche une courte épée de bronze et semble avoir quelque autorité sur ses congénères.

À mes côtés trottine Ogh, d'humeur bavarde.

« Chhiens, chuinte-t-il. Fauves. Chhoses noires qui font ssonner la terre comme tambour. Ne vous avais-je pas prévenus ? Mais vous n'avez pas cru le vieil Ogh, non. Hommes du ssud, trop fiers de vos beaux atours… »

Perdouan lui décoche une œillade sombre. J'y lis la volée de reproches qu'il aimerait adresser au bramynn, au sujet de ses avertissements pour le moins flous. Mais il n'ose pas prendre le risque de l'indisposer, alors il serre les dents et se contente de presser le pas, comme on nous y enjoint.

« Pas de repos, non, pas encore ! gargouille le vieillard. Il faut ss'éloigner de ces chhoses, faire longue marchhe avant qu'il nuite. Ton ssortilège sse disssipe, chhanteur ! Les très vieux arbres sse craquellent ! Tout coule à nouveau dans les Brumes, et les sseigneurs qui cornent n'attendent que ssa pour ss'ouvrir un passsage. Tout bientôt, ils vont reprendre la chhasssse, oui ! »

Il m'adresse un sourire complice, puis se remet à m'épier de ses petits yeux dévorés de curiosité, tapis sous sa coiffe de fourrure. Si on m'avait dit qu'un jour, j'aurais l'estime d'Ogh-qui-soupire et de ses coureurs de bois, je ne l'aurais pas cru. Me voilà nanti de quatre gardes du corps qui m'entourent avec une familiarité prudente, comme si je pouvais d'un couplet les couvrir d'ambre ou les transformer en poules d'eau. Leur odeur de graisse et de résine m'enveloppe à chaque pas. Le vieux hibou qui leur sert de guide me tient la jambe, trop heureux de crapahuter en compagnie d'un si puissant mage.

Je n'ai pourtant aucune envie de pavoiser.

J'ignore par quel miracle ces canailles sont parvenues à se faufiler dans mon broussis de barde, mais leur irruption a dissipé en un clin d'œil le sentiment de puissance dont je m'étais enflé. À quoi bon me ramener aussi cruellement à l'humilité, si c'est pour ensuite m'abreuver d'éloges creux ?

« Voilà un bramynn comme je les aime, ronronne le vieux, en me gratifiant au passage d'une caresse obséquieuse. Qui ne paie pas de mine, oh non ! mais cachhe un puisssant ssavoir. Pas comme l'autre, le frère de votre chhef, tout en essbrouffe, hafff… Comment ss'appelait sse bel oiseau ?

— Denandra Rana, répliqué-je, un peu sèchement.

— Hrrhh hrrhhh, tressaille le bramynn, sans la moindre considération pour le défunt. Denandra le ssygne. Bel oiseau, oui, bel oiseau… ssur la tour d'un notable, au cœur des ssités, il aurait mieux chhanté ! »

Et ses babines s'ourlent d'une once de moquerie.

« Ne méprisez pas nos morts ! réplique Perdouan sans daigner se retourner. Denandra a combattu les Nendous en brave. Avant de tomber, il les a châtiés de son foudre-bramynn. Un homme aimé des Astres, c'était…

— Non, pas de mépris, pas de mépris ! se récrie Ogh. Ss'était un bon bramynn, ssûr ! Du ssavoir, il en avait. Les yeux ouverts, et forte, la voix intérieure, forte ! Un très bon bramynn, qui ssavait parler aux essprits. Mais un des villes. Le nez mouché dans la ssoie fine, le cul bien torchhé. » Il se trémousse comme une danseuse, singe une révérence, avant d'ajouter : « Ss'il n'était pas né dans l'or, sserait-il devenu ssi grand *vedaï* ? Hein ? Ss'est tellement plus fasssile, quand on chhie dans la porsselaine ! »

Perdouan s'arrête net, forçant le vieil Ogh à s'immobiliser aussi sec pour ne pas se cogner le nez dans sa dossière de fer.

« Tu dis que nous sommes toujours en danger, gronde le chevalier. Si c'est le cas, pourquoi passes-tu ton temps à persifler, au lieu de tendre l'oreille et de conserver ton souffle ? »

Le vieux filou coule vers le Barbier un regard empli de contrariété. Il ne peut s'empêcher de le narguer d'un petit rire mesquin :

« Ah, l'ignorant qui réprimande le ssage ! Il y a richhe bramynn et pauvre bramynn, homme niais que tu es ! Le richhe, il arrive tout paré de belles étoffes, nanti d'un nom fameux, alors il offre ses sservices à des prinsses, qui le reconnaisssent comme l'un des leurs. Ils le paient grasssement pour sson art, et le gavent de bonne mangeaille, slrrr, slrrrrp... Le pauvre bramynn, il doit faire avec sse qu'il a : d'autres pauvres, à qui offrir sses mantras. Est-ce qu'il en tire beaucoup d'argent ? Nennaï ! Est-il moins bon bramynn pour autant ? Non ! Mille fois non ! Plus courageux, plus opiniâtre. Mais jamais richhe, ssa non, jamais bien vêtu ni nourri ni torchhé de ssoie ! Pour faire bombansse à la fin, il faut naître dodu au début ! Voilà toute la vérité de la chhose... »

Il s'interrompt, souffle court ; semble réaliser soudain qu'il parle trop vite pour soutenir la cadence de la marche. Je ne peux m'empêcher de m'amuser de ses rancœurs, au fur et à mesure qu'il les dévoile.

Quel drôle de bougre... Est-il vraiment né à Yvachryr, sur le lac ? Si c'est le cas, où a-t-il appris à parler si bien le kintri, et comment est-il aussi au fait des usages des cités ? Je gage qu'il a bien roulé sa bosse avant d'échouer ici ! Curieux de connaître son parcours...

Un moment plus tard, le géant teule ordonne une halte et dépose Kunti au sol. Chacun profite de ce répit pour s'asseoir, les uns sur une souche ou une pierre, les autres juchés sur quelque tronc mort. Nous grignotons quelques provisions tirées de nos besaces, non sans regretter amèrement celles qu'a emportées notre jument. Autour de nous, les Teules discourent entre eux dans leur langue emplie de cliquettements et d'autres sons insolites, tout en partageant du lard, qu'ils tranchent aisément de leurs ongles effilés.

À deux pas de moi, Nadrach rumine sa nausée, la mine sombre, le menton enfoui dans sa poitrine. Shakti vient s'accroupir face à lui.

« Il faut retirer ce casque, sire Kalervi, murmure-t-elle avec douceur. Il est temps de me laisser voir ce qu'il y a là-dessous… »

Le chevalier baisse le front et grogne un mot d'assentiment. Je fais la grimace, mal à l'aise. J'ai déjà vu des morceaux d'os et de cuir chevelu se détacher dans un moment comme celui-là ; j'appréhende ce que nous allons découvrir sous le fer.

La Courtisane soulève le bassinet tordu avec d'infinies précautions, révélant le cal matelassé qui coiffe le chevalier au-dessous. Bruni en arrière de la tempe, gorgé de sang séché. De ses fibres de lin, elle extrait une petite forme noire, qu'elle examine brièvement, avant de la laisser de côté. Puis elle ose soulever le tissu.

Les cheveux, au-dessous, forment un agglomérat poisseux, dans lequel notre compagne faufile prudemment les doigts.

« Ça va, murmure-t-elle. J'ai eu peur, quand j'ai vu l'état du casque, mais ton crâne est intact. Le coup de masse a fiché ce vilain rivet au travers de ton bonnet, mais l'étoupe a freiné sa course. La plaie est superficielle. Je vais nettoyer ça à l'eau et te placer une compresse. »

Assis sur un morceau de roc, Perdouan commente :

« Nous aurait fallu du vin, pour bien nettoyer ! »

Ogh s'anime soudain :

« De l'alcool, j'ai ! De la bonne eau-de-vie de bourgeons que font les Teules. Ssela rend ivres les mauvais essprits, qui lâchhent prise et abandonnent la plassse ! Et j'ai d'autres onguents, qui guérisssent les chhairs ! Laisssez-moi faire… »

Et le voilà qui s'affaire, tirant de sa besace divers pots de terre cuite, avant de rejoindre la Courtisane au chevet du blessé. Notre compagne le laisse faire, emplie de curiosité. Le bramynn s'empare d'une de ses gourdes, dont il fait sauter le bouchon. Se passe le goulet sous le nez, hume longuement les vapeurs d'alcool, puis se décide à en verser une généreuse rasade sur le crâne de Nadrach. Le sire Kalervi ne peut réprimer un vilain rictus de douleur, qui accentue son air de crapaud hargneux. Ogh plonge un doigt dans l'un des pots, le ressort généreusement chargé d'une pâte d'un blanc verdâtre, dont il entreprend d'enduire la plaie.

« Onguents qui guérisssent les chhairs », répète-t-il, le geste soudainement très délicat. Il termine son œuvre en posant un cataplasme, puis remet le cal en place pour le maintenir sur la blessure.

Ses soins terminés, le sage s'en va pisser au bosquet. Il revient quelques instants plus tard s'asseoir à mes côtés, l'air préoccupé.

« Courir la ssente rapide, j'aurais voulu, me confie-t-il à brûle-pourpoint, sur un ton d'excuse. Les *Ssentiers de traversse*... Ssa nous aurait mis à l'abri beaucoup plus vite. Mais ssi près des fauves, je n'ose pas, non. Sse ne sserait pas ssenssé : le chhemin rissque de vasssiller ssous leur colère. Vous n'auriez pas le pied asssez ssûr pour l'emprunter en de telles ssirconsstanssses. Mieux vaut prendre la ssente lente, oui, la ssente terreuse. Plus fatigante et plus longue, mais plus ssûre, tellement plus fasssile pour l'homme des ssités ! »

Et il m'adresse un long regard désolé. Je hoche la tête, incapable de comprendre un traître mot de son propos, mais peu désireux de lui montrer l'étendue de mon ignorance. Bons cieux, mais de quel sentier parle-t-il, cet énergumène ?

Quelque part sur le côté, Cwail émet une courte plainte. Penché sur sa cuisse percée, Perdouan fait la grimace.

« Je suis désolé, petit. Tout ce que je peux faire pour le moment, c'est laver la plaie au tord-boyaux et refaire ton bandage. Pour le reste, faudra attendre d'être en lieu sûr et se donner le temps. On ne va pas extraire ça comme ça, assis sur un coin de souche ! »

Le garçon opine, penaud. Il mesure les longues heures de douleur qui l'attendent encore…

« Ssi la flèchhe est coinssée, laissse masssérer la chhair, commente Ogh, sans qu'on l'y invite. Laissse-la mollir dix jours, et sse putréfier autour du fer. Une ssaine ssupuration, oui ! Quand ssela ssuintera asssez, la pointe ssortira plus fassile ! »

Perdouan lui décoche une œillade sombre :

« Ayé ! Et le temps que ce soir mûr, ce garçon souffrira mille morts ! Avec en prime une bonne chance d'en crever, si la corruption gagne trop ! Tu prêches l'ancienne manière, Œil-qui-roule ! Là d'où je viens, les gens capables ne procèdent plus de cette façon. »

Le bramynn se rebiffe :

« Alors comment feras-tu, ssavant homme ? J'ai vu la blesssure. Flèchhe d'Hermine, à barbillons visssieux ! Tu ne pourras pas l'ôter sans tout déchhirer autour, et tranchher dans sses vaissseaux ! Il mourra vidé de sson ssang. Jamais je ne pourrai le tuer avec mes fièvres, ssi tu me le tues d'abord avec tes ssoins sstupides ! Ssuis plutôt mon conseil, ssuis ! »

Cwail pâlit très visiblement. Perdouan s'empresse de lui poser sur l'épaule une main rassurante, et donne la réplique :

« Il existe d'autres moyens, vieillard ! Combien de Teules as-tu navrés avec tes médecines ? Moi, j'ai de bons outils dans ma besace, des outils qui sauvent des vies. Justement, c'est ce brave petit qui me les a rapportés du bateau. Fais preuve d'humilité, et je te montrerai mon art le moment venu… »

Le sourire moqueur d'Ogh s'élargit, mais je vois bien que la curiosité s'est attisée dans son regard. Quelque chose en lui attend avec un grand intérêt la démonstration de notre chirurgien de fortune.

Bientôt, nous reprenons la marche, à travers une forêt d'épinettes effilées. Je me remémore Perdouan évoquant sa première équipée nocturne avec les Teules, en compagnie des deux Rana. Cette sorte d'euphorie qui l'avait emporté dans une course aisée, ignorant toute fatigue, tandis que ses sens s'affinaient, et que la sensation du temps s'estompait… Ici, rien de tout cela : seulement nos jambes lasses qui semblent devenues de bois, et le souffle qui rauque dans nos poitrines calcinées par l'effort.

Le crépuscule boréal a déjà retrouvé ses droits lorsque nos guides s'arrêtent auprès d'une sorte d'immense souche creuse, reste d'un tronc formidable frappé par la foudre. Cette chose vermoulue est si vaste que huit hommes pourraient tenir sans peine à l'intérieur, et assez haute pour rivaliser avec les sapins bien vivants qui l'entourent.

Deux des Teules se glissent aussitôt en dedans. Kunti trouve la force de les suivre, piquée de curiosité.

« Baah ! C'est plein de toiles, là-dedans ! couine sa petite voix étouffée.

— Tant mieux, siffle Ogh. Parce que ss'est là que vous dormez. »

Elle passe la tête par l'ouverture, lui adresse une moue dégoûtée :

« Quoi ? Avec les araignées ?

— Aragnes, aragnes… hafff, hafff… Où vois-tu des aragnes, petite ssotte ? Sses toiles ssont bien trop grandes pour être l'œuvre des huit-pattes ! Sse ssont nos femmes qui les ont tisssées, pour nous prodiguer du confort. Elles vous sserviront de hamac, pour ne pas couchher sur la terre froide… »

Je ne peux m'empêcher de jeter à mon tour un coup d'œil aux entrailles du tronc. Dans cette cavité filandreuse flottent d'amples résilles d'une soie lâche et luisante, tissée en motifs complexes, évoquant de gigantesques arantèles. Les deux chasseurs sont occupés à les dépêtrer les unes des autres, utilisant pour ce faire les doigts de la main droite. Les ongles acérés de la gauche, ils les tiennent prudemment repliés sur la paume, de crainte de trancher accidentellement un fil porteur. Les hauteurs de l'arbre creux sont tendues de semblables trames, formant une voûte si dense qu'elle suffit peut-être à arrêter la pluie.

« Inssstallez-vous, susurre le bramynn. Vous êtes ici chhez vous. Demain, nous gagnerons Evoyo, où vous trouverez davantage de confort. Vous avez besoin de repos…

— Evoyo ? interroge la Courtisane. C'est l'une de vos grottes ? »

Les lèvres du vieillard se plissent en une grimace narquoise :

« Pas grotte, non. Village ! Les grottes sont pour l'hiver, trisstes et ssombres. Qui voudrait y vivre l'été ? Toi, peut-être ? Non, la belle saison est le temps des *Lo-teth* ! Plus jolis, plus confortables… plus doux.

— Et qu'est-ce qu'un Lo-teth ? questionne Kunti.

— Passsiensse ! Passsiensse, curieux que vous êtes ! Vous verrez bien demain ! »

Et sur ce, il nous tourne le dos et s'en va chuchoter ses secrets à l'oreille du géant roux.

« S'il fait encore son mystérieux une seule fois, grogne le Barbier, je lui tranche la langue, je la fais frire dans la graisse d'ours, et je la lui fourre bien au fond du gosier. »

Nous déposons armes, sacs et pièces d'armures à l'intérieur du tronc, avant de tester les vastes hamacs de soie tendus d'un bord à l'autre – si fragiles et si fins en apparence, et pourtant parfaitement capables de soutenir le poids de plusieurs adultes, malgré le relâchement qui vous accueille quand vous vous abandonnez à eux. Et avec ça, juste assez collants pour adhérer à la peau, mais prompts à vous libérer à la première vraie traction. Ce qui n'empêche pas mes compagnons de s'y sentir un peu comme des mouches prises au piège…

« Moué, commente Perdouan en contemplant la voûte. C'est confortable, mais je ne peux pas m'empêcher de penser que l'aragne va finir par surgir de là-haut, pour nous grignoter les orteils pendant la nuit ! »

Cette réflexion arrache à Kunti un petit rire amusé, qui sonne tout de même un peu faux à mes oreilles.

« Et va savoir ? risque Dipran à mi-voix. On n'a pas vu une seule femme teule jusqu'ici ! Peut-être qu'ils prennent pour épouse des épeires et des tégénaires, géantes bien sûr, comme la moitié de ce qui vit dans cette maudite forêt ! Ce sont elles qui trament ces toiles, et nous sommes assez fous pour nous engluer dedans ! Qui sait quand elles vont débouler ? »

Personne ne songe à lui répondre. Il faut dire que personne n'est assez certain qu'il a tort pour oser se gausser de lui…

Je fais mentalement le point sur nos couvertures et vêtements de rechange. L'inventaire est simple : tout était dans les fontes de la jument. Condamnés à dormir dans nos capes encore humides, nous connaîtrons une nuit froide… Dehors, les Teules ont allumé un petit feu, qui ne produit pratiquement pas de fumée. Eux, ils gambadent à poil sous leur lourd manteau de fourrure et d'aiguilles. Une fois encore, je me demande comment ils supportent les rigueurs du climat. Ce n'est tout de même pas la graisse dont ils s'enduisent le corps qui suffit à les protéger quand le soleil se couche, si ?

Incapable de me reposer vraiment, je me glisse au-dehors.

La luminosité a décru suffisamment pour estomper les visages, à l'exception de ceux qui rougeoient à la clarté des flammes. Une huitaine de Teules sont assemblés autour de celles-ci, occupés à faire cuire des tranches de viande rouge, dont le fumet flatte agréablement mes narines, ainsi que de grosses chenilles qui ne me disent rien qui vaille. Manesh est allé s'asseoir auprès d'eux ; sans doute n'ose-t-il pas nous rejoindre à l'intérieur de l'arbre, de peur d'attiser notre hostilité. Il s'efforce de communiquer avec nos hôtes par gestes, adressant de généreux sourires à la cantonade.

Un peu à l'écart, Ogh-qui-soupire se tient seul face à l'ouest, une boule d'herbes sèches braisant dans sa main nue. Je l'entends marmonner des mantras, d'abord en kintri, puis dans la langue de Freyanth, enfin dans le parler cliquetant des Teules. Puis il souffle sur sa pelote incandescente, en direction du fleuve.

Ceci fait, il se retourne vers moi.

« Hhr, te voilà, chhanteur ? Jusste quand je tissse mes chharmes… »

Et comme je n'ose pas le questionner, il ne se prive pas d'éclairer ma lanterne :

« J'envoie sses ssenteurs à travers la ramée, pour masquer notre odeur. Elles flotteront jussqu'aux rives du Framar, ssur des milles et des milles. Tueront l'odorat des hyènes, égareront celui des géants… »

Il caquette un rire un peu enfantin, comme si cet artifice était, à nos yeux mages, le moindre des tours de novice. Je me décide à poser la question qui me démange :

« Comment avez-vous fait pour pénétrer la forêt fermée ? Même les Nendous n'y sont pas parvenus ! »

Son regard pétille de malice, tout heureux qu'il est de me répondre :

« Hrr hrrr… Nous ssommes les Teules ! Nous marchhons en rêvant. Nous pouvons parler aux ombres, et trouver notre chhemin parmi elles… Pour nous, aucune forêt ne reste fermée, aucun essprit ne demeure invisible ! Nous ssommes écorsse, et nous ssommes aiguilles. Ss'il le faut, nous deviendrons fourmis pour nous faufiler ssous les ronsses ! »

Il agite les bras, plus expressif que jamais :

« Ssses derniers jours, nous avons vu bien des merveilles ! Géants qui sse parlent entre eux par les flammes. Fauves qui franchhisssent le cours ssacré. Les ssendres des feux ssouterrains ss'avanssent en plein ssiel et glisssent ssur la forêt, les essprits ss'enfuient à tire d'aile, et après eux les oiseaux, et bien d'autres bêtes effrayées… Et puis ssoudain, ombres qui crèvent la canopée pour griffer le ssiel de leurs branches, crrrr, arh, crrr ! Au-dessus d'elles dansssent des nuées d'âmes, ssertaines blanches comme colombes, d'autres qui ss'élèvent comme des sspires colorées, tortillant autour des rameaux des Très Anciens. Comment resster à disstansse d'un tel prodige, comment ? Il fallait que je ssachhe ; il fallait que je voie. »

Il pose la main sur mon avant-bras, se penche à mon oreille :

« Nous pénétrons dans ton ssortilège, où les aiguilles chhantent ton chhant. Un chhemin ss'ouvre devant nous, qui va tout droit vers le ssanctuaire ; nous ssavons qu'il ne ss'est pas creusé pour nous. Et puis, ssurprise, Sourdoulosou découvre au ssol des empreintes de sserres, et je comprends qu'*elle* est venue, elle ausssi. Desssendue des asstres pour contempler ssette étrangeté… »

Mon tressaillement n'échappe pas au bramynn. Sa bouche s'élargit en un sourire triomphant :

« Tu l'as donc aperssue, toi aussi ! Tout comme je l'ai vue en mon temps. Un privilège rare, et dangereux ! Combien de ssitars peuvent sse targuer de l'avoir fait venir ? Combien de chhanteurs ont ssu attirer sson attenssion ? L'asssèse des ssadours a bien pluss de chhansses de lui plaire, oui… Le murmure du pauvre, plutôt que l'éloquensse du richhe ! »

Pour le coup, je sens ma gorge s'assécher. Je voudrais répliquer avec assurance, mais je ne parviens qu'à bredouiller :

« La créature aux trois flûtes. Qui… qui est-elle ? »

Il glousse, passe sa langue entre ses dents :

« Tu ssais très bien qui elle est. Tu sssais… »

Et il me nargue d'un long regard plein de sous-entendus. Un abîme de perspectives fait vaciller mon âme mythique. Mes tripes se nouent d'angoisse ; je pâlis, de façon très visible, je crois.

Une luciole s'en vient folâtrer entre nos deux visages, dérisoire braise d'été. Ogh la lorgne ; sa main se détend soudain, fulgurante. En un clin d'œil, l'étoile frivole se retrouve dans la bouche du bramynn, qui la croque distraitement, comme si c'était l'acte le plus naturel du monde. J'en reste interloqué un instant.

Derrière, d'autres petits points verts s'élèvent dans les ombres forestières, puis dérivent lentement dans notre direction, comme poussés par la brise. Bientôt, ils nous dépassent pour migrer vers le tronc creux dans notre dos. Je me retourne pour les suivre des yeux, et demeure bouche bée, médusé par le spectacle que je découvre.

Des lucioles, il y en a partout. J'en vois descendre depuis les hauteurs des sapins, flotter au ras du sol, glisser dans les rainures de notre abri d'écorce. Toutes convergent vers un seul et même point : l'enfant des fées assis tranquillement auprès du feu.

Et soudain, je me retrouve plongé dans le récit de son enfance. Tout est là : la forêt, les soldats de passage, le logis dans les arbres. Ne manque que la proximité du fleuve, encore que le Framar ne soit qu'à une dizaine de lieues. Les gemmes de lumière se posent en chapelets sur le front de Manesh, sur ses joues, et sur la peau nue de ses bras ; se perdent dans les boucles noires de ses cheveux, glissent sur l'arête courbée de son nez. Son regard croise par hasard le mien ; il me sourit, moitié complice, moitié espiègle, réveillant à dessein le souvenir des heures paisibles que nous avons partagées sur la gabarre.

Pour un peu, je lui rendrais cette courtoisie. Mais je vois trop bien ce qu'il est en train de faire. Le coquin a choisi de se révéler aux Teules. Il sait qu'il a besoin d'alliés, alors il prend des risques : il mise sur son statut d'être fabuleux.

Le géant roux se lève avec dignité, clame une question dans sa propre langue. Le Bâtard de Marmach incline la tête pour manifester son incompréhension. Dans la foulée, il élève les deux mains, entraînant dans leur sillage un essaim d'insectes luminescents. Le manteau d'aiguilles du gaillard se gonfle lentement, comme soulevé par le vent. Mais c'est de lumière pure qu'il s'anime, d'un feu cuivré qui tournoie autour des jambes du guerrier et les fait frémir d'extase, à sa grande surprise. Le plus tranquillement du monde, Manesh ramène la paume sur son front, se la passe brièvement devant le visage. Celui-ci réapparaît voilé d'un nimbe doré, qui sculpte ses traits dans l'or vif.

Les Teules, alors, se lèvent tous ensemble. Ils se mettent à jacasser entre eux dans la plus grande excitation, à se titiller les lèvres du bout de leurs griffes, à se congratuler mutuellement, à grands sourires étonnés. Quelques instants plus tard, ils rompent leur conciliabule pour entourer mon Bâtard de toute leur attention, avides de le toucher, de le palper, de serrer ses doigts entre les leurs. Je comprends alors que notre prisonnier a gagné la partie.

La grosse patte d'Ogh-qui-soupire se pose sur mon épaule, tandis que sa voix chuinte à mon oreille :

« Un grand bramynn tu es, chhanteur, un très grand ! Plein de resssoursses, plein de ssurprises ! Béni ssois-tu, qui chharmes la forêt, et nous amènes pour compagnie un être sssolaire ! »

Nous avons soigné la plaie de flèche sur le torse de Nadrach ; lavé encore une fois la cuisse de Cwail avec de l'eau-de-vie teule. Cette dernière a circulé aussi de main en main au cours du repas, porteuse de réconfort et d'oubli. Puis toute la fatigue de cette interminable journée nous est tombée dessus, et chacun s'est hâté de rejoindre les entrailles de l'arbre creux.

Autour de moi, la plupart de mes compagnons sommeillent déjà, profondément enfoncés dans les voiles arachnéens. Manesh lui-même a daigné nous rejoindre ; il s'est endormi immédiatement. Je m'émerveille de sa capacité à faire confiance. Le voilà entouré d'ennemis, avec pour seul bouclier une alliance fragile, et la fascination qu'il éveille chez notre escorte. Comment parvient-il à se laisser aller de la sorte ?

La Courtisane et sa fille partagent son hamac. Elles se serrent d'instinct contre lui, en quête de chaleur. Il faut dire qu'il en rayonne, le bougre ! À deux mètres, je peux sentir l'ardeur qui s'échappe de ses membres par vagues. Une vraie bénédiction pour nos chairs grelottantes, usées par la froidure et les combats. Pour cette nuit, et pour cette nuit seulement, il est le foyer de notre groupe. Chacun tend à rouler vers lui, même ceux qui le haïssent.

Dehors, les Teules conversent toujours, plus animés que jamais. Je me laisse bercer par leurs voix, rassuré de les savoir monter la garde, et ferme les yeux, aspirant au sommeil.

Mais celui-ci ne vient pas.

Trop d'idées sombres se bousculent dans ma tête. Mon esprit rejoue inlassablement les dernières heures que nous venons de vivre, jusqu'à l'obsession. Bien sûr, la terreur des Nendous gronde toujours au fond de mon être, mais curieusement, c'est une tout autre peur qui me domine en cet instant. Une angoisse coupable, une crainte mystique : celle d'avoir offensé les dieux en foulant leur territoire.

À mes côtés, Perdouan a perçu mon malaise. Compagnon attentif, il a même sa petite idée sur sa cause. Il se laisse rouler vers moi dans la vaste toile suspendue que nous partageons.

« Barde, marmonne-t-il à mon oreille, tu peux me dire, maintenant : qu'est-ce que tu as vu dans la clairière ? »

Je commence par maudire en silence sa curiosité. Ce que j'ai contemplé appartient à moi seul ; j'ai la pudeur de mon sacrilège !

« Mieux vaut que je me taise, parviens-je à bredouiller. Il y a des noms à ne pas prononcer sous les Astres… »

J'ai beau jouer les vierges effarouchées, le besoin de parler me taraude, et le grand chevalier n'en est pas dupe. Il élève la main pour désigner les parois pourrissantes qui nous entourent.

« Le bois étouffera tes paroles, Fintan Calathynn ! Je te jure que les Astres n'entendront rien. Mais le cœur d'un ami, lui, pourrait partager ton fardeau. Repose-toi un peu sur moi, veux-tu ?

— Bon. Tu l'auras voulu… »

Je prends une profonde inspiration.

« C'était Morkhan, lâché-je dans un souffle. La *Première-Née* en personne. Elle portait tous ses attributs : une flûte à trois chalumeaux, et trois urnes funéraires en collier, qui se sont dévoilées à moi au tout dernier regard. Seul manquait son sitar ; mais d'une certaine façon, elle a posé sa griffe sur le mien… »

Le grand chevalier roule des yeux effarés.

« Tu veux dire… la *Sorcière du matin* ? La tueuse d'Astres ? Merde alors, la Nyache ! »

Et il porte deux doigts à son front pour conjurer le sort.

« Nyagacha n'est que le nom de sa forme destructrice ; il ne saurait résumer l'ensemble de son être. Par chance, c'est sous sa forme fertile que je l'ai croisée. Morkhan l'Ensemenceuse, qui rend vie à la Terre en répandant les cendres qu'elle porte autour du cou.

— Ouiche ! Les cendres de tous ceux qu'elle a tués en mettant fin à l'ère précédente ! Il faut croire que ton heure n'était pas encore venue, l'ami ! Tu as eu de la chance ; elle a sans doute jugé que tu étais un homme probe. »

Je ne peux que courber le cou, tremblant d'humilité devant le ciel. Mon compagnon reste perplexe un bon moment, et moi, je n'ai plus la force de rompre le silence. C'est lui qui finit par s'en charger :

« La Nyache… Putain de bordel ! Mais qu'est-ce qu'elle venait fiche dans cette forêt… »

Je m'humecte les lèvres à plusieurs reprises, avant de trouver le courage de répondre :

« En fait, je crois bien que… c'est mon chant qui l'a fait venir. »

Le Barbier tourne vers moi sa grosse face barbue, ouvre grand ses yeux clairs. Mes mots sortent en flot :

« Tu comprends, Perdouan ? Les *Chants primordiaux*, c'est elle qui les a créés, quand les géants eux-mêmes n'étaient encore que semences dans le ventre des cieux. Il faut te figurer cette époque. L'Aube originelle… Les Astres, alors, emplissaient totalement l'azur. Tu peux le croire, ça ? Leurs disques énormes projetaient des feux fantastiques sur le monde ; un incroyable festival de couleurs affrontées, qui se chevauchaient avec fureur. La voûte céleste résonnait de Leurs bourdons : huit formidables notes qui se faisaient la guerre et luttaient pour la suprématie. Leur influence était telle que l'eau, la terre et l'air en étaient malaxés, drossés, rejetés sans jamais pouvoir prendre forme stable ; des ouragans de feu parcouraient l'éther avec rage. En ces temps-là, toute chose Leur était soumise, et toute chose se déchirait à Leurs conflits. »

« La Sorcière du matin, elle, n'a jamais obéi aux Astres ; elle est l'incarnation d'un dessein supérieur, qui leur préexistait. C'est donc elle qui a tué la Pemière ère, au moyen de son chant. Il fallait bien que les Planètes s'éloignent dans l'azur, afin que les cinq éléments puissent connaître le repos : rien n'aurait été possible, sans cela. Elle s'est dressée sur la pointe du vent, elle a poussé son rossignol et Ils s'en sont allés ; alors la nuit est devenue pour toujours noire et silencieuse. La Première-Née a goûté un peu le silence, admiré les poussières célestes en suspens ; puis elle a fredonné encore, pour donner forme à la Terre. Elle a composé un poème pour chacun des éléments, puis pour chacune des formes complexes qui ont émergé du cosmos apaisé : les arbres, les bêtes et les êtres fabuleux. Ce faisant, elle leur a donné un nom. Elle a fait ce qu'accomplissent encore les bramynn et les mages, lorsqu'ils nomment des esprits pour les rendre conscients d'eux-mêmes et leur conférer une certaine permanence… Par la suite, elle a continué à enrichir ses vers au fur et à mesure que les choses inertes et les vivantes acquéraient une histoire. C'est ainsi qu'elle a tissé ce que nous, les bardes, appelons les *Chants primordiaux.* »

« Quand les premiers enfants des Astres, je veux dire par là les géants, se sont éveillés, elle leur a confié ces lais; et les géants, à leur tour, les ont transmis aux hommes. Sous leur forme parfaite, ils ne sont pas clamés souvent: peu de bardes les connaissent assez bien pour le faire, et ceux qui le peuvent en conservent jalousement le secret. »

« Cette forêt est vieille, elle est encore habitée par les reliques de l'ancien monde. Alors quand j'ai dit l'antique *Chant de la sève,* avec toute ma peur, avec toute ma conviction, quand je l'ai opposé en bouclier face à ces forces anciennes qui nous couraient sus, pas étonnant que ma voix soit montée jusqu'à elle! »

Je me mords la lèvre pour juguler mon angoisse.

« Si tu avais vu son regard! Cette façon de me jauger… Sans doute qu'elle se demandait s'il fallait me châtier sur-le-champ pour avoir osé conjurer les ères passées de la forêt, ou attendre et me trouver quelque supplice plus digne de mémoire. J'ai faussé le sort, tu comprends? J'ai forcé ces ombres à nous couvrir, quand notre destin était peut-être de disparaître avec nos vains espoirs, comme notre capitaine! »

Les sourcils blonds du Barbier se froncent en désaccord:

« Tu te poses trop de questions, Barde! Tu as joué avec des forces puissantes, et je comprends que tu peines à retrouver le sommeil; mais tu as fait ce que tu devais. Tu nous as tous sauvés. Les dieux ne vont tout de même pas te condamner pour ça!

— Et les astra? Sera-t-on jugés pour en avoir fait usage contre nos semblables, dans notre grand orgueil? Nous prenons-nous pour des géants? Qui sait si ce n'est pas *ça* qui a attiré l'attention des dieux ! *Tha !* Eux qui détestent plus que toute chose la démesure… »

Le Barbier me presse le bras pour m'inciter au silence.

« Viens. Marchons un peu. Tu en as bien besoin… »

Je hoche la tête, et m'extrais de mon hamac pour le suivre hors de l'arbre.

L'air frais du dehors ranime un peu mon courage. Nous nous éloignons des Teules pour causer librement ; évitons discrètement Varagwynn, qui traîne ses insomnies sous la Lune. La forêt craque sous nos pas, nous ramène à nos luttes de chair et d'os.

« Tu ne dois pas douter, Fintan Calathynn ! Surtout pas devant les autres. Tout le monde te considère comme notre guide, à présent ; tu parles au nom de la Reine Maroué. C'est toi qui nous as tirés du pétrin, et de quelle manière ! Toi aussi, qui sais le mieux où nous allons : au Roi-diseur, quérir les secrets des astra. Nous ne le faisons pas par orgueil, mais pour sauver notre nation. Chacun de nos compagnons est prêt à donner sa vie pour ça, tu comprends ? Alors tu n'as pas le droit de remettre en doute leur cause. Fie-toi à eux comme ils se fient à toi, et ils te suivront loyalement, en donnant le meilleur d'eux-mêmes ! »

Ces mots, qui me retournent une épine dans le cœur ! Je lâche prise en toute conscience :

« Oh non, Perdouan. Non, ils ne sont pas tous loyaux. Il faut que tu saches… » Je baisse le front, la mine déconfite. « L'un d'entre eux, au moins, est prêt à nous planter une dague dans le dos. »

Il me lorgne d'un air incrédule, comme si une telle idée ne parvenait pas à trouver son chemin dans son esprit fidèle.

« Le capitaine Rana n'est pas mort d'un quelconque sortilège. Quand nous sommes retournés à la gabarre, j'ai fouillé son tonneau de vin, et j'y ai retrouvé des perles d'étain. Tu te souviens ? Ces petites baies grises sournoises que nous avons découvertes dans l'île. Tu comprends ce que ça veut dire ? On l'a empoisonné, Perdouan ! Quelqu'un a planifié sa mort, et ce quelqu'un est encore parmi nous, aujourd'hui ! »

Un pli peiné s'étire sur le large front de mon compagnon.

« Je suppose que notre capitaine l'avait senti, je poursuis. Il devait soupçonner le poison, sinon, aurait-il pris la peine de cacher le sceau de Kuntola dans le creux de la coupe ? Il a voulu le mettre à l'abri pour que le traître ne s'en empare pas, si son pressentiment s'avérait juste ! »

Perdouan fait la grimace. Lui, le bon camarade épris d'honneur, il accuse le coup en silence. Je devine ses pensées : il passe en revue chaque visage, revoit les faits d'armes que nous venons de partager tous ensemble, les exploits accomplis au coude à coude face à l'ennemi. Cette belle fratrie, qui vient de triompher de l'Hermine, doit-elle déjà voler en éclats ?

Je pousse un soupir profond. Cela fait du bien de partager ce fardeau ; au moins, je ne suis plus le seul à en porter la charge.

Sous la barbe du sire Namarantri, la surprise a laissé place à une froide colère.

« Tu vas me dire que ça ne peut pas être le Bâtard ?

— Non. Rappelle-toi : il n'a jamais échappé à notre surveillance, il n'était pas en état. S'il a un allié parmi nous, alors lui-même l'ignore ; le pentakolith l'aurait poussé à lâcher le morceau, sinon !

— Et je suppose… articule-t-il en serrant les dents, que tu n'as aucune idée de *qui* ? »

Je secoue la tête, douloureusement.

« Ça ne va pas être facile à savoir, je le crains. Si au moins c'était clair, les choses seraient moins pénibles ! Alors qu'à présent, faut-il le dire… tu es le seul auquel je me fie encore pleinement ! »

Il se tiraille la barbe, découragé. Je lui laisse le temps de se faire à l'idée.

« La Courtisane, marmonne-t-il au bout d'un temps d'introspection. Elle était la seule à connaître ces maudites perles.

— Oui. Mais cela l'innocente, si tu veux mon avis. Elle n'aurait pas attiré notre attention dessus, si elle avait voulu les utiliser à mauvais escient ! »

Il redresse le menton, têtu :

« Peut-être. N'empêche qu'elle a tout fait pour que le boiteux survive. Et tout ça ne nous explique pas ce qu'elle fiche parmi nous avec son marmot ! Tu le sais, toi, Barde, ce qu'il a pris au capitaine d'emmener cette femme ? »

Je lève les bras au ciel pour prendre les Astres à témoin :

« Ah, Perdouan ! Je pensais que tu saurais, toi ! Après tout, c'est toi qui as voyagé avec eux depuis l'Héritage, pendant que je m'attardais sur l'Angmuir, à recruter le reste de l'équipage ! De quelle manche il a tiré cette donzelle, je n'en ai pas la moindre idée ! »

Il fait la moue, décontenancé ; je vois bien qu'il attendait depuis longtemps de me poser cette question.

« Qu'est-ce que tu crois, vieux frère ? asséné-je. Le capitaine, il gardait des secrets pour tout le monde, même pour moi ! Tu te crois le seul auquel il faisait des cachotteries ? Non, je ne connaissais pas tous les recoins de son âme ! Pas plus que toi. Et pas plus qu'*elle*, sans doute… »

Il baisse le regard, dépité.

« Bon, dis-je. Mais apprends-moi au moins comment elle est arrivée à ses côtés. Quand était-ce, la première fois que tu l'as vue ? »

Il s'assied sur une pierre, se met à raconter :

« C'était au siège d'Andristar. Rana m'avait envoyé sur le front nord, avec la chevalerie de Nuuara, pour harceler l'armée Souranès et leur couper les vivres. On était mobiles, sur nos petits *chevaux de Lune*, imprévisibles et furtifs ; on excellait aux embuscades. Le temps qu'on finisse ce travail, la ville était déjà tombée ; quand j'ai rejoint le capitaine, la Courtisane dînait dans sa tente en compagnie de sa gamine. Il a ordonné à ses aides de camp de leur dresser un lit sous son propre toit. Je n'ai pas reçu un seul mot d'explication : tout ce que je sais, c'est qu'elles avaient fui la cité peu avant sa chute, pour se placer sous la protection de notre vieil ami. Depuis lors, elles sont toujours restées à ses côtés. Juste après le siège, nous avons quitté l'ost pour commencer notre remontée vers le nord. À chaque nouveau logement, le capitaine prenait soin de les installer toutes les deux dans des appartements voisins des siens, sous bonne garde. J'ai pensé qu'il allait se contenter de les mettre en sécurité dans quelque place forte sur la route de Narrakhin, avant d'entamer le voyage vers Yvachryr. Je m'imaginais qu'elles étaient des sortes d'otages : peut-être quelque grande dame appartenant à une maison ennemie, ou bien une concubine et sa bâtarde, qui pourraient nous servir de monnaie d'échange ou peser sur un renversement d'alliance. Jamais je n'aurais cru qu'il les emmènerait avec nous jusqu'en Freyanth ! »

Je cligne des yeux.

« Des otages ? Jamais Shakti ne s'est présentée à moi comme telle…

— Et pourtant, je peux te dire qu'il la faisait bien garder ! J'en ai même fait mon tour, à veiller devant sa porte. Les premiers temps, elle n'était pas libre de ses allées et venues. C'est seulement après notre arrivée au lac que la surveillance s'est relâchée ; il faut dire qu'à partir de là, elle n'aurait eu nulle part où aller si elle s'était avisée de s'enfuir. Non qu'elle ait eu l'air de mal s'entendre avec Rana ; leurs rapports étaient tout ce qu'il y a de plus courtois. Mais tu sais comment vont les choses, avec les otages de la haute, hein, et que je vous coupe la viande, et que je vous serve mon meilleur vin, et que je vous arrose de louanges ! Et ce n'était pas non plus, harhum, tu vois ce que je veux dire… Il ne l'a jamais touchée, j'en suis sûr. C'était pas une histoire qui tire à la chattoune. Si bien que, voilà : la Courtisane, je l'aime bien, mais je ne connais pas son obédience, alors comment veux-tu que je ne m'en méfie pas !

— Qui donc a commencé à l'appeler la Courtisane ? »

Il n'hésite qu'un instant.

« Denandra Rana. Une seule fois. Mais les gars ont repris sans poser de question. »

Je hoche la tête.

« Hum… C'est un mot ambigu, *courtisane*… Il évoque l'intrigante, la femme de tête ; la mécène, la philosophe, voire la putain. Pourtant, je pense comme toi : on l'aurait remarqué, si le capitaine se la basculait. Et ce n'était pas son genre de céder à ses petits plaisirs, dans une mission délicate comme celle-ci... »

Mon compagnon plisse les yeux, sagace :

« Tu crois qu'elle est la maîtresse d'un autre grand personnage ?

— Pas forcément. On pourrait imaginer toutes sortes d'intrigues ; mais mon intuition est que ça ne se joue pas à son niveau *à elle*. »

Long regard dubitatif.

« La petite, Perdouan. Je suis prêt à parier que c'est *elle*, la véritable raison de leur présence à bord. Le capitaine lui prêtait de la clairvoyance ; il l'appelait sa *boussole étrange*. Quand il s'agissait de choisir entre deux bras du fleuve, il la consultait ! Depuis, tu as pu constater l'acuité de sa parole, dès qu'il s'agit de prévoir les forces visibles et invisibles. N'a-t-elle pas annoncé les hyènes ? Et la traversée du fleuve par les Nendous ? Et les sorciers dans les bouleaux ? »

Il incline la tête, toute curiosité ravivée.

« Raison de plus pour y voir plus clair, tranche-t-il. Faut que sa mère parle, Barde ! On n'est plus très nombreux, à présent, faut jouer cartes sur table ! Chacun doit livrer ses secrets. »

Le dit de Fintan Calathynn – 10

Dix-neuvième jour

Des drondossili.

Des centaines de colosses au tronc étoilé, qui s'alignent à perte de vue devant nos yeux ébahis. Si épais et si hauts qu'ils nous ramènent à la dimension de fourmis. Si bleus, dans leur habit de mousse, qu'on les croirait peints à la poudre de cobalt…

Jamais je n'aurais cru contempler une telle chose. Ces arbres étaient censés avoir disparu depuis des éons ! Aucun des textes que nous avons épluchés avec le capitaine ne les évoque – ni la chronique de Nylfar le Bègue, ni les bribes plus anciennes de récits de pèlerins en marche vers l'Oracle. La Voie au Roi elle-même devait passer au large, si bien qu'ils sont restés ignorés de tous, hormis des Teules.

Mes compagnons n'y voient rien d'autre qu'un prodige de plus offert par la forêt. Mais pour la Courtisane, c'est un pur bouleversement.

« Ma Dame ? Vous pleurez ? glissé-je, voyant rouler une perle sur sa joue.

— Ce n'est rien… Ne… ne faites pas attention à moi. » Elle se détourne pudiquement, mais ajoute à mi-voix : « Je dois être un peu lunatique. Ça me rend triste et joyeuse à la fois… »

Quelques instants après, elle revient d'elle-même à ma hauteur, mieux disposée à se confier. Et d'une voix émue :

« Vous comprenez… Là où je suis née, dans le *Lempio,* de tels arbres sont devenus légende. Et pourtant, nous avons sur notre île quelques-uns des troncs les plus fameux que le monde ait jamais enfantés. Des titans ! Des mythes plantés à la fois dans le ciel et la terre ! Alors cette autre merveille, là, sous nos yeux… Rien ne pouvait me rappeler ma terre natale mieux qu'elle !

— Je comprends. C'est une chose difficile que l'exil… »

Et comme je ne peux pas manquer de saisir cette occasion, j'ajoute, d'un ton vibrant :

« Ma Dame, racontez-moi. Votre île… les vastes plaines firwané serties de lacs, les basaltes vomis par la mer, les grandes boisées du Lempio… Vous savez comme je suis friand de tels récits ! »

Elle esquisse un sourire doux-amer.

« Plus tard, peut-être. Quand nous serons assis bien au chaud. »

Le castard roux – son nom est Vodomar – mène notre groupe à travers les grands troncs saphir. À leurs pieds ne croissent que des mousses, des champignons et parfois, dans quelque trouée de lumière, des fleurs et des buissons garnis de baies purpurines. Des papillons orangés folâtrent ici et là, des chenilles processionnaires étirent leurs colonies vers les hautes branches. Là-haut, loin au-dessus de nos têtes, bruisse un feuillage d'un gris argenté dont les rameaux fragiles pendent, comme ceux d'un saule pleureur.

Bientôt, des rires d'enfants se mêlent à ses froufrous.

Les yeux de Vodomar pétillent dans son masque de graisse. Le malabar lève le nez et lance un appel strident. Des jappements espiègles lui répondent, juvéniles abois d'humains. J'épie les alentours, à la recherche de la marmaille, mais d'une façon ou d'une autre, celle-ci demeure cachée derrière les arbres épais.

Les chasseurs qui nous entourent pressent imperceptiblement le pas, comme s'ils avaient hâte de retrouver leurs foyers.

Un peu plus loin gargouille un ruisseau, dans lequel dérivent de fines feuilles d'argent lancéolées. Nous longeons son cours d'un pied alerte. Apparaissent alors les premières silhouettes humaines : des gamins teules drapés dans leur manteau d'aiguilles, qui s'encourent à notre rencontre, en faisant tournoyer dans leurs mains de fines baguettes siffleuses. De petits visages turquoise se lèvent vers nous, les yeux pétillants de curiosité ; des gloussements canailles nous accueillent. Nous nous retrouvons pressés de toute part par des garçonnets espiègles, qui manifestent leur bienvenue en bondissant sur place, les deux pieds joints, avec une vigueur impressionnante. Vodomar les admoneste dans leur langue natale ; aussitôt, les mômes s'éparpillent et filent au-devant, pressés d'annoncer notre arrivée à leurs congénères.

Un moment plus tard, ce sont les femmes qui font leur apparition : un petit groupe de mégères assemblées autour d'une vieille souche vermoulue. Leurs mains se tendent avidement vers les anfractuosités du bois pour y pêcher de grosses fourmis jaunâtres, qu'elles enfournent avidement dans leurs bouches, comme nous le ferions avec des myrtilles. Non, les épouses des Teules ne sont pas des aragnes ! Elles ont deux bras, deux jambes, des seins aux larges aréoles, des ventres légèrement rebondis. Comme leurs maris, elles vivent nues sous leur épaisse cape, leur corps gris-bleu orné de volutes ornementales peintes au brou de noix. Les griffes de leur main gauche sont un peu moins longues, mais tout aussi robustes et acérées que celles des hommes.

La gent féminine nous accueille avec des jacassements ravis. Des sourires larges se tournent vers nous, des mains caressantes se pressent pour nous toucher.

« Foutre ! Je sens qu'on va se plaire, ici ! » jacte Perdouan, radieux. Il goûte comme moi cette curiosité festive dont nous sommes l'objet – l'âme enjouée d'un peuple qui s'émerveille encore devant l'étranger. Quelques instants plus tard, deux doigts ridés se glissent dans la bouche du Barbier pour y fourrer une offrande d'insecte, qui manque de le faire s'étrangler.

D'autres voix résonnent tout autour de nous ; il en éclate même au-dessus de nos têtes, tapies dans la ramée. Je lève le regard, mais les feuillages demeurent impénétrables…

« Qui sont ces gens ? interroge Varagwynn. Le peuple d'Evoyo ? Sommes-nous proches du village ? »

Ogh-qui-soupire toussote un rire moqueur.

« Homme à la vue bassse ! Le village, tu te trouves déjà dedans ! Ssoulève tes paupières, Poussseur de remous ! Éveille-toi, et regarde ! »

Nous tournons sur nous-mêmes, les yeux grand ouverts.

Autour de nous, des visages apparaissent les uns après les autres dans les replis des arbres, à différentes hauteurs. Des hommes et des femmes émergent d'entre les racines pour s'approcher de nous, d'abord avec circonspection, ensuite avec un enthousiasme jovial. Je réalise alors la complexité du monde qui nous entoure.

Les drondossili sont creux.

Leurs ventres hébergent des familles entières, qui sortent par des fissures boursouflées, sises le plus souvent à une hauteur respectable. Ici et là, des échelles de corde, tressées dans la même soie fine que nos hamacs d'hier, se déroulent le long des troncs ; des Teules de tous âges les dévalent avec une adresse stupéfiante, pour s'en venir grossir le groupe qui nous entoure. Un village. Une cité, même ! Pratiquement invisible pour tout observateur non averti. Mais qui, pourtant, s'étend sur des dizaines, peut-être des centaines de fûts tout autour de nous.

« Lo-teth ! commente fièrement Ogh. Les maisons dans les *arbres-velours* ! N'est-sse pas joli ? N'est-sse pas réconfortant ? »

Bientôt, nous nous retrouvons au cœur d'une foule de plusieurs centaines de personnes qui nous assaillent de leurs affectueux attouchements. Ogh-qui-soupire se dresse de toute sa hauteur, distribue quelques ordres de sa voix chuintante. Celle-ci peine à se faire entendre dans le brouhaha ambiant ; je jurerais que personne, dans l'assistance, n'en a compris le moindre mot. Pourtant, l'un après l'autre, comme s'ils se décidaient soudain à rompre leur paresse, une huitaine de Teules se détournent et s'en vont vaquer ensemble à quelque mystérieuse mission. Le bramynn croise les bras, satisfait.

« On va vous préparer le logis des bons hôtes, nous fait-il savoir. Bien plus confortable que la ssouchhe d'hier. Vous y sserez bien, oui… »

De jeunes filles nous présentent un panier débordant de papillons orange et de pétales d'un blanc d'albâtre. Devant notre incompréhension, elles portent les doigts à la bouche avec insistance, puis, comme nous restons médusés, s'esclaffent bruyamment à nos dépens.

« Mangez ! conseille Ogh, très sérieusement. Les forces que l'on trouve dans les éphémères, on ne les trouve dans nul autre mets ! »

Je tends poliment la main vers le panier et choisis un pétale, que je dépose sur ma langue. Je le trouve plus sucré qu'attendu, subtil dans ses arômes floraux. Mes compagnons optent pour la même dérobade, à l'exception de Kunti. Cette dernière sélectionne un insecte de ses doigts menus, puis l'engloutit sans la moindre hésitation, tout en lançant au Barbier un regard de défi.

« Thaaa ! » ne peut s'empêcher de siffler le chevalier, écœuré.

Manesh se permet un petit rire clair, et ne tarde pas à imiter la fillette.

L'arbre qu'on nous a choisi est l'un des plus épais des alentours. On y pénètre par une fissure entre les racines, ingénieusement dissimulée derrière un écheveau de lierre. Une jeune fille aux cheveux sombres – son nom est Villi – s'y glisse en souplesse, écarte le rideau végétal pour permettre le passage aux plus massifs d'entre nous.

L'espace à l'intérieur du tronc n'a rien à envier à bien des tours de guet. Cette vaste cheminée jouit d'un timide éclairage naturel, qui pénètre par trois hautes fissures dans l'aubier. Celui-ci révèle la clarté du bois, lisse et lustré comme de l'ivoire, imperméable aux insectes. Une vaste draperie pourpre, longue de plus de vingt mètres, habille tout un versant du logis. J'y reconnais la soie moirée qui enrobait un tronc couché dans la clairière sacrée – ouvrage de scarabées, tissé d'une seule pièce. De bas en haut s'étagent de petites plates-formes de bois auxquelles on accède par des échelles de corde. Nous retrouvons un élément familier: les vastes toiles arachnéennes tendues à diverses hauteurs, les plus proches, à un mètre à peine du sol, les plus élevées perdues dans les ombres, au-delà des sources de lumière. Des fourrures et des oreillers nous y attendent, conformément aux promesses de confort du chuchoteur. Je comprends qu'ici, nous pouvons dormir aussi loin du sol que nous le rêvons, au gré de nos envies, perchés comme des chats.

« Ssssaaa ! expire Ogh. Ce teth est vôtre ! Insstallez-vous. Prenez du repos ! Villi va vous faire un peu de fil, en cas de besoin. Tuapane allumera un feu. Il y a de l'eau dans sses jarres, on va vous porter des fruits et des chhenilles bien croquantes ! Demain, nous reparlerons de sse que vous cherchez avec tant de ferveur. Fassses ssages, oui, et Trône d'oracle… Mysstères du Nord ! »

Perdouan se déleste de son armure, qu'il dépose dans le premier filet venu, à bonne distance du sol, par crainte de l'humidité. Les autres ne tardent pas à se débarrasser à leur tour ; chacun s'installe comme il peut. Avec beaucoup d'égards, nos porteurs installent Cwail dans un hamac à quelques coudées de hauteur. Le garçon est en souffrance, la chair toujours à vif sous le morceau de tissu qui la bande.

« Il faut que je m'occupe de celui-là, gronde le Barbier. Ses soins ne peuvent plus attendre. Vieillard, je vais avoir besoin de ton aide ! »

Ogh le toise d'un œil malicieux.

« Aider, je puis. Dis-moi ! Dis !

— Alors trouve-moi du miel, de la cire et encore de votre eau-de-vie, autant que tu peux ! Je vais manquer de térébenthine, mais si tes hommes peuvent récolter de la résine de sapin, on pourra toujours en distiller un peu. Ton savoir des plantes me sera utile aussi. Surtout celles qui peuvent tuer les esprits néfastes et empêcher la suppuration !

— C'est bien. Tu te fies au vieil Ogh. Le vieil Ogh n'en demande pas pluss. Viens avec moi, viens ! Je te montre ma ssiensse. »

Le sire Namarantri lève les yeux au ciel et emboîte le pas au bramynn, hors de notre Lo-teth.

Villi s'assied en tailleur dans la sciure. La voilà qui se fourre un doigt en bouche, frotte vigoureusement l'intérieur de sa joue. Kunti la regarde faire avec étonnement. Bien vite, la Teule ôte son index de son bec. Sa pomme d'Adam se met à monter et descendre en un mouvement régulier, tandis que sa langue tournoie dans sa cavité buccale, déformant ses méplats. Un moment plus tard, elle pousse les lèvres en avant et crachote trois bonnes coudées d'un fil soyeux, qu'elle enroule aussitôt autour d'un petit fuseau de bois.

Nous en restons sans voix.

« … finalement, Dipran avait raison, marmonne Nadrach, mal à l'aise. Des aragnes !

— Peut-être, répliqué-je. Mais celle-ci est charmante… Et son travail nous sera précieux : nous avons tous des choses à repriser ! »

La jeune fille nous sourit, éructe encore une douzaine de coudées de fil, puis le tranche d'un coup d'ongle de sa senestre et ravale le reliquat, avant de nous tendre le fruit de son travail, d'un air réjoui. Je porte deux doigts au front, pour lui souhaiter la bénédiction des Astres, et m'empare de l'offrande.

La Courtisane et sa fille ont manifesté l'envie de ressortir pour explorer un peu Evoyo. Par prudence autant que par choix, Varagwynn et moi-même leur servons d'escorte.

Nous sommes encore au beau milieu de l'après-midi ; la plupart des Teules sont au-dehors, affairés à leurs tâches quotidiennes. Assises entre les racines, les femmes tannent des cuirs ou manient des aiguilles d'os. Un petit groupe utilise ses ongles pour découper de gros quartiers de viande, prélevés sur un élan. Au bord du ruisseau, deux hommes teignent leurs cheveux avec une pâte roux sombre ; un autre façonne sur son tour rudimentaire une jarre délicate, à laquelle il imprime des motifs au moyen d'une pomme de pin.

Un peu plus loin, douze mégères sont assises en cercle au pied d'un grand arbre. Chacune d'elles tient entre ses doigts l'extrémité d'un fil luisant, qui rejoint les autres au centre de l'assemblée pour former une structure en étoile. Une treizième matrone, délestée de son manteau d'aiguilles, tourne autour du cœur d'ouvrage, bavassant sa longue soie poisseuse pour la coller dessus, en spirale serrée. Elle toussote son dernier bout de ligneul, puis retourne s'asseoir en reprenant le cordon d'une congénère, laquelle s'en va à son tour dévider ses glandes buccales pour poursuivre la trame. Ainsi prend forme une toile dense, semblable à celles qui meublent notre Lo-teth. Et tandis qu'elles œuvrent de la sorte, les commères jacassent et devisent de bon cœur, pas le moins du monde perturbées par notre présence.

« Elles en ont, de la chance, admire Shakti. Ce doit être bien pratique, de produire une telle chose par soi-même… »

Ainsi s'activent les Teules sous nos yeux étonnés. Pourtant, j'entends beaucoup plus de gens que je ne peux en voir. Je devine, au-dessus de ma tête, toute une foule qui bruisse et converse dans les frondaisons. Des voix d'hommes, surtout, et par moments, de joyeux timbres d'enfants, et aussi quelques tintements étranges et musicaux. Levant les yeux, j'entrevois fugitivement des silhouettes qui courent entre les feuilles argentées, agitant les rameaux ; je devine des gosses qui passent d'un arbre à l'autre, sur une route aérienne. Une ville au-dessus de la ville, tressée de branches et de cordes. Un univers qui n'appartient qu'aux pieds légers de Ceux qui marchent en rêvant, inaccessible à nos corps lourds d'hommes civilisés.

Un peu à l'écart se dresse un drondossili dépourvu de mousse, son bois grisâtre exposé aux regards. Les Teules l'ont entouré d'un cercle de pieux ornementés, chacun d'eux coiffé d'un massacre d'élan couronné de fleurs, de plumes et de morceaux d'ambre sculptés. L'endroit captive immédiatement l'attention de Kunti, qui s'empresse de nous tirer dans sa direction.

« Ne va pas trop près, enfant ! objecté-je. Il y a quelque chose de sacré dans cet arbre… »

Mais la fillette ne l'entend pas de cette oreille ; elle échappe à la main de sa mère et s'encourt tout droit vers l'interdit.

« Non ! Ne franchis pas les piquets ! »

Trop tard : déjà, la gamine a pénétré le cercle. Parvenue entre les racines de l'arbre, elle se faufile prestement dans une fissure et disparaît à l'intérieur.

Derrière moi, j'entends s'indigner des commères. Une femme émet un long trille d'avertissement, qui résonne à travers la forêt. Il ne faut pas longtemps pour qu'un attroupement commence à se former dans notre dos.

« Kunti ! je tonne. Sors de là tout de suite ! Tu vas nous mettre toute la tribu à dos ! Kunti ! »

Sa mère joint ses appels aux miens. Varagwynn tente de raisonner la fugueuse. Mais l'oiselle ne veut rien savoir ; elle demeure cachée derrière l'écorce. Maudissant tous les Astres, je me décide à aller la rechercher de force.

« Restez là, tous les deux ! Mieux vaut que je sois seul à profaner ce sanctuaire. »

Et avant que les Teules ne puissent s'approcher assez pour m'en empêcher, je franchis à mon tour l'enceinte mystique, et me faufile tant bien que mal dans les replis du bois.

Je dois m'accroupir, et même ramper sur plusieurs mètres de distance, à l'aveuglette dans une terre jonchée de copeaux. S'il y a bien une cavité au cœur de ce tronc, elle est plus étroite et plus profondément enfouie que le logis des bons hôtes. Je finis pourtant par déboucher dans un espace plus vaste, plongé dans des ténèbres profondes.

Aussitôt, une puanteur de coccinelles, mêlée de senteurs de sève et de parfums floraux, s'insinue dans mes narines. Je me redresse.

« Kunti ? Kunti, tu es là ? »

À quelques pas de moi, le son tranquille d'une respiration d'enfant.

« Qu'est-ce que tu fiches encore, petite pie ! Tu ne vois pas que tu vas nous attirer des ennuis ?

— Chhht ! réplique l'indocile. Regarde un peu là-haut ! »

Je lève le nez malgré moi.

Dans les hauteurs de cette cheminée, quelque chose grouille, produisant une vague luminescence. Mes prunelles ne sont pas encore assez habituées à la pénombre pour en discerner les contours. Mes oreilles, en revanche, perçoivent de légers chuintements, accompagnés d'infimes craquettements.

« Ce sont des chenilles ! murmure la gamine, sur le ton de la confidence. Elles sont en train de manger l'intérieur de l'arbre. Elles préparent un nouveau logis ! »

Plissant les yeux, je distingue maintenant les petits corps annelés qui se trémoussent et se frottent les uns aux autres, ancrés dans le bois. Des milliers de vers épais, qui forment une coupole vivante au-dessus de nous, dégageant de subtils arômes de fleurs et d'insectes. Immédiatement en contrebas, les parois internes du drondossili semblent couvertes d'une matière luisante et filandreuse, dans laquelle je distingue des gaines minuscules.

« Tu vois ? s'extasie l'enfant. Et ça, ce sont leurs cocons ! Tu sais ce que fait une chenille, quand elle rentre dans son cocon ? Elle se transforme !

— Je sais ce que fiche une chenille dans son cocon, jeune fille ! Ce savoir est chanté dans les *séries* que riment les sages, pour les enseigner aux enfants dissipées comme toi, qui préfèrent aller folâtrer là où elles ne doivent pas, plutôt que de s'appliquer à l'étude ! Et maintenant, il faut sortir d'ici au plus vite, avant que toute la tribu ne se décide à nous botter les fesses ! Allez, preste ! »

En grommelant, la fillette consent à lever son séant. Je l'enfourne sans ménagement dans la fissure et me remets à ramper à sa suite, jusqu'à la lumière du jour.

Dehors, nous sommes accueillis par une populace silencieuse, qui nous toise d'un air désapprobateur. À peine ai-je eu le temps de me relever, crasseux et penaud, que les premiers rangs se fendent, laissant le passage à Ogh-qui-soupire, flanqué de Perdouan.

Le Bramynn me reluque avec étonnement. Il lève la main pour prévenir les murmures de l'assemblée ; esquisse un sourire narquois, puis me tourne le dos pour s'adresser aux Teules d'un ton apaisant. Finalement, il me pose sur l'épaule une main amicale :

« Ce n'est rien, chhanteur, tu ne pouvais pas ssavoir. Je leur ai dit que tu étais un grand bramynn, et que tu nous faisais bien de l'honneur, à visiter l'arbre qui ss'ouvrage. Ils ne t'en tiendront pas rigueur. Même les Teules ne contemplent pas ssouvent le travail des *Mangeuses*, le sais-tu ? Nous avons pour habitude de les laissser tranquilles, pendant qu'elles œuvrent le sssacré. »

Il se penche à mon oreille, exalté :

« *Hassssa !* Le plus beau resste à venir ! À la fin de l'été, les cocons vont éclore touss enssemble, et les papillons jaillir d'un même envol, par toutes les fisssures de l'*arbre-velours*. Une pluie d'ailes or émeraude ! Une nuée célesste ! Aucun Teule ne les chhasssera, aucun ne les mangera : ils ssont intouchhables à nos yeux. Nous les appelons : les *Immortels*...

— Un nom bien singulier, pour des êtres éphémères, commenté-je.

— Un nom très, très bien chhoisi ! Les Immortels ne meurent pas ; sse monde ne connaîtra jamais leur dépouille. Avant que sse couchhe le ssoleil, ils auront trouvé leur portail. Ils le franchhiront pour pourssuivre leur exisstensse là où le temps ne peut les rattraper : dans les Brumes. »

Il se met à ricaner tout seul :

« Déjà essayé de les ssuivre, déjà ! Mais sse portail-là n'est pas fait pour nous. Il ne mène pas aux mêmes endroits. Sssssa ! J'aimerais être papillon pour ssavoir ! Arpenter un jour sses régions-là... »

Et sur ces mots, il s'éloigne avec Perdouan, tandis que la foule se disperse. Varagwynn prend Kunti par la main et l'emmène auprès des gamins qui patouillent dans le ruisseau, dans l'espoir de l'occuper un peu. Je demeure seul avec sa mère.

« Je suis désolée, maître Fintan, souffle cette dernière, contrite. Ma fille a toutes les audaces, quand la curiosité la titille. Il est parfois difficile de lui tenir le gouvernail...

— Je comprends, la rassuré-je. C'est une enfant très éveillée pour ses sept ans. Il y a en elle quelque chose qui voit plus loin que le commun des mortels... »

Ma compagne se raidit imperceptiblement.

« Si elle était une petite fille comme les autres, nous ne serions pas parmi vous, à braver le danger… » lâche-t-elle dans un soupir.

Nous y voilà.

Je saute aussitôt sur l'occasion :

« Je sais combien le capitaine la tenait en haute estime. Il se fiait à ses visions. S'il l'avait entendue prédire les hyènes et humer les sorciers dans les bouleaux, ça n'aurait fait que renforcer sa foi en elle. Alors, c'est pour ça qu'il a choisi de vous emmener, toutes les deux ? »

Elle opine du menton.

« Ma fille perçoit le monde des esprits avec une acuité sans pareille. Nous autres, chamanes, devons user de charmes pour nous faire entendre des âmes invisibles ; décoder leurs manifestations pour en deviner les humeurs, au risque de nous méprendre et de commettre des impairs. Kunti, elle, leur parle de façon directe. Les souffles des arbres, les esprits du fleuve ou les reflets de nos morts qui s'attardent, elle peut à tout instant les voir avec clarté ; et aussi des entités plus puissantes, avec lesquelles elle converse, et qui lui donnent à contempler des choses lointaines. C'est un don à la fois prodigieux et terrifiant ! » Elle relève les yeux, amère : « Ma pauvre petite… Comme j'aurais voulu qu'elle garde le silence devant les grands de ce monde ! Kalendûn Rana a vu en elle un présent du ciel. À plusieurs reprises, elle lui a dévoilé ce qu'il désirait savoir. Le Roi-diseur ! Elle l'a aperçu, sur sa colline, aux sources du Framar. Elle a décrit le lieu avec force détails. Ce fut pour votre chef une image très inspirante. Et pour nous, le début du voyage…

— Je comprends. Vous avez tout quitté pour veiller sur elle, avec vos couteaux affûtés et votre courage de mère. Et toute demi-chamane que vous soyez, vous pensez aussi pouvoir l'aider à maîtriser son talent. Vous êtes sa protectrice dans ce monde et dans l'autre… Juste ? »

Elle pousse un profond soupir.

« Je ne suis pas là pour aider ma fille à grandir dans ses pouvoirs, Fintan Calathynn ! Et je me fiche éperdument de vos astra. En vérité, si j'ai accepté cette expédition, c'est seulement dans l'espoir que l'Oracle libère mon enfant de cette malédiction. »

Le soleil décline lentement. Devant notre Lo-teth, nous retrouvons Cwail couché sur une natte d'osier, occupé à se faire tisonner la cuisse par un Perdouan plus concentré que jamais. Notre chirurgien de fortune a déjà retiré ce qui restait du bois de la flèche ; il manie à présent une fine tige de bronze à l'embout arrondi, qu'il utilise pour sonder la plaie, à la recherche du fer. Ogh-qui-soupire et Dipran se tiennent à ses côtés, silencieux comme des rondins de chêne.

Le praticien dégaine son petit couteau à tailler les plumes et incise un peu plus largement la blessure, de façon à se ménager une meilleure vue sur ses tréfonds. Cwail étouffe un cri, remue sur sa couche.

« Je la vois, marmonne son tourmenteur. Une vilaine pointe à barbillons. Profondément fichée, mais pas assez pour que je la fasse sortir par l'autre côté.

— C'est mauvais ? questionne l'archer, d'une voix qui tremble un peu.

— Pas pire que je l'attendais. Mais elle est bien coincée tout de même. Je devrais pouvoir te l'extraire, mais ça ne va pas se faire en un jour. Il va falloir assouplir les chairs à l'huile de rosat et agrandir le passage petit à petit. J'aime autant te prévenir : ça va pas être une partie de plaisir ! »

Il se retourne vers sa besace à outils, s'empare de trois longues pointes en bois de taille croissante, enrobées dans du tissu de lin ciré.

« Les probes, énonce-t-il, brandissant la plus étroite pour la présenter au patient. Je vais devoir te torturer quotidiennement avec ces choses, jusqu'à ce que la voie soit assez large pour permettre au fer de sortir. »

Le garçon ferme les yeux, pousse un soupir très bref.

« Très bien. Fais ce que tu dois. »

Le Barbier hoche la tête, trempe son maudit bâtonnet dans le mélange de miel et de térébenthine que lui présente Ogh, pour le purifier. Puis il le pousse en douceur dans l'entaille, avec un léger mouvement tournant. Cwail serre les dents, laisse échapper un faible gémissement.

« Encore un coup de gnôle ? » propose Dipran.

Le blondin secoue la tête avec bravoure. Il veut montrer qu'il est capable d'endurer la souffrance ; il croit qu'il a quelque chose à nous prouver. Au bout d'un moment, il larmoie tellement que Perdouan se décide à lui accorder un répit. L'autre en profite pour m'agripper le bras et me harponner d'un long regard malheureux :

« Je... Je suis désolé, Barde ! Hier, je me suis comporté en lâche, à geindre et froussarder comme une pucelle ! J'ai... fait honte à la duchesse et à tous nos compagnons morts. Je suis un vrai fardeau ! »

Il courbe la tête, abattu à la fois par le calvaire qu'il endure et par la triste image qu'il a de lui-même. Je lui prends la main avec douceur.

« Tu n'es pas un lâche, Cwail Ur Dinach ! Tu as combattu comme un lion alors que tu avais plusieurs pouces de dard planté dans la viande ; sans tes flèches meurtrières, nous serions tous morts à l'heure qu'il est ! Lors du raid sur la gabarre, tu n'as jamais fléchi. Tu es un grand archer, il n'y a pas de doute là-dessus. Seulement, hier, tu as expérimenté dans ta chair le prix de la violence ; et c'est ce qui fait que tu es à présent, et pour de bon, un guerrier. »

Il parvient à esquisser un vague sourire, puis contracte ses mâchoires pour étouffer un cri, tandis que Perdouan se remet à lui trifouiller les chairs de plus belle.

Ôter nos vêtements crasseux pour plonger dans le ruisseau, et laver enfin nos peaux fatiguées. Laisser le sang et la sueur qui les recouvrent s'en aller à vau-l'eau. Puis enfiler à nouveau nos tristes hardes, les seules qui nous restent, en nous promettant de les laver dès le lendemain, quitte à passer la journée à poil sous le regard des Teules – qui, d'ailleurs, s'en fichent éperdument. Rejoindre les entrailles de notre arbre pour nous blottir sous les fourrures, juste au-dessus du feu que nous attise le vieil homme dénommé Tuapane. Et là, enfin, se sentir rentrés de bataille, libérés pour un temps du danger ; connaître un peu la paix.

Nous prenons le repas du soir en silence, réunis dans les filets les plus proches du sol. Je me résous à goûter aux chenilles, non sans une pensée émue pour la viande d'élan de la veille. Une fois repus, nous faisons circuler une outre d'eau-de-vie teule, don du bramynn aux combattants fatigués que nous sommes. Nous trinquons à la santé de nos morts ; nous nous félicitons mutuellement d'être encore en vie.

Avec la boisson, vient évidemment le mal du pays.

« Je me demande, murmure Varagwynn, comment va la guerre… »

Chacun hoche la tête sans répondre et se laisse aller dans ses pensées. On a tous, là-bas, quelqu'un pour qui se ronger les sangs. Des compagnons d'armes qui bravent le danger. Un village natal trop proche de la ligne de front. Une parentèle éprouvée par les combats, la peur permanente et la disette. Et si Narrakhin était tombée ? Et si Maroué avait trépassé ? Quel moyen aurions-nous de le savoir ? À quoi rimeraient nos luttes, en ce cas ?

De l'extérieur montent les chants des Teules assemblés – mélopée dissonante, tout emplie de ces étonnantes consonnes qui claquent et qui craquettent. À sa façon subtile, elle s'efforce de nous arracher à notre nostalgie, pour nous replonger pleinement dans ce Nord si prenant, si intense qu'il menace de nous dévorer. Je m'étonne des audacieuses harmonies qui sortent de ces gosiers ; je frémis aux brusques écarts de notes qui les amènent soudain d'un bourdon grave aux aigus les plus suaves, à vrombir tels des moustiques. Et puis, leur cantique décline en murmure ; il s'éteint dans un souffle, comme meurt le vent en fin de nuit.

Un court silence ; puis la voix claire de Manesh prend le relais.

Sans vergogne, elle entonne *Les Flèches de Nuuara*, avec une lenteur mélancolique, un peu rêveuse, qui nous replonge aussitôt dans nos souvenirs. Pendant un bref instant, je revois des voiles pourpres glisser en silence sur l'Angmuir, les myriades de temples alanguir leurs marches dans les eaux du fleuve, peuplées de pèlerins aux vêtements colorés. Le manque de ma terre natale s'en revient me tourmenter de plus belle.

Miach serre les poings, bondit brusquement hors du filet.

« Assez ! crache-t-il. C'est insupportable ! Par le cul des Astres, il n'a pas le droit de chanter ça ! C'est un hymne patriote ! »

Je pousse un soupir.

« Que veux-tu, Miach ! Cet air, on le fredonnait déjà avant la guerre civile. Sa mère le musait, ses frères le braillaient ; il a grandi avec lui, sur les bords du grand fleuve. Comment pourrait-il l'oublier ? »

L'acier jaillit dans la main du grand lancier.

« T'en foutre, moi ! Vais lui rentrer ce sarcasme dans la gorge !

— Ça suffit, Miach ! Jamais je ne permettrai que l'on condamne un homme pour une chanson. Rengaine ça, et rassieds-toi immédiatement ! »

Perdouan m'appuie d'un regard sans équivoque ; le grand lancier finit par obtempérer, de très mauvaise grâce. Je me penche à l'oreille de Varagwynn :

« Va donc nous chercher ce candide rossignol ! Dis-lui de se joindre à nous. »

Le Brun de Dhuan se rebelle à son tour, piqué au vif :

« Alors il suffit qu'il claironne ses vers hypocrites pour que tu l'invites à redevenir l'un des nôtres ? Tu te laisses trop vite amadouer, Barde ! Un traître reste un traître, même quand il montre patte blanche ! »

Je lève les bras au ciel :

« Tssa ! J'en ai plus qu'assez de devoir tout expliquer à des têtes brûlées qui réfléchissent avec leur dague ! Vous ne voyez donc pas qu'il est en train d'échapper à notre contrôle, à force de copiner avec la tribu ? Il vaut beaucoup mieux le garder sous nos yeux ! Et donc, va avec Varagwynn, et ramenez-le-nous ici au plus vite ! Avec courtoisie mais fermeté, s'il te plaît ! »

Quelques instants plus tard, un Manesh méfiant pénètre dans le Lo-teth, jetant autour de lui des œillades circonspectes. Sa main ne s'écarte guère de la poignée de son épée ; je vois bien qu'il s'efforce de décrypter nos mines, à la recherche des signes précurseurs de la violence. D'un geste, je l'invite à s'asseoir dans le filet, entre la Courtisane et moi-même. Il prend soin de repérer la position de chacun de nous avant de s'exécuter. Pour dissiper le malaise qui s'installe, Perdouan se racle la gorge :

« Bâtard de Marmach, nous voulions te faire partager notre sentiment… Vois-tu, ton récit nous a donné le goût des bonnes histoires. À présent qu'il est terminé, nos veillées vont devenir bien tristes. Or, nous sommes sans doute ici pour un moment ; on se disait qu'il serait temps qu'un autre conteur prenne le relais. Qu'en penses-tu ? »

Le boiteux incline humblement la tête, marquant son assentiment sans mot dire.

« Fort bien. Alors, d'après toi, qui devrait prendre la parole, ce soir ? »

Je le sens se raidir ; il cherche à déceler le piège, prend son temps pour répondre.

« Eh bien ! le presse Perdouan. Qu'attends-tu ? Il n'y a personne, parmi nous, qui puisse faire un conteur honorable à tes yeux ?

— Le Barde, finit par lâcher le boiteux, faute d'une meilleure réponse. Il me doit un retour de mots. »

Je laisse éclater mon rire.

« Moi ? Allons, j'ai bien trop d'histoires à narrer ! Ne sais laquelle choisir. Veux-tu le lai des origines du monde, ou bien la Guerre des fées noires ? Le chant de mariage du roi Igil, ou la bataille de la Plaine des Mille Stères ? Mais attention : je suis un conteur onéreux, habitué des fines cours ! Il te faudra me payer en bonnes mangeailles et riches présents, et trouver, pour ma couche, une compagne bien troussée ! Es-tu sûr de pouvoir te payer mes services ? »

Manesh m'adresse un regard imperceptiblement déçu ; je me prends à songer qu'il regrette vraiment que je m'esquive, au moment où je pourrais à mon tour lui ouvrir mes souvenirs. Pour un peu, j'en éprouverais de la culpabilité.

Le sire Namarantri lève la main, paume vers le bas, signe qu'il refuse la proposition :

« C'est bien aimable à toi d'offrir ton répertoire, Fintan Calathynn ! Nous prisons tous ton talent. Mais ce n'est pas ce genre de conte que nous attendons ce soir. Ce qu'on veut, c'est un récit de vie. Hein ? Histoire d'apprendre à nous connaître mieux ! »

Il promène son regard sur l'assemblée, comme s'il n'avait pas encore arrêté son choix. Naturellement, il finit par le poser sur Shakti.

« Moi, je pense, articule-t-il lentement, que la Courtisane devrait se raconter. Qu'en penses-tu, Bâtard ? Ça nous ferait du bien, entendre un peu une voix de femme ! Et je gage que son dit sera tout aussi intéressant que le tien ! Non ? »

Et *tchaa* ! Qu'il est donc retors, ce Barbier ! En faisant le lien de la sorte, il vient d'insinuer que notre compagne a, elle aussi, quelque chose à cacher – que, peut-être, il existe, entre elle et l'enfant des fées, une connivence secrète. Quoi qu'il en soit, il vient de mettre sur Shakti une pression considérable. Cette dernière l'a d'ailleurs bien compris, qui relève le front avec une dignité un peu attristée :

« Pas la peine de me forcer la main, maître Barbier ! Mon histoire, je vous l'aurais contée plus tôt, si vous aviez daigné me la demander. Ce lieu est parfait pour évoquer mon île natale, et j'ai depuis longtemps le regret du pays. Cela me fera grand bien de me souvenir un peu… »

Très bien, je songe. *Il est grand temps qu'elle se raconte ; au moins, cela dissipera les soupçons de Perdouan et la méfiance des autres.*

Je lui adresse un sourire courtois :

« Je m'incline devant le choix de Perdouan. Je cède ma place à la Courtisane, n'en déplaise au Bâtard ! »

Shakti se tortille dans le filet, s'assied en tailleur, dans une attitude plus digne d'une conteuse. Son regard se perd dans les braises qui rougeoient au-dessous de nous. Pendant un moment, elle paraît raviver ses souvenirs. Caresse machinalement les cheveux de Kunti, qui s'est endormie à ses côtés, dans les fourrures. Puis son joli front se relève vers nous :

« Puis-je avoir la gourde ? C'est le moins qu'on doive à une conteuse… »

Je m'empresse d'accéder à sa demande. Elle s'offre une lampée d'eau-de-vie, histoire de se délier la langue. Me restitue le breuvage et puis s'éclaircit la gorge :

« Je ne sais par où commencer. Mon exil est tissé de tant de fils…

— Dame, réplique Perdouan, débute comme tu le veux. Mais n'omets surtout pas de nous révéler ce que tous ici veulent savoir : *qui* tu es. »

Elle relève le menton, les yeux emplis de nostalgie :

« Qui je suis ? Une renarde qui a perdu sa forêt ! Une digne fille des Firwané, les *Peuples d'airain* du Fintami. La moitié d'une chamane, et le quart d'une damoiselle…

— Certes, renchérit Perdouan. Mais j'ai aussi entendu d'autres noms pour toi. » Il la regarde bien en face : « La divine Shakti, la Nacre du Nord, maîtresse de l'enseigne du Poisson d'or ; insigne courtisane de la rue des Sept-Puits. » Il baisse le ton jusqu'au murmure : « Autrement dit, une putain de luxe d'Andristar. La crème de la crème des ribaudes… Ça aussi, je voudrais bien l'entendre de ta bouche, puisque nous sommes à l'heure de la franchise. Alors je réitère ma question : *qui* es-tu, la belle ? »

La jeune femme pâlit. Je manque de m'étrangler, surpris par cette sortie. Ce soir, Perdouan vient de me prendre de court par deux fois.

« Qui vous a dit ?… » marmonne l'intéressée, atone.

Le sire Namarantri la toise sans répondre. Je scrute les visages de mes compagnons, à la recherche d'un signe qui trahisse l'indiscret.

Dipran.

Évidemment ! Lors du siège d'Andristar, le maître queux était déjà attaché au seigneur Rana. Si quelqu'un a pu voir la madone entrer dans sa compagnie, c'est bien lui ! J'aurais dû y penser plus tôt… Perdouan l'aura interrogé en cours de journée, et voilà pourquoi le petit homme affiche à présent la mine vertueuse du mouchard justicier !

Shakti accuse le coup. Toute la retenue qu'elle a affichée au cours des dernières semaines dans l'espoir de passer pour une mère de famille honorable, ses voiles sombres de matrone pudique… Tout cela vient de voler en éclats.

« Tu penses que je suis discourtois, la houspille le Barbier. Je suis discourtois, c'est vrai. J'aurais pu te poser la question entre quatre z'yeux. Mais maintenant que nous sommes frères et sœur d'armes, je voudrais que chacun parle sans fard au vu de tous. Les petits secrets ne font pas les bons amis… »

Elle baisse le front, amère. Étire des doigts tremblants vers le breuvage des Teules :

« Rendez la gourde à la putain, souffle-t-elle. Elle en a tristement besoin… »

Le Brun de Dhuan s'empresse de lui tendre ce qu'elle demande. Elle ferme les yeux et tète une généreuse lampée. Lorsqu'elle les darde à nouveau sur Perdouan, une once de colère étincelle dans ses prunelles :

« Maudit soyez-vous, sire Namarantri ! Cette ancienne vie, je croyais l'avoir laissée derrière moi… J'aurais même déposé mon nom, si je l'avais pu, et tout ce que l'Héritage a fait de moi ! Mais il a fallu que vous déballiez tout devant la soldatesque pour me remettre les deux pieds dedans. Rana vivant, jamais vous n'auriez osé ! »

Il encaisse ses reproches sans broncher :

« Dame, je m'en vais vous dire : que vous soyez gourgandine ne me pose pas le moindre souci. Que vous taisiez les motifs de votre présence parmi nous, en revanche, me gêne profondément. Donnez-nous des raisons de vous faire confiance, et personne ici n'osera vous manquer d'égards, je vous en fais le serment ! »

Un court silence. Puis Miach prend la parole, du respect dans la voix :

« C'est vrai, Dame, y'a que de mauvais garçons parmi nous. On a tous taquiné la ribaude ; personne va vous reprocher un peu de tapin. Frères d'armes, en revanche, ça veut dire quelque chose pour moi. J'oublie pas que, sans vos couteaux, deux d'entre nous y seraient passés. Et pour être franc, on ne demande qu'à pouvoir se fier à vous… mais vous savez comment vont les choses ici : chacun paie son passage d'une bonne histoire. »

Elle le lorgne avec soupçon, jaugeant sa sincérité, balaie la compagnie du regard et tombe sur le visage plein d'empathie du Brun de Dhuan, puis sur la mine attentive de Manesh, et sur celle de Dipran, beaucoup moins amène. Quelque chose de solide en elle prend le dessus, peut-être l'habitude d'être jugée et de faire front. Elle pousse un soupir résigné :

« Les raisons de ma présence, certains d'entre vous les connaissent déjà… N'est-ce pas, Fintan Calathynn ?

— C'est vrai », concédé-je simplement.

Mais je me garde bien d'en souffler mot. À cause de ce que j'ai découvert dans le tonneau du capitaine, je ne veux pas révéler au grand jour le rôle de Kunti ; il ne manquerait plus qu'elle devienne une cible à son tour.

La Courtisane s'arrose encore une fois le gosier, à la recherche de son courage. Me tend la gourde, puis relève le menton, bravache :

« Vous attendez donc que je vide mon sac. Le récit des fautes et des disgrâces qui nous ont menées jusqu'à vous, mon enfant et moi. La complainte de la putain. Très bien. Vous allez être servis ! Je ne promets pas d'avoir honte. Je vais faire ce que je fais le mieux : me livrer sans pudeur. Conter pour le bon plaisir des hommes… »

Elle se redresse, retrouve le maintien et la dignité qui sont habituellement les siens. Lèche son doigt à deux reprises, selon le vieux rituel des conteurs du Fintami. Quelque chose de sauvage habite son visage et lui donne l'air d'une louve arctique, à la fois fière et touchante. Cela s'entend même dans sa voix.

« Alors écoutez donc, gens de Rana ! rauque-t-elle. Mon histoire prend racine dans le Nord. Un autre Nord : celui qui s'alanguit sur le crâne touffu de mon île. Au bord d'une autre forêt, tout aussi vieille que celle-ci. »

Au fur et à mesure qu'elle parle, sa voix s'éclaircit. Sa respiration s'apaise dans sa poitrine, son timbre se tranquillise ; elle éteint ce qui reste de sa colère, et la fond dans ses mots.

« Sachez qu'alors, Shakti la courtisane n'avait pas encore gagné son nom. À cette époque pas si lointaine, j'en portais un autre ; j'étais Nisû, femme libre du Fintami. La demoiselle du Harfang... »

Et elle commence, faisant contre mauvaise fortune bon cœur.

Le récit de la Courtisane (1) – Le fort du Harfang

Écoutez d'abord le dit de ma mère :

Jadis, il y eut un barde dans l'île de Fintami, un vieil homme vif comme le lynx : grand-père la barbe, fils de la bruine et du vent. Voyageur inlassable, il arpentait les rives froides pour glaner les rimes de sagesse. On le voyait errer de village en village, bâton en main, le *kantélé* à l'épaule ; un peu de pain et quelques lamelles de viande de renne le contentaient. Il n'en fallait pas plus pour le pousser au chant : tous louaient son savoir et s'émerveillaient de sa voix.

Un jour, ce barde découvrit un livre néfaste, et le lut.

À peine avait-il réalisé la portée de son acte que la nausée le tordit. Horrifié, il frappa le livre de son bâton. Celui-ci tomba en poussière, mais il était trop tard : les mots étaient entrés dans son âme. Ils se mirent à le hanter sans relâche. Ils étaient si malveillants qu'ils lui pesaient comme une bûche dans le ventre ; ils le tourmentaient nuit et jour, tant et tant qu'il en perdit le repos.

Le vieux déclama tous les chants magiques dont il avait connaissance dans l'espoir de purifier son être – aucun homme sur Terre n'en savait autant que lui. En vain. Il s'assit sous la hutte à feu, dans les vapeurs de l'*Entre-terre*, pour chasser le mal par la suée. Il passa un pacte avec le goéland et conjura les chevaux d'embruns pour qu'ils emportent cette malédiction par-delà les mers. Il fit l'amour aux vierges les plus pures de l'île. Mais de quelque forme de magie qu'il use, l'oubli ne vint pas, les mots demeurèrent profondément enchâssés en lui.

Comme il lui était insupportable de vivre avec ce fardeau, il s'assit sous un bouleau pour réfléchir à la meilleure façon de mettre fin à ses jours. Le vent joua dans les branches et s'en vint lui parler ; il lui rappela que seule la parole peut faire sortir des mots d'un ventre. Le barde reprit espoir. Peu de temps après, il partit se perdre dans la forêt du Lempio, à la recherche d'un être à qui il pourrait dire le verbe mauvais, histoire de s'en libérer lui-même.

Il faudrait que ce soit une créature muette, pour qu'elle soit des mots le tombeau, et robuste, pour ne pas trépasser avant d'avoir avalé la moitié de leur pouvoir. Et ce devrait être un solitaire, car en lui confiant la cause de ses tourments, le vieux craignait d'en faire un être de douleur et de destruction.

Ce fut donc Charogne, la *Croque-Carcasse*.

Cette ourse gigantesque arpentait la forêt depuis cet âge ancestral où les êtres vivants étaient plus grands et plus forts, quand les Astres brûlaient davantage en eux. Survivante de ce lointain passé, elle gardait les plus sombres futaies du Lempio. Le barde la convoqua au moyen de son chant, effleurant les cordes de son kantélé pour captiver son oreille. Quand l'ourse fut assise, attentive, il lui délivra les mots néfastes, d'un seul souffle. Ayant mangé ces paroles, la bête entra dans une rage sans nom. Elle se jeta sur le barde et le tua, d'un seul et colossal coup de griffe. Ainsi périt un très sage rimeur, au moment même où il se libérait de son fardeau.

Mais cette mise à mort ne mit pas fin aux souffrances de l'animal, ni aux méfaits du livre brisé.

Passèrent les ères, passèrent les saisons. La Croque-Carcasse demeura hantée par les mots ; elle devint un esprit de haine et de carnage. Toutes les créatures désertèrent son domaine, hormis celles qui rampent sous l'écorce des arbres et celles qui fouissent sous la terre. La bête poursuivit ainsi son existence solitaire durant des générations, jusqu'au jour où elle tua mon père près de la *Gave grise*, et encore pendant des années par la suite.

Ce meurtre n'était pas la faute du monstre. Mon père n'était pas un homme de mon peuple ; il ignorait les rituels à prononcer avant d'entrer dans la forêt. Il ne savait pas comment s'allier les esprits des arbres ni comment compenser la mort du gibier. C'était un chasseur par plaisir et par fierté, comme le sont trop souvent ceux de son sang. Il était venu d'Asikri, la capitale, là-bas au sud de l'île, où règnent les Seigneurs de la mer aux cheveux roux et aux coutumes étranges. Comme eux, il avait franchi autrefois le détroit pour conquérir notre île et, comme eux, il ne respectait pas les usages sacrés du Monde qui bruisse. À sa mort, ma mère le pleura ; mais jamais elle n'en voulut à la bête, et jamais elle ne se départit de la certitude que le trépas de mon géniteur avait été conforme à l'ordre des choses : il se l'était lui-même construit par son aveuglement à comprendre notre terre.

C'est là mon *kanetahaal*, mon récit fondateur personnel. Je suis issue de ce récit.

J'ai grandi non loin des lacs, en bordure de la *Mère-forêt* – j'ai nommé : le Lempio. Le lieu de mon éveil était une butte de terre levée, coiffée d'un simple fort de bois. Les gens l'appelaient *Jankhari*, le fort du Harfang. Le seigneur des lieux n'était autre que ma mère, Naayolé du Harfang. Elle régnait par le vieux droit d'aînesse : une femme seigneur selon l'ancienne coutume de*s* Peuples d'airain. Mon père avait eu beau brandir ses lois étrangères forgées pour faire régner les mâles, jamais il n'avait pu la conformer à sa volonté. Ni elle, ni nos terres, non plus que les gens qui vivaient dessus. Malgré tout son orgueil, il avait dû se résoudre à n'être rien d'autre qu'un seigneur consort, un étranger dont le seul privilège était d'être aimé d'une noble Firwane issue d'une lignée aussi vieille que les arbres.

Ma mère savait les mots anciens. Nos gens venaient la voir pour obtenir des augures et des bénédictions, car ils la tenaient pour une sage chamane autant que pour leur suzeraine. À ses côtés, j'appris les rituels de sauvegarde et de passage, les herbes qui guérissent, et les noms des *Vieux Seigneurs de la forêt* : la Croque-Carcasse, bien sûr, mais aussi l'oiseau coureur Jiggi-nig, le loup Haffi, Magga, le blaireau des ombres, et le subtil Appou, le renard des neiges. Mon père ignorait combien il est aisé d'échapper à la malice de ces êtres, lorsqu'on prend la peine d'apprivoiser la terre du Fintami. Moi qui n'ai connu celle-ci que pendant seize années, j'ai encore en mémoire chacun des poèmes qui peuvent étouffer leur colère et les tenir en respect. Il suffit de quelques murmures, chuchotis de vieilles broussailles, dont le moindre enfant de mon peuple est capable d'ourdir le pouvoir… mais dont les mages du continent ignorent jusqu'au premier mot. Ma mère me les a appris avec soin, en prévision du jour où Charogne se dresserait face à moi – car tout homme et toute femme recroise un jour sur son chemin les ombres surgies de son passé et doit choisir, soit de s'en faire des alliés, soit de les considérer à tout jamais comme des ennemis.

Mon récit fondateur est celui de la Croque-Carcasse; mais mon *vanemathar*, le récit de mes actes, commence par la venue de Meijo. Je venais tout juste d'avoir quinze ans. À cet âge, on ne se soucie pas de regarder les hommes pour ce qu'ils sont vraiment: ils ont tous le même visage, reflet de nos âmes éperdues en quête de splendeur. Tout a changé par lui, avec lui, et à l'encontre de lui, c'est pourquoi je veux évoquer d'abord l'automne de sa venue.

Dans mon souvenir, c'était un automne très doux. Nous passions l'essentiel de notre temps calfeutrées dans le castrum familial, au sommet de la butte du harfang, à fumer nos viandes pour l'hiver, broder des robes et tresser des cordons de boyaux. Nous ne sortions que pour profiter des pauvres heures de vraie lumière que nous concédait chaque jour le long crépuscule boréal: alors l'or de midi faisait chatoyer les roux et les fauves des feuillages, réchauffait un peu les flancs de nos rennes et les eaux limpides des lacs de la plaine.

Meijo nous est arrivé pendant l'un de ces brefs éclats de jour. Il montait un coursier noir, comme ses cheveux, son manteau fourré et le fourreau de son épée; un grand chien gris trottinait à ses côtés. Avec eux chevauchait Löt, mon frère, qui nous les ramenait d'Asikri. Ils s'étaient rencontrés à la cour, quelques mois auparavant. Meijo était le fils d'un défunt chevalier, qui lui avait laissé en legs un maigre nom et trois fois rien de fortune, et mon frère, l'héritier d'un obscur vavasseur du Grand Nord, une femme seigneur dont le règne était fondé sur des coutumes révolues. Deux jeunes Firwanés de modeste lignage, farcis des rêves de leurs vingt ans; la bourse creuse, le cœur qui plastronne et déborde de fierté. Comment s'étonner qu'ils soient devenus amis?

Mère les a reçus sur le seuil du castrum. Je me souviens qu'elle portait ce jour-là son blanc manteau de fourrure d'isatis, que ses cheveux étaient auburn, ses joues couperosées, et que le feu du Nord brillait dans ses yeux. Elle a étreint mon frère avec fougue – elle ne l'avait plus vu depuis une année entière – puis elle a retrouvé son port seigneurial pour se tourner vers l'étranger. Elle lui a souhaité la bienvenue à la façon traditionnelle, en posant les doigts sur les lèvres, le front et le nez de Meijo, puis en lui prenant les mains pour les réchauffer entre les siennes. Et tandis que mes regards intrigués s'attardaient sur l'inconnu, Mère glapissait un rire, pour la première fois de la soirée. Elle a massé familièrement la nuque de mon frère, pris Meijo par le bras, et les a conviés à entrer à sa suite dans la Première Maison.

Pour célébrer le retour de son fils, la Dame du Harfang a fait ronfler dans l'âtre de vieilles, vieilles bûches, suspendu des lanternes colorées dans la grande halle du castrum. Elle a servi le ragoût des grands hôtes, le bon ragoût aux airelles et aux épices étrangères, et plusieurs sortes d'oiseaux rôtis; versé dans des gobelets de terre le *siavo* argenté, qui vous réchauffe la gorge et vous délie la langue. Löt a parlé; Meijo a parlé; tous deux fort longuement. Ils ont raconté la capitale, les fastes de la cour et les voiles des navires venus de l'Héritage, les cales farcies de marchandises merveilleuses. Mère les écoutait avec passion, enchantée d'entendre parler un peu de la mer: cela changeait tellement de nos conversations habituelles! À ses côtés se tenaient, sur un banc chargé de fourrures, Neunîne, la maigre religieuse en charge de notre chapelle, et puis mes deux jeunes demi-sœurs, Etar et Lakmatar, qui écoutaient tout aussi avidement. Plusieurs de nos chiens de traîneau paressaient près du feu. Le grand vautre gris de l'étranger ne se mêlait pas à eux, préférant demeurer calmement assis auprès de son maître.

Moi, c'est à ce dernier que je vouais l'essentiel de mon attention. Est-il besoin de dire combien il était beau ? Je n'avais encore jamais vu un homme aussi agréable à regarder… Oh, il n'était pas bien grand de stature, mais tandis qu'il discourait, enjoué, je ne parvenais pas à détourner mon regard des mèches noires qui dessinaient des croissants de Lune sur son front, de ses joues pleines de santé, de son petit menton pointu, de ses jolies mains fuselées qui flattaient l'échine de son limier. Il avait des prunelles d'un bleu très riche, qui brillaient d'une secrète malice quand il vous coulait, furtif, un de ses regards appuyés. Cela vous donnait d'emblée l'impression d'être complices, avant d'avoir échangé le moindre mot. Combien de fois m'a-t-il regardée à la dérobée, ce soir-là ? Cinq fois, dix fois ? Cent fois ? Chacune de ses œillades était une braise aérienne, qui venait en toute bonne fortune se poser sur mon front, mes joues ou mes seins ; j'aurais juré que la moindre d'entre elles laissait sur ma peau une marque rouge et tiède.

Le repas fini, Mère est allée chercher ses instruments : son vieux kantélé, sa flûte et son tambourin en peau de renne. La visite de mon frère lui avait donné l'envie de chanter ; les lais du Nord lui brûlaient la langue. Elle s'est dressée sur la table, debout sans complexes dans ses robes colorées, avec toutes ses rondeurs de femme mûre, ses yeux en demi-lune et ses talismans qui roulaient sur sa grosse poitrine, au rythme de ses inspirations. Elle a pincé les cordes de son kantélé et chanté le lac. Elle a frappé son tambourin pour sacrer les noms des Vieux Seigneurs de la forêt. Elle a soufflé dans sa flûte, et les feuilles des arbres ont dansé à nos oreilles, comme si nous étions nous-mêmes en plein milieu des bois. Puis elle s'est mise à raconter des histoires saugrenues arrivées aux clans du pays et, à nouveau, elle a laissé cascader son rire, encore et encore, et nous avons ri avec elle.

Quand elle a eu fini de festoyer ainsi et d'exprimer sa joie, elle s'est assise à côté de Meijo et, soudain très calme, elle lui a pris les mains et s'est mise à étudier son visage, avec une attention perspicace.

« Toi, tu es un enfant de la capitale, a-t-elle finalement décrété, mais tu es bien un homme de mon peuple. Je le vois à tes traits ; je l'entends à ton nom. Mon fils prétend que tu es ici pour retrouver ton âme du Nord. Mais ce n'est pas ainsi que vont les choses : c'est toi qui la cherches, mais c'est toujours elle qui te trouve. Quand tu marcheras dans le Lempio, prends garde : souviens-toi qu'il te faut entièrement réapprendre…

— Réapprendre, ma Dame ? s'est enquis le jouvenceau aux yeux taquins. Que dois-je réapprendre ?

— Eh bien, ce que c'est d'être un Firwane. »

Il lui a dédié son sourire le plus charmant :

« J'apprendrai, ne serait-ce que pour vous plaire. J'irai dans la forêt, car je veux *voir* de mes yeux les mystères du Lempio. Contempler les arbres légendaires et entendre gronder les Seigneurs des bêtes, les grands fauves d'autrefois !

— Ainsi feras-tu, oui… mais ce faisant, tu commettras des erreurs. La forêt s'offense vite, et tu es comme un nourrisson aveugle et maladroit. Prends garde à toi, jeune Firwane ! Tu ne sais plus rien de nos convenances. Les Seigneurs de la mer ignorants et fiers ont posé leur masque sur ton esprit ; je devine en toi quelque chose qui leur ressemble. Mais ici, ceux qui viennent en conquérants trouvent leurs limites beaucoup plus tôt qu'ils le voudraient ; et souvent, ils paient un tribut de sang et de souffrance… »

Elle a posé deux doigts sur la joue du jeune homme, caressé brièvement ses joues mal rasées. Et avec douceur, elle a ajouté :

« Épargne-toi cela, joyau du Sud : sois humble devant les arbres… »

Cet avertissement, ah, s'il l'avait écouté ! Comme les choses auraient été différentes, alors… Mais ce n'était pas dans sa nature, avide qu'il était de prouver sa valeur, sûr de son adresse et de sa séduction – orgueilleux déjà, bien plus qu'il ne consentait à le montrer.

Le fort du Harfang – la Première Maison, comme nous l'appelons – n'avait rien de ces grands châteaux de pierre que font les gens du Sud. C'était seulement une demeure fortifiée perchée sur sa butte, une grande halle de bois flanquée de quatre tours d'angle courtaudes et trapues. Depuis la salle commune, on accédait aux autres pièces de la demeure : cuisines, chambres et salle d'étude, toutes logées dans les tours ou accessibles par elles, à l'étage. Les écuries et la chapelle étaient des appendices distincts, inclus dans le même ensemble castral délimité par une simple palissade de rondins, fermé par un portail en frêne. Nos troupeaux, trois centaines de rennes, campaient dans la plaine au pied de la butte et nos chiens de traîneau, dans un chenil adossé à la halle.

Le lendemain de son arrivée, Löt avait pris son ami en main pour lui faire les honneurs du domaine. Juste avant que le soleil paraisse, ils avaient enfourché leurs montures pour descendre au village saluer nos pâtres, dénombrer nos bêtes et même effleurer des sabots la lisière de la forêt. Ils en étaient revenus pleins d'entrain, avec en tête mille projets pour les semaines à venir ; si le jour n'avait été si court, ils les auraient mis en pratique immédiatement. Mais pour mon plaisir, la longue nuit boréale les forçait à patienter d'abord auprès de l'âtre, bien au chaud dedans le logis…

Au début, je n'étais que la présence silencieuse qui assistait à leurs discussions viriles, une robe à broder sur les genoux. Je les écoutais s'enflammer en parlant de riches chevaux, d'expéditions en mer, de puissantes tempêtes et d'habiles éperviers. Löt m'accordait une attention distraite, mais Meijo, l'air de rien, m'encourageait subtilement à rester, d'un sourire, d'une courtoisie que je feignais de recevoir avec une reconnaissance tout amicale, alors qu'en réalité, mes sens s'affolaient à chaque nouvelle attention de sa part.

J'étais très camarade avec son grand chien gris : splendide prétexte pour demeurer plus longtemps dans les parages. Je jouais et luttais avec lui en toute confiance, sans jamais m'inquiéter de ses puissantes mâchoires : il y avait en lui une force tranquille qui me rassurait. Il était plus grand et plus robuste que nos chiens de traîneau, plus rapide à la course aussi. Mais ce qui le rendait unique, c'étaient ses yeux, vastes disques aigue-marine, animés de pupilles tantôt ambrées, tantôt rubis, selon la lumière qui les touchait. J'y voyais du feu, des rivières et des tempêtes ; quand je les regardais, j'avais l'impression de plonger dans l'Autre monde, et cela me fascinait.

Meijo adorait cet animal. Il était toujours ravi de parler de lui :

« Il s'appelle Hutar, m'avait-il appris. C'est un descendant direct de Mohyr, le limier du légendaire roi Leth. Un petit cadeau du Seigneur de la mer que je sers… » Il a gloussé son petit rire canaille : « S'il se rendait compte de la valeur du présent, je suis sûr que mon bon maître s'étranglerait sur-le-champ ! Les limiers de la lignée d'airain sont bien plus précieux qu'il ne l'imagine… Plus d'un baron firwane se ruinerait pour en obtenir. Ils sont valeureux à la guerre, fiables dans la paix, sagaces au pistage et d'une remarquable longévité. Hutar est inépuisable : il a couru à nos côtés pendant tout notre voyage ; jamais mon cheval n'a réussi à le distancer ! Et attends que je te parle de ses faits de chasse… »

Löt poussait un soupir, lassé d'entendre des anecdotes qu'il connaissait par cœur, mais comme mes yeux brillaient, Meijo redoublait de ferveur et contait de plus belle.

Ainsi devisions-nous durant les heures sombres, mais sitôt que le soleil apparaissait, mon frère emmenait son invité dans de longues chevauchées dont ils revenaient les fontes pleines de gibier. J'aurais été bien en peine de les accompagner, dépourvue que j'étais d'une monture digne d'eux, incapable de suivre à pied leurs puissants palefrois du Sud. Alors je levais le bras à leur adresse et leur souhaitais bonne chasse, en tâchant de masquer ma déconvenue. Je me consolais en songeant que les journées raccourcissaient encore, qu'il n'y en avait que pour quelques heures avant que la nuit me les ramène. Puis je me repliais dans la Tour sage, aux bancs de chêne patinés, pour noyer mon dépit dans la lecture.

Les livres étaient pour moi une passion récente. Lorsqu'il avait franchi le détroit pour la dernière fois, bien avant ma naissance, mon père en avait ramené un plein coffre, qu'il avait offert à ma mère en cadeau de mariage – un présent rare, dans ce bout de forêt éloigné de tout. *Maïbo* a toujours été avide de beaux récits : c'est là sa plus noble gourmandise. J'y ai trouvé mon compte aussi, une fois que j'ai eu l'âge de comprendre les choses de l'amour. Car nombre de ces tomes étaient des romans courtois ; ils parlaient de nobles dames, de belles manières de cour ; de pays lointains à l'ouest de l'Héritage et de créatures fabuleuses ; d'esclaves de plaisir et de passions illicites. Je m'y laissais prendre avec délice, m'efforçant de ne pas songer au jeune homme étonnant et merveilleux qui courait les bois sur son cheval de race, et dont la compagnie m'était ôtée.

Alors que j'étais plongée dans un certain ouvrage richement illustré, j'ai entendu dans mon dos le glissement furtif de mocassins de fourrure. Je me suis retournée pour voir qui était sur le seuil : c'était Meijo. Mon cœur a fait un bond dans ma poitrine.

« Roman de trouvère égare l'âme des jeunes filles, m'a gourmandée mon visiteur, en me gratifiant d'une œillade faussement réprobatrice.

— Ce n'est pas un roman, ai-je rétorqué en fermant brutalement le livre. C'est une geste des sœurs saharistes, qui raconte des actes de charité envers les indigents. Tiens ! Regarde ! »

Et tentant sans y croire un tour de passe-passe grossier, je lui ai mis dans les mains un tome voisin, un petit in-octavo relié avec le même cuir gris.

« Hun hun », a-t-il objecté, l'air coquin. Il m'a esquivée et, d'un geste vif, il s'est emparé du livre que je lisais un instant auparavant, pour l'ouvrir au hasard.

Ses doigts effilés effeuillaient le parchemin avec une grâce sensuelle, parcourant des pages richement enluminées. Il s'est arrêté sur l'une d'elles, une moue malicieuse sur les lèvres :

« Voilà une dame très charitable; sûr que ce chevalier éprouve de la reconnaissance à son égard. Le pauvre! Il est si désargenté qu'il n'a pas même une étoffe pour se couvrir! »

J'ai rosi légèrement; mais je me suis reprise aussitôt, car jamais une fille du Lempio n'a honte des choses de l'amour. Je me suis dressée sur la pointe des pieds, pour regarder avec lui.

C'était une miniature délicate, mettant en scène un jeune homme nu allongé sur le dos. Une damoiselle en robe verte était étendue lascivement entre ses cuisses, happant son sexe dressé dans la bouche.

« L'aumône des lèvres et de la langue, a-t-il murmuré. J'ignorais que cette obole figurait dans le canon des sœurs saharistes… »

J'ai voulu rétorquer quelque chose, mais alors la voix de Löt s'est élevée dans la cour, insistante. Meijo a fait la grimace:

« Hum… Pas moyen d'abandonner mon ami un instant, on dirait. Ah, ton frère! Dès qu'il s'esseule, il s'attriste! Pardon, damoiselle, si je dois déjà m'éclipser… »

Je me suis empressée de lui attraper le bras:

« Tu reviendras lire avec moi? »

Il a paru presque surpris, déployé son sourire enjôleur.

« Très volontiers! Je suis un lecteur avide. Prépare-nous encore un bon bréviaire, alors… Quelque chose d'aussi pieux que ceci! »

Et tout en laissant échapper son rire filou, il a filé dans l'escalier.

J'ai poussé un soupir et je me suis replongée, seule, dans l'admiration des édifiantes enluminures, tout en me promettant de recroiser mon jouvenceau par hasard, dans l'escalier ou sous les arcades de bois de la Première Maison sitôt que mon frère aurait le dos tourné…

En réalité, Meijo aurait eu toutes les peines à défier sa vigilance si Löt n'avait été rapidement repris du vieux mal de poitrine qui le tourmentait depuis l'enfance. Un matin, il s'était retrouvé à grelotter dans son lit, gémir et tousser un vilain mucus. Mère lui avait prodigué ses meilleures médecines, mais trois jours plus tard, le mal était toujours là. Mon frère ne quittait plus sa chambre, dans la Tour-aux-grives ; il buvait docilement ses potions et rongeait son frein en pensant aux derniers beaux jours de l'automne, qui lui filaient entre les doigts, et au bon temps qu'il aurait pu prendre en compagnie de son camarade…

« On ne peut pas laisser Meijo veiller tout le jour auprès d'un tel grincheux, avait dit Mère. Ce ne serait pas digne de bons hôtes. À toi de le prendre en charge ! Raconte-lui le pays, mène-le dans le Lempio. Instruis-le : ton frère n'a fait que l'emmener chasser, sans lui apprendre à *voir*. Avec toi, au moins apprendra-t-il à connaître les visages obscurs de la forêt… »

Au secret de mon être s'est élevé un cri de triomphe. J'ai béni le mal qui terrassait mon frère, j'ai honte de l'avouer. On s'émerveille souvent des jeux de l'amour ; mais la vérité, si l'on veut bien regarder les choses avec lucidité, est qu'ils rendent les amoureux égoïstes, et parfois même cyniques envers le reste du monde.

Nous sommes descendus aux écuries, où nous attendait le beau palefroi noir de Meijo. Pendant qu'il sellait ce dernier, j'admirais le harnachement de cuir ouvragé, la selle damasquinée, les éperons d'or vantant la chevalerie de son propriétaire. Jamais je n'avais vu si riche parement. Au passage, mes regards se sont attardés sur les fesses plaisantes de mon jouvenceau, qui se trouvait me tourner le dos. Il portait un pourpoint renforcé de cuir noir et de hautes bottes pourpres, d'une facture si fine que je n'avais encore jamais vu leurs pareilles. À la taille, il arborait la ceinture de plaques d'or des chevaliers, une aumônière assez simple et le petit poignard à la poignée d'ébène ornementée dont il ne se séparait jamais. J'étais très impressionnée, moi, pauvre damoiselle du Nord, qui n'avais jamais quitté ma forêt. À le voir ainsi vêtu, on l'aurait pris pour un grand seigneur ; pourtant je savais qu'il n'était qu'un écuyer sans fortune, pour avoir entendu plusieurs fois mon frère et lui se complaindre à ce propos. Ces ornements étaient les seuls qu'il ait; s'il avait fait le choix de les porter ce jour, c'était certainement pour me plaire.

Il m'a souri de fort galante manière, s'est incliné en me présentant la monture :

« Montez la première, Damoiselle ma guide ! Il nous faudra partager la même selle, ne vous déplaise...

— Il ne me déplaît pas. »

J'ai posé le pied dans l'étrier pour me hisser sur le palefroi. Meijo l'a enfourché après moi ; je l'ai senti se couler contre mon dos avant de s'emparer des rênes.

C'est ainsi que nous sommes entrés dans le Lempio : assis sur le même cheval, lui en grand apparat, altier comme un prince ; moi en robe de laine du Nord légère et pratique, débordante de candeur et de simplicité. Le chien Hutar caracolait à nos côtés, des parfums de sève plein les naseaux.

Gens de Rana ! Vous que le Vyanthryr étonne et fascine, vous pensez sans doute qu'aucune forêt au monde n'est plus ancienne et spectaculaire. Sachez pourtant que le Lempio lui rend merveille sur merveille. Là-bas, tout paraît sculpté à dessein. Cathédrales arborées, voûtes de ramées flamboyantes, formidables colonnes d'aubier. Travées de fougères, autels de roc nu. Vertigineuses murailles de mélèzes, que l'on croirait impénétrables. Sombres cryptes de racines et broussis. Infinies nuances de lumière et de couleurs, écheveau de fragrances à vous perdre les sens, et tapis de mousse odorante où l'on s'enfonce comme dans un songe.

Et ce n'est pas tout.

Là-bas, au nord, je sais des troncs plusieurs fois millénaires qui s'élèvent bien plus haut qu'aucun autre fût né de la graine et de l'humus ; à côté d'eux, même l'arbre-velours n'est que menue broussaille. Mère connaît les noms des plus fameux : le chêne Lötvorokki, le *Tremble-Tonnerre*, le *Grand Gîte des lérots,* et une dizaine d'autres cimes qui trouent la canopée, à des dizaines de lieues de Jankhari. Je ne les ai jamais contemplées de près, bien que j'en aie souvent rêvé ; et je ne les côtoierai probablement jamais, à présent que mon île est pour moi sans retour. Mais il m'est déjà arrivé, par temps clair, de distinguer des formes saillantes dans le lointain, quand j'étais assise au sommet de quelque perchoir.

Si je n'ai jamais visité le cœur du Lempio, en revanche, j'en connaissais sur le bout des doigts les marches sud, fiefs des Vieux Seigneurs de la forêt. Sur ce terrain, Meijo n'aurait pas pu trouver meilleur guide que moi. Quand j'étais gamine aux cheveux nattés, j'y passais le plus clair de mes journées, à pourchasser les lièvres, oiseler un peu et m'embusquer au marais, dans l'espoir de surprendre les jeux amoureux du Roi et de la Reine des canards. J'étais meilleure chamane alors ; je pouvais m'engouffrer dans un terrier de lapin ou dans le trou d'un chêne, en visiter les intérieurs et vous en raconter tous les détails, sans quitter un seul instant la position agenouillée. J'avais une assez bonne vue ; vous diriez même « la double vue ». Je percevais les formes et les mouvements du monde de l'invisible, et la danse furtive des esprits éphémères surgis du néant.

Mais ce que j'aimais par-dessus tout, c'était grimper aux arbres. J'adorais la sensation de mon corps d'enfant ballottant comme un fruit mûr au faîte d'un grand épicéa. Même l'hiver, lorsque leurs branches étaient chargées de neige, que mes doigts froidissaient sous leurs gants de peau au point d'en perdre de leur grippe, et que la seule lumière qui se réverbérait sur la glace était celle des étoiles et de la Lune, je grimpais encore, plus haut toujours, au plus haut que je l'osais !

À huit ans, je consacrais l'essentiel de mon temps à traquer le renard Appou. Ce seigneur-là, il fallait bien qu'il se décide un jour à croiser ma route, car je m'étais mis en tête de l'épouser. Oh, il le savait, le bougre, et donc, il s'ingéniait à me fuir et se dissimuler ! Seulement, j'étais une soupirante tenace ; les frimas ne m'arrêtaient pas dans ma quête. Pour cette raison, et parce que j'avais le teint pâle, les grandes personnes m'appelaient parfois *Renarde des neiges.* Mais ce nom me déplaisait, parce que moi, j'étais toujours humaine, non ? Juste une petite fille qui voulait épouser un goupil. Lequel, après tout, était du plus haut lignage que l'on puisse trouver à des lieues à la ronde, ma mère exceptée.

En grandissant et en florissant, j'avais délaissé peu à peu cette peau de sauvageonne et de coureuse des bois. J'avais perdu de ma sensibilité aux choses primordiales pour me tourner davantage vers les livres et la musique, choses seyant mieux à une damoiselle telle que mon père, sans doute, aurait rêvé que je devienne. N'empêche qu'à seize ans, je n'avais oublié aucune piste, ni celles des hommes ni celles des bêtes, et que je pouvais lire, ici et là, dans la nature environnante, les traces de passage de Jiggi-nig l'oiseau coureur, les marques territoriales de la *Martre chanteuse*, et les humeurs des Vieux Seigneurs de la forêt. En conduisant mon invité sur les sentiers de leurs royaumes, j'avais soin de lui montrer une foule de détails et de lui en expliquer le sens, comme le souhaitait ma mère. Mais Meijo n'était pas doué pour *voir*. C'était chez lui comme une sorte de refus : il s'ingéniait à ignorer des choses pourtant évidentes. Aussi, lorsque j'adressais quelque louange aux esprits des fougères, il me considérait d'un œil amusé ; si j'insistais pour contourner un chêne vénérable par la droite, ou si je m'attardais courtoisement à débarrasser son tronc de la gale, il levait les yeux au ciel. Le passage d'une *âme-de-l'eau*, sous la forme d'un napperon de brume totalement inattendu à cette heure, ne l'a pas perturbé le moins du monde, malgré les jappements frénétiques de son chien ; pas plus que l'étrange concentration de nids de guêpes dans les branches des hêtres face au domaine de Magga.

S'il y a bien un fief reconnaissable, c'est celui du *blaireau des ombres* : sinistre pessière où la lumière s'étouffe sous le poids des aiguilles. J'en ai barré l'entrée à mon compagnon :

« Attends un peu, Meijo ! C'est le moment d'avoir du tact…

— Pourquoi donc ?

— Parce que nous entrons chez le Blaireau par le territoire de la Guêpe, et que ces deux-là sont en dispute. Mieux vaut mettre les formes pour ne pas le froisser… »

Dame-la-darde s'estime flouée d'une part de son territoire, et Magga ne prétend pas la lui rendre ; leur mésentente dure depuis des lustres. Aussi les guêpes tiennent-elles garnison face aux sous-bois du Blaireau, qui, en retour, trame ses tunnels par-dessous leurs lignes. Les arbres prennent part à la querelle : les hêtres de la piqueuse envoient leurs racines ramper sous le dais des épicéas, et les épicéas leur donnent la réplique. Dans cette lutte engourdie, le sol se soulève et se craquelle, laissant paraître ici et là les tentacules entremêlés au corps à corps silencieux. Plus haut, la bataille se livre à grandes gifles de branches, trop lentement pour que l'œil en saisisse les passes d'armes. D'insolentes jeunes pousses colonisent le territoire ennemi ; les broussailles s'empressent de les étouffer et les bêtes, de les croquer. Impossible d'ignorer la guerre ! Impossible de manquer la frontière !

Meijo, pourtant, vous l'aurait franchie sans la voir. Quand je me suis inclinée pour dire les mots-mages et quémander le passage, un rameau de ciste en main, il n'a manifesté ni retenue ni respect ; au contraire, il s'est même permis des commentaires mordants. Je me suis mise à taper du pied :

« Tu ne devrais pas te moquer ! Si tu vexes l'un des Vieux Seigneurs des bois, tu ne pourras plus passer par son domaine. Ton cheval se brisera une patte si tu essaies, ou bien tu t'assiéras sans le voir sur un nid de serpent !

— Ça alors ! Ce blaireau aurait-il si bonne oreille, qu'il puisse m'entendre blasphémer d'ici ?

— Bien sûr, sot ! Il entend tout ce qui se passe sur sa terre !

— Dis-moi, que va-t-il faire si je l'offense ? Appeler son bailli-blaireau ? Lancer contre moi des chevaliers-blaireaux aux dents aiguisées ? Ah, je sais ! Il viendra en personne me pisser sur les bottes !

— Tu ne devrais pas rire », ai-je persisté, mais comme mon air atterré ne faisait qu'attiser son humeur taquine, j'ai rapidement abandonné mon sérieux. En fait, je crois bien que son insouciance me plaisait : le voir ainsi traverser les futaies avec arrogance, sans se soucier un seul instant d'offenser les esprits ou de leur complaire, avait quelque chose de très séduisant. C'était la remise en cause d'un ordre que j'avais toujours respecté scrupuleusement depuis ma plus tendre enfance – un ordre dont ma mère était la garante : le voir bafoué n'en avait que plus de piquant.

Encouragée par la bonne humeur de Meijo, j'ai entrepris de lui narrer ma courtise d'Appou. J'ai raconté les marques d'invocation tracées au charbon sur les troncs, de ma petite main d'enfant-chamane ; la fouille méthodique des terriers et les offrandes laissées au pied des chênes. Évoqué les prières les genoux à nu dans la neige, et les longs cris d'appel agacés que je lançais à travers les bois, et même dans l'eau des ruisseaux, lorsque je finissais par me lasser du cache-cache de mon futur époux : *Appouuu ! Appouuu ! T'es pas drôle, tu sais ! Attends que j'attrape tes oreilles !* Eh quoi ? N'étais-je pas d'assez bonne noblesse pour mon vieux seigneur goupil ? Meijo a ri de bon cœur ; il s'est emparé de ma main et, par surprise, y a déposé un baiser. Il s'est excusé aussitôt pour ce geste impulsif, mais bien sûr, il n'a pas lâché ma main pour autant ; et je n'ai pas lâché la sienne non plus.

Nous avons quitté les ombres de la pessière pour nous avancer dans une vaste chênaie, au pas léger du palefroi. Ici, la lumière qui perçait la canopée avait des feux émeraude ; Hutar flairait le lièvre et le lapereau. Le sol était constellé de ces petits bolets que l'on nomme *titilles,* parce que leur chapeau est enduit d'une substance qui échauffe agréablement la peau, pour peu qu'on le frotte dessus. J'avais essayé ce petit plaisir automnal à moult reprises, en testant leur effet sur des zones sensibles comme le bord des lèvres, le creux de mon bras ou celui du genou ; il m'était même arrivé de les utiliser en des endroits plus intimes. *Caresses d'automne*, les appelait ma mère…

« Attends ! » ai-je enjoint à Meijo.

Je me suis laissée glisser à bas du cheval, pour ramasser quelques titilles. Je l'ai entendu démonter à son tour, dans mon dos.

« Qu'est-ce que c'est ? s'est-il enquis, en arrivant à ma hauteur.

— Attends, tu vas voir… »

Et m'emparant d'un bolet, je m'en suis servie pour lui épousseter le bout du nez. Il a protesté, s'est mis en devoir de me châtier avec une fougère molle. Moi, tout en l'esquivant, je comptais dans ma tête : *un, deux, trois*... À cinq, il s'est figé, tout surpris des sensations qui s'éveillaient soudain à la surface de ses narines. Je l'ai vu frissonner et plisser les yeux.

« Hé... a-t-il fait.

— Ha haaa ! » j'ai répliqué. J'en ai profité pour le frotter derechef dans le creux du cou. Je l'ai payé cher, il s'est bien vengé : il a ramassé sa propre part de champignons pour m'en badigeonner allègrement les joues. Il avait compris l'astuce, le bougre ! Mieux valait que je m'encoure avant qu'il n'en abuse.

Nos peaux picotaient de plaisir ; nos sens étaient en éveil. Meijo m'a poursuivie jusqu'au pied d'un grand chêne droit. Je m'y suis laissé acculer ; j'avais envie de me sentir prise au piège, j'aimais l'idée d'être un oiseau pour le chat. Il a posé la main sur le tronc. Son visage est venu à ma rencontre ; et puis tout le reste de son corps, comme s'avance un navire. Ah, le fieffé gredin ! Il n'a pas eu la moindre hésitation. Pas une once de la réserve due à une damoiselle de mon rang !

Il avait des lèvres sensuelles, faites pour être happées, englouties. J'en ai fait mon festin. Nous nous sommes embrassés longuement, encore et encore. Ses doigts se sont perdus dans mes cheveux. Sa langue pointue est venue appuyer dans la chair de mon cou, est remontée délicatement sous le lobe de mes oreilles. J'en ai frissonné ; je l'ai repoussé pour juguler mon désir.

Je l'ai pris par la main, et je l'ai mené un brin plus loin, plus profond dans la forêt. Nous nous sommes arrêtés sous un grand épicéa vénérable pour nous allonger dans la mousse tendre. Les branches basses nous couvraient pudiquement ; seule l'écorce était le témoin de notre étreinte.

Quand il a glissé sa main dans mon corsage, avec une douceur presque aérienne, l'air s'est échappé fébrilement de ma gorge ; et lorsqu'il a pressé ses lèvres sur mon aréole rosée, j'ai souri de plaisir. Mais lorsque ses doigts se sont aventurés sous ma robe, à effleurer la chair lisse à l'intérieur de mes cuisses, et puis à remonter plus haut qu'il n'est raisonnable, je me suis emparée de son poignet, et je l'ai forcé à s'en retourner vers le bas. Il a voulu réessayer ; j'ai réitéré mon geste.

« Arrête... »

Il n'avait encore l'air qu'à moitié déconfit :

« Il existe d'autres façons de faire, si tu veux rester intacte... »

J'ai ricané. Nous, les filles du Nord, ne nous soucions pas de conserver notre virginité. Les seigneurs firwané ne sont ni hypocrites ni jaloux, contrairement aux époux de l'Héritage : aucune fille n'est tenue d'arriver *intacte* dans le lit nuptial.

« Ce n'est pas ça, nigaud !

— Alors quoi ?

— Pas ici, dans la forêt...

— Pourquoi ? Tu as froid ? »

Il s'est fait prévenant. La luminosité déclinait déjà, l'air était frais ; j'aurais pu m'emparer de cette excuse. Au lieu de quoi, j'ai déclaré :

« Ce n'est pas ça. La forêt est l'alliée de ma mère. Elle saurait. »

Ce n'était pas la vraie raison. La vérité était que je ne voulais pas me livrer à lui aussi vite et si facilement.

« Ta forêt ne peut-elle garder un secret ?

— Maïbo est habile à soutirer les secrets. Surtout aux épicéas, qui sont très bavards. Allez, debout ! »

Pour toute réponse, il m'a caressé le creux du cou.

« Tsssi ssit ! ai-je protesté. Arrête. Tu vas me faire perdre les sens...

— Et ce ne serait pas convenable, a-t-il ironisé.

— Non, ce ne serait pas. »

Je l'ai repoussé gentiment, et me suis levée.

« Pas plus convenable que de me laisser sur ma faim, quand j'ai si grand désir de toi. » Il a esquissé son sourire canaille : « Un homme, une fois que son arc est tendu, il peut en mourir ; pour lui sauver la vie, il faut le satisfaire ! Ne le savais-tu pas ?

— Alors meurs donc ! ai-je persiflé. Mourir de désir, c'est une belle mort ! »

J'ai détaché le palefroi et je me suis hissée en selle, sans attendre qu'il m'y invite. Un instant après, il rappelait Hutar d'un sifflement, posait à son tour le pied dans l'étrier et reprenait place derrière moi. Notre monture s'est remise au pas.

Mon compagnon était devenu taiseux ; je me suis demandé si mon refus ne l'avait pas réellement contrarié, au point de le rendre maussade. J'avais l'impression qu'il ruminait dans mon dos…

Allons, mon beau, sois patient… Ce n'est que partie remise !

« Où veux-tu que je te mène, chevalier ? ai-je demandé, pour rompre le silence.

— N'importe où. Fermons les yeux, laissons le cheval nous guider où bon lui semble.

— Chiche ! »

Et nous avons fermé les yeux. Le palefroi trottinait tout en douceur ; nous nous sommes laissé porter. C'était agréable, de s'abandonner au caprice d'un cheval ; je me suis laissé aller en arrière, dans les bras de mon amant. Je me laissais bercer par les sons : halètement du chien, froufrou des sabots dans les feuilles mortes, froissement des feuillages. Et par d'autres sensations : subtils parfums de résine et de décomposition, variations de chaleur sur ma peau. Au bout de quelque temps, j'ai senti que le sol s'inclinait en pente douce, que nous descendions imperceptiblement.

C'est la sensation de fraîcheur humide qui m'a tirée de ma torpeur ; et puis le silence soudain autour de nous, presque surnaturel. J'ai ouvert les yeux.

La luminosité avait décru ; le ciel était pâle et froid. Les divagations de notre monture nous avaient menés sur une berge grise, au bord d'un petit lac aux eaux noirâtres. Ce dernier s'étirait jusqu'à un massif calcaire, où il s'étranglait pour se faufiler dans un étroit défilé. La berge elle-même, désolée et vaseuse, portait les empreintes de nombreux animaux.

J'ai émis un sifflement contrarié.

« Qu'y a-t-il ? s'est enquis mon compagnon.

— Ton cheval n'a pas l'instinct de survie, ai-je pesté. Qu'est-ce qui lui a pris, de nous amener ici ?

— Et où est cet *ici*, je te prie ?

— Ce lac, c'est la Gave grise ! Ici commence le domaine de Charogne.

— Quoi, l'*Ourse-mage* ? Le monstre que ton frère appelle *Colosse d'ourse* ?

— Ayé ! La Croque-Carcasse en personne ! »

Hutar s'est mis à gronder en direction des rochers, les oreilles basses. Mon compagnon a voulu rétorquer quelque chose, mais je ne lui en ai pas laissé le temps :

« Il ne faut pas rester ici ! Dans peu de temps viendra le crépuscule ; alors les animaux descendront s'abreuver sur cette rive, tous leurs sens aux aguets. Si Charogne manque de viande, elle viendra chercher une proie. Tu ne voudrais pas être aux premières loges pour assister à sa chasse ! »

Meijo a paru soudain sur le qui-vive. L'envie de se moquer lui était passée. Il n'avait pas peur, mais sa curiosité était éveillée. Je l'ai vu jeter des regards à droite, à gauche, cherchant à percer les ombres humides entre les arbres.

« Ce n'est pas la peine, l'ai-je averti, tu ne pourrais pas la voir venir. Ce n'est pas par là qu'elle arrivera !

— Alors par où ? »

Je n'ai pu retenir un petit ricanement suffisant. Du menton, j'ai désigné la surface froide du lac.

« … Quoi, par l'eau ? Impossible !

— Par-*dessous* l'eau ! ai-je corrigé. La Croque-Carcasse est la meilleure nageuse qui soit ; elle peut retenir sa respiration pendant un long moment. Or, la Gave grise est bien plus profonde qu'il n'y paraît, et aussi beaucoup plus longue. Elle s'étire à travers ces rochers que tu vois là, jusqu'au cœur du domaine de la bête, que l'on nomme les *Cinq Ravines*. Lorsqu'elle a envie de tuer, Colosse d'ourse se laisse simplement glisser dans le lac et nage en profondeur, sans faire le moindre bruit. Elle traverse le défilé, émerge du massif, puis s'approche en douceur de cette berge, ombre sournoise sous la surface. Elle repère patiemment une proie. Quand sa gueule crève les eaux, il est déjà trop tard ; rares sont les êtres assez vifs pour lui échapper. Elle les attrape entre ses pattes, les attire au fond et les noie. Un daim, un renne, quelquefois même un sanglier : rien n'est trop gros pour Charogne, fauve d'entre les fauves de ce bois… »

Mon compagnon contemplait le miroir des eaux avec une fascination morbide.

« Je croyais que ce monstre était uniquement nécrophage…

— Elle l'est ! Aucune viande n'est assez faisandée pour lui plaire, si elle ne l'a d'abord laissée pourrir des jours durant dans quelque fossé au cœur de son domaine. C'est de là qu'elle tire son nom : de l'odeur de putréfaction qui règne chez elle. Mais ça ne l'empêche pas de tuer : elle aime pourvoir à son garde-manger, en noyant ses proies, puis en les abandonnant le temps qu'elles soient à son goût. Les Cinq Ravines sont emplies de ses tristes boucanes… »

Meijo a secoué la tête ; j'ignorais s'il fallait y voir du doute ou de la fascination. Je me suis laissé glisser à bas de ma monture et, m'avançant vers les eaux, j'ai fait trois pas dans la vase séchée. Un souffle d'air froid a fait frissonner ma robe.

« Qu'est-ce que tu fais ? » a lancé mon jouvenceau derrière mon épaule. Sans daigner lui répondre, je me suis inclinée avec révérence et j'ai murmuré :

Croque, craque, mords et ronge !
Griffes d'ébène et crocs de fer,
Parfum de tombe et patte en pierre,
À l'heure où les ombres s'allongent.
Souffle, racle, grogne et gronde !
Gueule saisit, mâchoires enserrent,
S'offre la chair au croque-cerf,
La mort qui rôde dessous l'onde.
Je plie bliaux sur mes genoux
J'incline front et ploie le cou
Pour saluer comme il se doit
L'ourse, seigneur de ce bois.

Meijo était interloqué.

« Est-ce bien le moment de rimailler ?

— Ce sont les mots par lesquels on salue seigneur Charogne.

— Yah, tiens ! Une ourse soucieuse de politesse !

— Si un jour, nous la croisons, tu seras bien heureux que je puisse dire ces courtoisies, et d'autres mots-mages, qui ont pouvoir d'apaiser sa colère ! De toute façon, il n'aurait pas été convenable que la fille de son seigneur lige passe par son domaine sans l'honorer d'un salut… »

Il a paru décontenancé :

« De son seigneur li… Bah voyons. Cette bête est *vassale* de ta mère, peut-être ?

— Comme la plupart des Vieux Seigneurs des bois. Ne le savais-tu pas ? Mère est la suzeraine de ce coin de sylve… Tous les êtres lui prêtent hommage, même les anciennes puissances animales. Ayé ! C'est *cela,* être un seigneur firwane ! »

Je me suis hissée en selle :

« Allez, maintenant, rentrons, mon beau ! Le crépuscule est là, et ce bois t'a assez vu pour aujourd'hui. Hue, Meijo, mauvaise bourrique ! Si tu es un homme galant, empresse-toi de me ramener à la Première Maison, où il fait chaud, où il fait doux, et où les jeunes filles convenables regagnent seules leur couche ! »

Le palefroi s'est remis à trotter sur le tapis de mousse et d'aiguilles, presque sans faire de bruit. Les ombres s'étiraient ; les troncs froidissaient sous les attouchements de la longue nuit, qui reprenait peu à peu ses droits. Nous avons chevauché sans mot dire jusqu'à la lisière, pressés de retrouver les âtres bienveillants du fort du Harfang.

Derrière nous, par-delà les murs décrépits de sa forteresse de rocher, froide et moussue, Charogne attendait toujours… l'heure de notre rencontre.

Le récit de la Courtisane (2) – Le sang de nos pères

Dix-huit ans auparavant était né Meijo, fils d'un obscur sire Ukal Iskwalendin, chevalier d'Asikri.

Il appartenait comme moi à la première génération éclose sous l'occupation du Taureau d'argent, sans avoir connu le temps où un roi firwane régnait sur le Fintami. Il n'avait jamais su ce que c'était de vivre en peuple libre. À sa naissance, l'île était déjà lourde de lois étrangères ; le vent soufflait dans les bannières d'hommes roux venus de l'Héritage, et l'herbe se couchait sous le trot de leurs chevaux.

Le grand-père de Meijo avait lutté pied à pied pour empêcher leurs navires d'aborder. Après la conquête, il avait refusé de se soumettre ; il avait continué le combat avec une poignée d'irréductibles. Cela lui avait coûté la tête, et celle de ses deux fils aînés. Les Seigneurs de la mer s'étaient partagé ses terres, ses biens et jusqu'à la moindre bague sur sa dépouille.

De la descendance de ce héros n'était resté qu'un seul enfant vivant : le jeune messire Ukal, le père de Meijo. À quinze ans, celui-ci n'avait plus ni avoir ni proche parent. Quand on est un cadet de famille déshérité, on n'a pas d'autre perspective que de se mettre au service d'un prince bienveillant. Or, les hommes de cette sorte, désormais, appartenaient presque tous au camp des étrangers. La guerre était finie et le sort de l'île, plié : Ukal Iskwalendin avait donc loué son épée à ceux-là mêmes qui avaient anéanti sa famille. Lui, l'enfant d'un résistant, avait pactisé avec l'envahisseur. Quel autre choix s'offrait à lui ?

Du reste, il n'était pas le seul dans ce cas. Le Taureau d'argent avait su ménager la noblesse firwane; tous ceux qui s'étaient soumis avaient conservé l'essentiel de leurs privilèges. Ces riches vaincus toisaient pourtant le père de Meijo avec mépris. Contrairement à eux, il n'avait pas prêté l'hommage du bout des lèvres, pour sauver un patrimoine ancestral; lui, il ne possédait rien au départ, et c'était des gages de l'ennemi qu'il acquérait peu à peu ses maigres biens. À leurs yeux, il était la créature des conquérants. Il semble qu'il soit devenu une sorte d'homme de main, un exécutant; et sans doute, parfois, qu'il ait été contraint de retourner sa lame contre son peuple. À lui, on n'avait rien pardonné.

Meijo n'a jamais su, au juste, quelle basse besogne accomplissait son géniteur. Lorsqu'il rentrait de quelque service presté pour le compte de son prince, les bottes crottées et les vêtements humides, le sire Ukal semblait parfois dégoûté de lui-même au point de se jeter sur une gourde de siavo et de se saouler avec application. Quand il était bien ivre, son âme firwane se mettait à gémir dans sa poitrine, et cela finissait par lui sortir par la bouche. Alors soudain, il vous rebattait les oreilles de la grandeur de son peuple, de ses ancêtres glorieux et de leurs origines mythiques, moitié fils d'hommes, moitié enfants de bêtes.

C'est ainsi, et pas autrement, que Meijo reçut un peu de l'héritage firwane: par bribes avinées, éructées entre honte et nostalgie. Tout le reste de son éducation fut le fait d'étrangers, des moines confiants venus de l'Héritage avec les gens d'armes du Taureau d'argent. C'est à eux que son père le confiait pendant ses longues semaines de service, privé qu'il était de son épouse, morte en couches, et faute de famille; et c'est par eux que Meijo apprit à parler le kintri et à penser comme un citadin du continent. Mais c'est contre eux, aussi, qu'il apprit à se rebeller.

Une fois par lune, son père l'emmenait passer quelques jours avec lui dans leur modeste maison d'Asikri. N'ayant nul proche à visiter, ils partaient randonner ensemble sur la grève ou sur les falaises, face à l'immensité de la mer, ou bien chevaucher la Grande Grise elle-même, sur une selle de bois et d'étoupe goudronnée, cordages en main, voile bandée. Parfois, ils apercevaient les îles noires dans le lointain, et les lascives fumerolles de volcans sous-marins, en direction du continent ; alors son père lui parlait des noyés qui remontent à la surface les nuits de pleine Lune, et de la traversée originelle du détroit par les ancêtres des Firwané, sur le dos des *aëre-nauthyr*, les baleines géantes convoquées par leurs bramynn.

Malgré le caractère taciturne de son géniteur et son penchant pour le siavo, l'enfant espérait ces moments trop rares. Il continuait à rêver qu'un jour, ils passeraient ensemble davantage de temps. Ukal le lui promit :

« Garçon, un jour, nous ferons ensemble un fabuleux voyage. Toi et moi, nous partirons faire le tour de cette île. Nous irons sur les traces de nos ancêtres, les Seigneurs de l'Airain, de leurs exploits, de leurs héros, de leur magie, dont tu ne peux imaginer la richesse et la puissance, farci que tu es de tes a priori de moines ! Ces maudits marmotteurs m'ont assez perverti mon fils. Je veux faire de toi un Firwane ! Nous remonterons la côte ouest, face au continent, pour contempler tout à notre aise les fumées et les laves du Lanvramaar. Nous arpenterons les collines où paissent les moutons noirs, où se terrent les nains ; nous irons nous baigner dans des sources chaudes et voir jaillir les *eaux-de-l'été* en jets dignes d'un cachalot. Nous irons même tout au nord, poser nos fronts contre les racines colossales des arbres légendaires du Lempio, saluer les Seigneurs des bêtes ou goûter à leur foie, qui nous donnera une part de leur force. Je te le promets : nous ferons tout cela lorsque tu auras quinze ans révolus. »

Quand Meijo en eut treize, son père le fit entrer comme écuyer au service d'un banneret du Taureau d'argent. Il avait alors réuni assez d'argent pour lui offrir trois cadeaux de valeur, qu'il pourrait porter le jour où il serait adoubé. Le premier était ses éperons d'or. Le second, sa ceinture de chevalerie à la mode de l'Héritage, de plaques d'or assemblées. Le troisième, son petit couteau noir niellé d'argent, auquel il tiendrait par-dessus tout.

Et ce fut tout.

Peu de temps après, le bon sire Ukal mourut d'une fièvre brutale, à moins que ce ne soit d'une cuite monumentale. Il creva seul dans sa demeure austère, le dos collé à ses draps par la merde et le sang. Ce fut Meijo qui découvrit son corps. Je ne sais ce qui le fit vomir d'abord, de l'odeur ou de la frustration. Juste avant de quitter la maison pour aller quérir les sœurs saharistes, il trouva l'ultime cadeau que lui avait laissé son géniteur, emballé dans un morceau de tissu blanc : une pointe d'épieu en airain marquée de runes. C'était une arme ancestrale de magie firwane, le témoignage le plus insigne de ce que furent jadis les ancêtres de Meijo ; la seule chose tangible qui le rattachait à tout ce que son défunt père lui avait raconté sur la gloire passée de leur peuple.

Nanti de cet héritage, il s'en fut vivre à la cour d'Asikri.

Il était beau ; il était charmeur. Il sut tirer son épingle du jeu auprès des Firwané autant que des Seigneurs de la mer, et faire oublier en partie l'opprobre qui pesait sur son nom. Une génération avait passé ; le ressentiment et la violence s'étaient atténués. À Asikri, les conquérants et les natifs avaient déjà appris à vivre ensemble. Les jouvenceaux des deux nations chevauchaient et chassaient de concert dans les forêts du Sud ; un jeune Firwane pouvait courtiser impunément une damoiselle aux cheveux roux. Et d'ailleurs, je parie qu'il ne s'en est pas privé, le bougre, même s'il s'est bien gardé de me le raconter.

Mais cet automne-là, il était à moi, et à moi seul. Mon bel écuyer…

« Elle est un peu triste, ton histoire… » ai-je murmuré en posant la tête sur son épaule. Et mes doigts se sont mis à dessiner des arcs dans le creux de son cou, avec une tendresse lente, une sollicitude protectrice. Nous étions assis tous deux sur le seuil de la chapelle, au point le plus haut de la butte de Jankhari, à regarder l'aurore boréale embraser le ciel nocturne au-dessus de la forêt, de verts et d'ocres chatoyants. J'étais heureuse : mon amoureux venait de me livrer le récit de sa jeunesse, avec une confondante absence de pudeur. Je savais qu'il était orgueilleux, je n'étais pas aveugle; me confier ainsi la face sombre de ses origines était une marque de confiance d'autant plus remarquable.

À présent, je savais pourquoi il avait fait ce voyage vers le nord.

« Tu es venu ici pour honorer la mémoire de ton père… »

Il a hoché la tête, plein de fierté blessée.

« Tu veux voir de tes yeux les merveilles du Lempio, parce qu'elles étaient chères à son cœur… »

Il a posé deux doigts à plat sur son nez, prenant son âme à témoin :

« Pour l'amour de lui. Si de telles choses existent, je veux mordre dedans. Chevaucher la magie firwane ! Combattre des bêtes fabuleuses, me frotter aux puissances d'antan ! »

Ces choses, je savais qu'il n'y croyait pas totalement ; pourtant son désir semblait sincère. Il était venu réaliser le rêve que son père et lui auraient dû accomplir ensemble. C'était une sorte de pèlerinage. J'étais bouleversée de découvrir qu'au fond, nous partagions tous deux la même blessure, la même fragilité. Et soudain, je me suis sentie infiniment proche de lui. Il s'était livré à moi, alors j'éprouvais le désir impérieux de faire de même :

« Moi aussi, je l'ai peu connu, tu sais… Mon père. Et moi aussi, je… j'ai parfois eu honte de ce qu'il était. »

J'ai laissé mes yeux se perdre dans la contemplation du ciel. Des voiles ardentes battaient les étoiles ; ou bien quelqu'un secouait la tapisserie céleste pour en faire sortir la poussière, et cette poussière jaillissait sous forme de couleurs scintillantes. Je sentais mon compagnon attentif, même s'il s'abstenait de me questionner. Au bout d'un temps, j'ai trouvé mes mots :

« C'était l'un d'eux : un compagnon d'armes du Taureau d'argent. Oh, tu vas me dire qu'il n'y a pas à rougir de ça. Je le sais. C'était un homme bon. Il avait un visage rieur, il avait de la force. Il savait se faire aimer. Jamais ma mère ne serait tombée amoureuse de lui s'il avait été mauvais homme. Elle se fichait qu'il soit un envahisseur : nous habitons une région trop reculée pour nous soucier des aléas du trône. Il l'a séduite ; elle l'a épousé. C'est aussi simple que cela ! »

« Pourtant, elle ne lui a pas mené la vie facile, le pauvre ! Au début, tout était bien joli ; ensuite, elle a découvert ce que ça impliquait vraiment, qu'il soit un étranger. Tout ce qu'il ne comprenait pas, ce qu'il ne respectait pas ou qu'il avait du mal à accepter. Mère le lui a amèrement reproché ; elle s'en est moquée tout son saoul, sans lui laisser de répit. Elle disait qu'il ne voulait pas apprendre. Ce n'était pas juste : il était tellement différent dès le départ ! Comment aurait-il pu devenir vraiment un homme du Lempio ? Aujourd'hui encore, elle parle de sa mort comme d'une chose qui est arrivée par sa propre faute, et dont il ne faut pas le plaindre. Mais c'était mon père ; le seul que j'avais ! Pourquoi ne veut-elle pas me laisser l'aimer, au lieu de me pousser à le juger ? »

Je respirais fort, débordée par ma propre émotion. Meijo s'est tourné vers moi, le visage grave :

« Comment est-il mort ?

— C'est la Croque-Carcasse qui l'a tué. Charogne, seigneur irascible !

— Cette bête a tué ton père et, malgré cela, tu fais des prières pour elle et tu l'appelles *Monseigneur* ? »

Je me suis mise à singer les expressions de ma mère :

« Ooh, mais ce n'était pas la faute de l'ourse, Nisû ! Ton père est entré dans son domaine, sans avoir dit les mots-mages. Il n'a pas fait ce qui convenait. Il a été grossier avec la forêt ! Thaaa… Même dans sa mort, elle ne peut s'empêcher de le morigéner ! »

Une lueur altière s'est allumée dans l'œil de Meijo.

« Chez moi, à Asikri, si quelqu'un te tue un frère, ou un père, tu ne le traites pas avec déférence. Tu affûtes ta lame et tu prends ta vengeance, dès que tu peux. Le sang pour prix du sang ! C'est la loi…

— La loi du Taureau d'argent, pas la nôtre ! Nous ne sommes pas à Asikri. Nous sommes au bord du Lempio, et Colosse d'ourse est l'un des vassaux de Maïbo.

— Une vassale rétive ! Une vassale à laquelle il vous faut quémander le passage dans son domaine, selon son bon gré ! Ta mère aurait dû la châtier. Un seigneur qui tremble devant ses affidés n'est pas un vrai seigneur ! »

Je me suis sentie un peu stupide.

« Tu ne sais pas de quoi tu parles. Charogne est là depuis des siècles, peut-être bien des millénaires. Elle est immense. Elle est emplie de colère. Les Vieux Seigneurs, tu ne les manies pas aussi simplement. Attends que je te raconte un peu… »

Et j'ai entrepris de lui raconter l'histoire de ma terre.

« Tu es ici sur la butte du harfang. C'est un lieu ancien, chargé de magie. Avant la venue des hommes, elle fut le théâtre d'un combat terrible entre deux princes des Lunaires qui se vouaient une haine profonde. Tous deux se sont entretués, mais des lambeaux de leurs esprits sont demeurés pris dans les branches du Lempio, et continuent à siffler dans le vent. Parfois, par temps d'orage, il me semble que je peux les entendre… Plus tard, deux grands rennes sacrés ont grimpé ici à leur tour pour vider leur querelle. Ils se sont livré un duel sans merci. Ils ont connu exactement le même sort : tous deux ont péri. Et plus tard encore sont venues s'affronter deux vieilles chouettes des neiges, toutes deux fort sorceresses ; mais cette fois, l'une des deux a survécu au combat. Elle a rompu le cycle : c'est pourquoi elle a donné à la colline son nom de butte du harfang. »

« À l'époque de ce dernier duel, seuls vivaient ici des gens du *Premier Peuple*, les *Tsuuné* au teint sombre, qui pouvaient parler avec les rennes. Puis sont venus les hommes du *Second Peuple* : des Seigneurs d'airain à la peau claire, qui avaient traversé le détroit sur le dos de baleines pour conquérir le Fintami. C'était il y a soixante-trois générations. Moi et ma mère, nous descendons de ces deux nations : il y a autant de sang tsuuni que de sang firwane dans mes veines. C'est pourquoi nous avons toutes les deux ces yeux en demi-lune et ce nez plat qui t'intriguent tant. »

« La première chose qu'ont faite les Firwané en arrivant ici, c'est de bâtir cette chapelle, pour placer la colline sous le contrôle des Astres. Ensuite, ils ont édifié le fort. Sitôt que ses murs ont été sanctifiés, ils se sont mis à parcourir le Lempio, flanqués de leurs bramynn et de leurs bardes, en proclamant leur droit sur le pays. Ils ont même osé convoquer les Vieux Seigneurs des bois, pour qu'ils viennent leur prêter hommage. Et les seigneurs sont venus : tel était le verbe des bramynn que les antiques animaux se sont soumis à leur volonté. Ils ont accepté de servir désormais comme vassaux, sous condition que nul homme ne pénètre leur domaine sans les en prier d'abord par des mots-mages. Sur leurs terres, disait l'accord, les esprits sont rois ; les hommes doivent se soumettre à leur loi. Mais que les hommes aient besoin d'aide, et les Vieux Seigneurs accourraient les servir. Ainsi sont venus Appou, Magga, Haffi et le seigneur des rennes, Dame Ràthuathar ; le Roi et la Reine des canards, la Martre-chanteuse, et encore d'autres animaux fameux dont on n'a plus entendu parler depuis, et qui sont peut-être vivants, peut-être morts à ce jour. La plus sombre et la plus ardente d'entre tous était la Croque-Carcasse, fauve sanguinaire des temps anciens – *Karkhou*, l'appellent les gens du Premier Peuple. Elle s'est soumise elle aussi au vouloir des Seigneurs d'airain, mais elle a tout de même refusé de paraître en personne pour l'hommage. Au lieu de quoi, elle s'est contentée de gronder depuis le fond de son bois pour faire connaître son accord. Le son de ce rugissement a porté jusqu'au castrum ; il a fait frissonner les eaux du lac et trembler le cœur des jouvenceaux. »

« La famille de ma mère est issue d'une de ces lignées nobles. Les esprits de la forêt lui sont toujours restés féaux. Chacun de nous a appris en son temps les mots-mages qui peuvent subjuguer nos puissants, nos dangereux alliés. Même Charogne. Même Colosse d'ourse.

— Donc, tu peux la maîtriser ! s'est avisé Meijo, l'œil vif.

— Je ne peux pas la maîtriser ! Je peux juste la neutraliser. Que je dise seulement ces mots-là, et hop ! Elle se figera sur-le-champ, fort étourdie, toute somnolente ! Le temps pour moi de m'éclipser, si jamais j'avais l'infortune de la rencontrer.

Seule ma mère pourrait la forcer à son service, mais je ne suis pas sûre qu'elle s'y risquerait. »

Il a émis l'un de ces « hun » gentiment dubitatifs, et il s'est tourné vers la forêt. Il est demeuré plongé dans ses pensées. Je voyais bien que quelque idée s'ouvrageait sous son crâne, mais je n'arrivais pas à en lire les prémices, et cela me troublait.

Un peu plus tôt ce matin-là, des nomades en transhumance étaient venus se poser au pied du fort, avec leurs chiens, leurs rennes et tout leur fourbi de tentes. C'étaient des Tsuuné du clan des Trois Aigles, vassaux de ma mère, de retour de leur estivage sur la côte. Ils s'étaient détournés de leur route pour la consulter, car l'une de leurs femmes était sur le point d'accoucher et les augures avaient prédit un enfantement périlleux.

La dame du mont Harfang était reconnue par tous les clans de la région comme une chamane supérieure, devant laquelle se prosternaient humblement sages-femmes et hommes-médecine. Ils la tenaient pour leur doyenne, ce qui me semblait absurde, parce qu'il y avait parmi eux quelques belles pommes fripées. C'était le cas de la vieille qui s'était présentée devant notre portail peu avant le point du jour : silhouette menue frangée de fourrures, longs doigts fuselés crispés sur le fermoir d'une besace à esprits. Une trogne et des pognes érodées par la succession des hivers, ravinées par le gel, tannées par les suies. Derrière elle, perchés sur de petits chevaux, trois hommes aux yeux en demi-lune attendaient en silence qu'on leur ouvre l'accès au fort, le visage engoncé dans leur chapka fourrée, un aigle perché sur leur poing ganté de cuir. Quand Mère était apparue devant eux, ils l'avaient accueillie d'une profonde inclinaison du buste, avant de laisser la vieille s'avancer.

Après un bref salut, cette dernière avait levé son index pour accuser les Astres ; puis elle avait fait rouler au sol les phalanges de ses ancêtres, et s'était accroupie pour contempler le résultat. Ses yeux funèbres s'étaient levés vers la face du seigneur des lieux, pour la prendre à témoin du verdict.

« Itonok jamja tisrahwè. Anatsa yok ! » avait rétorqué Naayolé du Harfang dans le patois local : *Cette mort-là n'est pas certaine. L'augure peut être déjoué.* Et aussitôt, elle avait rassemblé ses besaces sacrées, son tambourin et ses bâtons divinatoires, et elle était descendue parmi eux pour faire ce qui devait être fait. Meijo et moi lui avions emboîté le pas, lui par curiosité, moi parce que j'assistais souvent ma Maïbo dans ses offices. On nous avait menés tout droit à la plus haute tente du campement, un vaste dôme de feutre et de peaux garni de bois de rennes et de quelques pièces de cuivre ornementées. C'était le logis du chef de clan : la femme en danger n'était rien de moins qu'une princesse tsuuni.

À l'intérieur, nous avions trouvé la future mère assise sur une épaisse couche de fourrures, son gros ventre serré dans une robe de laine blanche richement festonnée d'azur. Elle avait l'air aussi en forme qu'on peut l'être, la mignote : elle plaisantait et riait avec les autres femmes, dans toute la fraîcheur de ses quatorze ans. Ses joues avaient une belle couleur de noix, sa voix un timbre d'eau guilleret.

Lorsque nous étions entrés, sa mine s'était figée en une expression méfiante. Mère avait fait sortir tous les hommes de la tente, y compris Meijo. Elle s'était approchée de la literie et, sans mot dire, mais d'une main ferme, elle avait forcé la jeunette à se coucher sur le dos.

Elle avait d'abord écouté un peu ce ventre, posé sa joue sur ce bulbe élastique. Quelque chose en dedans avait remué ; la panse s'était déformée comme un œuf mou. Ma mère y avait placé ses mains, l'une au-dessous, l'autre au-dessus ; la masse souterraine était venue se loger dans l'une, puis dans l'autre, roulée par un invisible flux. La princesse avait souri timidement.

« Combien de lunes ? » avait demandé Naayolé.

La vieille avait replié les pouces pour lui présenter huit doigts.

« Il est déjà trop gros, avait décrété ma matrone. Il faut qu'il sorte maintenant, sinon il ne passera plus. Les hanches sont trop étroites. Permettez que je le convoque… »

Et ce disant, elle était allée refermer les rabats de l'entrée, plongeant l'assistance dans l'obscurité. Pendant que je disposais des bougies allumées autour de notre patiente, qui nous jetait des regards de biche inquiète, puis que je braisais un morceau de bois parfumé, la Dame du Harfang s'était mise à chanter d'une voix sourde – un chant tsuuni que je n'avais encore jamais entendu. C'était profond et grave, et en même temps étrangement réconfortant. Les yeux des femmes luisaient dans la pénombre. L'air était trouble, épaissi de senteurs puissantes. De lentes fumerolles dansaient en spirales langoureuses au-dessus des bougies, avec un parfait ensemble; on aurait juré qu'elles se mouvaient au rythme du chant. Sans cesser sa litanie, Mère avait brusquement soulevé les cottes de la jeune fille pour aller s'accroupir entre ses cuisses nues, face au sexe épanoui. La petite princesse avait fait mine de protester: je m'étais empressée de lui prendre la main. Celle de ma mère avait plongé dans l'une de ses besaces pour en extraire une chose invisible, qu'elle avait conservée un moment au creux de sa paume, à la couver des yeux: l'un de ses esprits familiers dont je connaissais bien le nom. Elle avait murmuré quelques mots à voix basse, et puis, pfuiiit! soufflé sur sa paume pour expédier l'entité dans le vagin entrouvert. Dans l'instant même, les flammes des bougies avaient vacillé, les fumerolles suspendues en l'air avaient filé vers le haut pour s'engouffrer frénétiquement dans le trou à fumée au sommet de la tente. La jeune fille avait poussé une plainte et s'était cambrée malgré elle, parcourue d'un irrépressible frisson. Elle avait refermé fébrilement ses cuisses et puis s'était caché le visage au creux des mains, pour dissimuler un soudain accès de tristesse.

Mère s'était relevée pesamment.

« Il va venir, avait-elle dit en caressant du bout du doigt la joue de la jouvencelle. Mon petit auxiliaire est allé le chercher. Il va se décider; ce soir, il sera là. Le temps de le porter est terminé. » Et avec une tendresse pleine de sollicitude, elle avait ajouté: « Mieux vaut accepter ce terme le cœur léger, si tôt qu'il survienne. »

Et à la vieille:

« Je remonte au fort. Venez me quérir dès que cela commencera. »

Et cela avait commencé. Avant même que le jour ait terminé son passage, ils étaient revenus la chercher. Elle était redescendue au campement des nomades, emportant cette fois toute une pharmacopée pour se préparer à la mise bas.

En d'autres temps, j'aurais aidé Maïbo dans cette tâche difficile, et j'en aurais profité pour apprendre d'autres secrets de l'art. Mais la présence de Meijo changeait la donne : à ses yeux, je voulais rester une digne damoiselle de cour, une vierge gracieuse, non une vulgaire sage-femme aux avant-bras couverts de sang. J'avais un peu honte de mon côté sorceleux. Et donc, j'étais demeurée avec lui sur le seuil du temple, à admirer l'aurore boréale, tandis que ma mère s'efforçait d'extraire une vie récalcitrante à son cocon de chair, au prix d'un dur labeur.

Et pendant ce moment béni où nous étions assis côte à côte face aux œuvres du ciel, Meijo m'avait raconté ses origines à lui…

La nuit était tombée depuis longtemps lorsque la Dame du Harfang est remontée au fort, la robe maculée et les bras tout poisseux. Elle avait l'air éprouvée mais arborait une expression satisfaite : la petite princesse tsuuni avait déjoué les augures et son enfant se portait bien.

Elle est allée tout droit vers le puits.

« Aidez-moi un peu, feignasses ! a-t-elle maugréé. Vous ne faites rien de vos jours… »

C'est à moi que s'adressait ce reproche, mais c'est Meijo qui s'est empressé de lui tirer de l'eau pour lui permettre de faire ses ablutions. Tandis qu'elle se récurait sans complexes devant les écuries, les seins à nu et le corps ruisselant, elle s'est tournée vers mon galant :

« Tant que nous y sommes, montre-moi donc cette fameuse lance. »

Meijo a hésité un court instant avant de hocher la tête. Il est allé jusqu'à son cheval, et il a fourré sa main dans les fontes pour en tirer un paquet de toile épaisse qui contenait un objet oblong. Mon cœur s'est mis à palpiter d'excitation :

c'était la pointe en airain, l'héritage de son père Ukal. Mère l'a recueillie avec un respect manifeste ; pendant qu'elle l'étudiait, elle a poussé plusieurs fois des *houyous* admiratifs.

« Cette arme, tu dois la garder précieusement. Elle a été forgée au feu des volcans et trempée dans le sang d'une baleine aërenauthyr, peu de temps après que les Firwané ont franchi le détroit. Son pouvoir est grand. Elle brisera les armures, fendra la peau, la graisse et le muscle comme s'ils étaient de la crème. La poitrine dans laquelle tu la planteras ne vivra pas pour connaître le jour suivant, fût-elle celle du plus robuste des hommes ; fût-elle celle d'un géant ou d'un Jotun. »

Et ce disant, elle lui a remis l'objet dans les mains. Je n'ai pu m'empêcher d'éprouver une bouffée de fierté à l'idée que mon amoureux était maintenant le porteur d'une arme de héros.

« Maintenant, à table ! a claironné la maîtresse des lieux. J'ai fait assez d'efforts ce jour. Il est temps de fêter ça ! »

Quand la Dame du Harfang sortait d'une journée difficile, elle éprouvait quelquefois le besoin de se défouler. Dans ces cas-là, elle ne valait guère mieux que le père de Meijo. Je savais d'avance comment se déroulerait le dîner : elle s'adonnerait joyeusement au siavo, perdrait toute retenue, et la soirée dégénérerait pour finir en longues diatribes bruyantes et enflammées.

Naturellement, elle s'est fait un devoir d'honorer mes craintes. Ce soir-là, non seulement elle s'est saoulée sans vergogne, mais en sus, elle s'est mis en tête d'aguicher mon Meijo, oublieuse de son âge et inconsciente de nos liens. Cela m'agaçait prodigieusement ; je me sentais piétinée dans mon propre jardin, impuissante à riposter. Elle s'est même permis de poser sa patte sur la cuisse de mon galant – la catin ! – tout en prétendant verser une nouvelle rasade argentée dans son gobelet.

« Tiens, mon joli, bois ! Y'a d'la vie à célébrer, et que pisse le siavo ! »

Comme il s'efforçait de refuser la goulée, j'ai volé à son secours :

« *Yash yash* ! Laisse-le tranquille, Maïbo ! Meijo a besoin de toute sa lucidité : demain, il m'accompagne en forêt ! »

Ma matrone a relevé le menton avec dédain :

« Que dis-tu là, ma toute, toute petite donzelle ? Tu n'es pas son échanson, que je sache ! Ce garçon meurt de soif, et la soif, t'y connais rien ! Laisse-moi faire… »

Et derechef, elle a soulevé sa gourde, puis tenté de caresser du doigt les lèvres de Meijo. Et comme ce dernier esquivait plus franchement ses avances, elle a fini par se vexer, et retourner contre lui son agressivité :

« Eh quoi ? Va te coucher, alors, petite bite ! À quoi te sert d'être lucide demain ? Tu cherches pas à courtiser la forêt ! Dis-moi, lorsque tu chevauches avec ma fille… Dis-tu bien les mots-mages ? Hein ? Est-ce que tu grattes la gale aux troncs ? Hah ! As-tu seulement béni la trace d'Appou, en lui présentant tes respects ? »

Elle s'est penchée en avant, un index sentencieux posé sur son petit nez plat :

« Faut que tu lui fasses du gringue, à cette forêt, si tu veux qu'elle te baise un jour ! Faut la marivauder ! La lécher ! La mordiller ! La flatter ! »

Son haleine imbibée a contraint mon damoiseau à prendre du recul. Elle a pris cela pour un aveu de faiblesse et s'est mise à lui ricaner au nez.

« Houyah ! Tu vois ! Citain tu es, citain tu restes ! Étranger à ton peuple ! Ma Nisû, elle avait pas encore de miches qu'elle courait déjà le Lempio ! Elle a pris le temps de faire tous ces gestes et maintenant, la forêt la connaît bien, hein, ma petite tignasse foutraque ! Elle y a bonne réputation, ouais… chez les choses qui volent comme chez celles qui courent, celles qui rampent, celles qui fouissent et celles qui toussent… qui poussent. Oé, elle a jamais commis d'impair ni vexé personne. N'est-ce pas, ma renarde gironde ? »

Et sur ce, il a fallu qu'elle se mette à me peloter affectueusement, avec ce maudit air de complicité surjouée qui redoublait mon supplice. Quant à Meijo, au lieu de répliquer, il a fait ce que font si bien les Firwané : plier pour ne pas rompre. Il s'est mis à approuver humblement chaque phrase du soliloque maternel, tout en remplissant consciencieusement son gobelet. Et de le lui pousser sous le nez, comme ça, naturellement, en manière d'excuse. À chaque fois, elle s'en emparait d'un geste autoritaire, et le vidait d'une traite. Ah ! Le bon siavo qui glougloute en gourde, clapote en calice, gouleye au gosier ! Comme il est difficile d'arrêter ce flot ! L'auteure de mes jours commençait à accuser le coup, l'air de rien. Sa bouche était de plus en plus pâteuse, ses mots gourds :

« … va falloir mieux t'appliquer, si tu veux faire le Firwane, 'tit Meijo… Tout 'tit Meijo… Hein… que je t'apprenne ! »

Elle a tapé du gobelet sur la table. S'est levée dans toute sa majesté. S'est frappé la poitrine du poing :

« Vais t'aider à devenir un homme, petit con ! Je vais t'aider, parce que moi, je… je règne sur… » Geste vague : « … tout ça ! »

Ce que marmonnant, son cul est retombé bruyamment sur son siège ; son avant-bras a fait voler le gobelet, qui a roulé au sol sans se briser, un vrai miracle. L'instant d'après, elle s'abîmait dans ses pensées, les yeux mi-clos et le front bas. Elle a bien tenté de relever le menton, l'œil suspicieux, mais il est retombé derechef sur son poitrail ; puis tout son corps s'est mis à glisser mollement sur le côté.

Et Dame Naayolé, seigneur du Harfang, s'est affalée, vaincue, dans sa cathèdre collante de tout le breuvage renversé.

Pour comble, tandis que je me retirais avec notre invité, son ronflement colossal s'est élevé dans la salle. Si le fort du Harfang avait ce soir accueilli des visiteurs, à coup sûr, ils auraient pensé que des goguelins crasseux s'y terraient, grondant dans chaque recoin. Ce son les aurait frappés de terreur ; ils auraient pris la fuite pour ne plus jamais revenir en ces lieux.

Sur le seuil de la tour, j'ai morigéné mon amoureux :

« Tu n'as pas honte de saouler ma mère ? Gredin ! »

Il a ri, très content de lui-même.

« Comme tu y vas… Ivre, elle l'était déjà… Ivre morte, elle en prenait la route ! »

Je l'ai repoussé :

« Pas une raison pour en rajouter ! »

Il a ri encore, c'était agaçant au possible. Il m'a pincé les seins sans vergogne :

« Allons, avoir endormi ta mère est charitable ; tu as bien vu qu'elle n'était pas d'une humeur convenable pour une dame de son rang…

— Ouiche ! C'est bien, messire le bienfaiteur, tu as recouvert son honneur d'un pudique voile de sommeil. Et maintenant qu'elle roupille, tu en profites pour… pour canailler sa fille ! Avoutre ! Harpailleur ! Coquin ! »

Et je me suis mise à lui frapper l'épaule de mes poings menus. En vérité, j'étais passablement réjouie du tour joué à ma mère et j'avais toutes les peines du monde à le dissimuler. Je n'ai pu réprimer un demi-sourire. Il a sauté sur l'occasion :

« Aaah, tu vois… Ça t'amuse !

— Oui, bon. C'est assez amusant, allez. À présent, allons dormir, s'il te plaît. Je suis fatiguée. »

Je disais cela, mais ce n'était pas ce que je voulais. Je songeais que ce soir, personne ne monterait nous rejoindre à l'étage, dans la chambre des dames, où dormaient déjà mes deux jeunes demi-sœurs, de leur sommeil de pierre. Pas même Neunîne, fidèle garde-malade, qui couchait désormais auprès de Löt dans la Tour-aux-grives. La pensée de cette occasion unique qui nous était offerte s'instillait fort vilainement dans mon esprit, et s'entêtait à y demeurer. L'ennui, c'est que je ne pouvais pas compter sur mon galant pour m'aider à résister. Il m'a coincée contre le mur, comme il l'avait fait dans la forêt ; son corps s'est avancé à la rencontre du mien.

« *Yash yash,* Meijo ! Je ne suis pas fille qu'on culbute pour un… »

Il a écrasé ses lèvres sur les miennes, et sa langue s'est immiscée dans ma bouche. J'ai attrapé sa nuque à pleine main, et je lui ai rendu son baiser, longuement, passionnément. Nos pubis se sont affrontés ; nos doigts se sont plu à agripper les étoffes, à se glisser au-dessous. Nos peaux se sont enflammées partout où elles se sont touchées.

Je l'ai mené dans la chambre, où il n'a pas rejoint sa couche. La mienne était fraîche et moelleuse, accueillante à souhait. Nous y avons roulé, tout à notre volupté. Ses doigts se sont mis à remonter sous ma chemise, et comme, par un malheureux hasard, le dos de sa main accrochait l'étoffe, je me suis rapidement retrouvée toute esnuée, imaginez mon désarroi. Pudique, j'ai joint les mains sur mon yoni, pour en dissimuler la toison.

Un peu intimidée, j'ai soufflé :

« Tu as déjà fait ça, toi, Meijo ? »

Sourire plein d'assurance :

« Seulement deux fois… »

C'était un mensonge éhonté, mais j'avais tellement envie de le croire… Je l'ai laissé me caresser et poser sa bouche un peu partout. Ses mains volages, sa langue baladeuse, tout cela m'a rendue déraisonnable, si bien que lorsqu'il s'est finalement couché sur moi, je n'ai pas songé à protester. Ses hanches ont repoussé mes cuisses en douceur ; je me suis écartelée sous leur pression. Mes épaules et mes bras se sont laissés aller, et j'ai fermé les yeux pour profiter de l'instant.

Quand il s'est poussé en moi, je n'ai ressenti qu'un pincement trivial, une douleur fadasse, qui n'a pas su me faire vraiment souffrir, encore moins me chavirer de plaisir. C'était déconcertant… J'avais toujours pensé que ce moment me ferait perdre la tête, au lieu de quoi je me suis retrouvée allongée sur le dos, à m'étonner de sa javeline fichée en moi, qui coulissait lentement, à me demander si c'était une chose agréable ou non. Et très vite, ça l'est devenu. Un peu. Et même un peu plus… une chose belle et bonne, je me suis dit, mais tellement éloignée de l'extase que je m'étais imaginée !

Mais il y avait autre chose, qui me chamboulait davantage. Ses cheveux ruisselaient dans mes cheveux ; je voyais disparaître son membre entre mes cuisses ; je sentais son souffle sur mon cou et nos hanches rouler au même roulis. C'était tout cela qui était beau, qui était grand, qui m'émouvait ; et tant pis si ce n'était pas l'ivresse annoncée, j'étais heureuse parce que j'étais pleine de lui, moulée autour de lui, unie à n'en pas pouvoir me décrocher.

Quand il a jailli brutalement au-dehors pour jouir, je l'ai regardé s'abandonner à son plaisir avec un attendrissement presque maternel ; le bout de mes doigts s'est planté dans ses belles joues pleines, rugueuses de barbe rase et drue. Je crois qu'ils ont tremblé un peu.

Nous sommes restés longtemps enlacés. Je pense bien que c'était ça, le meilleur moment : ce temps où il demeurait apaisé dans mes bras et où je me repaissais des sensations précédentes, cherchant à les apprivoiser. J'ai eu envie de la toucher encore, cette darde douce qui venait de me profaner ; j'ai posé le bout de mes doigts dessus, et je me suis mise à l'effleurer, avec une tendresse infinie, des attouchements d'ailes de papillon.

J'ai dit :

« Voici un sexe d'airain… »

Il a tourné son beau visage vers moi, et il a souri, content de lui. Il s'est mis à murmurer des mots doux, des mots puissants. Et je l'ai cru encore, insensée que j'étais… j'ai su que j'étais amoureuse, de toute la force de mes hanches, à m'en crever la poitrine. Il était mon âme sœur : nous partagions les mêmes souffrances, les mêmes fragilités. À cet âge, je pensais que c'était cela, le ciment de l'amour : se reconnaître dans l'autre ou croire s'y reconnaître, rassurée de le savoir aussi faillible que soi-même, attendrie de pouvoir le protéger.

Le dit de Fintan Calathynn – 11

Shakti s'interrompt un instant, le temps de refaire honneur au tord-boyaux des Teules. Elle s'offre une digne rasade, comme pour célébrer à nouveau la perte de son innocence; puis se torche la bouche d'un gracieux revers de main.

Dipran la toise d'un air de sainte nitouche.

« Dame, je vous prie, proteste-t-il. Nul besoin de… de conter ces choses-là ! »

Elle le nargue du regard :

« Et pourquoi donc? Vous vouliez le récit de la catin? Le voici donc, là où il commence! Si ce modeste esgambillage vous effarouche déjà, maître gâte-sauce, je me demande ce qu'il adviendra de vous tout à l'heure, lorsque viendront des jeux plus crus! »

Elle se doute que c'est lui qui a vendu la mèche; elle n'est pas disposée à le ménager. Il baisse le front, trop offensé pour répliquer.

« Bah, tais-toi un peu, maudit rabat-joie! le tance Miach. Laisse-la conter comme il lui plaît! Une vraie femme qu'a pas peur des mots, ça t'a toujours manqué, mon salaud! Allez donc, ma Dame, ne vous souciez pas des nicets! Narrez-nous les bonnes choses de la vie : les jeux de la fendace et de la pendeloche, les offrandes d'amants, les jointures joyeuses; et puis les plaisirs de banquet, les chevauchées prodigieuses et tout ce qui manque aux guerriers perdus que nous sommes! Vous n'imaginez pas à quel point tout cela nous réconforte… »

Elle nous dédie un sourire férocement canaille et reprend son récit, grisée par l'eau-de-vie.

Le récit de la Courtisane (3) – Les sentiers du Lempio

Après cette nuit-là, Meijo et moi, nous sommes devenus inséparables.

Mère n'était pas dupe de notre relation, mais elle s'abstenait de toute allusion au sujet. Elle savait trop bien que l'amour est comme l'eau, qui ne se peut contenir : mieux vaut le laisser couler jusqu'à ce qu'il s'assèche. C'était la façon de penser du Nord, la manière des gens de l'airain avec leurs fils et leurs filles.

Courir le Lempio, la lande et le lac n'était que la moindre de nos complicités. Nous faisions l'amour chaque fois que nous le pouvions, lorsque nous parvenions à nous isoler dans quelque recoin du castel ou que la mousse au pied d'un sapin nous ouvrait les bras. C'est devenu rapidement une chose formidable. L'odeur de sa peau me rendait folle ; j'en aurais mangé. J'ai honte de dire tout ce qu'il a réussi à me faire, rien qu'à cause de ce parfum enivrant. Certains soirs, Maïbo s'en allait dans la plaine retrouver l'un de ses amants, et ne revenait pas avant le matin. Alors nous connaissions des nuits magnifiques… Nous prenions tout notre temps pour explorer de nouveaux territoires, outrepasser honteusement mes limites les plus sacrées. Messeigneurs, je le jure solennellement : si je n'étais tombée sur pareil coquin, jamais moi, damoiselle de bon lignage, ne me serais laissée aller à tant de choses scandaleuses et grisantes !

À la vérité, Meijo aurait pu me mener n'importe où. J'étais totalement captive de cette petite gueule-là.

Löt a bien essayé de me détourner de lui :

« Ça ne sert à rien que tu tournes autour de Meijo. Je te vois faire, Nisû ! Dis-toi qu'il y a à Asikri toutes les damoiselles dont il peut rêver, et de plus fines, et de mieux nées. Aucune chance qu'il s'intéresse à toi. D'ailleurs, ce n'est pas pour ça qu'il est venu ici ! »

J'ai songé que mon frère était bien possessif; qu'il était aigri parce qu'à cause de sa santé, son ami lui échappait. J'avais bien envie de le narguer un peu avec le récit de nos amourettes ; seulement, je n'avais pas le cœur à m'acharner sur un malade, et je n'avais pas non plus envie qu'il s'arrange pour mettre le holà à nos ébats.

« Je ne suis pas sotte. Je sais bien que je ne suis qu'une renarde pitaude. Mon plaisir, c'est de lui faire aimer le Lempio ! »

Il a crachoté un rire tousseux.

« Aimer le Lempio ? Ma petite cane, comme tu connais mal les hommes ! Le coin a de l'attrait, mais ce n'est pas pour *aimer* les arbres qu'il a fait le voyage !

— Alors pour quoi ?

— Pour la chasse, pardi ! Meijo est braconnier dans l'âme. Il emballe tout ça dans de belles paroles, mais en réalité, s'il est ici, c'est pour courir librement la venaison. Nos affûts du début d'automne ne furent qu'amuse-gueule : mon ami vise bien mieux que cela. Il sait qu'en Lempio rôdent encore de grands animaux antiques. S'il est habile, il rapportera des trophées qui rendront verte de jalousie la moitié de la cour… C'est une chose pour laquelle tu ne peux pas lui être d'un grand secours. C'est bien que tu l'occupes un peu, mais ne te méprends pas : tu n'es pour lui qu'un pis-aller en attendant que je me rétablisse. »

Je me suis pincé la lèvre pour dissimuler mon mépris. Ah ! Comme mon frère connaissait mal son ami ! Les rêves partagés avec son père, l'honneur perdu de son lignage, sa quête de ses origines, il ignorait donc tout de cela ? Mais cette ignorance m'emplissait d'une coupable allégresse : elle signifiait qu'il n'avait pas reçu les mêmes confidences, que Meijo était à moi davantage qu'à lui.

N'en déplaise à mon frère, il fallait profiter dignement des derniers jours de l'automne. J'ai donc mené mon galant dans une longue chevauchée à travers le Lempio, vers le nord et les profondeurs de la forêt. Nous sommes partis à l'aube; nous avons progressé sur près de huit lieues. Au crépuscule, nous avons gravi le mont Maisu, d'où la vue porte très loin. Le ciel était dégagé; nous nous sommes assis sur un promontoire pour embrasser du regard les vastitudes boisées du Septentrion.

Du doigt, j'ai pointé un cône hirsute planté sur la ligne d'horizon, à des dizaines et des dizaines de milles de notre position. C'était, de toute évidence, la cime de l'un des arbres géants. Ses contours étaient rendus flous par la distance. Il perchait si haut au-dessus de la canopée qu'il paraissait impossible qu'il ne touche pas le ciel. Meijo a poussé un sifflement admiratif; un sourire bienheureux s'est peint sur sa face.

« Lequel est-ce? a-t-il demandé. Le *Tremble-Tonnerre*?

— Non. Trop à l'ouest. *Le Tremble*, tu le verrais absorber les éclairs par nuit de tempête, et les recracher vers le ciel sous forme de boules de lumière, pour défier les étoiles, en rythme: *Brom, Bromm... Bromm....* Mais il te faudrait pour cela regarder de l'autre côté. Celui-ci, c'est *le Grand Gîte des lérots.* C'est une cité à lui seul, cet arbre; il abrite des douzaines de tribus de rongeurs, toutes plus anciennes et plus nobles les unes que les autres. Chacune a son pelage, qui lui est propre, avec ses motifs complexes et ses marques reconnaissables; et parfois, ces clans se livrent des guerres impitoyables pour la conquête des branches les mieux exposées. Ceux qui tiennent le sommet résident si près du ciel qu'ils sont doués de parole. De là où ils sont, ils peuvent dialoguer directement avec les Astres, dont ils tirent grand savoir et prescience, au point que leur conversation est recherchée par les sages. On dit que là-haut, près du faîte, ils collectionnent les riches offrandes laissées par ceux qui sont venus les consulter, bardes, bramynn et chamanes des temps anciens. »

« La nuit venue, tout le peuple des lérots se pose au bord des branches, et leurs grands yeux ronds se mettent à briller dans le noir, comme des pierres précieuses. Là encore, à chaque famille sa couleur : c'est une pure féérie de bleus, de verts, de mauves et d'ocres. Quand la Lune est pleine, les clans mettent en veille leurs querelles séculaires et se prennent à chanter tous ensemble : un festival de couinements doux et de ronronnements délicieux. Quiconque entend sonner cette harpe ne l'oubliera jamais ! »

J'ai vu pétiller dans son regard une curiosité avide.

« À quelle distance est-ce ?

— Houyaaa, mon pauvre ! À tant de jours d'ici ! Si tu veux aller l'honorer, il te faudra revenir au cœur de l'été, quand il fera assez chaud pour camper à la belle étoile et pousser des expéditions lointaines. Le *Grand Gîte*, j'aimerais bien le voir un jour… et puis le chêne Lötvorokki, l'arbre-roi du Lempio ! Ma mère a fait le voyage une fois, dans sa jeunesse : elle dit qu'elle n'a jamais rien vu de plus beau. Un jour, ce sera mon tour. Je t'emmènerai, car c'est une chose que je veux découvrir avec toi… »

J'ai fourré ma petite main dans la sienne, et je me suis blottie contre lui. Hutar est venu se coller contre mon autre flanc, histoire de me tenir bien au chaud. Et tandis que le soleil mourant embrasait l'horizon, nous avons tous trois fait silence, dans l'espoir futile d'entendre les échos lointains du chant des lérots.

Pour Meijo, le chemin du retour devait se révéler une expérience étrange et éprouvante. Ce n'était pas qu'il fasse sombre : la Lune était charnue et le ciel suffisamment étoilé pour nous permettre de voir clair jusque sous les branches basses des épicéas. Pourtant, mon compagnon allait éprouver à plusieurs reprises ce frisson de peur qu'éveille l'inconnu. La nuit, les forces qui animent le Lempio deviennent plus vives et plus évidentes ; impossible d'ignorer le manège des âmes éveillées. C'est ce soir-là que Meijo a commencé un peu à *voir*… Ici, un napperon de brume dérivait en solitaire, nimbé d'imperceptibles nuances émeraude ; là, des rivières de gravillons ruisselaient sans raison apparente sur un sol des plus plats. À plusieurs reprises, le vent a soulevé les feuilles mortes en silhouettes fantasques, qui dansaient autour de nous : formes féminines tournoyantes, oiseaux gigantesques déployant leurs ailes sous le museau de notre monture, renard rapide courant sur place, suspendu dans les airs. Hutar bondissait en vain pour les happer dans sa gueule. Elles nous accompagnaient si longuement qu'il était impossible de ne pas y voir l'œuvre d'esprits animés. Je laissais éclater mon rire pour exprimer mon ravissement ; alors aussitôt, les invisibles rompaient leur prise, et nos compagnons de route s'effondraient sur eux-mêmes pour redevenir tas de feuilles décrépites. À chaque fois, je sentais Meijo resserrer sa prise sur les rênes, nerveux.

« Cesse de rire si fort, se plaignait-il. Va savoir ce que tu vas provoquer… »

Il était maussade, parce que j'étais tout à mon aise, alors que lui ne parvenait pas à cacher sa peur. Il détestait avoir le dessous. J'ai ri encore, pour le plaisir de le voir bouillir :

« Au contraire, mon doux ! C'est tout ce qu'attendent les esprits : ils aiment le son de ma joie. Tant que je ne consens pas à la leur offrir, ils continueront à nous titiller… »

Un peu plus loin, un vaste attroupement de rennes s'est formé devant nous, barrant littéralement le lit du ruisseau le long duquel nous chevauchions. Le chien a donné de la voix pour tenter de les disperser ; Meijo a tiré sur le mors, fait piaffer son grand palefroi et s'est agité beaucoup, sans parvenir à émouvoir la harde le moins du monde. J'ai posé la main sur son bras :

« Chhht… Tu ne sais pas t'y prendre. Ne t'ai-je rien appris ? »

Je suis descendue de cheval et je me suis faufilée entre les flancs des bêtes, dont la houle m'a portée tout naturellement là où je voulais aller : face au meneur de harde. J'ai posé la main sur son front : l'animal a ployé les genoux. Je me suis accroupie avec lui, les deux mains au sol, et je me suis mise à chanter – une mélopée nostalgique qui parlait d'hiver et de choses qui sommeillent sous la terre pendant la longue nuit. Une fois le chant terminé, le grand mâle s'est redressé sur ses pattes ; alors tout le troupeau s'est mis en branle pour nous dégager un passage large comme une travée de temple.

Meijo me regardait avec des yeux écarquillés.

« Tu vas me dire qu'ils voulaient juste entendre ce virelai, et qu'ils nous ont barré le passage pour l'obtenir ?

— Non, mon Meijo. Ils voulaient ceci ! »

Et j'ai ouvert la main, pour lui montrer le chapeau rouge que je tenais serré en dedans.

« Une amanite ! Les rennes en sont friands. Regarde autour de nous, il y en a partout ! Pour rien au monde, ils ne se seraient écartés, s'ils n'avaient reconnu en moi la fille de Naayolé du Harfang. La chanson n'a servi qu'à faire valoir mon lignage. »

Ailleurs encore, une clarté de rubis vibrait sous les arbres, sans qu'on puisse en deviner la source, et transformait le dessous des feuillages en une voûte embrasée de rouges. Ce n'était, ai-je expliqué à mon amant, que les feuilles mortes tombées au sol qui se désintégraient en lumière vaporeuse, pour enchanter une dernière fois la forêt. Même Hutar semblait touché par la grâce : des volutes de brume argentée, luisante comme Lune, dansaient dans son pelage, bondissaient hors de sa gueule à chacun de ses halètements. Ses yeux brillaient d'une joie féroce ; j'y devinais une intelligence multiple, comme si, au travers de ses prunelles d'ambre, ses ancêtres assemblés exultaient devant les vieux mystères.

Nous avons franchi des ruisseaux ; nous avons salué des terriers. Un blaireau est venu nous offrir une musaraigne morte, qu'il a déposée sans façon aux pieds de Meijo. Le sol a tremblé tel un tambour sous le trot du palefroi, éveillant des échos lointains, comme si la terre s'était soudain affinée en une mince couche tendue au-dessus d'une caverne immense. Et ainsi de suite, de surprise en surprise, jusqu'à ce qu'enfin, les murs rassurants du castrum viennent mettre un terme à tant de folies.

Sur ce, les jours ont encore raccourci. Les heures de clarté deviennent si rares et si fraîches que nous ne songeons plus guère à sortir. Nous passons davantage de temps dans la Tour sage, à nous abreuver de romans de chevalerie et de récits courtois, à pincer les cordes de mon kantélé en chantant des lais venus de l'Héritage, et d'autres issus de la tradition firwane.

Mon amoureux en profite aussi pour m'apprendre le couteau : comment le manier en taverne pour escoiller quelqu'un par-dessous la table et comment le dissimuler sous sa paume lorsqu'on affronte un adversaire en combat ouvert. Il y a coutel et coutel : la dague longue, que l'on tire en bataille, assez forte pour parer une lame ; la miséricorde au fer large, dont on use pour achever les blessés ; le perce-maille robuste mais fin, qui se faufile dans les anneaux de fer ; le petit quenivet qui sert en des lieux étroits, lorsqu'une rixe tourne mal, et qu'on ne vous voit pas dégainer avant qu'il ne soit trop tard. Tout cela est pour moi fort théorique ; je ne songe pas à lui demander quels fieffés vauriens lui ont appris ces arts.

Moi, ce qui me convient, ce sont les couteaux plats, les couteaux de jet. J'ai, à ses dires, un vrai talent pour les faire voler. Quand ils quittent ma main, ils filent vite, mes petits oiseaux ; ils ne se perdent pas en route. Un jour où plusieurs d'entre d'eux se sont plantés bien droit dans la planche, Meijo me glisse :

« Superbe. Imagine que tu viens de ficher tout ça dans la bedaine de la Croque-Carcasse… »

Voyant ma mine penaude, il se fend d'un sourire de goupil et s'amuse à me provoquer :

« Imagine un peu que je ramène sa tête en trophée à Asikri. Tu vois d'ici ma renommée ?

— Arrête. Ce n'est pas bien d'imaginer ça. C'est une…

— Une vassale de ta mère, oui ! Je sais… » et il se met à rire. « Un respectable seigneur des bêtes ! Tout de même… Tu dois souhaiter un peu sa mort, non ? »

Je pousse un soupir et je me laisse tomber sur un rondin.

« Je sais ce que tu vas dire : le sang pour prix du sang. Moi, ce que j'aurais voulu, c'est qu'elle soit morte avant de tuer mon père. » Je lui adresse un regard plein de tristesse : « Mais maintenant qu'elle l'a fait, je ne vois pas ce que ça changerait, d'aller la massacrer. » Je détourne la tête : « Comme si une telle chose était possible… Massacrer Colosse d'ourse ! Abattre la vieille garce… »

Meijo me scrute avec une attention peu coutumière. Ses lèvres s'étirent, narquoises :

« C'est cela… Au fond, tu la hais bel et bien. Plus que tu ne consens à le montrer. C'est juste que tu penses que cette haine n'est pas… *convenable.* »

Je me détourne pour cacher mon trouble.

Il va récupérer les couteaux dans la planche, et puis il se met à les tirer l'un après l'autre, sans discontinuer. Ce qui ne l'empêche pas de préciser sa pensée :

« … Ta mère, elle t'a fourré en tête de ces convenances ! Mais tout ça, c'est du… vent ! Des excuses à sa lâcheté. On parle du monstre qui… a tué ton père ! Il n'y a aucune raison décente pour qu'elle le protège… »

Et ssouf, un autre couteau quitte sa main et, tchac ! se plante dans la planche. Je ressens le besoin de l'instruire davantage :

« Elle va mourir d'elle-même, tu sais… Je n'ai qu'à attendre, le temps finit toujours par avoir prise sur les choses, même sur les antiques Seigneurs des bêtes. Charogne est malade. Elle est condamnée. Cela a commencé avec sa patte arrière gauche… »

Mon compagnon tend l'oreille, attentif, tout en saisissant un autre couteau entre ses doigts.

« … Elle se transforme en calcaire, petit à petit. Cela a touché d'abord ses griffes, il y a plusieurs siècles de cela. Du temps où Maïbo était jeune, elle avait la moitié du tibia figée et, depuis lors, cela a continué à la grignoter. Un jour, elle sera tout entière en pierre. Sans doute est-ce ainsi que meurent les êtres archaïques comme elle. Cette idée doit la rendre folle de rage… »

Meijo paraît détaché, concentré sur son prochain tir.

« Cela peut prendre encore des siècles… constate-t-il froidement.

— Sans doute.

— Elle ne mérite pas une mort si paisible. Combien d'hommes a-t-elle tués jusqu'ici ? Le récit de sa férocité court jusqu'à Asikri ! »

Et tchac! Sa dernière lame se fiche en bois. Il s'en va les rechercher toutes et puis continue à tirer, sans plus me prêter attention. Il y a une sorte de rage dans sa frappe, tournée contre qui, contre quoi, je ne peux le deviner ; probablement contre quelque chose de bien plus profond ou plus lointain que la Croque-Carcasse. Contre lui-même, peut-être... Contre son père, aussi. Contre tout ce passé qui lui pèse, ces racines qui lui ont fait défaut, tout ce qui l'empêche de devenir un fleuron de la noblesse de cette île.

Le matin suivant, Mère rassemble ses besaces et chausse ses bottes de voyage.

« Löt s'obstine à ne pas guérir, nous déclare-t-elle au cours du repas matinal. Son mal n'est pas délogé et peut lui retomber sur la poitrine à tout moment. Ma médecine ne suffit plus ; je vais devoir prendre conseil ailleurs. C'est l'affaire d'une semaine, peut-être deux... »

Quand je lui demande où elle se rend, elle se contente de réasséner un « Ailleurs! » des plus énigmatiques ; et quand j'objecte qu'il fait déjà trop froid et trop sombre pour voyager, elle ne s'en laisse pas conter :

« Je monterai Kulakko. C'est le plus vaillant de nos rennes ; il me tiendra chaud la nuit. Et puis, il y a les *Havres doux*... »

Ces mots attisent encore ma curiosité. Les Havres doux, ce sont ces bosquets baignés d'une chaleur souterraine dont nul ne connaît la source, et que l'on trouve presque uniquement dans le Lempio. En ces lieux, la neige ne tient pas, l'humus demeure toujours tiède. Pour peu que vous vous couchiez sous l'abri d'une branche basse, l'air qui monte du sol stagne et vous garde bien au chaud pendant tout le temps du sommeil. Ce sont des îlots de paradis dans l'enfer de l'hiver. Mère prétend qu'il est possible de traverser la forêt d'est en ouest, même par fortes gelées, rien qu'en sautant d'un Havre à l'autre par étapes d'une journée.

Tout cela signifie que la Dame du Harfang compte s'enfoncer profondément dans la *Mère-forêt.* Nul ne la connaît mieux qu'elle ; je ne doute pas qu'elle endurera sans sourciller les rigueurs du voyage. Je la regarde partir sans crainte, aux premiers feux du jour.

Son absence a deux conséquences : la première, c'est que je peux accueillir mon très doux dans ma couche et jouir allègrement des joies qu'offrent les nuits partagées. Nous en profitons tout notre saoul dès le soir du départ, au grand dam de Neunîne, qui n'est pas dupe. La seconde, c'est que je passe davantage de temps au chevet de Löt, à lui prodiguer les soins prescrits par Mère, et aussi à m'occuper de mes jeunes demi-sœurs. Meijo a beau être l'ami de mon frère, il ne se sent jamais très longtemps l'âme d'un garde-malade. Pour occuper ses journées, il se remet à courir la venaison. Sitôt que le soleil déborde les cimes, il selle son palefroi et emmène son chien en forêt, se poster à l'affût auprès des points d'eau ou bien flairer la trace du lièvre vagabond. Je le laisse filer sans inquiétude : au fond de moi, j'espère bien que l'amour du Lempio grandira en lui au cours de ses sorties solitaires.

Les deux premiers jours, il parvient à nous ramener un daim et plusieurs canards sauvages. Le matin du troisième, il se poste au bord d'une vaste fougeraie, en attente de gibier. C'est là qu'il a le coup de chance qu'il n'espérait pas.

Cela arrive en silence, pendant que Meijo trompe l'attente en triturant son petit couteau noir, accroupi au pied d'un bouleau. L'instant d'avant, il n'y a rien ; le temps de relever le regard, et c'est là, posté au beau milieu du champ de fougères.

C'est un *ajin*, un grand renne céleste : l'une des créatures les plus insaisissables du Lempio. Son pelage est blanc comme neige, ses bois duveteux et gris comme la sauge. Chacun de ses mouvements témoigne d'une grâce vaporeuse. Mais ce qui accroche le regard, ce sont ses grands yeux d'un bleu de saphir, légèrement luminescents dans les ombres du sous-bois. Si l'on parle des ajin comme de créatures enchantées, c'est à cause de ces pupilles-là : elles vous donnent l'impression de clapoter dans les eaux de l'Autre monde.

Mon amant pose la main sur le crâne de son chien, pour l'inciter au silence.

Pour un habitant du Nord, voir un renne céleste est bon présage ; Meijo devrait comprendre que par cette faveur, la Mère-forêt l'accueille comme l'un de ses enfants. Au lieu de quoi, le chasseur en lui ne voit qu'un trophée prestigieux à conquérir. Avec douceur, sa main gauche se pose sur son arc ; l'autre fait glisser une flèche hors de son carquois. Lentement, sans faire craquer ses articulations, il se redresse.

L'ajin tourne vers lui ses incroyables prunelles. Il demeure d'un calme paisible, comme si l'idée même de la violence lui était étrangère. Le claquement de la corde ne l'inquiète pas, non plus que le vrombissement de la flèche. C'est seulement lorsque le trait se fiche profondément entre son poitrail et son épaule que se déchire brutalement son innocence.

L'animal brame sa douleur, rue et piaffe de surprise ; puis il se défile en cavalant sur trois pattes, du plus vite qu'il peut. Hutar s'élance aussitôt à ses trousses. Meijo éructe un juron, bat rapidement en retraite pour retrouver son palefroi attaché un peu plus loin. Le temps de sauter en selle, déjà, la bête et le chien ont filé hors de vue. Jurant à nouveau, l'écuyer pique des deux éperons et mène son cheval à bride abattue à travers les fougères. Il pourfend cette mer végétale en l'espace de quelques battements de cœur, à la poursuite des aboiements ; franchit un ruisseau et traverse une sapinière avant de freiner brutalement, arrêté par une haie haute et épaisse chargée de baies pourrissantes.

Il devrait reconnaître qu'il entre sur un territoire ; la forêt ne dresse pas ses obstacles par hasard. Mais il est obnubilé par sa poursuite, et l'idée même d'un asile pour les proies pourchassées lui est inconnue. Tirant sur les rênes, il file à gauche, là où les empreintes de l'ajin se découpent nettement dans la terre meuble. Avec une épaule bloquée par la pointe de flèche, et vu la quantité de sang qu'il perd, ce dernier ne pourra pas aller loin : Meijo finira forcément par le retrouver.

La piste longe la haie naturelle pendant un demi-mille, avant de la franchir à la faveur d'une brèche. Là, le chasseur retrouve son chien, assis au pied d'une vaste colline. Des traces de sang dans les coteaux lui apprennent que le gibier a gravi l'obstacle. C'est une pente accidentée et ronceuse, trop dangereuse pour les pattes fragiles du palefroi : Meijo prend donc le temps d'attacher sa monture à l'arbre le plus proche avant d'entamer l'ascension. Mais son limier ne le suit pas : il demeure sur son séant, museau levé, muré dans un calme étrange.

« Eh quoi, Hutar ? Qu'est-ce que t'attends ? Les premières neiges ? »

L'animal se contente de couiner, une lueur de reproche dans les yeux.

« Tu crains les épines, c'est ça ? Très bien, alors reste en bas, je vais finir le travail tout seul. »

Et l'homme se met à grimper. Le maquis est si dense qu'il doit tirer l'épée pour se frayer un passage au travers ; il se demande comment l'ajin a bien pu s'y faufiler. Tout autour de lui, des nuées d'oiseaux s'ébattent dans le taillis, croulant, grisollant et cajactant comme des commères.

Il faut un bon moment à Meijo pour forcer son chemin, au prix de nombreuses éraflures ; mais en basculant au sommet, il obtient sa récompense. La forteresse de broussailles s'ouvre en un véritable petit plateau arboré, parsemé ici et là de buissons et de résineux. Le renne gît au pied d'un petit sapin, couché sur le flanc. Il tire la langue. Il est mourant.

Meijo s'approche à pas lents. Il a tout son temps pour donner le coup de grâce et veut d'abord jouir du privilège d'admirer l'animal vivant. Quand l'ajin lève le regard vers lui, il y a dans ses fantastiques iris quelque chose qui ressemble à de la tristesse, une expression de profonde désolation.

« Magnifique… murmure le chasseur. Quel être splendide tu es ! »

Franchissant les derniers pas avec prudence, il vient poser sa main sur l'encolure du renne. Celui-ci se laisse faire, passif ; peut-être que le lien entre l'homme et la flèche lui a échappé, ou peut-être qu'il accepte sans rancœur la consolation de cette ultime caresse. Sans cesser de flatter l'animal, Meijo tire son petit couteau noir du fourreau.

« C'est un honneur de prendre ta vie… »

Et ce disant, il empoigne la bête par la ramure et pose sa lame sur la jugulaire, pour trancher.

Un vent frissonnant se lève alors sur la colline ; les feuilles des arbres se mettent à bruisser comme des crécelles. Dans le même temps, le chœur des oiseaux enfle sa rumeur, jacasse un véritable charivari. Mon amant hésite un peu, comme s'il sentait intuitivement que la forêt refuse son acte. Mais l'appel du trophée est le plus fort ; il se prépare à porter le coup de grâce.

Un grand craquement de bois suspend son geste. L'écuyer se redresse, sa vigilance éveillée.

À quelque deux cents coudées dans les frondaisons, par-delà le bord du haut plateau, le sommet d'un bouleau se cambre, ployé vers le sol par quelque poigne puissante. À peine le temps pour Meijo de s'en étonner : déjà, le fût se détend comme le bois d'un arc. Il en reste vibrant, à libérer dans l'air des nuées de feuilles mortes.

Soudain, la volaille se tait à l'unisson : la sylve se mure dans un silence inhabituel. Meijo tend l'oreille, tous ses sens aux aguets.

Le cou tordu par la poigne du chasseur, l'ajin exhale encore une faible plainte. « Chhhhht ! » souffle doucement Meijo, compatissant. Mais comme la bête respire trop bruyamment pour lui permettre d'écouter la forêt, il finit par relâcher sa prise sur sa ramure et s'écarter de quelques pas.

Là-bas, au pied de la colline, le palefroi renâcle nerveusement.

Je ferais mieux de le rejoindre, songe Meijo. *Va savoir ce qui vient par là !*

Et par mesure de prudence, il tire l'épée avant de s'avancer vers la pente.

Il n'a pas fait trois pas qu'un rugissement colossal fracasse le silence.

Comment décrire une chose pareille ? Moi qui l'ai entendu à deux reprises, je ne peux en parler sans trembler. C'est le grondement le plus terrible jamais ouï de mémoire d'homme : un rauque empli de fiel, profond et râpeux, qui vous baratte le bas-ventre et vous surit la moelle au creux des os. L'écuyer tressaille, jette autour de lui des regards anxieux. Quoi que ce soit, c'est proche, tout proche ; cela peut le charger à tout moment. Il sent la panique le gagner. Mais la chose n'est pas sur la colline, sinon il l'aurait immédiatement à vue : c'est encore en contrebas, à soixante pas, peut-être.

Et voilà maintenant qu'un hennissement désespéré s'élève du pied du mont, suivi d'aboiements féroces, d'un feulement sourd, d'un claquement d'os, et puis d'un hideux raclement de gorge. La terreur s'empare de mon amant.

Sahari bienveillante ! C'est la Croque-Carcasse !

Et au moment où il comprend, son courage lui coule dans les bottes. Il regrette amèrement de ne pas avoir emporté d'épieu : il n'a rien d'autre, pour faire face, que son arc et son épée. Rien qui fasse le poids, si Charogne est moitié aussi monstrueuse qu'on le dit.

Mais bien vite, une autre idée s'impose à lui :

Les ronces me protègent ! Elle ne pourra pas monter ! Ou pas si facilement...

Il jette des œillades fébriles autour de lui, dans l'urgence d'une cachette. La voix du fauve s'est tue ; Hutar n'est que trop silencieux. Rien de tout cela n'est bon présage. Meijo tend l'oreille, anxieux. Pas besoin d'avoir l'ouïe fine : il perçoit sans mal un trot pesant, le frottement d'une masse énorme contre les troncs. Des craquements de branchages. Un halètement lourd. Cela rôde. Cela tourne autour de la colline ; sans doute cela cherche-t-il un passage. Mon doux en reste pétrifié de peur, le cœur battant à tout rompre.

Ensuite, plus rien : le silence, pendant un long moment.

Aux pieds du chasseur, l'ajin frissonne doucement. De sa blessure dégoutte un pissat rouge sombre, qui forme des lagunes poisseuses dans les feuilles mortes. Mais le jeune homme n'en a cure, à présent : il cherche désespérément à rassembler sa bravoure.

Mon chien... Elle s'en est prise à mon chien ! Je ne peux pas rester sans rien faire !

Et soudain, il a honte de sa lâcheté. Son corps échappe brutalement à l'étreinte de la peur. Brandissant sa lame d'une main raffermie, il se rue vers le bord du haut plateau. La tranchée ménagée à l'aller lui ouvre les bras; il la dévale à grandes enjambées, sans se soucier de déchirer ses braies dans les ronces. Parvenu au pied de la colline, il tournoie sur lui-même, fauche les alentours du regard, fait virevolter son épée: pas question de se faire surprendre. Que vienne le monstre, il le cueillera à la pointe de son brand!

Mais il a attendu trop longtemps: la sylve est déserte et les bouleaux ne tremblent plus.

À quelques pas de là, il retrouve le palefroi, la nuque brisée, gisant dans son propre sang. Nulle trace de Hutar, mais tout autour, les signes du drame sont éloquents: rameaux brisés qui pendent comme des mains mortes, la marque d'un corps traîné dans la terre meuble, et puis les empreintes, les terribles empreintes étrangement allongées d'un ours gigantesque, trois fois plus grand que n'importe lequel de ses semblables.

Tout cela clame: le seigneur Charogne est venu. Le seigneur Charogne a prélevé son tribut de chair fraîche, avant de s'en retourner dans son fief.

Alors la peur, en Meijo, laisse place à la colère. Les deux sont chez lui des émotions d'égale puissance, propres à balayer la raison. Il se frappe la poitrine des poings, laisse son rugissement jaillir en réponse à celui de l'ourse. Il hurle sa rage à la face de la forêt. Puis il se met à cavaler sur les traces du monstre, comme un sanglier fou. Des pensées insensées lui traversent l'esprit: rien ne prouve que Hutar soit déjà mort; il veut sauver son compagnon et si, par malheur il est trop tard, alors il prendra sur-le-champ sa vengeance, fera sauter la tête de Colosse d'ourse dans un élan de justice guerrière. Il sait d'avance où le mènera la piste: aux Cinq Ravines, le domaine sinistre de la ravisseuse. Cela ne peut pas être loin: l'Ourse-mage ne s'éloigne presque jamais de chez elle.

C'est ainsi qu'il parvient au bord de la Gave grise, le cœur débordant de craintes, accroché à un fol espoir. Mais au premier coup d'œil, il lui faut déchanter: la piste aboutit tout droit dans les eaux du lac, sans détour ni échappatoire. Pour rentrer, Charogne a choisi la voie froide, la voie profonde. Si jamais il était encore en vie en arrivant ici, le beau limier gris n'a pu que périr noyé.

Meijo en tombe à genoux, défait et brisé. Un amer sentiment d'injustice s'empare de lui. Il s'est toujours tenu à distance de la Bête ; il a chassé honnêtement. Et pourtant, il se trouve puni, et de quelle cruelle façon ! Des larmes de rage lui montent aux yeux, des mots sauvages enflent sa poitrine et sa gorge. Il se relève, se met à hurler face au lac :

« Charogne ! Maudite gaupe puante, je jure que je te tuerai ! Je te briserai les crocs ! Je dévorerai ton cœur et je jetterai tes abats aux poissons ! Je pisse sur ton lac, comme je pisserai bientôt sur ta viande ! »

Les mots ne suffisant pas, il se campe face à la Gave grise et pisse dedans, tout son saoul, pour bien montrer son mépris. Il pisse sur la berge, en plusieurs endroits ; il pisse sur l'une de ses flèches, qu'il tire par-dessus le lac, dans le domaine interdit, en clamant à nouveau son défi. Et comme tout cela ne semble guère émouvoir les rochers, il finit par entasser fébrilement des chardons, des pommes de pin et des branches sèches au pied du grand épicéa solitaire au bord de la Gave grise, celui qui porte sur le tronc tant de traces de griffes du monstre qu'il doit lui être familier d'une façon ou d'une autre. Il ne ménage pas ses efforts pour préparer un bûcher digne de ce nom : ainsi s'écoule sa colère. Le crépuscule venant, il boute le feu à l'arbre vénérable. Sa haine attise les flammes ; le vent complice porte leurs âcres fumées dans la forteresse de l'Ourse-mage. Et tandis que les cendres retombent sur les Cinq Ravines, porteuses de leur message de mort, l'homme en fureur réalise soudain ce qu'il vient de faire, et ce qu'il encourt pour cet acte impie. Alors, sans attendre son reste, il fait volte-face et s'éloigne précipitamment du théâtre de son forfait, de crainte que l'ennemi ne finisse par vraiment répondre à sa provocation.

Mais malgré l'offrande sacrilège, la Croque-Carcasse ne daigne pas se montrer. Rassasiée de tuer, elle demeure recluse derrière ses murs de schiste. Cependant, ses oreilles entendent et ses yeux voient : un Seigneur des bêtes sait toujours ce qui se passe sur son domaine. Et son cœur prend ombrage de l'insulte. Elle n'en oubliera pas un mot : pour ce qui est de la rancune, elle ne le cède en rien à Meijo.

Le récit de la Courtisane (4) – La lance de Meijo

Quand j'ai vu revenir mon amour, il ne m'a fallu qu'un instant pour comprendre qu'il s'était passé quelque chose de grave. Les joues encore rougies du feu, la mise défaite, il m'est littéralement tombé dans les bras.

J'ai fait ce que j'ai pu pour le réconforter. Sa folie téméraire s'était consumée avec sa colère ; il n'était plus qu'un enfant chaviré qui pleurait sur son infortune.

« Je croyais que Charogne ne quittait pas son domaine ! Je me suis tenu à l'écart des ravines ; j'ai respecté les règles ! Pourquoi ne m'as-tu pas dit qu'elle pouvait marauder au-dehors ? »

J'ai poussé un soupir navré. Comment lui expliquer son erreur ? Il avait la mémoire si courte lorsqu'il s'agissait d'apprendre à marcher dans le Lempio !

« Tu as chassé en Firwane, c'est vrai. Mais tu as tout de même brisé un interdit, et c'est cela qui a attiré sur toi le monstre. Tuer l'ajin n'était pas raisonnable, mais même cela, les Vieux Seigneurs te l'auraient pardonné. C'est dans la poursuite que tu as posé l'irréparable. Sans le savoir, tu as pénétré dans le Kalamankari, la *Contrée paisible.* Elle a plusieurs entrées dans le Lempio ; cette colline en est une. C'est une retraite inviolable : une fois qu'une bête est passée là-dedans, elle est sous la protection de la forêt. C'est ma faute, j'aurais dû te rappeler son existence… Poursuivre le renne là-haut était une grave offense ! N'importe quel esprit aurait pu te châtier. Pour ton malheur, il a fallu que ce soit la Croque-Carcasse la première au courant. »

Ces paroles ont ravivé sa colère :

« Maudite soit ta mère, qui laisse encore ce monstre nuire ! Qu'elle aille se faire foutre ! Vous passez votre temps à lui donner du *Monseigneur* comme si c'était un prince bienveillant, mais c'est une créature sauvage, et un fléau pour ce pays ! Si elle l'avait fait abattre après la mort de ton père, mon chien serait encore en vie ! »

Je ne savais que répondre à cela ; je voyais bien qu'il était désespéré. J'ai pleuré Hutar avec lui. C'était la seconde vie que m'enlevait la Croque-Carcasse. Le grand vautre gris avait été témoin de la naissance de notre amour ; c'est en sa présence que nos baisers avaient éclos.

Cette nuit-là, Meijo l'a passée à se retourner et à fulminer dans notre couche, ressassant son malheur, nourrissant sa colère. Son limier avait été toute sa fierté ; sa mort était pour lui une perte irréparable. Le trépas du palefroi n'était pas moins catastrophique. Mon amant était pauvre, malgré les apparences qu'il se donnait. Ce cheval lui avait coûté un an de ses gages et il n'avait pas les moyens d'en acheter un autre : il devrait désormais cheminer à pied. Ce que venait de lui enlever Charogne, c'était tout simplement sa dignité de futur chevalier.

J'étais moi-même en proie au remords : jamais je n'aurais dû laisser Meijo chasser seul. J'aurais dû savoir qu'il n'était pas prêt. Quand on vagabonde dans le Lempio, il faut tenir sa langue et se méfier de ses désirs, fussent-ils inavoués. À force de médire du fauve et de songer à son trophée, Meijo avait fini par attirer son attention. Pas étonnant que Karkhou ait déboulé la première ! Que dirait Mère, lorsqu'elle aurait vent de cet épisode ? Qu'il s'en était fallu d'un cheveu qu'il y laisse lui-même la vie ? Que nous avions failli rejouer le passé, une génération plus tard ?

J'ai fini par m'endormir quand même, épuisée et triste…

J'aurais pu roupiller d'une traite, si la Croque-Carcasse n'était venue rôder jusque dans les replis de mon sommeil…

Je l'ai revue tuer mon père, aux Cinq Ravines. J'aspirais la brume froide qui s'échappait de ses naseaux, je humais la sueur glacée qui ruisselait sur son pelage. J'entendais craquer les brindilles sous ses pas, et le toc sinistre de sa patte en pierre. Père gisait déjà au sol, les jambes brisées ; le monstre tournait autour en grondant et piaffant, prêt à donner le coup de grâce. Mon géniteur a hurlé pour appeler ma mère au secours, il l'a implorée de le protéger du courroux de la Bête. Ses cris se sont mués en aboiements, sa face en museau gris ; cynocéphale misérable, sa supplique s'est perdue dans un grognement.

Mais dans mon rêve, Maïbo était là, à le regarder entre les arbres, droite et sévère comme une déesse dans son blanc manteau de fourrure. Elle a tonné :

« C'est ta faute, mon amour : tu as trop souvent forcé la forêt, maintenant, la forêt te déteste. Le seigneur Charogne a le droit de te tuer. Je ne puis rompre le pacte juste pour te sauver. Tu as enfreint la loi ; il est juste que tu en paies le prix. »

J'étais là, moi aussi, prisonnière entre des bouleaux resserrés comme les barreaux d'une cage, impuissante à intervenir. J'ai supplié, j'ai rusé, j'ai promis ; j'ai tout tenté pour faire fléchir la Dame du Harfang et sauver l'auteur de mes jours. Je me suis taillé les cheveux au couteau, j'ai arraché mes robes et je me suis offerte en tribut à Colosse d'ourse. Mais en vain : cela finissait toujours de la même façon, par le sang de mon père qui rougissait l'humus de la clairière, et le son de ses os qui craquaient.

J'ai poussé un cri informe en jaillissant du sommeil. Dans l'alcôve voisine, Etar et Lakmatar ont ouvert des yeux embués de fatigue. De la main, je leur ai fait signe de se rendormir, tout en priant pour qu'elles oublient la présence de Meijo dans ma couche.

« Cauchemar ? » a constaté ce dernier d'une voix morne. Il était parfaitement éveillé : il n'avait toujours pas dormi. J'ai opiné, encore tremblante, et j'ai fait mine de m'en retourner au sommeil. Mais c'était peine perdue : je bouillonnais de colère, toujours sous l'impression des images. J'avais envie de frapper ma mère, de la secouer, de l'insulter. J'ai fini par me rasseoir, les yeux grand ouverts, les bras croisés sur la poitrine. Meijo a poussé un soupir amer :

« Elle te tourmente, toi aussi… »

J'ai tenté un démenti timide ; il ne s'y est pas laissé prendre. Il s'est assis à mes côtés, soudain très éveillé :

« C'est normal que tu sois furieuse : cette bête s'en prend à tous ceux que tu aimes. Tu ne devrais pas avoir honte de ta colère. Tu devrais la chevaucher !

— Je ne suis pas en colère.

— Tu mens très mal, Nisû. Ton ire est profonde. Elle gronde dans ta gorge quand tu rêves… »

Il a posé sa paluche sur ma cuisse, comme pour me réconforter. Mais j'ai senti dans ses doigts tout autre chose que de la commisération : sa propre rancœur, qui sourdait froidement.

« La vérité, c'est que la Croque-Carcasse vous a échappé. Cela a commencé par le meurtre de ton père, et maintenant c'est le tour de mon chien. Quand un fauve est enragé, il faut l'abattre ! Assez traîné. Nous avons tous les deux de bonnes raisons de le faire, alors, faisons-le ensemble. Ta sorcellerie et mon bras ! »

Un rictus féroce a retroussé ses babines : « Le sang pour prix du sang !

— Tu es fou, Meijo. Pas question !

— Ta mère aurait dû le faire depuis longtemps, mais elle est trop égoïste pour protéger les siens. C'est à nous d'obtenir vengeance, à présent ; à nous de libérer cette terre du démon !

— Tssi ssit ! Ce sont de folles paroles. Je ne veux plus rien entendre sur ce sujet ! »

Il a roulé sur le dos et s'est mis à contempler ses orteils. Il faisait mine de capituler, mais je voyais bien qu'il cogitait toujours. Je n'osais pas me rendormir, par peur de ce qu'il allait inventer encore. Au bout d'un moment, son regard s'est éclairé d'une façon qui ne me disait rien qui vaille. Il s'est tourné vers moi :

« Voilà ce que nous allons faire. Toi et moi, nous allons pénétrer sur le domaine de Charogne, comme des braconniers ! Cela devrait la fâcher assez. Lorsqu'elle viendra nous demander des comptes, tu lui diras tes mots-mages, qui lui brouilleront les sens. Et pendant qu'elle sera bien étourdie, je lui planterai ma lance au fond du cœur. Tu sais bien de quelle lance je veux parler, hein ?

— Arrête, Meijo ! Tu ne sais pas ce que tu dis ! »

Il s'est fendu d'un sourire narquois, parce qu'il voyait qu'il avait fait mouche : l'idée cheminait malgré moi dans mon esprit. Pour la première fois, j'ai réalisé que, si Colosse d'ourse pouvait être neutralisée, elle pouvait aussi être tuée ; si quelqu'un était en mesure de le faire, c'étaient bien les membres de ma famille. Une idée tellement effrayante et sacrilège qu'il me fallait la repousser avec force.

Meijo souriait toujours, comme s'il plaisantait :

« Ta part du travail sera toute simple, n'aie pas peur. Tu ne risqueras rien. Juste dire tes mots sorciers : je m'occuperai du reste…

— Je ne suis pas une trouillarde !

— Parfait. Alors tiens-toi prête…

— Ce n'est pas ça. Tu ne peux pas t'en prendre à un Seigneur des bêtes ! Elle était ici avant l'arrivée du Premier Peuple, elle a vu passer des générations de Firwané, elle… »

Meijo s'est emporté :

« Ha, mais foutre ! Ouvre les yeux, un peu ! Les monstres sont faits pour être domptés, les forêts pour être conquises ! L'ourse sera toujours dangereuse, tu m'entends ? C'est le devoir de tout chevalier, de l'empêcher de nuire !

— Tu n'es pas chevalier. Tu n'es encore qu'écuyer ! »

Il m'a toisée, piqué au vif. J'ai lu dans ses prunelles combien il détestait que je lui rappelle ce fait, lui qui paradait, indûment nanti de ses attributs chevaleresques.

« Belle occasion de mériter mes éperons d'or… Tu ne trouves pas ? »

J'ai poussé un soupir découragé. Nous sommes restés silencieux un moment. J'étais profondément triste ; je manquais de mots pour exprimer ce qui me serrait la gorge.

C'est pourtant moi qui ai repris la parole :

« Oublie cette idée folle… La Croque-Carcasse est un trop gros morceau pour toi. Si tu t'en prends à elle, tu mourras ! »

Il a repoussé les couvertures et s'est coulé hors de notre alcôve. S'est approché de la fenêtre. Il était d'humeur funeste ; sa haine l'emplissait tout entier.

« Nous avons la lance.

— Ça ne change rien.

— Tu as entendu : cette arme peut tuer n'importe quoi !

— Ça ne change rien quand même.

— Je sais bien ce qui te retient. Ce n'est pas la peur.

— Non…

— C'est ta mère. »

J'ai levé vers lui des yeux penauds. Il a décidé d'enfoncer le clou :

« Combien de temps comptes-tu rester encore l'esclave de ses lubies ? Ne vois-tu pas qu'elle se leurre elle-même, pour ne pas faire ce qui doit être fait ? Tu n'es plus une fillette, Nisû ! Un jour, il va falloir que tu apprennes à lui dire merde et foutre, toute puissante chamane qu'elle soit ! Ne la laisse pas régner sur toi comme elle a régné sur ton père ! »

Ces mots m'ont inspiré d'abord de la honte ; et puis une nouvelle bouffée de colère s'est enflée en moi. À nouveau, j'ai ressenti cette vieille envie de… frapper ma matrone, de la mehaigner, de lui cracher au visage tout mon ressentiment. D'une certaine façon, elle avait poussé mon père vers sa mort : à force de le brimer et de le rabrouer, lui qui venait ici en seigneur, elle l'avait conduit à se faire bravache, à n'exister qu'au travers de chasses toujours plus audacieuses. Tout bien pensé, elle était responsable de son trépas autant que lui-même, et j'avais envie de la punir pour cela.

La petite Lakmatar s'est agitée un peu sur sa couche. Mon amant scrutait mon visage, épiant mes réactions. J'ai préféré m'esquiver :

« Si ça continue, ce sera bientôt l'heure du lever. J'aimerais dormir au moins quelques heures, Meijo ! »

Je me suis retournée sur l'autre flanc, en lui tournant le dos, et j'ai fini par réellement sombrer dans les profondeurs de mon oreiller.

Mais à mon réveil, il n'était plus à mes côtés.

Ma main a tâtonné un peu à sa recherche, agrippé les draps. Je les ai trouvés déjà froids : cela faisait longtemps que j'étais seule dans ma couche. J'ai d'abord pensé qu'il avait renoncé au sommeil, qu'il était parti balader son insomnie quelque part dans le castrum ou autour, avant de me remémorer plus clairement notre petite conversation sur l'oreiller. J'ai commencé à m'inquiéter sérieusement de ce qu'il fichait. Je me suis vêtue à la hâte, enfilant de la fourrure pour le cas où il me faudrait sortir : il faisait un froid glacial, malgré le feu qui braisait encore dans l'âtre de la chambre.

Personne dans la grande halle. Ni dans la Tour sage, pas plus que dans les cuisines. J'ai cherché partout dans le castrum, sans parvenir à trouver mon amant, alors j'ai fini par enfiler ma pelisse pour sortir dans la cour, une lanterne à la main.

Ma bouche s'est arrondie en un « oh » de surprise dépitée. Les premières neiges étaient tombées pendant mon sommeil : une couche fine comme du velours, tout juste suffisante pour garder les empreintes de deux pieds bottés. Je les ai suivies à la lueur des étoiles ; elles m'ont conduite tout droit à l'appentis de la forge.

« Meijo ? Tu es là ? »

Mais il n'y avait personne dans l'atelier ouvert au vent.

Où est-il passé ? ai-je pesté en inspectant les lieux. Dans le creuset, les braises étaient encore rouges, preuve que le foyer venait tout juste de servir ; j'aurais pu raviver les flammes en quelques mouvements de soufflet. Cela m'a laissée perplexe. Quoi, il ne s'était pas mis en tête de *forger* quelque chose, tout de même ? La lumière de ma lanterne est tombée sur des copeaux de bois brûlé, qui traînaient au sol à côté de l'enclume ; alors soudain, son dessein m'est apparu clairement.

Sa lance ! Il s'est décidé à l'emmancher !

Mère gardait en cet endroit plusieurs solides bâtons d'orme taillés, qui pouvaient servir aussi bien à hamper une faux qu'une arme : le plus long d'entre eux était manquant. Le reste n'était pas difficile à deviner. Meijo l'avait jugé bon pour l'usage ; il avait réduit l'une de ses extrémités au feu avant d'y ficher sa pointe en airain, puis d'arrimer le tout solidement au moyen de rivets forgés.

Tout cela ne pouvait signifier qu'une chose : le bougre se préparait vraiment à affronter l'ourse.

Je me refusais encore à y croire. J'ai hélé à pleins poumons :

« Meijo ? Meijo ? »

Pas de réponse. J'ai senti la panique me gagner. Parcouru la forge à grandes enjambées pour sortir du côté opposé. La neige portait également des traces de bottes, qui s'éloignaient des appentis pour traverser la cour et gagner le portail extérieur. Jurant comme une tanneuse, j'ai filé tout droit vers ce dernier, tiré les battants avec frénésie ; aperçu la piste qui descendait le chemin pour se perdre en direction de la forêt.

« Mais non, espèce de fou, non, non ! » ai-je gémi sur le seuil.

Et puis j'ai cessé de réfléchir : je me suis mise à courir. J'ai dévalé la colline à toutes jambes ; cinglé dans les herbes chargées de neige fine, comme si ma propre vie en dépendait. La piste était nette et fraîche ; si je courais assez longtemps, je pouvais rejoindre mon amant avant qu'il n'atteigne les Cinq Ravines. Las, le froid me fauchait chaque respiration et la plaine n'en finissait pas de s'étirer entre le fort et la lisière des bois. Je sentais mes poumons se contracter douloureusement et le sang battre dans mes tempes ; je trébuchais déjà. Ah, comme je maudissais ma faiblesse ! Lorsque les premiers arbres du Lempio m'ont ouvert les bras, j'ai senti le monde vaciller autour de moi. J'ai dû m'appuyer à un arbre, à bout de souffle, le temps de laisser mon cœur ralentir sa cavalcade et mes sens retrouver leur ancrage.

« Eh bé ! m'a narguée une voix familière dans mon dos. Si tu t'affoles déjà avant que ça commence, qu'est-ce que ce sera quand nous serons face à l'ourse ! »

Il était là, à deux pas de moi, tranquillement assis sur un tronc mort, bien au chaud sous les pans de son mantel de laine. Sa lance était couchée en travers de ses genoux, pointe affûtée dardée vers le levant. J'ai cru que mon cœur allait s'arrêter de battre.

« Espèce de… espèce de… » suis-je parvenue à haleter. Et je me suis jetée à son cou.

Je suis restée un moment à le presser contre moi, le temps de goûter sa présence, de laisser le soulagement libérer un peu ma poitrine. Et puis d'un coup, ma trouille s'est muée en colère. Je l'ai repoussé brutalement. Je l'ai giflé.

« Tu m'attendais, espèce de fourbe ! Tu m'attendais ! »

Il s'est fendu de l'un de ses sourires canailles, la joue à peine marquée.

« Je voulais te laisser une chance de me rejoindre. C'est une chose que nous devons faire à deux. Si tu n'étais pas venue, tu en aurais eu des regrets.

— Que nous *devons* ?! C'est toi qui… ! Moi, je n'ai jamais dit que… et puis tu aurais pu m'attendre au fort, espèce de crétin, au lieu de me fiche la pétoche comme ça !

— Si je t'avais attendue au logis, tu aurais tout fait pour me retenir, et ça ne nous aurait pas avancés. L'homme qui part à la guerre, il ne peut s'embarrasser des pleurs de bonnes femmes. Ce dont j'ai besoin, c'est de Nisû-la-Renarde à mes côtés. Est-ce que je peux compter sur Nisû-la-Renarde ?

— Pas question !

— Très bien. Alors, attrape ! »

Et il m'a lancé l'épée courte qu'il gardait sous sa cape, serrée dans un baudrier.

« Ça te servira, si jamais Charogne survit à mon premier coup.

— Tu sais très bien que je n'irai pas !

— Très bien ! Alors, j'irai seul. »

Il s'est levé, plus décidé que jamais. C'était le coup de grâce.

« Rhaa, Meijo, tu ne peux pas me faire ça !

— Tu ne me laisses pas le choix.

— Si, tu as le choix ! La Croque-Carcasse va te tuer !

— Mourir en preux, ou connaître la gloire, c'est cela que je veux. J'ai trop longtemps été le fils d'un paria. Maintenant, je suis à la croisée des chemins : soit je trépasse, soit je rentre glorieux ! »

Je me suis mise à tourner en rond, à faire les cent pas autour de lui. Je l'ai regardé de tous mes yeux, comme si c'était la dernière fois. J'ai vu sa taille modeste, ses joues trouées de taches lisses où la barbe n'avait pas encore de prise, sa mine de joli cœur et ses longs cheveux bien peignés. Pour toute protection, il avait enfilé un gambison matelassé, qui flattait sa carrure sans pour autant parvenir à le rendre imposant. Il aurait beau brandir un artéfact du Peuple d'airain, son bras ne serait pas assez ferme ! Comment pourrait-il être de taille face à Colosse d'ourse ?

Pourquoi fallait-il absolument qu'il se rachète un nom ?

Il va mourir… ai-je pensé. *Il va mourir, uniquement parce qu'il a honte de qui il est !*

Et moi, j'allais abandonner l'amour de ma vie aux griffes du fauve le plus cruel de tout le Lempio ! Je voyais déjà le monstre se pencher sur lui, comme il s'était penché sur mon père, pour lui donner le coup de grâce. Perdre les deux aux mêmes crocs, quelle idée insupportable ! J'ai craqué d'une pièce :

« Tu es impossible, Meijo ! Je t'accompagne, mais simplement pour te sauver la mise. Je viens pour assurer ta fuite, ne compte pas sur moi pour autre chose ! »

Une lueur de triomphe s'est allumée dans ses yeux. Bien sûr, il n'avait jamais eu l'intention d'y aller seul, le gredin ! J'étais son principal atout : sans moi, l'affaire aurait été trop risquée. Mais il savait qu'en me forçant la main, il obtiendrait ce qu'il voulait. Et moi qui tremblais de le perdre, submergée par mes émotions, je n'ai pas vu son jeu. Ou bien avais-je moi aussi tellement envie de tuer la Croque-Carcasse ?

« Très bien, a-t-il décrété. Alors en marche, Nisû ! Ma belle goupile, ma guerrière d'airain ! Nous devons être aux Cinq Ravines au lever du soleil. Je veux tomber sur l'ourse au réveil, avant qu'elle ait le temps de retrouver tout son mordant ! »

Et ce disant, il m'a attrapée par la taille, et il m'a embrassée à pleine bouche. Je lui ai rendu longuement son baiser, folle que j'étais ; j'étais tout affamée de lui, palpitante et fébrile. À moins que ce ne soit déjà l'excitation de la violence et du sang ? Peu importe, au fond ; je ne peux refaire le passé. Une seule chose compte : ce matin-là, quelque temps avant l'aube, je suis entrée dans le Lempio pour la dernière fois.

Mon ultime balade fut une chasse à l'ours.

Le dit de Fintan Calathynn – 12

Vautré dans le filet au-dessus du nôtre, le Brun de Dhuan presse sa face hirsute contre les fils de soie et nous adresse un sourire carnassier :

« Hahay ! Sus à la Croque-Carcasse ! Par tous les Astres, je savais bien que tu en viendrais à ça. Courtisane, j'ai éventé ton récit !

— Chht, le Brun, le coupe Miach. Tout le monde ici avait deviné…

— Meijo va mourir ! déclare gravement Dipran.

— Non, seulement être blessé ! s'empresse de corriger Varagwynn. Nul ne sort d'un tel affrontement sans dommage…

— Il s'en sortira indemne ! Meijo est un grand chasseur… s'emballe Cwail, de sa voix fiévreuse.

— Il va y perdre une main, ou les couilles ! renchérit le Brun.

— Aaah mais palsanfoutre ! beugle Miach. Mardaille et caillefoutre ! Vous avez fini de me bassiner avec vos hypothèses ? Laissez-la finir, à la fin ! »

Il brandit ses deux pognes ouvertes droit devant lui, serrant et relâchant les poings :

« … parce que, par le troufion des Avatars ! Une chasse comme celle qui s'annonce… tu ne voudrais pas en savoir la fin avant de l'avoir entièrement vécue en mots. Une chasse à l'ours, bordel ! Vas-y, Courtisane, fais-nous palpiter ! Jouenous le rabattage et la mise à mort. N'omets aucun détail ! Et surtout, ne te laisse interrompre par aucun de ces soiffards, ou bien je leur écrase mon poing au milieu de la gueule jusqu'à ce qu'ils apprennent à la boucler ! »

Elle esquisse son sourire sagace et puis, vous pensez bien, elle ne se fait pas prier.

Le récit de la Courtisane (5) – Par-delà la Gave grise

Nocturne, les marches du Lempio.

Les grands troncs droits ne sont que des ombres ; la clarté des étoiles fond sur le fin tapis de neige, tout embossé d'aiguilles et de mousses. Il me manque la présence rassurante de la Lune, tapie derrière les arbres.

Nous cheminons à travers la forêt ; nous traversons le domaine de Magga. Ses pessières obscures sont peuplées de silhouettes furtives qui filent au ras du sol – furets et hermines, martres et lérots ; formes tièdes qui profanent la neige de leurs pattes minuscules, en s'évitant avec prudence.

Je n'ai pas encore accepté l'idée de l'affrontement.

Dix fois, je prie Meijo de modifier son dessein. Je le supplie de ranger sa lance et d'oublier l'ourse. L'hiver s'en vient ; qu'importe à présent la forêt ! Mais mon amant ne m'écoute pas ; il se contente de rire de mes tentatives.

« Un fauve qui devient enragé, il faut l'abattre ! m'assène-t-il en redoublant sciemment l'allure. Nous allons débarrasser ton pays d'un vieux fléau : tu verras, tout ira mieux ensuite ! » Je surprends dans ses yeux une lueur exaltée ; rien ne peut fléchir sa détermination. Il veut réparation pour son cheval ; il crie vengeance pour son chien.

Je suis catastrophée. Totalement dépassée par les événements. Comment se peut-il que nous en soyons là ? En cet instant, je me fiche éperdument de ma mère, de la loi de la forêt, de ce qui est juste et légitime ou non. Je suis juste terrifiée par ce qui nous attend. Je redoute que l'ourse ne tue Meijo ; je tremble qu'elle me tue, moi. Mais, si forte soit ma trouille, à aucun moment je ne songe à abandonner mon écuyer dans cette épreuve. J'ai cru mourir, ce matin-là, en découvrant qu'il était parti sans moi ; maintenant, je reste à ses côtés quoi qu'il arrive, même si cela doit causer ma perte.

Futaie d'épinettes menues, collines de schiste et couche d'air plus tiède : nous passons sur le domaine d'Appou. Trois arbres entremêlés marquent la fin du territoire de Magga : étrange concrétion de branches figées dans une lutte éternelle, qui semblent se fouetter les unes les autres avec une fureur lente, et ne parviennent qu'à se fondre ensemble en une nasse aérienne projetée vers le levant.

Ce serait une aube propice pour rencontrer par hasard mon vieil amour de renard ; et pourtant, je prie pour qu'il m'ignore, tant notre entreprise me donne l'impression de trahir la forêt.

Tandis que nous courons les crêtes au royaume du fin goupil, apercevant de temps à autre, depuis les hauteurs, la Lune écrasée sur l'horizon, les derniers événements défilent en boucle dans ma tête, jusqu'à la nausée. Je me repasse nos conversations ; je cherche en vain une autre issue à la situation. Peu à peu, la réalité que dépeint Meijo s'impose à moi comme une évidence. Oui, l'ourse est une malédiction qui pèse sur notre terre, un danger permanent. Elle m'a privée de mon père, et voici maintenant qu'elle s'en prend à mon unique amour. Sa violence est aveugle. Quel mal a causé Hutar, pour mériter la mort ? Il n'est pas même entré dans le Kalamankari !

La cause de sa folie est évidente. C'est ce quelque chose de mauvais qui est en elle depuis des siècles, et qui la pousse à la malignité. Mère devrait le savoir mieux que tout autre ! Le Seigneur des Ravines n'est plus comme les autres Seigneurs des bêtes ; elle ne joue plus le jeu féal, ne respecte plus notre maison. C'est une renégate à laquelle nous ne devons plus rien.

Pendant que je reconsidère ainsi mes fondamentaux, le ciel vire peu à peu au bleu ; les formes épaisses s'affinent en silhouettes plus subtiles, retrouvent toute leur acuité. Nous marchons dans un bois de bouleaux pratiquement dépouillés de toute feuille ; je peux voir les dernières étoiles s'estomper entre les branches. Et puis soudain, je sens le sol s'incurver ; je comprends que nous sommes en train de commencer notre descente vers la Gave grise. Mon cœur se serre. Je souffle :

« Attends, Meijo ! »

Mon compagnon se retourne, un peu agacé.

« Qu'est-ce qu'il y a ? »

J'hésite, je gamberge :

« Tu ne peux pas attaquer de nuit. Ce serait sacrilège…

— Nous n'entrerons pas dans les Cinq Ravines avant que Suros ne soit pleinement levé, m'assure-t-il d'un ton patient. Sois tranquille. Je suis firwane, je respecte notre code de la guerre. Tiens, regarde ! Nous y voilà ! »

Du doigt, il pointe une grande forme décharnée dressée devant nous, à quelque trente pas. Je mets un moment à reconnaître le vieil épicéa au bord de la Gave, géant réduit à l'état de squelette noirci. La neige alentour est mêlée de cendres. Derrière, j'entrevois entre les troncs le clapotis grisâtre du lac, aux bords recouverts d'une fine croûte de glace transparente.

« Nous allons contourner à senestre, me glisse Meijo à mi-voix. De là, nous trouverons bien une entrée praticable pour les Cinq Ravines. Alors ce sera à toi de jouer. D'accord, Nisû ? »

C'est à peine si j'entends ses paroles. La proximité du plan d'eau me fait courir des frissons dans tout le corps ; j'en ai les mains moites et les doigts qui tremblent.

« … Nisû ? »

J'opine timidement du chef.

Meijo se remet en marche, à pas de lynx. Il fait un ample détour pour contourner les abords du lac, et moi, un détour plus large encore : je prends l'extérieur, je tiens mes distances. Il voit bien que j'ai peur, que je me comporte de façon irraisonnée. En quelques bonds, il me rejoint et se campe en face de moi :

« Nisû-Nisû. Tu ne vas pas flancher maintenant, n'est-ce pas ? »

Il me prend la main :

« Ce jour, c'est notre jour de gloire, à tous les deux ! Allez, on scelle notre alliance dans le sang de la bête, et on inscrit nos noms dans les chansons ! Nisû et Meijo, les amants tueurs de fauve… Jusqu'à Asikri, on causera de nous ! »

Ses mots ripent en vain sur mon esprit terrifié : c'est à peine si j'en perçois le sens. Il presse ses lèvres contre les miennes, mais je ne ressens rien ; je suis absente à moi-même, absorbée dans les affres de la peur. Les traits de mon amant émergent dans la clarté diffuse qui précède le jour. Visage qui s'enquiert, insistant :

« Il faut que tu me dises, Nisû. Le repaire de l'Ours. Où est-ce que je peux trouver son antre ? »

Comme je ne réponds toujours pas, il capture mes doigts entre les siens, les mordille délicatement du bout des dents :

« Mon amour… Le temps passe et le jour se lève. Où est-ce qu'elle gîte, la vieille putain, dis-moi ? Tu dois me guider ! »

Lippe tremblante, je finis par retrouver la parole :

« Il y a… un grand mélèze au cœur de son domaine, bredouillé-je. Énorme ; un rejeton du Grand Gîte des lérots. Face à lui, une caverne profonde, une gueule du rocher. C'est cela, son repaire : la terre et les ténèbres…

— Très bien. » Il me sourit tendrement : « Tu vas nous conduire, hein, ma Renarde ? Nous allons nous remettre en marche, dès que tu auras retrouvé un peu ton courage ! Te fais pas de bile. Tout ira bien, tu verras. »

Il prend ma main gauche et la dépose avec douceur sur le pommeau de l'épée qui ceint mes flancs, pour me rendre de l'assurance. Puis il s'empare de ma dextre, glisse ses doigts entre les miens et m'entraîne à sa suite, plus morte que vive, entre les bouleaux silencieux.

C'est l'or qui m'apaise finalement ; l'or de la neige qui s'embrase sous les rayons obliques du soleil naissant. Mes yeux vaguent sur le premier paysage de l'hiver, et ma respiration se calme à cette vue. Qu'elle est splendide, la forêt ! Qu'elle est délectable, avec ses branches graciles surlignées de traits blancs, ses troncs mouchetés de poudreuse légère ! S'il fallait trépasser, ce ne serait ni un vilain jour ni un mauvais lieu. J'accepte l'idée de ma mort, et je reprends peu à peu le contrôle de mon corps.

À peine ai-je le temps de goûter à cette paix éphémère que, déjà, nous voilà face au massif. Un roc froid, friable, fendu en son milieu par une vilaine combe où la neige ne souffre aucune trace de pas. Meijo m'interroge du regard.

« Non, pas par là ! soufflé-je.

— Pourquoi ?

— Parce que nous irions droit au bitume ! Cette mélasse noire affleure en plusieurs endroits ; le ravin que tu vois là mène en plein dessus. Une fois que tu mets les pieds dans cette mouise, bonne chance pour en sortir ! Les Cinq Ravines sont un piégeux labyrinthe, Meijo ; mieux vaut connaître les chemins, si tu ne veux pas finir enlisé ! »

Je vois bien qu'il est dépité. Il ne s'attendait pas à ce que ce soit si compliqué. Il me regarde gravement :

« Et toi, tu les connais, ces chemins ?

— Oui.

— Comment cela ?

— Je suis déjà entrée là-dedans.

— Quand ?

— Avec ma mère, quand j'étais gamine. Un chef de clan avait pris un vilain coup de bois de renne ; il était condamné, à moins de trouver des asticots pour grignoter la gangrène. Dans l'urgence, nous sommes venues en chercher là où ils abondent : dans le domaine de Charogne.

— Et l'ourse vous a laissées faire ?

— Mère a dit les mots ; Karkhou nous a laissées entrer. Nous nous sommes servies sur la première carcasse que nous avons trouvée. Puis Maïbo a dit : “Nous ne pouvons pas partir sans remercier sire l'ourse d'une offrande”, et elle m'a menée jusqu'au cœur du domaine, au pied du grand Mélèze. Elle a déposé des plaques de miel juste devant l'entrée de la caverne, avant de reculer de deux pas. J'étais terrifiée par ces ténèbres, mais la bête n'est jamais sortie : je *sentais* qu'elle était tapie là derrière, mais elle n'a pas daigné se montrer. »

Il hoche la tête :

« Nous allons reprendre exactement le même chemin, alors. Tu pourras le retrouver ? »

J'acquiesce, le regard un peu perdu. Il en profite pour m'attirer contre lui et m'embrasser. Je lui rends son baiser, longuement, docilement ; et, ce faisant, ma trouille achève de s'écouler hors de moi.

« L'autre entrée est un peu plus loin. Viens ! »

Je le mène le long de l'humide rempart de schiste, à la recherche de la brèche suivante. Je suis fébrile ; je marche d'un pas rapide. Si je m'arrête, la peur me reprendra ; tant que je me presse, elle ne m'empoigne pas. À présent, je n'ai plus qu'une envie : que tout cela soit terminé au plus vite et qu'on en soit quittes, morts ou vifs !

Lorsque nous pénétrons pour de bon dans la seconde combe, froide saignée du roc, c'est à peine si je prends le temps de me retourner pour vérifier que mon amant me suit. À ma surprise, il reste planté dans l'entrée, le regard en berne. Je surprends le tremblement de ses doigts sur sa hampe : je comprends qu'il s'est laissé rattraper par la pétoche, lui aussi. Pendant un court moment, je me prends à espérer qu'il va renoncer. Au lieu de quoi, il prend une profonde respiration, se cale la lance en travers des épaules, et crâne :

« Allez… C'est l'heure de payer son dû à Commère l'ourse… »

Et ce disant, il m'adresse un pâle sourire ; puis il ouvre sa paume, et souffle dessus pour m'envoyer un baiser. Je fais la grimace, puis je m'enfonce dans le domaine de Charogne, mon compagnon sur les talons.

Très vite, la ravine s'étrécit ; les parois de rochers se pressent sur nous comme la meule sur le grain. Les feux du soleil n'en touchent que le sommet, laissant tout le fond dans une froide pénombre. Ce passage-là est trop étroit pour que la bête le franchisse ; nous-mêmes, nous devons parfois jouer des hanches et des épaules pour nous y faufiler. J'ai beau le savoir, la seule idée de rester coincée ici m'oppresse. Malgré moi, je me mets à murmurer :

Croque, craque, mords et ronge !
Griffes d'ébène et crocs de fer,
Parfum de tombe et patte en pierre,
À l'heure où les ombres s'allongent…

« Chht ! souffle Meijo. Rien ne sert de t'annoncer ! »

Je lui lance un regard penaud, mais ne peux m'empêcher de poursuivre, cette fois d'un souffle si ténu qu'il se perd dans le frottement de mon corps contre la roche :

Souffle, racle, grogne et gronde !
Gueule saisit, mâchoires enserrent,
S'offre la chair au croque-cerf,
La mort qui rôde dessous l'onde.

Je sais bien ce que je suis en train de faire : je marchande avec moi-même. J'honore les traditions pour la forme, alors même que je m'apprête à les trahir. Mais ce salut félon ne trompera personne ! Pas même moi… L'idée de ma propre duplicité finit même par m'arracher un ricanement cynique, et m'imposer le silence.

Bientôt, l'étroit goulet s'évase et la ravine s'ouvre en un petit cirque rocheux surplombé d'épinettes, large de deux dizaines de pas. C'est là que nous tombons sur la première carcasse : une outre crevée figée dans le givre, dont les entrailles répandues forment un amas luisant saupoudré de neige duveteuse. Malgré le froid, l'odeur nous prend violemment au nez.

« C'est un sanglier dans la force de l'âge, constate Meijo, un gros quartanier. Sacrée bête ; il en fallait de la force, pour le traîner ici !

— Tu en verras bien d'autres, et même de plus gros. Viens, le jour enfle ! »

Le cirque dans lequel nous nous trouvons possède plusieurs sorties ; je prends le temps de les étudier, ravivant mes souvenirs. Celles de gauche et du centre sont des voies tortueuses, qui nous perdraient en longs détours dans le labyrinthe des Cinq Ravines. Celle de droite, au sol ascendant, est plus ardue, mais plus directe ; c'est la voie que Mère avait choisie autrefois. J'opte pour elle sans hésiter.

Rapidement, l'humus laisse place au rocher, le terrain se fait plus accidenté. Nous sommes parfois contraints de nous aider des mains pour grimper, de nous accrocher aux racines et de nous hisser à la force des bras, en tâchant d'éviter de nous blesser sur les aspérités tranchantes du schiste.

Au bout de l'effort, nous émergeons en pleine lumière pour découvrir le haut monde au-dessus des ravines : un paysage aéré fait d'épinettes courtes et de petits sapins brossés de neige. Le regard porte aisément par-dessus leurs cimes, vers le titan qui les domine, plein est : une grande masse conique, blanche et touffue, qui faîte bien au-dessus de tous les autres, et masque le disque du soleil levant.

À vol d'oiseau, je l'estime à quatre cents pas de distance.

« C'est là-bas, je souffle. Le Mélèze…

— Je vois… » répond simplement Meijo. Et il ne peut réprimer un sifflement admiratif. Tapi derrière l'arbre gigantesque, le feu de Suros, en s'élevant, déborde peu à peu ses contours, si bien que le rejeton du Grand Gîte se retrouve bientôt surligné d'or mouvant. Je goûte cette lumière qui caresse mes paupières, de plus en plus vive ; j'en éprouve un soudain regain de force. Mon amant m'adresse un sourire assuré ; puis il s'avance de quelques pas vers le nouveau gouffre qui nous fait face.

À peine sommes-nous au bord qu'un fumet putride s'en revient nous chatouiller les narines. Je baisse le regard : je découvre en contrebas un paysage vraiment digne de la Croque-Carcasse. Là, aux racines du rocher, pourrissent plusieurs bestiasses entassées pêle-mêle, le cou rompu, les entrailles déversées au-dehors : renard blanc sale, lourde laie au ventre chargé de marcassins ; daim frêle et grand renne à l'ample ramure. Tous frappés par le même destin, drapés pudiquement du même dais glacé. Non loin de là, de grandes taches noires révèlent la présence d'affleurements de bitume.

« Et maintenant ? me lance Meijo. Par où ?

— Il faut longer ; il y a un bon endroit pour descendre.

— Là-dessous ?

— Oui, là-dedans.

— Je te suis. »

Je l'entraîne vers le nord, le long du vide. Sur notre droite, un lointain froufrou d'ailes révèle un envol d'oiseaux depuis les aiguilles du grand Mélèze : une nuée de geais bleus qui piaillent en filant vers le ciel. À croire que le soleil les a chassés de leur gîte en grimpant au travers, implacable et brûlant…

Le haut plateau d'épinettes ne tarde pas à basculer sous nos bottes, pour se muer en une pente âpre, où s'accrochent arbrisseaux et buissons. Nous nous aidons d'eux pour descendre, nous prenons appui sur la lance ; la neige fait déraper nos semelles. La lumière qui caressait nos peaux s'étiole, et nous replongeons dans les ombres froides, au fond de la fosse.

Je prends Meijo par la main et je l'emmène, le long du pied de falaise, jusqu'à l'endroit où s'entasse la barbaque. Aussitôt, l'odeur écœurante revient nous assommer les naseaux. Je tourne sur moi-même, tous les sens aux aguets. Je repère sans mal le chemin à prendre : une combe très encaissée qui fait face au charnier, dans le massif voisin. Mais pour la rejoindre, il nous faut d'abord traverser un champ marécageux où s'empèse le bitume, en fondrières vastes et profondes. Nous n'avons d'autre choix que de nous faufiler entre ces nappes piégeuses, sur d'étroites bandes de terre solide.

Meijo prend les devants, tâtant le sol de sa lance, histoire de s'assurer de sa fermeté ; je lui emboîte le pas, en prenant garde de ne pas glisser. Ici, la neige a déjà presque entièrement fondu ; une étonnante tiédeur nous enveloppe, issue des fondrières. Nous passons d'un pont de terre à l'autre, cherchant la voie la plus sûre ; nous rebroussons chemin à plusieurs reprises. De temps à autre, un bouillonnement affleure à la surface, révélant la présence de gaz sous-jacents. Des fragrances sulfurées se mêlent à l'âcreté du goudron pour nous piqueter les muqueuses. *Vapeurs venimeuses,* avait dit ma mère. *N'y approche point de flamme !* Mais elle-même ne s'était pas trop souciée de les croiser. N'empêche que je me presse ; rien ne vaut de s'attarder.

Nous finissons par reprendre pied en terrain stable, au pied du massif; je sens la tension se relâcher un peu. Pas pour longtemps, cependant: la ravine qui nous fait face est la voie royale jusqu'à la caverne de l'ourse. Je sais que l'heure est proche. J'effleure les doigts de mon amant:

« Là au bout, tu trouveras qui tu cherches! » lui glissé-je à mots hésitants.

Il élude mon contact, sans doute pour cacher le frisson qui monte en lui; fait jouer ses muscles sous son gambison, balance un peu les bras pour les vider de toute tension. Il se prépare au combat, en vrai guerrier.

« Parfait. À partir de maintenant, silence! » m'intime-t-il. Il s'empare de ma main, et la presse par deux fois: « Les mots-mages. N'oublie pas, mon amour… »

Puis il enfile ses gants d'armes, brandit sa lance à deux mains et s'enfonce résolument dans le ravin, où je le suis, muette comme un fantôme.

Je comprends aussitôt que nous venons de pénétrer dans l'intimité de l'ourse. Dans ce fossé buissonneux, les carcasses s'alignent à n'en plus finir, dans divers états de décomposition: carnes encore dodues, panses gonflées de miasmes, violacées sous la fourrure; ossements mal nettoyés garnis d'oripeaux de chair; choses desséchées abandonnées au bord d'une flaque bitumeuse. Impossible de faire dix pas sans tomber sur quelque sinistre relief. Ici, le parfum de la mort est partout: il stagne. Il nous pèse. Il s'incruste dans les fibres de mes vêtements, dans les pores de ma peau. Une bouffée d'air putride reste coincée sous mon palais, dessèche ma langue et me gonfle les joues; je voudrais la vomir, mais elle est si enflée que je n'arrive pas à la faire sortir. L'impression d'être moi-même devenue viande grisâtre adhérant à ma pelisse de fourrure, de grouiller d'asticots, de pourrir sur place.

Tel est le donjon dans lequel se complaît la meurtrière de mon père. Cette ravine, c'est la galerie d'honneur où s'entassent ses trophées; elle semble n'avoir pas de fin. Plus nous avançons, plus nous prenons la mesure de la tueuse, et plus la peur grandit; je vois Meijo lutter pour garder courage, serrer un peu plus fort la hampe de sa lance, à s'en faire blanchir les articulations. Son pied se fait hésitant, feutré ; le moindre craquement de brindille sous ses bottes le met en alerte. Les derniers pas sont d'une lenteur impressionnante ; je jurerais que chacun d'eux pèse une saison entière.

Enfin s'ouvrent les parois de schiste. Face à nous se dresse le pied du grand Mélèze, colonne immense bardée d'aiguilles et de neige : il faudrait six bras bout à bout pour faire le tour du tronc. Sur la dextre stagne un plan d'eau noirâtre, à peine touché par la glace, qui se perd dans un défilé rocheux ; c'est l'autre extrémité de la Gave grise, celle que personne ne contemple jamais. À senestre, enfin, une falaise trapue, percée d'un grand trou sombre : la tanière de la Croque-Carcasse.

Je retiens ma respiration. Je vois Meijo jeter des regards alertes, à droite, à gauche, pointe menaçante, changeant de garde à chaque pas. *Où te caches-tu, la bête ?* Aucun signe de vie, aucune empreinte dans la couche blanche qui recouvre le sol. *Alors c'est forcément qu'elle est encore là, dans son antre !* Meijo me lance un regard interrogateur, désigne la caverne du menton : il a compris, lui aussi. Je le sens qui reprend courage ; c'est exactement la situation tactique qu'il avait espérée. Soudain, il se décide : d'un trot furtif, il traverse le champ ouvert qui le sépare de la bouche du roc, va se poster sur son flanc gauche, prêt à larder tout ce qui en sortira. À cet instant précis, quelque chose se relâche dans mon ventre : je jurerais que mes intestins viennent de se libérer d'un nœud. Une force ancestrale se répand dans mes muscles, une vieille ardeur guerrière firwane qui supplante toute autre pensée. En quelques pas, je rejoins mon amant et me poste face à lui, de l'autre côté de l'entrée, légèrement en retrait.

Nous sommes en place. Nous attendons que notre ennemie se montre, regards vissés sur le ventre de l'obscurité. Ah ! Cette haleine d'humidité fauve qui s'élève de l'antre ! Elle signe à coup sûr la présence du Seigneur des Combes ! À chaque instant, je crois deviner sa silhouette dans les fluctuations des ténèbres. Mon instinct vocifère qu'elle est là-dedans, qu'elle nous observe, que dans un court instant, elle va remonter à notre rencontre !

Mais c'est dans notre dos que de lourds froissements secouent soudain le silence…

Je me retourne.

Étage après étage, les branches colossales du Mélèze ploient sous une formidable masse grise, qui dégringole à toute allure, projetant en l'air des tombereaux de neige. La chose énorme bondit à terre, roule sur elle-même et se rétablit sur quatre pattes, avec une vivacité stupéfiante. Elle se secoue pour chasser la poudreuse de sa fourrure ; tourne vers nous sa tête épaisse et souffle, longuement, lourdement.

Je réalise alors que j'ai oublié une chose essentielle : Charogne, le seigneur-colère, est aussi bonne grimpeuse.

« Meijo ! » rauqué-je, paralysée de terreur.

Les traits décomposés, mon compagnon fait face.

Même en position quadrupède, la créature est déjà nettement plus haute que lui. Elle a le poil couleur de glaise, un vieux poil croûteux et luisant de sueur ; une échine allongée, le mufle griffé et des griffes pareilles à des faucilles. Je suis frappée par ses gencives saignantes, les pelades de sa peau et l'aspect décharné de sa vieille gueule carnassière. Jamais je n'aurais cru Colosse d'ourse si usée et si malade ; je m'étonne qu'une légende puisse payer un tel tribut aux siècles. Mais dieux, qu'elle est immense ! Et quelle impression de force elle dégage encore !

Le fauve branle du chef ; fait un pas, puis deux, avec une lenteur calculée. Ses petits yeux caves nous toisent avec une malveillance retorse. Il nous jauge, il cherche l'angle d'approche ; commence à nous contourner, nous coupant aussitôt de la ravine par laquelle nous sommes arrivés. Reptation prédatrice, un peu boiteuse, le ventre près du sol. Je note, sous son arrière-train, une forme raide à l'aspect de pierre lisse : sa patte arrière droite, touchée par la calcification jusque sous le genou.

« Nisû… les mots ! » me presse Meijo, des trémolos dans la voix.

Mais je ne l'entends pas: je reste pétrifiée, à contempler la femelle colossale qui rôde, une lueur sournoise dans le regard. Est-elle en train de jouer avec nous, ou seulement mal réveillée, indécise sur le sort à nous réserver? La voilà qui passe sous notre vent; alors seulement, l'odeur de mon compagnon parvient à ses narines.

Aussitôt, elle le reconnaît.

Ses petites prunelles jaunes s'embrasent d'une haine furibarde. Un grondement sauvage enfle dans son gosier, dégarnit ses crocs. Elle se redresse sur ses pattes postérieures, cauchemardesque édifice de chair; ouvre la gueule et relâche son rugissement, de toute la puissance de ses poumons. Mes entrailles se bousculent au fond de mes côtes, mon cœur manque de se fendre pour le coup.

À peine le temps de retrouver mes sens que, déjà, Charogne met sa lourde masse en branle, tout droit vers Meijo. Elle charge; d'abord lentement, puis de toute sa fureur. Je comprends que la lance ne tiendra pas le choc, fétu de paille aux mains d'un autre fétu de paille.

« Maintenant! » me hurle mon compagnon.

Je m'élance sans réfléchir: je m'interpose entre eux. L'énorme masse animale me déboule dessus, dérape et freine au tout dernier moment, vaporisant de la poussière de neige. Je tombe à genoux, lève la main et clame:

Yash yash, Charogne!
Angho jharhu Ta ar kassi!
Assieds ton derrière,
Et pose ta colère!

J'ai les épaules recroquevillées dans l'attente du coup qui me décollera la tête, ou du choc qui va me broyer. Mais la bête a reconnu en moi une fille du Harfang: elle s'est arrêtée en surplomb de ma pauvre silhouette. Je sens son haleine fétide glisser sur mon cuir chevelu. Je me fige, nuque courbée, soumise. Incapable d'oser un mouvement. Sa respiration m'enveloppe et me coupe du reste du monde, vilain soufflet percé aux craquements de vieille bûche : *hhrrr-hheeh-hhhrrr-heeeh…* Il me semble même percevoir, à quelques pouces de ma joue, le battement sourd d'un cœur gigantesque.

J'ose lever le regard.

Je découvre, dans une proximité terrifiante, le mufle couturé de la Croque-Carcasse, haletant à quelques pieds de mon propre visage. Dans ses pupilles jaunâtres, quelque chose s'est absenté : l'âme malveillante qui hante Charogne a replongé dans les profondeurs de son être, domptée par les mots sacrés. Ne reste alors que cette prodigieuse sensation d'intimité avec notre ennemie subjuguée. Je suis drapée dans sa chaleur, dans le fumet de vie animale et de mort putride que répand son vieux pelage pelé. En cet instant fragile, c'est mon kanetahaal, mon récit fondateur, que je touche du doigt…

Je décide de resserrer mon sortilège :

…. Souffle, racle, grogne et gronde !
Gueule saisit, mâchoires enserrent,
Parfum de tombe et patte en pierre,
À l'heure où les ombres s'allongent…

Je plie bliaux sur mes genoux
J'incline front et ploie le cou
Pour saluer comme il se doit…

Le salut, c'est Meijo qui le lui adresse. Un éclair de bronze fuse sur ma senestre, vient se ficher profondément sous la mâchoire de l'animal. Un bon empan de hampe en orme disparaît dans la fourrure lâche de sa gorge. Surprise, j'ai tout juste le temps de me jeter sur le côté. Charogne se redresse sur ses pattes postérieures et rugit à nouveau, cette fois de rage et de douleur. D'un coup de patte brutal, elle arrache la pique que mon amant lui pousse de toutes ses forces dans la plaie. L'arme ancestrale est catapultée par-dessus son crâne et va se perdre dans les basses branches du Mélèze.

Un court instant, la vieille ourse se dandine debout, fouette en vain l'air de ses griffes ; puis elle bascule en avant et retombe sur ses quatre pattes, emboutissant la terre de toute sa masse.

Meijo recule précipitamment, vient se poster à mes côtés, la main sur la poignée de son épée.

Sinistres claquements de gueule. La Croque-Carcasse relève la tête et nous toise, des torrents de haine dans les yeux. Le sang jaillit par saccades de son gosier déchiré, compissant la neige à grands flux carmin. Mais la Seigneuresse des Ravines n'en gronde pas moins sa menace, ramassée sur ses pattes, prête à bondir. Je comprends qu'elle est encore loin d'être morte ; la peur me serre le cœur dans une poigne de fer.

« Cours ! » hurle Meijo. Et sans attendre, il se détourne et fuit.

Courir, c'est une chose que je sais faire avec talent. Talonnée par quatre mille livres de viande d'ourse, je vous jure qu'on se sent pousser des ailes. Nous décampons à travers la clairière, au petit bonheur la chance : par-delà le Mélèze, vers la combe voisine. Je ne sais rien de cette voie, mais trop tard pour bifurquer : Charogne nous serre de près, et sa cavalcade fait trembler la roche, rythmée par le choc sourd de sa patte en pierre. Son souffle siffle à mes oreilles, plus proche, toujours plus proche… Meijo s'engouffre dans la ravine à toute allure, pour freiner aussitôt des quatre fers, bloqué par une véritable mare de bitume. Impossible de passer : ce défilé est entièrement embourbé dans le goudron. *Perdus !* m'entends-je penser, avec un étrange détachement. *Fini pour nous…*

« Là derrière ! » s'écrie Meijo.

Sur notre gauche, le fût épais d'un chêne vénérable est couché contre la paroi rocheuse, en appui surélevé sur ses branches et ses racines. Nous avons tout juste le temps de nous glisser au-dessous : l'instant d'après, la formidable masse de la Croque-Carcasse s'en vient le percuter à pleine puissance, parvenant presque à le soulever de terre.

Je roule au sol, le flanc endolori ; me remets sur pieds, tapie dans l'espace étroit entre la falaise et le tronc. Par-dessus l'écorce, j'aperçois une vague de fourrure ondulante qui longe notre rempart de bois comme un long serpent gris – dans un sens, puis dans l'autre. Des halètements lourds maraudent devant notre retraite, grondements qui se muent en un râle guttural, puis de nouveau en défi éructé. À trois pas de moi contre le rocher, j'aperçois Meijo aux aguets, debout l'épée en main derrière la partie la plus branchue de l'arbre. Soudain, Karkhou charge, à trois reprises ; elle assène de puissants coups de boutoir à l'obstacle qui la prive de sa vengeance. Le robuste fût bascule à peine, puis revient en place ; il est trop pesant, même pour la Croque-Carcasse. La bête hurle sa frustration ; rôde encore en haletant, puis change de tactique. Elle glisse la patte et puis le mufle par-dessous le bois, essaie de le soulever avec son crâne. Sa gueule tordue, barbouillée de sang, claque à deux pas de mes genoux ; ses petits yeux écartés me lardent de leur éclat furieux. De terreur, je me mange le dos de la main. Meijo plonge, lame en avant ; il estoque la truffe d'un coup puissant, fourre dans la bête deux bons pouces de métal. L'ourse gargouille sa douleur et sa colère, et se retire précipitamment. Je tire à mon tour l'épée du fourreau, sans même me rendre compte de ce que je fais.

Mon amant n'attend pas que l'ennemie se reprenne ; il agrippe une branche et se hisse sur l'arbre. Son pied ripe sur l'écorce enneigée, mais avant de glisser et de retomber en arrière, il a tout de même le temps d'asséner au monstre qui se relève un robuste coup de taille. Charogne retrouve la station debout ; elle joue de toute sa vertigineuse hauteur pour tenter de frapper son tortionnaire par-dessus le tronc mort. Meijo se recroqueville contre la falaise, rampe pour éviter les coups de patte furieux qui sabrent l'air à quelques pouces au-dessus de sa nuque et claquent contre la pierre. Le moindre d'entre eux pourrait lui arracher la tête. En cherchant à l'atteindre, le monstre se vautre littéralement sur le bois. Dans un craquement sinistre, plusieurs appuis cèdent ; cette fois, le tronc part franchement à la roulade et s'en va percuter le rocher derrière lui. J'ai tout juste le temps de me jeter au sol pour laisser cette presse mortelle me passer par-dessus tête. Je suis maintenant en terrain découvert, à la merci de l'ourse, qui se redresse maladroitement, empêtrée qu'elle est dans les branches. Je m'estime foutue, alors tant qu'à faire, je me rue sur elle, épée levée, et frappe de taille. Mon premier coup rebondit ; je ne sais pas m'y prendre. Bruit sourd, bris de branches. Je change de prise et frappe d'estoc ; cela s'enfonce dans la chair, quelque part dans le gras. L'ourse gronde de plus belle, et comme aucun coup ne vient me faucher en retour, je frappe, encore, et encore, je larde cette chose obscène de toute ma peur et de toute ma colère.

Et encore. Et encore. Et encore.

À en oublier le monde qui m'entoure. À en perdre le compte du temps.

Jusqu'à ce qu'enfin une voix vienne me rechercher dans ma fureur :

« Nisû, arrête ! »

Je ne veux rien entendre : je me bats pour ma vie. Je retourne ma lame dans la chair, je la tords, pour faire mal autant que possible, pour tuer, tuer, tuer.

« Nisû, arrête ! insiste Meijo. C'est fini ! Fini ! »

Il finit par s'emparer de mon poignet et me force à baisser le bras. Se colle derrière moi, me tire en arrière et me relève le menton d'autorité, pour m'obliger à regarder. Un long tremblement parcourt mon corps. J'expire lentement. Et je regarde, de tous mes yeux.

Charogne est vautrée dans les branches, le museau tourné vers le ciel : on dirait qu'elle est assise sur un trône à sa mesure. Le flot de sang de sa gorge a faibli ; il ne coule plus qu'à saccades molles, un gargouillis de vieille source. Sa langue s'affaisse graduellement le long de sa mâchoire ; son souffle n'est plus qu'un ronflement à peine audible. Enfin, tout son corps se relâche ; je comprends que son cœur a cessé de battre.

Le dernier regard de la Colosse d'ourse se perd dans l'ascension du soleil.

J'en reste médusée. *Ce n'est tout de même pas moi qui…*

« Elle n'a jamais réussi à se relever de sa chute sur l'arbre, m'informe Meijo. Trop faible : elle avait déjà perdu trop de sang. Mon coup de lance était mortel, mais elle a mis le temps pour s'en rendre compte… Beaucoup trop de temps à mon goût ! »

Son pouce me titille le menton :

« Tu es très brave, Nisû, mais c'est sur une bête moribonde que tu t'es acharnée ! »

Il daigne enfin me lâcher. Je rengaine ma lame d'un geste sec. Fébrile, je marche vers l'immense cadavre, lève une main hésitante pour toucher sa fourrure. Inerte, comme on pouvait s'y attendre…

« Tu vois ? commente l'écuyer. Crevée, et bel et bien crevée. Elle ne se relèvera plus, tu peux me croire ! »

Je tourne la tête vers lui, et lui adresse un long regard muet : quoi, alors c'est vrai, c'est fait ? J'ai beau le savoir, je n'arrive pas à calmer mon ardeur guerrière. J'éprouve un vif besoin d'action. Mes gestes sont encore si nerveux, si rapides, que mon amant s'en amuse. Il me regarde d'un air attendri :

« Nisû… Tu as du sang partout ! »

Il ôte son gant d'arme et me passe deux doigts sur la joue ; puis me les présente sous le nez, tout couverts de rouge poisseux. Il affiche son sourire espiègle. Un peu navrée, je pose mes propres paumes au même endroit ; je découvre que je suis toute barbouillée. Je m'agenouille pour ramasser de la neige et m'en frictionner le visage, histoire de me nettoyer un peu. Mais mon doux ne me laisse pas faire. Il m'attrape par la taille :

« Que fais-tu là, la belle ? »

Il m'attire contre lui, rit de bon cœur :

« J'aime bien comme ça ! Change rien… »

Du bout de l'index, il trace sur mon front un narvin sanglant, puis m'embrasse à pleine bouche. Une passion insensée m'embrase, qui est tout ce qui reste de la peur, maintenant que notre ennemie gît à nos pieds ; je lui rends son baiser avec ardeur. Alors seulement, je réalise que nous l'avons bel et bien fait. Nous sommes vivants, et Karkhou, la colosse, la tyrannesse du Lempio, n'est plus. Une grande allégresse s'empare de moi, mélange de soulagement, de triomphe et d'exaltation martiale, une sensation purement physique. Je découvre que j'ai toujours aspiré à ce moment. Un poids ancien vient de s'ôter de ma poitrine. Les reflets du soleil sur la neige sanglante, le visage exultant de Meijo, la masse grise vautrée là derrière, inerte, tout cela m'emplit d'une capiteuse ivresse. Je lève les yeux vers la cime du Mélèze et je songe : *Voilà. Père, tu es vengé ! Je suis ta digne fille*... Et dire que j'ai commencé par douter de nous ! Songer que je voulais encore m'incliner devant ce monstre, m'humilier et mendier misérablement son pardon ! Qu'avais-je donc à être si froussarde ? Maintenant, c'est elle qui est couchée, et nous qui marchons librement dans la forêt !

Du bout des doigts, mon bel ami tâte la patte en pierre du cadavre :

« Étrange matière que celle-là... Touche ! »

Il me prend gentiment la main et la dépose sur le membre minéral.

« ... lisse et légèrement humide comme du calcaire, mais tiède comme la vie qui s'éteint ! constaté-je, étonnée. Drôle de façon qu'ont les êtres légendaires de vieillir et mourir... Comment parvenait-elle encore à nager et grimper avec ça ?

— Tu peux bénir cette patte, rétorque Meijo. Si elle ne l'avait pas ralentie, elle nous aurait rattrapés avant que nous puissions nous mettre à l'abri, et nous ne serions plus là pour en parler ! »

Il me sourit, m'embrasse encore, et puis s'en va grimper dans la ramure de l'arbre, sur le flanc de l'immense cadavre.

« Qu'est-ce que tu fais ?

— Sa tête ! Je veux mon trophée pour prouver mon exploit ! »

Parvenu au-dessus du vaste crâne, il se campe jambes écartées sur une branche, assure sa prise de la main gauche, et tire son épée :

« Ça ne va pas se faire en une fois... » annonce-t-il.

Et il frappe. À plusieurs reprises, avec un bel entrain. Des éclaboussures carmin s'en viennent lui piqueter le visage, la graisse jaillit de l'échine tailladée, mais le chef monstrueux demeure bien accroché.

Au bout de deux salves de coups, Meijo baisse sa lame, un rien découragé.

« Tu ferais mieux de redescendre, je lui lance. De toute façon, cette tête est trop lourde : comment veux-tu la rapporter à Jankhari ? »

Il rengaine et saute à terre.

« Tu as raison. On reviendra plus tard, avec une bête de somme. D'ailleurs, j'ai une autre promesse à tenir… »

D'une courbette élégante, il s'incline devant l'ourse qui trône, et salue :

« Seigneur Charogne, maintenant que vous voilà rendue raisonnable, permettez que je prélève mon dû. »

Puis, sans façon, il escalade la bedaine du monstre en s'agrippant au pelage ; se hisse sur ses mamelles et se campe dessus, fier comme un prince.

« Bon. Eh quoi, maintenant ? je lui lance.

— Maintenant, je veux son cœur. Hier soir, j'ai juré de le dévorer !

— Tu es fou, Meijo !

— Fou ? Non. Seulement firwane ! »

Il rit avec une légèreté déconcertante, puis tire son épée et s'en va la planter entre deux côtes, au milieu de l'énorme poitrail. Il la tord, la pousse dedans la chair. Au bout de quelques efforts, il se retourne vers moi, haletant :

« Nisû, va chercher ma lance, s'il te plaît ! Ce brand ne va pas suffire à la besogne… »

Je fais ce qu'il demande. Je retrouve sans mal la pointe en airain au pied du grand Mélèze et m'en retourne la lui tendre. Aussitôt, il la fiche dans la blessure qu'il vient d'ouvrir : elle s'y enfonce avec une facilité déconcertante. Mon amant pèse des deux mains sur la hampe et s'en sert comme d'un levier pour écarter les côtes de la bête. Je vois alors émerger une masse rouge voilée d'une laiteuse membrane, qu'il pousse dehors à demi, en la soulevant du bâton.

Un léger haut-le-cœur me soulève la poitrine. Un reste de raison me pousse à intervenir :

« Meijo… Plus personne ne fait cela, de nos jours… C'étaient nos aïeux ! C'était autrefois !

— Tu te trompes ! Mon grand-père a encore fait ça pendant la guerre. Il a mangé le cœur d'un Seigneur de la mer, pour célébrer la seule victoire qu'il leur a arrachée. C'était sa façon de leur rappeler qui nous étions… »

J'ai beau être encore dans l'ivresse guerrière, cette idée-là m'est un peu difficile.

« Ne sois pas stupide. Tu n'es pas obligé de tenir ce vœu ! »

Il se retourne vers moi, sourire carnassier aux lèvres :

« Oh, mais je *veux* le tenir, ma renarde ! Tu connais la tradition : nulle force vitale ne doit se perdre dans le néant. En guerre comme à la chasse, quelque chose du vaincu doit subsister dans le vainqueur, sinon le monde du vivant se réduit peu à peu et le vide grignote… Ce cœur doit être mangé ; quelqu'un doit hériter de toute cette vie. »

Et ce disant, il fait la chose la plus déconcertante que je puisse imaginer : il dégrafe son manteau, qu'il couche sur les mamelles de l'ourse, à côté de l'incision ; dénoue son ceinturon, se déleste de ses armes puis de ses vêtements. Il se tient nu sur le cadavre de Charogne, impérial et splendide, ses longs cheveux noirs ondulant sur ses épaules. Il m'adresse un regard plein d'assurance, puis s'agenouille lentement, pose les lèvres sur le vaste muscle cardiaque. Il mord dans le cœur immense du Seigneur des Ravines ; l'agrippe à pleine main et le ronge, avec une avidité lente, une succion sensuelle, comme s'il embrassait le ventre d'une amante. Et moi, je contemple, fascinée, sa silhouette prosternée ; mon regard caresse le galbe de ses cuisses, la courbure de ses fesses et le carmin de sa bouche souillée.

Un guerrier. Un champion firwane, victorieux et sûr de lui.

Il n'en mange pas plus de quelques bouchées. Son festin fini, il se redresse comme un prédateur, le sexe à demi tendu, les yeux brillant d'un éclat nouveau. Me tend la main en invite :

« Viens, Nisû. Hisse-toi ! »

J'ai confiance en ce bras ; il m'a conduite par-delà la peur, il a su frapper juste. Alors, docile, j'escalade à mon tour la bête, pour venir le rejoindre sur le sein encore tiède. Je ferai tout ce qu'il demande : il est mon seigneur et maître, mon chevalier tout puissant.

Avec une tendre fermeté, Meijo me tourne et me force à faire face au cœur sanglant. Lui-même vient se placer derrière moi ; il m'agrippe par la taille, pose sur mon bas-ventre une main tiède et douce.

« À ton tour, mon amour… La force de l'ourse est aussi ton héritage. »

Pendant qu'il parle, sa main glisse vers le bas, s'en va chercher les plis de ma robe et la remonte lentement sur mes hanches, dénudant ma peau. Un frisson délicieux me picote la poitrine, désir mêlé d'interdit et de scandale, sensation d'être perchée sur une frontière… mon vêtement me passe par-dessus tête et je me retrouve nue, moi aussi. Je n'ai pas froid : la chaleur rémanente du monstre et l'ardeur guerrière qui m'anime suffisent à me tenir chaud. Meijo m'agrippe le bassin ; son sexe durcit contre mes fesses.

« Immense était le feu astral en cet être, chuchote-t-il à mon oreille. On ne peut pas laisser se perdre ça ! Avec un tel festin, nous serons tous deux invincibles ; de grands guerriers, de dignes chasseurs et de fougueux baiseurs ! »

Il me force à m'agenouiller. Le cœur de la Colosse d'ourse s'offre naturellement à mes lèvres. Tel est le désir de mon seigneur, alors je me penche en avant et les pose sur la chair crue.

« Mange, Nisû ! » me commande cette voix à laquelle il est bon de s'abandonner.

Je remue les dents, je pique des incisives, et ma langue s'en va chercher une première bouchée. La viande est dure, caoutchouteuse ; je ne fais que la ronger. Le goût du sang m'arrache un frisson de répulsion. Je déglutis dans un spasme, presque par accident. Aussitôt, une lame de force me soulève la poitrine ; mes hanches se cabrent malgré moi, mes yeux s'agrandissent de surprise. Quelque chose de colossal, d'immatériel s'engouffre dans mon œsophage, déferle par vagues successives dans mes entrailles et jusque dans les moindres fibres de mes muscles. Je me trouve investie, violée par quelque chose d'ancien et de terriblement dangereux ; et puis, l'instant d'après, débordée d'une incroyable exaltation, d'un sentiment de triomphe à nul autre pareil.

Je réalise alors pleinement ce que je suis en train d'ingérer : la vertu magique d'un Seigneur des bêtes millénaire, rien de moins ! Les oreilles bourdonnantes, je me gonfle de sa puissance. Une seule bouchée. Une seule, et je suis prête à affronter des armées, à bondir et courir sur la falaise, à renverser des rennes à mains nues !

La même ardeur court en mon compagnon. J'en sens jaillir le trop-plein à la pointe de son sexe, qui se frotte maintenant contre ma croupe, vaisseau bercé au flux du désir. Le voilà qui chavire et s'abîme en moi, d'une seule et lente poussée. Je creuse le dos et relève le bassin pour mieux l'accueillir, me campe fermement sur mes quatre pattes. Meijo se vautre sur moi, fort de toute son ardeur ; je résiste, forte de la mienne. Nous luttons des hanches, avec sauvagerie, nous nous repoussons mutuellement des reins, dans un combat de plus en plus vif, de plus en plus fauve. Enfin je lui cède ; je m'aplatis sur le ventre, écrasée par son poids, à même le manteau de laine sur les mamelles de l'ourse, et je le laisse exprimer sa domination à grands lancements de verge, jusqu'à ce qu'enfin la vague qui rugit en lui rugisse aussi en moi, et me drosse vers des rivages encore inexplorés.

C'est ainsi que nous apaisons la folie qui nous embrase, tout en achevant d'humilier l'ennemi.

Le dit de Fintan Calathynn – 13

Assise en tailleur, elle joint les deux mains sur son giron, pour signifier la fin de son dit.

« Carnedié… » marmonne Perdouan, atone.

« Par tous les foutres du ciel… » renchérit Miach.

Les autres demeurent sans voix. Les paupières de Shakti tremblotent de fatigue ; elle se refuse à reprendre la parole la première. C'est finalement Varagwynn qui rompt le silence, d'un ton chagriné :

« Vous n'auriez pas dû, ma Dame… Une puissance aussi ancienne… C'est un grand sacrilège, de souiller son cadavre de cette façon ! »

Elle relève le menton, tranquille :

« S'aimer sur le corps d'un vaincu, est-ce pire que de lui trancher les trois doigts du jurement, ou d'exposer ses restes sur les remparts ? Est-ce plus outrageant, au regard du ciel, que de violenter épouses et pucelles ? Toutes choses que les Couleuvriniers pratiquent pourtant bien trop souvent ! »

Je vois le Brun de Dhuan baisser le front, une drôle de lueur dans les yeux.

« Un jour, les Astres te puniront pour cet acte impie, marmonne Dipran, d'une voix si basse qu'il espère sans doute ne pas être entendu de l'intéressée.

— Oh, mais ils l'ont déjà fait ! rétorque Shakti en se tournant vers lui. Mais vous n'en saurez rien ce soir : il se fait tard, il est temps de clore mon récit. Je reprendrai demain, si le cœur vous en dit. Salut à vous, gens de Rana ! Ma journée est faite, il est temps que je sombre… »

Elle porte deux doigts à son front, puis s'emmitoufle dans ses fourrures auprès de sa fille endormie, souffle la lanterne la plus proche et disparaît complètement sous ses peausseries. Quelques instants plus tard, nous l'entendons ronfloter paisiblement, vaincue par la liqueur teule. Étonnante de sérénité…

Mes compagnons ne tardent pas à faire de même, rêvant sans doute de chasses héroïques dans des îles lointaines, ou de fauves ancestraux aux âmes gigantesques…

Vingtième jour, vers midi

Nadrach roupille comme une enclume jusqu'à ce que le soleil s'élève à la verticale d'Evoyo. Durant toute la matinée, nous l'entendons gémir et grommeler dans son sommeil. À son réveil, il est toujours pataud, bougon, incapable de trouver ses mots. La nuque roide, il s'efforce de faire quelques pas au-dehors ; mais sitôt que le soleil touche ses paupières, de violents maux de crâne s'en reviennent l'assaillir. Il vacille, désorienté ; Varagwynn doit le rattraper in extremis pour l'empêcher de tomber.

Shakti vient à son chevet. Elle lui enjoint de demeurer couché, non plus dans ces filets souples qui tassent ses vertèbres, mais sur un lit de fourrure posé sur la terre ferme, dans la pénombre au creux de l'arbre-velours. Elle place sur son front un linge détrempé et laisse à sa portée un broc d'eau fraîche, puis nous entraîne au-dehors pour le laisser se reposer.

« Va pas mieux, le petit père Kalervi ! constate Perdouan. Les suites de son coup sur la tête… »

Il me passe un bras sur l'épaule, m'entraîne un peu à l'écart de la Courtisane.

« Bon, dit-il, jetant un regard derrière lui. Il est probable que ce ne soit rien de plus, et que ça s'estompe dans les prochains jours. Ce ne serait pas le premier qui trinque après s'être fait malmener la caboche ! Mais si jamais les choses s'aggravent vraiment, alors il vaudra mieux intervenir. Je n'ai jamais trépané personne, mais j'ai de quoi le faire au besoin. Faut faire sortir le sang mauvais, tu comprends ? »

Ce disant, il extirpe de sa besace l'un ou l'autre outil de fort mauvais augure, qu'il me met fièrement sous le nez. Voyant la trogne que je tire, il se ravise et m'administre l'une de ses vigoureuses claques dans le dos :

« Allez Barde, t'en fais pas ! On n'en arrivera sans doute pas là ! Viens, c'est l'heure de tourmenter ce bon Cwail ; il est temps que je lui fiche une probe un peu plus large dans le gigot ! »

En début d'après-midi, nous empruntons les échelles de corde au creux de notre arbre-velours pour gagner, avec Ogh, les habitats suspendus dans la ramée. L'ascension est aisée, grâce aux multiples filets étagés sur toute la hauteur du tronc, qui nous permettent de reprendre notre souffle chaque fois que nous le souhaitons. Bientôt, nous nous faufilons à travers une haute fissure pour émerger au-dehors, dans le monde du dessus. La ville argentée. La cité aérienne. Le véritable cœur d'Evoyo.

Jamais je n'aurais pensé qu'elle serait aussi populeuse. Partout, des voix résonnent, des faces joviales se tournent vers nous. On nous hèle d'au-dessus, d'au-dessous, à grands saluts joviaux : *Emmakasi ! Emmakasi ! Kasi kantaliré !* Des gamins capés de cuir et d'épicéa courent sur les branches à notre rencontre, sautant de l'une à l'autre sans jamais craindre de tomber. S'ils ratent un pas, ils ne peuvent qu'atterrir dans les vastes toiles tendues entre elles, qui forment une trame continue sur plusieurs arpents de frondaisons. Un empire arachnéen, qui s'étire au-delà des habitats eux-mêmes… D'agiles vieillards nous sourient de toutes leurs dents, à califourchon dans la ramure ; des hommes et des femmes badinent avec nous comme si nous pouvions les comprendre, tandis que leurs mains s'affairent à repriser le bardage d'aiguilles de leur manteau, rameau après rameau.

Ici, dans le secret des frondaisons, les Teules se permettent toutes les exubérances qu'ils se refusent au sol. Les écorces s'ornent de sculptures, de couronnes de fleurs et de plumes aux couleurs vives ; des lanternes de corne fine sont suspendues aux rameaux. Quelques plates-formes de bois ouvragé, parfois couvertes d'un auvent de toile pourpre, se nichent dans les fourches des arbres, mais les habitants leur préfèrent la douceur luisante et ensoleillée des filets de soie, dans lesquels ils s'alanguissent pour converser paisiblement. Des carillons à vent, taillés dans des roseaux, mêlent leurs tintements au friselis des longues feuilles d'argent miroitantes qui frémissent dans la brise légère. Au-dessus de nos têtes, des échelles graciles offrent l'accès à de vertigineuses nacelles, qui servent de vigie pour voir par-dessus la canopée. Ici et là, des filins permettent de hisser des seaux depuis le ruisseau. Trente mètres verticaux nous séparent des racines…

Ogh-qui-soupire nous mène bientôt devant une digne assemblée de notables, assis en cercle au-dessus du vide, dans une toile particulièrement spacieuse. Parmi eux trône Vodomar, paré d'une coiffe cousue de grandes ailes de papillons rouge orangé. Un adolescent agenouillé s'affaire à lui limer les griffes de la main gauche, levée avec une grâce toute régalienne. En face, plusieurs vieillards et vieillardes devisent paisiblement, coiffés eux aussi d'ailes diaphanes, les lobes d'oreilles percés de chitine de scarabées, le torse paré de colliers d'ambre.

Manesh est déjà parmi eux.

Foutre ! Comment est-il parvenu à monter jusqu'ici ? Pas de ses propres jambes, tout de même ?

Voire ! L'enfant des fées s'est assis tout à son aise, les chevilles croisées : il y a gros à parier qu'il n'éprouve plus guère de douleur. Quatorze jours après que nous l'avons sauvé de sa branche de limbram, le miracle de sa guérison paraît totalement accompli. Le fils du Semeur de feu s'est délesté de ses vêtements pour se laisser oindre le visage et le torse de graisse turquoise, comme s'il était lui-même un membre de la tribu. Pour marquer sa *différence*, les Teules lui ont peint sur le cœur un soleil rouge vif, qui rayonne d'une aura orangée sur l'ensemble de son buste. Cette canaille de Bâtard ! Il ne craint pas le froid ; il se sert de cet avantage pour s'identifier aux sauvages, et renforcer ses liens avec eux ! Il aura bientôt fini de nous échapper complètement…

Nous sommes conviés à prendre place au sein du cercle. À ma gauche siège un Teule albinos du nom de Volilo, ou Volilosou, qui, pour une raison obscure, parle fort bien notre langue – bien qu'il ait la manie d'y ajouter des cliquetis incongrus, et que le sens de certains mots lui échappe. Il se charge de nous traduire les paroles des sages, du moins lorsque l'envie lui en prend. C'est lui qui commente les offrandes qu'on nous présente en guise de bienvenue : bijoux d'ambre sertis dans l'ivoire, cordelettes et filins en soie de femme, coiffes en plumes de chouette des neiges, étoffes pourpres ou opalines tramées par les *Scarabées tisserands*.

On nous sert un repas de viande – du lièvre et d'autres chairs savoureuses qu'on me présente comme du ragondin et du raton laveur – accompagnée de baies et de tubercules sucrés. Dipran y porte la main gauche. Aussitôt, il se fait reprendre par Volilo. L'albinos s'empare de la dextre du petit queux, pour la lui présenter comme à un enfant :

« Hheah ! Mange avec ta main douce, ta main tendre ! Celle qui caresse, qui lave et qui façonne ! L'autre, c'est ta main armée, qui tranche, qui perce et qui sépare, *klhl* ! On ne l'utilise que pour couper la viande ou le fil, et pour percer le cuir que l'on coud ! Mais on ne la porte jamais à la bouche et elle ne doit jamais toucher la peau d'autrui, sauf en cas de nécessité ! »

Dipran en reste interdit. Je hoche la tête pour l'encourager à accepter le conseil, et j'adresse un regard entendu aux autres, histoire de m'assurer qu'ils feront de même. Puis je fais circuler le sel que j'ai récupéré sur la gabarre, et rehausse ainsi notre repas.

Celui-ci terminé, les restes sont soigneusement collectés par deux jeunes filles, de façon qu'aucun d'eux n'aille choir accidentellement dans la forêt au-dessous. Aucune trace de présence ne doit traîner *en bas*, pour le cas où l'ennemi viendrait à passer : c'est la consigne que nous enseigne Volilo.

Vodomar prend la parole. Cette fois, c'est Ogh lui-même qui se charge de traduire ses propos :

« Très agités ssont les géants-fumée, souffle-t-il, et notre chhef ss'en inquiète. Il est ssacrilège qu'ils aient posé le pied sur la rive des Teules, avec leurs chhiens et leurs Hermines ssournoises. Hier encore, on a vu les ssendreux mener la chhassse pas loin d'ici. Ils ssont tenassses ; ils ne lâchhent pas leur proie. Mais ssela ne ssurprend guère Vodomar, à partir du moment où l'on vous a vus hissser vos fumées imprudentes par-desssus la forêt ! »

Silence. Le grand Teule roux semble attendre que nous prenions la mesure de ses paroles. Au bout d'un temps, il adresse à Ogh un petit signe de tête indéchiffrable. Le bramynn se fait un devoir de nous fournir de plus amples explications :

« Tout d'abord, vous avez avec vous un enfant fabuleux. Pourquoi ne pas l'avoir dit plus tôt ? Ssa flamme au ssommet des arbres… Cela attise leur haine, hafff ! »

Les regards de mes compagnons se tournent froidement vers Manesh. Ce dernier se compose un visage neutre, histoire de ne pas donner plus de prise aux rancœurs.

« Très bien, maugrée Miach à voix basse. Alors qu'on le leur livre, et c'est réglé ! »

Personne ne relève.

« Ssurtout, poursuit le vieux hibou, vous remontez le fleuve vers ssa ssource. Ssela ssuffit à éveiller leur courroux. Vos voiles offenssantes… Vos proues tendues vers l'Oracle… Voilà sse qui les met en colère, nous penssons ! Voilà pourquoi ils vous tuent ! Nous les croyions partis dans l'Ouest, mais ils ont rebrousssé chhemin, pour votre malheur ! Est-sse parsse qu'ils ont appris votre voyage ? Ils ont peut-être des esspions à Yvachryr, ou bien sse ssont les oiseaux qui les ont rensseignés, ou les Bouleaux ou bien seulement vos hautes fumées quand elles ont taché le ciel… Pas quesstion pour eux de vous laissser passser ! »

On se regarde, gênés.

« Vous pensez qu'ils nous barrent intentionnellement la route vers le Roi-diseur… » constaté-je.

Le bramynn plisse les yeux, amusé :

« Vous ne ssavez pas. Non, vous ne ssavez pas… Toujours plus au nord ils ont repousssé le Très Ssage, depuis sset automne funesste où ils ssont apparus ! Les Teules en consservent la mémoire. Tenez, que je vous ensseigne… »

Il se gratte le nez. Son œil se met à papilloter, comme souvent lorsqu'il s'apprête à pontifier :

« Ils ssont venus par l'Entre-terre. Les anssiennes galeries qui courent desssous le monde. Les fisssures et les gouffres… Ss'est leur domaine depuis toujours, mais nombre de sses routes sse ssont perdues au fil des ères, même pour eux. Et puis un jour, ils ont retrouvé le chhemin du nord. La terre a crachhé de la ssendre et des fumées sserpentes, et ils ont ssurgi du ssol, pour prendre pied dans la forêt. Ss'était il y a ssept ou huit générasssions. »

« Ils ss'en ssont d'abord pris aux Enfants de la Lune. Quelques manoirs détruits, quelques *Fabuleux* tués, hfff, hfff… Trisste automne. Le Roi-diseur aurait fait leur prochaine proie, ss'il n'avait ausssitôt convoqué l'hiver. Un mémorable hiver ! Gelées précossses, tenassses, plus piquantes qu'aucune autre de mémoire d'homme, qui ont préssipité nos tribus dans leurs grottes, bien avant la longue nuit. Ssette année-là, les Teules ont ssouffert, faute d'avoir pu finir d'asssembler leurs réserves… mais les Nendous ausssi, avec leurs maudites Hermines ! Ils ont dû rentrer piteusement sse terrer ssous le roc, eux qui détesstent le froid. Et pendant que le monde était figé, l'Oracle a filé plus au nord, bâtir son *Trône des neiges*. Il ss'est fait encore plus ssage, encore plus ssilencieux, ssi bien que, pendant quelque temps, les géants l'ont cru dissparu, et qu'ils ont abandonné leur chhassse. »

« Trente ans de ssecrets, peut-être quarante. Et puis, un jour, un vieux roi est parti à ssa rechherchhe, le cœur et l'âme tout ridés. »

« Il a chhoisi de chhevauchher le fleuve. Les fassses de ssendre l'ont vu venir trop tard : ils n'ont pu l'empêchher de remonter le cours, puis d'abandonner son bateau pour ss'enfonsser ssous les arbres, ssuivant la Voie au Roi. Mais à sson retour, ils l'ont ssurpris et fait prisonnier dans ssa propre barcassse ! Pour ssauver ssa vie, le vieillard ss'est mis à causer ; et ss'est ainssi qu'ils ont ssu que le Roi-diseur était toujours là-bas, à ssent lieues du lac. »

Dipran et le Brun se regardent sans comprendre, peu au fait qu'ils sont du périple de nos prédécesseurs.

« Nylfar-le-Bègue, je leur souffle. Roi de Freyanth. Le dernier homme connu pour avoir rencontré l'Oracle. Je ne savais pas qu'il avait eu affaire aux Enfants de l'Hermine ! Ses chroniques n'en disent rien, pas plus que les annotations de sa carte.

— Les rois ne sont pas prompts à consigner les épisodes qui retranchent à leur gloire, commente Shakti. Son silence ne nous a pas rendu service…

— À cause de sset indissscret, le Roi-diseur a dû reprendre le chhemin de la fuite. Au nord ! Toujours plus loin au nord, vers la mer gelée ! Il a traverssé les ssteppes froides où les arbres rabougrisssent, puis cesssent de poussser ; il a vu le Framar ss'étréssir en ruissseau. Au terme de ssa longue erransse, il a levé les yeux ssur les pentes fumeuses d'où ruisssellent sses eaux ssaintes. Il les a gravies ; il est allé sse perdre dans les hauts-plateaux gelés ssusspendus entre deux mondes, à la rechherchhe de l'endroit où le fleuve ssort de terre. Un tout petit pipi de fleuve, au pied d'une colline ssolitaire ! Ss'est là que l'Oracle a perchhé sson domaine, hors de portée des géants mangeurs de chhair. »

« Depuis lors, sseux-ssi sse contentent de l'isoler du resste du monde en barrant la voie des flots. Ils empêchhent quiconque de l'approchher : les hommes comme les *Fabuleux*. Il n'y a que le *Grand-Chheval-Ssoleil* qui arrive à franchhir leurs lignes, tous les quatre ans. *Hasssssa !* Ils aimeraient bien l'attraper, sselui-là ! Mais il sse joue bien d'eux, il est trop habile ! Jamais ils ne l'empêchheront d'aller présenter sses hommages à l'Oracle !

— Le Grand-Cheval-Soleil ? interviens-je. Vous voulez dire le géant solaire *?* Il se rend chez le Roi-diseur ? »

Ogh opine du menton, et ne se laisse pas interrompre :

« … Mais pour un groupe comme le vôtre, ss'est peine perdue. Car nombreux ssont les Enfants de l'Hermine, et ils vous barreront la route des gués, maintenant qu'ils ssavent que vous êtes là ! » Il lève les yeux vers nous, sagace : « À moins d'avoir l'aide des Teules, bien sssûr ! À moins d'emprunter les *Chhemins de traversse…* »

Je lève prudemment le regard vers Vodomar, qui nous contemple en silence, puis vers Ogh :

« Et… les Teules sont-ils prêts à nous aider ?

— Passsiensse, chhanteur ! Passsiensse. Pour l'insstant, vous êtes fatigués. Vos amis ssont blesssés. Mieux vaut resster cachhés, oui, prendre le temps de guérir sseux que vos outils ne vont pas tuer ! » Il coule un regard mesquin vers Perdouan. « Ensssuite, nous pensserons à la ssuite de votre voyage. Non loin d'isssi sse trouve le *Trône des feuilles*. Nous irons, ssi le cœur vous en dit. Qui ssait ssi de là, la Voie au Roi révélera sses visages ? »

Le bramynn se retourne vers Vodomar et s'adresse à lui d'un ton de requête. Le chef livre aussitôt son verdict, la face impassible, la voix modulée de subtiles inflexions d'autorité. Ogh traduit, fier comme un paon :

« Ainsssi consseille Vodomar : que le ssage Ogh parte avec sseize guerriers, obsserver les mouvements de l'ennemi. Sses chharmes et ssortilèges sseront d'un précieux ssecours pour déjouer les regards de l'Hermine et deviner sses intenssions. En attendant, le chhanteur, l'enfant ssolaire et leurs amis ssont les invités des Teules ; ils peuvent resster ausssi longtemps qu'il leur plaira. »

Sitôt que nous sommes libérés de l'assemblée des sages, Volilo se propose pour nous emmener au-dessus de la canopée. Nous sommes trois à accepter son offre : le Brun de Dhuan, audacieux grimpeur ; Shakti, en souvenir de la petite fille qui escaladait jadis les arbres du Lempio ; et moi-même, parce que j'espère secrètement apercevoir le halo du Solaire sur les frondaisons. Nous empruntons les échelles de corde pour nous hisser toujours plus haut dans la ramée, jetant des regards anxieux vers les toiles en contrebas, si frêles en apparence, capables pourtant de nous sauver la mise au cas où nous aurions l'infortune de lâcher prise. L'ascension nous semble plus longue et plus risquée que celle qui nous a menés dans la ville-feuillage. Elle se complique de quelques passages où il nous faut ramper sur des branches inclinées, un simple filin pour guide, en posant le pied dans des encoches précaires et sur des nœuds du bois. De quoi me donner largement l'occasion de regretter ma témérité… Chaque fois que notre courage chancelle, Volilo plante les griffes dans l'écorce et nous tend la main droite, pour nous aider à franchir le pas. Nous finissons par déboucher dans une grande nacelle à ciel ouvert, tapie dans les plus hautes branches d'un drondossili particulièrement élevé.

Tout autour de nous s'étend une mer argentée, frissonnante sous le vent léger. Un spectacle à couper le souffle…

« Cet arbre : Ouangocl-le-vieux, commente Volilo, tapant du pied sur le plancher de la nacelle. Il n'a jamais été creusé par les Mangeuses, *kll, kll;* voilà pourquoi il monte si haut. C'est à cause de lui que nous avons choisi ce lieu pour nous installer : quand on est sur Ouangocl, la vue porte plus loin. »

Je tourne sur moi-même, cherchant les limites de la forêt drondossilienne. Les autres essences du Vyanthryr s'élèvent beaucoup moins haut, si bien que leurs cimes les plus proches demeurent invisibles, tapies dans un angle mort. Vers l'ouest, à plusieurs lieues de distance, le bois d'épicéa réapparaît à nos regards. Il s'élève en pente douce jusqu'à de légères éminences qui nous masquent le Framar et ses abords. Sur ces crêtes s'effiloche une brume gris sombre…

Le nuage de cendres, je songe. *Bloqué par ces collines… Espérons qu'il n'ira pas plus loin !*

« Par là, le fleuve, nous indique Volilo, ponctuant ses mots d'un *pok* de langue, frappé contre l'intérieur de sa joue. Si tu traverses, territoire des Hermines et de leurs chiens ! Géants mangeurs d'hommes, tapis sous la terre… »

Il nous adresse un regard grave, comme si nous n'avions pas encore pris la mesure du danger. Puis il se met à brasser l'air d'une main vive :

« Leur domaine ne va pas jusqu'au bord du monde, *Sksass!* Par-delà sont les *Tribus de la Lune*. Grandes gens qui luisent comme l'ivoire et dansent comme les feuilles d'automne, un masque sur le visage ! Nombreuses encore, par là-bas, *kll, kloc, klltl*. Mais loin : deux fois dix jours par le chemin de terre, et loin aussi par les *Chemins de traverse* ! Géants nous coupent d'elles ; les Teules n'en ont plus de nouvelles depuis des ans. »

Il pivote pour faire face au nord, et son bras décrit un arc de cercle :

« Par là, de nouveau le fleuve. Forêt encore, sur des jours et des jours. Pacifiques vivent là-bas. Étranges et beaux yeux de lumière, qui racontent l'amour… puis plaine gelée, où nul arbre ne pousse. Pourtant l'âme de la Terre est forte là-bas, et parfois elle s'agite ; alors tout se craquelle, tout ruisselle, elle se lève pour arpenter le monde l'espace d'une nuit, des pierres sur son dos, un ruisseau dans la bouche. Tout change de place, on perd le compte des cours d'eau. On s'égare à cause des fantaisies de ces esprits turbulents ! Pays étrange et beau, mais la vie est difficile là-bas, même pour les Teules ! Et puis, par-delà tout ça, colline de l'Oracle : tache verte et fleurie dans la neige ; foyer chaud dans le grand froid. Teules sont allés une fois, une seule : longue, longue expédition, emplie de dangers ! Mon arrière-grand-père était avec eux. Voyage encore plus loin, plus de jours que Volilo peut compter, *klopl, tlopl* ! »

Je me laisse bercer par la géographie fabuleuse qu'évoque notre guide. Les Pacifiques ? Sans doute les Alwynn, le Peuple de Sahari, représentés dans les sculptures du sanctuaire forestier. Leur présence serait un prodige, car on n'a plus entendu parler de leurs semblables depuis des siècles. Quant à la Terre qui s'agite… Peut-être un antique Lamorin, une entité de la seconde ère, que les siècles n'auraient pas suffi à endormir entièrement et qui parfois s'ébrouerait sous son manteau d'humus, secouant toute chose autour d'elle. Mais ce qui m'émerveille par-dessus tout, c'est la mention des Tribus de la Lune. Ah ! Songer que le peuple gracile vagabondait encore sous ces arbres il n'y a guère plus de cent ans ! Qu'il n'a fait que se retirer devant la menace, mais demeure bel et bien présent, quelque part sous le soleil couchant ! … Que ne donnerais-je pas pour un petit détour à l'ouest, derrière les lignes des Nendous, pour présenter mes respects aux pâles enfants de Lua ? C'est peut-être ce que nous tenterons, en désespoir de cause, si jamais l'Oracle devait nous éconduire ! Je m'en fais le serment…

Je scrute en vain l'horizon, songeant que, dans ce paysage de légende, marche aussi un Solaire.

« Et le Grand-Cheval-Soleil ? interrogé-je, mû par une impulsion. L'as-tu déjà vu traverser la forêt ? »

L'albinos incline le menton, joue de la langue en guise de réponse.

« *Pok, pok,* le géant, oui ! Vu son feu courir entre les arbres, et les feuilles chanter son passage, autrefois ! Grande chance, car il ne passe que tous les quatre étés. En revanche, je n'ai jamais vu l'*Oiseau des saules* ! Le père de mon père l'a aperçu une fois, quand il était jeune ; plus agile, plus gracile que le Cheval-Soleil. Plus bavard, aussi ! Ogh lui a parlé l'été dernier…

— L'Oiseau des saules ? intervient Shakti. C'est un autre géant solaire ? »

Le grand Teule pâle cligne des paupières, comme si la réponse allait de soi :

« Autre géant, oui. Qui vit avec le Roi-diseur. Ces derniers jours, il est venu par ici, on dit, on dit. Qui sait ce qu'il venait chercher ? Il est peut-être encore là aujourd'hui ! Ogh va tenter de vous le trouver… »

Vingtième jour, fin d'après-midi

Redescendu au logis des bons hôtes, j'ose enfin rouvrir l'étui de mon sitar.

J'espérais, sans trop y croire, que la table de l'instrument serait réparable. À présent que je vois les dégâts de plus près, il me faut en faire mon deuil : cette pièce doit être remplacée, purement et simplement ! Heureusement, ce n'est pas l'épicéa qui manque, dans la région, et les Teules sont fins sculpteurs. Avec leur concours et leurs outils, la tâche doit être à peu près à ma portée. *Carnedié !* Je ne suis qu'un piètre luthier. Quel artéfact grossier vais-je bien pouvoir produire ? Rien qui sonne à moitié aussi bien qu'avant, pour sûr !

Volilo me regarde faire, ses étranges yeux violacés fixés sur mes mains. Il ne semble pas comprendre ce qui me rend triste. Je me tourne vers lui :

« J'ai besoin de l'aide de ta tribu. Je dois rafistoler quelque chose d'infiniment précieux.

— *Clokl.* La jambe de votre compagnon ? » énonce l'albinos, la mine innocente.

Est-ce de l'ironie ? Une sagesse teule à me faire passer ? Rien de tel ne transparaît dans sa voix !

« Non, Volilo. C'est mon ami de bois, qui chante comme personne. Dans notre dernier combat, il nous a tous sauvés ; mais il a été cruellement blessé en retour.

— Tu es un étrange guerrier. Mais je veux bien t'aider. Dis-moi comment faire.

— J'ai besoin d'un bon billot d'épicéa, débité en quartiers. Est-ce que tu comprends "épicéa" ?

— Volilosou comprend les noms de trois fois trente arbres, dans trente-trois langues. Mais pour beaucoup d'entre eux, je n'ai jamais touché leur écorce. Épicéa, je connais. Pas loin d'ici, *ptl, ptl* ! »

J'en reste coi un instant.

« Comment connaîtrais-tu autant de parlers ? je m'insurge. Je croyais que les Teules ne frayaient pas avec les autres peuples !

— Volilo voyage beaucoup. Volilo mange des langues… »

Mange des langues, voyez-vous ça !

Quel étrange personnage ! Je ne peux m'empêcher de le reluquer de la tête aux pieds. Sous sa pelisse d'aiguilles et de fourrure retournée, sa peau pâlichonne est tout aussi nue que celle de ses congénères. Ses orteils agiles, ses génitoires qui pendouillent, tout est exposé au froid !

« Comment faites-vous pour rester à poil nuit et jour dans cette forêt ? Les nuits sont fraîches, mille foutres !

— Nous avons nos manteaux. Vous n'en avez pas. Comment faites-vous pour ne pas grelotter ? » me rétorque-t-il du tac au tac. Et il me sourit, avec un air de commisération sincère. Je soupire, déconcerté.

« Explique-moi, s'il te plaît. Je ne te comprends pas. Fais comme si j'étais un enfant ignorant !

— *Klopl, tlotl.* Si tu étais un tel enfant, tu vivrais *sous le manteau de ta mère* jusqu'à l'âge de six ans. Tu ne pourrais pas t'en éloigner longtemps sans mourir de froid. Puis viendrait le jour où tu façonnerais ton propre manteau. Ton père t'aiderait à le coudre, ta grand-mère produirait le fil. Ogh-qui-soupire, ou bien un autre chamane, passerait son cuir au suc de chenille et à la résine, avant d'inscrire dessus les charmes et les sortilèges qui tiennent la chaleur. Ensuite, ce cuir serait bardé de sapin, et c'est ainsi que la forêt te couvrirait de son aile… Une fois tapi sous cette parure, tu ne serais jamais frileux. Tes pas ne feraient pas de bruit, *plc, plc, plc,* tu ne laisserais pas de traces au sol, et tu deviendrais difficile à attraper pour les yeux de tout autre qu'un Teule. Aussi longtemps que tu porterais cette seconde peau, tu serais un digne chasseur. Tu la soignerais jour après jour comme ton propre corps ; tu changerais ses rameaux sitôt que leurs aiguilles roussissent. La perdrais-tu, tu ne pourrais plus te joindre à nos rabattages, et la guerre te serait interdite : à toi seul, tu risquerais de faire repérer toute la tribu. Personne n'oserait marcher dans ta sente, tu devrais aller en solitaire, comme les loups sans meute.

— Et l'hiver ?

— L'hiver, le manteau d'aiguilles ne suffit plus à protéger du gel, et devient lui-même trop voyant. Alors chacun revêt son manteau de nuit, drapé de plumes de chouette des neiges. On porte des vêtements teules, dès que vient l'automne : ces choses encombrantes qui gâchent le plaisir de sentir la forêt chuchoter sur nos peaux. Des nippes taillées dans les étoffes que fabriquent les Scarabées tisserands ; des bottes de cuir et de fourrure pour marcher dans la neige. On devient rouge au cœur et blanc d'écorce ! Mais si un Teule perd son manteau d'hiver, il ne survit pas longtemps, *Sksass* ! Il lui faut en produire un autre le plus vite possible, avec l'aide de ses proches !

— Vous n'allez pas nus pendant la saison froide, voilà qui me réconforte… J'imagine que vous restez bien au chaud dans vos grottes ? »

Il me répond de ce claquement de langue caractéristique qui, chez les Teules, signifie *oui*.

« Une saison entière sans sortir… Pauvre Volilo ! L'ennui doit te peser ! »

Il secoue la tête et me dédie un sourire presque enfantin :

« Oh non, non ! Pas d'ennui ! *clopl, tlotl.* L'hiver, on marche ! Contempler des merveilles, apprendre des secrets… C'est le temps que Volilosou préfère ! »

Je dois avoir quelque chose de stupide dans le regard ; au point que mon interlocuteur, gêné, choisisse de s'esquiver :

« Volilosou va donner des instructions pour te procurer de l'épicéa. Le moment venu, tu auras de l'aide ; un bon sculpteur viendra avec toi réparer ton ami. »

Et aussitôt, il s'éclipse sans un bruit et s'en va rejoindre ses congénères aux mœurs incompréhensibles.

Vingtième soir

Un feu qui craquette, sans faire de fumée. Des chenilles qui grésillent sur un lit de braises. La pénombre de notre arbre-velours, hantée par nos lanternes, qui font luire la soie des filets. La gourde qui passe de main en main, et des compagnons tout autour de moi.

Des compagnons, surtout.

Cette nuit encore, je ne dormirai que d'un œil, de peur que l'un d'eux ne passe à l'action. Le relâchement est propice à tous les coups bas. Notre vigilance est émoussée ; seuls Perdouan et moi connaissons le danger insidieux qui couve au sein du groupe. Nous avons convenu de veiller discrètement à tour de rôle : moi pendant la première moitié de notre temps de sommeil, lui pendant la seconde.

Une fois encore, la tentation d'avertir les autres m'effleure. Dévoiler l'existence du traître ne révélerait pas son visage, mais pourrait réduire sa marge de manœuvre et l'empêcher d'agir. Les membres de la compagnie deviendraient soupçonneux ; ils pourraient se souvenir de détails qui nous permettraient de le confondre. D'un autre côté, la crapule redoublerait de prudence pour ne pas se faire prendre. Et la belle unité de notre petite troupe volerait en éclats. Une chose qu'il m'est difficile d'accepter…

Assise en face de nous, la Courtisane attend patiemment que Kunti finisse de s'endormir pour reprendre le cours de sa narration. Mes compagnons la regardent avec une fascination un peu distante. À leurs yeux, elle est un être sacrilège, qui chevauche ses passions sans honte ni crainte d'offenser le ciel. Et cela leur plaît ; ou bien cela les effraie. Dans un cas comme dans l'autre, leur imagination s'enflamme ; grande est leur hâte de l'entendre à nouveau se raconter.

Un moment plus tard, la voilà qui s'installe dans la position de la conteuse. Le regard dans le vague, les lèvres qui frémissent des premiers embruns de son récit. Rien qu'à voir sa poitrine se soulever, je peux sentir cette lame qui monte en elle : une vieille et puissante nostalgie, celle de sa jeunesse perdue à jamais par-delà la mer grise.

« Souffrez, Messeigneurs, que je reprenne le cours de mon dit. Hier soir, je vous ai confessé mon crime ; il est temps que je vous conte mon châtiment. Par lui s'ouvre le sentier tortueux qui m'a façonnée. Je n'y ai pas toujours marché ; j'y ai souvent rampé, glissé, pataugé dans la boue. Je m'y suis perdue. Je m'y suis retrouvée. J'ai expié à chaque instant et je me suis piégée moi-même de bien des façons. »

« Laissez-moi vous narrer le jour où prend fin mon enfance, définitivement… »

Le récit de la Courtisane (6) – La sorcière du Harfang

Le soleil ne dépassera pas la pointe du Mélèze : lorsque nous quittons les Cinq Ravines, il entame déjà sa descente, pressé qu'il est de s'abîmer dans l'hiver. La neige mollit sous sa caresse.

Nous filons à travers bois. La vie de la bête abonde dans nos muscles et nous procure de fantastiques sensations ; impossible d'arrêter notre cavale. Toi, Manesh, tu comprends certainement ce que je veux dire : courir en continu, émerveillé de ne pas trouver ses limites, y prendre un plaisir insensé. Ne pas ressentir la fatigue, au point d'en venir à croire ce qu'a dit Meijo : que nous sommes devenus tout-puissants, invincibles, et que cette source ne va jamais cesser de s'écouler en nous. De temps à autre, nous nous empoignons par jeu, nous luttons et nous envoyons valdinguer mutuellement entre les arbres, d'une seule poussée vigoureuse, en grognant comme des chiens et en riant comme des bossus. Je découvre alors la force extraordinaire qui court dans mes petits bras de femme, une force digne des héros anciens, et m'étonne d'être capable de telles prouesses.

En ces instants bénis, nous sommes complices comme jamais ; nous possédons la même animalité, conquise ensemble au péril de nos vies. Mais c'est Meijo qui mène le jeu, comme il l'a toujours fait.

Au sortir du Lempio, nous courons toujours ; c'est seulement au pied du mont Harfang que nous retrouvons assez de bon sens pour nous rappeler Neunîne et mes sœurs, conscients que nous offrons un spectacle barbare, avec nos visages et nos mains couverts de sang, nos vêtements tachés et nos armes au côté. J'entrouvre le portail du fort, coule dans la cour un regard prudent.

« C'est bon ! Viens ! »

Je me glisse à l'intérieur, mon jouvenceau sur les talons. Avant de gagner le corps de logis, nous avons décidé de faire étape à la forge pour nous débarbouiller au tonneau de trempage et nettoyer nos nippes des traces les plus évidentes. En passant devant les écuries, quelque chose attire mon attention : la robe grise d'un grand renne encore tout harnaché. Je reconnais sans mal la selle brodée de laine rouge et les bois sculptés de runes.

Kulakko.

Mon humeur s'assombrit sur-le-champ.

« Meijo ! Maïbo est de retour, sifflé-je en tirant sur la manche de mon compagnon.

— Ah brenne ! grommelle-t-il en réponse. Vite, dans la forge ! Tu n'aimerais pas qu'elle nous trouve dans cet état ! » Et il me tire brutalement sous l'appentis.

Bien à l'abri dans la pénombre derrière le soufflet, je me déleste de ma pelisse de fourrure.

« Comment se peut-il qu'elle soit déjà là ? peste mon très doux. Il me semblait qu'elle en avait pour deux semaines !

— Je ne sais pas, soupiré-je. Mère est un mystère, même pour moi. Sans doute qu'elle a découvert plus tôt ce qu'elle cherchait, ou alors elle a trouvé la route fermée et elle a choisi de rebrousser chemin ! »

J'ôte mes cottes et commence à me laver le torse. Nous nous frottons en grand silence, nous nous récurons mutuellement pour plus d'efficacité. Aucun de nous deux n'a désormais envie de parler. Je réalise qu'une autre peur, plus insidieuse, a succédé à celle du combat. Je redoute d'affronter ma mère ; je ne sais pas comment lui avouer ce que nous avons fait.

« Qu'elle aille se faire foutre ! grogne Meijo, comme s'il devinait mes pensées. On ne s'est pas couchés devant l'ourse, on ne va pas se pisser dessus devant elle ! »

Le bruit d'une porte qui claque fait écho à ses paroles. Je jette un coup d'œil rapide au-dehors ; j'aperçois la silhouette charnue de la Dame du harfang qui se dirige vers les écuries d'un pas preste. Je me rejette en arrière et tire mon amant dans le recoin le plus obscur de notre appentis.

Quelques instants plus tard, Kulakko apparaît dans la cour, la maîtresse des lieux bien campée sur son dos. Tous deux franchissent le portail ; je les entends dévaler la colline à grand trot furieux.

Nous osons émerger de notre cachette.

« Où va-t-elle ? demande Meijo. Je ne l'ai jamais vu filer aussi vite… »

Je ne peux m'empêcher de pâlir :

« Elle voit beaucoup de choses en ces terres. Pourvu que… qu'elle soit seulement partie à notre recherche… »

Il fait la grimace, puis hausse les épaules :

« On sera fixés à son retour… En attendant, viens, c'est le moment de filer nous changer ! »

En silence, nous nous coulons dans la grande halle commune. Nous la trouvons déserte, à notre grand soulagement. Comme des voleurs, nous filons vers la chambre des dames, où nous nous délestons de nos armes et de nos vêtements souillés. Meijo revêt sa chemise de soie blanche, son pourpoint de velours noir et ses chausses anthracite ; le voilà maintenant qui prend tout son temps pour démêler ses cheveux. De mon côté, je me dénude à nouveau, m'empare de mon petit miroir de métal et recommence à m'inspecter anxieusement, à la recherche de la moindre trace de sang.

« Je t'ai déjà récurée des pieds à la tête, Nisû. Tu es on ne peut plus propre ! »

Je hoche la tête, pas rassurée. Je réalise que je frissonne de tout mon corps. Est-ce l'anxiété ou… ?

« Tu devrais te mettre quelque chose sur le dos, remarque gentiment Meijo. Tu as froid…

— Oui… »

J'enfile ma chemise longue, mais la sensation de grelotter ne disparaît pas pour autant. Je me glisse frileusement dans mon lit et me recroqueville sous les couvertures. Pas question d'en bouger avant le repas du soir. Mon compagnon me dévisage, interrogatif :

« Nisû… ça va ? »

Pour toute réponse, je hoche la tête sobrement. Quelque chose me pèse sur les entrailles ; la nausée me tourmente à grandes bouffées tièdes.

« Ça va… Je… Je crois que… J'ai envie de vomir… » parviens-je à articuler.

Il éclate d'un rire taquin :

« C'est ton repas d'ours qui ne passe pas ! Ayé ! c'est un mets trop rance pour une jeune fille délicate ! »

Lui, il n'a pas du tout l'air de mal digérer, le salaud ! Ses gestes sont encore marqués de la même puissance, la même fluidité que tout à l'heure, et ses yeux recèlent toujours cet incroyable éclat. Moi, au contraire, j'ai la sensation déprimante de m'éteindre peu à peu, de retomber dans la pesanteur d'une basse humanité.

Il vient s'asseoir sur le lit, me passe dans les cheveux une main pleine de sollicitude :

« Repose-toi un peu, ma jolie… Dors ! Tu l'as bien mérité. »

Il se lève et va se poster à la fenêtre. Je sais très bien ce qu'il guette : il veut voir quelle mine aura ma mère lorsqu'elle remontera le sentier du fort, et puis d'où elle arrivera – de la plaine ou bien de la forêt.

C'est Neunîne qui s'en vient nous quérir quelque temps plus tard, sa face austère empreinte d'une réserve inhabituelle.

«Sa Seigneurie est rentrée. Vous feriez bien d'aller la saluer », nous glisse-t-elle avec une sobriété de mauvais aloi. Je connais assez notre chapelaine pour percevoir la menace sous-jacente. Je m'extirpe avec difficulté de ma couche ; je me sens plus nauséeuse que jamais, et la boule d'angoisse logée au creux de mon utérus ne va rien arranger.

Ah, tant pis ! songé-je. *Ce que nous avons fait est juste… Il n'y a pas à en rougir !*

Mais je ne parviens plus vraiment à me convaincre de notre bon droit.

Je m'habille à la hâte, puis nous emboîtons le pas à la religieuse dans le colimaçon de la tour. Je voudrais que cet escalier ait plus de marches, que davantage de temps nous sépare de la confrontation. Parvenue au rez-de-chaussée, je m'empare de la main de Meijo et me colle contre lui, jusqu'à le toucher de l'épaule.

« Pour Hutar », murmure-t-il.

Nous avançons de concert vers le bout de la salle, soudés en un seul bloc.

Voir ma mère glaciale est un privilège aussi rare que redoutable. Nous la trouvons assise dans sa cathèdre juste devant l'âtre, la belle cheminée de pierre édifiée jadis par mon père en remplacement de l'ancien trou à fumée du castrum. Ses paupières sont pochées par le manque de sommeil, mais son regard reste alerte : il est braqué sur Meijo. Dans sa main droite, elle tient une plume de cygne et un roseau, attributs de son pouvoir judiciaire.

Alors c'est ça ? Elle entend nous juger ? Qu'elle fasse donc, j'en ai autant à son égard !

Je jette un coup d'œil en coin à mon galant. Pour l'instant, il arbore la même mine humble, le même air déférent que lorsqu'il a saoulé sciemment la maîtresse des lieux, trois semaines plus tôt. Je sais que, cette fois, elle n'en sera pas dupe.

« Comment est-elle morte ? » assène la voix maternelle, sans nous laisser le temps d'arriver jusqu'à elle.

Je reste plantée sur place, le regard en berne.

« Comment est-elle morte ? répète mon seigneur et mère, des chardons dans la voix. Je veux savoir comment les vermisseaux que vous êtes ont pu triompher du plus puissant seigneur du Lempio ! Vous n'en avez pas la carrure ! »

Meijo voit bien qu'il ne sert à rien de nier, alors il salue avec désinvolture et tient tête :

« Dame, j'ai une bonne lance. J'ai libéré votre terre d'un vieux fléau…

— Ah-han, constate froidement Naayolé. Une lance en airain, hein ? J'aurais dû te prendre cette arme avant que tu ne t'en montres indigne ! Cela t'aurait évité de trahir cruellement mon peuple et mon hospitalité ! »

Et ce disant, une moue dédaigneuse lui retrousse la lippe. Il n'en faut pas plus pour que Meijo redresse fièrement la tête :

« Où étiez-vous quand cette bête s'en prenait à mon chien ? rétorque-t-il avec hauteur. J'ai fait ce que doit faire un chevalier en pareil cas : j'ai abattu le fauve en rage ! »

Naayolé du Harfang pince les lèvres ; ses yeux en demi-lune se plissent de colère. Lentement, elle se lève de sa cathèdre.

« Meijo Iskwalendin ! Ne me prends pas pour une de tes stupides étournelles d'Asikri ! Je sais quelle faute tu as commise pour éveiller cette rage. Je t'ai cerné depuis le premier jour où j'ai posé les yeux sur toi, fils de traître ! Crois-tu qu'on puisse me cacher quelque chose, sur ces terres ? À l'instant où tu as brûlé son arbre, j'en ai été avertie. De plumes, de poils et de feuilles, ce n'était qu'un cri : Meijo a insulté l'ourse ! Ce torche-cul, ce petit renifleur de chattes a osé s'en prendre au Seigneur des Cinq Ravines et le défier par le feu ! Et cette rumeur a couru jusqu'à moi par toute la sylve, portée par les froissements du feuillage ; elle m'a contrainte à interrompre un voyage dont j'attendais beaucoup pour rentrer dare-dare au castrum, contre l'intérêt de mon fils, de crainte que Karkhou se venge sur mes gens ! Trop tard, malheureusement, pour empêcher ton crime… »

D'un revers de main, elle torche l'écume au coin de ses lèvres :

« Tu aurais dû avoir la décence de t'enfuir, sitôt lancé ton défi imbécile ! Quitter ces terres, où tu portes malheur ! Ma fille aurait eu tôt fait d'oublier ta petite gueule prétentieuse. Elle serait allée trouver l'ourse pour l'apaiser d'une offrande, et les choses en seraient restées là. Mais non, il a fallu que tu fasses le fier ; que tu persistes à laisser traîner ton odeur insultante dans mon fort, auprès de mes troupeaux, pour attiser contre nous la colère de la Croque-Carcasse ! *Tssi ssit* ! Hâte-toi de décamper, maintenant : en ces terres, tu seras toujours traité comme un assassin et un incendiaire ! »

Je fais un pas en avant, bravache :

« Là où il ira, j'irai ! Si tu le chasses, je pars avec lui ! »

Elle marque un temps d'arrêt. Se retourne vers moi, impitoyable :

« … Mais agis selon ton cœur, ma fille ! Je t'avais confié celui-ci, pour que tu lui apprennes à respecter les usages. Dis-moi, qu'as-tu fait pour empêcher son forfait ? Ou devrais-je dire… Comment t'es-tu compromise dans son crime ? »

Je voudrais répliquer quelque chose, mais Meijo me précède de sa hargne :

« Elle n'a rien fait de mal, vieille chouette médisante ! Elle a seulement dit les mots-mages pour me protéger de l'ourse ! »

Pour le coup, les prunelles de ma mère s'enflamment et moi, je me racrapote instantanément.

« Tu as dit les mots ? Tu as dit les mots, me dit-on ? »

Ses babines se violacent de colère. Elle éructe :

« C'est donc ainsi que ton comparse a pu triompher ? En plantant lâchement le seigneur Charogne, pendant que tu la tenais sous ton charme ? Ah, j'aurais dû me douter que vous ne l'aviez pas affrontée à la loyale ! » Elle lève les bras au ciel : « *Houyaa !* Nisû, est-ce que tu réalises seulement toute l'ignominie de cet acte ? Tu as usé des mots-mages, non pour apaiser et honorer, mais pour tromper et occire ! Bafoué dans le sang la paix sacrée que tu invoquais ! Tu as trahi la Mère-forêt dans ce qu'elle a de plus solennel !

— C'était un monstre ! ose Meijo. La forêt se porte mieux sans elle !

— C'ÉTAIT MA VASSALE ! » explose ma génitrice, en balayant l'argument d'un vaste revers de bras. Et dans l'instant, Meijo décolle de terre et s'en va percuter une colonne, plusieurs coudées derrière lui. Le choc lui coupe le souffle ; je le vois glisser le long du bois et retomber assis au sol comme un pantin de son. Mais il en faut plus pour le mater : fort de la vitalité de l'ourse, il reprend aussitôt ses esprits et bondit sur ses pieds. Se met en garde, cherche d'où vient l'assaut. Son regard est attiré vers le haut ; et soudain, le voilà qui se débat, fouaille le vide des deux bras, aux prises avec quelque fantasmatique ennemi.

« COUCHÉ ! » tonne ma mère.

Quelque chose heurte mon damoiseau au creux des reins et le projette à terre. Les torches crachent de la fumée noire en abondance ; elle forme au plafond un tapis menaçant animé de silhouettes suggestives, sinistres cavales qui courent et se cambrent entre les jointures des planches. Les flammes des bougies se couchent à l'horizontale et s'étirent comme des lames, toutes pointées vers nous ; l'air lui-même devient étrangement laiteux. Un grondement sourd roule dans la halle et fait trembler le sol. Pour comble, l'envie de vomir me reprend et me fait perdre le peu qui me reste d'aplomb. Un voile sur les yeux, j'entends la voix de ma mère qui tempête, pareille au vent du nord :

« Elle était ma vassale ! Une vassale de valeur… Elle a combattu avec mes aïeux ; elle a guerroyé aux côtés de mon père, pour le salut de nos gens ! Combien de fois n'est-elle pas sortie du Lempio pour affronter les ennemis de notre maison, au péril de sa vie ? Et elle aurait pu encore le faire au besoin, car jamais elle n'a manqué de répondre au ban du Harfang !

— C'était l'assassin de mon père ! » parviens-je à clamer.

La Dame se fige. Les fumées se dissipent sur-le-champ, les chandelles se mouchent dans un souffle. Le grondement ambiant laisse place à un silence encore plus pesant. Elle tourne vers moi des yeux peu amènes :

« Nous n'allons pas reparler de ça. Cet accident, c'était la faute de ton père ! L'ourse n'avait pas à mourir ! Elle était l'un des puissants esprits de la forêt, une partie de son âme. Elle était ici avant la venue du Premier Peuple, plus jamais le monde ne verra sa pareille !

— Au cul, l'ourse ! Je te parle de mon PÈRE ! Je me fiche de ses fautes, c'était MON PÈRE, tu m'entends ? Le seul que j'avais ! Tu DEVAIS lui rendre justice ! »

Ma matrone cligne à deux reprises, comme si elle n'arrivait pas à croire à la stupidité de mes paroles. Et d'une voix plus douce, mais sans bienveillance :

« Nisû, Nisû… As-tu perdu la capacité de réfléchir ? Comment vont réagir les Vieux Seigneurs quand ils auront vent de ta *justice,* crois-tu ? Je suis leur suzeraine, je suis censée les protéger ! Si mes enfants peuvent se permettre de tuer l'une des leurs au gré de leur humeur, fût-elle la cruelle Charogne, penses-tu qu'ils vont encore se fier à moi ? Tu as rompu le pacte ancestral, Nisû ! C'est une chose impensable que vous avez faite là ! À cause de votre folie, Magga, Appou, Ràthuathar et tous les autres vont se détourner de nous. Une alliance qui durait depuis des siècles sera brisée ! À moins, peut-être, que je ne te punisse à hauteur de ton crime. Et qui sait quel châtiment le meurtre d'un être vingt fois centenaire mérite ? »

Meijo se traîne laborieusement jusqu'à moi, parvient à s'accroupir à mes côtés. Les yeux de ma mère sautent littéralement sur lui :

« Fais ton bagage, petite fouine sournoise ! Il gèle dehors, alors je te laisse jusqu'au lever du soleil pour quitter cette maison. Tu es banni de ma terre ; si jamais tu y reviens, tes dents tomberont en glace, ton sexe se desséchera et tes boyaux s'entremêleront de tant de nœuds qu'ils finiront par éclater et te déverser la merde dans le ventre ! »

C'en est assez pour l'heure. J'empoigne Meijo sous le bras pour l'aider à se relever. Sans un mot, nous filons dans la tour, essuyant au passage les regards sourcilleux de Neunîne. Nous nous replions dans la chambre des dames, d'où nous n'oserons plus sortir, pressés que nous sommes de cacher notre honte derrière les rideaux de mon alcôve.

Peu après l'heure du souper, la sahariste s'en revient coucher mes sœurs, puis quitte la chambre sans dire un mot. Etar et Lakmatar s'endorment en réclamant leur mère, qui ne s'est guère montrée à elles depuis son retour. Je la connais assez pour savoir qu'elle ne montera pas nous rejoindre. Elle dormira dans sa cathèdre, passera la nuitée en obscurs rituels d'augures, au pire se saoulera consciencieusement ; mais en aucun cas elle ne daignera partager la même chambre que Meijo.

Celui-ci n'en revient pas de la façon dont Naayolé l'a dompté, alors même qu'il se croyait invulnérable. Il peste, persifle, se cherche des excuses ; il maudit la matrone et la voue aux Astres inférieurs.

« Ce sont ses esprits familiers, Meijo, chuchoté-je pour l'apaiser. Tu n'aurais rien pu faire. Ils sont avec elle, même quand tu n'en vois pas signe ! La plupart du temps, ils sont… diffus. Ils planent dans l'air, ils ne sont que vaguement conscients. Mais ce soir, sa colère les a réveillés. Ils sont devenus plus denses, plus concentrés. Totalement focalisés contre toi…

— Je les ai vus, chevrote le jeune homme, blêmissant à nouveau. Du coin de l'œil, trop tard pour réagir… Un grand bélier doré avec des chardons obscurs à la place des yeux, et trois chouettes des neiges. Le bélier m'a chargé, les chouettes crachaient des souris vivantes par le bec… C'était effrayant !

— Matram Toram, soufflé-je. C'est le nom du bélier. Cet esprit est dans ma famille depuis des siècles. Il est le gardien protecteur de ma mère… On ne le voit presque jamais, sauf en temps de colère… »

Je me tasse un peu, reprise par mes crampes d'estomac. Mon compagnon demeure un bon moment silencieux à ruminer ; je pourrais presque voir défiler les pensées sur son front. Mes cheveux filent entre ses doigts distraits : je sens que cela l'aide à retrouver son calme. Au bout d'un temps, il finit par relever le menton :

« Nisû. Rien ne t'oblige à m'accompagner, demain. »

Je baisse le front, têtue :

« Ne dis pas ça. Je te suivrais jusqu'au bout du monde…

— Alors, viens ! À Asikri, il y a toujours de la place pour une belle… tu connaîtras une meilleure vie. Comme damoiselle de compagnie, par exemple ! Je connais de grandes dames qui se réjouiraient d'avoir ton joli minois à leur côté ! »

Je hoche la tête, trop confuse pour réfléchir. Est-ce vraiment ça que je veux, quitter Jankhari, rompre avec ma famille ? Une nuit, c'est si court pour se décider ! Et lui, au fond, pourquoi voudrait-il s'embarrasser d'une renarde mal dégrossie comme moi ? D'ailleurs, n'ai-je pas perçu dans sa voix une once d'hésitation ?

Un peu assommée par mon mal, je laisse en suspens mes idées noires. Vague après vague, la nausée revient me soulever la poitrine. Inévitablement, le flux de mon ventre finit par remonter. Je me lève précipitamment, file à la fenêtre et m'efforce en vain de vomir. Impossible de remettre quoi que ce soit : mon gosier est un nœud serré qui verrouille ma panse ; mes entrailles s'engorgent et se bousculent dans ce conduit bouché. Je hoquette, secouée de spasmes, je couine un gémissement pitoyable. Meijo s'empresse à mes côtés, m'empoigne sous l'aisselle, un peu inquiet.

« Nisû… Ça va ?

— J'ai… une ourse dans la bedaine, grondé-je en réponse. Et dieux, que cela pèse… »

Faute de pouvoir me vider, je m'accroupis ; je me recroqueville contre le bois, sous l'appui de fenêtre.

« Je vais t'aider. Te trouver du lait et des herbes…

— Non, reste ici. Ça ne sert… à rien… Il faut attendre que ça passe, c'est tout. »

Je serre mes bras contre mon ventre et me mets à marmonner des mélopées guérisseuses ; je berce mes boyaux pour apaiser leur roulis. Meijo comprend qu'il ne peut rien, qu'il faut me laisser tranquille, alors il m'apporte une couverture, puis va se tapir au fond de notre alcôve, les rideaux à demi tirés, et finit par s'endormir. Je demeure seule avec mes maux.

Autour de moi, le fort du Harfang plonge peu à peu dans une torpeur silencieuse. Tombée de la fenêtre entrouverte, la lueur de la Lune me passe au-dessus de la tête et caresse le plancher d'un faisceau blanc. Je finis par m'engourdir et piquer du nez, affaissée contre le mur froid.

Et ainsi passent une heure, puis deux. Je connais des rêves paisibles ; un oubli miséricordieux.

C'est un son sec qui me réveille, au bout d'un temps incertain : une sorte de grattement bref contre la porte de la chambre, assez fort pour me tirer de ma léthargie.

Je redresse le menton, sur le qui-vive, et me mets à guetter le silence, dans l'attente que cela se renouvelle. Mais rien : pas un bruit. Juste le souffle régulier de mes sœurs et celui, plus tourmenté, de Meijo.

Sans doute mes sens m'ont-ils trompée… Pourtant, je ne peux m'empêcher de rester aux aguets, pendant un bon moment encore.

La Lune se voile d'un nuage ; mes pieds s'évanouissent dans les ténèbres. Je songe à en profiter pour me rendormir contre la paroi. Mais soudain, cela recommence : un grattement lourd, quelque chose d'acéré comme une griffe. Je sursaute, je me redresse sur les genoux. La première idée qui me vient, c'est que quelqu'un est en train de graver un sceau de sorcier dans le bois. Ce ne peut être que ma mère, quelle mouche la pique ?

Puis un halètement pesant se fait entendre derrière le battant, un souffle malsain animé d'un ronflement cliquetant… Un froid étrange engourdit mes mains, mes paumes se glacent subitement. La griffe tâtonne encore, effleure l'huis en cercles lents, puis frappe un coup brutal, racle les planches sur toute leur hauteur. Mes épaules se contractent ; un drôle de frisson me coule sur l'échine.

Un couinement plaintif s'élève alors dans l'escalier de la tour : comme si quelque grosse bête gémissait, des braises dans la gorge. Une plainte souffreteuse, qui se métamorphose rapidement en un lourd, un menaçant grondement de basses.

Ce n'est pas possible… C'est…

Et voilà que s'enfle un rugissement impie, qui profane le silence de la colline et me vrille les entrailles de terreur.

L'ourse ! L'ourse est ici !

La rage de Charogne résonne à travers toute la bâtisse, étrangement assourdie, comme si elle provenait de l'intérieur d'une caverne. L'odeur de la mort s'insinue subitement dans la chambre. Etar et Lakmatar se réveillent dans un cri ; Meijo surgit de ma couche à moitié nu, se précipite sur son épée et la tire du fourreau. La Lune en profite pour réapparaître : sa lumière rejaillit sur la lame nue. Au-dehors, nos chiens se mettent à hurler.

Soudain, la porte s'évanouit. Elle ne s'ouvre pas, ne se fracasse pas : elle cesse simplement d'exister, laissant place à un vide béant. Et par ce vide pénètre une ombre noire, qui s'étire en rampant contre les murs de rondins, avec une lenteur de cauchemar.

« Reste dans lumière, Meij' ! » je crie.

Et puis, je n'ai plus qu'une pensée en tête : protéger mes sœurs. Je plonge dans leur alcôve, tire brutalement le rideau de velours et relève les couvertures sur nous, pour dissimuler au mieux notre odeur. Je sens, à travers les draps, les corps menus des fillettes se presser contre le mien ; leurs joues sont froides comme le marbre. Je retiens mon souffle.

Celui de l'intruse progresse à travers la chambre, sans produire le moindre bruit de pas. Il s'arrête devant notre cachette, terrifiant de proximité. La tenture tressaille, s'enfle puis se rétracte au rythme de cette odieuse respiration ; une haleine tiède se faufile à l'intérieur, indicible mélange de pourriture et de sang. Cela renifle ; cela nous hume. Je serre les bras autour des enfants. Quelque chose se frotte contre le tissu ; une tache humide apparaît entre deux drapés. Il fait chaud, mais je grelotte ; mes mains sont plus glaciales que jamais.

Et puis, d'un coup, le rideau se relâche. Dans une sorte de râle désappointé, la présence se remet en branle. Pour une raison qui m'échappe, elle ne s'attarde pas auprès de notre alcôve : son grognement se traîne un peu plus loin, vers le fond de la salle.

J'expire lentement, et j'essaie de rassembler mes idées.

Ce ne peut pas être l'ourse. L'ourse est morte, et de toute façon bien trop grosse pour passer la porte. Je sais parfaitement que je n'ai pas affaire à quelque chose de physique ; l'ombre qui emplit la chambre appartient au monde spirituel. Mais c'est pourtant Charogne, oui : nous n'en avons pas fini avec son âme.

Un court instant, je me rabats sur mes vieux réflexes :

Et si je disais les mots-mages ? Peut-être que ça la ferait partir ?

Mais aussitôt, la naïveté de cette idée me paraît évidente. J'ai déjà trahi le Seigneur des Ravines une fois en prononçant ces mots-là : ils ne me seront plus d'aucune utilité désormais. Les prononcerais-je, que je ne ferais que redoubler sa colère.

Par-delà notre rideau protecteur, la chambre résonne de grognements baveux, de frottements brusques. La chose grommelle, à la recherche de sa proie, elle tourne en rond et piaffe sur place, désorientée… *Et si elle était aveugle ?* réalisé-je soudain. *Et si elle était sourde ?* Ce ne serait pas étonnant : dans le monde des esprits, beaucoup d'entités le sont, aussi longtemps qu'elles ne peuvent voir et entendre par l'entremise d'un sorcier. Les êtres spirituels sont bien plus sensibles aux odeurs et à la chaleur des corps : cela seul peut nous trahir. Je songe à Meijo, silencieux quelque part dans la chambre. Mes doigts engourdis de froid osent soulever un coin de tenture pour risquer un œil.

Mon compagnon se tient, tout raide de terreur, dans l'embrasure de la fenêtre ouverte, baigné dans la clarté de la Lune. Tant qu'il y demeure, il ne risque pas grand-chose : le feu de l'astre masque son aura. Mais je vois dans son dos ramper les nuages, et je comprends que ce répit sera de courte durée. Autour de lui, la pièce est plongée dans une sorte de chaos d'ombres agitées. Cela se distord sur les murs, s'étire et se contracte, découpant par moments la silhouette sinistre d'une ourse gigantesque ; cela traverse la salle en soudaines lapées de ténèbres, rendant au passage des sons de bois heurté, de tapis froissé, de céramique cognée, qui résonnent avec un étrange écho caverneux. La revenante se perd en mouvements erratiques ; elle est égarée, elle est maladroite. Seule sa haine la meut obstinément. De temps en temps, on l'entend renifler, humant vaguement nos présences ; mais notre odeur est un peu partout dans la pièce, à sa plus grande confusion. La voilà qui s'en vient rôder autour de ma couche, qui s'y attarde ; elle a senti que nos effluves y sont plus forts, imprégnés qu'ils sont dans les draps et les plumes. Le signal est assez fort, alors cette fois, l'ombre se décide : elle s'engouffre en rugissant dans l'alcôve, soulevant la tenture d'une rafale brutale.

Sa rage se déchaîne immédiatement à l'intérieur. Les feulements et les claquements de gueule furieux qui s'élèvent derrière la draperie me remuent les tripes comme si le fauve les secouait entre ses mâchoires. Je dois faire un violent effort pour résister à l'envie de me recroqueviller peureusement. Or, c'est le moment d'agir, car en fondant sur ma literie, Karkhou nous offre une chance de fuite

« Allez, debout ! glissé-je à mes sœurs. Hors d'ici, vite ! »

Je bondis hors de l'alcôve, soulève successivement Etar, puis Lakmatar et les remets sur pieds. Je m'empare de leurs petites mains tremblantes et les entraîne avec moi vers la sortie, aussi vite que possible. Au moment où je me rue dans l'ouverture, quelque chose de dur me percute violemment le nez. Un peu sonnée, je réalise que la porte est toujours bel et bien fermée, qu'elle me fait obstacle. Je pousse un juron grossier : mais pourquoi croyais-je qu'elle s'était évaporée ?

Pas le temps de m'appesantir là-dessus. J'ouvre d'un seul mouvement et j'enfourne mes sœurs dans l'escalier de la tour.

« En bas, tout de suite ! Rejoignez maman ! »

Puis je me retourne vers Meijo. Mon jouvenceau ose enfin quitter l'abri de la fenêtre ; il entreprend de traverser la pièce en rasant le mur, beaucoup trop lentement à mon goût. Je sais que l'intruse est pratiquement sourde, alors je hurle :

« Hâte-toi ! Cours ! Elle ne peut pas t'entendre ! »

Meijo se décide enfin ; il prend ses jambes à son cou et s'engouffre à toute allure dans la tour. Je commence à dévaler le colimaçon, mon amant sur les talons. Dans notre dos, la présence sauvage continue à saccager la chambre, produisant un vacarme de tous les diables. Nous rattrapons mes sœurs au bas de l'escalier : nous déboulons tous ensemble dans la grande halle, face à la cheminée de pierre.

Devant laquelle se tient ma mère, la main posée sur ses tambours à esprits.

Etar et Lakmatar se ruent vers ses robes pour y enfouir leurs petits visages. Par une autre porte entre Neunîne, la mine défaite, les traits tirés. Toute la maisonnée est en alerte. Je bredouille quelque chose, dans l'espoir d'expliquer la situation à ma mère. D'un geste de main, elle me fait comprendre qu'elle sait déjà tout ce qu'il faut savoir.

« Restez derrière moi », ordonne-t-elle sèchement.

Elle frappe son tambour et, à l'instant même, les braises qui rougeoient dans la cheminée se remettent à cracher des flammes ronflantes. Maïbo plonge ses mains nues dans l'âtre, en retire plusieurs bûches ardentes, qu'elle jette négligemment au sol. Elle se soucie de la morsure du feu comme de sa première cuite.

De la seconde tour nous parviennent les appels désespérés de Löt : il veut savoir ce qui se passe, tout ce tintamarre le terrorise. La dame se retourne vers Neunîne :

« Va le rejoindre, lui intime-t-elle.

— Mais l'intruse...

— Elle n'ira pas vers lui. Ce n'est pas son odeur qu'elle recherche.

— Mais si elle...

— Si elle vient, tes prières la repousseront ! Va, et emmène avec toi les deux petites ! Les seuls qui sont en danger, ici, sont ces deux-là ! » Et elle nous désigne, Meijo et moi, d'un geste négligent.

La religieuse s'exécute ; elle quitte à regret la compagnie rassurante de la maîtresse des lieux. Naayolé se met à ramasser les bûches, à les repousser du pied pour les disposer tout autour de nous. Puis elle s'empare du tisonnier et s'en sert pour fracturer les braises, détachant des morceaux incandescents qui complètent le tracé d'un cercle protecteur. Elle scande quelques mots en vieux tsuuni, relève le menton et nous lorgne d'un œil torve :

« Vous allez attendre ici.

— Attendre quoi ? risque Meijo.

— Attendre le matin. Attendre que je lui parle. Attendre sans vous plaindre, en tout cas ! Vous avez assez mérité ce qui vous arrive. »

Et ce disant, elle s'empare de son tambour en peau de lynx, délace le fermoir de ses besaces à esprits et se dirige d'un pas ferme vers l'escalier de la chambre.

« Ne quittez pas le cercle, et il n'arrivera rien ! lance-t-elle encore derrière son épaule. Assez de folies, maudits couillons que vous êtes ! » Puis elle s'engouffre résolument dans la tour.

Les heures qui suivent sont un pur cauchemar.

De l'étage nous parviennent des grondements caverneux, entrecoupés de fracas de bois et de coups sourds frappés contre le plancher. De temps à autre, on discerne entre ces manifestations de rage les éclats de voix de ma mère, qui s'exprime dans le dialecte tsuuni le plus archaïque, alternant intonations apaisantes et inflexions sévères, chants de paix et chants de guerre, frappes de tambour et lugubres mélodies de flûte. La luminosité de notre enceinte de braises semble croître et décroître au rythme de ses mélopées, à moins que ce ne soient les ombres dans la grande halle qui s'épaississent chaque fois que l'ourse rugit. Le pire, ce sont ces moments où les grognements du monstre nous font presque penser à du langage articulé – comme s'il répondait par des mots aux imprécations maternelles. Accroupis l'un contre l'autre dans le cercle protecteur, grelottant sous nos chemises, nous nous raccrochons de toutes nos forces à la pensée de l'aube prochaine, en espérant que le spectre ne descendra pas jusqu'à nous. Mais la nuit est longue, sous l'hiver boréal, très longue… Dans le chenil, nos chiens hurlent toujours : ils sont fous furieux, parce que leurs aboiements ne parviennent pas à mettre en déroute l'esprit étranger. Nous-mêmes, nous devons lutter pour garder le contrôle de nos nerfs dans cette folie qui nous entoure.

Quelques heures avant le lever du soleil, le silence se fait soudain au-dedans comme au-dehors. Pour la première fois depuis qu'a commencé cette tourmente, nous pouvons écouter le bruit du vent, les craquettements du feu et le son apaisant de nos propres respirations. Il nous semble que les ombres dans la grande halle se sont faites plus légères, que l'air a cessé de sentir la pourriture et le bitume ; mes mains retrouvent enfin quelque chaleur. En notre for intérieur, nous acquérons peu à peu la certitude que la revenante a quitté la colline.

Alors, sans un mot, sans même daigner nous adresser un regard, Mère déboule au bas de l'escalier, traverse la salle et gagne l'autre tour, celle où gît Löt. C'est vers lui que vont d'abord ses pensées, une fois le tumulte éteint : mon pauvre frère malmené par la maladie, qui doit en sus endurer les conséquences de nos actes…

L'aube n'est plus très loin lorsque la Dame du Harfang réapparaît enfin. La fatigue se lit dans ses yeux ; sa lutte contre l'ombre a tiré davantage ses traits déjà las. Elle va tout droit à sa cathèdre et s'y laisse choir, son tambour sur les genoux. Pendant un long moment, elle reste assise à regarder le plafond, bouche coite. Nous n'osons pas prendre la parole : nous attendons qu'elle daigne le faire.

Elle finit par soupirer gravement :

« Je ne puis éloigner cette âme : aucune réparation n'est possible, elle refuse de renoncer à sa vengeance. Elle doit faire son temps d'errance, voilà tout ! Décharger sa rancœur jusqu'à ce qu'elle soit disposée à quitter ce monde et regagner les Astres. On ne peut rien changer à cela… »

Je réprime un tremblement nerveux.

« Ça veut dire…

— Ça veut dire qu'elle va revenir, oui ! Elle ne cessera jamais de vous hanter… Chaque nuit, dans chaque recoin de ténèbres, vous entendrez gronder sa haine, à en perdre le sommeil, à compisser vos draps de terreur… aussi longtemps que vous serez ici, Löt et mes filles subiront eux aussi cette tourmente, comme ils l'ont fait cette nuit. Nous sommes tous damnés à cause de vous ! »

Elle relève le front, l'air soudain chargé d'années :

« En conséquence, vous devez partir, tous les deux ! Oui, toi aussi, Nisû. Quitter le fort du Harfang pour de bon. »

D'un coup, je sens s'écrouler mon univers familier.

« Mère… commencé-je.

— Silence ! Tu emportes ce mal avec toi, désormais. L'ombre adhère à ta nuque, à tes cheveux, à ton souffle ; elle est accrochée à tes talons. Tu es une malédiction pour cette maison. Pars et ne reviens pas ! »

Je me mords la lèvre pour refouler les larmes… Partir, peut-être, mais pas de cette façon ! Pas sans retour, pas sur une telle rupture… Je voudrais dire quelque chose pour adoucir ce choc, mais aucun mot ne me vient. Déjà l'exil occupe tout mon esprit, traînant avec lui son cortège d'angoisses.

« … L'ombre ne va pas… Elle ne va pas s'éloigner du Lempio, n'est-ce pas ? parviens-je à articuler.

— Non, crois-tu ? Je ne veux pas te leurrer, Nisû : j'ignore jusqu'où elle va te poursuivre. La colère de cette créature est immense, car elle a été tuée dans l'ignominie, en violation des mots sacrés. Peut-être va-t-elle se lasser aux frontières du Nord, ou peut-être vous coursera-t-elle jusqu'au bout du monde, je ne sais ! En vérité, il se peut que seule la mer l'arrête, car rares sont les esprits qui peuvent franchir une telle étendue d'eau. »

Je reste muette, une goulée de salive en suspens sur ma glotte. Mère me dévisage longuement, profondément désabusée. Je n'arrive pas à soutenir son regard ; je meurs d'envie de cacher mon désarroi dans les plis de ma robe.

« Tu appartenais comme moi à cette forêt, Nisû ! Tu en faisais partie dans ta chair. Si même toi, tu perds le sens de nos traditions, quel espoir reste-t-il à ma lignée ? »

Contre toute attente, c'est Neunîne qui vient à mon secours :

« C'était un être infiniment coléreux que cette ourse. Une vieille chose malveillante… pas étonnant qu'elle soit devenue une revenante ! »

Naayolé se retourne lentement vers elle. Son visage n'exprime plus rien d'autre à présent que la solitude du sage :

« Elle était infiniment coléreuse, assène-t-elle, parce qu'elle souffrait infiniment ! Avez-vous oublié la malédiction qui l'affligeait ? Elle avait gobé l'antique sortilège des *Bramynn de basalte*, le legs empoisonné du barde Arvo Attilûwi ! À cause de cette chose qui vivait dans ses entrailles et dans son sang, une partie de son âme était prisonnière dans les tréfonds de l'Autre monde… Elle était constamment harcelée par les êtres des Basses Brumes. Le fracas des terres mouvantes, la complainte des Mille Perdus, les piaillements des Tors et des goguelins, voilà ce qu'elle percevait, nuit et jour, sans jamais connaître le repos ! Pouvez-vous seulement imaginer quel supplice elle endurait ? Cela aurait de quoi rendre n'importe qui malveillant ! »

Ces mots me déposent un drôle de malaise au creux du ventre. L'idée dérangeante s'insinue perfidement dans mon esprit : j'ai mangé un morceau de ce cœur. Aspiré un peu de cette âme tourmentée. Alors, serait-il possible que… ce faisant… j'aie pris le risque d'engloutir une part de sa malédiction ? Quel sort horrible ce serait de devenir rageuse et tourmentée comme elle !

Je blêmis, maudissant mon inconséquence. Comment ai-je pu oublier à ce point l'histoire de la Croque-Carcasse ? Mon propre kanetahaal, mon récit fondateur ! Je secoue la tête, pour chasser cette idée funeste.

Mère ne soupçonne pas cette autre angoisse qui croît dans ma poitrine ; elle ignore ce que nous avons fait au cadavre de notre ennemie. Elle se lève de sa cathèdre, seigneuriale :

« Je ne vais pas vous laisser partir à pied vers le sud : l'hiver est à nos portes, à présent. Je vais te donner deux rennes, et une bourse d'or. Fais-en bon usage ! Car sauf miracle, c'est la seule dotation que je puisse fournir pour te construire une autre vie. Puisse la cité d'Asikri t'être clémente… »

Oser retourner dans la chambre : cela seul est déjà une épreuve pénible. Si seulement nous pouvions attendre le retour rassurant du soleil, pour l'affronter ! Mais nous devons être prêts au départ dès les premiers feux de Suros, et profiter de la courte journée qui s'annonce pour mettre la plus grande distance possible entre nous et Jankhari. Une heure avant l'aube, nous rassemblons donc notre courage pour gravir l'escalier de la tour.

À entendre le fracas de cette nuit, on se serait attendu à trouver les lieux proprement dévastés ; or, à notre surprise, tout y est intact et bien en place, hormis une tenture décrochée et un trépied renversé. Des remugles charognards hantent encore la pièce, mêlés aux relents des fumigations dont ma mère a usé pour tenter de chasser le spectre.

« Je ne comprends pas, grogne Meijo. Tu l'as entendue comme moi fracasser du bois et défoncer tout ce qu'elle pouvait !

— Et c'est bien ce qu'elle *voulait* faire ! soufflé-je. Seulement, elle a découvert qu'elle n'en était pas capable : elle n'a encore que peu de prise sur les objets. Ce que tu as entendu, ce sont ses *intentions*… son humeur ! »

Il secoue la tête, déconcerté par ces réalités nouvelles. *Pitié, mon Prince !* songé-je. *Je ne peux pas affronter ça seule ! Cette fois, tu n'as pas le choix : tu dois vraiment apprendre à* voir *!*

Nulle envie de m'attarder en ces lieux : je rassemble quelques affaires en un balluchon serré – uniquement des vêtements de voyage pratiques et chauds, ainsi qu'une seule vraie robe de damoiselle pour paraître à la cour. J'emporte aussi mon vieux kantélé, dans l'espoir que ses cordes me donnent un peu de courage dans l'exil. Par-dessus tout, je passe à ma ceinture le cadeau le plus précieux que ma mère me fit jadis : ma vieille aumônière en peau de renne. Sur les routes incertaines qui nous attendent, les esprits qu'elle abrite pourraient s'avérer d'un précieux secours.

Puis nous montons dans la Tour-aux-grives, pour faire nos adieux à Löt. Nous le trouvons en souffrance, plus faible et plus creusé que jamais.

« C'est idiot, ce que t'as fait là, sœurette ! maugrée mon frère, les joues cireuses. Cette vieille ourse ne… elle valait pas la peine que tu… »

Il s'interrompt, en proie à une cruelle quinte de toux. Puis siffle, le souffle grêle :

« … Mais tu es… inspirée par un bougre d'idiot de… Firwane frustré, je le sais ; je connais cette fichue tête d'alouette orgueilleuse ! »

Il se retourne donc vers mon compagnon :

« Prends soin d'elle, Meijo, fichu court-la-gueuse ! T'avise jamais de l'abandonner : maintenant t'es… responsable d'elle. Sitôt guéri, je… reviendrai à Asikri, voir si… si t'as tenu promesse. Alors on pourra chevaucher ensemble… dans les bois du Sud, comme… comme… »

Il fait silence, trop las pour énoncer ses rêves. Je dépose un baiser sur son front, en formulant des vœux silencieux pour qu'il survive simplement jusqu'au prochain printemps.

Me reste alors à passer au chenil, dire adieu à mes chiens préférés ; puis à étreindre mes sœurettes, qui pleurent toutes les larmes de leur corps, à jouer avec leurs jolies couettes blondes, à les peigner une dernière fois... À saluer dignement Neunîne, un peu guindée, tandis que Meijo selle Aolak et Mokki, les deux rennes qu'on nous a cédés. Le fort du Harfang me glisse peu à peu entre les doigts...

Déjà, Suros affleure à l'horizon du Lempio.

Sur le seuil du castrum, Mère me prodigue ses ultimes avertissements :

« *Rakko rakko !* Celle qui vous poursuit a beau être une âme vieille de plusieurs millénaires, en tant que revenante, c'est encore un enfant maladroit. Elle n'a pas eu le temps de se faire à son corps spirituel ni d'affiner ses sens. Pour l'instant, elle n'est guère capable de manipuler la matière ou de vous faire du mal physiquement. Mais il se peut qu'elle apprenne, si le désarroi ne l'aveugle pas. Ne traînez pas trop à vous débarrasser d'elle ! Au besoin, passez la mer... »

Nous débarrasser d'elle ? songé-je, cynique. *Comment ? Personne d'autre que toi n'aurait pu le faire... Je ne suis que ta fille et, comme chamane, je n'en sais pas le quart de toi !*

Celle qui m'a donné le jour pousse un long soupir, puis tire de sa ceinture un morceau d'os, sur lequel est enroulée une fine bande de vélin blanc :

« Ce sont tes lettres de noblesse. Elles t'identifient comme la fille de Naayolé du Harfang et de Rubart Gaïossen le rouge, Seigneur de la mer, seigneur consort de Jankhari. » Elle lève vers moi des yeux un peu embarrassés : « À Asikri, cela ne fera pas de toi une princesse, hein... »

Je m'empare machinalement de l'objet, mais les remerciements restent coincés dans ma gorge. Puis, sans oser la regarder dans les yeux, bouche en biais, je pose la question qui me ronge :

« Tu... tu ne m'as jamais parlé des Bramynn de basalte. Juste de la malédiction qui hantait le vieux barde...

— … et c'était bien assez de savoir pour une enfant. Qu'est-ce que ça peut te faire, à présent que l'ourse est morte ? Les Bramynn de basalte sont toute une histoire, mais il est trop tard pour que je te la conte. Le soleil se lève, et tu dois filer ! »

J'opine en silence, mortifiée. Je n'ose lui confier mon angoisse, de peur de redoubler sa colère et ma honte, alors je recule de quelques pas et m'en vais rejoindre Meijo auprès des rennes, ruminant l'impression que je laisse filer une occasion unique.

Plus tard, quand je repenserai à cet instant, je verrai la souffrance sur le visage de ma mère, je lirai les plis douloureux sur son front. Mais sur le moment, je ne vois en elle que la juge impitoyable qui me bannit et me coupe de mes racines, sans se laisser fléchir un seul instant. Alors je m'abstiens de toute parole inutile et je donne le change, je fais semblant d'aller bien ; je prends la main de Meijo dans ma dextre, les rênes de Mokki dans ma senestre, et je me mets en route, comme si ce départ était le pur fruit de ma volonté.

Relevant le menton une dernière fois sur le chemin du fort, je vois le bras de la Dame du Harfang se lever, puis retomber ; je devine qu'elle a songé un instant à esquisser un geste de bénédiction, avant de se raviser. Elle a compris combien je détesterais cette intention.

Je monte en selle avec la fierté d'une duchesse du Sud, et je mets un point d'honneur à ne plus me retourner.

Le dit de Fintan Calathynn – 14

Elle fixe les braises, plongée dans ses souvenirs ; laisse se dilater le silence. Pendant un moment, la nostalgie prend le dessus sur son envie de conter.

Varagwynn torsade sa barbiche entre ses doigts, manifestement embarrassé. Se racle la gorge, trop timide pour l'interrompre dans ses pensées. La conteuse lève le menton vers lui :

« Je vois bien que ta langue te démange, compagnon de l'eau. Veux-tu pleurer avec moi sur mon enfance perdue ? »

Il hoche la tête en signe de dénégation.

« Dame, ma question est plus triviale…

— Dis-moi donc… »

Il ronchonne :

« Pourquoi la porte de la chambre est-elle réapparue après s'être volatilisée ? Je croyais que ce spectre ne pouvait pas agir sur les objets ! »

Shakti éclate d'un rire sincère.

« Oh, mais elle est toujours restée en place, maître patouilleur ! Sa disparition n'était qu'apparente ; c'était un *message* qui m'était adressé ! »

Elle lève la paume vers le ciel pour appuyer ses dires, en un geste profondément kintri :

« Il y a, au fond de chacun de nous, une âme fondamentale que nous appelons le *Fir*, qui perçoit le monde de l'invisible avec clarté. Ce veilleur sagace pourrait nous apprendre bien des choses sur les forces subtiles qui nous entourent ; mais il ne parle pas le même langage que notre âme éveillée… Pour traduire à nos sens les mouvements des esprits, il lui faut donc user de subterfuges. Cette nuit-là, mon veilleur ne savait pas comment me prévenir que la revenante entrait dans la chambre ; alors pour se faire comprendre, il a choisi d'effacer le battant à mes yeux. Une petite tromperie de bon aloi, car elle m'a permis de réagir à temps et de me mettre à l'abri. Si un jour, tu veux traiter avec le monde des esprits, tu devras te familiariser avec ce genre d'artifice ! »

Le batelier hoche la tête, à moitié convaincu. Elle le considère d'un œil amusé :

« Il n'y a que toi, Varagwynn, pour pousser la curiosité jusqu'à ce point. Rien ne t'échappe, n'est-ce pas ? »

Il se renfrogne un peu :

« Dame, une porte doit être fermée ou ouverte, elle ne peut pas être les deux ! Pour moi, cela gâcherait votre beau récit. »

Elle sourit, sourcils froncés :

« Mais les choses ne sont pas toujours aussi simples ! La frontière entre âmes et matière est ténue. Les unes peuvent apprendre à user de l'autre, parfois même se transmuer l'une en l'autre. Les esprits les plus forts peuvent être perçus sans l'aide du Fir, même par le profane ! Vous en apprendrez bien d'autres à leur propos, si seulement vous voulez bien m'écouter encore un peu… »

Le récit de la Courtisane (7) – Les eaux de l'Outre-songe

La nausée ne m'a toujours pas quittée.

Depuis notre départ, pas un instant où elle ne me tourmente. De temps à autre, elle se transforme en un besoin pressant de vomir, qui nous force à nous arrêter ; alors je pose pied à terre et je m'écarte de quelques pas pour me pencher en avant et crachoter un peu de bile verdâtre. En vain : le repas qui me pèse reste bien calé dans les tréfonds de mon estomac. Comme si mon corps tout entier se refusait à absorber l'âme de Charogne, sans réussir à l'éjecter…

Heureusement, je suis dotée d'une monture pleine d'empathie, qui adapte son pas à mon mal. Aolak est l'une des plus robustes bêtes de Jankhari, un mâle doté d'une impressionnante ramure entièrement peinte en rouge, la croupe bardée de marques de sorcier. Il supporte aisément mon poids, mon humeur et une bonne part de nos bagages. Mokki est plus timoré ; il se coule docilement dans les pas de son congénère. Son tempérament soumis convient parfaitement à Meijo. Mon doux a beau être fin cavalier, il ne connaît rien aux rennes. Il crapahute comme il peut derrière moi, les bottes trop près du sol, ravalant sa superbe et maugréant à tout bout de champ.

Nous chevauchons à travers la plaine, sans vraiment nous écarter du Lempio. La neige n'en finit pas de mollir, asticotée par les rayons obliques du soleil. Les jarrets de nos bêtes produisent un cliquettement sonore régulier, propre à leur espèce. Un peu plus tôt, nous avons laissé derrière nous les rives du Petit Lempassaki, puis celles de la Vessie de Lynx ; à présent, ce sont les berges glaiseuses du Grand Lempassaki, l'un des lacs les plus profonds de la région, qui nous forcent à longer à nouveau l'orée du bois. Déjà Suros s'abîme derrière les arbres, mais cela ne nous arrêtera pas : nous avons décidé de chevaucher le plus longuement possible dans l'espoir de dérouter l'ombre de la Croque-Carcasse. Aucune envie de camper en bordure de la sylve…

Comme la forêt me fait peur, à présent ! Elle qui fut jadis mon amie…

Pour chasser mes angoisses, Meijo me parle un peu de ce qui nous attend à la cour d'Asikri. Il me vante les jardins d'agrément, le faste des banquets ; les riches parures à la mode de l'Héritage, les bateaux chargés d'épices et les charmantes taquineries des ménestrels. Je serai damoiselle de compagnie auprès d'une grande dame, à qui je jouerai du kantélé, tout en contant mes vieux récits firwané. Je goûterai des mets raffinés venus de la mer et du continent, qui me feront oublier mon ordinaire repas du Nord, de renne et de baies.

« Hé, Nisû ! Tu ne comptais pas croupir toute ton existence dans ce coin perdu, j'espère ? Je vais t'offrir une vie bien plus digne de toi ! Tu n'imagines pas tout ce qui commence aujourd'hui. »

Ces paroles font leur chemin dans mon esprit confus. Est-ce que je comptais croupir toute mon existence dans ce coin perdu ? Oui, peut-être… Non, sans doute ! Au fond de moi, cela fait longtemps que je rêvais de troquer ma peau de renarde et d'apprentie chamane pour celle d'une courtisane plus raffinée. N'est-ce pas ce que mon père aurait voulu ? J'ai des lettres, de l'esprit ; je suis née fille de baron. Si je gagne un peu en assurance, j'ai tous les atouts en main pour m'imposer à la cour ! Que n'ai-je envoyé plus tôt valdinguer la pauvre vie à laquelle me destinait ma mère ?

Pendant un moment, l'espoir me réchauffe la poitrine ; je recommence à croire en un avenir meilleur. Meijo poursuit son discours ; il me vante la famille de mon père, glorieuse lignée d'outre-détroit. À coup sûr, ce nom-là me vaudra des amitiés. Il m'ouvrira des portes : il l'a déjà fait pour Löt.

« Ta mère ne s'y est pas trompée, lorsqu'elle a noué cette alliance ! Crois-tu qu'elle ait marié ton père par amour ? Elle avait des raisons plus pressantes, la bougresse ! La loi des Seigneurs de la mer ne permet pas aux femmes d'hériter d'une terre en primogéniture, au contraire de la loi firwane. » Il pouffe : « Après la conquête, le droit de Naayolé sur son fief ne valait plus tripette ! N'importe quel baron ambitieux aurait pu s'aviser de l'occasion et faire main basse dessus. C'est pour ça qu'épouser ton père était une idée judicieuse : cela montrait à tous que la place était déjà prise ! » Il m'adresse un clin d'œil : « Tu sais ce que je pense ? Qu'elle est bien futée, ta matrone ! Elle a su se choisir un compagnon à la fois honnête et malléable, un bon faire-valoir pour continuer à régner tranquillement sur Jankhari. Mais ne crois pas qu'elle l'ait jamais aimé : elle l'aurait vengé, sinon ! »

Il se passe la langue sur les lèvres, une drôle de lueur dans le regard, avant d'ajouter :

« La vérité, c'est que le statut de veuve lui permettait de conserver légalement ses biens, sans l'embarrasser d'un mari. Au fond, la Croque-Carcasse lui a rendu un fameux service… tu ne crois pas ? »

Mots qui résonnent longuement sous mon crâne assommé de fatigue.

La Croque-Carcasse lui a rendu un fameux service… tu ne crois pas ?

Ces paroles-là, il aurait mieux fait de se les garder !

Et combien d'amants a-t-elle connus, depuis la mort de Père ? songé-je, la poitrine noueuse. *Combien de plaisirs et de festoiements ? De visites cordiales à l'ourse ?*

Passe encore d'être arrachée brutalement au fort du Harfang et jetée sur les chemins : au moins, j'aurais pu chérir son souvenir, conserver un chez-moi. Or, Meijo vient d'ébranler la colline dans ses bases. Je suis trop secouée, trop malade et trop lasse pour ne pas le croire sur parole.

Mes racines chancellent ; bientôt, il ne m'en restera que des gravats…

La Lune est gibbeuse et le ciel constellé d'étoiles ; une aurore boréale déploie ses couleurs en drapés aériens. C'est plus de clarté qu'il n'en faut pour guider les pas de nos rennes. Nous dépassons un campement de nomades, repoussant à regret l'idée de quémander l'hospitalité pour la nuit. Je n'ai toujours rien mangé depuis que nous sommes rentrés des Cinq Ravines. Mes entrailles se révulsent à la seule idée d'avaler quelque chose. Mes bras tremblent de faiblesse, mais Meijo nous presse toujours plus avant. Je me demande quand il va consentir à s'arrêter. Je dodeline de la tête ; pour ne pas m'endormir en selle, je me concentre sur le rouge vif des bois d'Aolak, déployés autour de moi en une vaste main protectrice, sur les touffes d'herbes rousses émergeant de la neige et sur les fantastiques feux du ciel, qui se reflètent à la surface du lac.

Le crépuscule s'est installé depuis un bon bout de temps déjà, lorsque l'envie de vomir me force à nouveau à démonter. Je m'écarte un peu des bêtes, à la recherche d'intimité. Je m'isole derrière les premiers buissons du Lempio et m'accroupis pour déféquer, espérant faire sortir le mal par le bas. Sans résultat. En désespoir de cause, je m'agenouille en grognant comme une bête et tousse pour expulser le contenu de mon estomac. Je me presse la bedaine en pleurant, mais rien n'y fait. Les larmes aux yeux, la poitrine douloureuse à force de spasmes, je renonce une fois encore, et me relève pour rejoindre Meijo.

C'est alors que les fourrés se mettent à gronder dans mon dos.

Aussitôt, mon ventre se tend comme un vieux cuir sec. Je me retourne : rien de visible dans les taillis. Pourtant, une présence étrangère m'oppresse de son souffle lourd, et mon corps se glace à toute allure…

Odieux bruits de déglutition et d'os qui craquent, suivis d'un grognement avide…

Je cours, tout droit vers Meijo.

Mon compagnon a déjà compris ; il s'empare de sa lance et remonte en selle dare-dare. Je bondis sur le dos d'Aolak et lui talonne les flancs :

« Ayouh, akh ! Aolak ! Mokki ! Ayouh ! »

Pas besoin de les pousser : nos rennes aussi ont senti la menace. Tous deux démarrent en trombe, si brusquement que nous devons nous accrocher à leur ramure pour ne pas vider nos étriers. Ils cavalent sans demander leur reste, sur la fine bande de terre entre lac et Lempio. De temps à autre, je jette de brefs coups d'œil vers la forêt, où ne tremble nul feuillage. Mais au sol, dans la neige de la plaine, se découpe une ombre d'ours, qui galope à notre hauteur sans nous céder le moindre terrain.

« C'est elle ! crache Meijo, la voix rauque de colère terrifiée. Il faut s'écarter des arbres ! »

Facile à dire, mais le lac nous presse contre eux sur encore plusieurs milles, jusqu'à l'endroit où il s'étrangle en un simple chenal, qui le relie aux eaux du vaste Ankarässe.

« Il faut tenir jusqu'au gué ! Accroche-toi bien ! »

Et ce disant, je claque un ou deux mots de chamane. Aussitôt, Aolak redouble de vitesse. Tandis que la plaine défile à toute allure, la voie du salut s'impose de plus en plus clairement à mon esprit.

L'eau ! Il faut franchir l'eau !

Mère prétend que les flots peuvent arrêter les revenants. Le chenal n'est pas très profond, mais il est large : les rennes devraient pouvoir le traverser sans mal. Cela mettra les lacs entre nous et le Lempio et, avec un peu de chance, nous débarrassera définitivement de la Croque-Carcasse.

Quelque part sur mon flanc droit, le spectre gagne du terrain. L'air résonne de grognements hargneux crachés comme des aboiements. Bientôt, notre ombre elle-même est avalée par celle de l'ours, fondue dans un magma de mouvements. Du coin de l'œil, je perçois une grande masse pâle qui se rapproche derrière mon épaule, non plus au sol, mais à hauteur d'homme ; un souffle tiède me tombe dans la nuque par saccades. Aolak fait un violent écart pour lui échapper et atterrit dans la vase du rivage, où il poursuit sa course sans faiblir. La chose nous presse encore, toujours plus près, alors les rennes réagissent d'eux-mêmes, ils font la seule chose à faire : ils bifurquent et pénètrent dans le lac, sous l'impulsion d'Aolak. D'un seul coup, je sens le sol se dérober au-dessous de nous ; les eaux s'en viennent me lécher les cuisses de leur langue glacée.

Pendant un moment, je redoute que notre poids n'entraîne nos bêtes vers le fond. Heureusement, toutes deux sont de bonnes nageuses, habituées à franchir au printemps le bras de mer ; elles ne craignent pas de s'enfoncer toujours plus avant dans le Lempassaki.

J'ose tourner la tête pour regarder en arrière.

L'ourse arpente la rive, grande masse teigneuse plus efflanquée que jamais ; elle rôde au bord des eaux sans oser s'y enfoncer. Sa vieille carcasse est étrangement laiteuse ; ses poils ruissellent d'une sueur continuelle semblable à de la brume. Sa gorge déchirée crachote un sang noir, qui ruisselle entre ses mamelles, puis s'écoule en un réseau arachnéen sur le talus de la berge.

Sur un ultime rugissement, la revenante se détourne et replonge dans la forêt, à pas pesants. Avant d'avoir dépassé les premiers arbres, son corps se dissout en brouillasse. À mes côtés, Meijo scrute le rivage, aux aguets. Je réalise qu'il n'a pas vu le monstre aussi nettement que moi. Je suis bien plus sensible au monde spirituel, et seule à percevoir l'horreur dans sa plénitude…

Nos rennes continuent à nous éloigner de la lisière ; ils barbotent avec un courage opiniâtre, en tenant bon le cap vers l'ouest. Au bout d'un temps qui me paraît infiniment long, ils finissent même par retrouver le fond sous leurs pattes. Le lac s'étrangle et se resserre à l'approche du chenal ; la rive sud vient peu à peu à notre rencontre.

Nous finissons par émerger des eaux, transis de froid et trempés jusqu'aux os. Nos montures restent un temps à haleter au bord du lac, les flancs frémissants, pattes tremblantes de fatigue. Sans les marques de sorciers sur leurs cuisses, jamais elles n'auraient été capables de nager si longuement avec un cavalier sur le dos.

Meijo et moi, nous échangeons un long regard dépité.

« Je croyais qu'elle était aveugle et sourde, finit par lâcher mon compagnon. Pour une miraude, je trouve qu'elle nous a plutôt bien coursés… »

Je tire une mine funèbre :

« Elle apprend, Meijo… Elle apprend même vite ! Ce n'est pas de bon augure… »

Mon compagnon essore nerveusement un pan de son pourpoint, tout en lorgnant le lac d'un œil noir.

« Tôt ou tard, elle arrivera à nous faire du mal, maugrée-t-il. Qui te garantit qu'elle n'est pas dans les parages, en ce moment ? »

Je déploie mes doigts en éventail devant son visage :

« Je le saurais, si elle rôdait par ici ! Quand elle est là, j'ai les pognes qui gèlent ! C'est ainsi que mon corps m'avertit de sa présence… là, j'ai la chair de poule, mais mes mains ne sont pas plus froides que le reste. Cela veut dire qu'elle est restée de l'autre côté ! »

Il secoue la tête, dubitatif. Quand va-t-il enfin intégrer ces réalités ?

Nous chevauchons quelques heures encore, à pas lents. Les rennes sont proches de l'épuisement, mais nous ne pouvons pas nous arrêter là, au milieu de la vaste plaine, dans nos vêtements détrempés : la brise souffle le froid, nous avons besoin d'un abri. Le vaste Ankarässe déploie maintenant ses flots sur notre flanc droit ; le Lempio n'est plus qu'une fine bande sombre par-delà – masse opaque découpée sur un ciel qui brasse toujours ses feux fantasques.

Dans la seconde moitié de la longue nuit, nous apercevons enfin ce que nous appelions de nos vœux : une grande mer de tentes déployées dans les hautes herbes, de vastes troupeaux et des filets de fumée réconfortants. D'après les banderoles brodées suspendues aux mâts, j'identifie le clan du Lynx, d'honorable réputation.

Un foyer qui braise, de la chaleur humaine, et une coque de feutre tendue autour de nous : c'est déjà une bénédiction. Dans nos mains, un bol de lait caillé mêlé d'herbes aromatiques, qui fume. Autour, des visages tannés par le vent, des nez plats et des yeux en demi-lune, mal réveillés, qui nous étudient avec une attention polie. Pour expliquer l'état de nos affaires, nous leur racontons que nous nous sommes fourvoyés en croyant franchir le gué. De temps à autre, nos hôtes échangent un commentaire dans un tsuuni abâtardi, mêlé de leur propre argot clanique. J'ai parfois du mal à comprendre leur sabir, mais à la lueur canaille dans leurs regards, je devine qu'ils s'amusent beaucoup de notre mésaventure.

La vieille assise en face de moi est Celle-qui-chante-les-nuages. C'est une chamane de la *lignée claire*, une devineresse. Je vois bien qu'elle ne croit notre histoire qu'à moitié. Ses petits yeux sagaces cherchent à lire au-delà des apparences. Son regard tombe sur mon aumônière à esprits : elle reconnaît en moi une apprentie chamane. Sans doute se demande-t-elle à quelle tradition j'appartiens, qui m'a enseigné, et quels sont mes époux dans l'Autre monde.

La fumée du lait herbé tournoie lentement sous mon nez, se faufile dans mes narines ; elle incite à l'introspection. Je ferme les yeux et me laisse aller un peu à la chaleur ambiante. Depuis peu, il se passe quelque chose de nouveau dans mon abdomen : une sorte d'acceptation. Mes entrailles se dénouent ; quelque chose a enfin commencé à descendre. Peut-être bien que l'âme noire de Charogne va passer en moi pour de bon, mais qu'importe ? À cette heure, seuls comptent l'apaisement progressif de mes crampes et la perspective d'être libérée de la nausée.

La torpeur me gagne. Assise en tailleur, je dodeline de la tête. Mes sens affinés perçoivent les cris des enfants au-dehors, les renâclements du bétail, tout le campement qui s'éveille. J'écoute aussi mes entrailles ; j'accompagne en esprit le bol alimentaire qui s'achemine vers le bas, tandis que se relâche la pression dans mon ventre. J'entends des hommes sortir, des cavaliers se mettre en route, et le vent souffler dans la plaine ; la tente se vide peu à peu autour de moi. Seule demeure Celle-qui-chante-les-nuages, son bol dans les mains. Meijo s'est trouvé un coin de fourrure pour se blottir ; si j'en juge par sa respiration pesante, le sommeil est en train de le gagner.

Je suis en train de sombrer, moi aussi, et prête à m'endormir assise, lorsqu'un souffle d'air écorne le rabat de la tente et fait vaciller les flammes dans le foyer. Une brise froide me fouette la peau. Au début, c'est doux et vivifiant ; cela me ranime un peu. Puis soudain, cela pique et me percute durement le front. Je grimace, tirée brusquement de ma langueur. Quelque chose me pince violemment la joue ; mon cri de surprise reste bloqué dans ma gorge. Et soudain, les coups me pleuvent dessus. D'invisibles ailes me battent la face ; des becs acérés me lacèrent, frappent aux lèvres, aux tempes, au nez, m'arrachent la peau, la viande et les tendons. Je hurle, mais le seul son qui sort de mon gosier est un râle à peine audible. Je voudrais lever les bras pour me défendre, mais à ma grande panique, mon corps semble avoir oublié l'art de se mouvoir. Je reste figée comme une statue, incapable de bouger le petit doigt, à subir les assauts venus de nulle part. Une puissante pointe martèle l'os à nu de ma pommette, pour le briser ; mon visage part en lambeaux, becquée après becquée.

Le plus tranquillement du monde, la chamane assise en face de moi murmure :

« Il y a des ombres sur toi, jeune passeuse. Elles sont très agitées. »

Et ces paroles à elles seules dissipent d'un seul coup le sortilège.

Souffle court, j'ose passer la main sur mon visage : pas la moindre trace de sang. La douleur, ou son illusion, décline lentement. Je reprends peu à peu mes esprits.

Tout va bien, Nisû. Tout va bien. Ce n'était qu'un assaut spirituel… La chair est sauve !

Quelque chose, dans le monde de l'invisible, a un avertissement à me faire passer, une protestation à faire valoir. Mais je n'ai pas envie d'en tenir compte : je suis fatiguée, et les choses sont déjà bien assez compliquées comme ça. La peur a resserré mes entrailles, alors je m'efforce de me détendre ;

je me laisse à nouveau glisser dans la torpeur, sous le regard rassérénant de la chamane.

À peine le temps d'y goûter: cela s'agite à nouveau sous le dôme de la tente…

Du coin de l'œil, je perçois mes agresseurs, d'abord de façon floue, puis de plus en plus nette: trois silhouettes blanches aux yeux de feu pâle, qui battent furieusement des ailes et claquent du bec dans le vide. Les chouettes de ma mère! D'un seul coup, je comprends:

Elles ne veulent pas que… je digère!

Mais moi, je ne peux plus rien faire pour l'empêcher! Le cœur de l'ourse doit poursuivre sa descente, quel qu'en soit le prix. Qu'elles me dévorent donc le visage, grand bien leur fasse! Je presse ma bedaine d'une main tendre, je la masse doucement pour faciliter le transit. Ce geste redouble la colère des harfangs; tous trois fondent sur moi. Leurs serres impitoyables reviennent me décharner les joues et m'arracher les yeux. Cette fois, je les ignore; je baisse le front et je reste concentrée sur mes boyaux. Mes tourmenteurs finissent par se vexer de mon désintérêt; ils se dissipent dans un cri outré. Je reste seule avec les gargouillements de mon ventre, en compagnie de la vieille femme taiseuse qui écoute le silence.

Silence dans la tente. Silence dans tout mon être. Quelque chose est achevé: la nausée s'est éteinte pour de bon. Quelque chose d'autre commence. Je me sens basculer en avant; je plonge, d'une hauteur vertigineuse. Des tombereaux d'eau chutent avec moi. Je les entends gronder; je les sens bruiner sur ma peau. Un peu paniquée, j'ouvre subitement les yeux. Autour de moi, la tente vacille un peu avant de retrouver sa stabilité. Meijo s'agite dans son sommeil; la chamane tourne la tête vers lui. Le rugissement des flots est toujours là. Il me sature les sens, m'aspire de toutes ses forces, alors je referme mes paupières et je me résous à voir ce qu'il y a *de l'autre côté.*

Je tombe en tournoyant comme un insecte mort, au cœur d'une prodigieuse cataracte. Les flots lourds me martèlent et me poussent vers le bas; j'ai l'impression que mes tympans vont exploser sous leur pression. L'immense colonne d'eau se déverse dans un puits vaste comme le chœur d'un temple, dont le fond se perd dans des ténèbres profondes. Et cela dure, et dure… une culbute interminable. Sur la paroi de glaise humide en face de moi rampent d'énormes racines noires, mais elles défilent si vite que je n'ai pas le temps d'en voir plus. Je jurerais qu'elles palpitent de vie.

Et soudain, la sensation d'un cri.

Je ne suis pas seule dans ces ténèbres : il y a quelqu'un d'autre qui tombe avec moi, une petite silhouette noire et dépeignée, qui se désarticule en hurlant. Mais ça ne sert à rien de beugler : un voyage comme celui-ci, tu ne le contrôles pas avec ta peur. Moi, je chute, mais au moins je m'efforce de rester calme ; je subis avec patience. L'autre glapit sa terreur ; mon cœur de femme se serre en écoutant sa panique. Quelque chose en moi voudrait le rassurer, apaiser sa tourmente, le consoler comme un enfant.

« Tu devrais t'allonger, petite passeuse, chuinte une voix de vieille à mon oreille. Tes âmes sont en mouvement. Elles ne sont plus *ajustées*… »

Quelque part dans le monde solide, j'opine du menton. Un bras compatissant se glisse sous mon aisselle et m'aide à me lever ; mon corps obéit docilement. On m'allonge ; le sol est doux et fourré sous mon dos. Je crois bien que mes bras tremblent.

« Nisû… Je ne suis pas bien… »

La voix de Meijo, couché à mes côtés. Je dois faire un effort pour remuer les lèvres : elles sont gonflées et bizarrement poisseuses.

« Je le sais bien, Meijo… Je te vois tomber avec moi… »

Il parvient à tourner la tête ; ses yeux mi-clos me regardent sans me voir.

« Qu'est-ce qui… nous arrive ? Tu… sens l'eau, toi aussi ? »

À mots lents, laborieux, je commence à lui expliquer.

« Nous sommes dans les Brumes, Meijo. Dans l'Autre monde. Une part de nos âmes voyage en *Outre-songe*… »

Il semble perdu.

« Mais… nous n'avons rien… Qu'avons-nous…

— C'est ma faute, j'aurais dû le savoir… C'était en l'ourse… C'est en nous, à présent. Cela se déclenche et nous ne pouvons que subir, c'est… c'est tout. »

Mon compagnon ne répond pas. Il en serait bien incapable : il est occupé à cracher une eau saumâtre, de la vase aux commissures des lèvres. Un frisson de peur me traverse l'échine : quelque chose est en train de déborder d'une réalité à l'autre, c'est un fait rare et inquiétant… La chamane pousse un juron et se presse au chevet de Meijo. Elle entonne une mélopée ancienne, tout en lui torchant la bouche d'un pan de sa robe. Je voudrais bien le secourir, moi aussi, mais je ne contrôle pas les tremblements de mon corps. Je n'arrive plus à rester *présente* dans la tente : la Nisû qui tombe dans le puits de glaise me rappelle à elle, toujours plus intensément. Chute. Chute. Chute. Au moins sommes-nous ensemble, lui et moi, ici comme là-bas.

Durant tout le jour, nous poursuivons notre dégringolade. Plus profond nous plongeons, plus il fait sombre, et plus nous nous transformons : je sens mon visage se distordre, ma peau se raidir et mes traits se boursoufler. Est-ce l'eau qui nous modifie de la sorte, ou bien la *pesanteur* du monde dans lequel nous culbutons ? Vais-je me transformer en pierre, comme Karkhou, ou en quelque chose d'autre, de plus effrayant ?

Peu avant le crépuscule, nous percutons enfin le torrent au fond du puits.

Le choc est tellement rude que mon corps se démembre sur le coup. Bras et jambes me sont arrachés ; le courant les emporte et les noie. Le reste de mon être se laisse drosser, incapable d'autre chose que de boire la tasse et de s'étouffer. L'eau a un goût infect ; elle charrie des choses mortes, et d'autres qui ressemblent à d'énormes insectes blancs luminescents. De temps à autre, ma tête remonte, crève la surface et recherche désespérément Meijo. Je l'entrevois à trois reprises, juste avant qu'un gros rouleau ne revienne m'écraser dans la rivière. Je vois bien qu'il n'est pas pris au même flux que moi ; à chacun de mes regards, il s'éloigne un peu plus… Dans ce monde inférieur, il suffirait d'un seul instant de séparation pour que nos âmes se perdent l'une l'autre à jamais. Je hurle :

« Meiiijooo ! »

Il glisse hors de ma portée, disparaît totalement de ma vue. Ce sentiment de solitude qui m'étreint, tandis que les flots sans pitié ballottent ce qui reste de moi, d'un rapide à l'autre ! Perdre bras et jambes, soit, mais pitié, pas le perdre lui ! Sinon, que me restera-t-il ? Désespérée, j'ouvre grand la bouche et laisse le liquide pénétrer librement dans mes poumons. Ah ! Pourvu que cela me tue !

Mais en ces terres fabuleuses, on ne meurt pas. On peut juste s'évanouir un moment.

Je reprends connaissance après ce qui me paraît une éternité. Le torrent m'a jetée sur une grève de graviers gris, plus aiguisés que des éclats de silex ; je gis sur le ventre, à quelques pas des flots. La peau de mon visage est épaisse comme du vieux cuir, mon nez enflé comme une poire, mes joues bouffies et granuleuses, et tout cela me démange comme si des légions de termites creusaient des sillons au-dessous. Une grotesque femme-tronc à face difforme, avec, en guise de bras et de jambes, des moignons verdâtres qui bourgeonnent aux épaules et aux hanches : voilà ce que je suis devenue dans ce monde souterrain. Un déchet échoué sur la rive. Une alluvion...

Je tords le cou pour regarder autour de moi. Ici règne une clarté presque tangible, d'un jaune blafard ; une lumière étrangement *vivante,* qui vous picote les paupières de son toucher malsain. Il fait tiède et lourd, une atmosphère d'orage. Tout près de moi, j'entends gargouiller la rivière. Son muse est pratiquement couvert par le murmure qui domine tout l'espace sonore : un bourdonnement strident, modulé de vagues imprévisibles ; la rumeur de milliers et de milliers d'insectes volants dont je n'aperçois que l'ombre mouvante sur le sol.

Je fais la seule chose qui m'est encore possible : je rampe, à grandes ondulations du bassin. Il y a des taillis à proximité ; je veux m'y abriter avant que quelque chose ne me trouve. À force de persévérance, je grignote du terrain pouce par pouce. Le gravier me saigne les flancs, une vraie torture ; je progresse avec une lenteur infinie. Je vais mettre des jours à les atteindre, ces taillis…

Là-bas, dans le monde terrestre, quelque chose me gifle ; c'est à peine si j'y prête attention. Le monde au ciel jaune est tellement *présent* que je n'arrive plus à me concentrer sur l'autre.

Je lorgne un gros buisson roux comme de la limaille de cuivre, qui déploie ses branches en chandelier ; je voudrais me tapir au-dessous. Ses rameaux sont couverts d'un duvet violacé sous lequel grouillent des milliers de taches noires qui filent en tous sens, agitant des légions de pattes minuscules. Est-ce que je veux vraiment ramper là-dessous ? Pas le moment d'hésiter, pourtant ! Je sens peser sur mes épaules une ombre plus dense, qui n'était pas là auparavant ; une chose descendue du ciel, qui tremblote et se déforme à tout instant, juste au-dessus de moi. Cela vibre sur place, accumulant de l'énergie comme la corde tendue d'une arbalète ; une corde qui va bientôt se relâcher. Le bourdonnement ambiant s'enfle jusqu'à la limite du supportable, me vrille le cœur et les tympans. Au paroxysme de l'aigu, il se contracte brusquement en un vrombissement profond.

Alors soudain, l'essaim me fond dessus, sans crier gare.

Des myriades de choses ailées, épaisses comme des criquets, m'enveloppent dans leur cocon frénétique. Leurs ailes tranchantes comme des rasoirs m'entaillent la peau à chaque effleurement. Ma bouche s'ouvre pour hurler, mais ma langue est devenue minuscule et sèche comme un vieux pruneau, incapable de façonner le moindre son. Les insectes en profitent pour s'engouffrer dans mon gosier et me dévaster les intérieurs.

Le récit de la Courtisane (8) – Le dit du bélier

Allongé dans la tente, mon corps tressaute sur son lit de fourrure.

Une odeur complexe s'est fourrée dans mes naseaux ; elle éveille sous mon crâne des braises vivifiantes, qui me rappellent brutalement dans la plaine du Fintami. Quelqu'un me secoue par l'épaule :

« Tu dois te lever, petite passeuse. Tout de suite… »

La voix de la chamane. J'ouvre les yeux : la vieille brandit sous mon nez ses *encens d'éveil* incandescents. Cette fois, il n'y a nulle compassion sur son visage ; seulement de la peur, et une dureté qui ne s'y trouvait pas auparavant.

« Debout, hargne-t-elle. Dépêche-toi. Tu ne peux pas rester ici ! »

Je me secoue, cherchant à ranimer mes membres retrouvés. Chacun d'eux pèse dix livres de plomb.

« Quelque chose de mauvais est venu avec vous, chevrote la devineresse. Je suis impuissante à le chasser. Vous devez partir, immédiatement ! Emportez cette horreur loin de nous ! »

Le campement bruisse d'agitation ; la terre vibre d'un grondement diffus. Meijo est déjà en train de rassembler ses affaires, à grands gestes gauches : il a compris ce qui nous attend, et son bras tremble malgré lui.

Je me lève péniblement, vacille et me raccroche in extremis à mon compagnon.

« *Tsssssiii siiit !* peste la vieille en me poussant dans le creux du dos. Tu peux marcher, tu peux ! Presse-toi, presse-toi ! »

Meijo lui lance un long regard de rancune. Il voudrait répliquer, mais ne parvient qu'à marmonner quelques syllabes dépourvues de sens. Il se passe la besace à l'épaule, ramasse sa lance et franchit l'ouverture aussi vaillamment qu'il peut. Je lui emboîte le pas en titubant.

Dehors, il fait nuit ; l'air est moucheté de peluches blanches en suspens. La neige est revenue pour de bon et, avec elle, un froid glacial. Mes paumes et mes joues sont gelées. Le clan est sur le qui-vive. Les hommes sont assemblés devant les tentes par groupes de trois ou quatre, torches en main, hache au côté ; ils scrutent la plaine avec une attention inquiète. Le bétail se presse nerveusement auprès d'eux, fuyant les vastes étendues herbeuses où rôde une présence hostile.

Au début, j'ai beau regarder, je n'en vois aucun signe ; puis soudain, je repère quelque chose d'anormal.

Une sorte de tornade ralentie se meut dans la prairie, un puits de néant à la dérive. L'averse n'y pénètre pas ; les flocons se contentent de tourbillonner sur ses contours, emportés dans une valse lente. Bêtes et hommes ne la quittent pas des yeux. Tandis que je demeure à contempler la chose, souffle coupé, cela bifurque brusquement pour se rapprocher de l'habitat. À son approche, le troupeau frémit ; puis, d'un seul mouvement, de vastes groupes de rennes se débandent pour fuir vers une autre partie du camp.

Le grondement de l'ourse pèse sur le décor, surgi de partout et de nulle part. Les femmes serrent nerveusement leurs talismans, les chamanes entonnent un chant protecteur.

« C'est elle ! je souffle. Elle a pris le contrôle du vent ! »

La tornade s'immobilise à quelques pas des tentes, se met à vrombir sur place, de plus en plus rapidement.

Comme elle a gagné en ampleur… frissonné-je, tout en fourrant pêle-mêle mes affaires et celles de Meijo dans les fontes d'Aolak. *Fassent les cieux qu'elle n'ait pas appris à tuer !*

« Alors en selle, vite ! me souffle Meijo. Tant qu'elle est occupée ailleurs ! »

Pour mon compagnon, c'est l'heure de se défiler. Jetant un dernier regard au phénomène et aux hommes qui se tiennent prêts à l'affronter, nous nous hissons sur nos montures et nous élançons droit vers l'ouest. Aolak et Mokki adoptent un trot rapide; nous n'osons les pousser davantage dans cette atmosphère opaque, à deux pas du lac. Le campement s'estompe rapidement derrière nous. Ne reste bientôt plus qu'un paysage noyé de blancheur, bordé par les eaux sombres qui nous servent de repère.

Très vite, la monotonie du décor me replonge dans une torpeur lancinante. J'ai beau savoir que la revenante peut nous tomber sur les jarrets n'importe quand, je n'arrive pas à rester attentive à mon environnement : le bourdonnement des insectes d'Outre-songe captive toujours une bonne part de ma conscience. Je ne les *vois* plus, mais je les entends toujours, avec une redoutable précision, j'en ressens la cruelle démangeaison. Même le froid piquant n'arrive pas à dissiper ces sensations; je ne sais plus s'il gèle, ou s'il fait tiède et moite.

Bon sang, Nisû... Regarde autour de toi ! Charogne est à nos trousses... Ne va pas te laisser surprendre !

Impossible de me sentir concernée par le danger...

« Tu disais que l'eau arrêterait la revenante ! peste Meijo dans mon dos. Je croyais qu'on en serait débarrassés pour de bon ! Ah, ça valait bien la peine de nous tremper la couenne dans le Lempassaki... »

Ce sont les seules paroles qu'il prononce durant toute notre chevauchée : le reste du temps, il demeure taiseux, à se laisser porter par sa monture. Son silence finit même par m'intriguer. Jetant un regard derrière mon épaule, je le découvre qui tangue sur sa selle, les yeux mi-clos, une expression bizarre sur les traits. Par moments, on dirait qu'il s'étouffe ; à d'autres, qu'il s'abandonne à un plaisir intense et exaltant.

Il est toujours dans les Brumes, lui aussi... mais où ?

Je donnerais cher pour savoir ce qui lui arrive en cet instant. Est-il comme moi cul-de-jatte, rongé par des milliers d'ailes abrasives, ou connaît-il un sort plus clément ? Les émotions qui flottent sur ses lèvres me mettent mal à l'aise : j'y lis de la lubricité, de la peur, et même une sorte de fascination morbide. Une jalousie instinctive se distille en moi ; j'éprouve cruellement mon impuissance et ma solitude...

Le vent s'est levé. La neige souffle en rafales, s'insinue sous ma capuche et pèse sur les plis de mes vêtements. Depuis combien de temps chevauchons-nous ? Il me semble que cela fait des heures et que la berge du lac n'en finit pas de s'étirer ! Lorsque nous atteindrons le bout, il nous faudra piquer vers le sud, pour mettre le cap sur Asikri. Dix jours de chevauchée, au bas mot. L'hiver ne va pas faciliter les choses…

Les rafales s'intensifient, viennent me fouetter la face sans ménagement. Soudain, elles ont des serres invisibles, qui mordent… Quoi, encore les harfangs de ma mère ? Qu'est-ce qu'ils me veulent, cette fois ? Peu désireuse de me laisser malmener, je ramène un pan de mon mantel devant mon visage. Aolak renâcle et cesse tout à coup d'avancer. Pestant et maudissant les trois esprits, je relâche ma cape pour presser ma monture, commettant l'erreur de lâcher aussi ses bois. Le renne rait et se cabre ; je pars en arrière, incapable d'arrêter ma chute. En tombant, j'ai le temps de voir surgir de la tempête un mufle maigre dressé au beau milieu du ciel, et des griffes colossales qui sabrent dans le blizzard au-dessus de nous. Je me reçois dans la neige molle, roule sur moi-même et me redresse aussi vite que me le permettent mes membres engourdis. Bruit de cavalcade, Meijo qui crie, et puis ce rugissement écrasant, venu de partout à la fois…

Je lève les yeux.

L'ourse me domine de toute sa hauteur, un filament sanglant dansant sous sa gorge. Ses orbites sont des puits obscurs mordus par le gel, hantés de deux disques pâles, et ses mamelles crevées vomissent le bitume. Derrière elle, la tempête s'ouvre soudain pour dévoiler un fantastique épicéa en flammes – géant de résine fumant et crépitant d'étincelles, qu'une forte rafale rabat vers nous. Aussitôt, le feu prend à la revenante ; quelque chose de poisseux s'embrase dans sa fourrure. En quelques instants, sa carcasse se transforme en une fournaise infernale. Qui titube vers moi, mue par une haine infinie…

Je hurle, persuadée que cette fois, je vais brûler vive.

Trois formes blanches tombent du ciel et fondent sur le monstre pour le lacérer de leurs ergots. Charogne riposte, elle fouaille la tempête de ses pattes embrasées, frappe en aveugle. Moi, j'en profite pour battre en retraite vers Meijo, qui gît étourdi dans la neige à quelques pas de moi.

Souffle tiède sur mon flanc : un météore lumineux fuse sur l'ennemi. Détonation. La Croque-Carcasse vacille et recule sous le choc. Mes yeux s'écarquillent de surprise : le nouvel arrivant est un bélier d'or puissamment corné, qui disparaît en un clin d'œil pour réapparaître instantanément à bonne distance… et charger à nouveau l'ombre de Charogne, à une vitesse stupéfiante.

Matram Toram !

L'esprit-gardien de ma famille est à nos côtés ; rien ne peut surpasser sa célérité. Chacun de ses coups de boutoir force le spectre à céder du terrain. Il ne se soucie ni des flammes ni des crocs ; il est trop vif pour son adversaire. Souffle. Détonation. Choc. Le spectre semble se ratatiner à chaque assaut, ses flammes vacillent et s'éteignent peu à peu. Il finit par glapir son dépit. Renonçant pour cette fois, il se laisse démembrer par les rafales, emporter par grands lambeaux brumeux. Un instant plus tard, il ne reste trace ni du monstre ni de l'épicéa en feu ; seulement l'hiver qui s'époumone, et le bélier qui nous contemple à travers les chardons ténébreux qui lui servent d'yeux.

J'aide Meijo à se relever. Mon compagnon aussi a été jeté à bas de sa selle par la panique de sa monture. Il est sonné par sa chute, mais il n'a rien de cassé, hormis peut-être, sa fierté et son courage.

« On… on ne peut pas lutter contre ça, peste-t-il en crachotant de la neige. Juste subir. Comment un Firwane affronte-t-il une telle chose ?

— Avec une armée de bramynn, sans doute ! Le fer ne peut rien contre les morts !

— Alors nous sommes à sa merci…

— Non. L'airain peut l'atteindre. Tu as ta lance. Et nous avons reçu de l'aide ! Regarde… »

Mon doux relève la tête. Mais le bélier d'or s'est déjà volatilisé, sa tâche accomplie. Nous restons seuls dans la tempête…

« Nos rennes… » marmonne Meijo.

Ma gorge se noue :

« Enfuis, tous les deux. On aura de la chance si on les retrouve dans ce blizzard…

— Il y a tout notre équipement sur eux ! Nos provisions ! Nos couvertures ! Notre or ! On va crever de faim et de froid, s'ils ne reviennent pas ! »

Je baisse le front, défaite. L'envie de pleurer est forte, mais le vent emporterait mes larmes aussitôt, alors à quoi bon ? Je ne veux pas offrir cette satisfaction à la Croque-Carcasse.

Reprendre la marche le long de la rive reviendrait à nous éloigner de nos bêtes pour nous perdre je ne sais où ; s'asseoir sur place pour attendre la fin de la tourmente serait la meilleure façon de finir gelés. Je fais donc la seule chose possible : je dénoue le fermoir de mon aumônière à esprits, et je tente d'éveiller l'un de mes auxiliaires personnels. Il y en a un qui s'appelle Chit-Poki, ce qui signifie « second crâne » en langue tsuuni. Je l'ai nommé ainsi parce que je suis née coiffée, et que ma mère a conservé ma coiffe de naissance pour la coudre dans la doublure de mon aumônière. Un esprit est né dans cette membrane : Mère a soufflé dessus pour l'attiser, tous les jours jusqu'à mon premier anniversaire. C'est mon serviteur personnel. Il m'est lié. Mais cela fait assez longtemps que je ne l'ai plus éveillé, et je ne suis pas certaine d'y arriver dans ces circonstances. Je glisse le bout des doigts à l'intérieur de la sacoche, puis les retire brusquement pour lancer mon allié invisible vers le ciel. Je le sens confusément déployer sa voilure, sorte de salamandre translucide et ailée suspendue dans l'air à quelques pouces de mon visage. Je lui murmure les noms de nos montures, puis l'expédie à leur recherche, en secouant la main.

Debout dans le vent glacé, nous attendons qu'il revienne se manifester. D'après ma mère, *Second Crâne* m'est si intime que je devrais parvenir un jour à voir à travers ses yeux, si je veux bien prendre le temps de devenir assez sage. En attendant, je peux tout de même maintenir une sorte de lien empathique. Je me concentre sur lui, muse une mélopée motrice et tente de faire le vide pour *écouter*… Quelque part dans le blizzard claquettent les jarrets de nos rennes ; c'est le don que leur a fait la nature pour les aider à se retrouver les uns les autres, même dans les pires conditions. Hélas, mes tempes vibrent du bruissement de l'Autre monde, un vrai supplice : impossible d'entendre autre chose que le fracas du torrent et le bourdonnement des essaims. Quant à ma mélopée, elle se perd dans le vent… L'esprit-servant sent que ma pensée ne peut l'accompagner ; il folâtre un peu dans les alentours, mais perd vite le fil de ses idées et finit par rentrer se tapir bien au chaud dans son aumônière. Ce n'est pas un génie, mon *Chit-Poki :* il a besoin qu'on le pousse constamment pour atteindre son but, sinon il oublie, il se perd…

Et nous, nous restons plus que jamais désorientés et aveugles, abandonnés à nous-mêmes.

Les oiseaux de ma mère sont tout de même revenus nous chercher.

J'ignore où ils veulent nous mener. Ils nous guident dans la tempête à leur façon cruelle : en me bécotant une joue, puis l'autre, pour m'indiquer la direction qu'ils veulent nous voir suivre. Cent fois, je les maudis : aucune bête ne voudrait être conduite de la sorte ! Pour un peu, il me semblerait entendre ma mère ricaner dans le vent, satisfaite d'accomplir son devoir de secours envers sa descendance, heureuse de me torturer par la même occasion.

Mais à la fin, en découvrant le but de notre marche, je ne suis pas loin d'éprouver de la reconnaissance.

Ce ne sont pas nos rennes, hélas ; mais c'est tout de même le meilleur sanctuaire dont nous puissions rêver pour attendre la fin des intempéries. Il y a là un abri de pêcheur, petite cabane basse tout juste assez large pour y coucher deux personnes côte à côte. Des congères se sont accumulées contre ses flancs, suffisamment épaisses pour nous protéger du gel extérieur. Une vraie bénédiction en ces circonstances…

Nous nous glissons à l'intérieur, nous colmatons l'ouverture avec de la neige, puis nous nous enroulons dans nos manteaux pour nous allonger l'un contre l'autre, aussi confortablement que possible. Mon corps produit un peu de chaleur ; elle se diffuse sans se perdre dans cet espace confiné. Sentir mon amant contre moi me rassure, mais ne suffit pas à m'apaiser.

Étrange qu'il soit si proche et si lointain à la fois… Une part essentielle de son âme est perdue dans des régions qui me sont inaccessibles ; bien que nous soyons blottis l'un contre l'autre, une distance incommensurable nous sépare désormais. J'en souffre autant que si je l'avais vraiment perdu. Pour conjurer ce sentiment de désolation, j'agrippe son corps et je m'accroche à lui, du plus fort que je peux. Je voudrais lui poser la question qui me taraude, savoir où il est, ce qu'il vit, et comment le retrouver ; mais alors, il me faudrait aussi me raconter, et je n'en ai aucune envie. Mieux vaut se taire, et se pelotonner en silence.

Au-dehors mugit la tempête ; je m'applique à écouter sa plainte. Maintenant que l'approche de l'aube tient le spectre à distance, je n'ai plus qu'un espoir : que ce maudit crissement d'insectes s'apaise avec le sommeil et disparaisse loin de ma conscience, au plus loin qu'il soit possible. J'ai tellement besoin d'un peu de paix…

Mais c'est tout le contraire qui se produit.

À peine ai-je commencé à m'engourdir que je me sens glisser vers le bas. Je m'écoule en gelée ; je me répands dans l'outre de peau épaisse et boursouflée qu'est mon corps dans les Basses Brumes. Et que cela est tiède, et que cela est moite et me fait oublier la froideur où je suis couchée ! Non ! Je ne veux pas retourner là-bas, redevenir une femme-tronc pour subir la tourmente de sauterelles aux élytres aiguisés comme des couteaux ! Je préfère mille fois le gel à cet état qui me dégoûte au plus profond de moi-même ! Je sanglote en silence, mais il n'y a rien que je puisse faire pour résister, alors je me résigne à subir, le plus bravement que je le peux.

Pommettes bouffies. Nez difforme. Oreilles vastes et douloureuses, ventre gonflé et moignons qui picotent. C'est moi, mon incarnation dans l'Outre-songe. Rien n'a changé, si ce n'est le vrombissement ambiant, moins fort que dans mon souvenir : les essaims se sont clairsemés, leur reliquat folâtre un peu plus loin dans les taillis.

À la place, d'autres présences sont venues remplir le vide de leurs voix. Les nouveaux arrivants vont sur deux pattes, mais prétendre qu'ils marchent serait inexact ; ils sautent, ils bondissent comme des criquets ivres. Je les entends ricasser à la brigande, sept ou huit voix nasillardes ressassant sans fin les mêmes syllabes gâteuses, *vava vo voo vaji, vava vo voo, vo.* Les voilà qui surgissent des taillis, pour me laisser reluquer de plus près leurs stupides trognes violettes. Elles sont plutôt plus vilaines que la mienne : mentons crochus, deux trous osseux à la place du nez ; fronts creusés coiffant de petits yeux jaunes aussi crétins qu'espiègles. Le profil en croissant de Lune, la caboche grotesquement effilée en cornettes jumelles recourbées vers l'avant… Je pourrais rire de leur disgrâce, histoire d'oublier un peu la mienne et de retrouver un rien de fierté. Mais eux, au moins, ils ont des jambes, ils ont des bras. Des membres simiesques et affreusement velus, mais des membres tout de même.

La petite bande m'a vue, bien sûr : on me conspue, on jubile déjà. Je ferme lentement les yeux. Peu importe ce qu'on va me faire, après tout ; qu'est-ce qui pourrait encore m'arriver de pire ?

La truandaille s'en vient sautiller tout autour de moi, brandissant des bâtons taillés en pointe, qui ne doivent pas faire bien mal, quand on a le cuir épais comme moi. Si ? Justement, deux d'entre eux se mettent à me picoter le flanc, pour tester. Au troisième coup, je me trémousse, gênée par la douleur : cela déclenche force rires et jacassements. Je suis un délassement qui plaît ; il doit y avoir quelque chose, dans ma mine, qui leur donne envie d'en reprendre. Sans crier gare, le plus hardi de ces goguelins me plante sa lance en pleine poitrine, juste sur le côté du sein. Passée l'épaisseur de la peau, cela s'enfonce comme dans du beurre : je suis toute vide à l'intérieur. N'empêche que cela me coupe le souffle.

D'autres lances me percent dans la foulée ; à chaque fois, le coupable se penche en avant pour regarder son œuvre avec une curiosité sincère, étudiant la blessure d'où suinte quelque chose qui n'est pas du sang. Au quatrième coup, un grand jet de liquide jaillit vers le ciel. C'est poisseux et nauséabond comme le jus d'un fruit pourri, mais cela déclenche l'hilarité générale. D'autres veulent aussitôt s'y essayer : on se presse sur moi avec enthousiasme, on se chicane pour y être en premier, un vrai charivari ! Me voici lardée de partout, à répandre le contenu de ma panse en geysers de mélasse collante et puante. Mes tourmenteurs s'en amusent grandement : c'est à qui produit le jet le plus vif, et le plus long, à qui parvient à en maculer un camarade. Et de glousser, et de hennir de rire, en ouvrant des bouches grandes comme des gibecières ! Moi, je m'étonne de contenir autant de liquide et plus rien de solide. Je crois que cela fait belle lurette que je suis un cadavre, ou du moins une chose en putréfaction : mes entrailles sont en bouillie et mes chairs, tannées comme celles d'une momie.

Mais dans les Brumes, mort et putréfaction sont des états transitoires, et peut-être même réversibles.

Une fois qu'on cesse de se soucier de ses organes, se laisser crever la panse deviendrait presque amusant. Malgré la souffrance, je me laisse aller à rire en voyant une nouvelle salve gicler sur le blair d'un goguelin. Or, mon hilarité déplaît à la compagnie. Les faces se ferment ; les petits yeux jaunes me foudroient. Je n'ai pas le droit de rire avec eux : c'est sortir de mon rôle, un acte presque sacrilège pour un souffre-douleur comme moi.

Pour faire bonne mesure, le plus grand d'entre eux me crève un œil.

La douleur est inexprimable ; des coups de marteau répétés à l'intérieur du crâne. Autour de moi, les palabres reprennent de plus belle : *va va voo voo vaji, va va voo vo*, hargne-t-on. Cette fois, il y a de la colère dans les voix. Sûr que mon œil n'est encore qu'un début ; sous peu, ils vont décider d'un châtiment plus digne de ma faute…

J'en suis à me demander quelle autre partie délicate il me reste à offrir en expiation, lorsqu'une résonance cuivrée s'ébroue dans le lointain. Aussitôt, mes tourmenteurs tendent l'oreille ; plus un qui pipe mot. Je vois des nuques se tasser, des yeux inquiets se rencogner sous leurs sourcils.

Là-bas, derrière les taillis, quelqu'un s'approche en musant une mélodie lugubre. De multiples froissements de feuillage accompagnent son pas, rythmé ici et là de tintements de clochettes. Tout à coup, c'est la débandade parmi mes camarades de jeu : et que l'on saute en tous sens, et que l'on piaule et piaille à grands cris déchirants. En quelques instants, il n'y a plus la moindre crapule autour de moi : tout ce beau monde a filé par la grève et disparu du décor.

Je roule sur le côté pour tenter d'en savoir plus.

Par-delà les haies épineuses passe un homme vêtu de noir. Visage basané, entre deux âges, la peau luisante comme de la cire ; un gilet de laine rousse sur les épaules et le crâne coiffé d'un turban sombre. De son bâton cornu, il pousse un invisible bétail, que les buissons me dissimulent, mais qui secoue les branchages et sonne comme une rivière d'or. L'inconnu jette un regard par-dessus la haie et m'aperçoit ; ses yeux en amandes fines se mettent aussitôt à briller de curiosité. J'y lis de la sagacité, de l'intelligence, et une once de malice. Il ne s'attarde pas pour m'étudier : sa face se détourne lentement pour en revenir au chemin. Mais en partant, sa main jette quelque chose par-dessus son épaule, et ce quelque chose atterrit à quelques pouces de mon flanc.

Je me tords, très désireuse de voir ce que c'est…

Meijo me secoue sans ménagement :

« Réveille-toi ! … Nisû… »

Pas question de me laisser arracher maintenant aux Brumes : je veux savoir ce que m'a lancé le berger !

« … S'il te plaît, Nisû… Il y a quelque chose qui vient… »

J'ouvre les yeux.

Face à moi, la paroi glacée qui bouche l'entrée de notre abri s'est mise à fondre, rongée par une lumière qui n'est pas le feu de l'aube. Encore engourdie, je me tortille dans mon manteau, je rampe vers l'avant. Il me revient que, dans ce monde, j'ai des mains : je m'en sers pour gratter une ouverture et passer le bout du nez dehors.

La tempête a cessé de souffler ; le ciel et la terre se confondent au même néant. Dans l'immensité de l'hiver s'en vient Matram Toram, pelage vibrant d'un nimbe cuivré. Chacun de ses pas dessine dans la neige des coupelles d'or liquide, qui miroitent avant de s'effacer. Derrière lui, l'échine soumise, chemine un jeune renne aux flancs chargés de cuir. Ses cuisses tremblotent de fatigue et la langue lui pend, mais son œil est résigné.

Parvenu devant nous, le bélier salue en branlant du chef, puis donne des cornes pour élargir l'entrée. À chacun de ses raclements, la neige jaillit en poussière platinée. Je ne peux m'empêcher de me recroqueviller prudemment vers le fond de la cabane.

Une fois l'obstacle abattu, notre visiteur recule de quelques pas pour nous laisser sortir. Meijo s'extirpe de l'abri et s'en va récupérer les rênes de Mokki ; moi, je m'assieds en tailleur dans l'entrée, prête à converser un peu. Je commence par m'incliner humblement : ma réputation dans le monde spirituel a déjà bien assez souffert, ce n'est pas le moment de manquer de politesse.

« Merci, O Matram Toram, énoncé-je solennellement. Grâce te soit rendue de nous avoir ramené le renne. Est-ce qu'Aolak…

— RrrrrAolak ne reviendra pas. »

La voix du bélier bourdonne sous mon crâne, profonde et nasillarde. C'est lui qui parle, mais c'est ma bouche qui vibre, comme si le son se formait sur ma langue et mon palais :

« Aolak est fier : il ne veut plus subir les assauts d'ourse à cause de vous. Aolakrrrrr est reparti vers Jankhari. Il est déjà trop loin pour qu'on le retrouve. J'ai trouvé Mokki plus docile… »

Je hoche la tête, dépitée. Mentalement, je fais l'inventaire de ce que m'a volé le gredin à bois rouges : mes vêtements, mes mocassins légers, mon kantélé ; les bâtons de noblesse attestant de ma naissance, et même la bourse d'or que m'avait concédée ma mère. Soit le peu que je possédais encore… au moins Mokki nous rapporte-t-il un peu de chaleur animale, nos couvertures et la plupart de nos provisions. Et aussi une partie des affaires de Meijo, bien calées dans ses fontes : du petit linge, sa ceinture d'or et sa bourse. Mon compagnon est moins à plaindre que moi…

Le bélier me contemple en silence, attendant patiemment que j'aie digéré la catastrophe. Je relève le menton, pose la question qui me brûle la langue :

« Est-ce… est-ce que c'est ma mère qui t'a envoyé vers nous ? »

Un souffle vaporeux s'élève des naseaux de l'animal :

« Sans doute, ronronne-t-il. Bien qu'elle l'ignore. »

Voilà bien une réponse d'esprit ! En général, ce genre d'esquive signifie « non », ou bien « pas en toute conscience ». Je ravale ma salive et ma désillusion.

« Je ne peux m'éloigner des lacs, ajoute notre visiteur. Tu devras bientôt te débrouiller seule… rrrmais avant de nous séparer, il est bon qu'on te parle des Bramynn de brrrrasalte. »

Une pointe froide se pose sur mon cœur. *Il sait ce qui nous arrive !* Je coule un regard anxieux vers Meijo, toujours occupé auprès de Mokki. Mon compagnon ne nous quitte pas des yeux, une expression soupçonneuse sur le visage. Le bélier se manifeste avec suffisamment de force pour qu'il puisse le voir clairement ; mais il demeure incapable de l'entendre à cette distance. Je devine qu'il donnerait cher pour saisir la teneur de notre conversation, mais n'ose approcher. Et puis ? Quand bien même il serait à mes côtés, les esprits choisissent qui peut jouir de leurs paroles, et qui ne peut pas !

« Très bien, soupiré-je. Alors parle-moi des Bramynn de basalte. »

Dans les néants déchiquetés qui servent d'yeux à Matram Toram, quelque chose se met à pulser.

« Rrrr… Crrr… Tu sais quelles sont les puissances qui gouvernent l'île : le feu qui sommeille sous la terre et celui qui couve sous la mer. Par lui jaillissent la vapeur, la cendre et les nuées ardentes, crrrr… Dans ton monde, ce ne sont que des forces aveugles et dépourvues de forme, mais dans le mien, ce sont des êtres animés, des seigneurs des Brumes à la voix puissante. Les Bramynn de basalte pensaient que, pour maîtriser le Fintami, il fallait passer commerce avec ces seigneurs-là ; ils s'étaient donc installés sur la lave refroidie au pied de la grande falaise. De là, ils courtisaient l'Outre-songe. »

Je hoche la tête pour marquer ma compréhension. *La lave refroidie au pied de la grande falaise…* Le Lanvramaar, donc, c'est-à-dire la grande dalle de roche basaltique tapie au pied du mur occidental du Fintami, au ras de la mer. La contrée la plus précaire et la plus étrange de mon pays…

« Ils ont donc voyagé, poursuit le bélier. À maintes reprises, rrr, trrrr. Pendant que leurs corps demeuraient assis, leurs âmes voguaient dans les Brumes pour en explorer les moindres recoins. Elles étaient bavardes, ces âmes, elles parlaient à tout bout de champ, avec tout le monde, et pas toujours avec discernement. Au bout du compte, elles ont bel et bien conclu des alliances, et parfois, elles ont appris des sagesses, oui, oui… Mais elles ont aussi découvert combien l'Outre-songe pouvait être dangereux. »

Matram Toram replie tranquillement les antérieurs et se couche sans façon dans la neige. De minuscules tornades se soulèvent autour de lui, toupilles volatiles vrombissant sur place leurs crachats de cristaux. Le bélier incline les volutes de ses formidables cornes, et poursuit son laïus :

« Au cours d'un de ces voyages, les bramynn ont attrapé une *maladie*. Pas comme les esprits minuscules qui s'en prennent aux chairs des hommes, non ; autre chose. Un mal qui corrode l'âme et la plombe, comme du métal. Un parasite. Un ver. Un *serpent vif*, rrrrrr, crrrrrr, un sortilège. Cette chose-là, elle peut prendre forme de mots, ou bien demeurer telle une bile mauvaise, à croupir dans ton ventre et dans ton sang, et te souiller tout le corps. Il y a bien des façons de la décrire, au gré de ses métamorphoses ; mais quelque forme qu'elle adopte, toujours elle joue le même tour à son hôte : elle rrrrrr emprisonne l'une de ses âmes dans les Brumes, rrrr. C'est une ancre qui te fiche en terre des *Basses Fanges*, une enclume si pesante qu'elle t'entraîne inexorablement vers les profondeurs, où toutes choses deviennent sans cesse plus sinistrrrres et plus crrrrdouloureuses. »

« À cause d'elle, les Bramynn de basalte ont basculé peu à peu dans la folie. Rrrr… Leurs âmes se sont desséchées dans les Abîmes. Leurs corps sont devenus débiles, leurs tours emplies de poussière, hamrrrrrrr… L'un après l'autre, ils se sont étiolés. Des ombres d'hommes, oui… des ombres. C'est tout ce qu'il en est resté ! Seul le dernier d'entrrrre eux est parvenu à se défaire de cette malédiction : il a craché son ver sous forme de verbe. Il s'est saigné pour faire sortir le mal, et avec ce qui est tombé de ses veines, il a formé de l'écriture, pour l'enfermer dans une prison de parchemin. Mais plus tard, Attilûwi le barde en a découvert les, rrrr, rrouleaux, et il a libéré ces mots sans savoir ce qu'il faisait. Gobé à son tour la chose parasite, refaçonné le monstre avec sa bouche… »

Le bélier souffle doucement ; je sens son haleine étrangement épicée flotter sur la peau de mon visage, comme pour me happer dans son dit.

« Tu as contracté cette peste en mangeant le cœur de l'ourse. Ton compagnon aussi. Elle peut se transmettre sous plusieurs de ses formes, trr rrr… par la parole ou par le flegme, oui… par le flegme. À présent, te voilà perdue dans de bien tristes fosses… »

Je me mords la lèvre pour juguler mes larmes. Dire que j'ai choisi moi-même mon destin, quand j'aurais pu, quand j'aurais dû me souvenir du danger ! Penser que j'ai laissé Meijo choisir le sien en toute ignorance… Pourrai-je jamais me le pardonner ?

La respiration lente de l'esprit-gardien me console à sa façon ; j'y découvre une douceur inattendue, tiédeur caressante mêlée de parfums forestiers. Je m'y laisse bercer un instant, à deux doigts d'accepter mon sort. Et puis soudain, je me rebelle :

« Matram Toram ! S'il y a un moyen pour se débarrasser de cette horreur, tu dois me le dire ! Cette chose ne peut pas rester en nous ! »

Voix douce, presque un ronronnement :

« *Hamrrrr !* Ta mère ne sait pas comment faire ! Et donc, moi non plus… »

Je frappe rageusement la neige du poing. Un geste puéril, qui ne dissipe pas la bienveillance du bélier :

« *Rakko rakko !* Le Seigneur des Cinq Ravines lui-même n'est pas arrivé à guérir. Arvo Attilûwi l'a fait, bien qu'il y ait laissé la vie. Ce doit donc être possible. Mais le vieil Arvo était un très grand barde, il savait comment capturer l'oreille pour y nouer des mots, d'une façon qui n'est pas accessible au commun des mortels. Quant à toi, tu devras trouver ta propre façon. Voudras-tu déposer ce fardeau en un autre être, à ton tour ? Ou bien l'enfermeras-tu dans un livre, comme l'a fait le plus sage des bramynn ? »

Je me lève, incapable de tenir en place, commence à faire les cent pas devant notre visiteur, en bottant l'hiver d'un talon vengeur. Il me regarde faire sans se formaliser. Meijo s'en vient attacher Mokki à la cabane, de peur qu'il nous fausse encore compagnie. Il toise le bélier avec une froideur méfiante : sans doute s'imagine-t-il que l'autre est venu m'accabler de reproches, et que je le paie de mon humeur.

« Pauvre Nisû, ronronne l'esprit, plus serein que jamais. Sans le vouloir, tu as libéré l'ourse de son supplice, de la même façon qu'elle avait elle-même libéré le barde, trrr, rrr…. Elle devrait t'être reconnaissante, au lieu de te trrrrrrr hanter ! »

Libérés, oui ! Par la mort. Tous les deux ! J'aimerais qu'il existe une autre issue pour nous autres, les damnés de l'Outre-songe. Mais combien je redoute que ce ne soit pas le cas…

Je prends la main de Meijo, et je la serre, du plus fort que je peux. Il m'interroge du regard, mais je reste muette. Je ne sais pas encore comment lui annoncer notre châtiment ; je veux me donner le temps de trouver les mots.

Le dit de Fintan Calathynn – 15

Vingt-et-unième jour

Ogh-qui-soupire réapparaît à l'aurore avec son escorte de Teules silencieux, tous armé pour la guerre : de lances d'os ou de bronze, d'arcs et de flèches, de javelines et de propulseurs, de boucliers de peau. Anxieux d'avoir des nouvelles de l'ennemi, Varagwynn et moi-même quittons aussitôt nos filets pour les accueillir.

« L'Oiseau des ssaules est en mauvaise possture, nous assène le vieux bramynn, à peine fatigué. Ensserclé par l'Hermine, dans une forêt d'arbres-velours au bord du fleuve. Réfugié dans les hautes branchhes ! Il passse de ssime en ssime comme un écureuil, mais sses asssiégeants ssont tenasses, et ne le laisssent pas filer ! Nous avons tenté de les disstraire, mais il y a des hyènes à proximité, et nous n'osons pas approchher trop… le Roi-diseur va devoir faire quelque chhose pour l'aider ; ou bien l'Oiseau va trouver le moyen de prendre sson envol par lui-même, ssi, ssi ! »

Aussitôt, nous le pressons de questions. Où se trouve le Solaire ? À quelle distance ? Que se passera-t-il si l'ennemi utilise le feu pour le déloger ? Et nous, sommes-nous en sécurité ici ?

« Tss tsss… Le vieil Ogh ne ssait pas tout. Au nord, à plus de ssoisssante milles, perchhe sse coquin de Ssolaire. Les arbres-velours brûlent mal, à cause de la moussse. Il faut faire confianssse au géant, et nous mêler de nos affaires d'hommes.

D'autres fasses de ssendre rôdent à l'ouest d'issi. Elles ne chherchhent pas au bon endroit, pour le moment. Dormez ssur vos deux oreilles, petits ragondins au terrier!

— Soixante milles au nord? se consterne Varagwynn. Comment avez-vous franchi soixante milles, aller-retour, en une nuit? »

Le bramynn arbore son insupportable sourire énigmatique, avant d'énoncer:

« Pas par les ssentiers de terre, asssurément. Ni par sseux de l'eau, où l'on patauge lentement! Ss'est par les chhemins de traversse que l'on est le plus presste. Par les *Ssentiers des Asstres*! Un jour, je vous montrerai. »

Et avant que nous ne puissions lui poser la moindre question sur le sujet, il se met à lorgner par-dessus nos épaules, à la recherche de quelqu'un:

« Où est votre ami, le grand barbu? J'esspère qu'il m'a attendu pour dépessser votre ami l'archher! Pour rien au monde, je ne voudrais manquer sse sspectacle! »

En vérité, le vieux hibou n'a pas de souci à se faire: Perdouan ne comptait pas opérer Cwail en son absence. Il sait qu'il a besoin de son concours; il ne présume ni de sa propre science ni de ses ressources.

Hier, les Teules ont récolté de grandes quantités de sève d'épicéa, qu'ils ont distillée dans un alambic rudimentaire, au creux d'un drondossili. Ils en ont tiré une térébenthine d'une qualité très acceptable, qui nous sera précieuse pour lutter contre la suppuration et cicatriser la plaie. Les femmes ont fourni du fil de soie, des aiguilles d'os et des étoffes de scarabée, qu'elles ont fait bouillir pour tuer les esprits infectieux. Tuapane, toujours prêt à nous rendre service, s'est fait un devoir de grimper dans de hautes branches peu accessibles, en quête d'une ruche. Une ascension qui nous a laissés bouche bée, faite de sauts audacieux, de courses funambulesques et de reptations de lézard. Un bon moment plus tard, il faisait chuter à nos pieds un informe drapé de cire alvéolée, encore tout bourdonnant, empli à foison de nectar.

À présent, le sire Namarantri dispose de tout ce dont il a besoin pour mener à bien l'extraction de la pointe sournoise.

Juste avant de s'y mettre, il se confie à moi dans la pénombre de notre drondossili :

« J'ai la trouille, Fintan ! Mes bons outils ne doivent pas faire illusion. J'ai vu œuvrer de grands chirurgiens sur les champs de bataille, je les ai même assistés souvent, mais c'était uniquement parce qu'ils manquaient de bras pour juguler l'hécatombe ! En vérité, je ne leur arrive pas au gros orteil. Ce pauvre garçon, qui me confie sa vie… si je lui tranche un vaisseau sanguin par mégarde, je ne pourrai rien faire pour l'empêcher de saigner à mort : je ne suis pas capable de le ligaturer correctement ! Je ne dispose pas du dixième de la pharmacopée que je pourrais dégotter dans une cité, je n'ai plus de feuille des fées pour endormir sa douleur et si par malheur les fièvres le prennent, je serai désarmé ! »

Je le rassure comme je peux. Le chevalier s'y entend peu en herbes, c'est vrai ; mais Ogh et Shakti se tiendront à ses côtés avec tout un arsenal de plantes du Nord et d'habiles préparations vulnéraires de leur cru. Je sais aussi que les Astres immortels veillent sur nous, et que nous avons déjà perdu assez de compagnons ; le ciel ne peut pas être assez cruel pour nous priver en sus du jeune Cwail.

Ce dernier nous attend au-dehors, couché sur une natte, entre un petit feu et un cuveau d'eau bouillie, sous un rai de lumière qui perce les feuillages. Le Barbier se met torse nu malgré la relative fraîcheur, pour ne pas gâcher la seule chemise qui lui reste. Il ouvre sa besace et déploie ses outils sur la natte.

« Allez, clame-t-il, saoulez-moi ce gaillard bien proprement ! »

Et il commence à passer ses pinces dans les flammes, tandis que Cwail, docile, tète le goulot de la gourde, encouragé par Miach et le Brun de Dhuan. Ces derniers font mine de l'accompagner dans la beuverie, prélevant de temps à autre de courtes lampées d'eau-de-vie teule. Le blondin a toujours le cœur en travers de la gorge. Il risque une plaisanterie sur l'état de sa guibole ; nous rions avec lui, même si nous sentons bien qu'il se force. Miach lui ressert une généreuse rasade, puis une autre, si bien que peu à peu, le garçon finit par se dérider vraiment. Nous l'entendons délirer sur les amours lubriques du Grand flamine d'Hesalreng avec un poisson bien lippu ; puis sur la grand-mère de Miach, qui raconte des histoires à son pot de chambre quand son esprit bat la campagne. Il s'enthousiasme de ressentir si peu la douleur, croyant sans doute que l'ouvrage a déjà débuté ; il ne tarit pas d'éloges sur la délicatesse du chirurgien – lequel en est encore à laver les abords de sa blessure avec une eau mêlée de miel et d'herbes purifiantes. Lorsque le gamin se met à brailler *La Fendace Mère-grand* et d'autres chansons paillardes, Perdouan relève le nez de ses préparatifs et constate :

« Ayé, il est mûr ! Va falloir bien me le tenir, les gars ! »

Et il entame son œuvre de sang.

En douceur, il ôte la probe de la plaie, provoquant chez son patient un hoquet de surprise indigné. Puis il introduit ses fines pinces pour tordre les barbillons de la flèche et les rabattre contre le manchon. Ce travail l'occupe un bon moment, sous le regard mi-curieux, mi-sardonique d'Ogh. Cwail gémit en continu, sans que nous sachions si c'est l'effet de la douleur ou d'une soudaine mélancolie d'ivrogne.

Quand il juge les crochets suffisamment aplatis, le Barbier introduit dans la blessure un demi-cylindre de cuivre, qu'il glisse le long de sa tige émoussée pour l'amener jusqu'au fer. De quoi protéger le muscle contre les abrasions du métal, en lui préparant un conduit de remontée. Finalement, il extrait de sa besace un outil étrange, qu'il admire un instant sous la lumière.

« Ce tire-fond m'a été offert par Ausulcaryn en personne, annonce-t-il, quand il était encore au service de Maroué. Nul homme de ce siècle n'a fait davantage progresser la chirurgie ! Quel dommage qu'il ait fini par choisir le mauvais camp… Fort heureusement, avant de tourner casaque, il a eu le temps de partager son savoir avec plusieurs apprentis. »

Et il me met sous les yeux son jouet : un fin tube de fer fendu en deux sur la moitié de sa longueur, terminé par une pointe cannelée et nanti d'une poignée à l'autre bout. À l'intérieur coulisse une tige de métal, elle aussi dotée d'une anse.

« C'est la dernière innovation en matière d'extraction de traits ! s'enthousiasme le chevalier. Tu glisses la pointe dans le manchon de la flèche ; puis tu tournes la vis à l'intérieur pour écarter les deux pans du tube, de façon que ce dernier s'élargisse et se cale bien dans la douille. Une fois serré, il suffit de tirer le tout vers la sortie, en douceur… »

Il me laisse un instant reluquer l'instrument.

« Quelle chose merveilleuse que les outils, tu ne trouves pas, Barde ? Tant d'inventivité au service du geste !

— Très ingénieux, chuchote Ogh, qui peine à cacher son intérêt. Finalement, sse jeune homme ne va peut-être pas trépassser de tes mains. »

Perdouan lui assène un « Hah ! » bien senti, puis cesse de lui prêter attention. Il prend une profonde inspiration, et introduit en douceur le tube dans la blessure.

« Ar'nach'Eriu ! l'entends-je murmurer dans un souffle. Qu'advienne ce qui doit advenir ! »

En silence, j'invoque tous les Astres du ciel pour qu'ils guident sa main.

Un bon moment plus tard, le Barbier brandit triomphalement le vicieux dard à barbillons, ôté sans dommage au prix d'une lente et précautionneuse traction.

« Tiens, gamin ! clame-t-il en le présentant à son patient. Regarde un peu ça ! Veux-tu que je t'en fasse un talisman, ou que je le jette au ruisseau pour toujours ? »

Cwail cligne des paupières, comme s'il ne comprenait rien à ce qu'on lui montre. Ses yeux roulent vers le bas ; il étouffe avec peine un rot.

« Je voudrais que… que tu… voudrais que tu te le foutes au cul, marmonne-t-il. Que tu te le foutes au cul ! » Et il lorgne son sauveur avec l'œil méchant du pochetron qui a l'ivresse mauvaise. « Peste de toi ! Tu me tortures comme un chien ! Pourquoi tu me fais ça ? Je t'ai pourtant pas offensé ! »

Il secoue la tête, tandis qu'un gémissement de colère purement animal enfle dans sa gorge. Par mesure de prudence,

Miach et le Brun de Dhuan s'empressent de resserrer leur étreinte sur ses membres.

« Tout se paie un jour, *satri Namarantri* ! postillonne le soiffard. Tout se paie, 'spèce de gros lard puant !

— Ouiche. Vous avez forcé la dose, les gars ! commente Perdouan. Tenez-le-moi bien ! J'ai pas fini mes soins, et je sens que ce drôle ne va pas me faciliter la tâche… »

Sans avertissement, il verse une généreuse lampée d'eau-de-vie dans la blessure, arrachant un long cri de souffrance au blessé récalcitrant.

« Salopard de taille-lard de mes deux ! couine ce dernier en se redressant à demi. Cloporte châtré ! Ça ne se boit pas par la jambe, ça ! Faut que j'te montre comment picoler ? Vais te casser la gueule, moi, Pé… pépère Douan ! T'faire bouffer tes rognons ! Te rentrer tes ins… insruments dans le conduit d'la bistouquette ! »

Miach lui administre une solide taloche, pour le forcer à se tenir tranquille.

Le Barbier sonde la blessure à la recherche d'éclats de métal égarés. La rince à nouveau à l'alcool, puis remplit la cavité béante de morceaux de lin bouillis, enduits d'un épais baume de térébenthine, d'œuf et d'huile de rosat. Armée d'un solide fil de soie teule et d'une aiguille d'os, Shakti recoud consciencieusement les commissures de la plaie, tout en laissant suffisamment d'ouverture pour que l'intérieur puisse cicatriser en premier.

« J'ai peur d'avoir laissé quelque chose là-dedans, nous glisse le Barbier, tout en rinçant ses mains dans l'eau tiède du cuveau. Le plus petit morceau de ferraille peut le faire souffrir pendant des années, et il suffirait qu'un peu de terre ou de tissu sale soient restés à l'intérieur pour que des esprits putrescents s'y développent et que la fièvre le prenne…

— Je peux envoyer mon auxiliaire vérifier », propose aussitôt la Courtisane.

Sans attendre de réponse, elle s'accroupit à sa façon firwane. Délace la boucle qui ferme son aumônière en peau de renne, soulève légèrement le rabat, puis joue des doigts au bord de l'ouverture, avec délicatesse, comme si elle invitait quelque petit animal à sortir.

« Est-ce la besace que vous avez ramenée du Fintami ? » questionné-je.

Elle acquiesce en silence, très concentrée ; puis souffle dans ses mains en direction du patient et se met à muser un chant du Nord, qui lui râpe la gorge. Du coin de l'œil, il me semble percevoir un mouvement flou dans l'air, un miroitement à la dérive. Quelques instants après, Cwail se met à mâchonner des mots incompréhensibles, la tête sur le côté, le regard absent. J'en viens à me demander si c'est son âme d'ivrogne qui parle par sa bouche, ou bien l'entité étrangère qui visite son corps à son insu. Un moment plus tard, Shakti aspire longuement le vide. Elle soulève à nouveau le rabat de cuir pour laisser rentrer une forme invisible, puis resserre la sangle et repousse l'aumônière sur le côté de sa ceinture.

Je lui adresse un regard interrogatif.

« Mon auxiliaire a terminé le nettoyage, murmure-t-elle, en réponse à ma question silencieuse. Tué les souffles néfastes avant qu'ils ne grandissent…

— Chit-Poki ? L'esprit dans votre coiffe de naissance ? »

Elle opine à nouveau, puis se lève sans mot dire et s'en va au ruisseau se laver les mains du sang qui les couvre.

« Barde, va avec elle, me prie Perdouan, tout en me fourrant dans les mains une étoffe teule emplie d'outils poisseux. Je te serais reconnaissant de me rincer tout ça dans un flot clair… »

Je la retrouve agenouillée auprès du cours d'eau, les mains plongées dans l'ève froide, ses longs cheveux noirs chevauchant librement ses épaules. Débarrassée de son voile, sa beauté éclate au grand jour. Il y a, dans les traits de son visage, une tendresse particulière : sans doute est-ce le crémeux de ses joues, ou la douceur du nez, ou l'amande des yeux, ou encore cette incisive ébréchée dont l'imperfection même est un régal, et qui donne à sa bouche un je-ne-sais-quoi de fragile. Plus que son exotisme, ce sont les contrastes qui font son attrait : entre le classicisme de la langue qu'elle manie et l'étonnement que provoque son accent ; entre ses manières gracieuses de dame et la renarde farouche que l'on devine tapie au fond d'elle. Ah, comme je comprends qu'elle ait pu tourner la tête au patriciat d'Andristar !

Elle m'accueille d'un nouveau silence, absorbée dans ses pensées. Ses mains humides ont rejoint son giron ; assise en sirène, elle laisse son regard se perdre dans le vol des libellules, dont le vrombissement rase les eaux.

« Merci pour votre aide, commencé-je. Je suis certain que Cwail va s'en sortir…

— Je le pense aussi, énonce-t-elle, sans tourner la tête. Votre ami le Barbier est plus utile avec une pince qu'avec une scie ! »

Une pointe de rancune. Et le souvenir d'un âpre débat au sujet de la jambe du Bâtard. Je me racle la gorge :

« Je suis désolé pour l'autre soir… Parfois, Perdouan a la délicatesse d'un buffle-lyre ; je n'ai pas voulu que les choses se passent de cette façon. »

Elle se retourne vers moi, tranquille :

« Ne vous excusez pas, maître Fintan. Je me doutais bien que tout ça finirait par me rattraper. Maintenant que c'est fait, je n'ai plus rien à redouter. Du moins, rien à quoi je ne sois déjà habituée…

— D'après vous, qui a vendu la mèche ? Dipran, je suppose ? »

Elle lève les yeux au ciel.

« Le capitaine lui avait demandé de la discrétion. C'est plutôt étonnant qu'il ait tenu jusque-là ! Ce petit bonhomme déteste les femmes libres… Ça se voit dans son regard ! À ses yeux, je ne suis que souillure.

— Aux miens, vous resterez toujours celle qui soigne et qui apaise. Peu m'importe vos failles et vos fautes : vous nous êtes précieuse, Shakti ! »

Elle pousse un long soupir.

« Il n'est pas facile d'être une dame parmi vous… »

Je pose la main sur son avant-bras :

« Vous vous en sortez très bien. Vous avez été sage d'accepter de vous raconter. L'imagination de mes compagnons s'embrase trop facilement ! Qui sait ce qu'ils avaient vu en vous ? La maîtresse de Rana, sa muse, ou bien son âme damnée ? Mieux vaut dissiper votre mystère : un bon brûlis de mots pour couper le feu des rumeurs… »

Elle plisse les lèvres, amère :

« J'aurais dû réussir à sauver le capitaine ! Ça m'aurait épargné bien des soupçons.

— Vous n'auriez rien pu faire, ma Dame. Quels que soient vos efforts. Le mal qui le rongeait était au-delà de votre pouvoir… »

Et sans ambages, j'ouvre la main et lui dévoile les perles d'étain.

Ses prunelles se dilatent de surprise.

« C'était dans le tonnelet de vin, murmuré-je, dans sa loge. Il n'y a pas de doute que ça l'ait tué. »

Elle pâlit.

« Grands cieux… Vous pensez que c'est moi qui…

— Non, ma Dame, je ne le pense pas ; vous auriez été plus discrète sur la nature de ce poison si vous aviez compté vous en servir ! Mais quelqu'un vous aura entendue vanter ses mérites et lui aura trouvé un usage. Ça n'a pas traîné : la coupe que Rana a partagée avec son frère, juste avant le départ de la petite gabarre, était sans doute déjà fatale… »

La Courtisane accuse le coup ; derrière son front pâle, je devine les pensées qui défilent, confuses. À plusieurs reprises, ses prunelles anxieuses se lèvent vers moi, mais aucun son ne sort de sa bouche.

« Vous essayez de savoir qui… » murmuré-je.

Elle acquiesce du menton.

« Et vous avez compris que ça ne peut être que l'un d'entre nous… »

Nouveau hochement de tête. Elle déglutit.

« Puis-je… Puis-je voir ces restes de plus près ? me prie-t-elle.

— C'est bien dans ce but que je suis venu vous trouver. J'ai besoin de votre savoir… »

Je lui tends les petites pellicules argentées, qu'elle déplie avec précaution avant de les lever à la lumière. Elle prend le temps de les examiner tout à son aise.

« Je ne vois pas de rupture nette, constate-t-elle. Sur aucune d'elles. Pour moi, ces baies se sont ouvertes naturellement, par affaiblissement de leur peau. À cause de l'acidité du vin, je suppose… Il fallait qu'elles soient bien fragiles, pour céder si facilement! »

Elle me met sous le nez l'une des minuscules enveloppes grises:

« Regardez: les abords de la déchirure sont brunis. Signe de putrescence… Ces fruits étaient déjà à moitié pourris quand on les a noyés. Sans cela, ils auraient pu résister longtemps au mordant du liquide sans déverser leur venin, et le capitaine n'aurait subi d'autre effet que ceux que prisent les chamanes: des rêves étranges et des visions, provoqués par l'envol d'une partie de ses âmes jusqu'aux rivages de l'Autre monde…

— Un voyage similaire à vos mésaventures de repas d'ourse…

— Mais beaucoup moins profond et dangereux. Et qui peut apparaître comme un rêve, bon ou mauvais, selon que l'on effleure les Hautes Contrées des Brumes ou les Basses Fanges…

— Précisément. Le premier soir, il était pris de torpeur, il m'a raconté des songes étranges… Mais selon ses propres dires, il se sentait bien, presque euphorique même. Il a connu quelques nausées et vomissements, mais ce n'est qu'ensuite que les choses ont réellement empiré. Le lendemain matin, il était aveugle et se plaignait à nous de cauchemars terrifiants.

— Il aura bu à nouveau du vin, avec cette fois davantage de pulpe au-dedans. Déjà perméables au départ, les baies auront mis quelques heures pour crever complètement… »

Nous nous regardons, un peu perdus tous les deux.

« Pourquoi ne pas les avoir percées franchement avant de les verser ? dis-je. Pourquoi miser sur leur dégradation naturelle ? L'assassin prenait le risque qu'elles soient découvertes avant de faire effet !

— Pas si sûr ! Il faisait sombre dans le gaillard d'arrière, et plus encore dans le tonneau. Lorsqu'elles sont mûres, les perles d'étain ne flottent pas. Si leur chair ne s'était pas déversée, elles seraient probablement restées tapies au fond pendant de nombreux jours sans que nous les repérions : c'est un fruit qui dépérit très lentement. En revanche, une fois complètement vide, leur peau remonte à la surface. Raison de plus pour les laisser se délester progressivement par elles-mêmes ! Ah, le tueur savait ce qu'il faisait !

— Il comptait sans doute sur une diffusion lente, pour que le mal s'installe à petits pas, sans éveiller les soupçons.

— Oui… Ainsi, il augmentait ses chances que d'autres en boivent, et pouvait mettre tout l'équipage à mal. On aurait eu beau jeu d'accuser le fleuve, ou l'influence magique du manoir des Lunaires !

— Peu de gens avaient accès à ce tonneau, ma Dame… Rana n'en faisait profiter que ses plus proches compagnons : vous, moi, son bramynn de frère, et Perdouan à l'occasion.

— Ce qui est déjà largement suffisant pour compromettre l'expédition. Si vous trépassiez aussi, qui aurait pu porter à l'oracle la supplique de Maroué ? »

Je hoche la tête, tandis que ses paroles font leur chemin dans mon esprit.

Il y a à bord un chien des Souranès, songé-je, toute colère ravivée. *Il a voulu me tuer, moi aussi ! Et bons cieux, que j'ai hâte de le démasquer !*

Ma compagne branle tristement du chef.

« J'aurais dû penser aux perles d'étain. J'étais en mesure de reconnaître ces symptômes ! Cauchemars, maux de ventre et cécité… J'aurais peut-être pu faire quelque chose, si ma trouille ne m'avait pas rendue aussi aveugle !

— Ce n'est pas votre faute, Shakti. Nous avons tous eu peur. Moi aussi, j'ai manqué de lucidité sur bien des points… »

Elle me lance une œillade morose, dans laquelle je lis aussi l'inquiétude d'être soupçonnée. Je la rassure d'un regard compatissant, puis ferme les yeux pour réfléchir un instant.

« Si ce que vous dites est juste, l'empoisonneur connaissait parfaitement son poison. Il a peut-être agi par opportunisme, mais il n'a pas appris de votre bouche les vertus des perles.

— Ce qui m'ôte au moins un regret, commente-t-elle, laconique.

— Peut-être ; mais ça n'a rien de rassurant. Cela veut dire que notre homme est un assassin de métier, qui maîtrise les venins les plus rares. Je tremble à l'idée de ce qu'il peut encore nous réserver. »

Or, je ne vois qu'une seule personne à bord qui tende vers ce profil : Nadrach Kalervi, maître espion de la duchesse. Sa trahison serait une catastrophe. Un malaise grandissant m'ombrage le cœur… Je n'ai pas besoin de soupçons, j'ai besoin de certitudes !

« Si seulement nous pouvions reconstituer les allées et venues des uns et des autres, lors de cet après-midi dans l'île ! Plus précisément, entre notre exploration du potager, et le moment où les deux Rana ont partagé cette coupe fatidique… Impossible, sans interroger soigneusement tout le monde ; et même alors, il faudra encore démêler le vrai du faux ! »

Elle incline la tête, songeuse.

« Nous avons tout de même un témoin de premier choix, il me semble. Quelqu'un qui ne peut en aucun cas être coupable, mais qui est resté sur la grande gabarre de bout en bout ! Qui a pu entendre, et peut-être même entrevoir les déplacements de nos hommes sur le bateau. C'est lui que vous devriez interroger !

— Qui ? »

Elle arbore son petit sourire sagace.

« Le Bâtard de Marmach, bien sûr ! »

Je trouve notre homme dans la ville-feuillage, assis tranquillement dans un filet en compagnie de Volilo. Les deux hommes discutent paisiblement sous l'ombrage des branches, à deux pas d'un rai de soleil. L'enfant solaire et l'albinos aux yeux violets partagent une même vulnérabilité à la lumière : pas étonnant qu'ils s'entendent aussi bien !

Je m'incline sobrement devant eux.

« Manesh.

— Barde. »

Nous nous dévisageons mutuellement pendant un bref instant. Il semble prendre un plaisir sincère à me voir ; je ne suis pas loin d'éprouver quelque chose de similaire.

« J'aimerais te parler seul à seul », dis-je.

Il déplie les jambes.

« Je me demandais quand tu allais te décider à le faire… »

Je lui tends la main pour l'aider à se remettre sur pied. Il rit, d'un rire clair.

« Je n'ai plus besoin d'aide, tu sais !

— Ces filets tanguent. N'importe qui apprécierait une main secourable pour se lever. »

Il s'esclaffe à nouveau, me considère d'un œil sagace :

« Ah, Barde, ta mauvaise foi me manquait ! Sais-tu que nous n'avons plus échangé un mot depuis deux jours ?

— Tu préfères traîner avec les Teules plutôt que d'honorer de ta présence tes compatriotes. Qu'y puis-je ? »

Je lui pose une main sur l'épaule :

« Viens. Allons à l'écart. »

Ogh-qui-soupire mis à part, Volilo est le seul membre de la tribu qui comprenne notre langue ; il ne serait pas sage de s'exprimer devant lui.

« Parlons de notre pacte », dis-je, une fois que je nous juge assez éloignés.

Il porte deux doigts à son front :

« Parlons-en, oui. Combien de temps comptez-vous me laisser encore en vie, maintenant que j'ai fait ma part ? Comment allons-nous résoudre notre petit différend, alors que nous voulons tous les deux aller au même endroit ? »

Je cligne des yeux, abasourdi.

« Tu veux aller au Roi-diseur, maintenant ?

— Comment faire autrement ? Tu as entendu le bramynn : c'est là que se rend mon père tous les quatre ans. Il a de l'avance sur nous ; il y a gros à parier qu'il y est déjà !

— Ton père ne veut pas te parler !

— Peu importe ; *mon oncle* sera sans doute plus amical.

— Ton oncle ? Quel oncle ?

— L'autre Solaire, pardi ! Celui qui a risqué sa peau pour nous tirer de la grotte ! L'Oiseau des saules…

— Qu'est-ce qui te fait croire qu'il est ton oncle ? »

Il pousse un petit soupir faussement excédé :

« Tha, peu importe qu'il le soit vraiment ou pas ! C'est le seul autre Antique que je connaisse ; il peut bien me servir de relatif. Je fais avec ce que j'ai, Barde ! Ma famille paternelle n'est plus très nombreuse, et j'ai déjà réussi à me brouiller avec la moitié de ceux qui restent ! »

Cette fois, je ne peux m'empêcher de lui concéder un sourire. Il y a quelque chose de tellement candide, de tellement *incongru,* dans sa façon d'aborder les choses ! Aller ensemble au Roi-diseur… Est-ce qu'il réalise seulement tout ce qui nous sépare ?

Comme s'il avait deviné mes pensées, il en vient au fait :

« Si tu savais combien je me fiche de cette guerre, au fond ! Bien sûr, je voudrais que l'Héritage connaisse à nouveau la paix et l'unité ; évidemment, je n'ai pas la même vision que toi sur la façon d'y arriver. Mais à présent, mes vrais ennemis, ce sont les géants noirs qui ont tué mes cousins Amblioros et Léatham, et bien failli me dévorer le ventre. Il se trouve qu'ils ont aussi massacré vos compagnons. Nous avons eu peur, nous avons souffert ; j'ai gardé ton flanc contre les Hermines et tu as protégé le mien. Et puis, il se trouve que vous m'avez sauvé à plusieurs reprises, toi, Varagwynn, Perdouan et la Courtisane. Vous vous y êtes mis tous ensemble pour que je reste de ce monde ; chacun en a pris sa part. Du beau travail d'équipe ! J'ai donc une dette vis-à-vis de vous, tandis que ma loyauté vis-à-vis de l'Héritier-Roi et de la régence est plus *familiale.* Comment vais-je me débrouiller pour résoudre cette petite contradiction ?

— Si tu veux me remercier, tu peux déjà me rendre un service, dis-je, saisissant la perche qu'il me tend.

— Dis. Je suis ton obligé. »

J'avale ma salive avant de parler. Il va falloir jouer serré. Ce garçon est arrivé ici en tant que féal des Souranès, et je ne suis pas dupe de ses protestations de paix. Je suis pratiquement certain qu'il ignore la présence d'un allié potentiel au sein de notre groupe ; d'abord, parce que le pentakolith l'aurait forcé à me le révéler s'il l'avait su, ensuite, parce que la Régente n'avait aucune raison de l'en informer, ne pouvant prévoir que sa route croiserait celle de l'expédition Rana. Si je parviens à mes fins, il y aura quelque chose de profondément ironique dans le fait de lui extorquer à son insu des informations pour confondre un membre de son propre camp ! Mais comment faire sans lui mettre la puce à l'oreille ? Mieux vaut faire le plus bref possible, et le plus simple possible.

« Bon. Je voudrais que tu m'aides à résoudre un problème, mais sans me poser de questions. D'accord ?

— Je t'écoute. »

Je prends une courte inspiration :

« Quand nous avons visité ce manoir, il y a une semaine, sur l'île des Lunaires… tandis que nous étions tous à terre à explorer les ruines, quelqu'un est rentré sous le gaillard d'arrière, prendre quelque chose qu'il n'aurait pas dû. Je suis personnellement lésé ; j'aimerais mettre les choses au point avec cette personne.

— Tu t'es fait voler, Barde ? Hah ! C'est ce qui arrive quand on voyage avec des canailles !

— Sans poser de questions, j'ai dit !

— Pardon. Je suis curieux de nature. »

Il se laisse aller en arrière dans le filet, s'allonge sur le dos, les bras en croix. Il fait tout pour me montrer qu'il est bien aise de me voir dépendre un peu de son bon vouloir…

« Si je te dis ce que tu souhaites, Barde, prolongeras-tu notre pacte ? C'est fatigant de devoir en permanence surveiller ses arrières, tu sais. »

J'opine sobrement :

« Aussi longtemps que nous serons hébergés par les Teules, tu n'auras rien à craindre de nous. Je t'en fais le serment.

— Ni vous de moi. Je le jure devant les Astres. »

Nous nous regardons mutuellement, un peu gênés. Ce serment ne nous coûte guère, il faut bien l'avouer : nous entretuer devant la tribu serait de toute façon peu sage…

« Bon, dit-il. Je vais faire un effort pour me rappeler. Je commence à partir d'où ?

— À partir du moment où Varagwynn te descend à terre. En remontant dans le temps.

— Très bien. Alors, voyons, que je me souvienne… Avant que ce brave homme s'en vienne jouer les béquilles secourables, j'ai passé une partie de l'après-midi seul dans la tente, à regretter amèrement le manque de compagnie et maudire tous ceux qui m'avaient abandonné. Oui, Barde, toi le premier ! Tout le monde s'est empressé de quitter le bord pour saluer le départ de la petite gabarre sur le rivage et, à ma connaissance, personne n'est remonté sur le bateau par la suite. Vous m'avez tous oublié, jusqu'à ce que cet aimable batelier revienne me chercher. J'aurais dû mettre le feu au pont, tiens, ça vous aurait servi de leçon ! »

« Avant ça… avant le départ de Denandra, donc… il y a eu ce moment où les deux Rana ont fait des plans ensemble pour explorer les chenaux. Tu étais là aussi, et la Courtisane, et pas mal de monde en somme ; vous étiez tous revenus de votre petite escapade dans les ruines. J'ai entendu le capitaine donner l'ordre à Dipran d'aller lui tirer du vin de son tonneau personnel ; donc, Dipran est rentré dans sa loge. Possible qu'il en ait profité pour te voler : un type qui copine avec un cormoran ne peut pas être complètement honnête… »

C'est Dipran qui a apporté le breuvage fatal. Bon…

« Bon. Et encore avant ?

— Encore avant, votre chef est resté dans ses appartements pendant un moment en tête-à-tête avec la gamine, donc personne n'a pu y pénétrer à son insu. Et si je recule encore dans le temps, j'en arrive à votre première exploration de l'île. Vous partis, nous n'étions plus très nombreux à bord.

— Non, en effet. Il devait rester Miach, Dipran, Cwail et Nadrach Kalervi. La petite gabarre en était encore à faire un premier tour du lac, à ce moment.

— Ça doit être ça. Remarque, ils ne se sont pas attardés bien longtemps, ces quatre lascars-là : eux aussi, ils ont succombé rapidement à l'attrait de l'île ! Ils sont tous descendus ensemble et, peu après, les chèvres les ont suivis, en passant une à une par l'échelle de coupée. Remarque, j'ai eu la visite de l'une d'elles, une solitaire qui s'est attardée ; elle est entrée dans ma tente comme une âme en peine et s'est mise à fourrager partout et mâchouiller mes draps, jusqu'à ce que je daigne lui donner un peu de mon pain. C'est peut-être elle, ta voleuse ? Elle est restée seule sur le bateau pendant un bon bout de temps !

— Mais personne n'est remonté par la suite, jusqu'à notre retour d'exploration ?

— Oh si ! Les gars sont revenus chercher les batteries de cuisine, et tout le fourbi de Dipran. J'ai entendu des voix sous le gaillard d'avant, puis dans la cale, et il y a même deux types qui sont rentrés sous le gaillard d'arrière, à la recherche d'épices, si j'ai bien compris. Ils sont restés un petit moment à farfouiller.

— Deux types ? Qui ? »

Il réfléchit un instant.

« Il y avait Miach, déclare-t-il. Je reconnaîtrais sa voix entre mille. Ce gars-là te donne toujours l'impression de maugréer, même quand il va bientôt faire un bon repas et qu'il devrait plutôt être content.

— Très bien. Et l'autre ? »

Il semble à nouveau réfléchir.

« Un calme, dit-il. Plus taiseux. Nadrach Kalervi. »

Je m'efforce de cacher mon trouble.

« Les enfants solaires ne peuvent pas mentir, n'est-ce pas ?

Il esquisse son sourire gracieux :

« Non. Mais pour compenser ce handicap, nous développons l'art admirable de l'élision.

— J'espère que tu n'éludes rien, alors…

— Je peux oublier quelque chose, Barde, ma mémoire n'est pas parfaite. Mais concernant cet après-midi-là, ça m'étonnerait. Ça m'étonnerait vraiment. Quand on s'ennuie, tu sais, on fait comme les vieux : on épie tout ce qui se passe autour de soi.

— Très bien, je te remercie. Pas un mot de ceci à quiconque, d'accord ? »

Il rit.

« Mille foutres, Barde, mais à qui veux-tu que j'en parle ? Tu es le seul, avec la Courtisane, à m'adresser encore la parole !

— Nous parlerons encore. Je te le promets. »

Et je me lève, pour prendre congé. Alors que je me détourne, il me lance encore :

« Hé, Barde ! Elle ne tient pas très bien la route, ton histoire de vol ! Si tu as encore besoin de réfléchir à ton problème avec un brave gars qui n'a pas pu faire le coup, tu sais où me trouver, hein ! »

Je le maudis intérieurement et me hâte de rejoindre les autres, plus sombre que jamais.

Lorsque je regagne les abords de notre arbre-velours, Cwail est toujours allongé au-dehors, veillé par une bonne partie de notre groupe. Il semble avoir considérablement dessaoulé et tente maintenant de se faire pardonner ses injures.

« Je suis désolé, Perdouan ! Je ne savais plus ce que je faisais ; j'avais une de ces colères, fallait que ça sorte ! Ces derniers jours, j'ai souffert à n'en pas dormir, j'ai trouillé pour ma vie, j'ai…

— La prochaine fois, je ne prendrai pas tant de précautions ! le coupe le chevalier. Je te fais le coup de l'arbalète inversée. C'est facile, vite fait, et comme c'est une technique mentionnée dans plusieurs traités des plus respectables, personne ne pourra me la reprocher. Qu'en penses-tu, vieil Ogh ? On attache un filin à la flèche, on noue l'autre bout à la corde d'une arbalète que l'on bande fermement, et puis tchaa ! Le problème est expulsé en un instant !

— Tu chherchhes de nouveaux moyens de tuer tes pass-sients, réplique le bramynn. Très asstussieux de ta part ! »

Cwail baisse le front, penaud. Au fur et à mesure que l'ivresse le déserte, la douleur ne se prive pas pour revenir le tourmenter de plus belle. J'en ai mal au cœur pour lui.

« Je crois que notre archer a le plus grand besoin de se changer les idées, interviens-je. Quelque chose qui lui fasse oublier un peu ses souffrances…

— La Courtisane n'a qu'à poursuivre son histoire, rétorque Perdouan. Le crépuscule va être long, on a du temps à tuer. »

Je me retourne vers Shakti, interrogatif. Miach est assis à deux pas de nous, occupé à ressemeler ses bottes ; il a déjà l'oreille à l'affût. Le Brun de Dhuan s'ébroue paresseusement sur sa natte. Varagwynn passe la tête par la fissure de l'arbre, la barbiche fourrée dans le lierre ; ses yeux quémandent déjà le dit.

« Et pourquoi pas ? acquiesce notre compagne. Cette heure en vaut une autre, pour conter ! »

Elle s'avance au milieu du groupe, se dégotte un coin de natte juste à côté du blessé et s'assied en tailleur.

« Nous sommes presque au complet, énonce-t-elle. Ne manque que Nadrach.

— Il pionce encore, l'informe Varagwynn. Toujours sonné par son mal de crâne et bougon comme un vieux blaireau. Tu ne voudrais pas être celle qui l'arracherait au sommeil… »

Et ce disant, il s'installe aux pieds de la conteuse, assis sur un pan de son propre manteau. Elle promène son regard sur son auditoire, sûre d'elle ; elle sait qu'elle nous tient toujours.

« Où en étais-je, hier soir ? fait-elle mine de s'interroger.

— Dans la plaine, avec l'esprit cornu ! scande le Brun.

— Un pied dans l'Outre-songe, et l'autre dans la froidure ! » ajoute Miach.

Elle sourit :

« Très bien, alors. *Rakko rakko !* comme disent les Firwané, écoutez le dit vrai ! J'en étais restée à cette matinée où le bélier d'or nous avait tirés de notre abri de neige. Voici où nos pas nous ont menés, aux premiers temps de l'hiver… »

Le récit de la Courtisane (9) – Trois fileuses d'ombre et de lumière

Durant le reste du jour, Matram Toram nous guide dans la plaine enneigée. Et comme « le jour » ne signifie plus grand-chose en cette saison, l'esprit-gardien n'hésite pas à mener la marche plus avant sous la clarté des étoiles. Son feu pailleté de cuivre révèle les fondrières et les trous d'eau sournois tapis sous la neige ; il déjoue les geysers brûlants qui s'élèvent vers le ciel sans crier gare, et nous épargne bien des faux pas. Parfois, son corps semble réel et bien solide ; le reste du temps, il n'est qu'une forme translucide que nous peinons à distinguer, une brume fantomatique qui serpente dans le vide, mais suffit pourtant à nous conduire.

L'ourse elle-même se tient à distance de ses cornes. Pour la première fois depuis que nous avons quitté Jankhari, nous cheminons sans nous frotter à elle. Pourtant, son ombre plane bel et bien sur la steppe ; nous la sentons constamment rôder autour de nous. Tantôt le vent nous porte l'écho diffus de son rugissement, et il nous semble qu'elle est à des lieues en arrière ; tantôt c'est son odeur de chair gâtée qui se traîne dans la brise et nous enveloppe, une chose presque vivante. Le spectre se joue de nos sens. Les étangs vers lesquels nous marchons sont emplis de bitume, jusqu'à ce que nous les côtoyions d'assez près pour les voir redevenir eau claire. La plaine est chargée de carcasses enneigées, qui s'affaissent lentement à notre approche, se liquéfient et disparaissent avant que nous puissions les toucher. Notre ennemie est partout à la fois : elle gronde sous nos pieds, éructe sa rancœur dans les rafales qui nous fouettent le visage, et court l'horizon sous forme d'une immense ombre à la reptation quadrupède, qui bouillonne devant les étoiles.

Elle a pris de l'ampleur, la bougresse ; elle s'est drapée dans le paysage, elle l'habite tout entier.

« Qu'attendiez-vous, rrrr ? ronronne Matram Toram. Une si vieille âme, si puissante… Si je l'ai tenue en respect, c'est, rrrr trrrr, uniquement parce qu'elle ne se maîtrise pas encore. Mais qu'elle apprenne, et je serai fétu de paille face à elle !

— Tous les feux ne deviennent pas incendie, je rétorque, mal assurée. Sa colère peut s'épuiser avant qu'elle n'en arrive là… »

Le bélier d'or me scrute de ses terribles yeux déchiquetés :

« Tu as raison, jeune fille, énonce-t-il lentement. Tu es sagace, et tu as bien appris le dit de ta mère, crrrr. Beaucoup de revenants ne durent pas. Beaucoup d'âmes migrent sans s'obstiner, finissent par s'en aller grandir parmi les Astres immortels. Elles ne font pas les difficiles, hamrrr, hammrrr… La colère de l'ourse aussi peut se transformer. Je souhaite cela pour Karkhou. Je le souhaite pour toi. Je le souhaite pour tous les hommes de la plaine, rrrr… car si elle demeure prisonnière de sa rancœur, Charogne deviendra une grande source de malheur, oui, crrrrr… »

Mots qui éveillent, dans la brise, comme un relent de goudron…

Pour le moment, je n'ai pas peur : la présence de l'esprit-gardien me procure un relatif sentiment de sécurité. Mokki convoie bravement notre matériel ; la plupart du temps, il transporte également l'un d'entre nous, ce qui nous permet de reposer à tour de rôle nos pieds douloureux. Nous avons quitté les lacs pour obliquer vers le sud : bientôt, les collines moussues du Kurmö succéderont à la steppe. Nous savons qu'alors, Matram Toram nous quittera. Cette perspective me serre le cœur ; je me persuade qu'il va accepter de poursuivre un peu plus loin pour l'amour de moi, ou bien qu'il livrera à la revenante une bataille décisive qui nous libérera de sa funeste compagnie.

En attendant, le bélier nous a promis un Havre doux pour y passer la nuit. Le paysage, jusqu'ici très plan, se soulève peu à peu ; il en émerge un mamelon solitaire coiffé d'un petit bosquet de sapins. Au creux de ce dernier se dresse une statuette à l'effigie du Souffleur d'étoiles, près de laquelle la neige ne tient pas. Un matelas d'air chaud flotte au-dessus du sol, sous le couvert des aiguilles ; l'herbe est tiède à se rouler dedans. L'impression de nous cacher dans la panse de quelque grande bête tranquille… Nous déployons nos manteaux sur la mousse, nous nous blottissons l'un contre l'autre et nous nous abandonnons avec délice au sommeil confortable qui nous tend les bras.

Mais ce n'est que pour mieux retomber dans les vicissitudes de l'Outre-songe…

Aux tracasseries des goguelins a succédé le retour des insectes, sitôt chassés par des nuées d'oiseaux-mouches au bec aiguisé, qui se délectent de la pulpe de mon œil mort. Ils ont emporté l'objet mystérieux lancé par le berger ; je n'ai pas même eu le temps de voir ce que c'était. Ma frustration se mue rapidement en colère ; quelque chose dans ma gorge se met à gronder, sans que je puisse le contrôler. Puis tombe une sorte de nuit ; la lumière du ciel jaune décline insensiblement. Alors ma bouderie s'apaise, tout comme le grouillement de la faune alentour. Je peux goûter une forme de silence, où le murmure du torrent s'écoute à pleine âme. Mais à la longue, son chant cristallin devient lui-même insupportable ; il me larde les tympans de ses harmoniques acérées, au point que j'appelle de mes vœux le retour des autres sons pour le couvrir.

À l'aube, les goguelins reviennent en nombre pour m'emporter.

Cette fois, ce sont des jeunes, peut-être même des enfants ; cela s'entend à leurs voix, cela se voit à la frénésie de leurs bonds. Au fond, ils ne sont guère différents des sauterelles qui m'ont harcelée hier. Ils me font rouler comme un tonneau, à grands coups de pied et de bâton, sur un chemin forestier jonché de ronces qui s'accrochent à mon cuir ; puis sur un étroit sentier descendant taillé à flanc de falaise, si vertigineux que je crois à tout instant basculer dans le vide. Parfois, ils me lâchent, ils me laissent dévaler la corniche vers le prochain tournant, pour ensuite courir derrière moi et me rattraper juste avant que je ne fasse le grand saut. Ce jeu d'adresse les amuse beaucoup, à ma grande terreur ; j'en pleure de panique à chaque lacet.

Notre descente dure des heures, un vrai supplice. Comment une falaise peut-elle être si haute ? La lumière jaune du jour se mue imperceptiblement en clarté orangée. Pour finir, le chemin de falaise s'aplanit nettement, et notre périple se fait horizontal. Apparaît alors une sorte de village en contrebas, fait de cosses géantes fichées en chapeau sur des murs de torchis. On me pousse brutalement sur une rampe de pierre taillée, que je dégringole en me meurtrissant les côtes, pour débouler à vive allure dans les rues de ce bouge d'Outre-songe. Je roule un peu dans la fange avant de m'écraser contre le premier mur venu. Autour de moi, cela grouille de villageois au profil de Lune crochue, qui jacassent leurs *Vô vô va vééhooo* tout en se poussant du coude pour me pincer la chair et me grimper dessus, avec un entrain manifeste. Allez, tâtez, braves gens ! Profitez donc, puisque je suis de passage ! On n'a pas souvent l'occasion de rire, ici, vrai ? Je me recroqueville pour me protéger au moins le visage.

Passé le premier émoi, la racaille s'éclaircit un peu. J'ose alors lever le regard. Au bout de la rue s'ouvre une vaste esplanade de terre rouge, plantée de filets poisseux où s'engluent de gros insectes volants. Au-delà se dresse un gigantesque édifice d'un noir de jais. Sa pierre étrangement luisante est taillée d'un seul bloc : une impressionnante muraille de trente pas de hauteur, sans créneaux ni fenêtres, du moins pour la partie située dans mon champ de vision. Mais en son centre, face à la rue, s'ouvre un portail : une arche trapue sans linteau ni contrefort, barrée d'une épaisse double porte de bois bleu.

Je décide aussitôt d'appeler ce lieu *la forteresse*.

Au réveil, je suis presque heureuse d'échapper aux tourments du sommeil pour reprendre la route.

Dans cet enfer quotidien, je ne sais plus très bien quel est mon premier souci : le froid, le dénuement et la longue nuit dans laquelle il nous faut cheminer ; le spectre coléreux qui nous talonne, ou bien les terreurs que subit ma pauvre âme enlisée dans l'Outre-songe. On s'accoutume peu à peu à la souffrance, même si l'habitude n'en diminue pas l'acuité. On finit par se faire à ses cycles, par connaître par cœur ses gammes. Mais entendre en permanence les piaillements criards d'êtres qui sont à un monde de distance, et vous torturent à travers le Voile des Brumes, même pendant les heures d'éveil, ça… Cela a de quoi vous rendre fou. Jamais rien de monotone avec ça : à tout instant, le son, l'odeur et la douleur changent de forme pour vous surprendre à nouveau. Messeigneurs, ne souhaitez cela à personne ; je ne connais pas de torture plus perfide.

Les hautes terres bossellent l'horizon de plus en plus nettement ; avant la fin du jour, nous aurons atteint leur pied. Nous cheminons en silence, peu désireux d'exprimer nos tourmentes. De temps à autre, je jette un regard à Meijo. À ses pupilles qui divaguent, je devine qu'il est dans le même état que moi : un œil dans l'Autre monde, un pied dans celui-ci. Et toujours cet air de fascination lubrique mêlée d'une insondable terreur, qui éveille en moi un instinct de méfiance jalouse.

Peu avant l'aube, nous abordons les premières vallées du Kurmö. Alors Matram Toram se fige soudain sur place, le corps étrangement incliné. Tout son être se met à trembloter comme la flamme d'une bougie sur le point de s'éteindre. Je vois bien qu'il a de plus en plus de mal à nous parler.

« Ici s'arrrrrête ma route… un pas de rrrr plus me mènerait trrrr trop loin de mes racines. Vous devez rrrr trrrrr poursuivre seuls…

— Tu nous laisses en grand danger, lui reproche Meijo, amer. L'ourse va nous retomber dessus !

— Crrr… tu ne m'as trrrr pas accueilli avec plaisir, ne regrette pas mon… rrrr… départ, rétorque l'esprit. Je m'arrête, et…. rrr… qui sait ? Peut-être que… crrr… l'ourse fera de même, hamrrr ! Poursuivre l'éloignerait… trrrr rrrr crrr… beaucoup de sa forêt natale… »

Mais dans ses chardons d'yeux noirs, je surprends un tourbillon qui dément toute foi en ces paroles.

Je salue notre ange gardien avec reconnaissance. J'aimerais le remercier avec des mots, mais la désapprobation silencieuse de mon compagnon m'arrête, alors je me contente d'adieux sobres. Au-dessus de nous, l'air vibre d'invisibles battements d'ailes : les harfangs de ma mère nous houspillent d'un dernier cri, avant de se laisser déporter par le vent. Je leur adresse un geste obscène, puis nous nous détournons pour pénétrer dans la vallée.

Un moment plus tard, je ne peux m'empêcher de jeter un dernier regard au bélier d'or. Je ne vois plus de lui qu'une roue de flammes pâles qui danse lentement au-dessus du sol, comme un dernier phare dans notre longue nuit. Je comprends aussitôt que ses *rrrr* et ses *hamrrr!* me manqueront. Il était la dernière chose qui me reliait encore à Jankhari…

Nous cheminons encore pendant quelque temps, moi, sur le dos de Mokki, Meijo marchant à mes côtés. Le départ de Matram Toram semble avoir libéré sa parole : le voilà soudain qui se remet à causer. Tout naturellement, le sujet qui le titille lui remonte sur la langue :

« Alors, qu'est-ce qu'il t'a dit, ton ami Cornes-fourbes ? »

Je sens mon cœur se serrer. Comme je redoutais cet instant ! La chevauchée se prête mal à évoquer des choses aussi funestes, alors je tente d'esquiver :

« Pas maintenant, Meijo, s'il te plaît ! Quand nous serons en sécurité ! »

Il me lance un œil noir :

« … Ça ne me dit rien qui vaille, ce silence. Je n'ai pas confiance en cet esprit. Qu'est-ce qu'il t'a fourré dans la tête ? Encore les mensonges de ta mère, je parie ! »

Je me mords la lèvre, déconcertée. Il en profite pour enfoncer le clou :

« Pas si facile d'échapper à son influence, pas vrai ? Allez, dépêche-toi de me raconter, avant que ça te mette le cœur à l'envers…

— Ce n'est pas ça, Meijo… tu ne comprends pas! »

Impossible de me dérober. Je prends une profonde inspiration, et je lui raconte tout. Des Bramynn de basalte jusqu'à la mort de l'ourse, en passant par les déboires du barde Attilûwi : tout le parcours du *serpent vif* évoqué par le bélier, notre sinistre héritage. La voix tremblante, je lui parle de l'Outre-songe et de son versant sombre ; je m'efforce de lui en faire comprendre la nature. Mais il n'écoute déjà plus : il est en train de mesurer toute l'étendue de notre malheur. Ce que c'est d'être le prisonnier des Basses Brumes, il l'éprouve déjà cruellement ; mais jusqu'alors, il pouvait encore croire que ce n'était qu'un songe.

« Mais pourquoi ne m'as-tu pas parlé de ça plus tôt? explose-t-il. Je me serais abstenu de manger ce cœur! C'était ton savoir, ton territoire. Tu étais mon guide et je te faisais confiance! »

Je me confonds en excuses, mais je n'arrive pas à trouver les mots pour lui dire à quel point je suis désolée. Comment ai-je pu être aussi écervelée? Je savais pourtant que l'âme de Charogne était souillée ; c'était à moi d'empêcher Meijo d'y planter les dents! Seulement, voilà : les émotions du combat, l'ivresse de la victoire, lui nu sur le corps de l'ourse, tout cela m'a fait perdre les sens et a ruiné mon jugement! Quand on aime quelqu'un, il ne suffit pas de le regarder béatement : il faut aussi savoir garder la tête froide et le protéger du danger. Ah, quelle funeste amante je fais! Une gamine inconséquente, incapable de voir au-delà de ses pauvres émois…

Nous voyageons sans mot dire pendant les dernières heures de clarté : lui, ruminant notre terrible destin ; moi, me rabâchant mes propres défaillances en regrets amers. Je prie pour qu'on ne m'enlève pas la dernière chose qui me reste : l'estime et l'amour de Meijo.

Au crépuscule, nous atteignons la grande halle de Kolavarimë.

C'est le premier véritable relais du Kurmö : haute bâtisse de pierre serrée entre deux gros blocs de granite plantés à flanc de colline. La vue de ses cheminées qui fument et de son toit couvert d'humus nous apporte un peu de réconfort : ils signifient la perspective d'un vrai lit. Ici, la neige n'est encore qu'éparse ; le massif a arrêté l'essentiel des averses de ces derniers jours. Les quelques rennes qui paissent dans l'alpage n'ont aucun mal à dénicher leur pâture au-dessous.

La halle est avant tout un lieu d'échanges : sa fonction d'auberge ne fait qu'en découler. C'est ici que les nomades viennent vendre leurs peausseries et les bois de leurs bêtes, et parfois du poisson salé des lacs ; ils en repartent avec de la laine, du métal et d'autres fournitures. Il paraît qu'à la fin de l'été, des dizaines de leurs tentes s'agglutinent au pied des deux rochers. Mais nous sommes proches de l'hiver : le commerce est entré en somnolence, et le lieu n'est plus guère fréquenté que par quelques attardés.

En conséquence, nous disposons d'un petit dortoir pour nous seuls. À ce compte, l'hôtesse et sa fille – deux rouquines aux épaisses bouches d'ânesses, qui se ressemblent comme deux gouttes d'eau – se font prier pour braiser dans notre âtre une flambée digne de ce nom. Elles n'ont de firwane que leur vêture : le sang des Seigneurs de la mer leur a brûlé le poil et tavelé la peau de taches de rousseur. Trop heureux d'avaler une soupe chaude, nous ne songeons pas à batailler pour quelques pelletées supplémentaires de tourbe à brûler ; nous emportons assez de couvertures pour passer la nuit sans froidir et nous hâtons de monter rejoindre nos couches.

Une fois que nous sommes seuls, Meijo revient à la charge, le reproche entre les dents :

« Quelle chamane tu fais, Nisû ! Je me fiais à toi, pourtant… Tu ne m'as pas averti des dangers du *Kalamankari*, et mon chien est tombé dans les griffes de l'ours ! Puis tu as oublié de me parler de sa malédiction et maintenant, je souffre mille morts dans ton Outre-songe pervers ! Je paie très cher de t'avoir eue pour guide… »

Mes larmes se mettent à couler : impossible de les contenir. J'avais encore le vague espoir que l'au-delà lui soit clément ;

l'entendre révéler sa souffrance m'achève. N'y tenant plus, je gémis la question qui me hante :

« Mon amour, je t'en supplie... Dis-moi où tu es ! Nous sommes tous deux perdus dans les mêmes Brumes et pourtant, je n'ai aucune idée de ce que tu vis... C'est une vraie tourmente de ne pas savoir ! »

Alors d'un coup, sa langue se délie, et les mots sortent en flots amers :

« Tu veux savoir, Nisû ? J'ai été le prisonnier du torrent. Il m'a charrié sur des milles et des milles, une cavalcade interminable... Parfois ses eaux étaient glaciales et claires ; à d'autres moments, tièdes et poisseuses, ou bien elles changeaient de couleur pour m'ébouillanter sans crier gare. Il est arrivé qu'elles deviennent épaisses comme de la pâte, au point de me broyer la poitrine et de me couper le souffle, ou qu'elles se scindent en longues mèches argentées bondissant comme des saumons par-dessus les rochers. Je les ai entendues mugir des sons qui ressemblaient à des mots ; j'ai eu la sensation très nette qu'elles me parlaient, menaçant et choyant tout en même temps. À moins que ce ne soit la voix des rochers, ou quelque chose tapi derrière ce ciel jaune nauséeux ? *Hajoy !* Il y avait une *présence* qui planait sur moi !... »

« Enfin, au sortir d'une gorge, est apparu un vaste filet tendu en travers du cours. Je me suis jeté dedans ; je m'y suis croché des pieds et des mains pour échapper aux flots. Dès que les fibres ont perçu mon poids, elles se sont mises à se tordre en tous sens ; j'ai compris qu'elles n'étaient pas moins douées de vie que la rivière. En deux temps, trois mouvements, je me suis retrouvé englué dans une nasse serrée, qui glissait vers la rive par à-coups brutaux. Cette panse sinistre me malaxait, comme si elle voulait me digérer. Et j'ai eu réellement peur qu'elle le fasse ; heureusement, elle a fini par me recracher sur une roche chaude constellée de petites perles luminescentes. C'est là que j'ai fait connaissance avec *Elles trois.* »

Son visage retrouve cette expression de fascination malsaine qui m'a tant troublée les jours précédents :

« À présent, je suis leur patient et leur captif. Depuis que je suis entré dans leur grande masure de bois pourpre suspendue au bord de la falaise, je cherche en vain à reprendre des forces. Impossible de faire plus de trois pas : sitôt que je me lève de mon lit, mes jambes se mettent à trembler comme des méduses flasques. Mes hôtesses me soignent du mieux qu'elles peuvent : elles glissent en silence autour de moi, garnissent de fruits leurs plats de pierre laquée ; elles me donnent à boire de puissants remèdes herbés qui me remuent les intérieurs, et à manger des tubercules rugueux mais sucrés. La plupart du temps, elles ont le visage voilé d'une fine pellicule de lumière blanche qui tremblote, aussi délicate qu'une aile de papillon de nuit, et leur corps est vêtu d'ombre. Elles passent leurs journées au rouet, à filer sans mot dire un fil doré comme la lumière de la Lune. Malgré leur mutisme, j'ai d'abord pensé qu'elles ne me voulaient que du bien. Et puis, l'une d'entre elles est venue me visiter pour d'autres raisons… »

Il s'arrête, gêné ; je fais la moue, plus très sûre de souhaiter connaître la suite.

« Tu n'imagines pas comme elles sont sublimes, quand s'efface leur masque de lumière et que tombe leur habit d'ombre. Siri, Hata et Fremm… Quel mâle ne voudrait pas les honorer ? Peaux satinées, courbes voluptueuses, et les traits de leurs visages, hah, quel enchantement ! Elles sont tout ce qu'un homme peut désirer. »

Il marque une nouvelle pause ; son expression passe de l'extase au désespoir.

« Seulement, il faut à tout prix leur servir ce qu'elles attendent, tu comprends ? Aussi souvent qu'elles le veulent, et de toutes les façons qu'elles le veulent. Impossible de me refuser, sinon elles entrent en colère, et c'est une chose redoutable, alors je fais tout pour l'éviter. Je me donne à contre-corps, à m'en brûler la peau, jusqu'à ce que mes organes deviennent douloureux comme du plomb en fusion. Mais tôt ou tard, pour mon malheur, je finis tout de même par trouver mes limites. »

Je détourne la tête, ravalant mon écœurement. Il déglutit bruyamment et poursuit :

« Parfois, au gré de leur caprice, elles se transforment. Elles se font mégères obèses aux chairs frémissantes, voix éraillées qui braillent le désir, tétasses crevées d'escarres qui m'oppressent de leur masse, poings griffus qui tambourinent mon ventre. Mais, quelle que soit mon horreur, je dois continuer à les combler, car si je m'arrête, *ayyyyy!* Alors elles dévoilent leurs crocs pour m'arracher la chair à grands coups de dents, et se mettent à me dévorer les entrailles. Je revois Hata, chevauchant mes hanches, me tirer les boyaux en une longue guirlande pourpre, tout en ruant furieusement du bassin. Et les traits de Siri se tordre de rage frustrée, ses naseaux épais me crachant au visage une humeur délétère. Je sens encore le sexe de Fremm se resserrer tel un piège à loups, pour me ronger comme un castor ronge un arbre, par la racine, à mouvements tournants. Tout cela, je l'ai connu pour prix de ma faiblesse ou de mon dégoût. »

« Tu voulais savoir, Nisû ? Garde bien tes reproches, car il n'y a rien à jalouser dans ce qui m'arrive ! Cela commence souvent par une douceur suave, mais cela finit toujours de la même façon : par mon corps qui part en lambeaux sous leurs crocs. Et quand je ne suis plus que ruine, elles retrouvent leur habit d'ombre et redeviennent des dames évanescentes, pour me verser au gosier l'un de leurs maudits breuvages. Alors elles se mettent à chanter, et tout ce qu'elles m'ont ôté repousse en peu de temps, prêt à nouveau à servir. »

Il inspire, la poitrine oppressée, avale une mèche d'air tremblotante :

« Quelquefois, c'est avec leurs propres mains qu'elles me reprisent, les sinistres fileuses ! Après m'avoir totalement dévasté les intérieurs, Hata a vomi dix coudées de boyaux pour me les fourrer dans le ventre. Puis Fremm m'a recousu avec un nerf qu'elle a tiré de son propre avant-bras. Depuis, cela tressaute dans ma panse comme un serpent obscène, et me rappelle que mon corps ne m'appartient plus. En vérité, j'aurais mieux fait de rester aux mains du torrent ! Je n'y ai échappé que pour devenir le jouet d'entités encore plus cruelles. Tu me dis que nous sommes condamnés à ce lieu,

Nisû. Si c'est vrai, alors autant trouver tout de suite les falaises d'Asikri : je préfère me jeter dans la mer que de subir encore une telle chose. »

Ayant tout dit, il bascule sur le flanc et se recroqueville sur son malheur, les genoux entre les bras. Moi, j'ai la gorge trop nouée pour proférer le moindre mot ; je me contente d'avancer une main timide pour lui caresser les cheveux. Mon aimé ne réagit pas : il demeure prostré, les yeux grand ouverts sur son infernal au-delà. La jalousie que j'ai ressentie me paraît maintenant bien puérile. Je voudrais voler à son secours, rouer de coups les harpies qui le tourmentent et le tirer de ce piège. Si seulement j'avais encore des membres ! Mon impuissance ne fait que redoubler la culpabilité qui me ronge. Car je sais maintenant ce que je ne voulais pas savoir : que les souffrances de Meijo valent au moins les miennes.

Le récit de la Courtisane (10) – Marquée

C'est une sensation d'oppression qui me réveille au beau milieu de la nuit, assez forte pour m'arracher aux Brumes.

Je frémis sur ma couche, paupières encore scellées, j'épie le silence… rien. Juste un léger écoulement d'eau à l'extérieur, né de la neige qui s'affaisse sur le toit. Pourtant, il y a cette lourdeur paralytique dans mes jambes, ce je-ne-sais-quoi de moite qui les empèse… et puis ce souffle sur ma poitrine, tiède mais mordant comme le gel…

J'ouvre les yeux et je *vois* : l'énorme tête de la Croque-Carcasse couchée en travers de mes cuisses, immatérielle et pourtant pesante, et sa truffe qui fourrage mon ventre en reniflant lourdement.

Je me fige, tétanisée par la terreur. Pas bouger. Pas provoquer l'attaque. Je fais la morte et j'implore en silence les Astres de me laisser la vie sauve. La chose humide fouine du côté de mon cœur, un contact révulsant d'intimité. Puis le museau délabré se relève et les yeux morts me lorgnent, pâles comme la glace du Septentrion. J'y lis quelque chose que je n'attendais pas : derrière le voile de la colère, une forme de compassion profonde, une misère partagée.

Alors quelque chose naît dans la gorge du monstre : un coassement qui se faufile à grand-peine hors du gosier, charriant toute la tristesse du monde. La plainte s'enfle en lamentation, emplit la chambre de sa souffrance. Dans le même temps, une douleur cuisante grandit entre mes seins, là où se sont posés les naseaux morts. Une fumée blanche s'élève de ma peau, danse en volutes serpentines sous les poutres du plafond. Écrasée sur ma couche, je me retiens de hurler. Satisfaite, la tête épaisse recule dans l'ombre, puis s'affaisse en commençant par les joues, et se liquéfie entièrement sur le plancher.

Silence.

J'ose enfin remuer. Je grimace, je sanglote. Et je secoue mon amoureux :

« Réveille-toi ! Meijo ! Nous… nous ne sommes pas seuls ! »

Il remue un peu, hagard ; peine à s'arracher aux abîmes de l'Outre-songe.

« Tssshhht ! L'ourse est ici, dans la chambre ! »

Tout à coup, il réalise le sens de mes paroles. Il bondit hors de son lit, rafle ses vêtements et se rue vers la porte. Nous enfilons fébrilement braies et bottes dans le couloir ; Meijo jette autour de nous des regards aux abois. Moi, je me sens étrangement calme, malgré le mal lancinant qui me braise la poitrine. Bruits de pas au-dessus de nos têtes : nos hôtesses ont quitté leur chambre et viennent s'enquérir de la cause de tout ce raffut. Rien d'aimable à attendre d'elles, quand on a pour compagnie le spectre d'un grand fauve d'antan. Nous traversons la grande salle commune, vide de toute présence, et filons droit aux écuries charger les flancs de Mokki de notre maigre avoir. Quelques instants plus tard, nous le tirons de là, tremblant de peur, pour nous écarter de la grande bâtisse.

La revenante ne nous a pas suivis.

Elle est demeurée dans le dortoir, à faire craquer les poutres de la baraque. Je l'entends souffler et gémir, et mettre Kolavarimë en émoi. Cris furieux de femmes, sorts de garde éructés dans la panique par les nomades de la seconde chambrée. Meijo me presse, il veut nous éloigner au plus vite.

Mais moi, je n'en ressens plus l'urgence. C'est que, depuis quelques instants, je ne crains plus la Croque-Carcasse. Je sais ce qu'elle a reniflé en moi tandis que je dormais : l'odeur de l'Outre-songe et de son ancienne malédiction. Cela fait de nous des sœurs dans le malheur ; je sais qu'elle ne me touchera plus.

Le récit de la Courtisane (11) – Les troupeaux invisibles

Nous avons traversé le Kurmö vers le sud, voyageant autant que possible de nuit, somnolant dans des abris précaires pendant les heures du jour. Parcouru des vaux plantés ici et là de bicoques au toit couvert d'herbe moussue ; arpenté des pentes semées de moutons noirs, conscients de côtoyer la seule richesse de notre île, la laine que les drapiers de l'Héritage s'arrachent à bon prix. La route s'est élevée peu à peu pour nous conduire à travers les hauts plateaux couverts d'une lande rase, là où le sol froidit, où le bétail ne trouve plus sa pitance. Nous avons redoublé de vigilance, par crainte de tomber par hasard sur des nains, qui sont gent inquiétante, la voix sinistre de la terre.

Nos pas nous ont menés jusqu'au *Cœur d'île*, massif culminant du Fintami. Nous avons contourné ses racines pendant une journée entière, longeant des glaciers bleutés et des roches à vif. Prenant de la hauteur, nous avons même aperçu au loin les crêtes arrondies de *Gondole-les-nuages*, où les bramynn du vent se rassemblent au solstice d'été pour sculpter les nuées de leur chant, tissant de vaporeuses créatures qui traverseront la moitié du monde : dragons alanguis, vaisseaux-baleines, châteaux-tortues et autres chimères célestes. Au-dessus de ces bosses neigeuses, le feu du soleil se mue en caresse dorée, signe que ces lieux sont bénis des Astres. À leur vue, Meijo s'est rappelé les récits de son père ; pendant un bref moment, il a retrouvé le goût des miracles firwané.

« Pourquoi font-ils ça ? s'est-il demandé à voix haute.

— Quoi donc ?

— Sculpter les nuages ! Chanter pour leur donner une forme…

— *Haïdou !* Pour exercer leur maîtrise sur les esprits élémentaires ! Un art qui ne se pratique pas se perd. Les bramynn se prouvent les uns aux autres leur savoir-faire. Ils vérifient que les *éphémères* les écoutent toujours, qu'ils se plient à leur vouloir et se laissent façonner. Est-ce à tes yeux une raison suffisante, ou faut-il que j'évoque aussi le simple plaisir de créer un peu plus de beauté dans le ciel ? »

J'ai pris sa main dans la mienne et nous sommes restés à contempler le crépuscule, épiant les féeries du ciel à la recherche d'une manifestation des Planètes. Au loin, quelques fumées lascives signaient la présence de volcans. Je rêvassais aux sages du vent : j'aurais bien voulu demander leur aide. Qui sait ce qu'ils auraient pu tenter, pour nous libérer de notre double malédiction ? Mais en cette saison, les Purs avaient déserté les hauteurs ; notre longue ascension ne nous aurait menés à personne. Trop las nous étions, pour suivre une chimère…

Aussi solitaire soit la route des cimes, nous n'y étions jamais livrés à nous-mêmes : l'ourse nous collait toujours aux bottes. Pourtant, quelque chose dans son attitude avait bel et bien changé. La Bête ne se montrait plus guère ; à peine laissait-elle sourdre une vague menace dans le vent. La plupart du temps, elle se contentait de gémir derrière les étoiles, manifestant sa présence par des lapées d'air humide et des odeurs de bitume. De temps à autre, le souvenir de sa mort ravivait brutalement sa colère ; alors son ombre immense se remettait à gronder et ramper autour de nous en prédateur. Dans ces cas-là, Meijo empoignait sa lance et la dardait vainement dans le vide, et moi, je me mettais à lui parler doucement. Mais jamais l'âme en peine ne franchissait le pas. Bien vite, ses rauquements se transformaient à nouveau en plaintes, ses souffles en jappements de chien triste, elle retournait se tapir sous le manteau de la nuit.

J'en suis venue à penser qu'elle était simplement perdue, que nous étions devenus ses seuls repères dans ce grand néant. Ses compagnons d'infortune, traînant la même odeur de malédiction…

Hélas, ce revirement ne changeait rien à notre sort. La présence permanente de l'esprit mettait nos nerfs en pelote ; elle nous interdisait tout contact prolongé avec le monde des vivants. Impossible de fréquenter les relais ou la masure des bergers : nous aurions fini chassés, ou pire, pendus comme nécromants. Et comment dormir sous les étoiles, constamment dérangés par ses halètements, guettant dans la bise le retour de sa violence ? Voilà pourquoi nous avions décidé de garder le repos pour le jour et le cheminement pour la nuit, du moins lorsque la clarté de la Lune le permettait. Nous marchions dans un état de vigilance permanente, en luttant constamment contre la fuite de nos esprits dans les Brumes. À force, nos traits se sont tirés de fatigue, nos vêtements ont perdu de leur superbe. J'avais rêvé de paraître à Asikri en damoiselle aux joues fraîches, dans de belles toilettes de velours ; j'y entrerais en Nordienne rugueuse et couverte de crasse. Avec mes yeux en amande et mon nez peu saillant, on me prendrait certainement pour une quelconque buveuse de lait caillé…

Nous en étions même venus à négliger l'hygiène.

Je n'osais plus ôter ma chemise, de peur de contempler la peau de ma poitrine. Là où s'était posée la truffe de la revenante, mon sein avait noirci : ma couenne était sèche comme cendre, marbrée et glacée comme la pierre. Je l'avais lavée à grande eau, mais cela ne voulait pas guérir. Ce n'était plus douloureux, mais cela me démangeait. C'était la marque de mon crime, gravée dans ma chair : elle témoignait de mon sacrilège envers les Vieux Seigneurs des bêtes. Désormais, toucher cette partie de moi-même me faisait peur : il me semblait qu'ensuite, le bout de mes doigts grisonnait à son tour ; je n'osais plus les poser sur aucun autre endroit de mon corps, de peur que le mal ne s'étende et que je finisse par devenir entièrement noire. Le jour où j'aurais une face d'ébène, le monde entier me reconnaîtrait au premier coup d'œil comme une meurtrière impie, et mon malheur serait complet.

À la croisée des chemins, nous avons brusquement changé nos plans pour obliquer vers le Couchant.

Meijo nous voyait mal entrer dans la capitale flanqués d'un spectre grondant et hululant. Quatre-vingts lieues de marche n'avaient pu nous débarrasser de ses humeurs ; il était improbable que les quatre-vingts restantes changent la donne. Mieux valait opter pour une solution plus radicale.

Nos espoirs, à présent, reposaient sur la mer.

Mère l'avait prédit : il faudrait franchir de l'eau. Une énorme quantité d'eau. Quelque chose de plus fort et de plus profond que le gué du Lempassaki ; une masse capable de démembrer n'importe quel esprit dans ses flux. Le détroit ferait l'affaire à coup sûr. Bien sûr, cela nous mènerait dans l'inconnu, sur le continent ; mais au moins pourrions-nous échapper à notre solitude et retrouver la compagnie des hommes.

Quitter mon île. Quitter le Fintami.

C'est drôle, mais cette idée ne m'inquiétait plus vraiment. La seule chose qui comptait alors, c'était d'être enfin libérés de cette présence écrasante.

Nous espérions retrouver rapidement la route de l'ouest, que nous avions dépassée un jour plus tôt. Il nous faudrait pour cela couper à travers des massifs pratiquement déserts, sur des voies peu fréquentées. Nous avons opté pour un chemin escarpé qu'ouvrait une rassurante effigie du Dieu-âne, nichée au creux du rocher. De pieux voyageurs avaient récemment repoudré l'idole de couleurs sacrées. Au-dessous de sa potale, une courte inscription firwane disait :

Ce chemin, Vâli bénit ceux qui l'empruntent.
C'est un ruisseau qui se jette dans le fleuve
Qui se jette dans la mer
Mais voyez cette merveille :
Toutes ces eaux sont faites de terre !

Navigue-les d'un pied prudent.
Dévale avec de bons amis,
À trente mules ou davantage,
Sans Recroquevillés pour compagnie !

Typique de mon peuple : jamais une borne ou une indication qui ne soit tournée en poésie à décrypter. Les épigrammes de l'Héritage sont moins chantants… Nous avons disserté un peu sur ce que signifiaient « à trente mules ou davantage » et « sans *Recroquevillés* pour compagnie », avant d'y voir un signe encourageant : le chemin devait être assez bien taillé pour permettre le déploiement de grandes caravanes.

Le temps était couvert : pas question, cette fois, de marcher de nuit. En fin de matinée, nous sommes entrés dans un vallon pentu surplombé d'un vieux glacier couvert de cendres grises. Des choucas tournoyaient dans les cieux ternes, encore assombris par les fumées qui s'élevaient d'un volcan voisin. Une pluie froide, venue de la mer, s'est mise à bruiner en continu : serait-elle venue du nord, elle serait tombée en neige. Nous nous sommes drapés dans nos manteaux pour poursuivre notre descente, en prenant garde de ne pas déraper sur les pierres glissantes. La sente était étroite, abrupte et parfois difficile à retrouver. J'ai songé que la promesse à l'entrée était bien mensongère. Nous étions presque certains de ne pas croiser un seul être humain…

« Est-ce qu'il mène vraiment quelque part, ce sentier ? ai-je grommelé. Et s'il n'était plus entretenu ?

— Si c'était le cas, a répliqué Meijo, personne n'aurait répandu des poudres sacrées sur le visage du Dieu-âne. Le rituel date au plus de quelques semaines. Aie confiance, un peu ! »

Et pour me rassurer, il me montrait, gravées ici et là sur la paroi rocheuse, les runes qui prouvaient que nous étions sur la bonne voie. Avant mon exil, je n'avais encore jamais parcouru de chemins balisés. J'admirais la façon dont Meijo y trouvait ses marques…

Dans l'après-midi, la pluie s'est intensifiée. Mokki est devenu nerveux ; je me suis portée à sa hauteur pour tenter de l'apaiser. Au sortir d'une gorge, il s'est soudain immobilisé. Je l'ai tancé un peu, j'ai prononcé des mots de sorcier : impossible de lui faire faire un pas de plus.

L'averse réduisait notre visibilité à quelques dizaines de pas. Dans l'air flottait l'odeur de la Bête, plus présente que jamais. Qu'elle se fasse sentir en plein jour, c'était inhabituel ; j'avais l'impression d'entendre son soufflet malade craqueter à mes oreilles, de renifler son haleine puante. Mais ce n'était pas suffisant pour expliquer les réticences de Mokki. Il s'était habitué à la présence de Charogne ; il cheminait avec elle depuis trop de jours. Est-ce qu'il fatiguait simplement, à crapahuter sur un terrain accidenté ?

Tandis que je lui flattais le col, quelque chose est apparu sur le chemin. Meijo a tiré sur ma manche pour attirer mon attention.

Des ombres montaient à notre rencontre, petites silhouettes indistinctes voilées par la pluie. J'ai compté trois amples capuchons, chacun d'eux précédé d'une longue traîne fourreuse.

Les intrus ont réalisé notre présence avec un court temps de retard. Aussitôt, ils se sont figés sur place. À travers l'atmosphère bruineuse, j'ai vu les pans de leurs manteaux se soulever puis retomber comme des ailes grises. Des choses ont surgi dans leurs mains, évoquant des haches et des coutelas ; la pluie était si dense que je n'arrivais pas à les distinguer.

« Qui vient là ? » a crâné Meijo, mais son hèle s'est éraillé, faute d'assurance. Il a fait tournoyer un peu sa lance, histoire de donner à réfléchir aux autres, de leur montrer qu'il avait de l'allonge. La hampe a sifflé dans l'air avec une célérité stupéfiante : j'ai compris qu'il courait toujours, dans les bras de mon homme, un peu de la vitalité prodigieuse de l'ourse.

En réponse, un hululement s'est fait entendre quelque part au-dessus de nos têtes. J'ai levé le regard.

Dans une vaste anfractuosité du roc, en surplomb de notre position, d'autres silhouettes se tenaient accroupies. Celles-là étaient assez proches pour nous permettre de les distinguer clairement. J'ai été tellement surprise que j'ai cru que mon visage allait se figer en pierre.

Il y avait là quatre nabots noueux, parodies d'hommes assis sur leurs talons. Deux portaient des demi-heaumes ouvragés en gueules de chien ; les autres n'étaient coiffés que de leurs propres crinières, vastes et blanches comme des montagnes. Leurs barbes leur mangeaient le visage ; elles étaient si longues qu'elles venaient lécher le sol en rivières soyeuses. En émergeaient des joues osseuses, des fronts larges et des nez proéminents, tous taillés dans la même chair marbrée, d'un hideux vert-de-gris. Des statues de vieux bronze, voilà ce que j'ai vu ; des démons animés d'yeux froids, pochés de cernes sombres. Pupilles spectrales, aveugles, pour deux d'entre eux ; sombres prunelles tapies derrière le heaume pour les autres.

Un cinquième intrus les flanquait. Celui-là était un colosse, grand comme deux hommes : ses épaules et sa nuque se courbaient contre la voûte de pierre au-dessus de lui. Il paraissait incongru à côté de ses compagnons rapetassés, et pourtant, il leur était clairement apparenté : même teint verdet, mêmes traits grossièrement moulus. Barbe et chignon couleur de rouille, bras puissants, corps revêtu de mailles noires ; la main sur le manche d'un formidable marteau de guerre capable d'emporter la tête de Mokki d'un seul revers.

J'ai retenu mon souffle, consciente d'être à leur merci.

L'un des barbons a prononcé un mot dans une langue rocailleuse ; le géant au marteau a commencé à déplier ses jambes. Simultanément, les trois sur le chemin se sont remis à avancer vers nous, avec une lenteur sournoise, la lame menaçante.

Ce mouvement n'était pas du goût de la Croque-Carcasse : elle s'est mise aussitôt à gronder dans le vent. J'ai vu des nez se lever vers le ciel, perçu la surprise dans les traits des nabots. Le déplaisir du spectre s'est mué en un début de rugissement ; je me suis préparée à prendre mes jambes à mon cou.

Et soudain, ils se sont tous volatilisés.

Ils étaient là, face à nous et sur les hauteurs ; puis la pluie a cessé d'un seul coup, le silence est tombé, et *rash* ! Plus personne dans la vallée. J'ai jeté des regards anxieux à droite, à gauche ; flairé le piège et porté la main à mes couteaux.

« Où sont… où sont-ils passés ? » a bredouillé Meijo, tournant sur lui-même pour faucher les alentours de sa lance. Il était tout prêt à embrocher de l'invisible… Moi, j'avais le sentiment que les autres avaient vraiment vidé les lieux, car la revenante s'était tue d'un seul coup, en même temps que la pluie.

« Restons pas là, a coassé mon compagnon. Si ça se trouve, ils sont encore ici, quelque part… »

Il s'est emparé brutalement des rênes de Mokki. L'animal s'est laissé tirer sans rechigner. Nous nous sommes remis à descendre le chemin, le plus vite que nous l'osions – trop éberlués pour prononcer un seul mot, et pressés de nous éloigner des hauteurs.

Et puis, en dévalant le vallon, je me suis remise à causer :

« C'étaient des nains ! Des démons de la terre ! »

Il a opiné gravement. J'ai secoué la tête :

« J'aurais dû le savoir ! L'inscription à l'entrée le disait : *sans Recroquevillés pour compagnie.* Les *Recroquevillés*, ce sont les Dorhold, en vieux firwane ! Comment ai-je pu passer à côté de ça ? C'est l'un de leurs noms les plus courants ! »

Meijo a fait la grimace :

« Voilà pourquoi le Dieu-âne nous conseillait sagement de former de grands groupes, à *trente mules et davantage* : pour tenir ces malins à distance, et voyager en sécurité ! Ah, Nisû, nous ne sommes pas doués pour lire les bornes ! »

Je me suis mordu la lèvre, incapable d'ajouter quoi que ce soit. Je jetais autour de moi des regards anxieux, de crainte que les nains ne reviennent, ou qu'ils ne soient embusqués quelque part en aval du sentier. Qu'ils aient pu disparaître en un clin d'œil en disait long sur leur magie ; qu'ils se soient montrés en sus capables d'interrompre la pluie me paraissait proprement terrifiant. Et puis, j'éprouvais une gêne diffuse : le sentiment que quelque chose n'allait pas ; l'impression, peut-être, de ne pas avoir pris encore la pleine mesure de leurs tours.

C'est Meijo qui a mis le doigt dessus le premier. À travers le voile ténu des nuages, il a repéré, au couchant, la clarté diffuse du soleil.

« Regarde ! Comment Suros a-t-il fait pour tourner aussi vite ? »

J'en suis restée bouche bée :

« Nul ne peut… nul ne peut ainsi affecter les Astres, ai-je murmuré. Ils sont la structure du monde… »

J'étais totalement atterrée.

Il a fallu du temps pour que l'idée fasse son chemin dans nos esprits fatigués, et que s'opère un renversement logique :

« Ce n'est pas le soleil qui a tourné trop vite. C'est nous qui avons eu un long moment d'absence ! Nous avons dormi debout, sans nous en rendre compte. Dormi jusqu'à ce que la pluie passe ! »

Meijo frissonnait malgré lui, choqué qu'on puisse se jouer à ce point de nos sens :

« Ils ont bel et bien manié un sortilège, mais pas sur le ciel, ni sur eux-mêmes : seulement sur nos esprits ! Ils auraient pu en profiter pour nous dévaliser et nous tuer. C'est la Croque-Carcasse qui leur a flanqué la frousse, alors ils ont préféré filer. Nous avons eu de la chance… »

J'ai soufflé :

« Haïdou ! Même les Dorhold craignent la présence de la Bête ! »

Il m'a regardée gravement :

« Tout le monde craint la présence d'un revenant. Nous aussi. Nous ne faisons que nous habituer à vivre constamment dans l'effroi… mais est-ce que ça nous le rend vraiment plus supportable ? »

N'empêche qu'à cause de ce vilain tour, nous avions perdu la moitié du jour. La nuit approchait, nous avions besoin d'un refuge. Nous avons forcé la marche, convaincus que pour écarter le danger, il fallait sortir du vallon et renouer avec les basses vallées herbeuses. Un abri de berger s'est offert à nous, miséricordieusement nanti de nattes en osier et de quelques pains de tourbe sèche, que nous nous sommes empressés de braiser. Cela s'est mis à flamber et fumer, et à nous réchauffer la moelle au creux des os.

Je n'étais pas tranquille : je craignais de recroiser les nains le lendemain.

« Je ne crois pas qu'on les reverra, m'a rassurée Meijo. Qui dit bergerie dit pays d'hommes, nous sommes descendus assez bas. Et puis, nous ne sommes pas une proie de grande valeur, et la revenante rend la chasse trop risquée… »

Nous avons mâchonné un peu de viande salée, bu l'eau de la cascade proche. J'ai lavé en vain la marque sur ma poitrine, sans oser y poser les doigts ; puis nous nous sommes allongés sur les nattes, et nous avons fermé les yeux pour prendre du repos.

Malgré la fatigue, j'avais encore envie de causer. Les Brumes murmuraient déjà à mon oreille avec plus d'acuité ; je n'étais pas pressée d'y retomber.

« J'aurais bien voulu aussi un peu de pain, ai-je lâché dans un soupir. On ne peut pas vivre que de viande…

— Tant que Charogne nous collera aux basques, ce sera difficile de nous en procurer, a tranché mon compagnon. Peut-être au sortir du Kurmö… » Sa voix s'est soudain emplie de tendresse : « Ah, Nisû, si je peux, je te jure que je t'en dégotte une bonne miche dès que possible ! Bien tendre, bien grise, gonflée au levain. Juste pour en farcir ta jolie bouche, et la laisser fondre dedans…

— Tu aurais dû la demander aux nains ! »

Cela lui a arraché un sourire goguenard. Je crois bien qu'avec le recul, il était plus excité qu'effrayé par la rencontre de l'après-midi.

« Je me demande pourquoi l'un d'entre eux était si grand », il a rêvassé.

À cela, j'avais une réponse prête :

« Les nains sont des Antiques ; ils sont apparentés aux géants. Mais pour arpenter les galeries du monde inférieur, mieux vaut être de petite taille, alors ils se sont adaptés jadis en réduisant leur stature. C'est pourquoi on les appelle les Recroquevillés – aussi parce qu'ils sont plus souvent accroupis que debout, et que cette position leur est plus naturelle dans leur royaume. Mais certains d'entre eux n'ont pas renoncé à leur taille d'origine: ceux-là gardent les portes de leurs cités, faute de pouvoir y pénétrer plus avant. Ils se privent des merveilles souterraines et du cœur de leur monde pour défendre la collectivité d'un bras fort. C'est un sacrifice honorable, aux yeux de leur peuple… »

Dans la pénombre du refuge, je devinais Meijo attentif. Il avait envie que je poursuive, alors j'ai dévidé mon fuseau:

« … Ma mère savait par cœur le *Dit de Fungir*, qui nous apprend bien des choses sur les Dorhold. Sais-tu que nombre d'entre eux naissent aveugles, ou le deviennent tôt, faute d'avoir besoin de leur vue, là-dessous? Mais ils disposent d'autres sens, qui nous échappent totalement: le sens de la terre, le sens du feu, de l'air qui vibre, et d'autres façons de percevoir les êtres. Le moindre de leurs enfants est capable d'ourdir les sortilèges qui les dissimulent aux yeux des autres peuples et, comme ils peuvent vivre deux mille ans et davantage, leurs anciens comptent parmi les plus vieilles créatures au monde. S'ils sont acculés au combat, ceux-là retrouvent immédiatement leur taille ancestrale, pour la plus grande terreur de leurs ennemis. C'est pourquoi affronter un nain est une chose périlleuse, mon Meijo! Tu ne sais jamais à quoi tu vas avoir affaire… Même ta lance rapide n'aurait pas triomphé, si un tel ancêtre s'était trouvé parmi eux!

— Mon père aussi savait le *Dit de Fungir*, a déclaré mon amant. Du moins des parties… mais il ne me parlait que de leur richesse fabuleuse, de leur talent pour la forge et de l'or qui roule sous leurs pas. Tu dis qu'ils se cachent, mais il leur arrive de faire commerce de leurs trésors, avec les humains qui parviennent à gagner leur confiance – bien que cette confiance puisse être perdue rapidement, et que cette perte puisse signifier la mort. À grands risques, grands bénéfices! Malgré quoi, bien des guerriers et des rois de notre peuple ont hérité autrefois d'armes forgées par les forgerons sous la terre. » Je l'ai entendu sourire dans le noir, emporté à nouveau par ses songes firwané. « Peut-être qu'ils n'allaient pas nous faire de mal, au fond; peut-être avons-nous juste manqué une belle occasion de faire fortune! »

Ces paroles ont ravivé en moi quelque aigreur. Je me suis faite soudain amère et piquante comme la bière du Nord :

« Faire commerce ? *Tssi ssit* ! Parle pour toi, *Messire* Iskwalendin ! Moi, je n'ai plus le moindre argent à échanger ! Même plus une robe pour paraître devant eux, en fait… Ah, c'est facile de parler en marchand, quand on a au côté une belle bourse pleine, et deux pourpoints de rechange dans les fontes ! »

J'ai roulé sur le côté pour lui tourner le dos. Il me semblait tellement injuste que Mokki lui ait rapporté ses affaires, tandis que tout mon avoir repartait vers le nord ! Je me sentais profondément misérable ; j'éprouvais de plus en plus durement l'indignité de cheminer en va-nu-pieds.

J'ai senti son souffle dans ma nuque. Il n'était pas fier, lorsqu'il a murmuré à mon oreille :

« Nisû… Tu te trompes lourdement… Ma bourse est presque vide, elle ne pourra pas nous nourrir longtemps. En renonçant à Asikri, nous avons aussi renoncé à mes gages : je serai bientôt aussi pauvre que toi ! »

Ah, ce nouveau coup porté à mes illusions ! Mais alors, que faire ? Nous détourner pour tenter d'abord un passage par la capitale et de là, prendre la mer un peu mieux nantis ? Asikri était loin encore, bien plus loin que la côte ; nous ne tiendrions pas jusque-là. Et que la Bête y donne seulement de la voix, elle y ferait de Meijo un paria en une seule journée. Non, mieux valait s'en tenir à notre décision première et filer sur le continent au plus vite, et advienne que pourrait ! La côte ouest n'était pas si loin…

Je n'avais plus la force de raviver mes espoirs, alors j'ai capitulé d'un coup : je me suis laissée glisser dans l'Outre-songe et happer par mes maudits songes.

Comme toujours, j'en ai d'abord perçu les sons avec plus d'acuité ; puis les sensations physiques sont revenues m'assaillir, accompagnées de leur cortège d'odeurs ; et pour finir, la vue s'est épanouie, et je me suis retrouvée totalement là-bas.

Le village des êtres à face de demi-lune était devenu mon univers familier. Je croupissais aux abords des huttes, servant de défouloir chaque fois que les villageois se souvenaient de moi. On me battait avec des ronces, on me lardait de coups ; on me déversait de l'eau chaude et des ordures sur le ventre, avant de m'enfourcher comme une ânesse ou de me faire simplement rouler ailleurs d'un revers du pied, barrique boursouflée que j'étais. Les gamins me pissaient dessus, les vieilles me fourraient toutes sortes de choses dans le corps, peut-être simplement pour les ranger. Je mangeais parfois, moins par nécessité que par pulsion, ou peut-être juste pour occuper mon temps : des ordures ménagères déversées en tas aux abords des maisons, ou des brochettes de chenilles qu'on me fourrait de force dans la bouche, écœurantes de jus.

Le reste du temps, quand on ne faisait pas attention à moi, j'écoutais simplement vivre cette populace. Leurs disputes criardes, leurs obscènes copulations ; les piaulements suraigus des enfants et les cérémonies rituelles incompréhensibles des aînés. Pauvre distraction ! Parfois, j'entendais aussi tinter des chaînes et racler des crémaillères ; des choses de métal s'acheminaient sur une route de fer, quelque part entre les rochers.

Constamment déplacée que j'étais, j'avais rarement vue sur la forteresse. Pourtant, j'aurais aimé la regarder vivre, en apprendre plus sur ses habitants. Faute de voir, je me concentrais sur les sons. Je guettais, parmi les cris des villageois, le hèle qui aurait pu provenir du rempart, l'appel de corne signant le retour du maître. Mais rien : le mur noir demeurait obstinément silencieux.

D'ailleurs, rien ne semblait indiquer l'existence d'un seigneur des lieux. Un soir, deux des goguelins se sont querellés à mort. L'un d'entre eux a tiré un horrible sabre en acier noir dentelé, et s'en est servi pour trancher la tête de l'autre au ras des épaules, une vraie boucherie. La tête est demeurée alerte pendant une bonne moitié de la nuit avant de s'éteindre ; je l'ai entendue pester et radoter tout du long, et même pleurnicher un peu sur la fin, juste avant que ses yeux deviennent blancs comme ceux d'un poisson mort. Au matin, les autres villageois sont venus s'assurer que le décapité avait bien cessé de vivre ; alors ils se sont attelés à démembrer son corps, comme ça, au beau milieu de la place, devant la marmaille et les femmes, et ils ont tout emporté dans les demeures en se répartissant sa chair. Jamais personne n'est venu leur demander de comptes.

Mais peu après, un son connu est revenu m'asticoter les oreilles : le tintement de multiples clochettes à flanc de falaise.

Aussitôt, je me suis secouée de ma torpeur. J'ai roulé sur le flanc et tordu le cou vers les hauteurs, avide de voir à quoi ressemblait le troupeau. Las, les toits de cosses et les murs de terre rouge s'interposaient malignement pour me couper la vue. Attendre que le berger daigne descendre au bourg, en espérant qu'il passerait devant moi : c'est tout ce que je pouvais faire.

J'en ai été pour mes frais.

Les arrivants ont emprunté une rue voisine ; je les ai entendus carillonner et bruire sur le chemin de la forteresse, menés par le même muse lugubre. Mais pas moyen d'apercevoir le moindre bout de museau. La double porte bleue s'est ouverte en grinçant lourdement, à moins que ce ne soit quelque herse tapie derrière ; tout ce que je sais, c'est que le cheptel s'est engouffré dedans, parce que le même son mécanique s'est fait entendre à nouveau peu de temps après et qu'ensuite, le chant des clochettes est devenu étouffé et sporadique.

Je bouillais de frustration. J'étais très curieuse de revoir le berger, quel autre but aurais-je pu avoir en cet abîme ? Il était le seul humain que j'aie croisé en ces mornes paysages… Je me demandais qui il était. Un servant de la forteresse ? Un nomade, qui traitait avec elle et vendait ses bêtes ? Un porteur de nouvelles, un gardien, ou peut-être, le maître des lieux lui-même ?

Les murs noirs avaient maintenant un visage, et moi, de quoi gamberger dans mon lit de fange.

Le récit de la Courtisane (12) – Les velours profanés

À l'ouest, le Kurmö s'affaisse lentement pour rejoindre la côte, taillée dans le corps de l'île en hautes falaises droites.

En apercevant les premières mouettes, j'ai pressé le pas, avide que j'étais de contempler la mer. Arrivée au bord du vide, je me suis penchée en avant pour jeter un coup d'œil par-dessus le rebord, avant d'adresser à mon amant un sourire ravi :

« Regarde ! Tu n'as jamais vu ça avant ! »

Ce n'étaient pas les eaux qu'il y avait là-dessous, du moins pas directement. À la place, une vaste banquise de pierre noire s'accrochait au rocher. Une terre bosselée, aride et mouchetée d'oiseaux, qui s'étirait à l'infini du nord au sud ; longue solitude rompue seulement par quelques toits d'ardoises nichés au creux des reliefs. Face à nous, à deux ou trois milles, les vagues battaient les récifs d'une écume nerveuse, sous des carrelets de pêcheur suspendus. Plus loin encore, la mer fumait en colonnes grises, et des îles du même basalte brisaient sa surface mouvante, jusqu'à l'horizon.

J'avais beau être épuisée, j'ai tout de même éprouvé un brin d'excitation en découvrant tout cela de mes propres yeux.

« C'est le Lanvramaar, Meijo ! Le don des volcans ! »

Il a reniflé, malade qu'il était, puis souri timidement, se remémorant les récits de son père.

Cette contrée étroite, peu nombreux sont les hommes qui l'habitent. La mer les nourrit, ventre poissonneux prodigue de coquillages agrippés au rivage. C'est dans ce décor désolé qu'ont émergé jadis les Bramynn de basalte, et qu'ils ont connu la grandeur, avant de péricliter soudainement, vaincus par leur mal d'Outre-songe.

Le pays des laves et des fumées ne comporte qu'une seule vraie ville : la grande Skuambo, le *Port du Mitan*. Elle se dresse dans une baie ouverte, sur les plus basses pentes de l'Uppakalar Voras, le *Grondeur sous la pluie*. Ce vieux volcan a beau dormir depuis des siècles, la cité lui doit tout : sa légende fondatrice, la terre fertile sur laquelle elle repose, et la pierre noire dans laquelle sont bâtis ses maisons, ses murailles et son beffroi.

Elle a été ma première ville : avant elle, je n'avais jamais mis les pieds dans le moindre bourg. En franchissant ses lourdes portes ferrées, c'est tout un monde qui s'est offert à mes sens : l'âcre odeur des tanneries et des forges, le fumet des marchés aux poissons ; les hautes façades à quatre étages, foisonnantes de statuettes nichées et de volets sculptés ; le sifflement des fauconniers qui chassent les oiseaux de mer, les invites gourmandes de l'oubloyer et le chant lent des congrégations ; le bourdonnement des cloches, enfin, qui plane avec les mouettes au-dessus des toits, enveloppant tous les autres sons d'une douceur mystique. Tout cela était pour moi source d'étonnement.

Mais très vite, Charogne est venue gâcher le plaisir.

Je n'ai pas senti son odeur ; j'y étais sans doute accoutumée. Mais j'ai bien compris qu'elle était là, à planer en silence au-dessus de nous, parce que les gens fronçaient les narines à notre passage, levaient les yeux puis s'écartaient instinctivement. Le veilleur en eux percevait dans nos pas quelque chose qui les répugnait. L'ombre avait beau se tenir quiète, j'étais profondément mal à l'aise : je craignais qu'elle n'entre soudain en rage, ou que des yeux clairvoyants la devinent.

C'est que, ces derniers jours, elle avait gagné en malignité…

« Elle le fait exprès, a chuchoté Meijo à mon oreille. Elle sait qu'il lui suffit de peu pour nous couper des hommes. Ah, elle est subtile, sa vengeance !

— Oui, j'ai grommelé. Nous tuer serait trop simple. Cette vieille brume a trouvé une autre façon de nous humilier : nous servir de garde du corps. Nous n'aurons jamais fini d'expier notre faute… »

J'étais persuadée que tout le monde nous toisait avec hostilité ; je ne pouvais m'empêcher de jeter autour de moi des regards inquiets. Ce faisant, je ne faisais qu'accroître ma gêne et attirer davantage l'attention sur nous.

« Nous n'allons jamais parvenir à négocier notre passage sur une nef dans ces conditions, m'a glissé mon compagnon. Il n'y a pas plus méfiant qu'un marin, dès qu'il s'agit de flairer le mauvais sort. Il faut la semer, Nisû. Et pour cela, il n'y a qu'une solution. »

Il m'a lancé un regard vif. Je redoutais la suite : je voyais très bien où il voulait en venir.

« Il faut nous séparer un moment, ma douce. Elle ne pourra accompagner qu'un seul d'entre nous. L'autre devra gagner le port et se charger de trouver un bateau. »

Il priait secrètement pour que cet autre, ce soit lui. Nous savions tous deux que je n'étais pas de taille à parler d'or avec un marin roublard ; je me ferais croquer toute crue. D'ailleurs, son espoir n'était pas sans fondement : dans les rares occasions où nous nous étions écartés l'un de l'autre, là-haut dans les montagnes, l'ourse s'était à chaque fois rapprochée de moi. Que j'aille seulement m'accroupir à l'alpage pour pisser, aussitôt elle s'en venait me souffler dans la nuque et m'enlever toute intimité. C'était à la fois terrifiant et tristement familier…

Dans un sens, j'étais soulagée que mon homme se charge du négoce ; mais je détestais l'idée de me retrouver seule dans cette ville inconnue, à la merci des humeurs de la Bête.

« Où est-ce que… où est-ce que je vais t'attendre, si c'est moi qu'elle suit ?

— Je vais te mener au temple. Tu seras en sécurité dans la maison des Trois. »

J'ai opiné timidement, peu rassurée. Est-ce que les Trois pouvaient tenir à distance les âmes anciennes ?

Nichée au plus près du volcan, la Nef solaire dominait la cité. Depuis le pied de son clocher, on pouvait contempler Skuambo tout entière, des hauts quartiers cossus jusqu'aux pontons du port, où saillaient quelques mâts épais entourés d'une myriade de barques plus modestes, et les grandes verges des grues. Seulement, le temple était fermé : pour une raison quelconque, ses grandes portes d'ivoire demeuraient verrouillées. J'aimais encore moins l'idée de patienter dehors, mais Meijo ne s'est pas laissé démonter :

« Ça ne fait rien, Nisû, tu vas m'attendre sur le seuil : en haut de ces marches, tu es déjà sous la protection de Harienn. Ne bouge pas d'ici, et il n'arrivera rien. Je fais au plus vite, mais il se peut que ça dure un peu… »

Je n'ai pu m'empêcher de lui agripper le bras, avant de me résoudre à le laisser filer. Il a disparu dans les ruelles, en direction du port. J'étais désormais livrée à moi-même, avec Mokki pour seule compagnie. En d'autres temps, ç'aurait pu être grisant ; mais j'étais épuisée, défaite et, de surcroît, fort crottée et loin d'être à mon avantage. Je me suis assise auprès d'une grande vasque ornementale, et j'ai tâché de démêler un peu ma tignasse.

Bien sûr, l'ombre est demeurée à mes côtés. Sitôt Meijo parti, mes mains se sont mises à froidir, l'air à sentir le rance et mon sein à me cuire. J'aurais dû me réjouir que tout fonctionne comme prévu ; en réalité, j'étais transie d'angoisse. Je priais pour qu'on me laisse seule avec mon démon : fassent les Astres que personne ne monte les marches pour venir me poser des questions !

Le ciel s'empesait de noires nuées ; un air glacial soufflait du nord, venait se frotter aux masses plus chaudes issues de la mer. Il semblait bien que l'hiver ait finalement décidé de nous rattraper. Nous avions eu de la chance qu'il nous épargne jusqu'ici. Où est-ce que nous allions bien pouvoir passer la nuit, si les nuages se déchiraient soudain ?

Je me suis mise à me torturer l'esprit.

Je lorgnais les passants, soupçonnant derrière chaque visage un truand potentiel ; j'imaginais entre eux de sombres connivences. Combien de temps mettraient-ils à s'apercevoir que j'étais seule et vulnérable ? Si Meijo tardait trop, ils s'enhardiraient à monter ces marches, et mon sort serait réglé.

Puis une idée encore plus noire s'est instillée en moi. Et si mon amant ne revenait pas ? Après tout, hein, qu'est-ce qui l'empêchait de profiter de l'occasion pour s'enfuir sans moi ? Pendant que je demeurais là, à servir d'appât, il était peut-être déjà en train de filer en douce, sautant dans un bateau ou sur quelque monture rapide. Adieu l'ourse ! Il pourrait regagner Asikri pour reprendre tranquillement sa vie d'antan, sans plus s'embarrasser de sa provinciale pataude, ni de la revenante, ni de remords d'ailleurs ! Tandis que moi, pauvrette, je resterais seule à supporter notre malédiction. Perdue dans cette cité hostile, à l'entrée de l'hiver, avec pour toute fortune un renne peureux, et pas la plus menue piécette en bourse, quelle pensée terrible ! Ah, je n'y ferais pas de vieux os…

La vérité, c'est que je dépendais totalement de Meijo. Je ne connaissais rien au monde de la ville. J'ignorais ses règles, ses opportunités, et jusqu'à la façon d'y survivre.

Or, plus le galant tardait, plus sa trahison devenait évidente. C'était d'une logique implacable, j'aurais dû le prévoir : après tout, quel atout avais-je pour retenir un si joli jouvenceau dans le malheur ? J'étais bien naïve de l'avoir cru. Le jour déclinait, et j'étais maintenant sûre de ne plus le revoir ; j'étais toute prête à fondre en larmes. Que vienne la nuit, et mon désespoir serait consommé.

Mais juste avant le crépuscule, mon beau a reparu.

J'étais tellement soulagée que je lui ai sauté au cou. J'ai collé ma joue contre la sienne, et je suis restée soudée à lui, à écouter battre son cœur. Il m'a rendu mon étreinte, puis repoussée gentiment pour me faire part des nouvelles qu'il portait :

« Il n'y a qu'une seule nef en partance, mais elle appareille demain. Nous n'avons qu'une nuit à passer ici. Un coup de chance, vu la saison avancée ! D'ici peu, le commerce maritime cessera complètement. »

Je le couvais des yeux, caressant ses joues du bout de mes doigts tremblants.

« Comment… comment fait-on pour se payer ça ? »

S'il m'avait répondu que le capitaine nous offrait le passage par pure bonté d'âme, je l'aurais cru sur-le-champ. J'avais tellement besoin d'un peu d'espoir ! Mais Meijo était d'une trempe plus réaliste. Il tirait une mine funèbre :

« J'ai peu de choses de valeur à offrir. Tu le sais bien… »

J'ai compris.

« Ta ceinture de chevalerie… »

Il s'est détourné, écœuré.

« Il y a bien plus d'or dans ces plaques que n'en vaut la traversée, mais je n'ai pas eu le choix. Pour ce prix-là, les repas sont compris, et nous couchons sous le château arrière. Un voyage de prince et de princesse, en compensation pour toutes nos misères. »

J'étais triste pour lui. Cette ceinture, c'était l'un des rares cadeaux de son père. S'en séparer devait lui être profondément douloureux.

Mais cela vaut mieux que de vendre sa lance, ou son petit couteau noir !

Ces objets-là, il y tenait comme à la prunelle de ses yeux.

Une forte rafale a fouetté les marches du temple, éveillant chez mon compagnon une longue quinte de toux. Dans la foulée, une pluie éparse mais glaçante s'est mise à tomber.

« Où allons-nous nous abriter, quand ça deviendra sérieux ?

— Sous une arche, ou sous un encorbellement. Prions pour que ça suffise ! »

J'ai levé les yeux vers le ciel. J'ai compris que cela ne suffirait pas.

« C'est une tempête, ce qui s'annonce là, mon Meijo. Ce n'est pas un porche qui pourra nous couvrir ! »

Il a levé vers moi des yeux malheureux :

« Tu sais bien que nous n'avons pas le choix… »

Mais bien vite, le vent est devenu si fort que toute vie a déserté les rues. Les enseignes des échoppes se sont mises à danser dans leurs chaînes, les volets clos à claqueter dans leurs gonds. En quelques instants, le crachin s'est mué en déluge, puis en averse de grêlons ; nous n'avons eu que le temps de nous rejeter avec Mokki sous le fronton du temple pour en éviter les impacts. Le ciel était devenu si sombre que je ne percevais plus que des formes indistinctes.

« On ne peut pas rester ici ! j'ai lancé. Il faut trouver un refuge ! »

Pour toute réponse, il est parti d'une nouvelle quinte de toux. J'ai compris que, quel qu'en soit le prix, passer la nuit dehors n'était plus une option.

Le ciel s'est mis à gronder. J'ai songé un moment au réveil du volcan, avant d'apercevoir le premier éclair sur les eaux sombres du détroit. C'était un orage hivernal ; un phénomène très rare dans le Nord. Seule la mer pouvait offrir un tel spectacle…

J'ai pris Meijo par le bras, plus mort que vif, tiré sur les rênes de Mokki, et je les ai menés tous deux dans les rues ruisselantes, vers la haute silhouette du beffroi.

Le salut s'est offert sous la forme d'une modeste auberge, à deux pas de la grande tour carrée. Son toit de lauzes versait des cascades d'eau ; des baleines blanches étaient figurées sur ses volets et son enseigne, laquelle virevoltait furieusement dans ses chaînes. Je n'ai pas pris le temps de lire son nom : j'ai poussé la porte et je suis entrée directement dans la salle principale, mon compagnon souffreteux au bras, mon renne sur les talons.

Quelques regards éteints se sont tournés vers nous.

Le lieu n'avait rien à voir avec la vaste halle de Kolavarimë. Ici, pas de chambrées séparées ni de grande salle à banqueter : juste une seule longue pièce basse de plafond, avec un âtre à chacun des deux bouts, et tout le long des murs, de grands lits rustiques où l'on couchait à trois ou quatre, sous de hautes armatures de bois drapées de vieux velours. Les repas se prenaient assis sur le bord d'iceux, le bol entre les mains, ou bien à l'une des rares tables étriquées, pour ceux qui avaient envie de compagnie ; il n'y avait qu'à aller au feu pour tirer quelques louchées à la grande marmite. Mais l'assistance n'était guère d'humeur sociable : la colère du ciel parlait, chacun l'écoutait en tremblant, replié sur soi-même. À droite, trois marins avachis sur leur paillasse se passaient en silence une gourde de vin. De l'autre côté, une jeune mère au teint pâle, à la chevelure de lin, se tenait assise sur le cadre de sa couche, protégeant de son dos deux tout jeunes garçonnets recroquevillés sous les draps. Même la tenancière, petite bonne femme ronde et rêche comme un tubercule, se tassait dans son coin, à côté de l'âtre. La seule personne qui ne paraissait pas affectée était une grande femme entre deux âges, drapée de brun, voilée de bleu, qui contemplait tranquillement la tempête à travers l'ajour des volets.

Une sœur sahariste.

Pour elle, assister à la fureur des éléments devait tenir de l'expérience spirituelle.

La tenancière s'est dandinée vers nous en grimaçant. D'un coup de louche frappé contre les flancs de Mokki, elle nous a fait comprendre que le bétail n'était pas bienvenu au-dedans. Elle a marmonné quelque chose que je n'ai pas compris, à cause de l'orage et de son improbable prononciation : deux ou trois mots secs comme du vieux pain. Je suis restée plantée, nigaude, à regarder son petit bras potelé gesticuler dans le vague, tandis qu'à mes côtés, Meijo repartait d'une quinte héroïque. Sa toux a eu raison de la gargouille, qui a fini par capituler et admettre le renne au-dedans.

Mon doux tremblait de froid et de fatigue ; il avait les joues glacées. Je l'ai assis sur le premier banc venu, bien en face du feu de cuisine ; j'ai pris ses mains dans les miennes, et je me suis mise à les frictionner tendrement. Peu à peu, des couleurs sont revenues à son visage. Il a promené autour de lui un regard las, jaugé l'assistance engourdie. Puis il s'est penché à mon oreille pour chuchoter :

« Les trois hommes que tu vois là, au fond de la salle… Ils sont de notre nef. Celui-là est leur maître d'équipage. »

Je me suis retournée vers le trio. Le plus grand des marins, un chauve au front déformé d'une vilaine cavité, peau rubiconde et épaisse barbe noire, nous épiait du coin de l'œil. Quand j'ai croisé son regard, il m'a saluée d'un sobre mouvement de menton, avant de détourner la tête.

« Tu es folle, de nous avoir emmenés ici! m'a reproché furtivement Meijo. Si jamais la Bête fait des siennes...

— Si la Bête rapplique, on ne l'entendra pas; la tempête couvrira sa plainte. Cette nuit, Meijo, tu dors au chaud. Tu n'es pas en état de rester dehors. »

Il a hoché la tête, à demi convaincu.

Dehors, le tonnerre s'est apaisé un peu. On entendait souffler le vent et crépiter la pluie. Je m'efforçais de sécher les pans de ma robe en les présentant tour à tour au feu: je n'avais pas d'autre vêtement pour me changer.

« Votre ami a pris froid, a constaté une voix posée. Je peux...? »

C'était la sahariste. Elle avait un beau visage au nez busqué, des rides gracieuses et des fils d'argent dans la chevelure; son sourire était engageant. L'aile de corneille tatouée sur sa joue révélait son rang, respectable, parmi les adoratrices de l'*étoile du passage*. Sans attendre ma réponse, elle est venue poser la main sur le front de mon compagnon:

« Pas de fièvre. Je vais tout de même lui faire chauffer l'eucalyptus et la graisse de baleine, ça empêchera son mal d'empirer... »

Je l'ai laissée faire en toute confiance. Les saharistes font d'honorables soigneuses: elles ont fait vœu de s'occuper des malades et des indigents. Là-bas, dans l'Héritage, elles épousent la misère pour endurcir leur âme; elles savent qu'en ce monde, confort et richesses sont un fleuve qui passe.

Meijo s'est dénudé le torse; la religieuse a entrepris de lui frictionner le dos avec la graisse tiède, tout en lui faisant respirer les vapeurs d'eucalyptus. Pendant qu'il s'abandonnait à ses soins, nous avons causé un peu. Son nom était Mauri. Elle venait d'un monastère établi au ras des eaux, sur la lave durcie du Lanvramaar; sa congrégation s'était installée là plus d'un siècle auparavant, fuyant les persécutions dont l'ordre de Sahari était alors victime dans l'Héritage, pour avoir trop embrassé la cause du peuple. Mauri avait une voix tranquille, chaude et rassurante. Je la connaissais à peine et pourtant, sa présence me réconfortait, allez savoir pourquoi. C'était bon de causer à nouveau à une étrangère… Je crois bien que, sans me l'avouer, j'avais envie de me reposer un peu sur une âme bienveillante. Pour un peu, je lui aurais narré notre crime et quémandé son absolution pour le meurtre de l'ourse ; j'aurais présenté mon sein pour qu'elle le bénisse et guérisse sa noirceur. S'il y a bien une chose dans laquelle les *Mères-corbeaux* excellent, c'est l'art du pardon. Pouvait-elle aussi effacer la faute marquée dans la chair ?

La jeune femme pâle est venue prendre part à notre conversation, coupant court à mes envies de confidence. Timide, touchante, elle nous a raconté la mort de son époux, et son périple pour rejoindre sa famille dans le Lanvramaar. Elle aussi, elle avait besoin du réconfort de Sahari ; nous nous sommes senties sœurs d'exil, sous l'aile bienveillante de Mauri.

L'orage a redoublé d'intensité. Nous avons partagé un bol de brouet et un pichet de vin, avant de nous acheminer sans mot dire vers notre couche. Face à nous, la veuve avait tiré les rideaux pour s'isoler avec ses deux enfants. Un peu plus loin, les marins devisaient à voix basse. Tandis que je me faufilais entre les rideaux de notre alcôve, l'un d'eux m'a lancé un regard appuyé. Dans ses petits yeux torves, j'ai vu briller une lubricité sournoise. Sa barbe filandreuse, crochée d'hameçons suspendus, masquait des joues efflanquées couturées de cicatrices ; deux longs couteaux courbes se croisaient sur sa poitrine, dans des fourreaux d'ivoire. J'ai frissonné, et je me suis hâtée de me couler sous les couvertures, en me promettant de ne pas sortir seule de sous notre baldaquin. Aucune envie de croiser ce triste sire en m'en allant pisser…

Avec Meijo, nous n'avons pas chuchoté très longtemps ; le tonnerre était si lourd qu'il rendait toute discussion pénible. Les humeurs du ciel berçaient mon repos ; je n'ai pas tardé à sombrer dans le sommeil, blottie contre le corps rassurant de mon aimé.

Je ne sais pas ce qui m'a réveillée. Peut-être une sorte de sixième sens ?

Quand j'ouvre les yeux, la salle d'auberge est plongée dans le noir. Le vent souffle de plus belle, et dans ce vent, je perçois la plainte de l'ourse. L'esprit rôde autour de la bâtisse, comme s'il cherchait en vain une faille pour y pénétrer. En tendant l'oreille, je peux même l'entendre renifler sous la fenêtre proche. Est-ce la présence de la religieuse qui le tient ainsi à distance ? Pourquoi n'entre-t-il pas ?

Cela seul suffirait à me tenir en alerte ; mais ce n'est pas ça qui m'a tirée du sommeil.

Meijo est assis sur notre couche, silhouette tendue, aux aguets. Les velours de notre niche ne sont pas complètement fermés ; à travers l'ouverture, je devine des mouvements dans les ténèbres proches. Bruits de pas furtifs. Craquements légers de literie, roulement d'un corps sur un autre. Respirations qui s'accélèrent. Un frisson de peur me court l'échine.

Soudain, un éclair zèbre le ciel. Sa lueur découpe brièvement la silhouette robuste qui s'engouffre dans l'alcôve d'en face, là où reposent la femme blonde et ses deux garçonnets. Une autre forme suit de près, mince ombre d'homme à la démarche prédatrice : dans sa barbe, je vois luire des hameçons.

« Meijo… » je murmure, le cœur serré.

Pour toute réponse, mon compagnon m'intime le silence d'un geste impérieux.

Sous le baldaquin, la jeune mère émet une protestation étouffée, sitôt masquée par le tonnerre. Une voix grave murmure sa menace, enjôleuse et implacable à la fois. Impossible de ne pas deviner ce qui se trame.

« Meijo… les marins…

— Chht. Je sais. » Il pose les doigts sur mes lèvres : « Ils y sont tous les trois. Elle va passer un sale moment… »

Il se dégage en silence de ses couvertures, attrape sa ceinture ; son petit couteau noir lui tombe dans la main comme par miracle. D'une reptation furtive, il va se poster au coin de notre alcôve. Mais il se garde bien d'en sortir : il se contente de demeurer en embuscade derrière nos velours.

Malgré le vent, je perçois maintenant un grognement bestial. Pas celui d'un ours ou d'un spectre, non : celui d'une bien méchante bête, un fauve en chemise et en braies. Celui-là halète et prend son plaisir ; un autre, à ses côtés, glousse et chuinte quelques mots graveleux, certain que la tempête masquera leur forfait. Leur proie laisse échapper un cri de gorge, étouffé aussitôt sous quelque paume ferme ; sa plainte me laboure le cœur. Quelque chose au fond de moi se lève, une colère qui surpasse ma peur. Je veux qu'on agisse, empêcher cette horreur de se poursuivre, quel qu'en soit le prix.

« Meijo, je t'en conjure ! Ne laisse pas faire ça… »

Dans les ténèbres sous le dais, c'est à peine si je distingue son visage. Je l'entends pousser un soupir désenchanté :

« Je ne peux pas affronter trois hommes à moi tout seul. »

Fatalement, aux côtés de la pauvrette, l'un des enfançons s'est réveillé ; il appelle sa mère d'une voix anxieuse. Un timbre grave le fait taire aussitôt. Quelques mots faussement rassurants, menace enrobée d'un ton badin. La suppliciée gémit son désespoir ; elle sait que ses garçons sont là, allongés tout contre elle, pour assister à son humiliation. Ils n'en perdront pas une miette : jusqu'à l'odeur du mâle, toute proche, qui leur emplit les narines.

Alors que je me ronge les sangs, indécise, une porte s'ouvre, une lumière chaude s'immisce à l'autre bout de la pièce. Soulevant un coin de velours, je vois s'avancer la trogne inquisitrice de la tenancière. Le halo de sa lanterne tombe sur l'alcôve profanée ; elle voit bouger le velours, elle entend derrière le vent les râles et les sanglots. La mégère se fige sur place, bouche ouverte ; ses épaules se tassent un peu. Elle soupèse la situation. Elle n'hésite pas longtemps, la bougresse : la voilà qui fait demi-tour et s'empresse de disparaître, en bonne hôtesse discrète qui ne veut pas déranger ses bons hôtes.

La nausée s'empare de moi.

« Meijo, je t'en prie… Je t'en supplie…

— Je regrette, Nisû. Ce n'est pas notre affaire. De toute façon, je ne peux rien faire pour elle.

— Ce n'est pas vrai ! Tu peux crier ! Tu peux protester et leur faire honte ! Fais cesser cette ignominie !

— Je suis navré, Nisû.

— Donne-moi ton couteau ! »

Je cherche à m'emparer de son arme ; il esquive ma grippe et s'interpose entre moi et la sortie.

« Pas de folie ! souffle-t-il. Ne va pas… »

Je tente de le contourner. Il m'attrape par les épaules et me plaque contre la paillasse. Je respire trop fort à son goût, alors il colle ses lèvres sur les miennes pour me faire taire, et m'immobilise les deux bras. Et avant que je puisse reprendre mon souffle, il assène :

« Bons Cieux, Nisû, réfléchis un instant ! Ces trois-là sont de notre nef, tu as oublié ? Qu'on se les mette à dos, et adieu notre passage ! Nous n'aurons jamais une autre chance, tu comprends ? L'hiver est là, il n'y aura plus d'autre bateau pour franchir le détroit ! Tu veux rester bloquée ici avec l'Ombre, c'est cela que tu veux ? Ou bien veux-tu gagner ta liberté ? »

L'argument porte, mais je ne peux l'admettre. Ne pas agir m'est intolérable. Mes doigts se crispent sur la chair de son épaule, un gémissement douloureux monte dans ma gorge. Meijo croit que je panique, il cherche à me rassurer :

« Tu n'as rien à craindre si nous nous tenons tranquilles. Elle, c'est une femme seule, elle est à prendre. Toi, tu es à moi, cela fait toute la différence : ils respecteront mon droit. Crois-moi, je connais bien ce genre d'hommes… »

J'essaie encore de me débattre, mais la poigne de mon compagnon est ferme. Cette fois, je reste étendue pour le compte, vaincue. Meijo relâche finalement sa prise : il sait que je ne tenterai plus rien.

La belle sous le baldaquin subit désormais en silence. Elle a compris que personne ne viendrait à son aide, alors elle prend sur elle de contenir ses pleurs. Pour ne pas affoler ses enfants, pour qu'ils ignorent sa souffrance, autant que faire se peut, rester digne à leurs yeux. Croit-elle vraiment qu'ils sont dupes ? Et moi, tandis qu'on la besogne et qu'on la souille, que le bon droit des hommes déferle sur ses hanches, je reste là, à serrer les dents. J'ai honte, j'ai peur, et je tremble d'une rage impuissante.

Ce jour-là, quelque chose s'est brisé en moi. Une part de mon idéal s'est enfuie ; la renarde a accepté l'idée des chaînes. Pour prix de mon abdication, il a fallu que je reste en éveil jusqu'au bout, pour assister, muette, au festin des fauves. Il m'a semblé que cela durait des heures…

Quelque temps avant l'aube, la tempête s'est apaisée un peu. Alors les marins se sont extirpés de cette couche où ils n'étaient pas conviés. Les joues un peu rouges, l'œil brillant, ils ont rassemblé tranquillement leurs affaires et se sont assis à une table pour prendre leur petit déjeuner. Ils ont plaisanté, causé et roté le plus naturellement du monde, en gais compagnons, à deux pas de leur victime. Celle-ci a gardé tout du long les rideaux clos ; c'était la seule dignité qu'elle pouvait encore s'offrir.

Puis Mauri est sortie du couvert de sa piaule et s'est assise face à la table des crapules. Elle n'a pas prononcé un seul mot ; mais dans ses prunelles fixes, il y avait une telle froideur, une telle colère, que les rustres ont connu un instant de gêne, peut-être même de honte. Ils savaient que le reproche d'une sainte femme peut conjurer la malédiction des Astres, alors par prudence, ils se sont emparés de leurs besaces, ont payé la tenancière et vidé rapidement les lieux.

Quelque temps après, leur victime est sortie de sa retraite, les joues marquées, le cheveu défait. Elle a ramassé ses effets à grands gestes fébriles avant d'entraîner précipitamment ses garçonnets vers la sortie. Mauri a bien tenté de la retenir, mais en pure perte : la malheureuse s'est contentée de l'esquiver sans mot dire. Elle n'a pas même trouvé la force de lever le regard.

Après son départ, Mauri et moi sommes restées un long moment face à face ; bien des choses sont passées dans nos yeux. Elle m'a pris les joues entre ses paumes, un geste de tendresse muette ; elle a posé son front contre le mien. J'ai vu dans ses iris briller des larmes naissantes. Et puis soudain, son cœur a fondu :

« Je n'ai rien fait… rien fait… J'aurais pu tenter… J'aurais dû… »

Il y avait une telle désolation dans sa voix ! J'ai fait la moue pour ne pas pleurer.

« Se préparer toute sa vie à endosser le fardeau d'autrui. Attendre l'occasion de prouver sa foi, rêver de soulager de mon sang une âme en douleur, et le moment venu, juste… ne pas trouver le courage ! À quoi bon ma vocation, alors ? C'est à désespérer de soi-même et de l'humanité ! »

Elle a pressé mon bras en douceur pour me prendre à témoin de sa faillite :

« J'ai eu peur. Tout simplement peur qu'ils me fassent subir la même chose. Mourir, j'y suis prête, mais ça ! … Ça non, je ne pourrais pas le supporter ! »

Je l'ai accueillie dans mes bras, je l'ai serrée fort, et nous nous sommes consolées mutuellement de nos lâchetés.

C'était ma première ville, et je l'ai détestée jusqu'au tréfonds de mes entrailles.

Le récit de la Courtisane (13) – La route des Firwané

Par chance, nous avions tous les deux le pied marin.

La *Bonne Mère des barcasses* avait levé l'ancre en début de matinée. Les quais étaient couverts d'une fine couche de neige toussée par la tempête en fin de nuit ; même le pont du navire en était nappé.

Avant d'embarquer, nous nous étions résolus à vendre Mokki sur le marché du port. Cette séparation m'avait fendu le cœur, mais l'Héritage n'est pas un endroit pour les rennes, et nous aurions bientôt besoin de tout l'or que nous pouvions gagner. En guise d'adieux, j'avais tracé sur sa cuisse une marque de protection apprise de ma mère ; c'était le seul secours que je pouvais lui offrir dans sa nouvelle vie.

Au moment du départ, les néveurs avaient sacrifié aux abyssaux pour que la mer nous soit clémente, et que nous n'ayons pas l'infortune de croiser sur notre route un aërenauthyr en colère. Une mésaventure qui, aux dires de Meijo, n'était plus arrivée à personne depuis des années, sinon à des menteurs et des vantards : cela faisait belle lurette qu'on n'avait plus aperçu ces bêtes-là.

Puis la *Bonne Mère* avait ferlé ses voiles pour se laisser glisser sur les eaux abritées de la baie, où le vent n'éveillait encore que risées et vaguelettes. Derrière nous, le cône élancé de l'Uppakalar Voras crevait l'horizon. À son pied, le haut beffroi carré de Skuambo rapetissait, rapetissait, jusqu'à se fondre dans la masse noirâtre des bâtis ; la neige s'affaissait sur les toits de lauzes, et le clocher du temple solaire nous disait adieu d'une volée vibrante, qui planait avec les mouettes, sous les cieux gris.

Mais ce n'était pas la ville que mes yeux scrutaient.

Je cherchais sur les quais un signe de l'ombre. Jusqu'au moment d'appareiller, j'avais craint de la voir tenter quelque chose ; il aurait suffi qu'elle se manifeste pour éveiller la méfiance de l'équipage et mettre en danger notre départ – à tel point que Meijo et moi avions résolu de n'embarquer qu'au tout dernier moment, pour ne pas lui en laisser l'occasion. Mais rien : la Bête ne s'était pas montrée. Sans doute la lumière du jour l'avait-elle rendue indolente, comme souvent, ou peut-être que le Seigneur des Cinq Ravines n'avait pas vu venir notre fuite, ignorant tout des bateaux… À présent que la terre s'éloignait, je sentais ma peau regagner sa pleine chaleur ; cela faisait des jours qu'elle n'avait plus été aussi vivante. L'air ne charriait aucune corruption, nulle plainte ne sifflait dans le vent, et plus le temps passait, plus je gagnais en confiance : l'eau était bel et bien en train de nous couper de notre poursuivant.

La nef a fini par sortir de la baie pour s'engager dans les flots tumultueux de la pleine mer. Alors seulement, j'ai osé y croire : j'ai su que nous avions réellement gagné la partie.

Une joie revancharde enflait dans ma poitrine.

Des embruns éclataient en gerbes furieuses à la proue ; le bateau tanguait et roulait sur des vagues escarpées. Elle cherchait à nous effrayer, la mer ; elle n'avait pas envie de nous sur son dos, ou bien elle entendait d'abord nous mettre à l'épreuve. Mais je n'avais pas peur : les marins étaient confiants, mon estomac bien accroché ; je me sentais guerrière, ivre de liberté. Adieu l'ourse ! Je riais de bon cœur, parce que la Bête était demeurée sur le rivage à s'étouffer dans sa rage, tandis que moi, je découvrais l'exaltation de naviguer sur des eaux agitées. Cette bascule permanente, ah, cela valait bien les sensations d'une chevauchée au grand galop sur le dos du palefroi de Meijo !

Mon compagnon non plus n'en ratait pas une miette. Debout à la proue, accroché des deux mains au bastingage, il bravait l'écume qui le giflait à chaque embardée, plongeait vers le ventre des flots, fier comme un prince, repartait aussitôt toucher le ciel au rythme de la houle. Qu'il était beau, drapé dans sa cape, dont les pans frétillaient dans les sautes du vent ! Ses cheveux voletaient, ses yeux brillaient d'une fièvre ardente. C'est ce que j'ai toujours aimé en eux : l'impression qu'ils contemplent l'avenir, et que cet avenir est empli de gloire.

Seulement, ce jour-là, mon bel amant me rebutait autant qu'il m'attirait.

Le souvenir de la veille était comme une arête coincée dans la gorge. Cela me rendait farouche comme une louve, glissante comme une anguille. Quand il est revenu se poster à mes côtés, au bastingage tribord, je n'ai pu m'empêcher de détourner la tête. Il m'a contournée sans vergogne, histoire de surprendre le visage que je lui dérobais. Il n'était pas bête, il a parfaitement compris quelles pensées croupissaient sous mon crâne. Il ne s'est pas laissé démonter :

« Allez, ne fais pas cette mine ! Si j'étais intervenu cette nuit, ça n'aurait tout de même rien changé. Je vais te dire ce qui serait arrivé : je me serais fait rosser à sang, et ensuite, la donzelle aurait tout de même trinqué. Plus rudement, même, parce que j'aurais attisé leur violence. Au pis, ils se seraient vengés sur toi pendant que j'étais au tapis, et c'est toi qui te serais retrouvée à gésir sous eux. Ah, le beau résultat ! »

Il a posé une main sur mon avant-bras :

« Ce risque-là, je n'avais pas le droit de le prendre, Nisû. C'est toi qu'il me fallait protéger, pas cette femme inconnue. Chacun son fagot ! Le nôtre est bien lourd, et moi, j'avais le devoir de nous faire oublier. Pour préserver ceci… »

Il a balayé la mer et le bateau de sa main ouverte pour me faire comprendre que nous ne serions pas là, s'il avait agi comme je le souhaitais. J'ai dégagé mollement mon bras, détourné le regard. Ses mots ne manquaient pas de sens, mais ils ne parvenaient pas à m'apaiser.

Sa voix s'est faite douce comme une brise du sud :

« Je comprends que tu m'en veuilles un peu. Moi aussi, j'ai un sale goût en bouche, ce matin… mais il n'y avait rien à faire, et heureusement que nous n'avons pas essayé. Maintenant, il faut juste oublier ça… »

Oublier ? Alors que les trois crapules avaient embarqué avec nous ? Barbe-à-hameçons gabait dans la mâture, sinistre cormoran ; Front-cabossé beuglait ses ordres à pleins poumons ; le troisième, un petit homme roux à la mine de belette, s'affairait aux cordages. Songer que j'allais devoir subir leur présence pendant toute la traversée me donnait la nausée ; j'étais bien décidée à rester sur mes gardes.

« Oublier, oui… Laisse-moi un moment, tu… tu veux ? »

Il a opiné sobrement du chef, et il est retourné se poster sur le gaillard d'avant, d'un pas qui se voulait léger.

Cela me brisait l'âme, de lui en vouloir ainsi. Pourtant, dieux que j'avais envie de continuer à l'aimer ! Il était tout ce qui me restait. Qu'est-ce que j'allais devenir, si je me mettais à le détester ?

Je me suis prise à ruminer mes propres actes. Après tout, Meijo ne m'avait maintenue immobile qu'un bref moment ; j'aurais très bien pu agir ensuite ! Et si j'étais sortie chercher le guet ? Oui, mais l'aurais-je seulement trouvé dans la tempête ? Et si j'étais allée quérir Mauri, pour éveiller mutuellement nos courages ? La vérité, c'est que je m'étais trop volontiers laissé dissuader ! De quel droit est-ce que je le jugeais, lui ?

Tandis que je marchandais avec ma conscience, mon compagnon a glapi un cri joyeux :

« Viens voir, Nisû ! Vite ! »

Son appel était si pressant que je suis montée le rejoindre sans même me rendre compte de ce que je faisais.

Sur le tribord, des sortes de gros dauphins sans nez fendaient l'eau, poussant devant eux une corne effilée qu'ils plantaient dans le ventre des vagues. Leurs ondulations accompagnaient la marche du navire, plein sud. J'étais émerveillée :

« Ce sont des unicornes ! Au nord, les Tsuuné les chassent en pleine mer, dans leurs canoës de peau. Mais pour nous autres, Firwané, ils sont sacrés !

— Je le sais, nigaude ! Mon père m'a déjà mené vers eux. Les narvals font partie de notre histoire. L'histoire de la traversée du détroit !

— Je n'en avais jamais vu. Je… j'ai toujours voulu les croiser…

— Alors profite bien du spectacle : ceux-là ne sont pas farouches ! »

Je ne me suis pas fait prier.

Il y avait une grâce lente dans le roulis de ces dos lisses, tachetés de blanc. Mon âme d'airain rêvait de les chevaucher comme le firent nos ancêtres, cavalcadant dans le sillage des aërenauthyr géants. Et ce n'était pas la seule chose qui me faisait vibrer : à bâbord, la banquise noiraude du Lanvramaar s'accrochait aux falaises, son basalte recouvert lui aussi d'une fine couche blanche. Là-bas, vers le sud, un panache de fumée s'élevait ; un rougeoiement indiquait l'endroit où le magma sourdait de sous la falaise, pour nourrir cette terre précaire de sa matière incandescente. Et à tribord, d'autres vapeurs roulaient, d'autres feux s'agitaient, tapis sous la mer, laissaient traîner dans l'air des odeurs sulfureuses. C'était cela mon île : une forteresse environnée de lave. Pourquoi fallait-il que je la découvre dans toute sa splendeur seulement en la quittant ?

Mon salopiot a profité de mon émoi pour m'attraper par la taille. Je me suis laissé capturer sans résistance, toute nostalgique que j'étais ; je me suis blottie contre lui. Je faisais mes adieux au Fintami, et nulle rancune ne devait gâcher ce moment.

Ma tête s'est posée tranquillement sur son épaule ; ma main s'est prise dans ses cheveux pour les filer, sans grande conviction.

Le soir venu, il s'est endormi presque immédiatement, terrassé par la fatigue, dans notre petit nid de sacs et de tonneaux sous le gaillard d'arrière. Je l'entendais respirer lourdement à mes côtés, la gorge encombrée et le nez morveux.

J'ai veillé un peu sur sa tourmente. Les événements des dernières semaines tournaient en boucle dans ma tête : impossible de trouver le sommeil.

L'envie me titillait de prendre l'air, pour voir encore défiler la côte. C'était peut-être ma dernière occasion de le faire :

demain matin, il serait trop tard. J'hésitais à sortir seule, avec les trois maufoutres qui paradaient peut-être sur le pont. Mais le capitaine s'y trouvait aussi, si bien que je ne risquais pas grand-chose, à moins que les dieux soient bien sournois. J'ai tout de même emprunté l'épée de mon homme pour me la ceindre au côté, histoire de me rassurer.

Je suis montée me poster, seulette, sur le gaillard d'avant. Le vent s'était apaisé, la mer était redevenue plane. La nef traçait son sillage au large d'une falaise vertigineuse, dont les racines vomissaient dans le détroit de rougeoyantes bolées de lave, qui faisaient jaillir la vapeur. Le ciel était constellé d'étoiles. J'ai empli mes yeux et mes oreilles du spectacle. Je me sentais légère, étrangement euphorique, et en même temps fermement campée sur mes deux pieds, vissée à ce monde clapotant.

Pour une raison qui m'échappait, tout avait soudain plus de saveur, tout était plus concret : le son de la brise et sa caresse sur ma peau, les fissures du bois sous ma paume et les gargouillis de mon ventre mal nourri.

Tout à coup, j'ai réalisé ce qui avait changé.

L'Outre-songe avait disparu. Je n'entendais plus ses piaillements incessants ; pas même en me concentrant dessus. Pendant quinze jours, ç'avait été un bruit de fond constant, toujours à fleur de conscience ; à présent, c'était totalement terminé. J'étais pleinement ancrée dans ce monde-ci.

Je crois que j'ai couiné un petit cri de triomphe. Ainsi, la mer ne nous avait pas seulement séparés de l'Ombre : elle avait également rompu le lien avec les Basses Brumes. Noyé le Serpent vif, affranchi nos âmes de leur ancre ! C'était totalement inespéré. Si Meijo connaissait le même bonheur, alors quitter l'île était une double bénédiction ! Le bélier d'or s'était bien fichu de nous, qui nous avait prédit une vie de tourmente ! Maintenant, je n'étais plus nulle part un sac de chair pourrissante ; ce monstre-là n'existait plus. J'étais redevenue un être unifié, entièrement de ce côté du Voile des Brumes. Un corps meurtri, taché et noirci peut-être, mais un corps pleinement habité. J'allais pouvoir enfin dormir sereine…

Ce poids déposé, j'ai réalisé tout ce que ce bateau pouvait nous offrir d'autre.

Je me suis remémoré mes livres, souvenue de vieilles chansons que mon père chantait au coin du feu. Cela parlait d'un pays légué aux hommes par les géants, si vaste qu'il était impossible d'en énumérer toutes les villes, même en déclamant leurs noms toute une nuit durant. Deux fleuves sacrés le baignaient ; deux océans le bordaient. Ce royaume, vers lequel je cinglais, c'était le cœur du monde, la terre élue des Astres, le lieu où la fortune récompense toujours les âmes vertueuses. Comment douter qu'il nous comble de merveilles ? Le peuple de ma mère était venu de là, des siècles auparavant ; puis le peuple de mon père, peu avant ma naissance. Je n'y serais pas une étrangère ; je m'y accomplirais en grande dame, au bras de mon compagnon.

Que vienne l'Héritage : j'étais toute prête à l'affronter !

Le dit de Fintan Calathynn – 16

Elle laisse ses paroles en suspens, étend les mains vers le petit feu qui crépite au centre de notre assemblée et regarde longuement rougeoyer ses paumes. Nous restons suspendus à son bon vouloir, avides de mots.

« La suite ! La suite ! réclame Miach, tapant du poing dans sa pogne.

— La suite ? Je n'ai pas envie de la conter ce soir…

— Rha, tu ne peux pas nous laisser sur le seuil de l'Héritage ! Tu dois nous ramener chez nous, évoquer un peu le pays ! Passe donc la mer, et dis-nous ce que tu as vu ! »

Elle lève les yeux vers lui :

« L'Héritage, c'est un autre couplet ; je n'ai pas le cœur à l'entonner maintenant. Écoutez plutôt : d'autres que moi poussent leur rengaine. C'est le moment de respirer le Vyanthryr ! »

Et la voilà qui ferme les paupières, et se laisse bercer par la mélopée qui bourdonne sous le feuillage. Nos hôtes se sont mis à chanter, comme au premier soir de son récit. Ils font vibrer leurs lèvres et claquer leurs langues en hommage aux Mangeuses, aux Scarabées tisserands, aux oiseaux et aux bêtes qui trament leurs mythes. Ces chicotis, ces croucoulis, ces craquettements de voix d'hommes frisottent à nos tympans ; mon oreille exercée y discerne peu à peu une mélodie subtile, une vague qui roule avec une grande lenteur. Mes compagnons, eux, n'en perçoivent que l'écume.

La nuit tarde à venir ; le récit de Shakti se fond lentement dans l'immense crépuscule…

Il n'y a rien au monde dont les Teules raffolent davantage que des papillons.

Ils les aiment, voletant et emplissant la sylve de leurs coloris ; ils les aiment en parure sur le front ; ils les adorent surtout posés sur la langue et croquants entre les dents.

Tôt ce matin, les femmes sont parties toutes ensemble vers l'est de la forêt drondossilienne, emportant avec elles de grands filets de soie à la trame fine. Les hommes ont salué leur départ à grands *youyous* joyeux. Eux-mêmes ont passé la matinée à deviser gaiement dans la ville haute. Ils se sont peint sur le front deux ailes orangées, ont rassemblé de longs bâtons siffleurs, des sacs de cuir et des sortes d'épuisettes de roseau entre-tissées de fil, avant de s'amasser près du ruisseau pour le départ, avec toute la marmaille d'Evoyo. Les voilà maintenant qui chantent et dansent sur place avec ardeur, pendant que leur troupe finit de s'assembler. La rive grouille de sauterelles humaines, soulevant leurs élytres de cuir et d'aiguilles…

Volilo s'en vient gesticuler dans notre Lo-teth, Tuapane sur les talons :

« Venir avec nous, venez ! Chasser le papayon, *Sksass* ! Beaucoup ont éclos ce matin ! Nous ferons grand festin si la collecte est bonne, festin digne de nous ! »

Sa bonne humeur est si communicative, que tout le groupe se met en branle sans hésiter.

« Prends quand même ta lance, le Brun ! jacte Miach. J'aime pas trop m'éloigner du village sans armes. »

Et lui-même s'empare de sa naecha, avant de nous emboîter le pas.

Les Teules sont déjà en train de franchir le cours d'eau, la plupart d'un seul bond ; les maladroits qui s'éclaboussent provoquent les rires et les lazzis de leurs congénères. Le Bâtard de Marmach gambade parmi eux, le dos paré d'une cape d'étoffe pourpre, l'épée au côté, le visage et le torse oints de graisse turquoise. Quatre gamins joviaux pépient autour de lui, toujours à le toucher, à le palper, à lui dédier des sourires larges comme des gibecières, dans l'espoir, sans doute, d'être touchés par ses grâces solaires.

Nous longeons le ruisseau un bon moment, avant de tourner résolument nos pas vers le levant. Quelque temps plus tard, nous atteignons la lisière de la forêt bleue. Face à nous se dresse un bois de sapins clairsemé, tout foisonnant de buissons fleuris, tout bourdonnant d'ailes fragiles. Abeilles et papillons y folâtrent en grand nombre. Là, à l'ombre des troncs géants, les femmes ont tendu leurs vastes toiles luisantes de salive ; le fil en est collant au point de fixer la moindre brindille, le moindre pétale emporté par le vent. Quelques libellules s'y ankylosent déjà. On croirait voir les rets de légions d'aragnes gourmandes, étirés en muraille sur plusieurs dizaines de mètres…

Les Teules contournent ce piège de soie pour s'égailler dans la sapinière, leur épuisette à l'épaule, leurs bâtons en main. Volilo s'arrête, l'oreille tendue, se fend d'un sourire extatique :

« 'Coutez ! La mélodie ! Ça chante beaucoup !

— Qui donc ? interroge Perdouan.

— Les papayons orange ! Les *Vent-musique,* on les appelle ! »

Le regard du Barbier se perd dans la futaie.

« Je n'entends rien ! peste-t-il. Que racontes-tu ? Les papillons ne chantent pas ! »

Derrière lui, le vieil Ogh se met à glousser.

« Hrr hrr hrr ! Bien ssûr qu'ils chhantent ! Mais toi et moi, nous ne pouvons pas les entendre. Trop aiguës ssont leurs voix ; sseuls sseux qui ssont nés teules ont l'ouïe asssez fine ! »

Je me rappelle alors que lui-même ne l'est que par adoption, et ne partage pas toutes les caractéristiques de son peuple.

Volilo s'avance vers Kunti, lui tend son bâton siffleur au pommeau ajouré :

« Tiens, enfant ! Chasser le papayon ! Faire du souffle qui bruisse, mettre leur vol en fuite ! Beaucoup ont des oreilles, et ces oreilles vont leur dire la peur ! Pousse-les bien vers les filets ! Les autres, tu les attrapes à la main ! »

Elle lui dédie un grand sourire reconnaissant, et s'empresse d'accepter le présent.

Durant l'heure qui suit, la tribu s'en donne à cœur joie.

Rassemblés en une longue ligne de rabatteurs, les Teules font tournoyer leurs bâtons, bondissent en ouvrant grand les pans de leurs manteaux pour mettre le peuple des airs en fuite. Des nuées de papillons prennent leur envol et vont tout droit s'engluer dans les toiles, qui se chamarrent peu à peu de multiples taches de couleurs. D'autres se laissent attraper dans les épuisettes que les chasseurs et chasseresses manient à grands mouvements de bras. De temps à autre, quelque adolescent gourmand lance sa main griffue pour saisir un fuyard entre ses ongles, d'un seul geste fulgurant, et l'avaler aussitôt à la façon teule, en l'aspirant entre ses lèvres closes.

Au bout d'une heure, les pièges tendus par les femmes sont tellement chargés d'ailes que Vodomar décrète la fin de la chasse. La populace d'Evoyo s'assemble tout autour des soies pour procéder à la collecte. Il y a là des insectes de toutes tailles et de toutes teintes : des Vent-musique orangés, des petits *Lati-gli* d'un blanc presque translucide ; de grands spécimens d'un mauve moiré et d'autres, plus grands encore, rouge grenat. Ces deux dernières espèces sont cueillies avec un soin précautionneux, non pour être mangées, mais pour être conservées et cousues en coiffes de cérémonie. J'apprendrai par la suite comment les femmes badigeonnent leurs membrures de suc de chenille, qui leur confère élasticité et protection contre les outrages du temps.

Et ainsi, chantonnant et plaisantant, les Teules préparent les mets et les parures qui égayeront leurs festins. Un papillon dans la bouche, trois autres dans la besace ; le palais en émoi, mille plaisanteries à fleur de lèvres.

Volilo, lui, ne grignote guère : l'air soudain très sérieux, il se faufile entre les cueilleurs, à la recherche des Lati-gli couleur de brume. Quand il en trouve, il les collecte de ses doigts délicats, le regard plein de tendresse, pour les ranger dans une petite aumônière en tissu. Ses congénères ne lui contestent pas ces proies ; au contraire, chacun s'écarte pour lui laisser meilleur accès. Kunti lui prête main-forte, intriguée par sa quête.

Dans l'après-midi, je retrouve l'albinos aux pupilles violettes assis dans les filets de la ville-feuillage, occupé à coudre ensemble les fins pétales de chair ivoirine, tout en fredonnant quelque chanson d'amour dans sa langue natale.

« Éampé doit avoir son voile, m'explique-t-il, les yeux brillants, timbre rêveur. Volilo doit le fabriquer de ses mains. Soixante fois soixante papayons blancs sont nécessaires pour faire la coiffe de mariée. Liés du fil de six femmes différentes, qui en ont fait cadeau à Volilo ! Par ce don, elles disent à toute la tribu que je suis un homme bon, digne d'être épousé. Sans la parole de ces six, pas de mariage ! *Tlot, tlotl !* Encore quelques chasses, et le temps sera venu ; je pourrai poser ma promesse sur les épaules d'Éampé…

— Ce jour-là, je chanterai pour votre union. Je te ferai présent d'un lai du Sud, choisi parmi les plus beaux poèmes d'amour du pays de l'Angmuir. Quand mon ami de bois sera réparé, c'est pour toi que je pincerai ses cordes. Et pour la belle Éampé, qui aura bien de la chance de t'avoir pour mari ! »

Il m'adresse un sourire débordant de reconnaissance, puis plonge la main dans sa besace pour m'offrir une longue brindille aux pattes mouvantes, et me la fourrer en bouche ; j'ai toutes les peines du monde à lui faire comprendre que je n'ai pas le goût de croquer du phasme, ni de la libellule, ni d'aucun autre des insectes que le Vyanthryr offre à son peuple. Pour rien au monde, je ne voudrais peiner cet homme généreux…

Manesh, pendant ce temps, s'est attardé non loin du lieu de la cueillette.

Comme je l'apprendrai un peu plus tard de sa bouche, le Bâtard de Marmach s'est laissé divaguer dans la sapinière, à la poursuite d'un petit papillon or émeraude, qu'il prend pour un des Immortels. Qu'est-ce qu'il espère, à lui mener la chasse ? Découvrir la *Porte des Brumes*, qui mène vers les hautes sphères de l'Outre-songe ? Le papillon ne se laisse pas rejoindre ; chaque fois que l'enfant des fées s'en croit proche, il se défile d'une brusque accélération, presque sans battre des ailes, comme s'il glissait sur une lame de vent. Notre compagnon de fleuve ne s'en formalise pas ; il se contente de trotter derrière lui d'un pas alerte, émerveillé par ses dérobades.

Alors qu'il est sur le point de lâcher prise, un trille léger retentit dans les branches proches.

Manesh se fige, piqué au cœur.

Une seule tirade, brève et limpide. Qui le laisse planté sur place, ému aux larmes, à se demander quel organe inconnu est en train de sombrer dans sa poitrine.

Quelque chose de rouge et de vif surgit des aiguilles. Une petite pelote carmin volette d'une cime d'arbre à l'autre, puis replonge aussitôt dans le secret des ramures.

Sans savoir pourquoi, le Bâtard de Marmach se lance à sa recherche.

Il ne faut pas longtemps pour que le chanteur réapparaisse : un oiseau d'or écarlate, plus preste qu'une alouette. Il traverse une trouée juste sous le nez de Manesh, avant de s'engouffrer dans un buisson tout proche. Le feuillage de ce dernier continue à frémir, signe que l'intrus est toujours là, tapi sous les rameaux. L'enfant des fées s'approche à pas précautionneux, peu désireux de le mettre en fuite ; il se penche en avant pour scruter les tréfonds de l'arbuste. Et puis soudain, il se rappelle où il a déjà entendu ce chant à vous fendre l'âme : c'était peu avant qu'on ne retrouve nos compagnons suspendus aux branches, vidés de leur contenu. Il réalise alors que cette rencontre n'est peut-être pas bon présage.

Et tandis qu'il y songe, des brindilles craquent dans son dos.

Le Bâtard se retourne d'une pièce.

Deux hommes s'en viennent à sa rencontre, le pas furtif, la lance bien campée dans les mains. Le premier est le Brun de Dhuan, sourcils broussailleux, barbe en bataille. Nulle haine ne se lit dans ses yeux ; seulement une froide détermination. Le second est Miach. Il a du feu dans les prunelles, un vilain pli au coin des lèvres ; la moins belle part de son âme est en train d'exulter.

Manesh tourne sur lui-même, pris au dépourvu. Il réalise qu'il est seul, bien trop loin de ses amis teules et de tous ceux qui pourraient lui vouloir du bien. En désespoir de cause, il porte la main vers la lame qui pend à son côté.

Ce geste ne passe pas inaperçu.

« L'épée du capitaine, crache Miach. Il est temps que tu la rendes. On veut juste l'épée, et on te laisse tranquille. *Ar'mani'Lua!* On te le jure devant la Lune ! »

Mais Manesh lit dans son regard une tout autre intention. Ses doigts se resserrent sur la fusée de son arme.

« Désolé, siffle-t-il. J'ai besoin de mon fer. Les loups sont de sortie… »

Et ce disant, il dégaine. Les deux lanciers hochent la tête, plus résolus que jamais. Ils s'écartent l'un de l'autre, ouvrent la pince qui doit engloutir leur proie. Manesh recule pas à pas, dans l'espoir de gagner un peu de temps. Ses yeux sautent d'un gaillard à l'autre ; il essaie d'évaluer ses chances.

« Ça ne sert à rien de te défendre, grogne Miach en marchant vers lui. Ça ne fera que retarder le moment. Laisse-toi faire, et tu ne souffriras pas.

— Je ne compte pas sauver ma vie, rétorque Manesh, très calme. Seulement crever la poitrine à l'un de vous deux. Rien ne pourra m'en empêcher si je renonce à parer vos coups. Alors, lequel d'entre vous vais-je emporter dans la mort ? »

Miach et le Brun échangent un bref regard.

« Ce genre de baratin ne prend pas avec nous, crache le Kalamite, d'un ton plein de mépris. Mais tu peux appeler à l'aide, si tu veux : le temps que quelqu'un arrive, tout sera déjà fini. »

Et il s'avance encore, à pas mesurés.

Les yeux de Manesh s'embrasent d'un souffle. Cette fois, la lumière n'y demeure pas prisonnière : elle déferle sur ses joues et transforme son visage en un masque d'or brillant, semblable à celui que son géniteur lui a présenté dans les montagnes. Miach plisse les yeux, mais cet éclat solaire est encore trop timide pour le forcer à détourner la vue.

« Impressionnant… » marmonne-t-il, sourire sarcastique aux lèvres. Il raffermit sa prise sur sa lance et se ramasse sur ses jambes, prêt à s'élancer. Le Bâtard bondit en arrière, effectue des moulinets rapides avec son épée. La lame virevoltante semble elle aussi transmuée en feu ; comme si un météore dansait devant l'enfant des fées pour le protéger des assauts. Cette fois, le grand lancier est contraint de baisser le regard, à moitié aveuglé. Mais cela ne suffit pas à le décourager.

« Maintenant ! » hurle-t-il au Brun.

Et tous deux chargent, droit sur Manesh.

À ce moment précis, le chant de l'oiseau rouge s'élève à nouveau sous les aiguilles, longuement.

Il pénètre les trois cœurs comme une javeline, fracasse leurs ardeurs guerrières et les entraîne vers les tréfonds d'eux-mêmes, dans un abîme de mélancolie. Les protagonistes ralentissent jusqu'à se figer. Leurs bras retombent, leur prise s'amollit sur leur arme. La violence s'éteint dans leurs yeux pour laisser place à une profonde nostalgie.

Et les voilà plantés face à face, la figure en berne. C'est à peine si un frémissement parcourt leurs chairs. On jurerait que leur propre haine les désole…

Ainsi demeurent-ils, pendant un temps difficile à estimer.

Puis un vague sifflement se fait entendre : celui d'un bâton teule qui fend l'air avec nonchalance. Un pas léger l'accompagne, rythmé d'un fredonnement d'enfant. Bientôt, Kunti apparaît, la verge en main. Ses prunelles candides sont levées vers les branches. Lorsqu'elle les pose sur le plumage écarlate, un sourire ravi éclaire sa petite frimousse. Puis elles tombent sur les trois hommes immobiles entre les sapins, et la gamine se fait soudain circonspecte.

Elle s'avance vers eux à pas lents. Tourne un peu autour de Miach, prête à l'effleurer de sa main ; le dévisage longuement, comme si elle cherchait à lire les intentions dans ses pupilles absentes. L'oiseau se fend d'un trille déchirant, mais la fillette s'en soucie comme de sa première comptine. Elle considère un moment les deux lanciers, puis Manesh, puis à nouveau les deux lanciers ; elle semble en proie au dilemme. Le Bâtard de Marmach est parfaitement conscient de sa présence. Il voudrait ouvrir la bouche pour l'appeler, mais la tristesse qui lui pèse sur le cœur est trop grande, et sa volonté impuissante à soulever sa langue.

Et puis soudain, Kunti se décide.

Elle s'approche du Bâtard. Tire sur sa manche avec insistance, prononce son prénom. Le son de sa voix se faufile à travers les nappes de chagrin qui embrument l'esprit de Manesh ; il s'ébroue dans sa torpeur. Une petite menotte vient se glisser dans la sienne, l'entraîne doucement en direction du crépuscule. Ses jambes se mettent en mouvement malgré lui. Il se laisse emmener, à peine conscient de ses propres pas ; perçoit déjà, dans le lointain, les rires teules qui l'appellent, promesse de chaleur humaine et de paix.

Derrière lui, les deux tueurs sont toujours immobiles ; ils écoutent gémir l'oiseau. Son chant leur parle des grandes plaines du Septentrion, des hauts plateaux gelés où l'eau sacrée serpente, et aussi de ces fleurs qui poussent toute l'année sur les flancs d'une colline solitaire, là-bas, aux sources du Framar.

Tapie sous ses plumes, une puissance ancienne murmure ; un Roi chuchote son dit.

Table des matières

Au diable vauvert
Extrait du catalogue
Imaginaire

AYERDHAL

La Bohême et l'Ivraie, roman
Mytale, roman
Le Chant du Drille, roman
Demain, une oasis, roman
Balade choreïale, roman
Chroniques d'un rêve enclavé, roman
L'Histrion, roman
Transparences, roman
Résurgences, roman
Rainbow Warriors, roman
Bastards, roman
Le Cycle de Cybione, romans
Sexomorphoses, roman
Scintillements, intégrale des nouvelles

PAOLO BACIGALUPI

La Fille automate, roman
La Fille-flûte, nouvelles
L'Alchimiste de Khaim, novella
Zombie ball, roman
Water Knife, roman
Trilogie Les Cités englouties :
1. Ferrailleurs des mers, roman
2. Les Cités englouties, roman
3. Machine de guerre, roman

PIERRE BORDAGE

Porteurs d'âmes, roman
Le Feu de Dieu, roman
Les Fables de l'Humpur, roman

Les Derniers Hommes, roman
Mort d'un clone, roman
Chroniques des Ombres, roman
Le jour où la guerre s'arrêta, roman
Le Livre des Prophéties :
1. L'Évangile du Serpent, roman
2. L'Ange de l'Abîme, roman
3. Les Chemins de Damas, roman
Tout sur le zéro, roman
La Porte des remparts sublimes, roman

Poppy Z. Brite
Self made man, nouvelles
Plastic Jesus, roman
Coupable, essais
Petite cuisine du diable, nouvelles
Alcool, roman
La Belle Rouge, roman
Soul Kitchen, roman
Le Corps exquis, roman
La Valeur de x, roman

Octavia E. Butler
La Parabole du semeur, roman
La Parabole des talents, roman
Novice, roman
Liens de sang, roman
Xenogenesis :
1. L'Aube, roman
2. L'Initiation, roman
3. Imago, roman
Patternist :
1. Mauvaise graine, roman

Morgane Caussarieu
Vertèbres, roman
Dans tes veines, roman

Visqueuse, roman

MICHAEL CISCO

Argent animal, roman
Le Tyran, roman

PATRICK K. DEWDNEY

Le cycle de Syffe :
1. L'Enfant de poussière, roman
2. La Peste et la Vigne, roman
3. Les Chiens et la Charrue, roman
4. La Maison des Veilleurs, roman

NEIL GAIMAN

Neverwhere, roman
Miroirs et Fumée, nouvelles
Stardust, roman
Des choses fragiles, nouvelles
L'Océan au bout du chemin, roman
Par bonheur, le lait, roman jeunesse illustré par Boulet
American Gods, roman illustré par Daniel Egnéus
Le Monarque de la vallée, novella illustrée par Daniel Egnéus
Le Dogue noir, nouvelle illustrée par Daniel Egnéus
Anansi Boys, roman illustré par Daniel Egnéus
La Mythologie viking, roman
Signal d'alerte, nouvelles
Ragoût de pirates, nouvelle illustrée par Chris Riddell
Vue des pop cultures, essai
L'Océan au bout du chemin, roman illustré par Élise Hurst

AVEC TERRY PRATCHETT

De bons présages, roman

WILLIAM GIBSON

Tomorrow's parties, roman
Identification des schémas, roman
Code source, roman
Histoire Zéro, roman

Périphériques, roman
Agency, roman
Neuromancien, roman
Comte zéro, roman
Mona Lisa disjoncte, roman

NICOLAS MARTIN
Fragile/s, roman

CHINA MIÉVILLE
Lombres, roman
Les Derniers Jours du Nouveau-Paris, roman

JAMES MORROW
La Trilogie de Jéhovah :
1. En remorquant Jéhovah, roman
2. Le Jugement de Jéhovah, roman
3. La Grande faucheuse, roman
Le Dernier Chasseur de sorcières, roman
L'Apprentie du philosophe, roman
Hiroshima n'aura pas lieu, roman
Notre mère qui êtes aux cieux, roman
L'Arche de Darwin, roman
Lazare attend, roman
Le Monde et vice versa, roman

CHRISTOPHE SIÉBERT
Métaphysique de la viande, roman
Images de la fin du monde, Chroniques de Mertvecgorod, roman
Feminicid, Chroniques de Mertvecgorod, roman
Valentina, roman

MATT SUDDAIN
Théâtre des dieux, roman
Chasseurs & Collectionneurs, roman

JEFF VANDERMEER
Annihilation, roman
Autorité, roman

Acceptation, roman
Borne, roman
La Cité des Saints et des Fous, roman
Astronautes morts, roman

Joëlle Wintrebert

Pollen, roman
Couvées de filles, nouvelles

Imprimé en France par
CPI Firmin-Didot
en septembre 2025

Composition :
L'atelier des glyphes

Nous imprimons nos ouvrages sur du papier issu
de forêts gérées durablement, de sources contrôlées
et avec des encres végétales.

Dépôt légal : septembre 2025
N° d'impression : 185527